SOMBRE MARDI

DU MÊME AUTEUR
CHEZ POCKET

MÉMOIRE PIÉGÉE
FEU DE GLACE
DANS LA PEAU
LA CHAMBRE ÉCARLATE
AU PAYS DES VIVANTS
SOURIRE EN COIN
JEUX DE DUPES
AIDE-MOI
CHARLIE N'EST PAS RENTRÉE
LES MORSURES DU DOUTE
JUSQU'AU DERNIER
PLUS FORT QUE LE DOUTE
TOUS COMPLICES
LUNDI MÉLANCOLIE
SOMBRE MARDI

NICCI FRENCH

SOMBRE MARDI

Le jour où les vieilles dames parlent aux morts

Traduit de l'anglais (Grande-Bretagne) par Marianne Bertrand

fleuve
ÉDITIONS

Titre original :
TUESDAY'S GONE

MIXTE
Papier issu de sources responsables
FSC® C003309

Pocket, une marque d'Univers Poche,
est un éditeur qui s'engage pour la préservation
de son environnement et qui utilise du papier fabriqué
à partir de bois provenant de forêts gérées
de manière responsable.

ISBN : 978-2-266-24625-5

NICCI FRENCH

Sous le pseudonyme de Nicci French se cache un couple de journalistes, Nicci Gerrard et Sean French. Tous deux ont étudié la littérature anglaise à Oxford à la fin des années 1970 sans jamais se rencontrer. Ensuite, chacun a mené sa carrière de son côté dans le journalisme. Nicci collabore à l'*Observer* pour lequel elle traite notamment des grands procès d'assises ; Sean est chroniqueur littéraire pour divers magazines. Ils se croisent enfin en 1989, et décident de partager leur vie et leur écriture. Maniant l'art de jouer avec les nerfs et le suspense cousu main, ils rencontrent le succès dès leur premier thriller psychologique, *Mémoire piégée* (1997). Depuis, ils ont écrit une dizaine de romans à quatre mains dont *Sourire en coin* (2005), *Charlie n'est pas rentrée* (2008), *Jusqu'au dernier* (2009), *Plus fort que le doute* (2010), *Tous complices* (2011), *Lundi mélancolie* (2012), *Sombre mardi* (2013) et *Maudit mercredi* (2014), parus chez Fleuve Éditions. Un travail singulier qu'ils définissent comme « une folie à deux ».

Retrouvez toute l'actualité de Nicci French sur :
www.niccifrench.fr

[illegible]

[illegible]

[illegible] ([illegible]) [illegible] parus chez [illegible] [illegible]

[illegible]

[illegible] sur [illegible]
[illegible]

Premier chapitre

Maggie Brennan pressait le pas le long de Deptford Church Street. Elle parlait au téléphone tout en consultant un dossier et en cherchant l'adresse sur le plan de la ville. C'était le deuxième jour de la semaine et elle avait déjà deux journées de travail en retard sur son programme. Et ceci sans compter les nombreux cas à traiter qui lui étaient échus par la faute d'une collègue, désormais en congé maladie pour une durée indéterminée.

— Non, répondit Maggie dans l'appareil. (Elle consulta sa montre.) J'essaierai de vous rejoindre avant que vous ayez terminé.

Elle remit le portable dans sa poche. Elle songeait à la visite qu'elle venait de faire. Un petit de trois ans, présentant des contusions. Des contusions suspectes, avait avancé le médecin des urgences. Maggie avait parlé à la mère, examiné l'enfant, inspecté l'appartement où ils vivaient. Un endroit affreux, humide, froid, mais ne présentant a priori pas de danger. La mère avait dit qu'elle n'avait pas de petit ami, et Maggie avait vérifié dans la salle de bains : pas de rasoir. Elle avait soutenu mordicus qu'il était tombé dans les escaliers. C'est ce que racontaient les gens quand ils frappaient leurs enfants, bien qu'il arrive effectivement qu'un enfant de trois ans dévale l'escalier. Elle n'avait passé que dix minutes sur place, mais y rester dix heures n'aurait guère fait de différence. Si elle ôtait l'enfant à sa mère, les poursuites judiciaires s'achèveraient sans doute par un non-lieu et elle-même recevrait un blâme. Si elle n'éloignait pas l'enfant et qu'on le retrouvait mort, il y aurait une enquête : elle serait virée, et peut-être poursuivie en justice. Aussi avait-elle classé le dossier sans suite. Pas de raison de se faire de souci dans l'immédiat. Il n'arriverait sans doute pas grand-chose.

Elle examina le plan de plus près. Elle avait les mains gelées, faute d'avoir pensé à prendre ses gants. Ses pieds étaient humides dans ses chaussures de mauvaise qualité. Elle s'était déjà rendue dans ce foyer auparavant, mais n'arrivait jamais à se rappeler où il se trouvait. Howard Street était une petite impasse, planquée quelque part vers le fleuve. Elle dut mettre ses lunettes et faire courir son doigt sur la carte avant de la localiser. Oui, là, à quelques minutes. Elle quitta la rue principale et tomba inopinément sur un cimetière.

Elle s'appuya contre le mur et examina le dossier de la femme à laquelle elle allait rendre visite. Il contenait trois fois rien. Michelle Doyce. Née en 1959. Un bon de sortie d'hôpital, dont on avait adressé une copie à l'attention des services sociaux. Un formulaire de placement, une demande d'évaluation. Maggie feuilleta les documents en vitesse : pas de parent proche. Les raisons de son hospitalisation n'étaient pas mentionnées, même si le nom de l'établissement lui indiquait qu'il s'agissait d'un problème d'ordre psychologique. Elle devinait les résultats du bilan à l'avance : désespoir absolu d'une paumée d'âge moyen qui aurait besoin d'un toit sur sa tête et que quelqu'un passe de temps à autre pour éviter qu'elle ne finisse à la rue. Maggie consulta sa montre. Il ne serait pas possible de procéder à une évaluation complète aujourd'hui. Tout au plus pouvait-elle jeter un coup d'œil pour s'assurer que Michelle ne courait pas de risque immédiat et qu'elle se nourrissait : les vérifications standard.

Elle referma le dossier et s'éloigna de l'église en longeant un ensemble de constructions HLM. Certains des appartements étaient condamnés par des plaques métalliques boulonnées sur les portes et les fenêtres, mais la plupart étaient occupés. Au deuxième étage, un adolescent surgit d'une porte et se promena sur le balcon, les mains fourrées au fond des poches de sa veste matelassée. Maggie balaya les alentours du regard. Ça devait pouvoir aller. On était mardi matin et les individus dangereux traînaient encore au lit, pour la plupart. Elle tourna au coin et vérifia l'adresse qu'elle avait notée dans son calepin. Chambre 1, au numéro 3 de Howard Street. Oui, elle s'en souvenait maintenant. C'était une maison étrange qu'on aurait dit construite avec les mêmes matériaux que l'immeuble HLM, et qui se serait ensuite dégradée à la même allure. Ce foyer n'était même pas un foyer à proprement parler, mais une maison louée pour un prix modique à un propriétaire privé. On pouvait y placer des gens en attendant que les services concernés décident quoi faire d'eux. D'habitude, ils se contentaient de déménager, à moins qu'ils ne retombent dans l'oubli. Maggie ne se rendait dans certains de ces lieux qu'avec un accompagnateur, mais elle n'avait rien entendu dire de particulier sur cet endroit-là. Ces personnes représentaient un danger surtout pour elles-mêmes.

Elle leva les yeux vers la maison. Au deuxième étage, une vitre brisée avait été remplacée par du carton. Il y avait un tout petit jardin devant, pavé, et une allée longeant le côté gauche du bâtiment. À côté de la porte d'entrée, un sac d'ordures était éventré, qui n'avait fait qu'ajouter aux détritus éparpillés de toutes parts. Maggie en prit note, succinctement. Il y avait cinq sonnettes à côté de la porte. Elles étaient dépourvues de noms, mais Maggie pressa celle du bas, puis appuya de nouveau. Elle n'aurait su dire si l'interphone fonctionnait. Elle commençait à se demander si elle allait marteler la porte du poing ou regarder par la fenêtre quand elle entendit une voix. Jetant un regard par-dessus son épaule, elle vit un homme juste derrière elle. Il était hâve, avec des cheveux roux et rêches retenus en queue-de-cheval, et des piercings au beau milieu de la figure. Elle s'écarta quand elle aperçut le chien de l'homme, une race en principe illégale, même si c'était le troisième qu'elle voyait depuis qu'elle avait quitté la gare de Deptford.

— Non, il est gentil, dit l'homme. Hein, Buzz ?

— Vous habitez ici ? demanda Maggie.

L'homme eut l'air méfiant. L'une de ses joues frémissait. Maggie sortit une carte plastifiée de sa poche et la lui montra.

— Je travaille pour les services sociaux, expliqua-t-elle. Je suis venue voir Michelle Doyce.

— Celle d'en bas ? L'ai pas vue.

Il se pencha, passa un bras devant Maggie et déverrouilla la porte d'entrée.

— Vous entrez ?

— Oui, merci.

L'homme se contenta de hausser les épaules.

— Allez, Buzz, dit-il.

Maggie entendit le grattement des griffes du chien dans l'entrée, puis le long des marches de l'escalier, et l'homme s'engouffra derrière lui.

Sitôt entrée, Maggie fut assaillie par une odeur d'humidité, de poubelle, de graillon, de merde de chien, et d'autres encore qu'elle ne put identifier. Elle en eut presque les larmes aux yeux. Elle referma le battant derrière elle. Elle se tenait dans ce qui avait dû être autrefois l'entrée d'une maison individuelle. L'endroit était désormais rempli de palettes, de pots de peinture, de deux ou trois sacs en plastique béants et d'un vieux vélo dépourvu de pneus. L'escalier se trouvait droit devant. Sur la gauche, on avait condamné l'ancienne porte donnant sur le salon. Maggie longea l'escalier en direction d'une autre porte, un peu plus loin. Elle frappa fort et tendit l'oreille. Elle entendit quelque chose à l'intérieur, puis, plus rien. Elle toqua de nouveau, à plusieurs reprises, et patienta. Un cliquetis se fit entendre puis le battant s'ouvrit vers l'intérieur. Maggie brandit une nouvelle fois sa carte plastifiée.

— Michelle Doyce ? demanda-t-elle.

— Oui, répondit la femme.

Il aurait été difficile pour Maggie de définir, même en son for intérieur, ce qui clochait chez elle. Elle était propre et ses cheveux étaient coiffés, mais peut-être presque trop, comme ceux d'une petite fille qui les aurait mouillés puis peignés de façon à se les coller au crâne, au point qu'on apercevait la peau pâle en dessous. Son visage était lisse et rose, parsemé çà et là d'un fin duvet. Son rouge à lèvres débordait un tout petit peu, à peine. Elle portait une robe informe, à fleurs, fanée. Maggie se présenta et tendit de nouveau sa carte.

— Je voulais juste prendre de vos nouvelles, Michelle, déclara-t-elle. Voir comment vous alliez. Vous allez bien ? Le moral, ça va ?

La femme hocha la tête.

— Je peux entrer ? insista Maggie. Vérifier que tout va bien ?

Elle pénétra à l'intérieur et sortit son carnet. À première vue, Michelle avait l'air de se laver et de se nourrir. Elle réagissait quand on lui parlait. Pourtant, quelque chose semblait bizarre. Maggie inspecta le petit vestibule miteux de l'appartement. Le contraste avec l'entrée de la maison était saisissant. On avait aligné des chaussures avec soin, pendu un manteau à un crochet. Il y avait un seau avec un balai éponge appuyé contre le mur dans un coin.

— Cela fait combien de temps que vous vivez ici, Michelle ?

La femme fronça les sourcils.

— Ici ? dit-elle. Quelques jours.

Le bon de sortie était daté du 5 janvier et on était le 1er février. Mais bon, ce genre d'imprécision n'était guère étonnant. Alors que les deux femmes se tenaient là, Maggie prit conscience d'un bruit qu'elle ne parvenait pas tout à fait à identifier. Ç'aurait pu être le ronronnement de la circulation, ou un aspirateur à l'étage du dessus, ou encore un avion. Cela dépendait de la distance d'où il provenait. Il flottait une odeur également, comme celle de nourriture qu'on aurait sortie trop longtemps du frigo. Maggie leva les yeux : l'électricité fonctionnait. Elle vérifierait si Michelle avait un réfrigérateur. Mais, à en juger par son apparence, elle s'en tirerait pour le moment.

— Je peux jeter un œil, Michelle ? dit-elle. M'assurer que tout va bien ?

— Vous voulez le voir ? s'enquit Michelle.

Maggie se sentit perplexe. Il n'en était pas fait mention dans le rapport.

— Vous avez un ami ? Je ferais volontiers sa connaissance.

Michelle s'avança et ouvrit la porte donnant sur ce qui avait dû être la principale pièce arrière de la maison, du côté opposé à la rue. Maggie lui emboîta le pas et sentit aussitôt quelque chose sur sa figure. De la poussière, songea-t-elle tout d'abord. Comme à l'approche du métro, quand la rame refoule de fines particules tièdes sur votre visage. Dans le même temps, le bruit s'intensifia et elle comprit qu'il ne s'agissait pas de poussière mais de mouches, d'un épais nuage de mouches se ruant sur sa tête.

L'espace de quelques instants, l'homme assis sur le canapé la laissa déroutée. Ses sens avaient ralenti et s'étaient émoussés, comme si elle était en eaux profondes ou dans un rêve. Égarée, elle se demanda s'il portait une sorte de combinaison de plongée, bleue, marbrée, légèrement déchirée et difforme, tout comme elle se demanda pourquoi ses yeux étaient jaunes et troubles. Alors elle se mit à fouiller à la recherche de son téléphone et le laissa tomber, et soudain, elle ne put contrôler le mouvement de ses doigts, ne put les contraindre à ramasser l'appareil sur le tapis crasseux, quand elle vit qu'il ne s'agissait nullement d'une combinaison mais de peau nue, boursouflée, lézardée, et que l'homme était mort. Depuis longtemps.

Chapitre deux

— On devrait abolir les mois de février, dit Sasha en évitant une flaque d'eau.

Elle marchait en compagnie de Frieda le long d'une rue bordée d'immeubles de bureaux, dont la hauteur masquait le ciel, assombrissant encore un jour déjà maussade. Tout n'était que noirs et gris et blancs, comme sur une vieille photographie : les bâtiments étaient monochromes, le ciel vide, l'air frisquet. Les hommes et les femmes qui les croisaient – des hommes surtout –, avec leurs minces sacoches d'ordinateur, prêts à dégainer leur parapluie, portaient de sobres costumes et manteaux. Seule l'écharpe rouge autour du cou de Frieda ajoutait une tache de couleur à la scène.

Frieda avançait d'un pas vif, et Sasha, bien que plus grande, devait faire un effort pour ne pas se laisser distancer.

— Et les mardis, poursuivit-elle. Le mois de février est le pire de l'année, bien pire que janvier, et le mardi, le pire jour de la semaine.

— Je croyais que c'était censé être le lundi.

— Les mardis sont pires. C'est comme…

Sasha marqua une pause, tâchant de se figurer à quoi cela pouvait bien ressembler.

— Un lundi, c'est comme de se jeter dans de l'eau glacée, mais au moins, l'excitation procure un choc. Le mardi, on est toujours dans l'eau mais l'effet du choc s'est dissipé, et on a juste froid.

Frieda se retourna pour la regarder, et remarqua la pâleur hivernale qui lui donnait un air encore plus fragile que d'habitude : tout emmitouflée qu'elle fût dans son gros manteau, avec ses cheveux blond foncé strictement tirés en arrière, elle ne pouvait dissimuler sa beauté hors du commun.

— La matinée a été difficile ?

Elles contournèrent un bar à vins et s'engagèrent dans Cannon Street, dans la masse confuse des bus rouges et des taxis. Quelques gouttes de pluie se mirent à tomber.

— Pas vraiment. Juste une réunion qui a duré plus longtemps que nécessaire parce que les gens adorent s'écouter parler.

Sasha s'arrêta soudain et regarda autour d'elle.

— Je déteste ce quartier de Londres, déclara-t-elle sans agressivité, comme si elle venait juste de prendre conscience, simplement, de l'endroit où elle se trouvait. Quand tu as suggéré une promenade, j'ai cru que tu allais m'emmener sur les quais ou dans un parc. C'est surréaliste, ce coin.

Frieda ralentit le pas. Elles passaient devant un tout petit parterre de verdure clôturé, livré à lui-même, rempli d'orties et envahi de buissons.

— Il y avait une église ici, dit-elle. Disparue depuis longtemps, évidemment, tout comme son cimetière. Mais reste cette minuscule parcelle, oubliée par on ne sait quel miracle, au milieu de tous ces bureaux. C'est un fragment de quelque chose.

Sasha jeta un œil aux détritus par-dessus la grille.

— Et aujourd'hui, c'est là que les gens viennent se griller une cigarette.

— Quand j'étais petite, vers sept ou huit ans, mon père m'a emmenée à Londres.

Sasha accorda à Frieda toute son attention : c'était la toute première fois qu'elle mentionnait un membre de sa famille et qu'elle évoquait un souvenir de son enfance. Depuis qu'elles se connaissaient, un an plus ou moins, Sasha avait confié à son amie presque tous les détails de son existence – sa relation avec ses parents et son petit frère incapable, ses histoires de cœur, ses amitiés, des choses qu'elle avait tues et soudain livrées – mais la vie de son amie restait pour elle un mystère.

Sasha avait rencontré Frieda en tant que patiente et elle se rappelait encore leur unique séance, quand elle lui avait avoué, en chuchotant, osant à peine lever les yeux et croiser son regard insistant, dans quelles circonstances elle avait été amenée à coucher avec son thérapeute. Il avait couché avec elle. Il s'était agi d'un acte de confession : tandis que son secret inavouable envahissait la quiétude du lieu, Frieda, légèrement penchée en avant dans son fauteuil rouge, lui avait ôté ce que cet aveu avait de cuisant et de honteux par la qualité de son écoute. Sasha était ressortie de là vidée mais purifiée. Bien plus tard, elle avait appris qu'à l'issue de leur entretien, Frieda s'était rendue directement dans le restaurant où ledit thérapeute dînait en compagnie de sa femme pour lui flanquer un coup de poing, provoquant un esclandre, brisant des verres et des assiettes. Elle avait fini en cellule, au poste de police, avec une main bandée, mais le thérapeute avait renoncé à porter plainte et tenu à régler tous les frais pour les dégâts dans le restaurant. Par la suite, Sasha – qui exerçait la profession de généticienne – s'était acquittée de sa dette en commandant discrètement un test ADN sur un échantillon subtilisé par Frieda au commissariat. Elles étaient devenues amies, même si cette amitié n'était semblable à aucune de celles que Sasha avait jamais connues. Frieda n'évoquait jamais ses propres sentiments ; elle n'avait jamais – pas une fois – fait mention de son ex, Sandy, depuis qu'il était parti travailler en Amérique, et la seule fois où Sasha l'avait interrogée à ce sujet, Frieda lui avait répondu avec une politesse terriblement intimidante qu'elle ne souhaitait pas en parler. Frieda préférait commenter telle ou telle œuvre architecturale, ou tel fait étrange qu'elle avait découvert au sujet de la ville de Londres. De temps à autre, elle invitait Sasha à une exposition et parfois l'appelait pour lui demander si elle était libre pour une promenade. Sasha répondait toujours par l'affirmative. Elle annulait un rendez-vous ou quittait son bureau avant de suivre Frieda dans le dédale des rues de la capitale. Elle avait l'impression que c'était la façon qu'avait Frieda de se confier à elle, et qu'en errant ainsi à ses côtés, elle adoucissait peut-être un peu la solitude de son amie.

À présent, elle attendait que Frieda poursuive, sachant qu'il valait mieux ne pas insister.

— Nous sommes allés au marché de Spitalfields et, tout à coup, il a expliqué que nous étions au-dessus d'une fosse de pestiférés, que des centaines de gens morts de la peste noire gisaient sous nos pieds. On avait même fait des tests sur les dents de certains corps exhumés.

— Il ne pouvait pas t'emmener au zoo, plutôt ? rétorqua Sasha.

Frieda secoua la tête.

— Moi aussi, je déteste ces immeubles. On pourrait être n'importe où. Mais restent encore des petits trucs qu'ils ont oublié de raser, des coins à part, çà et là, et le nom des rues : Threadneedle Street, Wardrobe Terrace, Cowcross Street[1]. Des souvenirs, des fantômes.

— On dirait une forme de thérapie.

Frieda lui sourit.

— N'est-ce pas ? Tiens, viens, il y a quelque chose que je veux te montrer.

Elles rebroussèrent chemin jusqu'à Cannon Street et s'arrêtèrent en face de la gare, devant une grille de fer encastrée dans un mur.

— Qu'est-ce que c'est ?

— La Pierre de Londres.

Sasha la regarda d'un air dubitatif : c'était un gros morceau de calcaire qui ne payait pas de mine, terne et criblé de trous, et qui lui rappelait le genre de pierre inconfortable sur lequel on s'assoit à la plage quand on se frotte les pieds avant de remettre ses chaussures.

— Et elle sert à quoi ?

— Elle nous protège.

Sasha laissa échapper un sourire perplexe.

— De quelle façon ?

Frieda indiqua une petite plaque à côté.

— « Tant que la pierre de Brutus perdurera, la ville de Londres prospérera. » C'est censé être le cœur de la ville, le point à partir duquel les Romains mesuraient l'ampleur de leur empire. Certains pensent qu'elle détient des pouvoirs occultes. Personne ne sait vrai-

1. Rues de l'Aiguille-à-coudre, de la Garde-Robe, de la Foire-aux-bestiaux. *(Toutes les notes sont de la traductrice.)*

ment d'où elle vient – des druides, des Romains. Peut-être est-ce un ancien autel, une pierre sacrificielle, un lieu de culte mystique.

— Tu y crois ?

— Ce que j'aime, répondit Frieda, c'est qu'elle est encastrée dans la façade d'une boutique et que la plupart des gens passent devant sans la remarquer, et que si on la déplaçait, on ne la retrouverait jamais parce qu'elle ressemble à n'importe quelle autre pierre. Et qu'elle signifie bien ce qu'on veut.

Elles gardèrent le silence quelques instants, après quoi Sasha posa une main gantée sur l'épaule de Frieda.

— Dis-moi, si jamais tu traversais un moment difficile, pourrais-tu te confier à quelqu'un ?

— Je ne sais pas.

— Pourrais-tu te confier à moi ?

— Peut-être.

— Ah. N'hésite pas en tout cas, c'est tout ce que je voulais dire. (Elle se sentait embarrassée, gênée par l'émotion qui perçait dans sa voix.) Je voulais juste que tu le saches.

— Merci, répondit Frieda d'une voix neutre.

Sasha laissa retomber sa main, et elles se détournèrent de la grille. L'air était devenu notablement plus froid, le ciel plus vide encore, comme s'il risquait de neiger.

— J'ai un patient dans une demi-heure, déclara Frieda.

— Une chose.

— Oui ?

— Demain. Tu dois être inquiète. J'espère que tout ira bien. Tu me tiendras au courant ?

Frieda haussa les épaules. Sasha la regarda s'éloigner, silhouette mince et droite, puis disparaître, engloutie par la foule.

Chapitre trois

L'inspecteur de police Yvette Long arriva quelques instants avant Karlsson. Elle n'avait reçu l'appel que quinze minutes auparavant, mais déjà une petite foule s'amassait dans la rue : des enfants qui auraient dû être à l'école, de jeunes mères avec des bébés dans des poussettes, des hommes qui ne semblaient nullement pressés. Il régnait un froid mordant mais ils étaient nombreux à ne pas porter de manteau, ni de gants. Ils avaient l'air excités, l'œil brillant de curiosité. Deux voitures de police étaient garées devant le numéro 3 et l'on avait installé une barrière. Juste derrière, un homme filiforme, coiffé d'une queue-de-cheval rousse, faisait les cent pas, accompagné de son chien au poitrail puissant. De temps à autre, ce dernier s'asseyait et bâillait, tandis que de la salive lui dégoulinait sur les babines. Il y avait un autre homme d'une corpulence phénoménale à ses côtés, avec des replis de chair boudinés dans son tee-shirt. Debout, rigoureusement immobile, il essuyait son front luisant, comme si l'on était au cœur de l'été et non au cœur d'un mois de février glacial. Yvette se gara et, alors qu'elle ouvrait sa portière, l'inspecteur

Chris Munster sortit de la maison, un mouchoir plaqué contre sa bouche.

— Où est la femme qui l'a trouvé ?

Munster ôta le mouchoir et le remit dans sa poche. Il faisait visiblement un effort pour maîtriser ses muscles faciaux.

— Désolé. Ça m'a un peu secoué. Elle est là.

Il fit un signe de tête en direction d'une femme d'origine africaine et d'âge moyen assise sur le trottoir, la figure entre les mains.

— Elle attend de nous parler. Elle est en état de choc. L'autre femme – celle qui vivait avec lui –, elle est dans la voiture avec Melanie. Elle n'arrête pas de parler de thé. L'équipe médicolégale est en chemin.

— Karlsson arrive, lui aussi.

— Bien. (Munster baissa la voix.) Comment peut-on vivre dans ces conditions ?

Yvette et Karlsson enfilèrent des sur-chaussures en papier. Il lui adressa un hochement de tête rassurant et, l'espace d'un instant, posa sa main dans le creux de son dos pour la calmer. Elle inspira profondément.

Par la suite, Karlsson tenterait de distinguer les divers aspects de son ressenti, de les hiérarchiser, mais pour l'heure ce n'était qu'un mélange confus de visions, d'odeurs, mêlé à une nausée qui le faisait transpirer. Ils traversèrent les ordures, la merde de chien, l'odeur douceâtre et si dense qu'elle vous prenait à la gorge. Yvette et lui parvinrent à la porte de l'appartement qui n'était pas condamnée. Ils la franchirent, pour pénétrer dans un univers totalement différent, parfaitement ordonné : c'était comme de se retrouver dans une bibliothèque, où tout serait méticuleusement catalogué et rangé à la place qui lui avait été attribuée. Trois paires de vieilles chaussures, les unes au-dessus des autres ; une étagère remplie de pierres rondes ; une autre d'ossements d'oiseaux, auxquels adhéraient encore, pour certains, des plumes emmêlées et collées entre elles, un pot rempli de mégots de cigarettes soigneusement rangés côte à côte, un autre récipient en plastique qui semblait contenir des boules de poils. Il eut le temps de penser, tout en pénétrant dans la pièce suivante, que la femme qui vivait ici devait être folle. Et là, il contempla un bon moment la chose sur le canapé, l'homme nu assis bien droit, dans un halo de grosses mouches tournoyant lentement.

Il était plutôt mince, et bien qu'il soit difficile d'en juger, ne semblait pas âgé. Ses mains étaient posées au creux des cuisses, comme par modestie, et dans l'une d'elles se trouvait une brioche nappée d'un glaçage ; sa tête était calée avec un oreiller de sorte que ses yeux sulfureux contemplaient fixement les policiers et sa bouche de travers, raidie, leur adressait un sourire narquois. Sa peau était d'un bleu marbré, comme le serait un fromage oublié trop longtemps. Karlsson songea au jean délavé que sa fille lui avait demandé de lui offrir. Il chassa cette idée. Il ne voulait pas mêler sa fille au tableau qu'il avait sous les yeux, ne serait-ce qu'en pensée. Se penchant en avant, il vit des traces verticales rayant le torse de l'homme. Il devait être mort depuis un certain temps, à en juger non seulement par la façon dont sa peau avait noirci là où le sang avait coagulé, sous ses cuisses et sous ses fesses, mais aussi à l'odeur qui obligeait Yvette Long, debout derrière Karlsson, à respirer par brèves inspirations superficielles et rauques. Il y avait deux tasses de thé pleines à côté de son pied gauche, qui se recroquevillait vers l'intérieur selon un angle improbable, les orteils étalés. Il avait un peigne fiché dans ses fins cheveux bruns, et portait du rouge à lèvres.

— Manifestement, ça fait un moment qu'il est là. (La voix de Karlsson était plus calme qu'il ne s'y était attendu.) Il fait chaud dans cette pièce. Ça n'a rien arrangé.

Yvette émit un son qui aurait pu être d'assentiment.

Karlsson s'obligea à inspecter la chair marbrée et boursouflée de plus près. Il fit signe à sa collaboratrice d'approcher.

— Regardez, dit-il.

— Quoi ?

— Sur sa main gauche.

Le bout du majeur manquait, à partir de la jointure.

— Ça pourrait être une difformité.

— Et moi je pense qu'on l'a coupé, et que la plaie n'a pas cicatrisé correctement, répondit Karlsson.

Yvette déglutit avant de reprendre la parole. Il n'était pas question d'être malade.

— Je n'en sais rien, répliqua-t-elle. Difficile à dire. Ça m'a l'air un peu en bouillie mais ça pourrait être…

— … lié à l'état de décomposition général, suggéra Karlsson.

— Oui.

— Qui se poursuit à un rythme accéléré en raison de la chaleur.

— Chris a dit que le radiateur électrique était allumé à leur arrivée.

— L'autopsie nous le confirmera. Ils vont devoir faire fissa.

Karlsson examina la fenêtre fêlée, son rebord en

train de se désagréger et les fins voilages orange. Michelle Doyce avait constitué des collections, et agençait ses trouvailles : un grand carton de mouchoirs roulés en boule, manifestement usagés ; un tiroir rempli de bouchons, rangés par couleurs ; un pot de confiture contenant une multitude de petits croissants jaunes, des rognures d'ongles.

— Allons-nous-en, dit Karlsson. Interrogez-la ainsi que la femme qui l'a trouvé. On peut revenir plus tard, quand on aura enlevé le corps.

Tandis qu'ils quittaient les lieux, l'équipe médicolégale arriva avec des projecteurs et des appareils photo, des masques et des produits chimiques, signe de leur professionnalisme. Karlsson se sentit soulagé. Ils effaceraient l'horreur, transformeraient l'épouvantable pièce grouillant de mouches en un laboratoire bien éclairé où les objets deviendraient des faits, qui seraient ensuite classifiés.

— Triste fin…, commenta-t-il, alors qu'ils regagnaient la sortie.

— Mais qui peut-il bien être ?

— C'est bien la première question à se poser.

Karlsson laissa Yvette parler à Maggie Brennan et alla rejoindre Michelle Doyce, assise dans la voiture. Tout ce qu'il savait à son sujet était son âge, cinquante et un ans, qu'on l'avait récemment renvoyée de l'hôpital après une évaluation psychologique qui n'était parvenue à aucune réelle conclusion sur son état mental, et qu'elle vivait à Howard Street depuis un mois, sans qu'aucun voisin ait jamais eu à se plaindre d'elle. C'était la première fois que Maggie Brennan lui rendait visite : elle remplaçait une collègue, qui n'aurait pu faire le déplacement dans la mesure où elle était en congé maladie depuis le mois d'octobre.

— Michelle Doyce ?

Elle leva vers lui des yeux très pâles, presque semblables à ceux d'une aveugle, mais resta silencieuse.

— Je suis l'inspecteur divisionnaire Malcolm Karlsson.

Il patienta. Elle cligna des yeux.

— Un agent de police, ajouta-t-il.

— Vous venez de loin ?

— Non, mais j'ai besoin de vous poser quelques questions.

— Moi je viens de très loin. C'est le cas de le dire.

— C'est important.

— Oui. Je le sais.

— L'homme dans votre appartement.

— Je me suis bien occupée de lui.

— Il est mort, Michelle.

— Je lui ai brossé les dents. Peu d'amis peuvent dire ça de leurs invités. Et lui a chanté pour moi. Comme le froufrou d'une rivière la nuit, quand le chien a cessé d'aboyer et que les cris et les pleurs s'apaisent.

— Michelle, il est mort. L'homme qui se trouve chez vous est décédé. Nous devons comprendre comment il est mort. Pouvez-vous me dire son nom ?

— Son nom ?

— Oui. Qui est-il ? Enfin… était-il.

Elle eut l'air perplexe.

— Pourquoi avez-vous besoin de savoir comment il s'appelle ? Vous n'avez qu'à lui poser la question.

— Je suis sérieux. Qui est-ce ?

Elle le dévisagea sans ciller. Une femme robuste, pâle, au regard troublant et aux grandes mains rougeaudes qui flottaient en gestes vagues quand elle parlait.

— Est-il mort chez vous, Michelle ? Était-ce un accident ?

— Vous avez une dent ébréchée. J'adore les dents, vous savez. Je garde toutes mes dents tombées sous mon oreiller, au cas où elles viendraient, et quelques autres qui ne sont pas à moi, mais c'est rare. On n'en trouve pas si souvent que ça.

— Est-ce que vous comprenez ce que je vous demande ?

— Il veut me quitter ?

— Il est mort.

Karlsson aurait aimé le hurler, faire usage du mot comme d'une pierre qui pourrait faire voler en éclats le rempart de son incompréhension, mais il garda son calme.

— Tout le monde s'en va, un jour ou l'autre. Même si je me donne tant de mal.

— Comment est-il mort ?

Elle se mit à marmonner des mots inintelligibles.

Chris Munster établissait un premier état des lieux du reste de la maison. Ce qui le révulsait. Cela n'avait rien d'une enquête criminelle, du tout : il s'agissait de personnes ayant sombré dans le désespoir, glissé entre les mailles du filet. Cette pièce-ci, à l'étage, était remplie d'aiguilles : des centaines, non, des milliers d'aiguilles usagées recouvrant le sol de telle sorte qu'au début, il avait cru qu'il s'agissait d'une sorte de motif. Des merdes de chien ici aussi, anciennes et desséchées pour la plupart. Des guenilles souillées de sang. Un fin matelas avec de vilaines taches vers le milieu. Pour l'heure, peu lui importait qui avait tué l'homme du rez-de-chaussée. Il n'avait qu'une envie, chasser tout le monde de cette maison, y foutre le feu et sortir de là, pour respirer de l'air frais, et plus frais il serait, mieux cela vaudrait. Il se sentait souillé des pieds à la tête, à l'extérieur comme en dedans. Comment pouvait-on vivre ainsi ? Ce gros homme avec ces yeux injectés de sang et ce teint cireux d'alcoolique, à peine capable de parler, à peine capable de maintenir sa corpulence en équilibre sur ses petits pieds. Ou l'autre, le maigre, avec son chien, et ses bras perforés de trous et son visage couvert de croûtes, qui affichait un grand sourire, se grattait et faisait les cent pas dehors, indécis : était-ce sa chambre, ces aiguilles étaient-elles les siennes ? À moins qu'il ne s'agisse de la chambre du mort. C'était sans doute ça. On finirait par établir que le défunt n'était qu'un membre de cette maisonnée infernale. Et le propriétaire, quel salopard. On les avait fourrés là-dedans, ces cas sociaux irrécupérables, ceux dont la société ne savait que faire, qu'elle n'avait pas les moyens de prendre en charge, et qu'elle abandonnait de sorte que c'était maintenant à la police de nettoyer la merde. *Si les gens savaient*, songea-t-il, tandis que ses pieds chaussés de lourdes bottes glissaient parmi les seringues, *si seulement ils savaient comment certains vivent et meurent.*

Chapitre quatre

Karlsson se rendait à la réunion de travail sur l'affaire en cours quand il croisa le préfet de police Crawford dans le couloir. Ce dernier conversait avec un grand jeune homme vêtu d'un complet bleu brillant et d'une cravate orange et vert aux motifs voyants. Il portait des lunettes légèrement surdimensionnées. Tout en lui, depuis ses cheveux à la raie soigneuse jusqu'à ses chaussures en cuir vertes et pointues, exprimait un certain degré d'ironie.

— Mal', lança le préfet, vous avez un moment ?

Karlsson brandit le dossier qu'il portait.

— C'est le corps retrouvé à Deptford ?

— Oui.

— Vous êtes certain qu'il s'agit d'un meurtre ?

— Non, pas vraiment.

— Alors comment se fait-il que ce soit vous qui gériez le dossier ?

— Personne n'y pige que dalle, répondit Karlsson. On essaie de décider quoi faire.

Le préfet éclata d'un rire bref et se tourna vers l'autre homme.

— Il n'est pas tout le temps comme ça.

Le préfet s'attendait à ce que Karlsson réplique du tac au tac mais il n'essuya aucune vanne et un silence embarrassé s'abattit.

— Je vous présente Jacob Newton, déclara le préfet. Et voici l'inspecteur divisionnaire Karlsson, dont je vous parlais. C'est lui qui a retrouvé le petit Faraday.

Les deux hommes échangèrent une poignée de main.

— Jake, je vous en prie, déclara le nouveau venu.

— Jake va passer quelques jours avec nous, et étudier les procédures, l'organisation, tout ça.

Karlsson resta perplexe.

— Vous êtes détaché de Scotland Yard ?

L'autre sourit, comme si Karlsson avait dit quelque chose de drôle sans le vouloir.

— Non, non, répondit le préfet. Jake travaille pour McGill Hutton. Vous savez, le cabinet de conseil.

— Je ne connais pas, répliqua Karlsson.

— Ça ne fait jamais de mal de poser un regard neuf sur les choses. On peut tous apprendre, surtout en cette période de remaniement budgétaire.

— Vous voulez dire « restrictions » plutôt ?

— On est tous dans le même bateau, Mal'.

Un autre silence s'installa, un tout petit peu trop long.

— On m'attend, déclara Karlsson.

— Ça vous ennuie si je me joins à vous ? s'enquit Newton.

Karlsson lança un regard interrogateur au préfet.

— Il a carte blanche, expliqua Crawford. Il est libre d'aller et venir à sa guise, de tout voir.

Il administra une claque dans le dos de l'inspecteur.

— Ce n'est pas comme si on avait quoi que ce soit à cacher, hein ? Vous pourrez montrer à Jake à quel point vos effectifs sont réduits.

Karlsson regarda le nouveau venu.

— Très bien, déclara-t-il. Si vous voulez me suivre…

Yvette Long et Chris Munster étaient assis devant un bureau en train de boire du café. Karlsson leur présenta Newton, qui leur demanda de faire comme s'il n'était pas là. Ils eurent aussitôt l'air mal à l'aise et empruntés.

— On attend encore quelqu'un ?

Yvette secoua la tête.

— L'autopsie aura lieu cet après-midi, commença Karlsson. Est-ce que ça ne serait pas chouette s'il s'agissait d'une attaque cardiaque ?

— Vous pensiez qu'on avait pu l'étrangler, fit remarquer Yvette.

— On peut toujours rêver, non ?

— C'est le chien que je plains, intervint Munster. Ces types-là vivent dans la merde, ils sont incapables de conserver un boulot, mais faut toujours qu'ils aient un pauvre clébard.

— À en juger par l'absence de réaction, reprit son chef, j'imagine que personne n'a identifié le défunt comme habitant les lieux.

— On les a tous, confirma Munster.

Il s'empara de son calepin.

— Lisa Bolianis. La quarantaine, je pense. Elle boit, apparemment. Je lui ai parlé. Pas très cohérente. Elle dit qu'elle n'a croisé Michelle Doyce qu'une ou deux fois. Seule, toujours.

Il fit la grimace.

— Je n'ai pas vraiment l'impression que ces colocataires se retrouvent souvent autour d'un barbecue. Michael Reilly – le fameux propriétaire du chien. Sorti de prison en novembre. Trois ans et demi pour détention et trafic de drogue dure. Il dit qu'il l'a simplement saluée dans l'entrée. Son chien ne la dérangeait pas vraiment. Il ne l'a jamais vue accompagnée non plus.

Il consulta son carnet.

— Elle collectionnait tout un bazar. Elle avait l'habitude de rentrer avec des sacs entiers de trucs qu'elle avait achetés ou trouvés, n'importe quoi.

— On a vu ça, dans l'appart'. Qui d'autre ?

Munster se replongea dans ses notes.

— Metesky. Tony Metesky. C'est à peine si j'ai réussi à lui arracher trois mots. Impossible de croiser son regard. Manifestement, il est un peu dérangé. J'ai laissé un message aux services sociaux à son sujet et on doit me rappeler. Sa chambre était dans un état épouvantable, même au vu de l'ensemble. Il y avait des aiguilles par terre, par milliers.

Karlsson fronça les sourcils.

— Les siennes ?

Munster secoua la tête.

— Il héberge à son insu, je pense.

— Ce qui veut dire ? coupa Newton.

Les trois agents le regardèrent, et il sembla gêné.

— Héberger, répondit Munster, c'est quand un dealer repère une personne vulnérable et qu'il se sert de sa piaule comme base pour son activité.

— Je suppose que Monsieur-peu-importe-son-nom ne vous a donné aucune indication sur le défunt.

— C'est tout juste si j'ai pu lui soutirer trois mots sensés.

— Mais qu'est-ce que c'est que ce trou ? commenta Yvette.

Munster referma son carnet.

— Je pense que c'est là qu'on case les gens quand on ne sait pas quoi en faire d'autre.

— À qui appartient la maison ? demanda Karlsson. C'est peut-être notre mort, le proprio.

— Le propriétaire est une femme, répliqua Munster. Elle vit en Espagne. Je vais l'appeler, vérifier si elle s'y trouve vraiment. Elle possède plusieurs maisons et passe par un agent. Je me renseigne.

— Où sont-ils tous, maintenant ?

D'un geste du menton, Munster invita Yvette à poursuivre.

— Michelle Doyce est repartie à l'hôpital, répondit-elle. Les autres sont toujours là, pour autant que je sache.

— Toujours là ? s'étonna Karlsson. C'est une scène de crime.

— Pas à strictement parler. Avant d'avoir obtenu les résultats de l'autopsie, on a peut-être juste affaire à une mort non déclarée, et je ne pense pas qu'une cour de justice soit susceptible de déclarer Michelle Doyce en état de comparaître. Pour les autres, où voulez-vous qu'on les mette ? On a tenté de joindre la municipalité et on n'arrive même pas à trouver un interlocuteur pour évoquer leur cas.

— Ça ne les dérange pas plus que ça que l'un de leurs foyers serve de planque pour un trafic de drogue ? demanda Karlsson.

Il y eut une pause.

— Eh bien…, reprit Yvette, si on pouvait trouver quelqu'un aux services sociaux et les faire venir, ils nous diraient sans doute que si on soupçonne un crime, alors c'est à nous d'enquêter sur la question. Ce qui ne risque pas d'arriver.

Karlsson s'efforça d'éviter de croiser le regard de Newton. Voilà qui ne présentait peut-être pas le travail de la police sous le meilleur jour possible.

— Donc, ce que nous avons, résuma-t-il, c'est une femme qui sert un thé accompagné de brioches à un cadavre pourrissant non identifié, dont le seul trait distinctif est un bout de doigt manquant à sa main gauche. Se pourrait-il qu'on lui ait coupé le doigt pour faire disparaître une alliance ?

— C'était le majeur, fit remarquer Munster. Pas l'annulaire.

— On peut porter une bague au majeur, rétorqua Karlsson. Mais putain, qui est ce type ?

— Don a réussi à lui prendre des empreintes, leur apprit Munster. Ça n'a pas été une partie de plaisir, mais ils y sont arrivés. Et ça n'a rien donné.

— Alors, qu'en pensez-vous ? dit Karlsson. Par quoi on commence ?

Munster et Yvette se dévisagèrent. Sans rien dire.

— Je ne sais pas ce que j'en pense, reprit Karlsson, mais je sais ce que j'espère.

— Quoi ?

— J'espère qu'il a juste eu une attaque cardiaque et que cette folle a paniqué, qu'elle ne savait pas quoi faire.

— Mais il était nu, dit Yvette. Et on ne sait pas qui il est.

— S'il est mort d'une attaque cardiaque, ce sera à d'autres de gérer le problème.

Il fronça les sourcils.

— J'aimerais bien que quelqu'un pige quelque chose à ce que raconte Michelle Doyce.

Alors même qu'il prononçait ces mots, un visage sévère, au regard noir, se présenta à son esprit : Frieda Klein.

Chapitre cinq

— Je vous en prie, docteur Klein, asseyez-vous.

Frieda s'était déjà rendue plusieurs fois dans cette salle. Elle y était venue en tant que stagiaire pour assister à des colloques. Elle y avait dirigé des séminaires en tant que psychanalyste confirmée. Une fois, elle avait même siégé là où se trouvait à présent le professeur Jonathan Krull, face à un thérapeute de soixante ans dont le nom avait depuis était radié du registre du conseil psychanalytique britannique.

Elle prit une profonde inspiration pour se rasséréner et s'assit, les mains croisées sur ses genoux. Elle connaissait Krull de réputation, ainsi que le Dr Jasmine Barber, en tant que consœur. Elles entretenaient des rapports amicaux et le Dr Barber, qui semblait mal à l'aise, avait du mal à croiser le regard de Frieda. Le troisième membre de l'équipe était une femme courtaude, aux cheveux gris, vêtue d'un pull au rose criard et portant une minerve. Au-dessus, son visage ridé était malin, son regard vif. Elle évoquait à Frieda une grenouille intelligente. Elle se présenta : Thelma Scott. Frieda ressentit une bouffée d'excitation : elle avait entendu parler de Thelma Scott, spécialiste du souvenir et des psychotraumatismes, mais ne l'avait jamais rencontrée auparavant. Une autre personne était assise à l'autre bout de la table : elle était là pour rédiger le compte rendu de la séance.

— Comme vous le savez, docteur Klein, commença le professeur Krull en consultant brièvement les feuilles de papier devant lui, il s'agit aujourd'hui d'une enquête préliminaire relative à une plainte que nous avons reçue.

Frieda hocha la tête.

— Nous avons notre propre déontologie et une procédure relative aux plaintes, à laquelle vous avez souscrit quand vous avez été agréée. Nous sommes ici aujourd'hui pour examiner la plainte qui a été déposée contre vous et pour nous assurer que l'un de vos patients n'a pas été victime d'une mauvaise application de nos méthodes, et que vous vous êtes comportée avec la prudence requise et les manières appropriées. Avant que nous commencions, je me dois de préciser qu'aucune de nos décisions ou conclusions n'a force de loi.

Il lisait le papier posé devant lui à présent.

— Qui plus est, quelle que soit la décision que nous prendrons, elle n'affectera pas le droit pour le plaignant de vous poursuivre en justice, si tel est son vœu. Vous comprenez ?

— Oui, parfaitement, répondit Frieda.

— J'ajoute que ce comité consultatif est composé de trois psychothérapeutes qui sont ici pour livrer une opinion professionnelle impartiale sur le cas en question. Avez-vous la moindre raison de douter de l'impartialité d'aucun d'entre nous, docteur Klein ?

— Non.

— Vous avez choisi de n'être pas représentée.

— C'est exact.

— Alors nous pouvons commencer. La plainte a été déposée par Mrs Caroline Dekker, au nom de son mari Alan Dekker. Confirmez-vous qu'Alan Dekker a bien été votre patient ?

— Oui. Je l'ai vu en novembre et décembre 2009. J'ai noté ici les dates de chaque séance.

Elle exhiba un document tapé à la machine et le fit glisser sur la table.

— Mrs Dekker soutient que son mari est venu vous trouver dans un état de grande détresse.

— Il souffrait de graves attaques de panique.

— Elle soutient également que, loin de l'avoir aidé, vous vous êtes servie de lui en tant que… (Krull consulta de nouveau ses notes.) … pion dans une enquête de police. Que vous vous êtes comportée en détective, et non en thérapeute, nourrissant sur son compte des soupçons, en allant jusqu'à le signaler effectivement à la police, le rendant suspect dans une affaire d'enlèvement d'enfant, que vous avez violé votre promesse de confidentialité due au patient et que vous avez privilégié votre propre carrière au détriment de sa tranquillité et de son bonheur à venir.

— Aimeriez-vous nous exposer votre version des faits, docteur Klein ? proposa Thelma Scott.

La femme d'âge mûr à la minerve et au pull ignoble fixait Frieda de son regard pénétrant.

À présent que ce moment – qu'elle avait longtemps redouté – était enfin arrivé, Frieda se sentait calme.

— Alan Dekker est venu me trouver en novembre parce qu'il était tourmenté par le fantasme d'avoir un enfant. Lui-même était sans enfant, même si cela faisait un moment que sa femme et lui tentaient d'avoir un bébé. Aussi avons-nous discuté dans l'espoir de comprendre pour quelles raisons cette absence d'enfant créait chez lui non un simple chagrin mais un dysfonctionnement grave. Au même moment, un enfant réellement existant, Matthew Faraday, avait disparu. L'enfant que décrivait Alan – celui qu'il n'avait jamais eu – ressemblait tellement au garçon disparu que je me suis sentie tenue de le signaler à la police. Après quoi j'ai prévenu Alan de ce que j'avais fait.

— Vous en a-t-il voulu ? demanda Jasmine Barber.

Frieda réfléchit un moment.

— Il semblait comprendre, peut-être même un peu trop. Il avait du mal à exprimer de la colère. J'ai découvert en lui un homme doux, qui doutait beaucoup de lui. C'est Carrie – Mrs Dekker – qui éprouvait de la colère à sa place. Elle se montrait très protectrice envers lui. Cela ne m'étonne pas que ce soit elle qui ait déposé plainte au nom de son mari.

— Mais ce n'est pas la seule fois où vous avez franchi les limites, si ? reprit Krull.

Frieda soutint son regard.

— Le cas s'est avéré compliqué. Alan avait été adopté. Il a appris – non, j'ai découvert, et le lui ai appris – qu'il avait un vrai jumeau. Il avait un frère, dont il ignorait totalement l'existence, et pourtant ils possédaient d'extraordinaires similitudes psychologiques, ainsi qu'une sorte de lien, une affinité, si vous voulez. Ils voyaient les choses de la même façon, dans une certaine mesure. Cette découverte perturbait Alan, ce qui n'a rien d'étonnant. C'était son frère qui avait enlevé Matthew : Dean Reeve – nom qui figure sur toutes les lèvres désormais, le croque-mitaine vedette du pays.

— Lequel s'est donné la mort.

— Il s'est pendu sous un pont près d'un canal dans

le quartier de Hackney quand il a compris qu'il ne pourrait plus nous échapper. Même si Alan haïssait l'idée même de ce frère, il l'aimait également. Ou en tout cas, il a eu l'impression d'avoir perdu une part de lui-même à sa mort. Il a dû souffrir considérablement. Mais ce n'est pas à cela que Carrie fait allusion quand elle dit que je me suis servie de lui.

Frieda les contempla tous les trois de ses grands yeux sombres.

— Lors d'une séance, reprit-elle, je me suis adressée à lui de manière à pénétrer le raisonnement mental de son frère, à deviner ses pensées. Sans le lui dire. Si je l'avais fait, cela n'aurait pas marché.

— Vous vous êtes donc bel et bien servie de lui ?

— Oui, répondit Frieda.

Tous étaient frappés par son ton, irrité plutôt que conciliant.

— Pensez-vous avoir mal agi ?

Frieda garda le silence quelques instants, fronçant les sourcils. Ses pensées s'abîmèrent dans les ténèbres de l'affaire, ses ombres et la peur qu'elle avait distillée, telle une encre noire. Son patient Alan s'était avéré le double rigoureusement identique de Dean, un psychopathe qui avait enlevé non seulement Matthew mais, vingt ans plus tôt, une petite fille. Et cette petite fille Joanna, autrefois menue, timide, avec sa dent ébréchée, pleurée sans fin par ses proches, n'était autre que la grosse femme léthargique de Dean, cachée sous sa nouvelle identité mais à la vue de tous, victime devenue bourreau. Le test ADN de Sasha avait apporté la preuve que l'obèse Terry fumant cigarette sur cigarette était la petite Joanna aux genoux cagneux, que celle qui collaborait de son plein gré avec Dean était également sa victime. Qui plus est – et c'était à cela que pensait toujours Frieda quand elle errait dans les rues de Londres la nuit jusqu'à se retrouver suffisamment épuisée pour trouver le sommeil, et ce dont elle rêvait encore –, la découverte qu'avait faite Frieda de l'insolite ressemblance entre les jumeaux avait conduit à l'enlèvement d'une jeune étudiante de doctorat, dont le corps n'avait jamais été retrouvé. Elle songeait aux traits intelligents, attachants de Kathy Ripon, et à l'avenir qu'elle n'aurait jamais. Peut-être ses parents attendaient-ils toujours qu'elle revienne, le cœur battant chaque fois que quelqu'un frappait à la porte. Ces gens, ses juges, lui demandaient si elle avait mal agi, comme si la réponse était simple, une vérité qui ne serait pas insaisissable et déloyale. Elle releva les yeux et leur fit de nouveau face.

— Oui, répondit-elle, d'une voix parfaitement claire. J'ai fait du tort à Alan Dekker, en tant que patient. Mais je ne sais pas si j'ai mal agi. Ou, du moins, je pense avoir eu à la fois tort et raison. Ce qu'Alan m'a confié ce jour-là nous a menés directement à Matthew. Il a sauvé la vie d'un petit garçon, il n'y a là aucun doute. J'ai cru qu'il était heureux d'avoir pu nous aider. Je sais que le temps affecte la perception que l'on a des faits, et j'ignore totalement ce qu'il a pu traverser depuis, mais je ne comprends pas pourquoi aujourd'hui, plus d'un an après les faits, il serait tenté de porter plainte pour une ruse qu'il a, à l'époque, acceptée. Puis-je ajouter autre chose ?

— Faites, je vous prie.

Le professeur Krull l'y invita d'un geste courtois de ses mains fines, veinées de bleu.

— Carrie soutient que j'aurais pu faire passer ma

carrière avant la paix et le bonheur de son mari. Je n'ai pas privilégié ma carrière. Je ne travaille pas pour la police et ne caresse nullement le désir de devenir inspecteur. Une jeune femme a disparu en raison de ce que j'ai fait, et je dois vivre avec ça. Mais ceci est encore un autre problème, pas celui dont nous débattons pour l'instant. En tant que thérapeute, je crois à la connaissance de soi, en l'autonomie. Ce que les gens apprennent sur eux-mêmes durant une thérapie n'apporte pas nécessairement la paix ou le bonheur. De fait, souvent, c'est l'inverse. Mais cela permet parfois de transformer l'insupportable en supportable, de devenir responsable de soi-même, et d'avoir un certain degré de maîtrise de son propre destin. Voilà ce que je fais, dans la mesure du possible. Quant au bonheur…

Frieda leva les deux mains en un geste expressif et se tut.

— Donc, si l'on vous demandait de présenter des excuses…

— Des excuses ? Pour quoi ? À qui ? J'aimerais savoir ce qu'Alan a à dire de tout ceci. Il ne devrait pas laisser sa femme s'exprimer à sa place.

Un silence embarrassé envahit la pièce, puis Thelma Scott déclara d'une voix sèche :

— Pour autant que je sache, Mr Dekker n'a rien à dire.

— Je ne comprends pas.

— Sans doute pas, en effet. La plainte émane apparemment de Mrs Dekker en personne.

— En son nom ?

— Eh bien… On peut le penser, oui.

— Attendez. Êtes-vous en train de me dire qu'Alan n'a rien à voir avec tout ça ?

— Je ne sais pas au juste.

Le professeur Krull semblait gêné.

— Pourquoi tout ça, alors ?

Frieda désigna tour à tour la longue table ovale, la femme consignant le compte rendu à l'autre bout, les portraits des augustes membres du conseil pendus aux murs.

— Je croyais qu'il s'agissait d'enquêter sur une plainte déposée, même indirectement, par un patient. Depuis quand est-on responsable du mécontentement ressenti par le conjoint d'un patient ? Qu'est-ce que je fais ici ? Et vous-mêmes, tous autant que vous êtes ?

Le professeur Krull s'éclaircit la voix.

— Nous voulons écarter tout risque de procès. Arranger les choses.

Frieda se leva brusquement, et sa chaise racla le plancher. Sa voix tremblait de colère contenue.

— *Arranger les choses ?* Vous voulez que je présente des excuses pour un acte que je crois justifié, ou en tout cas, pas injustifié, à quelqu'un qui n'a jamais été concerné par cette demande ?

— Docteur Klein, coupa Krull.

— Frieda, intervint Jasmine Barber. S'il vous plaît, attendez.

Thelma Scott ne dit rien : ses yeux gris suivirent Frieda.

— J'ai mieux à faire de mon temps.

Elle reprit son manteau sur le dossier de sa chaise et sortit, en prenant garde à ne pas claquer la porte derrière elle. Alors qu'elle parcourait le couloir en direction de l'entrée principale, elle entr'aperçut une femme qui descendait les escaliers sur sa gauche et s'arrêta. Quelque chose dans cette robuste silhouette, ces courts cheveux bruns, lui était familier. Elle secoua la tête, continua vers la sortie, puis se ravisa et fit demi-tour, empruntant l'escalier qui menait à la cantine. Et elle avait raison : il s'agissait bien de Carrie Dekker, l'épouse d'Alan, la femme à cause de laquelle elle avait assisté à cette mascarade à l'étage. Depuis un an qu'elle ne l'avait vue, elle semblait devenue plus petite, plus râblée, plus âgée, plus lasse. Ses cheveux bruns étaient hirsutes. Frieda attendit que Carrie se serve un mug de café et s'installe dans un coin, à côté du radiateur, avant de s'approcher.

— Puis-je m'asseoir un moment ?

Carrie la dévisagea, les traits durcis par l'hostilité.

— Vous ne manquez pas de culot, déclara-t-elle.

Frieda prit place.

— J'ai pensé que nous ferions mieux de parler franchement, face à face.

— Pourquoi vous n'êtes plus en interrogatoire ? Vous n'êtes pas restée bien longtemps.

— Je voulais vous poser une question.

— Quoi ?

— Alan était mon patient. Pourquoi est-ce vous, plutôt que lui, directement, qui portez plainte contre moi ?

Carrie eut l'air interloquée.

— Vous n'êtes pas au courant ?

— Au courant de quoi ?

— Vraiment, vous n'en avez aucune idée ? Vous avez débarqué dans nos vies. Vous avez soutenu que nous étions en de bonnes mains. Vous avez dit à Alan qu'il pouvait vous faire confiance. Vous lui avez bourré le crâne d'idées, comme quoi il fallait se connaître soi-même, être honnête envers soi. Vous lui avez dit de ne pas avoir honte du moindre ressenti. En un mot, vous l'avez affranchi.

— Et ?

— Tout ce que je voulais, c'était qu'il guérisse.

L'espace d'un instant, sa voix vacilla.

— Il était malade et je voulais juste qu'il aille mieux. C'est pour ça qu'il vous consultait. C'est ça, pour vous, être guéri ? Connais-toi toi-même et quitte ta femme.

— Hein ?

— Vous l'avez changé.

— Carrie, arrêtez une seconde. Êtes-vous en train de me dire qu'Alan vous a quittée ?

— Vous n'étiez pas au courant ?

— Non. Je n'ai pas vu ni parlé à Alan depuis le mois de décembre, quand on a retrouvé son frère mort.

— Ben, voilà. Maintenant, vous savez.

— Quand est-il parti ?

— Quand ?

Carrie releva la tête. Son regard croisa celui de Frieda.

— Le jour de Noël, voilà quand.

— C'est dur, compatit Frieda d'une voix douce.

Elle commençait à comprendre pourquoi Carrie avait porté plainte.

— Ça fait donc un peu plus d'un mois.

— Non, pas ce Noël-ci, l'autre. Celui d'avant.

— Oh, laissa échapper Frieda.

L'espace d'un instant, les contours de la pièce se brouillèrent.

— Vous voulez dire juste après que son frère a mis fin à ses jours ?

— Comme s'il n'attendait que ça. Vraiment, vous n'étiez pas au courant ? J'ai cru qu'il vous avait parlé… J'ai cru que c'était *vous* qui l'y aviez encouragé.

— Pourquoi est-il parti ?

— Parce qu'il se sentait mieux. Il n'avait plus besoin de moi. Il a toujours eu besoin de moi. J'ai veillé sur lui. Mais une fois que vous lui avez mis le grappin dessus, il a changé.

— C'est ce qu'il a dit ?

— Il n'en a pas tant dit, non. Mais c'est comme ça qu'il se comportait. Pendant les quelques jours après le suicide de Dean, il était… comment dire… Il était gai, plein d'énergie, résolu. Ces quelques jours ont été les meilleurs de ma vie. C'est pour ça que ça a été si dur ensuite. J'ai cru que tout irait bien. J'avais eu si peur si longtemps, et soudain il m'était revenu, mon vieil Alan. Ou plutôt, un nouvel Alan. Et il était… tellement tendre. J'étais heureuse.

Elle tourna la tête pour que Frieda ne puisse pas voir les larmes dans ses yeux, et renifla avec colère.

— Il a bien dû vous donner une explication.

— Non. Il a juste dit que nous avions passé de bons moments, mais que désormais, c'était fini. Quand je pense à ce à quoi j'ai renoncé pour lui, à la façon dont j'ai veillé sur lui, à quel point je cherchais à lui offrir un univers sécurisant… Je l'aimais et je sais que lui aussi. Quoi qu'il puisse arriver par ailleurs, nous pouvions compter l'un sur l'autre. Là-dessus, il est parti sans un regard en arrière, et que me reste-t-il maintenant ? Il m'a tout pris : mon amour, ma confiance, mes années de fertilité. Et je ne vous pardonnerai jamais pour ça. Jamais.

Frieda hocha la tête. La colère qu'elle éprouvait envers Carrie s'était depuis longtemps évanouie.

— Vous savez, Alan a traversé un traumatisme terrible, dit-elle. Peut-être n'a-t-il plus supporté son ancienne vie et s'est-il enfui, ce qui ne signifie pas que ce soit pour toujours. L'important est que vous continuiez de communiquer avec lui, que vous laissiez les portes ouvertes.

— Et comment suis-je censée faire une chose pareille ?

— Il ne vous parle pas ?

— Il a disparu. Envolé.

Frieda eut soudain froid en dépit du radiateur fonctionnant à plein régime à côté d'elle. Elle énonça lentement et prudemment :

— Vous voulez dire que vous ne savez même pas où il est ?

— Je n'en ai pas la moindre idée.

— Il ne vous a pas laissé une adresse où faire suivre son courrier ?

— Il est juste parti avec quelques affaires et le fameux sac d'outils que lui avait offert son psychopathe de frère juste avant de se tuer. Oh, et presque tout l'argent de son compte en banque. J'ai ouvert ses relevés. J'ai tenté de le retrouver mais manifestement il ne tient pas à ce qu'on le fasse.

— Je vois, commenta Frieda.

— C'est pour ça que j'ai porté plainte. Vous m'avez volé ma vie. Vous avez peut-être retrouvé ce petit garçon, et sauvé la femme de Dean, qui n'avait pas vraiment l'air d'y tenir, mais par votre faute, j'ai perdu mon Alan.

Carrie se leva et boutonna sa veste. Un film se formait à la surface de son café, qu'elle n'avait pas touché. Frieda la regarda s'éloigner mais ne bougea pas pendant plusieurs minutes. Elle resta rigoureusement immobile, les mains posées sur la table devant elle, le visage dénué d'expression.

Chapitre six

En quittant l'Institut, Frieda réfléchissait si intensément qu'elle avait à peine conscience de l'endroit où elle se trouvait. Quand elle s'aperçut qu'on lui pressait l'épaule, elle crut avoir bousculé quelqu'un.

— Désolée, commença-t-elle, avant de sursauter. Bon sang, mais *qu'est-ce* que vous faites ici ?

Karlsson rit, sentant sa propre humeur maussade disparaître à la vue de la mine renfrognée de la jeune femme.

— Content de vous revoir, moi aussi, après tout ce temps, dit-il. Je vous cherchais.

— Le moment est mal choisi.

— Je le conçois volontiers, répliqua Karlsson. J'ai vu Carrie Dekker partir quelques minutes avant que vous ne sortiez.

— Mais enfin, que faites-vous là ?

— Charmant. Après tout ce que nous avons vécu, vous et moi…

— Karlsson, dit Frieda d'une voix menaçante.

Jamais il n'avait réussi à la convaincre de l'appeler par son prénom.

— J'ai eu du mal à vous joindre. Pourquoi n'allumez-vous jamais votre portable ?

— Je ne vérifie les appels en absence qu'une fois par semaine.

— Au moins, vous vous êtes décidée à en acheter un. J'ai parlé à votre amie, Paz, au centre. Elle m'a raconté ce qui se passait. Pourquoi ne m'avez-vous pas appelé ?

Il inspecta les alentours du regard.

— Pouvons-nous aller prendre un café quelque part ?

— J'étais dans la cantine à l'instant avec Carrie. Alan l'a quittée. Vous le saviez ?

— Non.

— Et quand je dis « quittée », je veux dire : il a coupé les ponts. Il a disparu, point barre. Vous ne trouvez pas ça bizarre, pour quelqu'un à ce point dépendant d'elle, et qui l'adulait ?

— Il a été soumis à pas mal de pression. Parfois les gens ont juste besoin de se tailler.

Une discrète grimace lui échappa. Frieda le remarqua, tout comme les nouvelles rides sur son visage étroit, les fils argentés parsemant ses cheveux bruns, et la touffe de poils qu'il avait oubliée en se rasant. Elle secoua la tête.

— Quelque chose ne colle pas. Il s'est passé un truc.

— Vous n'avez pas répondu à ma question.

— Laquelle ?

— Celle qui vous demandait pourquoi vous ne m'avez pas appelé pour cette audience. J'aurais aimé vous aider. Grâce à vous, on a retrouvé un gosse enlevé. *Des* gosses enlevés. L'idée que vous puissiez être traînée devant une espèce de commission est parfaitement ridicule.

Frieda dévisagea l'inspecteur avec cette expression pénétrante qui le mettait toujours sur ses gardes.

— Ça n'a rien de ridicule, répliqua-t-elle. Je dois répondre de mes actes et Alan a le droit de porter plainte contre moi.

— J'aurais pris votre défense. Tout comme le préfet. J'aurais sans doute pu obtenir une intervention du ministre de l'Intérieur.

— Ce n'est pas la question. La question est que j'ai failli à mes devoirs envers un patient.

— Mais non.

— J'avais différents devoirs, reprit Frieda. J'ai tenté de peser le pour et le contre. J'aurais aimé en parler à Alan mais il semble que cela ne sera pas possible.

Karlsson allait rétorquer quelque chose puis renonça.

— En fait, il se trouve que tout ceci n'a rien à voir avec la raison de ma visite. Écoutez, si vous ne voulez pas de café, est-ce qu'on peut aller marcher ? Vous aimez marcher, non ?

— Vous n'avez pas de voiture ?

— Si, avec chauffeur. On peut marcher, et il me rejoindra ensuite.

L'expression de Frieda devint soupçonneuse.

— Ça n'a rien à voir avec le boulot, si ?

— Rien d'important, s'empressa de répondre Karlsson. Je me suis juste dit que ça pouvait vous intéresser. À titre professionnel. Vous seriez rémunérée pour votre peine. J'aimerais que vous échangiez deux mots avec quelqu'un. Cinq minutes. Dix. Une petite conversation, pour me dire ce que vous en pensez. C'est tout.

— Qui est-ce ?

— On va par où ? demanda Karlsson.

Frieda indiqua la direction dans son dos.

— Par Primrose Hill.

— Très bien. Je vous demande juste un instant.

Après quelques instructions laissées au chauffeur, Karlsson et Frieda remontèrent la rue et empruntèrent une impasse qui débouchait sur le parc. En silence, ils gravirent une colline, puis contemplèrent le zoo et la ville au-delà. Il faisait froid ce jour-là et, au travers d'une trouée dans les nuages, Karlsson aperçut les collines du Surrey, loin au sud.

— Vous savez tout de ce coin, commença-t-il, alors racontez-moi quelque chose d'intéressant.

— Il n'y a pas si longtemps, des renards ont pénétré dans la cage des pingouins, répondit-elle. Ils en ont tué une douzaine, environ.

— Ce n'est pas vraiment à ça que je pensais.

— C'est ça qui m'est venu à l'esprit, rétorqua Frieda.

— Ils n'avaient qu'à se jeter à l'eau.

— On ne sait pas comment on réagit en situation de crise. Avant qu'elle ne survienne. Bon, de quoi vouliez-vous me parler ?

Alors qu'ils redescendaient la pente et que la vue s'aplanissait, Karlsson parla à Frieda de Michelle Doyce, de la maison à Deptford et du corps en décomposition qu'on avait retrouvé calé dans son canapé, avec un peigne dans les cheveux et la bouche maquillée de rouge à lèvres.

— On a cru qu'il pouvait s'agir d'une mort naturelle ou accidentelle, mais il y a un os dans le cou qui ne se rompt qu'avec strangulation.

— L'os hyoïde, précisa Frieda.

— Je vous croyais psychothérapeute.

— J'ai d'abord étudié la médecine. Comme vous le savez…

— Enfin bref, vous avez raison. Il arrive qu'on

vous étrangle et que l'os hyoïde ne rompe pas. Mais s'il casse, c'est bel et bien qu'on a été étranglé. Là, je crois que j'y suis arrivé : tout ça pour dire, cet homme a été étranglé.

— Où est la femme ? demanda Frieda.

— On l'a renvoyée à l'hôpital psychiatrique, dont elle n'aurait jamais dû sortir. Pour autant que je sache, elle a vécu avec un cadavre pendant cinq jours ou plus. D'après ce qu'on en a vu, elle lui servait du thé, putain, accompagné de brioches. Certes, il se pourrait qu'elle soit l'actrice la plus douée du monde, mais pour ma part je pense qu'elle est folle et qu'elle délire. Ce qui n'empêche pas que c'est sans doute elle qui a tué cet homme on ne sait trop comment et qu'elle passera probablement le reste de sa vie à l'asile mais…

Karlsson marqua une pause.

— J'aimerais bien avoir votre opinion sur son cas.

— Je ne suis pas la personne qu'il vous faut, répondit Frieda sans même le regarder.

— Ça ne vous intrigue pas ?

— Pas spécialement. Pas plus que je ne suis qualifiée. Je n'ai jamais fait de psychopathologie. Mon domaine de compétence, c'est le malheur des gens normaux. Il y a quantité d'experts. Je pourrais sans doute vous trouver des noms mais vous devez déjà faire appel à des gens.

— Il n'est pas question d'établir un bilan, expliqua Karlsson. Ils sont sans doute en train de le faire en ce moment. Je veux juste que quelqu'un lui parle. Nous, on ne peut pas. Enfin, on peut, c'est juste qu'on ne sait pas quoi dire et qu'on ne comprend pas ce qu'elle nous raconte. C'est ce que vous faites, vous.

— Je n'en sais rien, répondit Frieda d'un ton sceptique.

— Vous parlez de tristesse, insista Karlsson. Vous savez ce qu'a dit Yvette ? Je veux dire, l'inspecteur Long. Vous vous souvenez d'elle, non ? Elle pense que Michelle est la femme la plus malheureuse qu'elle a jamais croisée de sa vie. Ce n'est pas ce qui m'a le plus sauté aux yeux pour ma part, mais c'est ce qu'elle a dit. Michelle n'est peut-être pas comme tout le monde, mais elle est malheureuse.

Quand Frieda se tourna vers Karlsson cette fois-ci, c'était avec une mine quasi alarmée.

— Vous me prenez pour qui ? Vous croyez que je suis accro au malheur d'autrui ?

— Dans le bon sens, seulement.

— Dites-moi un truc.

— Quoi ?

— Vous allez bien ?

— Comment ça, bien ?

— Vous avez l'air soucieux.

Elle hésita, puis ajouta :

— Plus que d'habitude, je veux dire.

L'espace d'un instant, Karlsson fut tenté de se confier à elle. Ce serait un soulagement que d'en parler à quelqu'un et d'entendre ses mots de sympathie et ses conseils. Mais il ressentit ensuite une pointe d'irritation : Frieda prêtait une oreille professionnelle et il ne voulait pas parler à quelqu'un dont le métier était d'écouter, précisément. Il voulait quelqu'un qui prendrait son parti, un ami proche. Il se contenta de sourire et haussa les épaules.

— Alors, vous êtes partante ?

Frieda pénétra dans l'impasse pavée et approcha de chez elle – une étroite maison coincée entre un appartement et un garage – avec un sentiment familier de soulagement. Elle dénicha sa clé et ouvrit la porte, ôta son manteau pour le suspendre au crochet dans l'entrée, enleva ses bottes et enfila les chaussons qui attendaient. Chaque matin avant de partir, elle préparait un feu en prévision de son retour et voilà qu'elle se rendait à présent dans le salon, qu'elle allumait le lampadaire et s'agenouillait près du foyer. Elle gratta une allumette et la maintint au contact du papier journal roulé en boule, regardant les flammes lécher le papier et enflammer progressivement le petit bois. Elle tirait fierté de ne faire usage que d'une allumette, et elle attendit que le feu eût bien pris avant de se rendre dans la cuisine et d'y remplir la bouilloire. Un voyant clignotait sur le répondeur et elle pressa le bouton « play », avant de se retourner pour attraper un mug dans le placard.

— Coucou Frieda, fit une voix.

Tel un animal aux aguets, elle resta figée, une main fortement pressée contre le ventre.

— Comme tu n'as pas répondu à mes mails, je me suis dit que j'allais t'appeler. Il faut absolument que je te parle…

Frieda appuya sur le bouton « stop ». La voix se tut au beau milieu d'une phrase et elle contempla la machine comme si elle risquait soudain de se ranimer. Au bout de quelques instants, elle s'approcha de l'évier et fit couler de l'eau froide, avant de s'en asperger la figure. Elle se prépara une pleine théière de thé, patienta le temps que celui-ci infuse, puis se servit un grand mug et l'emporta dans le salon où elle s'installa dans son fauteuil au coin du feu, qui crépitait doucement sans dégager encore de réelle chaleur. Dehors, le crachin vira à la pluie, incessante. Sandy : l'homme qu'elle s'était laissée aller à aimer et qui était parti un an et un mois auparavant. Il se passait parfois des jours, et même des semaines, sans qu'elle pense aucunement à lui, mais le son de sa voix lui nouait toujours l'estomac et son cœur battait plus vite. Pourtant, elle n'avait répondu à aucun de ses e-mails. Pour l'essentiel, elle ne les avait même pas lus. Elle les avait détruits aussi vite qu'ils surgissaient, s'assurant ensuite de vider la corbeille de son ordinateur pour n'être pas tentée de les récupérer. Il l'avait invitée à le suivre en Amérique, et elle avait refusé ; elle lui avait demandé de rester, et il avait répondu qu'il ne pouvait pas. Que restait-il à ajouter ?

Finalement, elle regagna la cuisine et écouta la fin du message. Il n'était pas long : Sandy disait simplement qu'il avait besoin de lui parler et qu'il voulait la revoir. Il ne lui disait pas qu'il l'aimait, ni qu'elle lui manquait, ni qu'il voulait qu'elle revienne. Mais qu'il y avait entre eux « quelque chose d'inachevé » et sa voix semblait tendue et hésitante. Frieda l'imagina en train d'articuler ces mots : la façon qu'il avait de froncer les sourcils quand il se concentrait ; le sillon entre ses yeux ; la courbe de sa bouche. Ensuite elle effaça le message et retourna près du feu.

Plus tard ce jour-là, Karlsson écouta lui aussi sur son répondeur un message qui le traversa d'une douleur aiguë. Il dut s'asseoir et patienter, le temps de se remettre.

Il venait juste de regagner son appartement en entresol de Highbury après avoir dîné avec un ancien camarade de fac et sa femme. Ils se voyaient rarement, une fois par an, peut-être, et chaque fois l'écart semblait se creuser entre eux. Tout comme Karlsson, Alec avait étudié le droit à Cambridge, mais alors que Karlsson s'était enrôlé dans la police de Londres, il avait poursuivi sur sa lancée pour devenir aujourd'hui un des principaux associés d'un cabinet d'avocats. Son épouse, Maria, enseignait la politique à l'université ; c'était une toute petite femme, à l'esprit caustique, dotée d'une énergie inépuisable. Ils avaient trois enfants qui n'étaient pas encore couchés quand Karlsson était arrivé, apportant une bouteille de vin et un bouquet de fleurs défraîchi. Il avait passé un moment au salon en compagnie de cette famille en apparence idéale, avec les enfants en pyjama, le plus jeune encore dans ses couches, et avait senti la mélancolie s'emparer de lui : il était un inspecteur sous-payé et surmené. Sa femme l'avait quitté et vivait désormais avec un autre. Ses deux enfants grandissaient sans qu'il soit là pour les border dans leur lit le soir ni qu'il puisse leur apprendre à faire de la bicyclette, à shooter dans un ballon, à faire leur première longueur dans la piscine du coin, le visage quasi immergé dans l'eau turquoise.

Il écoutait à présent le message que sa femme avait laissé sur son répondeur.

— Mal' ? C'est Julie. Il faut qu'on parle.

Il pouvait dire, à sa prononciation légèrement ralentie, qu'elle avait bu.

— Les choses ne vont pas se tasser juste parce que tu prétends qu'elles n'existent pas, et ce n'est pas sympa pour moi. Rappelle quand tu auras ce message. Peu importe l'heure.

Karlsson se rendit dans sa cuisine et sortit une bouteille de whisky. Il avait déjà bu plusieurs verres de vin mais se sentait l'esprit clair. Il se versa une rasade généreuse et ajouta un trait d'eau. Puis il s'empara de nouveau du téléphone.

— Allô ?

Elle avait descendu plusieurs verres, plus de doute : un tremblement perçait dans sa voix.

— J'ai eu ton message. Est-ce que cette conversation ne peut pas attendre demain matin ? Il est presque minuit, on est fatigués l'un et l'autre…

— Parle pour toi-même.

Il ravala sa colère.

— Je suis fatigué. Et je ne veux pas que nous nous disputions à ce sujet. Nous devons nous poser la question de savoir ce qui est le mieux pour Mikey et Bella et ne pas précipiter les choses.

— Tu sais quoi, Mal' ? J'en ai ras le bol de penser à ce qui serait le mieux pour Mikey et Bella. J'ai passé ma vie à penser à ce qui serait mieux pour toi, pour eux, à me montrer compréhensive envers ton boulot, tes horaires, à tenir compte de tout le monde sauf de moi. C'est mon tour maintenant.

— Tu veux dire, le tour de Bob.

Bob était le compagnon de sa femme. Ils vivaient ensemble à Brighton, et quand le divorce serait prononcé, ils comptaient se marier, aussi Karlsson supposait-il qu'il tenait réellement lieu de beau-père à Bella et Mikey. C'est lui qui les emmenait à l'école chaque matin en se rendant au bureau, et qui leur lisait des histoires le soir. Karlsson avait vu des photos de Bella tout sourire sur ses solides épaules, et Mikey lui avait raconté que Bob lui avait appris à jouer au cricket sur la plage. Apparemment, il était question qu'il leur achète un chien. Bob avait à présent reçu une proposition de travail à Madrid, et Julie voulait y emmener sa famille – « pour deux ou trois ans, pas plus ».

— Ce n'est quand même pas l'Australie, plaidait-elle. Tu peux venir en avion en quelques heures.

— Ce n'est pas la même chose.

— Et pense combien ce serait une expérience formidable pour les enfants.

— Un enfant a besoin de son père, répliqua Karlsson en grimaçant d'entendre semblable platitude.

— Ils ne te perdraient pas. Ça ne changera pas, ça. Et ils pourraient passer leurs vacances avec toi. Cela ne se fera pas avant plusieurs mois, de toute façon… Tu peux passer plein de temps avec eux avant le départ.

Je les perds, songea Karlsson en contemplant l'appareil serré dans sa main. Déjà, ils étaient partis à Brighton, et maintenant l'Espagne. *Je deviendrai un étranger. Ils hésiteront à s'approcher de moi quand ils me reverront, ils se cacheront derrière Julie, ils auront envie de rentrer chez eux quand ils seront chez moi.*

— Je peux refuser, dit-il. J'ai toujours un droit de garde partagée.

— Tu peux nous empêcher de partir. Ou tenter de le faire. C'est ce que tu veux ?

— Bien sûr que non. Mais tu tiens à ce que je les voie à peine ?

— Non.

Julie poussa un profond soupir. Puis il l'entendit réprimer un bâillement.

— Mais dis-moi comment on va faire, Mal'. Il n'y a pas de réel compromis possible, là.

— Je n'en sais rien.

Karlsson, cependant, était déjà certain qu'il allait accepter. Il se sentait embarqué dans le genre de querelles qu'ils avaient déjà eues quand ils étaient ensemble. Il éprouvait un terrible sentiment de défaite et de solitude.

Le couteau avait son tiroir réservé, où il gisait enroulé dans du plastique, avec la pierre à aiguiser. Il lui arrivait de l'en sortir pour le poser sur la table devant elle, étudier le reflet mat de sa longue lame, se risquant parfois à effleurer prudemment le bord et à sentir le tranchant fraîchement affûté. Elle était alors traversée d'un frisson d'excitation et d'effroi, d'ordre presque sexuel. Elle ne s'en servait jamais pour cuisiner : elle avait un couteau émoussé pour ça. Elle l'entretenait, afin qu'il soit prêt. Un jour, il servirait.

Elle soulevait à présent l'écoutille : elle grinçait autrefois, mais elle avait versé quelques gouttes d'huile de cuisine sur ses gonds de façon à ce qu'elle se soulève sans bruit. Le vent lui arriva droit dessus, en pleine figure, un vent froid et charriant quelques gouttes de pluie. Une nuit noire régnait sur la rivière. Pas de lune ni d'étoiles. Les lumières sur les barges alignées le long du quai, celles qui étaient habitées, étaient éteintes et seuls vacillaient quelques points lumineux au loin. Elle s'extirpa et inspecta les alentours. Dans les marécages, à une distance considérable, quelqu'un avait allumé un feu. Les flammes orange s'élevaient en dansant contre le ciel. Elle plissa les yeux sans parvenir pour autant à distinguer la moindre silhouette à côté, la moindre forme noire se découpant sur le fond nocturne. Elle était seule. L'eau clapotait tout doucement le long du flanc du bateau. Lorsqu'elle était arrivée ici pour la première fois, le bruit et le léger mouvement sporadique de l'eau l'avaient dérangée, mais elle s'y était faite à présent. Ils lui rappelaient le sang dans son corps. Elle s'était aussi habituée aux bruits nocturnes – le vent dans les arbres et dans les joncs denses, parfois semblable à un gémissement, le bruissement des rongeurs sur la berge, le cri soudain des chouettes. On trouvait des renards ici, ainsi que de gros rats pourvus de longues queues épaisses. Des hérons et des cygnes blancs qui la toisaient de leur regard méchant. Des chats galeux. Elle avait eu un chat un jour, avec un bout de queue blanc et des oreilles soyeuses : il faisait méticuleusement sa toilette et ronronnait comme un moteur bien réglé. Mais c'était il y a longtemps, dans une autre vie, et elle était une autre, désormais.

Avec la plus grande précaution, elle monta dans la cabine de la péniche puis sur le chemin de halage. Elle portait des vêtements sombres – un bas de survêtement bleu marine et un haut gris à capuche : même si quelqu'un se trouvait dans les parages, il était peu probable qu'on la voie. Elle restait toujours prudente. L'important était de ne jamais baisser la garde, ou de s'imaginer en sécurité. Elle chemina lentement le long du sentier, sentant son corps se dérouiller. Elle devait garder la forme et ses forces, chose difficile quand on restait enfermé toute la journée. Il lui arrivait bien, parfois, de faire quelques pompes à l'intérieur, et s'astreignait deux ou trois fois par jour à vingt tractions en se servant du rebord de l'écoutille légèrement entrouverte en guise de barre et en comptant à voix haute pour n'être pas tentée de tricher. Si ses bras étaient forts, elle ne pensait pas en revanche être en état de courir bien loin ou bien vite. Parfois, quand elle se réveillait la nuit, c'était avec un nœud dans la poitrine, et elle avait du mal à respirer. Elle avait envie d'appeler à l'aide, mais savait qu'il ne fallait surtout pas.

Elle longea les autres bateaux amarrés à l'aide d'épais cordages. La plupart d'entre eux restaient vides d'une semaine sur l'autre, et certains se désagrégeaient, avec leur peinture qui s'écaillait et leur bois qui pourrissait. Il y avait des gens à bord de certains autres, avec des plantes sur leurs toits plats, des vélos couchés sur le flanc, dont les rayons vrombissaient quand soufflait le vent. Même dans le noir, elle savait quels bateaux étaient habités. C'était sa mission que d'être vigilante. Quand ils étaient arrivés ici, elle avait trouvé excitant de s'y cacher et d'en faire en même temps son foyer. C'était « leur refuge », avait-il dit : personne d'autre ne saurait qu'ils étaient là, et quoi qu'il arrive, ils pourraient se retrancher ici et attendre que le danger soit passé. Mais ensuite, il était parti, ne revenant que quelques jours par mois. Au début, elle s'était demandé ce qu'elle ferait de ses journées quand elle serait seule, mais c'était fou le nombre de choses à faire. Il fallait entretenir la péniche, pour commencer, et ce n'était pas facile parce qu'elle était ancienne et qu'elle était restée longtemps abandonnée avant qu'ils ne l'occupent. Il y avait des taches d'humidité sur les flancs et l'eau s'infiltrait par le plancher, autour des interstices de la douche et des toilettes, et jusque dans les placards de l'espace qui tenait lieu de cuisine. Les fenêtres étaient d'étroits rectangles au travers desquels nul ne pouvait voir de l'extérieur. Il fallait toujours garder la porte fermée, et quand elle lavait ses vêtements dans le tout petit évier avec les savons qu'il lui achetait, avant de les étaler sur les chaises et la table pour les mettre à sécher, l'air était chargé d'une odeur forte et légèrement moisie.

Autrefois, il y avait eu de l'espace, du confort, de la lumière se déversant par de vastes fenêtres, et des roses sur la pelouse. Elle se rappelait comme en rêve les draps propres et les doux vêtements. Désormais, elle vivait dans cet espace sombre, confiné ; avec ces longues nuits d'hiver, quand il faisait si froid que son haleine s'élevait en volutes et que de la glace se formait contre les parois des petites fenêtres ; avec ces bougies vacillant en secret quand elle n'osait même pas faire usage de la lampe torche à dynamo qu'il lui avait offerte ; avec cette peur, tapie comme une douleur dans son estomac. Oui, on pouvait même s'habituer à la peur. On pouvait transformer la peur en quelque chose de fort et d'utile, de dangereux.

Elle rebroussa chemin. Les gouttes de pluie gagnaient en intensité et elle ne voulait pas se retrouver trop mouillée. L'hiver avait été si froid, si long… Durant des semaines, les sentiers avaient été durcis par la glace, ou couverts d'une neige épaisse. Elle s'était sentie comme un animal dans son terrier, à regarder les flocons tomber derrière les fenêtres. À attendre, attendre sans fin.

Après s'être glissée de nouveau par l'écoutille, elle la referma derrière elle et la verrouilla. Elle remplit la petite bouilloire en fer-blanc avec juste la quantité d'eau requise pour un sachet de thé et la posa sur la cuisinière, tournant le bouton et enflammant le brûleur à l'aide d'une allumette. Mais elle voyait bien qu'ils allaient bientôt manquer de gaz : la flamme était faible et bleue. Bientôt elle ne pourrait plus cuire les pommes de terre qui attendaient dehors, sous le siège, dans le panier, ni remplir une bouillotte afin d'atténuer un peu le froid qui semblait s'immiscer jusque dans ses os. Peut-être apporterait-il une nouvelle bouteille la prochaine fois qu'il viendrait. Ce qu'il ne manquerait sûrement pas de faire bientôt. Elle croyait en lui.

Chapitre sept

— Vous plaisantez.

Reuben se cala au fond de son fauteuil, la mine réjouie.

Frieda se renfrogna.

— Je vais juste passer quelques minutes avec elle.

— C'est s'engager sur une pente savonneuse.

— Je ne le pense pas. Karlsson veut que je voie si je parviens à comprendre ce qu'elle raconte.

— Vous m'avez dit que vous ne vous mêleriez plus jamais d'enquêtes policières, en aucun cas.

— Je sais. Et je compte bien ne pas le faire. Ne me regardez pas comme ça.

— Pardon ?

— Comme si vous me connaissiez mieux que moi-même. C'est agaçant. J'espère que vous ne regardez pas vos patients de cette façon.

— Je sais que vous êtes intriguée.

Frieda s'apprêtait à protester mais se retint, vu que Reuben avait raison, évidemment.

— Peut-être aurais-je mieux fait de refuser, déclara-t-elle lentement. J'ai cru que c'était ce que j'allais faire, et après, je me suis entendue dire oui.

Ils étaient assis dans le bureau de Reuben au centre où Frieda travaillait à mi-temps, et où elle siégeait au conseil d'administration. L'Entrepôt qu'avait créé Reuben l'avait rendu célèbre en tant que thérapeute. Frieda ne s'était toujours pas faite à la métamorphose de son bureau. Durant des années – depuis qu'elle avait fait sa connaissance, en fait, à l'époque où il était son superviseur et elle une jeune élève –, Reuben avait travaillé dans le chaos, au milieu des papiers étalés absolument partout, des piles de livres à moitié écroulées autour de son fauteuil, de cendriers et de pots de fleurs débordant de cigarettes à demi consumées. Aujourd'hui, tout se trouvait dans un état d'ordre bien défini : il y avait une corbeille pour le courrier contenant seulement quelques feuilles de papier, les livres étaient sur leurs étagères, il n'y avait pas un mégot de cigarette en vue. Et Reuben lui-même avait changé. Fini le look de rock star sur le retour. À présent, il portait un costume bleu marine uni sur une chemise blanche, il était rasé, ses cheveux gris ne lui arrivaient plus au col. Il semblait svelte : quelques mois auparavant, il avait choqué tout le monde en s'inscrivant à un cours de gym. Pire encore, il s'y rendait chaque matin avant de venir travailler. Il devait désormais retenir ses pantalons à l'aide d'une ceinture, avait remarqué Frieda. Qui plus est, il mangeait des salades vertes au déjeuner et trimballait partout avec lui une bouteille d'eau dont il buvait une gorgée de temps à autre, de manière ostentatoire. Frieda ne pouvait d'ailleurs s'empêcher de penser qu'il jouait un rôle et qu'il était content de l'effet produit.

— Il y a autre chose, ajouta-t-elle.

— Allez-y.

— Il m'est venu une idée bizarre – non, qualifier ça d'idée, c'est rendre la chose beaucoup plus précise qu'elle ne l'était en réalité. Une sensation, peut-être. Quand Carrie m'a dit à quel point Alan avait changé, avant de disparaître de sa vie…

— Oui ?…, demanda Reuben au bout d'un long moment.

Frieda fronça les sourcils.

— … c'était comme si je m'étais avancée dans une ombre. Vous savez, comme quand on a soudain froid, même par une journée chaude. Ce n'est sans doute rien. Oubliez ce que j'ai dit. Quand revient Josef ?

Josef était leur ami, un maçon venu d'Ukraine qui avait débarqué de façon inopinée dans la vie de Frieda un an et des poussières auparavant, quand il était tombé du plafond du cabinet où elle recevait ses patients. Il avait fini par habiter chez Reuben, à l'époque où ce dernier traversait ce qu'il appelait à présent, non sans une certaine fierté, sa dépression nerveuse. Josef était devenu son locataire, un locataire qui ne s'acquittait d'aucun loyer mais réparait la chaudière et installait une nouvelle cuisine, préparait d'innombrables théières de thé et servait de la vodka chaque fois qu'il y avait crise. Il n'était jamais reparti, sauf quelques semaines auparavant, pour rentrer dans son pays natal et voir sa femme et leurs enfants à l'occasion de Noël.

— Il doit être bloqué par la neige. J'ai vérifié la météo de Kiev sur Internet, l'autre jour. Il y faisait dans les moins trente degrés. La vraie réponse est : je n'en sais rien. Jamais, peut-être.

— Jamais ?

Elle fut étonnée du désarroi qu'elle ressentit.

— Il a dit qu'il revenait. Ses affaires – non pas qu'il

possède grand-chose – sont encore dans sa chambre. Sa camionnette est garée dans mon allée, avec la batterie à plat, de sorte que je ne peux même pas la déplacer pour sortir ma propre voiture. Deux ou trois jeunes femmes qui le cherchaient sont venues toquer à ma porte, elles se figurent donc qu'il va revenir. Mais ça fait six semaines, maintenant. C'est là-bas que se trouvent les siens, après tout. Ils doivent lui manquer, à sa façon.

— Je sais.

— Je pensais que vous auriez eu des nouvelles.

— J'ai bien reçu une carte postale récemment, mais envoyée il y a des semaines. Il avait oublié d'indiquer le code postal.

— Que disait-il ?

Frieda sourit.

— Il disait : « N'oublie pas ton ami Josef. »

Elle se leva.

— Je ferais mieux d'y aller. Une voiture passe me prendre.

— Soyez prudente.

— Elle n'est pas dangereuse. Elle est juste dérangée.

— Ce n'est pas pour elle que je m'inquiète. Mais pour vous. Prenez garde aux pentes glissantes.

— Pentes savonneuses, pentes glissantes… la prochaine fois, vous me direz de faire attention avant de sauter.

— J'aurai l'occasion de vous rappeler cette conversation.

Frieda et Karlsson remontèrent le long couloir. On avait fait venir un artiste pour égayer cette longueur interminable de murs privés de fenêtres. De temps à autre, ils passaient devant un paysage miniature peint dans des couleurs primaires, figurant un pont franchissant une rivière bleue, ou une colline verte avec des silhouettes minuscules à son sommet. Parvenus devant la représentation d'un oiseau surdimensionné, aux plumes criardes et à l'œil turquoise, au regard cruel, dont Frieda se dit qu'il était de nature à perturber le patient le plus calme, ils franchirent des portes battantes avant de continuer dans un nouveau couloir, plus large. Bien qu'il fût midi, il y régnait un calme inquiétant. Ils croisèrent un infirmier, dont les chaussures crissaient dans le silence. Des chariots et des fauteuils roulants étaient rangés le long des murs. Une vieille femme venait vers eux en s'appuyant sur son déambulateur. Elle était toute petite, semblable à une enfant faible, et se déplaçait avec une lenteur infinie, se balançant d'avant en arrière sur les pieds en caoutchouc du cadre, sans progresser réellement vers nulle part. Ils s'écartèrent pour la laisser passer, mais elle ne leva pas les yeux. Ils voyaient ses lèvres s'animer.

— C'est juste ici, à gauche.

La voix de Karlsson retentit, trop sonore, ce qui lui fit faire une grimace.

Poussant la porte, ils pénétrèrent dans un dortoir de huit lits. Les fenêtres donnaient sur un carré de verdure, qui avait grand besoin qu'on s'occupe de lui. Le gazon humide et non tondu, les mauvaises herbes dans les plates-bandes conféraient à l'endroit un air d'abandon. Plusieurs patientes du dortoir semblaient endormies, simples bosses immobiles bordées dans leurs lits, mais l'une d'entre elles était assise dans son fauteuil et gémissait sans s'arrêter d'une voix suraiguë, en frottant ses petites mains sèches l'une contre l'autre. Elle semblait jeune et aurait pu être jolie sans les traces de brûlure qui marquaient son visage. Une autre, coiffée d'un chignon gris sommaire, vêtue d'une chemise de nuit victorienne boutonnée jusqu'à son menton harmonieusement dessiné, faisait un puzzle. Elle leva les yeux et leur adressa un sourire de sainte-nitouche. Une odeur de poisson et d'urine flottait dans les airs. L'infirmière au comptoir reconnut Karlsson et le salua d'un signe de tête.

— Comment va-t-elle aujourd'hui ? s'enquit-il.

— Elle vient d'attaquer son nouveau cocktail médicamenteux et a passé une meilleure nuit. Mais elle veut récupérer ses affaires. Elle n'arrête pas de les chercher.

On avait tiré le rideau à rayures autour du lit de Michelle Doyce. Karlsson l'ouvrit légèrement et fit signe à Frieda de se glisser dans l'interstice. Michelle était assise dans son lit, raide comme un piquet. Elle portait une robe de chambre beige de l'hôpital, et ses cheveux étaient retenus en deux couettes, à la manière d'une écolière. En la regardant, Frieda songea que ses traits étaient étrangement imprécis, comme s'ils manquaient de contours bien définis : on aurait dit une aquarelle aux couches superposées – son teint était rose, tout en tirant subtilement sur le jaune ; ses cheveux n'étaient ni gris ni bruns ; son regard avait quelque chose d'opaque ; même ses gestes étaient vagues, rappelant ceux d'une aveugle qui craindrait de heurter quelque chose.

— Bonjour Michelle. Je m'appelle Frieda Klein. Ça vous va si je m'assieds là ?

Elle indiqua la chaise à la structure métallique à côté du lit.

— Cette place est réservée à mon ami.

Sa voix était douce et rauque, comme si elle avait rouillé, faute d'avoir servi.

— Pas de problème. Dans ce cas, je peux rester debout.

— Il y a de la place sur le lit.

— Je peux m'asseoir dessus ? Je ne veux pas vous envahir.

— Suis-je au lit ?

— Oui, vous êtes au lit. Vous êtes dans un hôpital.

— Ah oui, convint Michelle. Je ne peux pas rentrer chez moi.

— C'est où, chez vous, Michelle ?

— Jamais.

— Vous n'avez pas de chez vous ?

— J'essaie de l'embellir. Avec toutes mes affaires. Comme ça, peut-être qu'il ne s'en ira plus, encore une fois. Qu'il restera.

Frieda se remémora ce que Karlsson lui avait raconté au sujet de la collectionnite aiguë de Michelle – ses flacons et ses rognures d'ongles, tous soigneusement rangés. Peut-être avait-elle tenté de faire de la triste pièce d'une maison délabrée de Deptford son foyer, la remplissant des seules possessions sur lesquelles elle pouvait mettre la main – les résidus des vies d'autrui. Peut-être avait-elle cherché à combler le vide de ses jours avec le réconfort que procuraient des biens.

— Qui est-ce que vous aimeriez retenir ? demanda-t-elle.

Michelle regarda Frieda sans la voir, puis s'allongea brusquement dans le lit.

— Venez vous asseoir à côté de moi, ordonna-t-elle.

Ses yeux contemplaient le plafond, où vacillaient les néons.

Frieda obtempéra.

— Est-ce que vous vous rappelez pour quelle raison vous êtes ici, Michelle ? Ce qui s'est passé ?

— Je retourne à la mer.

— Elle n'arrête pas de parler de la mer, et du fleuve, intervint Karlsson.

Frieda se retourna pour s'adresser à lui.

— Ne parlez pas de Michelle comme si elle n'était pas là, coupa-t-elle. Désolée, Michelle, vous parliez de la mer.

La femme qui gémissait tout à l'heure poussa un cri soudain, suivi d'un autre.

— Toute seule, toute seule, toute seule, dit Michelle. Mais pas pour eux, en tout cas.

— Pour qui, alors ?

— Ils se rapprochent, à nouveau. Comme lui l'a fait. Admirable.

Ces syllabes inattendues franchirent ses lèvres comme un jet de pierres. Elle semblait étonnée.

— Ce n'est pas le bon mot. Du tout.

— L'homme qui était sur votre canapé…

— Vous avez fait sa connaissance ?

— Comment l'avez-vous connu ?

Elle eut l'air interloquée.

— Drakes… Y avait des canards sur le fleuve[1], répondit-elle de sa voix rauque. Il ne m'a jamais quittée. Contrairement aux autres.

Elle tendit sa main rugueuse. Frieda hésita, puis la prit. De l'autre côté des rideaux, une infirmière s'adressait d'une voix sèche à la femme en pleurs.

— Jamais quittée, répéta Michelle.

— Est-ce que vous saviez comment il s'appelait ?

Michelle la dévisagea, interdite, avant de baisser le regard sur leurs deux mains jointes, celles propres et douces de Frieda – des mains de femme exerçant

1. *Drake* signifie canard en anglais.

une profession intellectuelle –, et celles de Michelle, calleuses, marquées de cicatrices, et aux ongles cassés.

— Avez-vous remarqué ses mains ? demanda Frieda, qui avait suivi le regard de Michelle.

— Je l'ai embrassé là où ça faisait mal.

— Son doigt ?

— J'ai dit : « Là, là… ça va aller, ça va aller. »

— Il vous a parlé ?

— Je lui ai servi du thé. Je l'ai accueilli. Je lui ai dit : « Vous êtes ici chez vous », et après je lui ai demandé de ne pas repartir, en ajoutant « s'il vous plaît » au début de chaque phrase, et à la fin, aussi. Tout le monde s'en va parce qu'en fait, ils ne sont pas vraiment là. C'est ça le secret que personne d'autre ne comprend. Le monde n'arrête pas de tourner sans que rien ne puisse l'en empêcher, c'est rien qu'un monde vide et une mer déserte. On sent le vent qui souffle depuis toujours, et puis y a la lune qui vous regarde, et on ne voit tout ça qu'au bout de centaines et de centaines d'années. Il faut bien se poser quelque part, enfin. Comme lui.

— Vous voulez dire, l'homme sur votre canapé ?

— Il a juste besoin qu'on le nourrisse. Ça, c'est dans mes cordes.

— Est-ce qu'il y a eu un accident ?

— J'ai tout nettoyé. Je lui ai dit que ça n'avait aucune espèce d'importance, et qu'il ne devait pas s'en faire. Ça arrive même aux meilleurs d'entre nous. J'aime bien aider les gens et leur faire des cadeaux pour qu'ils aient envie de rester. Laver leurs vêtements et les peigner. Partager, c'est chérir. Un problème à moitié résolu. J'aurais même pu lui donner certaines de mes affaires, s'il avait voulu rester.

— Est-il arrivé quelque chose quand il était avec vous, Michelle ?

— Il est resté, et je me suis occupée de lui.

— On lui a fait mal dans le cou.

— Pauvre chou. Il était si mal avant que je fasse sa toilette et que je le mette à l'aise.

— Où l'avez-vous rencontré ?

— Voyons voir… En rêvassant tout du long et puis en attrapant des poissons et là, bien sûr, on attrapait celui qu'on ne ramenait jamais vivant.

— On tourne en rond, coupa Karlsson, à l'autre bout du lit.

— Michelle.

Frieda s'exprima d'une voix calme.

— Je sais que le monde fait peur, et qu'on y est seul. Mais vous pouvez avoir confiance en moi. Parfois, parler arrange un peu les choses.

— Des mots, rétorqua Michelle.

— Oui. Des mots.

— Les bâtons et les cailloux. Moi, je les ramasse.

Michelle caressa le dos de la main de Frieda.

— Vous êtes jolie, alors je vais vous le dire. Je l'appelais « mon canard ». Ou « mon Chéri ». Vous voyez ?

— Merci.

Frieda patienta quelques secondes avant de se lever et de tenter de dégager sa main.

— Je dois y aller, maintenant.

— Vous reviendrez ?

— Je ne crois pas que ce soit une bonne idée, intervint Karlsson.

— Oui, répondit Frieda.

Chapitre huit

Frieda devina que c'était lui sitôt qu'il parut au bas de la rue. Il remonta la pente raide en courant, accélérant sa longue foulée élastique à mesure qu'il s'approchait d'elle, exigeant toujours plus de lui-même. Il s'arrêta à côté d'elle et se pencha en avant, tout essoufflé. C'était une belle matinée, ensoleillée et froide, mais l'homme ne portait qu'un vieux tee-shirt, des chaussures de course et un survêtement.

— Êtes-vous le docteur Andrew Berryman ?

L'homme ôta sa paire d'écouteurs verts.

— Qui êtes-vous ?

— J'ai contacté quelqu'un qui m'a adressée à votre patron, lequel m'a suggéré de vous joindre. J'ai besoin de parler à quelqu'un de désordres psychiatriques extrêmes.

— Pourquoi ça ? demanda Berryman. Vous en avez un ?

— C'est au sujet de quelqu'un que j'ai rencontré. Mon nom est Frieda Klein. Je suis psychothérapeute et je collabore avec la police. Une femme est impliquée dans un meurtre et j'aimerais évoquer son cas avec vous. Puis-je entrer ?

— On est vendredi, c'est mon jour de congé, répondit Berryman. Vous ne pouviez pas téléphoner ?

— C'est urgent. Il n'y en aurait que pour quelques minutes.

Il marqua une pause, pesant le pour et le contre.

— Très bien.

Il déverrouilla la porte d'entrée et précéda Frieda sur plusieurs volées de marches avant d'ouvrir une autre porte donnant sur son appartement, au dernier étage. Frieda pénétra dans une vaste pièce lumineuse. Il n'y avait pratiquement rien dedans. Un canapé, un tapis pâle sur le plancher nu, un piano droit contre le mur et une grande baie vitrée donnant sur Hampstead Heath.

— Je vais prendre une douche, lança Berryman avant de franchir une porte sur la gauche.

— Je prépare du thé ou du café ? proposa Frieda.

— Ne touchez à rien, cria-t-il depuis la pièce adjacente.

Frieda entendit couler l'eau et fit lentement le tour de la pièce. Elle étudia la partition sur le piano : un nocturne de Chopin. Puis elle contempla la vue par la fenêtre. Il faisait si froid que seuls les propriétaires de chiens, pour l'essentiel, avaient trouvé le courage de sortir. Quelques petits enfants jouaient dans le terrain de jeu, emmitouflés au point de ressembler à des oursons se dandinant çà et là. Berryman reparut. Il portait une chemise à carreaux, un pantalon marron foncé, et il était pieds nus. Il marchait voûté, comme pour s'excuser de sa haute taille. Il se rendit à la cuisine, mit en route une bouilloire électrique et versa plusieurs cuillerées de café moulu dans une cafetière.

— Alors comme ça, vous jouez du Chopin ? s'enquit Frieda. C'est chouette.

— Ça n'a rien de chouette, rétorqua Berryman. C'est plutôt une expérience neurologique. Il existe une théorie qui veut que si l'on s'entraîne pendant dix mille heures dans n'importe quel domaine, on est censé dominer le sujet, quel qu'il soit. L'entraînement constant stimule la myéline, qui améliore l'influx nerveux.

— Et alors, vous en êtes où ?

— J'ai environ sept mille heures derrière moi et rien ne se passe, répondit Berryman. Le problème, c'est que je ne comprends pas au juste comment la myéline est censée distinguer le bon interprète de l'incapable.

— Et quand vous ne jouez pas Chopin, vous soignez les gens atteints de maladies mentales ?

— Pas si je peux l'éviter.

— Je vous croyais médecin.

— En principe, oui, répliqua Berryman, mais franchement, c'était une erreur. J'ai commencé des études de médecine sans avoir envie de m'occuper de gens, d'êtres humains réels. Ce qui m'intéressait, c'était le fonctionnement du cerveau. Ces désordres neurologiques sont utiles en ce qu'ils déclenchent des débats sur la façon dont nous percevons le monde. Les gens n'ont pas compris qu'une part de notre cervelle était affectée à l'identification des visages jusqu'à ce que des patients se plaignent de migraines et qu'ils ne reconnaissent soudain plus leurs propres enfants. Mais je ne tiens pas particulièrement à les soigner. Je ne dis pas qu'ils ne doivent pas l'être. C'est juste que je n'ai pas envie de m'en charger moi-même.

Il tendit un mug de café à Frieda et sourit soudain.

— Mais bon, vous êtes une psy. Vous allez penser que mon désir de faire de la médecine un sujet philosophique est une forme de fuite.

— Merci, répondit Frieda en s'emparant du mug. Je ne pensais pas ça du tout. Je connais tout un tas de médecins qui pensent que tout irait pour le mieux s'il n'y avait pas les patients.

— Alors, allez-vous me parler de la vôtre ?

Frieda secoua la tête.

— J'aimerais que vous veniez la voir, vous.

— Comment ça ? dit-il. Et quand ?

— Maintenant.

— Maintenant ? Mais où est-elle ?

— Dans un hôpital, à Lewisham.

— Pourquoi diable ferais-je une chose pareille ?

Frieda vida son mug de café d'une traite.

— Je pense que vous trouverez son cas philosophiquement intéressant.

— Avons-nous le droit de faire ça ? demanda Berryman.

— Ils me connaissent, là-bas. Et de toute façon, nous sommes tous les deux médecins. Les médecins ont le droit d'aller où ils veulent.

En découvrant Michelle Doyce, Berryman sembla légèrement déçu. Elle était assise et totalement absorbée par la lecture du magazine *Hello !* Elle semblait tout à fait normale. Frieda et lui approchèrent deux chaises et s'assirent. Berryman enleva sa lourde veste de daim marron et la posa sur le dossier de sa chaise. Derrière la petite fenêtre, le mur était gris. La pluie commençait à tomber dru, du haut d'un ciel blanc et bas.

— Vous vous souvenez de moi ? commença Frieda.

— Oui, répondit Michelle. Oui.

— Je vous présente Andrew. Nous aimerions avoir une conversation avec vous, tous les deux.

Berryman lança à Frieda un regard interrogateur. Elle avait pratiquement gardé le silence durant tout le trajet en voiture pour traverser Londres, et n'avait donc rien dit de la patiente. Voilà qu'elle se penchait vers Michelle.

— Pourriez-vous parler à Andrew de l'homme qui a séjourné chez vous ?

Michelle adopta une mine perplexe elle aussi, comme si on lui demandait d'émettre une évidence.

— Il habitait chez moi, c'est tout, répondit-elle.

— Comment avez-vous fait sa connaissance ?

— Des canards et… et…

— Pardon ? Que voulez-vous dire ?

— Et… et… des bateaux.

Frieda regarda Andrew, puis continua.

— Et qu'avez-vous fait pour lui ?

— J'ai pris soin de lui.

— Parce qu'il était dans un triste état, compléta Frieda.

— Ah ça…, convint Michelle. Il n'était vraiment pas en forme.

— Il avait besoin qu'on s'occupe de lui.

— Je lui ai préparé du thé. Il avait besoin qu'on le nettoie, aussi. Il faisait négligé.

Elle marqua une pause.

— Où est-il ? Où est-il allé ?

— On a dû l'emmener, expliqua Frieda.

Elle se tourna vers Andrew, qui toussa et se leva.

— Écoutez, déclara-t-il, je suis ravi d'avoir fait votre connaissance, à toutes les deux, mais je crains…

— Un instant, dit Frieda.

Elle s'adressa à Michelle :

— Pouvez-nous nous excuser une minute ?

Elle prit Berryman par le bras et l'entraîna à l'écart, à quelques mètres de là.

— Votre diagnostic ?

Il haussa les épaules.

— Relativement lucide, selon moi, répondit-il. Légèrement dissociative. Mais ça ne justifiait pas de venir jusqu'à Lewisham.

— L'homme dont elle parle…, reprit Frieda.

— Oui ?

— Quand une employée des services sociaux est venue lui rendre visite, l'homme était assis sur son canapé. Il était nu, mort, et dans un stade de décomposition avancé. Elle a vécu avec lui tout ce temps. Alors ?

Berryman garda le silence. Enfin, un lent sourire s'épanouit en travers de sa figure.

— D'accord, dit-il, d'accord.

— La première question que je me pose, continua Frieda, est si elle feint. C'est tellement bizarre, tellement dingue. Elle aurait pu tuer cet homme. Elle l'a sans doute fait. Et maintenant, elle fait semblant d'être folle.

— Elle ne fait pas semblant.

Le ton de Berryman reflétait presque de l'admiration.

— Personne ne peut simuler comme ça…

— On ne connaît toujours pas l'identité de l'homme, pas plus qu'on ne sait si c'était un ami ou un parent, ni même si elle le connaissait.

— Qu'est-ce que ça peut faire ?

Berryman s'éloigna d'un pas distrait vers la salle où quelques personnes étaient assises, en train de regarder la télévision. Frieda le vit se pencher sur un lit. En revenant, il portait un petit ours en peluche brun.

— Avez-vous demandé si vous pouviez l'emprunter ?

Berryman secoua la tête.

— Elle dormait. Je le remettrai en place.

Il s'approcha de Michelle et s'assit en face d'elle. Il posa l'ours sur ses genoux.

— Ça, c'est un ours, dit-il.

Elle eut l'air perplexe.

— Il vit où, à votre avis ?

— Je n'en sais rien, répondit-elle. Je ne m'y connais pas, en ours.

— Si vous deviez deviner, insista-t-il. Vous croyez qu'il vit dans la forêt, ou dans le désert ?

— Ne soyez pas idiot, répliqua-t-elle. Il vit ici.

— Et si vous deviez deviner, il mange quoi, à votre avis ? Des petits animaux ? Du poisson ?

— Je n'en sais rien. Ce que les gens lui donnent, j'imagine.

— Bonne réponse, je trouve.

— Il a faim ?

— Je n'en sais rien… À votre avis ?

— Il n'en a pas l'air, mais parfois, c'est difficile à dire.

— Vous avez raison, ce n'est pas évident.

Il sourit devant son air ravi.

— Merci beaucoup.

Sur ce, il se leva et retraversa la salle, en faisant bondir l'ours d'une main à l'autre.

— Excellent, lança-t-il à Frieda. Ce que je vais devoir faire, c'est lui faire passer une IRM, mais je crois pouvoir deviner ce que je vais trouver. Il y aura forcément des lésions dans le cortex temporal inférieur et l'amygdale et…

— Désolée, coupa Frieda. De quoi s'agit-il ?

Berryman regarda autour de lui, presque comme s'il avait oublié la présence de Frieda.

— Elle est formidable, déclara-t-il d'une voix ferme. Il faut juste qu'on la conduise à un laboratoire.

— Non, répondit Frieda. Ce qu'il nous faut faire, c'est la soigner, et ensuite trouver qui est cet homme et qui l'a tué.

Berryman secoua la tête.

— C'est incurable. Des stéroïdes peuvent peut-être soulager un peu la pression crânienne.

— Mais pourquoi se comporte-t-elle ainsi ?

— C'est le côté intéressant du cas. Avez-vous entendu parler du syndrome de Capgras ?

— Je ne crois pas…

— C'est fascinant, commença-t-il. Enfin… sauf pour celui qui en est atteint. Les gens commencent par croire qu'un de leurs proches, comme leur femme ou leur mari, a été remplacé par un imposteur. Avez-vous jamais vu le film *L'Invasion des profanateurs de sépultures* ? C'est comme ça. Ce qu'il y a, c'est que lorsqu'on regarde quelqu'un qu'on connaît, notre cerveau fait deux choses. Une partie identifie le visage et une autre nous dit que nous avons un lien affectif avec cette personne. Si cette seconde partie ne fonctionne pas, le cerveau décide qu'il doit y avoir un problème chez cette personne parce qu'on ne ressent rien pour elle.

— Mais ce n'est pas ce que fait Michelle Doyce.

— Non, non, répliqua Berryman, en indiquant Michelle comme si elle était une merveilleuse pièce à conviction. Elle fait mieux que ça. Il existe un syndrome encore plus rare que développent parfois les malades d'Alzheimer – enfin… pratiquement jamais –, qui provoque l'émergence de compagnons imaginaires. Ce qui signifie qu'ils prêtent vie à des objets inanimés, tout comme Michelle Doyce l'a fait avec cet ours en peluche. Mais elle est encore plus intéressante que ça. Vous savez que les tout petits commencent tous par être animistes…

— Ce qui signifie ?

— Qu'ils ne font pas la différence entre leur sœur et leur poupée, ou même le vent qui souffle ou une pierre qui dévale une colline. Pour eux, une feuille tombe parce qu'elle veut tomber. En grandissant, le cerveau se développe, et on ne peut interagir avec le monde qu'en prenant constamment des décisions inconscientes sur ce qui, dans notre environnement, est comme nous, responsable et capable de prendre des décisions, et ce qui ne l'est pas. Si je vous tordais l'oreille, vous pousseriez un cri, et si je frotte ma chaussure par terre, cela provoquera un crissement. Vous et moi savons qu'il existe une différence. J'imagine volontiers que si quelqu'un envoie Michelle dans un labo…

— Je ne suis pas sûre que cela soit possible.

— Ce serait un crime de ne pas le faire, rétorqua Berryman. Et quand on l'examinera, je parie qu'on découvrira qu'elle a soit bu dans le passé, soit consommé de la drogue, ou encore qu'elle a subi un grave traumatisme crânien ou, plus probablement, qu'elle a une tumeur au cerveau. Qui que soit celui qui l'examinera, il ferait bien de se dépêcher.

— C'est un être humain. En souffrance.

— Un être en souffrance très intéressant. Ce qui est plus qu'on ne peut en dire de la plupart des gens.

— Donc son témoignage et toutes les déclarations qu'elle a faites sont juste du grand n'importe quoi.

Berryman réfléchit un instant.

— Je n'irais pas jusque-là. Elle ne perçoit pas le monde de la même façon que nous. Il ne sert sans doute pas à grand-chose de lui demander si elle a tué cet homme parce qu'elle ne fait pas la différence entre le fait d'être mort ou vivant, mais il m'a semblé, à moi, qu'elle essayait de dire la vérité telle qu'elle la perçoit. Ce doit être assez effrayant, j'imagine. Ça doit faire l'effet d'être né dans une sorte d'univers différent, très étrange. Vous pourriez toujours tenter de prêter attention à ce qu'elle dit. Et c'est bien ce que vous faites, non ?

— Et pas vous ? rétorqua Frieda.

Les traits de Berryman se durcirent.

— J'ai parfois l'impression que je devrais trimballer partout une petite carte, que je donnerais aux gens comme vous. On y apprendrait qu'une grande part des recherches scientifiques qui finissent par aider les gens sont entreprises par des hommes et des femmes qui font ça par intérêt personnel, et que s'apitoyer sur le sort de ceux qui souffrent ne signifie pas réellement qu'on fasse quelque chose pour les aider. Sauf que c'est un peu long pour tenir sur une petite carte, mais vous voyez ce que je veux dire.

— Je suis désolée, s'excusa Frieda. Vous avez fait tout ce chemin en compagnie d'une étrangère, un jour de congé. C'était très généreux de votre part.

Son expression se détendit.

— Elle devrait avoir droit à une chambre seule.

— Vous pensez ?

— Sans l'ombre d'un doute. Être entourée de gens

ne l'aidera pas une seconde. Elle a besoin de tranquillité.

— Je poserai la question, déclara Frieda d'un ton sceptique.

Berryman agita la main.

— Laissez-moi faire. J'y veillerai, assura-t-il avec désinvolture.

— Vraiment ?

— Oui.

Il étudia Frieda un moment.

— Vous collaborez avec la police ?

— Aussi peu que possible.

— Comment cela se fait-il ?

— Une autre fois, répondit Frieda. C'est vraiment trop long à raconter.

Elle se tourna vers Michelle Doyce, qui n'avait pas repris son magazine et qui contemplait le vide, droit devant elle. Puis Frieda songea à tout autre chose.

— Ce syndrome…, commença-t-elle.

— Lequel ?

— Celui qui fait qu'on croit qu'une personne qu'on aime a été remplacée par une autre.

— Le syndrome de Capgras.

— Ça doit être absolument terrifiant, commenta Frieda. Je veux dire, tellement terrifiant qu'on ne peut même pas imaginer à quel point c'est terrifiant.

Alors qu'ils pénétraient dans le hall d'entrée, elle l'arrêta.

— Pouvez-vous m'attendre, rien que deux toutes petites secondes ?

— Ai-je le choix ?

— Merci.

Frieda se rendit dans la boutique de l'hôpital. Il y avait là des présentoirs de magazines, des étagères remplies de chips, de bonbons et de boissons à l'air malsain, un piètre assortiment de pommes flétries et d'oranges desséchées, des livres de sudoku et, dans un coin, un panier rempli de jouets. Frieda s'en approcha et commença à fouiller dedans.

— Puis-je vous aider ? proposa la femme au comptoir. Vous cherchez quelque chose en particulier ?

— Un ours en peluche.

Les traits de la femme s'attendrirent.

— Vous avez un enfant là-dedans, dit-elle.

Frieda ne se donna pas la peine de la contredire.

— Je ne suis pas sûre que nous ayons des ours en peluche, malheureusement. Il y a une poupée qui se vend très bien, qui pleure quand on l'assied.

— Je ne pense pas que ça ira, non.

Frieda sortit du lot une grenouille verte en velours aux yeux protubérants, puis une poupée de chiffon, aux longues jambes grêles, et un petit serpent, plutôt défraîchi. Au fond du panier se trouvait un chien tout mou, aux oreilles douces et tombantes, aux yeux faits avec des boutons.

— Ça fera l'affaire.

Elle gravit les escaliers au pas de course et s'arrêta au bureau des infirmières.

— Vous pouvez donner ceci à Michelle Doyce, s'il vous plaît, lit numéro 6 ?

— Vous ne pouvez pas le lui donner vous-même ?

— Non.

L'infirmière haussa les épaules.

— D'accord.

Frieda fit demi-tour pour partir mais, parvenue aux

portes battantes, elle s'arrêta. Elle vit l'infirmière remettre le chien à Michelle. Frieda observa intensément la scène : Michelle installa le chien à côté d'elle sur l'oreiller et lui adressa un hochement de tête respectueux. Puis elle tendit un doigt et lui toucha le nez, souriant timidement ; elle s'empara de son verre d'eau et le porta à sa truffe. Son visage affichait une expression de tendre sollicitude et de bonheur anxieux : c'est tout ce qu'il lui fallait. Frieda poussa les portes et se glissa entre les battants.

Il lui arrivait parfois de dormir le jour. C'était mal, elle le savait, mais une torpeur s'emparait d'elle et elle se roulait en boule – petit paquet de chair, de vêtements épais et de cheveux humides –, fermait ses paupières lourdes et se laissait aller, sombrant dans des rêves troubles, faits d'herbes folles et de boue soyeuse, mouvante. Elle était à moitié consciente d'être endormie : ses rêves s'entremêlaient avec ce qui se passait dans son environnement immédiat. Les pas sur le chemin de halage, les voix, qui devenaient plus sonores avant de s'éteindre, les instructions criées depuis les canots qui passaient devant sa barge.

À son réveil, elle se sentait engourdie par le sommeil et pas très fraîche. Coupable, également. S'il la voyait, il serait fâché. Non, pas fâché. Déçu. Il aurait l'impression d'avoir été trahi. Elle ne supportait pas cette idée. Elle se rappelait les épaules avachies de sa mère, son brave sourire qui vacillait avant de s'évanouir. Tout valait mieux que de décevoir autrui.

Ce jour-là, elle s'était laissée aller au sommeil, et quand elle se réveilla dans un sursaut, elle ne put se souvenir où elle était… Il y avait de la bave sur son menton, ses cheveux la démangeaient, sa joue était endolorie par le tissu rugueux du fauteuil dans lequel elle s'était assoupie. Impossible de se rappeler qui elle était. Elle n'était plus personne, rien qu'une chose informe, sans nom, sans identité. Lentement, elle refit surface. Elle pressa son front contre l'étroite fenêtre et regarda fixement au-dehors la rivière changeante. Deux cygnes majestueux glissèrent devant elle. Quels regards vicieux, méchants, vraiment.

Chapitre neuf

Le préfet de police Crawford s'exprimait avec une irritation à peine dissimulée.

— Vous allez me clore ce dossier, oui ?

— Eh bien…, commença Karlsson, il y a plusieurs…

— J'ai examiné le rapport préliminaire. Ça paraît plutôt évident. Cette femme n'a plus toute sa tête. (Le préfet se tapota la tempe d'un doigt.) Donc l'issue importe peu. La victime a été tuée dans une poussée de démence. Elle est déjà dans un hôpital psychiatrique, de toute façon, et ne peut plus faire de mal.

— Nous n'avons même pas établi l'identité de la victime.

— Un dealer ?

— Rien ne l'indique.

— Avez-vous fait des recherches du côté des disparus ?

— Rien de ce côté-là. Je m'apprête à interroger les autres occupants de la maison pour voir s'il y a moyen de progresser.

— Je ne suis pas convaincu que vous fassiez bon usage de votre temps.

— Il n'en reste pas moins qu'il a été assassiné.

— Ce n'est pas comme dans le cas de vos enfants disparus, Mal.

— Vous voulez dire que les gens n'en ont rien à faire ?

— Question de priorités, répliqua Crawford, fronçant les sourcils. Prenez Jake Newton avec vous, au moins. Montrez-lui la merde que nous devons nous cogner.

Karlsson s'apprêtait à dire un mot mais Crawford lui coupa la parole.

— Pour l'amour du ciel, bouclez-moi ça, fissa.

Ce jour-là, le pantalon de Jake était en fin velours milleraies, à rayures, et ses chaussures d'un brun clair, cirées à la perfection, avec des lacets jaunes. Il s'abrita sous un parapluie en sortant de la voiture – il tombait désormais des trombes d'une pluie épaisse qui tournait à la neige – et pénétra dans la maison avec précaution, fermant d'une main sa veste dépourvue de boutons. On avait ôté les barrières, la foule s'était depuis longtemps dispersée, et rien n'indiquait qu'un crime ait jamais été commis en ces lieux, hormis le ruban en travers de la porte de Michelle Doyce. Les mêmes ordures traînaient dans l'entrée, la même odeur de merde et de décomposition qui prirent Karlsson à la gorge et firent grimacer Jake Newton. Il tira un grand mouchoir blanc de sa poche et se moucha à plusieurs reprises, sans nécessité.

— Un peu renfermé ici, non ?

— Je ne pense pas qu'ils aient de personnel d'entretien, répliqua Karlsson en le précédant dans l'escalier, tout en prenant garde à l'endroit où il mettait les pieds.

Plus tard, lorsqu'il les rapporta à Yvette, il n'aurait su dire lequel des trois interrogatoires l'avait le plus déprimé. Lisa Bolianis semblait la plus isolée de tous. Avec son visage ridé au teint rougeaud, ses bras et ses jambes maigres mais sa bedaine de buveuse, on lui donnait volontiers la quarantaine alors qu'elle s'avéra n'avoir que trente-deux ans. C'était une alcoolique, qui avait perdu la garde de ses enfants, ainsi que son foyer. Elle s'exprima par phrases monotones, marmonnées, tout en dégageant un relent d'alcool bon marché. Karlsson apercevait des bouteilles sous son lit, et plusieurs couvertures sales entassées dessus, avec un édredon rose déchiré. Ses vêtements tenaient dans deux sacs en plastique posés dans un coin. Elle dit que Michelle Doyce était « plutôt sympa » mais qu'elle ne savait rien d'elle et rien de l'homme qu'on avait trouvé dans sa chambre. Elle dit qu'il passait beaucoup d'étrangers dans la maison mais qu'elle ne les fréquentait pas et qu'elle serait incapable de reconnaître quiconque si on lui montrait une photo. Elle avait eu sa dose avec les hommes : ils ne lui avaient jamais valu rien de bon, à commencer par son beau-père, comme tous les autres par la suite. Elle avait des gerçures au coin des lèvres : quand elle tentait de sourire à Karlsson, il les voyait craquer. Il tenait son calepin à la main mais ne nota rien dedans. Il ne savait pas vraiment ce qu'il faisait là – Yvette et Chris l'avaient déjà interrogée : à quoi s'attendait-il ? Tout ce temps-là, Jake resta près de la porte, à se tortiller, mal à l'aise, et à ôter des peluches imaginaires de la manche de sa veste.

Si elle était la plus solitaire des pensionnaires, Tony Metesky était celui qui semblait le plus irrécupérable – tant un colosse qu'une épave, effrayé, incapable de croiser le regard du policier, et qui se balançait d'avant en arrière en parlant de manière incohérente, tenant des propos décousus et s'exprimant par bribes. Les aiguilles avaient disparu. Une équipe de travailleurs sociaux était venue. Avec leurs tenues spéciales, ils ressemblaient à des plongeurs de la police, et il leur avait fallu une journée entière pour nettoyer la pièce. Karlsson tenta d'interroger Metesky au sujet des dealers qui avaient pris possession de sa chambre, mais il tordit ses mains potelées, et ses traits adipeux se froissèrent de terreur.

— Vous n'avez rien à craindre de notre part, Tony, dit Karlsson. Nous avons seulement besoin de votre aide.

— Pas moi.

— Avez-vous vu qui que ce soit se rendre dans la chambre de Michelle Doyce… n'importe laquelle des personnes qui sont venues ici ?

— Un gros bébé, voilà ce que chuis. Dirai rien à personne. Un gros bébé qui pue.

Il rit anxieusement, guettant chez Karlsson le sourire qu'aurait dû susciter sa remarque.

— Les hommes qui sont venus ici, ils vous ont menacé, n'est-ce pas ?

— Tout va bien.

Karlsson laissa tomber.

Jake s'abstint de l'accompagner dans la chambre de Michael Reilly, et préféra attendre dans la voiture. On lui avait parlé du chien de Reilly. Il était enchaîné au radiateur mais ne cessa de se ruer sur Karlsson en montrant les babines, à tel point que ce dernier commença à se dire que le radiateur risquait de se décrocher du mur à tout moment. L'air saturé charriait une odeur de poils et de merde de chien, ainsi que celle de la nourriture pour animaux dans le bol en plastique posé par terre. Mais Michael Reilly s'avéra le plus loquace des trois derniers habitants des lieux. Il ne cessait d'aller et venir dans sa chambre, pointant nerveusement son index en l'air. Metesky était un défoncé, et cette Lisa Bolianis était incapable de voir ce qui se tramait sous son nez, mais lui, Michael, pouvait confier un ou deux trucs aux inspecteurs. Il voulait coopérer pleinement à toute forme d'enquête, quelle qu'elle soit. Savaient-ils, par exemple, que des gosses venaient se fournir en came ici – et en parlant de gosses, il s'agissait bien de *gosses*, quatorze ans tout en plus ? Ce n'était pas bien. Il savait qu'il était mal placé pour parler, mais en ce qui le concernait, cette époque était révolue : il avait fait son temps et s'était racheté une conduite, il s'était rangé des voitures. Il ne voulait qu'une seule chose à présent : se rendre utile.

— Je vois ça, lui accorda Karlsson d'un ton grave.

Il avait passé suffisamment de temps à la police de Londres pour reconnaître un accro au crack.

— Avez-vous quoi que ce soit à nous dire sur Michelle Doyce ?

— Celle-là ? Elle m'évitait. J'ai essayé de me montrer aimable – mais avec c'te chose, là, c'est difficile. La première fois que je l'ai vue, elle voulait m'offrir un thé, mais elle a changé d'avis. Je pense que c'était à cause de Buzz. Elle ne t'aimait pas, hein, Buzz ?

Buzz grogna et de la salive dégoulina de ses mâchoires ouvertes. Le radiateur trembla.

— Elle n'était pas souvent là, toujours en train de chercher on ne sait trop quoi. Une fois, je l'ai vue le long de la berge, quand la marée s'était retirée, en train de ramasser des trucs dans la boue.

— L'avez-vous jamais vue avec quelqu'un ?

Il secoua la tête.

— Elle ne causait pas beaucoup non plus.

— Les hommes qui se servaient de la chambre de Mr Metesky, est-ce qu'il leur arrivait de se rendre ailleurs dans la maison ?

— Je sais où vous voulez en venir.

— Alors répondez.

— Non. Ils n'allaient nulle part.

— Pas dans la chambre de Michelle Doyce ?

— Elle ne se mêlait pas vraiment aux autres. Plutôt triste dans le genre, la petite dame, si vous voulez mon avis. Pourquoi aurait-elle fini dans ce trou pourri, sinon ? On ne serait pas là si on avait un autre endroit où aller, vous ne croyez pas ? Sauf que j'ai mon chien, hein, Buzz ? On se tient compagnie, lui et moi.

Un son menaçant s'échappa du torse puissant de Buzz, et Karlsson eut le loisir d'apercevoir le blanc de ses yeux exorbités.

Frieda traversa le pont de Blackfriars, s'arrêtant au milieu pour regarder, à l'ouest, la grande roue du London Eye et Big Ben, puis vers l'est, le dôme lisse de la cathédrale Saint-Paul : tout vacillait et s'évanouissait parmi les flocons de neige, devenue boue grisâtre sur les trottoirs. Elle repartit ensuite d'un pas vif, s'efforçant de chasser un sentiment d'appréhension et de découragement, sans s'arrêter au marché de Smithfield ou dans St John Street. Enfin, elle se retrouva à Islington, devant la maison de Chloë et Olivia, cinq minutes avant l'heure prévue pour la leçon de chimie de sa nièce. Elle toqua et entendit des pieds courir jusqu'à la porte. Chloë n'avait cessé de grandir et de maigrir au cours de ces derniers mois, et portait les cheveux radicalement courts : ils se dressaient en petites touffes inégales, et Frieda se demanda si elle les avait coupés toute seule. Le contour de ses yeux était souligné de khôl, et son nez comportait un nouveau piercing. Une trace de suçon apparaissait dans son cou.

— Dieu soit loué, te voilà ! s'exclama Chloë avec emphase.

— Pourquoi ?

— Maman est dans la cuisine avec un *homme*.

— En quoi est-ce si extravagant ?

— Elle l'a rencontré sur Internet.

— C'est un problème ?

— Je pensais qu'au moins, tu serais de mon côté.

— J'ignorais qu'il y avait des camps.

— Je ne suis pas une de tes patientes, Frieda.

Frieda s'essuya les pieds sur le paillasson et pendit son manteau au crochet. Elle pénétra dans le formidable chaos du salon et chercha des yeux un endroit où s'asseoir.

— Chimie ? lança-t-elle d'un ton interrogateur.

Chloë leva les yeux au ciel.

— On est vendredi. Que pourrais-je bien faire d'autre de ma vie de merde ?

La neige avait de nouveau tourné à la pluie. Elle tomba tout le reste de la journée et toute la nuit, si bien que l'eau dévalait les chaussées et que, dans les parcs, des mares se formèrent et s'étendirent jusqu'à se rejoindre. Les canalisations débordèrent. Dans les rues, les gens couraient d'un magasin à l'autre sous des parapluies qui les protégeaient à peine. Noyé sous les trombes, l'univers rétrécit : il était presque impossible de voir le bout d'une rue ou le haut d'un arbre à travers le rideau de pluie battante glacée. Le niveau de la Tamise, brune, monta brusquement. Dans les maisons ou les appartements, seuls ou à deux, allongés dans leur lit, les gens l'écoutaient tambouriner aux fenêtres. Le vent s'engouffra dans les arbres, et les couvercles des poubelles claquèrent le long des rues plongées dans des ténèbres crépitantes.

Dans une petite rue du quartier de Poplar qui menait, entre des HLM condamnées, à la rivière Lea, un collecteur d'eaux pluviales déborda. À 3 heures du matin passées de quelques minutes à peine, la plaque qui le recouvrait fut délogée par la pression. Dix minutes plus tard, environ, une masse de cheveux affleurait à la surface. En dessous, quelque chose chatoyait faiblement.

Mais ce n'est pas avant 8 h 25, le lendemain matin, quand ne tombait plus qu'un crachin glacé, qu'un adolescent promenant son chien buta sur les restes d'un corps à l'évidence humain. Une femme, incontestablement.

Frieda s'était réveillée à 5 heures. Elle aimait bien se retrouver dans sa petite maison, bien ordonnée, quand le temps se déchaînait au-dehors. Le monde s'était barricadé contre la pluie qui se ruait comme des projectiles contre les carreaux : les bourrasques de vent évoquaient une mer démontée, une déferlante couverte d'écume. Elle resta allongée un moment, l'esprit vide, tendant simplement l'oreille, mais peu à peu ses pensées s'éclaircirent et se frayèrent un chemin dans sa conscience. Ces pensées concernaient des gens, et elle distinguait leurs visages : Sandy, si loin, mais dont les doigts l'effleuraient dans son sommeil, dont les bras se refermaient sur elle, enfin ; Alan, avec son doux regard marron de cocker, qui avait quitté sa femme et disparu ; son jumeau Dean, décédé depuis plus d'un an mais revenu hanter ses rêves, avec ce sourire affable et mauvais, toujours ; Terry, l'épouse de Dean ; Rose, la sœur triste et consciencieuse de cette dernière. Michelle Doyce, enfin, avec ses traits effacés et ses fortes mains couvertes d'ampoules, qui parlait aux morts et aux chiens en peluche comme s'ils pouvaient comprendre tout ce qu'elle leur racontait. Frieda se tourna vers la fenêtre, guettant la première lueur du jour à travers les rideaux. Des mots et des phrases lui traversèrent l'esprit, fugaces, minuscules points lumineux dans le noir. Elle tâcha de démêler ses motifs d'anxiété et de les identifier plus précisément.

Peu avant 6 heures, elle se leva, enfila une robe de chambre puis descendit allumer le feu au salon et se préparer un pot de café. On était dimanche : elle n'avait nul patient à voir, aucune conférence, aucune obligation d'aucune sorte. Elle avait prévu d'aller marcher dans les rues inondées, de faire un tour au marché aux fleurs, puis quelques courses, de se rendre au café de son amie, le Numéro 9, pour y consommer un bol de porridge ou un roulé à la cannelle, de passer une heure ou plus, peut-être, à dessiner dans son atelier, situé comme un nid d'aigle tout en haut de son étroite maison. Pourtant, elle s'installa au coin du feu, s'accroupissant de temps à autre pour ranimer les flammes, et but mug sur mug de café. Elle tentait de faire le tri dans les événements de la semaine et les émotions troubles remuées par sa comparution et la réapparition surprise de Karlsson dans sa vie.

C'est à cet instant que quelqu'un sonna à la porte.

Chapitre dix

Karlsson avait une drôle d'allure sur le pas de sa porte, comme s'il était déguisé. Il portait un jean noir, un pull et une veste en cuir, et il était trempé de pluie. Ses cheveux mouillés lui collaient au crâne, lui donnant l'air plus âgé et plus mince.

— Vous m'avez fait peur, déclara-t-elle.

L'anxiété s'insinua en elle : il n'apportait pas de bonnes nouvelles.

— Vous n'êtes pas en costume.

— On est dimanche.

— Puis-je vous offrir un café ?

— Je ne crois pas, non. Une autre fois, peut-être.

— Vous entrez ?

— Rien qu'une minute.

Il franchit le seuil.

— Je voulais vous prévenir qu'une réunion aura lieu au sujet de l'affaire demain matin. Nous allons probablement clore le dossier. Ça me ferait plaisir que vous soyez là. Mais bon, sans doute avez-vous un patient.

— À quelle heure ?

— 9 heures 30.

— J'ai un trou. Je peux venir une heure.

— Bien. Il y aura quelqu'un que vous connaissez probablement déjà. Le Dr Hal Bradshaw.

— J'ai entendu parler de lui.

— Il a fait un peu de profiling pour nous. Il n'est pas donné, mais le préfet l'adore.

— Je ne veux pas m'embarquer dans une guerre de territoire.

— On décidera ou non de confier l'affaire au service des poursuites judiciaires[1] de la Couronne. Alors, vous venez ?

— D'accord, répondit Frieda. Mais vous n'avez pas débarqué chez moi un dimanche, au petit matin, pour me parler d'une réunion.

— Non.

Maintenant que l'heure était venue, il se sentait réticent à prononcer les mots.

Elle l'étudia, soucieuse.

— Venez dans la cuisine. Je vais nous préparer du café. J'allais m'en refaire pour moi de toute façon et il me semble que ça ne vous ferait pas de mal.

Il lui emboîta le pas et elle sortit un paquet de café en grains du réfrigérateur. Elle prit un petit pain parsemé de graines de pavot dans un sachet et le posa sur une assiette à son intention. Posté près de la fenêtre, il la regardait faire, sans dire un mot. Ce n'est que lorsque le mug de café fut devant lui et qu'il eut ôté sa veste qu'elle prit place en face de lui.

— Racontez-moi.

— Avec toute cette pluie, commença-t-il, il y a eu des inondations.

1. Département non ministériel appelé en anglais *Crown Prosecution Service* (ou CPS).

Il s'interrompit.

— Des inondations, oui, répéta-t-elle pour l'encourager à poursuivre.

— Hier matin, un chien s'est retrouvé nez à nez avec des restes humains flottant dans un collecteur d'eaux pluviales à Poplar. D'ici deux jours, on aura les résultats des tests d'identification. Archives dentaires, sans doute. Mais je sais ce qu'ils vont trouver.

Frieda restait immobile. Elle le dévisageait de ses yeux sombres. Il avança une main et la posa sur les siennes l'espace d'un instant. Elle ne réagit pas, mais ne les ôta pas non plus.

— Kathy Ripon, dit-elle enfin.

Kathy Ripon : la jeune chercheuse que le professeur Seth Boundy, spécialiste des vrais jumeaux et des implications génétiques de ce cas particulier, avait envoyée chez Dean Reeve en décembre, l'année précédente, grâce aux informations que lui avait fournies Frieda. Kathy Ripon, que l'on n'avait plus jamais revue depuis mais dont les parents attendaient toujours le retour. Kathy Ripon, qui pesait sur la conscience de Frieda comme un gros rocher inamovible, et dont les traits fins, intelligents, lui apparaissaient la nuit comme le jour.

— Il y avait un médaillon, précisa Karlsson d'une voix douce, retirant sa main et s'emparant de son café.

Frieda avait toujours su que Kathy Ripon était morte. Elle en était certaine à 100 %. Mais elle eut néanmoins l'impression de prendre un coup de poing dans l'estomac. Parler lui demanda un grand effort.

— Les parents sont au courant ?

— Ils ont été prévenus hier après-midi. Je voulais que vous le sachiez avant de l'apprendre dans les journaux.

— Merci.

— Ce n'était pas comme pour les enfants. Dean n'avait pas besoin d'elle. Il n'en voulait pas. Il fallait juste qu'il s'en débarrasse. Elle était probablement morte avant même qu'on n'apprenne sa disparition.

— Sans doute. Peut-être.

Frieda dut prendre sur elle pour regarder Karlsson.

— Merci.

— De quoi ? D'être venu vous apporter de mauvaises nouvelles ?

— Oui. Vous n'étiez pas tenu de le faire.

— Si, je l'étais. Il y a des choses…

Il fut interrompu par une version électronique crispante de *La Marche du toreador*. Il sortit son téléphone de sa poche et le consulta. Elle vit ses traits s'assombrir.

— Le boulot ?

— La famille.

— Vous feriez mieux d'y aller.

— Ouais. Désolé.

— Tout va bien, le rassura Frieda.

Une fois qu'elle l'eut reconduit à la porte, c'est à peine si elle bougea, reposant simplement sa tête contre le battant. Elle s'efforça de ne pas s'imaginer ce que la jeune fille avait pu endurer. *Ce genre d'empathie n'est utile à personne*, se réprimanda-t-elle. Et pourtant. Toutes ces réjouissances en l'honneur des enfants retrouvés, ces conférences de presse triomphantes, et pendant tout ce temps-là, Kathy Ripon était restée sous terre sans que personne ne parte à sa recherche. Une jeune femme intelligente, travailleuse, prête à tout pour donner satisfaction à son directeur de thèse, en équilibre précaire, avec son enthousiasme, son bloc-notes et son questionnaire en main, au seuil de la vie de Dean Reeve… ce trou noir qui l'avait littéralement engloutie.

Frieda espérait tant que Karlsson avait raison et que Kathy Ripon était morte rapidement, qu'on ne l'avait pas tourmentée ou enterrée vivante. On entendait tellement de choses : des victimes sachant que leurs sauveurs potentiels se trouvaient au-dessus de leurs têtes, mais dans l'impossibilité de se faire entendre. Elle frissonna. L'espace d'un instant, sa petite maison – blottie au fond de l'impasse et entourée d'immeubles, avec ses pièces faiblement éclairées et peintes dans des teintes sombres – lui fit l'effet d'un caveau plus que d'un refuge, et elle-même, d'une créature souterraine retranchée du monde trop radieux.

Et là, tel un corps remontant à la surface d'un lac aux eaux troubles, le souvenir de Carrie Dekker en train d'évoquer Alan, son mari, le vrai jumeau de Dean, la transperça. La façon dont il avait disparu. Elle pressa plus fort son front contre la porte, sentant son cerveau travailler, ses pensées en ébullition. Elle ne pouvait s'en empêcher : le passé s'immisçait dans le présent et il y avait des choses qu'elle avait besoin de savoir. Elle se demanda pourquoi elle faisait ça. Pourquoi revisitait-elle le passé ?

Le lundi matin, elle recevait à 8 heures un homme – un tout jeune homme plutôt – âgé d'environ vingt-cinq ans. Il ratatina dans son fauteuil son corps massif, secoué de sanglots durant les dix premières minutes, avant de quitter son siège en trébuchant et de s'agenouiller à ses côtés, essayant d'obtenir d'elle qu'elle le prenne dans ses bras. Il avait un grand besoin de réconfort, d'une présence maternelle qui lui dirait que tout irait bien, qui le soulagerait de tout ce qui pouvait lui peser. Il était seul, en manque d'affection et perdu, et il voulait que quelqu'un s'occupe de lui. Il pensait que Frieda pourrait lui tenir lieu de mère, être son amie, son sauveur. Elle prit sa main gercée et le reconduisit à sa place. Elle lui remit une boîte de mouchoirs en papier et l'enjoignit de prendre son temps, puis patienta dans son propre fauteuil rouge pendant qu'il pleurait et essuyait son visage ruisselant de larmes, tout en laissant échapper des excuses au travers de ses sanglots. Elle l'observa en silence jusqu'à ce que ses pleurs se tarissent, et demanda alors :

— Pourquoi ne cessiez-vous de vous excuser ?

— Je ne sais pas. Je me sentais idiot.

— Pourquoi idiot ? Vous étiez triste.

— Je ne sais pas.

Il la dévisagea, l'air désespéré.

— Je ne sais pas. Je n'en sais rien. Je ne sais pas par où commencer. Je commence par quoi ?

Une fois qu'il fut reparti et qu'elle eut consigné ses notes, Frieda se rendit à pied à la station Warren Street et prit le métro. Le train resta arrêté dans un tunnel durant quinze minutes. Une voix grésillante avait signalé un « corps sur la voie à Earl's Court » et un murmure de mécontentement s'était élevé.

— Ce n'est même pas sur notre ligne, avait marmonné une femme assise à côté d'elle, sans s'adresser à personne en particulier.

Frieda sortit à la station suivante, chercha un taxi sous la pluie froide et, n'en trouvant pas, reprit son chemin. En dépit de tout cela, elle n'eut que quelques minutes de retard à la réunion. Cinq personnes siégeaient autour de la table : Karlsson, le préfet de police Crawford (qu'elle n'avait jamais rencontré auparavant, mais qu'elle avait vu à la télévision l'année précédente en train de souligner le travail acharné de la police qui avait permis de retrouver Matthew, précisant qu'il ne tenait aucunement à se voir attribuer tout le mérite) et Yvette Long (qui lui lança un regard intrigué, comme si elle se demandait ce qu'elle fichait là). Il y avait également deux hommes qui lui étaient inconnus. Le préfet lui présenta Jacob Newton, lequel posa sur elle un regard inquisiteur, lui donnant l'impression d'être un spécimen intéressant dans un musée de curiosités. L'autre était un certain docteur Hal Bradshaw. On lui donnait une petite cinquantaine, avec ses cheveux sombres et bouclés striés de mèches grises. Il portait un costume à rayures tennis dans les tons verts. Quand Karlsson lui décrivit le rôle qu'avait joué Frieda dans l'affaire Dean Reeve, Bradshaw fronça les sourcils.

— Je ne vois pas l'intérêt, dit-il au préfet Crawford. Enfin… cela n'engage que moi.

— Je tiens à ce qu'elle soit là, répliqua Karlsson d'un ton ferme.

Il se tourna vers Frieda.

— Le docteur Bradshaw allait nous livrer son opinion sur la scène de meurtre ainsi que sur l'état mental de Michelle Doyce. Docteur Bradshaw ?

Hal Bradshaw toussa.

— Sans doute connaissez-vous tous mes méthodes, commença-t-il. Selon moi, les meurtriers sont des artistes, tout comme les conteurs.

Crawford opina du chef, manifestant son approbation, et se cala au fond de son siège comme s'il se sentait enfin en terrain sûr.

— La scène d'un meurtre est en quelque sorte l'œuvre d'art du meurtrier.

Tandis que Bradshaw s'aventurait dans sa démonstration, Frieda se pencha en arrière sur sa chaise et contempla le plafond. Il était fait de plaques de polystyrène au grossier motif gris qui leur donnait l'apparence de pavés.

— En voyant les photos, j'ai eu l'impression d'avoir sous les yeux un chapitre tiré de l'un de mes propres ouvrages. J'ai le sentiment de livrer la chute de la plaisanterie avant d'avoir exposé la blague, mais il m'est instantanément apparu que Michelle Doyce était une psychopathe hautement organisée. Lorsque je fais usage d'une semblable expression, la plupart d'entre vous se figurent sans doute un homme en train de dépecer des femmes. Mais j'utilise ce terme au sens strict. Il était évident pour moi qu'elle était rigoureusement incapable d'empathie et donc qu'elle a pu planifier le meurtre, le perpétrer, mettre son crime en scène, puis continuer de mener une vie normale.

— Avez-vous porté ce jugement avant de l'interroger ? demanda Karlsson.

Bradshaw se tourna vers lui avec une expression de tolérance amusée.

— Cela fait vingt-cinq ans que j'exerce ce métier. On développe un sixième sens vis-à-vis de ces choses, de la même façon qu'un expert repère aussitôt un faux Vermeer. Certes, j'ai ensuite interrogé Michelle Doyce, dans la mesure où il est possible de le faire.

Frieda contemplait toujours les plaques de polystyrène. Elle essayait d'établir si le motif veiné se répétait ou s'il était vraiment le fruit du hasard.

— A-t-elle avoué ? demanda Karlsson.

Bradshaw eut un rire bref et méprisant.

— La scène de crime constituait un aveu, déclara-t-il, adressant l'essentiel de ses remarques au préfet. J'ai étudié son dossier. Sa vie entière est marquée du sceau de l'échec et de l'impuissance. Ce crime et cette mise en scène ont été l'expression ultime, tardive, d'une espèce de contrôle de sa vie, l'expression d'un pouvoir sexuel. « Voici un homme nu », racontait-elle. « Voici ce que je peux faire de lui. » Les hommes l'ont rejetée toute sa vie. Enfin, elle a décidé de leur rendre la monnaie de leur pièce.

— Ça se tient, commenta le préfet Crawford. Mal', vous confirmez ?

— Mais a-t-elle dit quoi que ce soit, répondit Karlsson en l'ignorant, quand vous lui avez parlé du corps ?

— Elle n'a pas voulu répondre directement, concéda Bradshaw. Elle ne cessait de tenir des propos décousus au sujet d'une rivière et de bateaux. Mais si ma théorie tient la route, ce dont je suis certain, alors il ne s'agit pas de simples propos délirants. C'est sa façon à elle de se justifier. Manifestement, elle vit près d'une rivière. Elle la voyait presque de chez elle. Mais selon la lecture que j'en fais, la rivière est le grand symbole de la femme. La femme fluviale.

Frieda baissa les yeux, juste à temps pour voir Bradshaw accompagner ses propos d'un geste fluide.

— Et les bateaux, poursuivit-il, symbolisent l'homme. Je pense que ce qu'elle nous raconte, c'est que la rivière, avec ses courants et ses marées féminines, chasse le bateau mâle et le repousse en mer. Une forme de condamnation à mort.

— J'aimerais qu'elle puisse nous l'avouer, simplement, intervint Yvette. Tout ça me paraît un peu abstrait.

— Mais elle nous l'avoue, répliqua Bradshaw. Il suffit d'écouter… sauf votre respect.

Le préfet Crawford hocha la tête. Frieda vit la jeune femme en face d'elle virer à l'écarlate, ses poings se serrer sur la table un moment, avant qu'elle ne les relâche de nouveau.

— Avez-vous vu le mémo du Dr Klein ? demanda Karlsson.

Bradshaw eut un nouveau rire désagréable.

— Dans la mesure où le Dr Klein est présent, je pense que je ferais mieux de m'abstenir de dire ce que j'en pense. Mais je ne crois vraiment pas utile de courir après de prétendus syndromes psychologiques d'une extrême rareté. Sans vouloir vous offenser, j'ai trouvé que cet exposé témoignait d'une certaine naïveté.

Il se tourna vers Frieda et lui sourit.

— L'équipe soignante m'a rapporté que vous lui aviez acheté un ours en peluche.

— C'était un chien.

— Cela faisait-il partie de votre bilan ou de votre traitement ? demanda Bradshaw.

— C'était quelqu'un, quelque chose à qui parler.

— Ah, voilà qui est très touchant. Mais bon… revenons au sujet qui nous occupe.

Il tapota un dossier en carton posé sur le bureau devant lui et adressa une fois de plus ses remarques au préfet.

— Tout est là. Ma conclusion, c'est que l'affaire est entendue. À l'évidence, Michelle Doyce correspond en tout point au profil. Certes, elle ne sera pas en état de plaider, mais vous pouvez clore ce dossier.

— Et pour ce qui est du doigt coupé ? demanda Frieda.

— Tout est là.

Bradshaw s'empara du dossier.

— Vous êtes psychanalyste, n'est-ce pas ? Tout colle parfaitement. À votre avis, d'un point de vue symbolique, à quoi correspond le fait de couper un doigt ?

Frieda respira un grand coup.

— Votre hypothèse, dit-elle, est que Michelle Doyce, après avoir tué cet homme et l'avoir entièrement dévêtu, a voulu signifier qu'elle lui coupait le pénis en lui coupant le doigt. Pourquoi ne lui a-t-elle pas coupé le pénis ?

Bradshaw sourit de nouveau.

— Il vous faudra lire mon rapport. C'est une psychopathe. Elle ré-agence le monde en termes symboliques.

Karlsson regarda son supérieur. Yvette haussa les épaules.

— Ça me paraît un peu vague, à moi, trop théorique, avança-t-elle. On ne condamne pas quelqu'un en se basant sur des symboles.

— Mais elle est folle, coupa sèchement le préfet. Aucune importance, de toute façon.

— Et vous, qu'est-ce que vous en dites ?

Karlsson s'était tourné vers Frieda comme si Crawford n'avait pas pris la parole. Frieda sentait littéralement sa colère, plus qu'elle ne la voyait. Une veine palpitait sur sa tempe.

— Je ne suis pas une experte dans ce domaine, répliqua-t-elle. Contrairement au docteur Bradshaw.

Je n'en sais rien. Je veux dire… *franchement*, je ne sais pas.

— Mais quel est votre ressenti ? insista Karlsson.

Frieda releva les yeux vers les plaques du plafond. *Motif hasardeux, sans aucun doute*, se dit-elle.

— Je n'arrive tout simplement pas à croire que Michelle Doyce ait commis ce crime. J'ai tenté d'élaborer des scenarii dans ma tête, de l'imaginer en train de le faire : aucun ne tient la route.

— Je viens d'en fournir un, coupa Bradshaw.

— Oui. C'est bien ce que je veux dire.

— Le corps était chez elle, pourtant, s'impatienta le préfet Crawford.

Elle se tourna, et il se pencha vers elle, frappant la table du poing pour marquer son assertion. Elle distinguait de la salive aux coins de sa bouche.

— Il est évident qu'elle l'a tué. Quelqu'un d'autre serait venu, et l'aurait laissé là ? Si nous n'adhérons pas à l'idée qu'elle l'a fait, on fait quoi, alors, bon sang ?

— Ce que j'ai écrit dans mes notes, c'est que nous devrions l'écouter.

— Mais elle ne fait que radoter au sujet de bateaux.

— Oui, convint Frieda. Je me demande ce qu'elle veut dire par là.

— Eh bien… (Frieda eut presque l'impression que Karlsson réprimait un sourire.) Nous avons la théorie de Bradshaw au sujet des rivières et des femmes, tout ça.

Elle réfléchit un moment.

— C'est le point sur lequel je bute le plus, continua-t-elle. Je veux dire, j'ai du mal avec l'ensemble de la thèse, mais surtout avec ça. Le truc avec Michelle, c'est que je ne crois pas qu'elle s'exprime par symboles. Je pense qu'elle vit dans un monde où tout est réel. C'est précisément tout le mal dont elle souffre.

Karlsson lança un regard à Bradshaw, assis en face de lui.

— Alors, qu'en dites-vous ?

— J'ai vu une femme dans le couloir passer avec un chariot à thé, répondit Bradshaw. Vous voulez son opinion, à elle aussi ?

Karlsson reporta son regard sur Frieda en haussant les sourcils. Un long silence s'abattit, qu'elle ne ressentit aucune nécessité de rompre.

— Je suis d'accord avec le Dr Klein, dit-il enfin.

— Putain, Mal' !

— Peut-être que Michelle Doyce a pu tuer cet homme, mais depuis quand un « peut-être » nous suffit-il ?

— Je veux qu'on classe l'affaire.

— Tout juste. C'est précisément ce que nous essayons de faire, mais…

— Non ! Vous n'écoutez pas. Je commence à penser que vous êtes à côté de la plaque. Ce que j'entends par là, c'est que j'exige qu'on classe cette affaire sur-le-champ. Je donne raison au docteur Bradshaw. Cette Doyce est l'auteur du crime. Je rejette vos objections, Mal'. Faites suivre le dossier au CPS.

— Désolé de vous avoir fait perdre votre temps, Frieda.

— Ce n'était pas votre faute. Qu'allez-vous faire, maintenant ?

— Comment ça ?

— Pour cette affaire.

— Vous avez entendu. J'envoie le dossier au CPS. Comme elle ne sera pas en état de comparaître, affaire classée, le préfet sera satisfait, et Michelle Doyce en sécurité dans un hôpital psychiatrique pour le restant de ses jours.

— Mais si vous pensez qu'elle ne l'a pas fait ?

Karlsson haussa les épaules.

— Bienvenue dans mon quotidien.

Chapitre onze

Jack Dargan inspecta les alentours.

— Là, c'est autre chose, fit-il remarquer. J'aimais autant quand on se donnait rendez-vous au Numéro 9. Un cappuccino et l'un des brownies de Marcus, je ne dis pas non…

Ils descendaient Howard Street sous une bruine de neige fondue. Jack avait la peau du visage à vif, du moins là où elle était visible. Il portait un bonnet vert à pompons avec des rabats sur les oreilles ainsi qu'une écharpe à carreaux marron et orange enroulée plusieurs fois autour de son cou. Quand il ne parlait pas, il la remontait pour couvrir sa bouche. Il avait également enfilé un vieil anorak bleu vif à la fermeture Éclair cassée. Il avait oublié de mettre des gants, en revanche, et ne cessait de souffler sur ses mains. Frieda était le superviseur de Jack, et ce dernier, son élève stagiaire, mais aujourd'hui, on aurait plutôt pensé à un neveu agressif.

— D'ici dix ans, cinq peut-être, ce quartier sera entièrement reconstruit. Les maisons dans ce genre auront été rasées pour faire place à des bureaux, dit Frieda en s'arrêtant devant le numéro 3.

— Une bonne chose.

— N'empêche, il faudra bien trouver un endroit pour reloger tous les cas sociaux et ceux que la société a écartés, les malheureux, les sans-abri, les oubliés.

— C'est ici qu'on a trouvé votre homme ?

— Ce n'est pas à proprement parler mon homme, mais oui.

— Alors, que faisons-nous ici ? Vous m'avez dit que l'affaire était classée.

— Elle l'est. Ils ont décidé que le coupable était Michelle Doyce et qu'elle n'était pas en état de comparaître. Je voulais juste voir où elle vivait. Je me suis dit qu'on parlerait mieux, vous et moi, en marchant.

Frieda tourna les talons et entraîna Jack dans l'autre sens dans Howard Street, en direction de Deptford Church Street.

— J'ignorais que j'avais quoi que ce soit d'intéressant à vous dire…, marmonna Jack.

— Cela fait presque deux ans maintenant que je suis votre superviseur.

— C'est le meilleur moment de la semaine, pour moi. Mis à part ça…

Il détourna le regard, afin qu'elle ne puisse voir son visage.

— À part ça ?…

— J'aime bien parler des problèmes des gens. Simplement… pas leur en parler *à eux*. Ça m'intéresse sur le plan théorique, mais rester assis dans cette petite pièce, à écouter quelqu'un me raconter ce que son beau-père lui a dit quand il avait six ans… ça me paraît tellement vain… À moins que je ne sois pas fait pour ça. Je m'efforce d'écouter et là, je me surprends à me demander ce que je vais bien pouvoir avaler au déjeuner, ou quel film je vais bien pouvoir aller voir. Dans l'ensemble, la vie des gens est tellement *chiante*...

Frieda le regarda attentivement.

— Et votre vie, alors, elle est comment ?

— Je vais vous dire ce qu'il y a eu de bien : l'année dernière, à l'époque de l'affaire d'Alan et Dean, quand je me suis retrouvé impliqué dans l'enquête. Quand ça avait du sens, et qu'il y avait une forme de réponse... comme une clé s'insérant dans une serrure, et que la porte s'ouvrait enfin, à la volée. La plupart du temps, il ne s'agit que d'eux et moi enfermés dans une pièce, à se dire des trucs.

— Des trucs..., reprit Frieda. Ça se ramène donc à ça ?

— Vous savez ce que je pense, Frieda ? Je crois que si je continue, c'est uniquement à cause de vous. Parce que j'aimerais vous ressembler. Parce que quand je suis à vos côtés, tout semble avoir une raison d'être. La plupart du temps, je me dis que ce que nous faisons n'est peut-être qu'une grosse arnaque, une blague qu'on ferait à des gens qui se sentent héroïques pour la seule raison qu'ils souffrent et que c'est la seule chose dont ils ont envie de parler.

— Vous semblez plein de ressentiment. J'ai presque l'impression d'entendre : « Et moi, dans tout ça ? »

— Ils me refilent un gros paquet dégueu, que je dois mettre vaguement en forme. Peu importe laquelle, ça n'a pas vraiment d'importance. J'ai envie de leur dire d'arrêter de se contempler le nombril, et de regarder la réalité en face. Là, il y a une réelle souffrance. Des viols, de la violence, et une misère noire, authentique.

Frieda lui toucha l'épaule. Ils avaient quitté Deptford Church Street et atteint une petite église, en retrait de la chaussée, avec une vieille tour. L'un des montants de porte était surmonté d'une tête de mort et flanqué d'un ossuaire, sur sa droite.

— Saint Nicolas était le saint patron des marins, dit Frieda, tandis qu'ils franchissaient les grilles et pénétraient dans un petit cimetière. On ne s'attendrait pas à autre chose d'une église située non loin des docks.

— Je n'ai pas mis les pieds dans une église depuis l'enterrement de ma grand-mère.

— L'édifice se trouvait autrefois en pleine campagne. Ici, tout n'était que vergers, jardins maraîchers et petits bateaux amarrés aux quais. C'est par ici que passaient les pèlerins en route pour Canterbury. Christopher Marlowe a été tué lors d'une rixe dans une maison toute proche. C'est ici qu'ils ont porté le corps.

— Où est sa tombe, alors ?

— Elle est anonyme. Il pourrait être dans n'importe laquelle.

Jack frissonna et tapa des pieds, levant les yeux vers les appartements qui donnaient sur l'église.

— Les choses ne se sont par vraiment arrangées sur cette terre depuis.

— Elles s'arrangeront.

Ils regagnèrent la rue qui longeait le fleuve. De l'autre côté, ils apercevaient les tours de Canary Wharf, des lueurs qui dansaient dans la pénombre de février, mais ici, l'endroit paraissait désert. Une toute petite école primaire semblait fermée, même si l'on était mardi. Ils passèrent devant une casse : des tas de pièces métalliques tordues étaient visibles derrière le portail en fer forgé, tandis que des orties et des ronces partaient à l'assaut du mur, surmonté de boucles de fil de fer barbelé. Venaient ensuite plusieurs maisons aux portes condamnées, aux vitres brisées, puis un ancien site industriel aux façades lézardées, dont la clôture arborait un panonceau décoloré : « Attention, chiens de garde ». Jack continua le long de la ruelle et pressa sa figure contre les barreaux. Il aperçut un creux profond, boueux, là où s'était autrefois dressé un édifice, et, à l'autre bout, la façade d'un entrepôt, érigé sur des arches au travers desquelles il distinguait, par-delà les eaux troubles, les gratte-ciel scintillants du quartier des Docklands.

— Le coin n'attend plus que les promoteurs, lança Frieda, qui l'avait rejoint, en indiquant la pancarte qui leur interdisait l'accès.

— Je le préfère en l'état.

Ils continuèrent le long du fleuve, passant devant un appontement pourrissant. La marée basse avait révélé des caisses en plastique et de vieilles bouteilles abandonnées sur la berge. Frieda s'interrogeait sur le malaise profond, oppressant de Jack, et attendit qu'il reprenne la parole. Au même moment, elle visualisa Michelle Doyce en cet endroit, en train de ramasser toutes ces choses dont lui avait parlé Karlsson – boîtes de conserve, pierres arrondies, oiseaux morts, bâtons fourchus – et de les rapporter chez elle pour les disposer à sa guise. Pour donner forme au chaos, comme disait Jack : l'instinct que nous avons tous, un trait profondément humain, empli de crainte.

Lorgnant en douce le profil régulier de Frieda, son menton relevé en dépit du vent glacé, Jack eut un nouveau pincement au cœur : il l'adorait. Il aurait aimé qu'elle le regarde droit dans les yeux et lui dise que tout irait bien, qu'il s'en sortirait, qu'il n'y avait aucune raison de s'inquiéter, et qu'elle allait l'aider.

Elle n'en ferait jamais rien. S'il y avait bien une chose qu'elle lui avait apprise, durant tout le temps qu'ils avaient passé ensemble, c'était qu'il fallait se prendre en charge.

Il respira un grand coup et s'éclaircit la voix.

— Il faut que je vous fasse un aveu, déclara-t-il.

Maintenant qu'il s'était lancé, il lui était difficile de le formuler à voix haute : il se sentait oppressé.

— J'ai un peu dérapé.

— Dérapé ?

— J'ai loupé quelques séances.

— Avec vos patients ?

— Oui. Pas beaucoup, s'empressa-t-il d'ajouter. Quelques-unes, parfois… et je suis arrivé en retard à quelques autres. Et j'ai plus ou moins cessé de voir mon propre thérapeute. Je ne suis pas sûr qu'elle me convienne.

— Depuis combien de temps, tout ça ?

— Deux, trois mois. Peut-être plus.

— Qu'est-ce que vous faites quand vous ne venez pas, ou que vous arrivez en retard ?

— Je dors.

— Vous vous planquez sous la couette.

— Oui, admit Jack. Et ce n'est pas une métaphore. Je me planque vraiment, sous une vraie couette.

— Vous savez, n'est-ce pas, que pour les personnes qui viennent vous voir, il peut s'agir des cinquante minutes les plus importantes de leur semaine… et qu'ils ont peut-être rassemblé toutes leurs forces pour trouver le courage de venir ?

— Je sais, c'est mal, très mal. Je ne suis pas en train de me trouver des excuses.

— Il n'y a pas qu'un simple problème de thérapie,

si vous voulez mon avis. Vous m'avez l'air un peu déprimé.

Ils poursuivirent leur chemin. Jack semblait contempler quelque chose au milieu du fleuve. Frieda patienta.

— Je ne sais pas ce que signifie ce mot, dit-il enfin. Est-ce que ça veut dire avoir le bourdon, ou bien plus que ça ?

— Ça veut dire rester au lit avec la couette remontée au-dessus de la tête, faire défaut à ses patients comme à soi-même, s'inquiéter d'avoir pu se tromper de carrière, sans avoir vraiment envie de changer pour autant.

— Mais changer quoi ?

Ils longeaient maintenant des maisons à pignons flambant neuves, dotées de jardins et de balcons. On se sentait à des lieues de Deptford.

— Je pense que la première chose à faire est de cesser de rester couché, en laissant tomber des gens qui ont salement besoin de vous. On se lève quoi qu'on ressente, et on va bosser.

Jack la regarda, les joues rougies dans le froid.

— Je croyais que votre métier, c'était de gérer les émotions.

— Vous pouvez y réfléchir. On peut en parler. Entre-temps, vous faites votre boulot.

— Pourquoi ? demanda Jack.

— Parce qu'on est là pour ça.

Frieda s'arrêta et lui flanqua un petit coup de coude.

— Je vous aurais bien montré le *Cutty Sark*, mais il est toujours en réparation, et du coup on ne voit rien.

C'était vrai : le navire disparaissait complètement, dissimulé par des planches.

— C'est mieux comme ça, rétorqua Jack. De toute façon, c'est un faux, d'un bout à l'autre.

— Comment ça ?

— Il y a eu un incendie, vous vous rappelez ? Ce que j'ai entendu dire, c'est qu'il ne restait rien. Quand il sera reconstruit, ce sera une réplique façon Madame Tussauds du vrai *Cutty Sark*. Encore un faux souvenir de Londres à montrer aux touristes.

— C'est vraiment important ?

— Ça ne vous gêne pas que les gens prennent un site patrimonial merdique pour un vrai musée ?

Frieda lança un regard furtif aux traits tirés de Jack. Peut-être qu'un petit déjeuner dans son café habituel aurait été une meilleure idée.

— Le réel est un concept surfait, contra-t-elle.

— C'est censé me réconforter ?

— Vous réconforter ? Non, Jack. Là, on descend.

Ils pénétrèrent dans l'entrée d'un petit édifice coiffé d'un dôme à côté du fleuve, puis dans un ascenseur délabré, grinçant, actionné par un liftier coiffé d'écouteurs, chantonnant sur un air qu'il était le seul à entendre. Jack ne pipa mot durant la descente. Les portes s'ouvrirent et il vit le tunnel s'étirer devant eux, dessinant une longue courbe à peine incurvée.

— Qu'est-ce que c'est ? demanda Jack.

— Le tunnel qui passe sous le fleuve.

— Qui s'en sert ?

— Il permettait autrefois aux dockers de se rendre à pied sur l'Île aux Chiens. Pratiquement plus personne ne l'utilise aujourd'hui.

— On va où, maintenant ?

— Je me suis dit que j'allais vous inviter à déjeuner.

Jack fut surpris. Ils n'avaient jamais déjeuné ensemble jusqu'ici.

— Vous ne travaillez pas ?

— Un patient a annulé. De toute façon, j'avais besoin de réfléchir. Marcher m'aide à réfléchir.

— Même quand je suis là, en train de geindre à vos côtés ?

— Même.

Jack prêta l'oreille à l'écho de leurs pas dans le tunnel et s'efforça de ne pas penser au poids de l'eau au-dessus de leur tête.

— Vous voulez dire, réfléchir au sujet de ce mort ?

— Je pense à la femme qu'ils ont trouvée avec lui. Celle qui s'occupait de lui.

Ils entrèrent dans l'ascenseur à l'autre bout. Le liftier lisait un magazine. Jack regarda Frieda.

— Il y a des boulots pires que le mien, j'imagine.

Ils ressortirent sous les bourrasques de vent et de pluie sur la rive nord du fleuve.

— Ne refaites jamais ça.

— Quoi ?

— Parler de quelqu'un en sa présence comme s'il était sourd ou trop bête pour comprendre.

Elle marcha rapidement, à longues foulées élastiques, l'air sévère, soudain.

— Désolé, dit-il humblement. Vous avez raison. Mais que pouvez-vous pour cette femme ?

— Elle ne l'a pas tué, c'est évident.

— Elle est dans une institution, c'est bien ça ? Et c'est là qu'elle restera, quoi qu'il arrive. Donc…

— On croirait entendre un policier. Comme le préfet.

Frieda le conduisit sur un sentier qui longeait l'Île aux Chiens. Sur leur gauche se trouvaient des appartements, des entrepôts reconvertis et des maisons modernes à l'espace optimisé. Sur leur droite, le fleuve, qui allait s'élargissant, et au-delà, de l'autre côté, des terrains vagues. Ils empruntèrent ensuite une rue plus animée, avant que Frieda ne bifurque dans une rue adjacente pour se retrouver soudain dans une ancienne auberge : une salle à l'atmosphère chaleureuse, aux poutres en chêne, où tintaient des verres de vin, où s'élevaient et retombaient des voix, où crépitait un feu. Des jeunes femmes en tabliers blancs zigzaguaient entre les tables en portant des plats, la main haut levée.

Ils prirent place à une table avec vue sur le fleuve. Frieda regarda au-dehors.

— On comprend pourquoi tous ces anciens capitaines revenaient ici quand ils prenaient leur retraite. C'était ce qui leur rappelait le mieux la pleine mer.

— J'ai remarqué tous ces noms à Deptford.

Jack s'assit en face d'elle. Il s'empara du menu et l'étudia intensément pour dissimuler sa nervosité. Qu'allait-il prendre ? Cela dépendait de Frieda. S'attendait-elle à ce qu'ils prennent un repas complet, genre tourte au bœuf ou *saumon en croûte*, ou ferait-il mieux de commander un en-cas rapide au bar ?

— Quels noms ?

— Les noms des rues. Ça m'a rappelé quand on étudiait la bataille de l'Invincible Armada, à l'école. Fisher Road, Drake's Alley, tout ça… Il y a sans doute une rue Nelson quelque part, à moins que ce ne soit trop tardif ?

— Redites.

— Pardon ?

— Les noms.

Jack les répéta. Une jeune femme déposa une corbeille de pain sur la table et il en saisit un gros morceau qu'il fourra dans sa bouche, se rendant compte à quel point il était affamé.

— Êtes-vous prêts pour passer la commande ?

Frieda s'interrompit. Jack attendit qu'elle se lance la première.

— Non, répondit Frieda lentement. Il faut qu'on y aille.

— Comment ça ?

Frieda se leva et sortit un billet de cinq livres de son porte-monnaie, qu'elle déposa sous la corbeille de pain.

— Venez.

— Voilà qui n'aura pas traîné, commenta-t-il, mais elle avait déjà pris de l'avance.

Il dut courir pour la rattraper.

Chapitre douze

— Vous vous souvenez de Jack Dargan ? demanda Frieda à Karlsson, une fois qu'il fut sorti de la voiture. Un confrère.

Karlsson salua Jack d'un signe de la tête.

— C'est amusant de vous croiser à Deptford. Qu'est-ce que vous pouvez bien faire ici ?

— Il fallait qu'on parle, Jack et moi, expliqua Frieda. Je me suis dit que ce serait le bon endroit pour marcher. Le coin est intéressant.

— C'est ce que j'ai entendu dire, oui.

Karlsson observa les restes d'un entrepôt au travers d'une grille.

— Mais dans l'ensemble, c'est un trou perdu…

Il enfonça ses mains dans les poches de sa veste.

— Avant que vous ajoutiez quoi que ce soit, j'aimerais souligner ce qu'il en est vraiment de la situation. Ce qui va sans doute se passer, c'est que le CPS va prendre connaissance du dossier et décider que Michelle Doyce est inapte à comparaître, ce dont vous conviendrez, j'en suis convaincu. À ce stade, le contribuable britannique aura évité le coût d'un procès, ainsi que les frais d'une éventuelle enquête de police complémentaire. Michelle

Doyce recevra enfin les soins médicaux qu'elle aurait dû recevoir depuis le début, et vous pourrez de nouveau vous consacrer à vos patients.

Il marqua une pause.

— Nous ne saurons sans doute jamais ce qui s'est passé.

— Je pense que Michelle Doyce savait ce qu'elle racontait, répliqua Frieda.

— J'espère que c'étaient des aveux.

Il la regarda, puis se tourna vers Jack, dont les traits ébauchèrent l'esquisse d'un sourire qui s'évanouit rapidement.

— Quoi ? Qu'est-ce qu'il y a ?

— Suivez-moi.

Frieda repartit dans la rue en direction de la maison de Michelle Doyce, et les deux hommes durent presser le pas pour ne pas se laisser distancer.

— Je parlais à Jack de l'histoire de ce quartier. Saviez-vous que c'est plus ou moins ici que la Reine Elizabeth a fait Francis Drake chevalier ?

— Non, je l'ignorais, répondit Karlsson. J'ai visité le *Cutty Sark* avec l'école.

— Tout serait faux, apparemment, dit Frieda.

Ils s'étaient à présent engagés dans Howard Street et Frieda s'arrêta. Ils levèrent les yeux sur une maison. Le numéro 3.

— En un sens, continua-t-elle, ce que j'aime dans ce coin, c'est qu'il ne reste rien. Il y a quatre, cinq cents ans, on trouvait ici des vergers et des chantiers navals, et c'est ici que Francis Drake a accosté après avoir fait le tour du monde à la voile : il ne reste plus rien de tout ça. On s'est contenté d'édifier des entrepôts sur le site, lequel s'est retrouvé intégralement bombardé pendant la guerre, et aujourd'hui, on bâtit des lotissements.

— Frieda, coupa Karlsson, avec une pointe d'irritation dans la voix, j'espère vraiment que tout ceci nous mène quelque…

— C'est grâce à Jack, coupa Frieda.

Karlsson lança un regard au jeune homme, qui rougit et sembla aussi content que dérouté.

— Il m'a rappelé que les noms des rues survivent, même quand les immeubles sont tombés. Les chantiers navals et les docks ont disparu, mais pas les rues qui portent leur nom.

Elle indiqua une plaque.

— Regardez. Howard Street. N'était-ce pas l'amiral de l'Armada ?

— Je n'en sais rien, confessa Karlsson.

Frieda se dirigea vers la maison et se posta devant. Elle se tourna vers Karlsson.

— Andrew Berryman a dit que je ferais bien d'écouter Michelle Doyce. Quand nous lui avons demandé où elle avait rencontré notre homme, elle n'arrêtait pas de parler de Drakes, ces fameux canards, et de la rivière.

— « Fluvial », corrigea Karlsson, n'est-ce pas ce mot-là qu'a employé le docteur Bradshaw ?

— Fluvial ? reprit Jack.

— Eh bien… ce n'était qu'un tas de conneries, s'emporta Frieda.

— C'est un expert reconnu.

— Elle essayait juste de répondre à la question.

— Alors pourquoi ne l'a-t-elle pas fait plus simplement ? s'agaça Karlsson.

— Elle ne perçoit pas le monde comme vous et moi. Mais elle a bel et bien fait de son mieux.

Frieda les fit passer devant la maison, jusqu'au départ d'une allée qui longeait son flanc. C'était une impasse.

— Drake's Alley, déclara-t-elle.

— Et ? commenta Karlsson.

— Michelle Doyce ramasse des trucs, poursuivit-elle, les rapporte chez elle et les met en scène.

— Êtes-vous en train de suggérer qu'elle a recueilli un cadavre ?

— Je crois que c'est ce qu'elle a voulu nous dire.

Un long silence s'ensuivit, durant lequel Karlsson s'efforça de réfléchir à la chose.

— Vous pensez que Michelle Doyce a trouvé un corps inerte ici et qu'elle l'a rapporté dans son appartement ?

— Elle n'avait pas besoin de le porter, expliqua Frieda. Il y a quoi… cinq, six mètres entre ici et la porte de son appart ? Et c'était une urgence. Elle a dû penser qu'elle volait à son secours.

Karlsson hocha lentement la tête. Son visage affichait une expression de concentration. Et presque, songea Frieda, d'amusement contrit.

— Soit, fit-il. Bien. Reculez maintenant. Nous sommes peut-être sur une scène de crime. Je pense préférable de ne pas interférer.

— Et que faites-vous de votre préfet ?

— Je l'en informerai. En temps voulu.

En retrait, tous trois contemplèrent l'allée. C'était un passage boueux, graveleux, jonché de morceaux de papier, de sacs de courses et d'aiguilles usagées. Quelqu'un s'était débarrassé d'un sac-poubelle tout au fond.

— Il se peut que Bradshaw ait quand même raison,

reprit Frieda. Michelle parlait peut-être d'hommes et de femmes. Vous savez… en évoquant les bateaux et les rivières.

— Il faut qu'on vienne m'examiner tout ça, poursuivit Karlsson, ignorant ce qu'elle avait dit.

Il sortit son téléphone.

— Heureusement, d'autres peuvent s'en charger à notre place.

En février, les jours sont encore courts. Elle savait qu'on était en février, et même quel jour on était, parce qu'elle s'était fabriqué un calendrier. Elle était douée autrefois en arts plastiques : c'était sa matière favorite à l'école. Aujourd'hui encore, en fermant les yeux, elle parvenait à se remémorer la sensation, quand elle était toute petite, du gros pinceau qu'elle plongeait dans le pot de peinture, avant de le laisser courir sur la page vierge, observant le trait coloré, régulier, qu'il laissait derrière lui.

C'étaient des arbres qu'elle avait dessinés dans ce calendrier. Un par mois. Enfant, elle avait un bloc à dessin, qu'elle rangeait dans le tiroir du haut de son bureau. Dedans, elle avait reproduit chacun des arbres de son jardin : frêne, chêne, hêtre, charme, faux-acacia, pommier, prunier et noyer. Elle avait passé des heures à ombrer les troncs, s'efforçant de reproduire avec précision les feuilles. Elle ne peignait jamais de villes, de maisons, de gens – tous ces yeux qui vous fixaient, ces visages inquisiteurs aux fenêtres, alors qu'on ignorait qu'on était épié. Des étrangers dans votre dos, dans les recoins, dans les ombres. Elle préférait les paysages vides. Elle aimait le désert, la mer, les grands lacs.

C'est lui qui lui avait apporté le papier, plusieurs

crayons noirs et de couleur. Il avait omis de lui fournir un taille-crayon, en revanche, aussi avait-elle dû utiliser le couteau qui lui servait à peler les pommes de terre. Il y avait une page dédiée à l'arbre, et une autre qu'elle divisait en grille pour les jours. Trente pour les mois de septembre, d'avril, de juin et de novembre… Cela lui avait pris une éternité, mais elle avait tout le temps. Voilà bien une chose dont elle ne manquait pas, quand elle attendait. Elle s'était installée à la petite table et, en guise de règle, avait pris un manuel de jardinage qu'il avait oublié lors de l'une de ses visites. Elle ne pouvait noter le jour sur lequel tombait chaque date : cela aurait été trop compliqué et, de toute façon, elle avait fait ce calendrier en septembre et on était désormais l'année suivante. 2011 : février 2011.

Dans chaque case, elle notait ce qu'elle avait fait durant la journée. Rien qui ne puisse trahir quoi que ce soit : elle ne consignait jamais rien d'important. Elle écrivait : « 20 pompes », « 2 tasses de thé », ou bien « sale migraine », ce genre de choses. Elle n'avait plus de cachets contre la migraine, mais il en rapporterait quand il viendrait. Elle se contentait d'inscrire une petite étoile dans l'angle supérieur droit de chaque case les jours où il était avec elle. C'est comme cela qu'elle savait qu'il s'était écoulé trois semaines et trois jours depuis sa dernière venue. Jamais il ne s'était absenté aussi longtemps, pas même quand il était en mission.

L'arbre du mois de février était un hêtre, même si peu de gens l'identifieraient comme tel, à part elle, vu que ses branches étaient nues. Elle aimait l'écorce lisse et grise du hêtre, et la colonne cannelée de son tronc. À l'embranchement du tronc, elle avait inscrit en tout petit les initiales de son nom, et du sien. Nul ne le verrait jamais, mais elle savait que c'était là – comme les inscriptions que gravent les amoureux. Elle le faisait sur chaque arbre, à un endroit différent. C'était un code secret. Elle ne lui en avait même pas parlé parce qu'il se pourrait que cela lui déplaise, mais une fois que tout ceci serait terminé, elle le lui dirait et il passerait son bras autour de son épaule, l'embrasserait sur le haut du crâne ou dans le creux juste sous l'oreille, et lui dirait combien il était fier d'elle et de ce qu'elle avait enduré pour lui. Il avait besoin d'elle. Personne n'avait jamais eu besoin d'elle auparavant. C'était pour cette raison qu'elle avait renoncé à tout : son foyer, sa famille, son confort, sa sécurité, sa propre personne.

Elle colla son visage à la fenêtre et contempla le ciel gris qui s'assombrissait au crépuscule. Les jours étaient courts, les nuits longues, il faisait froid, et elle avait hâte qu'il revienne.

Chapitre treize

À 7 heures et des poussières, le lendemain matin, Frieda se trouvait sur le seuil d'une pièce fortement éclairée, en sous-sol du commissariat de police. Elle était dépourvue de fenêtre, il y faisait froid, et il y flottait une odeur d'espace souterrain, un vague relent de décomposition et de poussière. Elle émanait des détritus de l'allée, qu'on avait étalés sur le sol avec un soin évident, et rigoureusement séparés.

— Vous vouliez voir…, commenta Karlsson.

— Y a-t-il quoi que ce soit ?

— Jugez par vous-même. (Il entra dans la pièce, et Frieda lui emboîta le pas.) Nous cherchions des trucs genre traces de sang, fluides corporels, évidemment, mais même s'il y avait eu quoi que ce soit de cet ordre, la pluie et la neige fondue auraient tout effacé. Si le corps s'est bel et bien trouvé dans ce passage, c'était il y a environ deux semaines. Certes, il aurait été chouette de trouver son doigt manquant.

— Il n'y avait rien d'autre ?

— Quoi ? Genre un portefeuille rempli de cartes, ou un jeu de clés étiqueté avec l'adresse ? Non. On a une liste. (Il agita une feuille de papier.) Les gars ont vraiment bien bossé. Ils ont même trié leurs trouvailles par catégories. (Il jeta un coup d'œil au papier.) Y compris les trucs du style barquettes en alu contenant des restes de poulet sauce aigre-douce… Tenez. Un souvenir pour vous. Ils commenceront à les remettre dans des sacs-poubelles à 9 heures… Tous ces efforts juste pour remballer des ordures !

Frieda examina brièvement la liste : dépouille d'un chat auquel il manquait la queue, quarante-huit seringues, deux couches sales, sept préservatifs… Elle balaya la pièce du regard, étrangement fascinée par ce qui constituait clairement un examen médicolégal de détritus ordinaires.

Elle se tourna vers Karlsson.

— Et donc, c'est tout ?

— En ce qui concerne Crawford, l'affaire est classée. J'enquête désormais sur un cas assez moche de violences conjugales, dit Karlsson pour toute réponse. Soixante-trois points de suture sur la figure de cette pauvre femme frappée avec une bouteille brisée, quatre côtes cassées, un rein salement contusionné. C'est la troisième fois qu'elle se retrouve blessée en dix-huit mois, et chaque fois, jusqu'ici, elle a retiré sa plainte pour retourner auprès de son charmant mari. J'essaie de la convaincre d'aller jusqu'au bout, cette fois-ci.

— Je ne vous retiens pas plus longtemps. Peut-être pourriez-vous juste me laisser ici quelques minutes, histoire que je jette un œil.

— Pour que vous puissiez trouver quelque chose qui nous aurait échappé ?

— Puisque je suis là.

— Je vous en prie. Faites-moi appeler par la réception quand vous aurez fini.

Karlsson s'en alla et Frieda referma la porte. Elle ôta son manteau, le posa avec son écharpe et son sac à bandoulière sur une chaise en métal, mais garda ses gants. La première catégorie était la plus abondante : la nourriture avariée. On trouvait là des os de poulets avec des lambeaux de chair encore attachée, des trognons de pommes, des restes de petits pains avec des traces de dents visibles sur certains, des barquettes d'aluminium remplies de différentes sortes de magmas infâmes, non identifiables, un petit tas de tomates pâteuses et pourries, quelques petits morceaux de chocolat, quantité de chips grasses et ramollies barbouillées de tomate, des morceaux de ce qui devait être du poisson pané, des débris de tartes parvenus à divers stades de décomposition. Frieda les examina tous en vitesse et passa à la catégorie suivante, constituée d'emballages : paquets de chips, de cigarettes, papiers de bonbons, vieux sacs en plastique, canettes de bière, de Coca-Cola, de cidre, bouteilles de vin et de vodka vides, gobelets en polystyrène. Venaient ensuite les vêtements : une tong d'enfant, deux baskets aux semelles décollées, un chemisier de femme autrefois blanc provenant de chez Marks & Spencer auquel manquait une manche, une écharpe en laine couverte de ce qui ressemblait à de la merde de chien, un soutien-gorge grisonnant, taille 95B, des chaussettes de sport d'homme aux talons râpés.

Frieda passa à la suite : couches et préservatifs ; seringues ; chat mort privé de queue ; rongeur non identifiable tout à fait mort avec entrailles répandues sur la paillasse ; journaux et magazines remontant jusqu'au 23 janvier ; prospectus pour divers concerts et plats à emporter ; débris de faïence, dont un bol quasi complet avec un motif d'arbre indien qui lui fit penser à sa grand-mère ; piles ; coque rouillée d'un téléphone portable ; trois briquets en plastique ; pièces de monnaie d'une valeur de un ou deux pennies pour la plupart, même si l'on trouvait également quelques euros dans le tas.

Le dernier espace de la paillasse avait été réservé à tout ce que l'on ne pouvait classer : mégots de cigarettes poussiéreux, allumettes, minuscules débris de papier et de carton, barrettes, anneaux d'ouverture de canettes.

Frieda poussa un soupir. Elle enfila son manteau et son écharpe, passa son sac par-dessus son épaule d'un geste leste. Mais elle ne partit pas tout de suite. Elle resta plantée au milieu de la pièce, promenant son regard d'une section à la suivante, fronçant les sourcils. Puis elle se dirigea vers les prospectus et fouilla dedans. Elle en retira un du lot et, le tenant entre le pouce et l'index, elle quitta la pièce et referma la porte derrière elle.

— C'est tout ? commenta Karlsson.

Il était assis derrière un bureau où s'entassaient de hautes piles de papiers. Sur l'étagère derrière lui, Frieda aperçut la photo de ses deux enfants, une fille aux cheveux blond de lin avec une fossette dans le menton, semblable à la sienne, et un garçon plus âgé aux grands yeux anxieux. Elle les avait rencontrés une fois, quand elle lui avait rendu visite chez lui, à Highbury, mais ne pouvait se rappeler leurs noms.

— Ce n'est pas du coin. (Frieda fit glisser le tract déchiré, froissé, sale, sous le nez de Karlsson.) Tous les autres étaient du quartier. Celui-là comporte un code postal de Brixton. Regardez.

— Et ?

— Alors que faisait-il là ?

Karlsson s'adossa à son fauteuil, les mains derrière la tête.

— C'est fou ce que les gens ont la bougeotte de nos jours, dit-il d'un ton amène. Regardez-moi. Je suis venu travailler depuis Highbury et, ce soir, il se trouve que je vais rendre visite à quelqu'un dans le quartier de Kensal Rise. Ce n'est rien, comparé à Yvette. Elle doit faire la navette Harrow-Londres tous les jours.

— Ceci provient d'une petite impasse. Ce n'est pas un endroit où l'on passe.

— Des gens venaient acheter de la drogue dans cette maison. D'autres se shootaient dans ce passage.

— Avec des dépliants ?

— Même les accros à l'héroïne achètent des pizzas.

— Avez-vous remarqué ce qui est écrit au dos ?

Karlsson retourna la feuille et la lissa.

— Corde, lut-il à haute voix. Paille. Ficelle. Pierre.

— Ça vous parle ?

— Une liste de courses, j'imagine. Peut-être que celui ou celle qui l'a écrite est un amateur de bricolage. Il y en a des tas aujourd'hui. Si je devais me livrer à des pronostics, à en juger d'après ma propre expérience, je dirais que quelqu'un projette de faire pousser des fraises dans son jardin.

— Et quid des lettres, alors ?

— P, MG, P. Je n'en sais rien, Frieda. À vous de me le dire.

— Je ne peux pas.

— Voyons voir… Pommes, Mangues géantes,

Poires. À moins que ce ne soit Pastis, Mystère gourmand, et Pistaches. C'est peut-être très marrant, mais je n'ai pas le temps.

— Je vois ça.

Karlsson repoussa le prospectus.

— Écoutez, je sais que c'est moi qui vous ai convaincu de vous mêler de cette histoire. Je sais que vous vous êtes beaucoup investie dedans. Je sais que vous pensez que nous faisons erreur au sujet de Michelle Doyce. Je sais que Hal Bradshaw est un connard prétentieux et que ses hypothèses ne sont que du baratin. Qui plus est, je sais même qu'il est possible, et même probable, que Michelle Doyce ne soit pas le véritable auteur de ce crime. Mais j'ai sur les bras un meurtre dont personne n'a rien à branler, un cadavre anonyme, un unique témoin qui tient des propos inintelligibles et qui se trouve dans un hôpital psychiatrique. J'ai un chargé d'audit chaussé de pompes pointues qui regarde tout ce que je fais pardessus mon épaule, et sur le dos un préfet qui est déjà passé à autre chose. Que feriez-vous à ma place ?

Frieda brandit le prospectus.

— Suivez cette piste.

— Désolé.

Frieda s'apprêtait à partir quand elle songea à quelque chose.

— Est-ce qu'il y a une photo du cadavre ? demanda-t-elle. Juste la figure.

— Bien sûr, répondit Karlsson, l'air méfiant. Pourquoi ?

— Je peux en avoir une copie ?

— Vous ne pouvez pas montrer ça à tout le monde, vous le savez. Il n'est pas beau à voir.

— Même, persista Frieda.

— Très bien, conclut Karlsson. Mais mieux vaudrait qu'il ne finisse pas sur votre page Facebook.

— Je peux le prendre en partant ?

— Tant que vous me promettez de partir.

Alors qu'elle s'éloignait, le nom des enfants lui revint : Mikey et Bella, voilà comment ils s'appelaient.

Chapitre quatorze

Frieda s'installa à son bureau. Elle ouvrit son bloc à dessin et effleura doucement la feuille de papier grainé d'un geste coutumier, quasi superstitieux. Elle sortit la photo de son enveloppe kraft et la posa sur le bureau. Les yeux laiteux du défunt la contemplaient fixement. Si ce n'est qu'ils ne la voyaient pas. Quand on dévisage quelqu'un, on se concentre sur les yeux parce qu'on a l'impression de pouvoir sonder tout son être à travers un regard qui est rendu. Mais ces yeux-là n'étaient qu'absence brumeuse. La tête tout entière était bouffie et enflée. La peau s'était déchirée sur la tempe et la joue droite.

Elle s'empara d'un crayon à mine tendre. Elle ne dessinait jamais de visages ou de silhouettes, rien que des objets : ponts, briques, grilles, portes anciennes, débris de faïence et cheminées de guingois. En temps normal, en élaborant un dessin, elle observait surtout les détails, les imperfections, les fissures, les décolorations. Cette fois-ci, elle voulait voir au-delà. À quoi ressemblait-il avant ? Elle commença par ce qui n'avait pas été altéré : les sourcils, les cheveux. Les pommettes étaient saillantes, en dépit des boursouflures et de la décomposition. Il avait un menton ferme. Les lèvres étaient minces, les oreilles bien collées au crâne. Et le nez ? Elle l'affina légèrement. Elle ne pouvait que deviner les contours du visage et la ligne de la mâchoire. Plus étroit mais non pas anguleux, décida-t-elle. Elle recula sur son siège et l'examina de loin. C'était un visage, à n'en pas douter. Mais était-ce le *sien* ? Elle plia la feuille en deux et la rangea dans sa sacoche.

Dans le laboratoire informatique de la police scientifique du quartier de la City, Yvette Long se tenait aux côtés d'un jeune homme arborant des cheveux en bataille et une moustache rousse. Assis devant un ordinateur, cet anthropologue des services médico-légaux pressait des touches et entrait des informations recueillies sur une feuille de papier à côté de lui. Il ne cessait de chantonner, un air d'opéra, présuma-t-elle, mais elle n'y connaissait rien.

— Je me sers du graphisme en 3D dans ces cas-là, expliqua-t-il en s'interrompant au milieu de sa mélodie.

Yvette hocha la tête. Elle était au courant : il le lui disait chaque fois qu'elle venait.

— Programmation en TCL/Tk, précisa-t-il. Super malin comme truc.

— Mmm, répondit Yvette.

Elle ne savait pas du tout ce que cela pouvait bien vouloir dire, mais savait en revanche qu'un visage était en train de naître à l'écran, sous leurs yeux, sur le maillage de lignes.

— Vous comprenez que c'est une image relativement générique que nous sommes en train de créer. On pourrait procéder à une reconstitution en 3D à partir de ça.

— Je ne crois pas que cela sera nécessaire.

Le visage était plutôt fin, avec un nez droit et des oreilles soigneusement collées au crâne. Un grand front. Des cheveux bruns. Des yeux marron. Une pomme d'Adam proéminente.

Ils l'ignoraient, mais leur portrait ne différait pas tant du visage qu'avait dessiné Frieda, avec un regard plus absent, toutefois, et la bouche moins incurvée.

— Ça ira, dit Yvette. Ça ira bien, même.

À 8 h 40, Frieda se trouvait dans son cabinet. Elle avait vingt minutes avant son premier patient, aussi se prépara-t-elle une tasse de thé puis se posta-t-elle à la fenêtre qui donnait sur le vaste chantier de construction. Lorsqu'elle avait emménagé, l'endroit était occupé par une rangée de maisons victoriennes. Elle avait vu des familles déménager, des fenêtres et des portes se retrouver condamnées. Ensuite avaient débarqué les squatters, expulsés à leur tour. La zone avait été ceinte d'une palissade, avec de grands panneaux interdisant l'entrée. Des bulldozers et des grues avaient fait leur apparition : un boulet de démolition s'était abattu sur les toits et les murs, et des maisons entières s'étaient écroulées comme une construction d'allumettes. Des hommes coiffés de casques avaient bu leur thé juchés sur les décombres ; on avait installé des baraques de chantier. Un an plus tôt, ce site avait été débarrassé de la moindre pierre restante pour devenir une friche déserte, attendant que débute un projet immobilier flambant neuf. Il attendait toujours. Restait une unique grue en son centre, ainsi qu'une cabine, aux fenêtres brisées, mais toutes les excavatrices, tous les ouvriers avaient disparu. Le projet avait été mis en suspens, comme tant d'autres dans la ville, en ces temps difficiles. Et dans l'intervalle, des gosses avaient réussi à se glisser au travers de la palissade pour reconquérir les lieux : ils se retrouvaient en bandes le soir, pour fumer des cigarettes ou boire, et parfois même le matin avant d'aller en cours.

Aujourd'hui, huit ou neuf d'entre eux jouaient au football. Frieda les regarda traverser le terrain boueux, défoncé, filant comme des flèches tout en s'enjoignant mutuellement à passer le ballon. Leurs tenues d'écoliers commençaient à avoir piteuse allure. Peut-être ne construirait-on jamais rien ici, songea-t-elle. Peut-être l'endroit retournerait-il à une sorte d'état sauvage en plein cœur de cette agglomération, où les enfants pourraient jouer, les gangs se battre entre eux, et les sans-abri trouver refuge, loin des devantures de magasins.

Elle entendit des pas à l'extérieur. Reposant son mug, elle s'immobilisa un instant pour faire le vide et se préparer à recevoir son premier patient, puis elle se dirigea vers la porte et l'ouvrit sur la salle d'attente. Joe Franklin était assis sur la banquette, la tête penchée comme à l'écoute d'un son qu'il serait le seul en mesure d'entendre. Frieda put ainsi l'examiner avant qu'il ne remarque sa présence : cela faisait deux ans et demi qu'elle voyait Joe, désormais deux fois par semaine s'il parvenait à se présenter, ce qui n'arrivait pas souvent. Aujourd'hui, il était en avance, ce qui était bon signe, et correctement vêtu, constata-t-elle : chemise normalement boutonnée, lacets serrés, jean retenu par une ceinture au lieu de glisser sur sa taille décharnée, cheveux plutôt propres. Ses ongles n'étaient pas sales et il s'était récemment rasé. Qui plus est, quand il se tourna vers elle, son regard était net et il se leva lestement, et non plus en trébuchant tel un vieil ivrogne. Il pouvait se passer des semaines, des mois, durant lesquels il parvenait à peine à assumer le minimum quotidien, où malgré tous ses efforts, il ne faisait que chanceler aveuglément dans un cauchemar se déroulant au ralenti ; et puis il y avait des fois comme celle-ci où il émergeait de l'ombre.

— Joe.

Elle lui adressa un sourire rassurant et lui tint la porte.

— Contente de vous revoir. Venez, entrez et installez-vous. Allons-y.

À 13 h 50, Frieda avait fini sa journée. Quatre patients, quatre histoires à l'esprit. Elle resta assise quelques minutes à consigner dans son cahier quelques notes concernant la dernière séance, à l'aide du vieux stylo-plume que Reuben avait toujours trouvé démodé. Elle vérifia qu'elle n'avait pas de messages sur son portable, se promit d'appeler sa nièce Chloë plus tard et lava son mug dans la petite cuisine adjacente à son cabinet. Elle n'avait rien mangé ce jour-là, mais n'allait pas rentrer tout de suite. Elle enfila son long manteau noir et enroula deux fois son écharpe rouge autour de son cou, puis se dirigea d'un pas rapide vers Warren Street et la ligne de métro Victoria.

Peu de temps après, sur Brixton Road, elle localisa la Pizzeria Andy's en quelques minutes, sans difficulté : elle avait le prospectus. Elle examina la devanture aux couleurs vives. Andy ne vendait pas que des pizzas. Il proposait également des hamburgers et des frites. On en voyait des photos décolorées. En les regardant, Frieda pensa subitement aux photos du corps, et cette idée ne la quitta plus. Elle entra. Il y avait là deux ou trois tables en plastique contre la vitrine. Une femme avait pris place à l'une d'entre elles, avec un enfant en bas âge et un bébé dans une poussette. Frieda s'avança jusqu'au comptoir. Un homme prenait une commande au téléphone. Il perdait ses cheveux, portait une barbe noire et un polo rouge avec le mot « Andy » imprimé sur le côté gauche. Il reposa le combiné et glissa la commande à travers une ouverture derrière lui. Une main s'en empara. Frieda entendit des crépitements et des bruits de casserole. L'homme lui lança un regard interrogateur.

— Oui…, répondit Frieda en consultant derrière lui la liste des plats affichée au mur. Puis-je avoir une salade ? Et une bouteille d'eau ?

— Salade ! lança l'homme.

Il se pencha et prit une bouteille en plastique dans un réfrigérateur. Il la posa sur le comptoir.

— Autre chose ?

— Ça ira, répondit Frieda qui lui tendit un billet de cinq livres.

L'homme fit tinter la monnaie sur le comptoir.

— La salade sera prête dans une minute, dit-il.

Frieda prit le prospectus et le posa sur le comptoir.

— On m'a remis votre prospectus.

— Ouais, et alors ?

Frieda s'en était inquiétée : il suffirait d'une seule question mal venue, qui pourrait donner le sentiment qu'elle faisait partie des services sociaux ou du fisc, et ils la boucleraient. Fin de l'histoire.

— Je voulais vous demander…, commença-t-elle, je comptais m'en faire faire, justement. Je suis à mon compte. Je me suis dit que je pourrais en faire imprimer quelques-uns comme les vôtres, histoire d'attirer un peu l'attention.

Le téléphone sonna. L'homme décrocha et prit une autre commande.

— Je disais donc, reprit Frieda, une fois qu'il eut fini, que j'aimerais bien me procurer des prospectus comme ceux-là. Je me suis demandé où vous les aviez fait faire.

— Il y a un imprimeur un peu plus loin dans la rue, dit l'homme. Ils nous en ont fourni quelques centaines.

— Et après, comment ça se passe ? Ils vous les livrent ?

— Ils ne font qu'imprimer. C'est mon cousin qui les a distribués.

— Vous voulez dire qu'il les a glissés dans les boîtes aux lettres ?

— Par exemple, ouais.

— Vous savez dans quels coins ? insista Frieda.

L'homme haussa les épaules. Frieda ressentit un moment de découragement, comme si elle tentait de mettre la main sur quelque chose qui lui filerait inévitablement entre les doigts.

— Je m'interroge, c'est tout, ajouta-t-elle. (Elle sortit son plan de Londres de son sac et chercha la bonne page.) C'est que je vais sans doute devoir les distribuer moi-même, vous voyez, et je voulais savoir quelle zone on pouvait couvrir, du coup. Est-ce que vous pourriez juste me montrer sur la carte où il est allé ? Ou bien a-t-il juste erré à sa guise ?

Elle poussa la carte en travers du comptoir dans sa direction. Un bruit s'éleva derrière lui et une boîte en polystyrène surgit dans l'ouverture. L'homme prit la salade et la remit à Frieda. On y trouvait du chou coupé en fines lanières, des carottes râpées, de l'oignon et une tranche de tomate, avec une giclée de sauce rose par-dessus.

— Merci, dit-elle. Et pour la carte…

L'homme poussa un soupir. Il se pencha en avant et posa son index sur la page.

— Je lui ai dit de prendre Acre Lane et de faire toutes les rues qui débouchaient dessus de ce côté.

— Quelles rues ?

L'homme fit courir son doigt sur le coin de la carte.

— Toutes celles-là, répondit-il. Jusqu'à ce qu'il n'en ait plus.

Ça en faisait un paquet, apparemment.

— Et il y en avait combien, trois cents ?

— Cinq, je pense. On en a encore un tas en magasin.

— Et ça, il y a une quinzaine de jours, environ ?

L'homme eut l'air perplexe.

— Comment ça ?

— Je me demandais comment ça avait marché, persista-t-elle. Si des masses de gens avaient appelé pour commander une pizza.

— Je ne sais pas, dit l'homme. Une poignée, peut-être.

— OK. Merci pour votre aide.

Elle tourna les talons, prête à partir.

— Hé. Vous oubliez votre salade.

— Ah, oui.

Elle sortit du magasin et, saisie de culpabilité, attendit d'être à vingt ou trente mètres de là, hors de vue, avant de fourrer la barquette dans une poubelle débordante.

Assise dans le métro, en direction du nord, elle consulta de nouveau le dos du prospectus, même si elle connaissait la liste par cœur. Corde. Paille. Ficelle. Pierre. Pourquoi acheter ça ? À quoi cela pouvait-il bien servir ? Pourquoi avoir besoin de se procurer de la corde en plus de la ficelle ? Différaient-elles aux yeux d'un bricoleur d'une manière qui lui restait inintelligible ? Y avait-il quelque chose qu'on ne pouvait faire avec de la ficelle, et pour lequel il fallait expressément de la corde ? Ces éléments faisaient penser à une activité en extérieur, à moins que cela ne soit lié à un thème médiéval. Les tavernes élisabéthaines n'étaient-elles pas tapissées de paille ? Ou peut-être s'agissait-il de pailles pour boire. Frieda se concentra sur la liste jusqu'à en avoir mal à la tête. En sortant de la station de Warren Street, elle ne cessait de la passer en revue. Un lien évident lui échappait-il ? Elle s'essaya à des jeux mentaux. On pouvait lier de la paille avec de la ficelle. Ou avec de la corde. Et la pierre, alors ? Ce qui la fit songer à David et Goliath, sauf qu'il s'agissait d'une fronde et d'une pierre.

Que faisait-on donc de ces quatre éléments ? Qui pourrait le savoir ? Un nom se présenta spontanément à son esprit. Elle ne pouvait le voir, mais pouvait l'appeler : elle aurait même dû le faire depuis longtemps, juste pour qu'il sache qu'elle pensait à lui. Sitôt rentrée chez elle, elle feuilleta en vitesse le carnet d'adresses relié de cuir qu'elle conservait près de son téléphone. Elle trouva le numéro et le composa. La sonnerie retentit, sans fin, et elle s'apprêtait à laisser un message quand un déclic se fit entendre.

— Frieda, dit la voix.

— Oui, Josef. Bonjour ! Ça me fait plaisir d'entendre votre voix après tout ce temps. Comment allez-vous ? Tout va bien, là-bas ? Vous nous manquez.

— Comment je vais ? répondit-il. Grande question. Je connais pas la réponse.

— Il s'est passé quelque chose, Josef ?

— Oh, je ne sais pas. Frieda, comment allez-vous ? Comment ça va, chez vous ?

— Rien de neuf. Dans l'ensemble. Mais j'aimerais en savoir plus sur vous. J'aurais dû appeler. Je suis désolée de ne pas l'avoir fait.

— Ça va, pas de problème, répondit-il. On est tous occupés. Beaucoup de choses sont passées, des trucs qui sont pas vraiment pour le téléphone.

— Je n'arrête pas de surveiller la météo, reprit Frieda. Dès que j'en ai l'occasion, je regarde quel temps il fait à Kiev. C'est bien là que vous êtes, non ? La dernière fois, il faisait – 29 °C. J'espère que vous êtes correctement emmitouflé.

Un long silence s'ensuivit, puis une sorte de gémissement déroutant.

— Tout va bien ? s'enquit Frieda. Vous êtes toujours là ?

— Frieda, je suis pas à Kiev en ce moment.

— Ah. Où êtes-vous ?

Il dit quelque chose qu'elle ne parvint pas à comprendre.

— Pardon ? C'est quelque part à la campagne ?

Il répéta le nom.

— Pouvez-vous parler plus lentement ?

Il articula les trois syllabes une à une.

— Summertown ? reprit Frieda. Genre, Summertown à Londres ?

— Oui. Pas genre. Le Summertown de Londres. Celui-là.

Il s'écoula plusieurs secondes avant que Frieda ne parvienne à s'exprimer de façon cohérente.

— Vous… vous n'êtes qu'à environ cinq cents mètres de l'endroit où je me trouve.

— Possible.

— Mais qu'est-ce que vous fichez là ?

— J'ai eu des ennuis.

— Il faut que je vous voie.

— C'est pas une bonne idée.

— Je suis votre amie, vous vous souvenez ? répliqua Frieda. Venez chez moi. Immédiatement.

Chapitre quinze

Cela faisait presque deux mois que Frieda n'avait pas vu Josef. La dernière fois, c'était peu avant Noël, quand, en souvenir du précédent Noël passé ensemble, il lui avait préparé des plats traditionnels ukrainiens et les avait apportés chez elle, enveloppés de linge blanc et rangés dans un carton noué d'un ruban, comme un cadeau d'adieu : petits gâteaux faits de farine de froment, de miel et de graines de pavot. Elle se le rappelait tel qu'il s'était montré alors : souriant, tout fier, expansif dans sa générosité, plein d'une excitation solennelle. Après plusieurs mois d'absence, il retournait dans son pays pour voir sa femme Vera et ses deux fils. Ses cheveux, normalement en broussaille, étaient coupés court et il portait une nouvelle veste molletonnée pour l'hiver ukrainien. Il avait acheté à ses fils des tee-shirts « I love London », des petits drapeaux du Royaume-Uni et des boules de neige comprenant des scènes miniatures de la vie londonienne.

C'est un tout autre Josef qui se présenta à sa porte. Ses cheveux étaient longs, sales et couverts de poussière. Il arborait un début de barbe qui lui donnait plutôt l'air de celui qui a oublié de se raser. Il portait un vieux pantalon de toile, retenu par une ceinture en plastique, et un épais pull-over. Par-dessus, la fameuse veste molletonnée, mais déchirée et sale. Ses bottines de chantier étaient fendues. Ses mains, gercées et cloquées. Un reste de contusion se voyait sur son cou, et il y avait un sparadrap en travers de son front couvert de crasse. Mais surtout, ses traits étaient mous, ses yeux éteints, et il refusait de croiser le regard de Frieda : il restait sur le pas de la porte, triturant son bonnet de laine entre ses doigts, à se balancer d'un pied sur l'autre.

Frieda lui prit la main et l'attira dans l'entrée, puis referma la porte derrière eux. Elle perçut un fort relent d'odeur corporelle, de tabac et d'alcool. Elle lui ôta sa veste et la pendit à côté de son manteau. Les coudes de son pull étaient troués.

— Que diriez-vous de retirer vos chaussures ? proposa-t-elle. Comme ça, on pourra passer au salon.

— Moi je reste pas.

Son anglais semblait s'être appauvri durant le court laps de temps où il s'était absenté.

— Je vais vous faire du thé.

— Pas de thé.

— Ça fait combien de temps que vous êtes rentré, Josef ?

Il ouvrit les mains en un geste familier.

— Quelques semaines.

— Pourquoi ne pas l'avoir dit ?

Le regard de Josef se posa un instant sur sa figure avant de retomber à nouveau.

— Toutes vos affaires sont chez Reuben. Votre camionnette s'y trouve. Où habitez-vous ?

— Maintenant ? Sur chantier. Une maison à construire. Fait froid. Mais il y a toit.

Frieda l'examina. Son corps tout entier criait la détresse et l'abattement.

— Je veux que vous me racontiez ce qui s'est passé, dit-elle d'une voix douce. Mais ne vous en faites pas… vous n'êtes pas obligé de le faire tout de suite. Quand vous serez prêt, je serai là. Je suis contente que vous soyez revenu. Reuben le sera aussi. Sa maison a besoin de vous. Et moi aussi.

— C'est que des mots.

— Non, c'est vrai.

— Je sers à rien.

— Bon, voici le plan. Je vais appeler Reuben, et vous restez ici ce soir. Il y a des petites choses à régler chez lui. Vous pouvez vous en occuper. Quand vous serez à l'aise, vous pourrez me raconter – ou à lui – ce qui s'est passé. D'ici là, vous allez vous asseoir dans ma cuisine, boire un thé, et j'ai une question à vous poser.

Les yeux marron de Josef la dévisagèrent un moment.

— Pourquoi ?

— Pourquoi quoi ?

— Pourquoi vous m'aidez ? Je suis pas type bien, Frieda. Mauvais type, triste.

Frieda passa un bras sous son coude et le mena dans la cuisine. Elle tira une chaise, sur laquelle il se laissa choir. Elle mit de l'eau à chauffer dans la bouilloire et, pendant que le thé infusait, fit griller pour lui deux toasts, qu'elle tartina de beurre et de miel.

— Là. Avalez-moi ça.

Il but une gorgée de thé brûlant et ses yeux se remplirent de larmes. Il s'empara d'un toast et elle vit à quel point sa main tremblait.

— Bon. J'ai besoin de votre aide.

Elle posa le prospectus devant lui, côté imprimé face à la table, et indiqua les lettres.

— Si je vous demandais de deviner ce que signifient ces lettres ?

Josef reposa le toast sur l'assiette, passa sa manche sur ses lèvres et examina attentivement les mots.

— Ficelle, paille, corde, pierre.

— Ce sont des choses dont on se sert dans le bâtiment. Mais pourquoi à la fois de la ficelle et de la corde ? Karlsson a suggéré qu'il s'agissait de planter des fraises, mais je ne le crois pas. Il n'y a pas réellement prêté attention.

— Facile.

— Quoi ?

— Facile, répéta Josef.

Pour la première fois, son regard semblait plus vif.

— Et alors ?

— C'est la peinture.

— De la peinture ?

— Des noms de peinture. Couleurs tristes… comme celles de votre cabinet. Des couleurs pâles, mortes. Ficelle, paille, corde et pierre. Voilà.

— Oh…, commenta Frieda. Josef, vous êtes génial.

— Moi ?

— Et ces lettres, là ? P, MG, P.

— Facile.

L'espace de quelques instants, il parut presque heureux. Il pointa un doigt en l'air.

— P, c'est pour : « plafond ».

Son doigt se déplaça telle une aiguille sur un cadran.

— MG, c'est pour « Mur Gauche ». Et…

Son doigt descendit.

— « Plinthes », compléta Frieda. Pourquoi n'y ai-je pas pensé ?

— Vous êtes docteur, pas ouvrier des bâtiments.

— Donc quelqu'un faisait repeindre sa maison.

Elle consulta sa montre. Il était presque 16 h 30.

— Si on y va maintenant, on pourra peut-être y être avant 17 heures. Vous m'accompagnez faire une course ?

Comme il ne répondit pas aussitôt, elle ajouta :

— J'ai *besoin* que vous m'aidiez, Josef. Comme avant.

Le jour s'assombrissait et la pluie tournait à la grêle. Josef fit à Frieda l'effet d'un grand enfant désemparé, alors qu'il arpentait les rues d'un pas lourd, son bonnet enfoncé sur les oreilles et les mains plongées au fond des poches de son pantalon minable. Elle avait appelé Reuben et lui avait appris que Josef et elle passeraient le soir même, et qu'il fallait qu'il fasse le lit et, peut-être, qu'il mette quelques pommes de terre à chauffer au four.

— Pourquoi on regarde ? demanda soudain Josef.

— J'essaie de trouver quelqu'un. C'est un peu long comme histoire, et je vous la raconterai plus tard.

— Alors comment fait-on pour chercher les murs couleurs pierre et paille ?

— On ne peut pas toquer à toutes les portes, chez tout le monde. Mais je me suis dit que si on apercevait des signes de chantier en cours, on pouvait au moins frapper à celles-là.

— Alors vous prenez cette rue, et moi celle-là.

Josef brandit son téléphone.

— Je vous appelle, ou vous m'appelez.

Frieda se réjouit de voir qu'il s'impliquait. Elle

hocha la tête, et ils s'éloignèrent dans des directions différentes, se retrouvant au bout des rues sans progrès notable, pour se séparer une fois de plus dans deux rues parallèles partant de l'artère principale, dans lesquelles avaient vraisemblablement été distribués les prospectus de la Pizzeria Andy's.

Frieda avait parcouru les deux tiers de Tully Road quand son portable sonna.

— Josef ?

— « Peinture et décoration. Tout chantier, même petits travaux ». Camionnette à côté de moi, un pneu a l'air à plat. Devant le 33, passage Owens.

— Ne bougez pas. J'arrive.

Mais nulle lumière ne brillait dans le passage Owens et personne ne répondit quand Frieda sonna à la porte. Elle essaya au numéro 31, recula et patienta. Elle entendit des pas, et le battant s'ouvrit. Un jeune homme au crâne rasé apparut. Il portait un costume et tenait un téléphone à la main.

— Oui ?

— Je suis désolée de vous déranger, commença-t-elle, consciente que Josef rôdait dans la rue derrière elle, mais j'espérais que vous pourriez m'aider. Est-ce que vous auriez des peintres chez vous ?

— Ouais. Une seconde, laissez-moi juste le temps de raccrocher. Désolé, Cas, je te rappelle. OK ? Désolé… Des peintres, oui. Ils nous refont la maison de fond en comble. Ils travaillent dans le salon pour le moment, je pense qu'ils auront justement bientôt fini. Mais pourquoi tenez-vous à le savoir ? Vous vivez dans le coin ? Besoin de faire repeindre quelque chose, peut-être, parce que si c'est le cas, je ne peux pas dire, en toute honnêteté, que je les recommanderais…

— Non. C'est difficile à expliquer. Je cherche quelqu'un et je pense que vous pourriez peut-être m'aider.

— Moi ? Je ne pige pas. Voulez-vous entrer ? C'est qu'il commence à faire un peu frisquet, là, dehors. Ainsi que, euh… votre ami.

— Ça va. Je n'en ai pas pour longtemps.

Frieda pénétra dans l'entrée, qui sentait encore la peinture fraîche. Elle sortit le prospectus de son sac.

— Ça vous dit quelque chose ?

— Eh bien…

Le jeune homme la regarda avec méfiance, comme s'il avait affaire à une folle, finalement.

— C'est un prospectus. À l'évidence. Pizzeria Andy's.

— Est-ce que vous en recevez ici ? Des prospectus, je veux dire, pas des pizzas.

— Ouais. Je pense… Il arrive toutes sortes de prospectus dans la boîte aux lettres.

Frieda retourna le tract.

— Et ça ?

Il plissa les yeux puis fronça les sourcils.

— Je ne pense pas qu'il s'agisse de mon écriture. Ni de celle de Cas. Ma femme. Pourquoi ça ?

— Utilisez-vous les teintes Paille, Ficelle, Corde et Pierre sur vos murs ?

— Ouais. Ouais. Je pense. Non, en fait, je suis sûr. Cette histoire commence à me foutre les jetons, si vous permettez que je m'exprime franchement.

— Désolée. J'ai là un portrait. Pourriez-vous me dire s'il vous rappelle quelqu'un ?

Elle sortit son dessin de l'enveloppe A4 dans laquelle elle l'avait rangé et le lui tendit. Il le contempla.

— Peut-être bien.

— Peut-être ?

— Il y a une certaine ressemblance. Il y avait un type… qui devait refaire notre déco. Franchement motivé, en fait. Gentil. Très serviable. Ça lui ressemble un peu. Et il a noté les teintes, maintenant que vous m'y faites penser. Mais on n'a jamais fait appel à lui, si c'est la question que vous vous apprêtez à poser. Il a disparu, du jour au lendemain. Plus répondu au téléphone, rien. Il nous a laissés en plan. C'est pour ça qu'on a fait venir ceux-là.

Frieda s'efforça de conserver une expression neutre.

— Quand a-t-il disparu ?

— Eh bien… il y a deux semaines, peut-être, quelque chose par là. Je ne sais pas au juste. Cas pourrait sans doute être plus précise. Il y a un problème ? Il a fait quelque chose ?

— Comment s'appelait-il ?

Elle s'entendit parler de lui au passé, mais le jeune homme ne remarqua pas.

— Rob. Rob Poole.

— Vous avez son adresse ?

— Non. Rien. Juste son numéro de portable.

Il fit défiler son écran et le trouva, puis il le griffonna au dos du prospectus défraîchi de chez Andy's.

— Mais il ne répond pas, même si j'ai dû lui laisser une douzaine de messages.

— Merci.

— Vous le connaissez ?

— Pas précisément. Pourrais-je avoir votre nom également, s'il vous plaît, et votre numéro de téléphone ?

— Et pourquoi ça ?

— La police devrait avoir deux mots à vous dire à son sujet, si vous voulez mon avis.

Reuben n'avait pas mis de pommes de terre au four : il avait préparé de riches lasagnes, bien grasses, du pain à l'ail et une salade verte. L'odeur les accueillit quand il leur ouvrit, portant un tablier et ses lunettes en demi-lune posées en équilibre au bout de son nez. D'un seul regard, il prit la mesure de l'état dans lequel se trouvait Josef, puis fit un pas en avant et lui donna l'accolade.

— Dieu merci, te revoilà, dit-il. Je commençais à penser que j'allais vraiment devoir payer quelqu'un pour réparer mon toit et assembler mon fichu coffre.

— Je reste pas, marmonna Josef. Je dis juste bonjour et je prends mes affaires.

— On peut entrer ? intervint Frieda. Il fait trop froid pour rester là-dehors.

Et c'est ainsi qu'ils réussirent à le faire entrer à l'intérieur, à le débarrasser de sa veste et de ses chaussures. Reuben lui glissa une bouteille de bière dans les mains, l'emmena voir où se situait la fuite, et sans savoir comment, Josef se retrouvait dix minutes plus tard immergé dans un bain bouillant. Au chaud dans la cuisine embuée, Frieda et Reuben pouvaient l'entendre s'asperger et pousser des gémissements.

— Mais que s'est-il passé, bon sang ? demanda Reuben.

Les deux jetèrent d'instinct un regard à la photo écornée collée sur le réfrigérateur de Reuben par Josef plus d'un an auparavant, quand il venait d'emménager ici : sa femme, une brune, et ses deux enfants.

— Il était à Summertown, et habite sur un chantier.

— Pourquoi ne l'a-t-il pas dit ?
— Il a honte.
— De quoi ?
— Je ne le sais pas encore.
— Une chance que j'aie vraiment un toit qui fuit.
— Oui.
— Bravo d'avoir volé à son secours.
— Ce n'est pas vraiment ça. Je l'ai appelé pour avoir son avis sur quelque chose.
— En tout cas, il est là, maintenant.
Frieda hocha la tête, puis ajouta :
— Au fait, je vais à l'enterrement de Kathy Ripon à la fin de la semaine. J'ai beaucoup pensé à sa mort, ainsi qu'à Dean Reeve. Je fais des rêves désagréables à son sujet, qui me poursuivent au réveil.
— Et donc, il vous hanterait d'outre-tombe ?
— Si seulement…

Cette nuit-là, elle fut malade. Cela commença par des gouttes de sueur sur son front et un effroyable essoufflement, un goût dans la bouche qui refusait de s'en aller, et même en s'allongeant, elle se sentit étourdie, l'estomac retourné.

Elle parvint à gagner les toilettes à temps et s'agenouilla devant la cuvette, les yeux piquants, le corps froid et en nage, vomissant, sanglotant et s'étouffant tout à la fois. Elle se sentait empoisonnée, de la tête aux pieds. Elle avait pourtant à peine mangé depuis des jours, et bientôt elle n'eut plus rien à vomir, de sorte qu'elle resta juste en proie à des haut-le-cœur, reprenant son souffle, posant de temps à autre son front sur le rebord de la cuvette, les genoux endoloris sur le sol dur, les cheveux poisseux, l'haleine fétide, souillée de partout. Devant ses yeux défilèrent des images de bains chauds, de draps frais, de sirop d'orgeat citronné, d'une main fraîche sur sa joue brûlante, et elle vomit de nouveau. Elle aurait aimé mourir. Il ne fallait pas. Il viendrait. C'est tout ce qu'elle savait, du moins c'est tout ce qu'elle avait besoin de savoir.

Chapitre seize

Assise dans un coin du pub, Frieda attendait Karlsson. Il revint vers elle, tenant en équilibre deux whiskys et deux paquets de chips. Il s'attabla et ouvrit les sachets.

— J'ai pris sel et vinaigre, dit-il, et oignon-fromage. Je ne savais pas lesquelles vous aimiez.

— Aucunes, en fait.

— Sans doute n'aimez-vous pas les pubs non plus.

— C'est mieux que le commissariat.

— Au moins ça nous permet d'esquiver ce Newton, qui me suit partout comme une ombre.

— Que fait-il là ?

— Rendement et efficacité. Pensée positive et réflexion à long terme. Un regard neuf, voilà ce qu'en dit le boss. Il examine nos procédures, notre organigramme. Mais je crois savoir ce qu'il va trouver.

— Quoi donc ?

— Le bruit court qu'il va y avoir des restrictions budgétaires. 10 %, 20 peut-être, voire 25. Si le jeune Jack établit des schémas prouvant que nous attrapons plus de criminels en faisant appel à moins d'agents, je pense qu'il trouvera une audience favorable.

Ils sirotèrent leurs verres en se regardant.

— Je suis désolée si je vous ai compliqué la tâche.

— On a récupéré le dossier, répliqua Karlsson. Les charges ont été suspendues tant que l'enquête se poursuit. En gros, c'est ce que j'ai écrit dans le mémo.

Il avala une gorgée de sa boisson et se frotta le visage. Frieda lui trouva l'air plus fatigué que jamais.

— Je sais pourquoi le préfet a agi comme il l'a fait, reprit Karlsson. Personne ne se soucie d'un cas comme celui-là. Et je sais pourquoi *moi*, j'ai agi comme je l'ai fait. Mais ce que je ne comprends pas, c'est pourquoi *vous* avez fait ce que vous avez fait. Michelle Doyce n'allait pas en prison, de toute façon. Elle allait recevoir l'aide médicale dont elle a besoin. Il n'y avait plus aucun problème. Vous n'avez donc pas assez de travail comme ça ?

Frieda lui lança un regard scrutateur.

— Qu'est-ce que ça change de savoir pourquoi je l'ai fait ? Peut-être que je n'aime pas les histoires inachevées, qui laissent des questions en suspens. J'ai eu une patiente un jour, une jeune femme. Vous connaissez cette impression que l'on peut avoir quand on part de chez soi et qu'on se demande si on a laissé le four allumé ? Dans son cas, il ne s'agissait pas que du four. Peut-être avait-elle laissé une fenêtre ouverte, ou un robinet en train de couler, à moins qu'elle n'ait enfermé le chat dans la chambre. Elle s'efforçait de tout vérifier avant de partir, mais il n'y avait pas moyen de s'assurer qu'elle avait tout vérifié, et là-dessus se greffait l'idée que pendant qu'elle vérifiait, elle avait pu ouvrir une autre porte ou allumer quelque chose par erreur. À la fin, elle ne pouvait plus partir de chez elle.

— Comment l'avez-vous guérie ?

— Je n'étais pas la personne indiquée, dans son cas. Je l'ai envoyée chez un thérapeute comportementaliste.

Mais ce n'est pas là que je voulais en venir. Ce que je veux dire, c'est que je suis un peu comme ça face à une histoire. Je n'aurais pas pu en rester là, en me disant que le corps avait été trouvé dans l'impasse mais sans savoir pourquoi, ni qui il était, ou qui il avait laissé derrière lui. Ça me fait le même effet que de sortir en sachant que le gaz est resté allumé.

Karlsson secoua la tête.

— Vous ne supporteriez pas mon job. Je passe l'essentiel de mon temps à penser que le gaz est allumé, que le bain déborde et que la fenêtre est ouverte.

— Qui vous dit que je suis heureuse d'être thérapeute ? répliqua Frieda. Bon, et maintenant, on fait quoi ?

— J'ai envoyé deux agents interroger votre couple à Brixton. Robert Poole est un nom assez courant et, pour le moment, nous n'avons rien d'autre. Notre homme conserve tout son mystère.

— Vous voulez dire que vous avez son nom mais que vous ne savez toujours pas qui il peut bien être ?

— Exactement.

— Et son numéro de portable, alors ? Ça vous donne sûrement une piste. Vous ne pouvez pas l'identifier à partir de là ?

— Son numéro était celui d'un téléphone à carte, mais on verra si on peut en faire quelque chose. On est en train de procéder à une reconstitution faciale et on va la distribuer – vous savez, du style : « Reconnaissez-vous cet homme ? » En principe, ça devrait suffire, vu qu'on a le nom, même si d'habitude les gens qui prennent contact avec nous ne sont pas ce qu'on pourrait qualifier de témoins fiables. On a un vieil homme qui prétend systématiquement avoir vu chaque personne figurant sur les affiches. Quoi qu'il en soit, ça vaut le coup d'essayer. Et on va repasser la chambre de Michelle Doyce au peigne fin. Il n'est pas absolument certain, à 100 % – je me dois de le préciser –, que le corps dans cette pièce soit celui de ce peintre décorateur.

— Ils ont reconnu l'ébauche que je leur ai montrée.

— Oui. Je l'ai vue, et peut-être auriez-vous dû m'en parler avant de la montrer à tout le monde, mais soit, je l'admets. De fait, elle n'est pas bien éloignée de notre propre visuel.

Frieda acheva de vider son verre.

— Merci de me l'avoir dit. Je ne me mêlerai plus de tout comme ça.

Karlsson toussa, comme s'il s'apprêtait à prendre la parole devant un auditoire.

— Il y a autre chose, Frieda. Je voulais vous dire, et que ce soit bien clair, qu'en dépit des différences d'opinion occasionnelles, vous avez été d'une grande aide et…

— On dirait le genre de discours qu'on prononce quand on veut licencier quelqu'un, coupa Frieda.

— Non. Bien au contraire. Il faut partir sur de bonnes bases. Si vous devez collaborer avec nous, ou moi, de temps en temps, vous devriez être consultante, avec un contrat, des honoraires convenables et des responsabilités consenties. Qu'en dites-vous ?

— Une minute.

Frieda se leva et se rendit au bar, puis revint avec deux nouveaux whiskys.

— Alors ? dit Karlsson.

— Je ne suis pas sûre d'être emballée par l'idée.

— Et pourquoi pas ? Cela rendrait juste les choses officielles.

— Je vais y réfléchir. Mais pour l'instant, tout ce qui me vient à l'esprit, ce sont des raisons de ne pas le faire. Je ne crois pas avoir quoi que ce soit de plus à vous offrir pour contribuer à cette enquête. Une fois que vous aurez correctement identifié Robert Poole, vous trouverez qui l'a tué. C'est comme ça que ça fonctionne d'habitude, non ?

— Un amant jaloux. Voilà ce que ça va donner.

— Excepté le coup du doigt. (Frieda fronça les sourcils.) Ça évoque quelque chose de plus calculé.

Karlsson eut un sourire triomphant.

— Vous ne pouvez pas vous en empêcher. Votre intérêt est piqué. Elle aurait pu couper ce doigt pour récupérer l'alliance. Pour l'or. À moins qu'il ne s'agisse d'une forme extrême de divorce. Ma femme me l'aurait fait, si elle avait pu.

— Ce n'était pas le bon doigt, corrigea Frieda. Et de toute façon, l'idée d'un contrat m'inquiète. Je me retrouverai dans ce cas avec des devoirs, et des obligations. Je vous ai aidé parce que j'avais l'impression qu'il le fallait, et que je n'avais pas à m'inquiéter de justifier mes dépenses ou d'avoir bien fait mon boulot.

— Ne refusez pas, dit Karlsson. Je veux dire, ne dites pas non d'emblée sans y avoir mûrement réfléchi. Accordez-vous quelques jours. Vous voyez, c'est moi qui vais faire le thérapeute quelques instants…

— Oh, arrêtez…

— Non, honnêtement. Je crois que vous aimez pas mal l'idée de vous mêler des choses quand on ne vous le demande pas, de dire aux gens des choses qu'ils n'ont pas envie d'entendre. Vous avez du mal à vous y laisser inviter. Vous connaissez la blague du type qui ne veut pas s'inscrire à un club qui vient de l'accepter en tant que membre ? C'est vous tout craché.

— Il y a autre chose, répliqua-t-elle.

— Au sujet de cette affaire ?

— Pas de celle-ci. Vous vous rappelez quand j'ai demandé au neurologue Andrew Berryman de venir voir Michelle Doyce ? Voilà le genre de choses que je ne pourrais plus faire, par exemple, si j'étais sous contrat.

— Vous seriez tenue de demander une autorisation à l'avance, répondit Karlsson. Et vous n'aimez pas ça, je le sais.

— Et je serais obligée de justifier ma décision et de remplir un formulaire, et ma requête serait refusée, mais ce n'est pas la question. Il m'a dit un truc que je n'arrive plus à m'ôter de l'esprit. Pendant que nous parlions du problème de perception de Michelle, il m'a parlé d'une maladie neurologique qu'on appelle le syndrome de Capgras. Dans certains cas, extrêmement rares, les lésions neurologiques entraînent chez le patient l'illusion qu'un membre proche de la famille ou un ami a été plus ou moins remplacé par un imposteur.

— Voilà qui doit être assez déplaisant, en effet… (Il marqua une pause.) Et alors ?

— Cette idée m'a poursuivie. Et je ne savais pas pourquoi. Et puis, j'ai repensé à Carrie Dekker.

— Et pourquoi donc ?

— Elle a dit qu'après la mort de Dean, le comportement de son mari avait changé. Et là, subitement, il l'a quittée et s'est volatilisé. J'ai pensé à Carrie mariée à quelqu'un qui semblait avoir fait place à un imposteur.

Karlsson adopta une expression perplexe et, quand il reprit la parole, c'était comme si son cerveau travaillait au ralenti.

— Je ne pige pas, dit-il. Chercheriez-vous à suggérer que Caroline Dekker souffrait d'une rarissime maladie cérébrale ?

— Non, répliqua Frieda. Plutôt le contraire, en un sens. Quel genre de personne pourrait présenter les symptômes du syndrome de Capgras sans en être réellement atteint… ?

— Je ne comprends pas de quoi vous parlez.

— S'il ne s'agissait pas d'une illusion ?

— Que voulez-vous dire ? Est-ce que vous… ? (Il s'interrompit.) Oh mon Dieu ! Vous plaisantez. On a trouvé le corps de Dean. J'ai revu Alan moi-même, par la suite. Il était avec elle.

— Dean m'a dupée un jour. J'étais aussi proche de lui que vous l'êtes de moi. Je lui ai parlé. Je n'ai vu aucune différence.

— Mais on avait le corps.

— Qu'est-ce que ça prouve ? rétorqua Frieda. Dean et Alan étaient de vrais jumeaux. Au point de partager le même ADN.

Karlsson fronçait les sourcils à présent.

— Comment justifiez-vous cette hypothèse ?

— Un sentiment, c'est tout. À cause de ce qu'il est advenu d'Alan. Ou de Dean. J'ai toujours eu une drôle d'impression à ce sujet, sans réussir à mettre le doigt dessus.

— C'est ridicule, dit Karlsson. Il n'aurait pas pu berner sa propre femme. Il n'aurait rien su de leur vie intime, de leurs amis.

— Il n'est resté que quelques jours. Il a refusé de faire quoi que ce soit, de voir quiconque. C'était le meilleur moyen de s'évader : au vu et au su de tout le monde. Cela lui donnait une chance de filer vraiment, de s'enfuir sans que personne ne se rende compte qu'il s'était fait la malle.

— Et alors, où est-il selon votre hypothèse ? demanda Karlsson.

— Aucune idée.

— Il n'y a aucune preuve.

— Non, aucune, convint Frieda. Et il n'y en aura pas.

— Rien que votre impression.

— Voyez-vous, c'est pour cette raison que vous devriez réfléchir à deux fois avant de me proposer un contrat. Et que je devrais réfléchir à deux fois avant d'en signer un. Je n'ai rien d'un policier, et je n'ai pas envie d'en devenir un.

La policière de service connaissait ce genre de personnes. Elles débarquaient au commissariat comme pour s'abriter de la pluie. Elles jetaient un coup d'œil au bureau, puis autour d'elles, aux affiches placardées au mur, se mettaient même parfois à les lire. Il arrivait aussi qu'elles craquent et repartent sans rien dire. Sinon, elles traversaient la pièce, nonchalamment, comme si cela n'avait pas d'importance. Cette femme-ci approchait de la cinquantaine, voire un peu plus. Vêtue de façon élégante, mais discrète, professionnelle, comme une femme qui rentre du travail. Chaussures ordinaires usagées, mais cirées. Elle ne semblait pas victime d'un quelconque délit. Il lui fallut plusieurs minutes pour s'approcher du bureau et oser jeter un œil au travers de la grille de sécurité.

— Puis-je vous aider ?

— C'est mon voisin, répondit-elle. Il habite au-dessus de chez moi.

— Qu'est-ce qu'il a fait ?

— Il a disparu.

L'agent afficha son expression la plus réconfortante et

se lança dans l'explication qu'elle apportait une semaine sur deux, voire plus, à savoir qu'il était chose courante que les gens s'en aillent et que – sauf raison particulière – il n'y avait sans doute pas lieu de s'en faire.

— Non, persista la femme. J'ai la clé. C'est moi qui nourris le chat quand il s'absente, et qui arrose ses plantes. Je suis allée vérifier. Le courrier était juste entassé sur le paillasson. Le réfrigérateur était vide. Il n'y avait rien à manger dans le bol du chat. Le chat n'était pas là, Dieu merci. Il peut aller et venir à sa guise en passant par l'appui de fenêtre et il y a une sorte d'étagère qu'il peut emprunter pour descendre sur le toit de la cabane à vélos qui se trouve dans le jardin des voisins. Il s'est passé quelque chose.

L'agent poussa un soupir.

— C'est une personne majeure ? s'enquit-elle.

— Oui. Ça ne lui ressemble pas du tout. Que pouvez-vous faire ?

La policière se dirigea vers un meuble de rangement et, après avoir essayé un tiroir puis un autre, revint avec un formulaire.

— On remplit ce formulaire, dit-elle. Ensuite, on reportera ces renseignements dans le système informatique, et si son nom surgit quelque part, cela s'affichera aussitôt sur l'écran.

— Vous n'allez pas lancer de recherches ?

— C'est la procédure normale. À moins qu'il ne s'agisse d'une urgence.

— Je pense que c'en est une.

— En général, ils réapparaissent. Mais commençons par ce formulaire. Comment s'appelle-t-il ?

— Bob, répondit la femme. Enfin, Robert. Robert Poole.

Chapitre dix-sept

Frieda marcha depuis la gare de Gloucester. De minuscules flocons de neige se prenaient dans ses cheveux et fondaient dans les rues. Elle avait cru que la neige était derrière eux, que le plus froid de l'hiver était enfin passé. Peut-être cette chute en signalait-elle vraiment la fin, comme pour leur rappeler ce dont ils seraient bientôt délivrés.

Elle arriva à l'église en avance, passant rapidement devant les photographes et les journalistes déjà rassemblés à l'entrée, et prit place à l'arrière, à côté du mur. Peu à peu, d'autres personnes commencèrent à se glisser entre les bancs, ôtant chapeaux et gants, enlevant leurs épais manteaux, lançant des regards autour d'eux et saluant de la tête leurs connaissances, dans un mélange de convivialité et de sérieux de bon aloi. Un groupe de jeunes gens se présenta ensemble, les joues rougies par le froid : sans doute les camarades de faculté de Kathy, présuma Frieda. Elle s'empara du livret de messe et étudia les hymnes qu'ils allaient chanter. L'église se remplit et les gens durent se serrer dans les rangs ou rester debout dans le fond. Un couple de personnes âgées remonta lentement l'allée centrale :

la femme s'appuyait au bras de son mari à l'approche de l'autel. Les grands-parents de Kathy, devina-t-elle. Un homme vêtu d'un long manteau couleur chamois passa devant son rang et elle reconnut Seth Boundy. Kathy Ripon avait étudié et fait des recherches sous sa supervision, et lui l'avait envoyée à la mort. Lui, ainsi que Frieda.

Sa petite foulée empressée était tout autre que le pas solennel et majestueux qu'elle associait à son image. Il avait la tête baissée et le col relevé, comme s'il ne souhaitait pas qu'on le remarque. Mais peut-être sentit-il le regard que Frieda posait sur lui, puisqu'il se retourna, lui lança un bref coup d'œil, avant de baisser les yeux et de poursuivre son chemin. Enfin arrivèrent les proches de Kathy : ses parents, main dans la main, et derrière eux, deux jeunes gens empruntés dans leurs costumes noirs inhabituels, soigneusement coiffés et rasés de frais.

Le cercueil fut apporté par les assistants de l'entreprise de pompes funèbres, de jeunes hommes affichant une mine triste de circonstance, dictée par les contraintes professionnelles. Frieda se figura les restes boursouflés qui gisaient à l'intérieur, puis l'air intelligent et les traits agréables de la jeune femme. Alors que l'assemblée des fidèles entonnait *Le Seigneur est mon berger*, elle songea, comme elle l'avait fait chaque jour depuis quatorze mois, que si elle ne s'en était pas mêlée, Kathy serait toujours en vie, et que ses parents ne seraient pas assis là, pâles et vieillis, les épaules voûtées sur leur banc. Un enfant serait mort mais Kathy serait en vie. Une jeune femme au long visage triste s'avança pour jouer de la flûte. L'un des frères de Kathy lut un poème, sans pouvoir l'achever.

Il resta planté devant eux, les traits convulsés, et tout le monde se pencha en avant, l'adjurant intérieurement de poursuivre, tandis que les larmes roulaient sur leurs joues. Le pasteur se leva et prononça quelques mots, évoquant une vie cruellement abrégée, et le fait que les parents pouvaient désormais, enfin, enterrer leur fille. Il parla d'un Dieu miséricordieux et du triomphe du bien sur le mal, de l'amour sur la haine. Frieda ferma les yeux, mais ne pria pas.

Enfin, la cérémonie s'acheva. Le cercueil repartit lentement sous la neige duveteuse et les membres de la famille de Kathy cheminèrent à sa suite. Frieda attendit que la plupart de l'assistance aient quitté les lieux. Après quoi elle se glissa hors de son banc et alla trouver Seth Boundy.

— C'est bien que vous soyez venu, dit-elle.

— C'était mon élève.

Son regard vacilla, se portant un instant sur son visage avant de fixer le sol pavé.

La neige commençait maintenant à tenir sur les pavés et les toits des voitures garées au-dehors. Les gens étaient partout, se serrant dans les bras. Frieda n'avait nulle intention de rester pour la veillée funèbre. Alors qu'elle atteignait la grille, elle frôla un homme de haute stature.

— Bonjour, Frieda, dit Karlsson.

— Vous n'aviez pas dit que vous viendriez.

— Vous non plus.

— Il le fallait. C'est ma faute si elle est morte.

— Non, c'est celle de Dean.

— Vous rentrez en train ?

— Une voiture m'attend. On vous ramène ?

Frieda réfléchit un instant.

— Je crois que je préférerais rentrer seule.

— Mais certainement. Peut-être cela vous intéressera-t-il de savoir qu'on a signalé la disparition d'un certain Robert Poole.

Frieda eut l'air surprise et Karlsson sourit : son expression, d'ordinaire sévère, s'adoucit l'espace d'un moment.

— Qui ça ? demanda-t-elle.

— Une voisine. Une femme qui habite l'appartement d'en dessous. Dans une maison du quartier de Tooting.

— Mais que fichez-vous ici dans ce cas ? demanda-t-elle. Pourquoi n'êtes-vous pas sur place, en train de démolir les lieux ?

— Yvette s'y trouve. Elle peut gérer.

— Bien sûr…

— Mais, est-ce que vous êtes libre ?

Frieda hésita.

— Ça dépend.

— C'est un oui ?

— Un « peut-être ». Ce…

Elle indiqua derrière elle l'église et la foule venue se recueillir en mémoire de la défunte.

— Ça ne me donne pas envie de me mêler de quoi que ce soit à nouveau. Jamais plus.

— Ça ne s'arrange pas avec le temps, renchérit Karlsson. À moins de cesser de se soucier de son prochain. Je vous appelle.

Le trajet de retour vers Londres prenait deux heures, et Frieda aurait dû pouvoir honorer son rendez-vous de l'après-midi avec Gerald Mayhew, un banquier américain fortuné, d'un certain âge, qui s'était réveillé un beau matin inexplicablement accablé de chagrin par l'absence de ses parents, décédés de longue date.

Mais elle avait annulé tous ses patients ce jour-là, et une fois parvenue à Paddington, elle prit la ligne Bakerloo jusqu'à la station Elephant and Castle, puis foula la neige fondue et la bouillasse en direction d'un pâté d'immeubles HLM de New Kent Road. Ils étaient gris et peu engageants, avec des grilles métalliques aux fenêtres des appartements du rez-de-chaussée et une cour privée d'arbres où tournoyait obstinément, sur son tricycle, un bambin solitaire, petit bibendum emmitouflé sous une multitude de couches matelassées, la goutte au nez dans le vent glacé.

Frieda gravit les marches et se rendit au quatrième étage, puis continua le long d'un couloir de béton jusque devant une porte marron, pourvue d'un heurtoir et d'un judas. Elle toqua et patienta. On tira une chaîne et un œil inquisiteur apparut dans l'embrasure.

— Oui ? Qui est-ce ?

Ce n'était pas la voix à laquelle elle s'attendait.

— Je suis venue voir… (Elle faillit dire « Terry », mais se reprit à temps.) … Joanna Teale. Elle n'attend pas ma visite. Mon nom est Frieda Klein.

— Le médecin ?

C'était Frieda qui avait compris que l'épouse de Dean Reeve, Terry, n'était autre que la petite écolière, Joanna Teale, que l'on avait kidnappée plus de vingt ans auparavant. Elle avait également insisté auprès de Karlsson pour que Joanna soit traitée comme une victime, enlevée, à laquelle on avait lavé le cerveau durant deux décennies, plutôt que comme le coauteur d'un crime – même si Joanna avait parfois tout fait pour qu'on ait du mal à défendre sa cause. Elle était suffisante, pleine de ressentiment et dénuée de remords. Elle traitait ses parents – pratiquement aussi désemparés par sa réapparition qu'ils avaient été anéantis par sa disparition – avec un mélange d'animosité et d'indifférence et sa sœur aînée, Rose, avec mépris. Les retrouvailles avaient été un choc pour chacun d'entre eux. Une fois les premières semaines écoulées, Frieda s'était tenue à l'écart de tous, jusqu'à ce jour.

La chaîne glissa dans ses rails et la porte s'ouvrit. Sur le paillasson se tenait une jeune femme à la queue-de-cheval impeccable et aux sourcils trop dessinés. Elle portait une jupe courte et des jambières, ainsi qu'un foulard en coton rayé autour du cou, même si Frieda eut l'impression qu'il faisait chaud à l'intérieur. La fille tendit la main.

— Janine, se présenta-t-elle. Entrez.

— Joanna est là ?

— Oui, avec Rick.

— Rick ?

— Rick Costello. Joanna, tu as un visiteur.

— Qui est-ce ?

Rauque, et légèrement pâteuse : ça, c'était la voix à laquelle Frieda s'était attendue.

— Tu ne devineras jamais. En parlant du loup… Je vous prends votre manteau ?

— Pourriez-vous d'abord me dire qui vous êtes ? demanda Frieda. Vous semblez me connaître, moi pas en revanche.

— Je travaille avec Joanna.

— De quelle façon ?

— Je l'aide à raconter son histoire.

— Son histoire ? répéta Frieda avec circonspection. Vous écrivez ?

— Moi ? Non. Je ne suis que l'attachée de presse qu'a embauchée son éditeur pour être sûr qu'elle obtienne le plus grand nombre de lecteurs possible. C'est une histoire tellement affreuse… et la force qu'il lui a fallu pour survivre. Tragédie et rédemption. Avec un véritable monstre, en prime. Mais je ne vous apprends rien. (Janine regarda Frieda avec un sourire complice.) On m'a raconté quel rôle vous aviez joué dans cette histoire.

Frieda enleva son manteau. Soudain, elle eut mal à la tête, avec l'impression qu'un bandeau était enroulé de façon trop serrée autour de son crâne.

— Alors comme ça, elle écrit un livre ?

— C'est fini. Ça fait des jours qu'on y travaille. J'ai juste eu de la chance qu'on me choisisse pour la guider. Mais vous conseillez les gens, donc vous devez savoir ce que c'est que d'aider les gens à s'épanouir, non ? Elle est par ici.

Janine mena Frieda dans un petit salon à peine assez grand pour l'important canapé en cuir et le gros fauteuil profond qu'on y avait entreposés. La pièce était remplie de fumée – et, assise dans le coin le plus dense de ce nuage, se trouvait Joanna, roulée en boule au bout du canapé, ses pieds nus ramenés sous elle. La dernière fois que Frieda l'avait vue, ses cheveux bruns étaient teints en blond ; ils étaient aujourd'hui d'un châtain métallique. Mais elle avait la même posture avachie, le même visage plein. Son teint était pâle, recouvert d'une couche de maquillage hâlé. Une cigarette pendait de sa lèvre inférieure et un cendrier débordant trônait sur la petite table à côté de son coude. Son corps massif était engoncé dans un jean serré et un haut imprimé léopard. Les replis de son ventre blanc apparaissaient, où Frieda repéra un tatouage oriental. Un jeune homme aux traits juvéniles et roses, avec des boutons sur le front, était assis dans le fauteuil. Il examinait Frieda d'un air méfiant. Son pantalon était remonté sur ses jambes, dévoilant des chaussettes jaunes et des tibias blancs et brillants.

— Bonjour, Joanna, dit Frieda.

— Vous n'aviez pas dit que vous veniez.

— Non.

— Qu'est-ce que vous faites là, après tout ce temps ?

— Je suis venue voir comment vous alliez.

Joanna téta sa cigarette.

— Curieux hasard, hein ?

— Que voulez-vous dire ?

— Juste maintenant, quand je mets les choses à plat.

— Je n'étais pas au courant de tout ça.

— Ça, indiqua Joanna avec suffisance en désignant le jeune homme d'un mouvement de la tête, ce qui fit tomber un peu plus de cendre de sa cigarette, c'est Rick.

Frieda salua Rick, qui lui tendit une main rose et molle.

— C'est mon éditeur.

— L'éditeur de votre livre ?

Il n'avait pas une tête d'éditeur, selon Frieda.

— Du journal *Sketch*.

— Je croyais que vous écriviez un livre.

— Il paraîtra en feuilletons, répondit Rick.

— Je vois.

Janine passa la tête, faisant danser sa queue-de-cheval.

— Je peux vous offrir un café ?

— Non merci.

— Donc, vous ne saviez pas ? redemanda Joanna. Vous n'êtes pas venue pour espionner ?

— Espionner quoi ?

— Moi, tout ça.

— Il est trop tard pour ça, intervint Rick. On a pratiquement bouclé. C'est entre les mains de l'avocat en ce moment même.

Frieda se jucha sur l'accoudoir du canapé et regarda Joanna, s'efforçant d'ignorer les deux autres.

— Vous avez écrit un livre ?

— Tout juste.

— Sur ce qui s'est passé ?

— Et sur quoi d'autre que j'écrirais, mince alors ? (Elle écrasa le mégot de sa cigarette et en alluma une autre.) Alors, vous en dites quoi ?

— Ça dépend de ce que vous avez dit et des raisons pour lesquelles vous l'avez fait.

— C'est mon histoire, rétorqua Joanna. Tout ce que j'ai dû subir dans ma vie. On m'a kidnappée, cachée, abusée, battue, violée et endoctrinée. (Sa voix montait dans les aigus.) Personne n'est venu me sauver. Et je ne me retiens pas, j'affronte l'orage. Je me suis occupée de Matthew, vous savez. Je lui ai sauvé la vie. Il me restait encore des forces cachées tout au fond de moi. Comment j'aurais pu survivre à tout ça, sinon ? Des forces cachées. Vous voulez savoir pourquoi je l'ai écrit ? Pour donner de l'espoir aux autres. Voilà pourquoi.

— Je vois.

— Et puis, j'ai besoin d'argent. Je n'ai reçu aucune compensation. Pas un centime, après tout ce que j'ai enduré. J'ai vécu l'enfer avec un monstre, insista-t-elle, pendant vingt-deux ans. Ces années-là, on ne me les rendra pas.

— Avez-vous vu vos proches, Joanna ? Ont-ils lu ce livre ?

— Ils ne pigent pas. Rose passe de temps en temps, mais elle ne fait que rester assise et me fixer avec ces espèces de gros yeux, là… Elle aimerait que je parle de ce qui s'est passé avec quelqu'un. Dans votre genre, quoi. (Elle tira de nouveau sur sa cigarette, inhalant profondément.) C'est bien mieux de parler à quelqu'un comme Janine ou Rick. De toute façon, elle s'est pas occupée de moi. Elle était censée me surveiller le jour où on m'a embarquée.

Frieda songea au visage accablé de Rose Teale, à sa culpabilité : une femme de cœur, presque autant victime de Dean Reeve que l'avait été sa petite sœur.

— Elle avait neuf ans, Joanna.

— Ma grande sœur. Tous, ils m'ont abandonnée, tous. C'est de ça qu'ils arrivent pas à se remettre. (Joanna laissa tomber sa cigarette sur le tas de mégots éteints.) Mais je leur pardonne.

— Vous leur pardonnez ?

— Ouais.

Frieda s'obligea à se concentrer sur la raison qui l'avait amenée ici.

— Est-ce que ça vous a étonnée que Dean mette fin à ses jours ?

Le regard de Joanna passa fugacement sur Janine, avant de revenir sur Frieda.

— Ça prouvait qu'il m'aimait, qu'il savait qu'il avait abusé de moi. Ça a été sa dernière étincelle d'humanité et de décence, voilà.

Des extraits du livre se présentèrent à l'esprit de

Frieda, des phrases toutes faites sur la force, le mal, le bien, le fait de survivre, les victimes. Elle se ressaisit.

— Donc, vous n'avez jamais trouvé que cela ne lui ressemblait pas ?

Joanna la dévisagea longuement, oubliant un instant de faire son cinéma. Puis elle haussa les épaules.

— Il était au bout du rouleau.

— Avez-vous vu Alan ? demanda Frieda.

— C'est qui ?

— Le frère de Dean, son jumeau.

— Pourquoi que je l'aurais vu ?

— Donc vous ne l'avez jamais vu, pas même une fois ?

— Non.

— Et June, la mère de Dean ?

Joanna fit une grimace.

— Elle a perdu la boule. Elle me reconnaîtrait pas, même si j'y allais, ce que je ferai pas, de toute façon. (Elle se tut un instant avant de retrouver le fil de son histoire.) Une vraie malédiction, transmise de génération en génération. Je vais passer à la télé, vous savez. C'est ce que me dit Rick. Il est en train de mettre ça en place. Et je suis dans le journal la semaine prochaine.

— Une super série, renchérit Janine. Sur quatre jours. Vous devriez la lire. *Une innocente en enfer*. Vous ne croiriez pas certains des trucs qu'il y a dedans.

— Sans doute que si, au contraire.

— Mais 'savez quoi ? Je veux pas vous revoir, déclara Joanna. J'aime pas la façon que vous avez de me regarder.

Chapitre dix-huit

Pour Yvette, ce n'était qu'une question administrative et logistique, comme beaucoup de choses dans l'exercice de son métier. Tôt ce jour-là, elle obtint la confirmation écrite que, dans la mesure où l'appartement numéro 2 du 14 Waverley Street était lié à un délit, nul mandat de perquisition n'était requis. Elle prit contact avec le commissariat de Balham où l'on avait signalé la disparition. De là, elle obtint le numéro de téléphone de la femme qui avait signalé l'absence de Poole. Elle appela Janet Ferris, et quand elle lui apprit qu'on avait trouvé un corps, la femme se mit à pleurer. Grâce à elle, Yvette obtint le numéro du propriétaire des appartements, un certain Mr Michnik. Elle convint d'un rendez-vous avec Janet Ferris sur les lieux, puis téléphona à Mr Michnik et demanda à l'y retrouver, lui aussi. Elle venait de réserver les services d'une équipe médicolégale quand son téléphone sonna. Elle décrocha. Une voix de femme l'informa qu'elle avait le préfet Crawford en ligne, qui demandait à lui parler. Yvette inspira un bon coup.

— Inspecteur Long ?

— Oui, monsieur.

— Où est Karlsson ?

— À Gloucester. À un enterrement.

— Un proche ?

— Non, répondit Yvette. Celui de Katherine Ripon. (Un silence s'abattit.) La femme qu'a kidnappée Dean Reeve.

— Ah, celle-là.

— Celle que nous avons échoué à trouver, plaida Yvette.

Nouveau silence. Elle regarda fixement par la fenêtre et patienta.

— Soit, dit-il enfin. Que s'est-il passé avec l'enquête pour meurtre ? Celle de la folle de Deptford.

— On a récupéré le dossier, monsieur. Le CPS nous l'a rendu.

— Je croyais l'affaire classée, lâcha-t-il d'une voix qui s'assombrissait de manière menaçante. Je me suis montré assez clair.

— On a trouvé de nouvelles preuves. Les choses se sont révélées un peu plus compliquées que prévu.

— Vraiment ?

— On sait qui est la victime maintenant.

Crawford poussa un soupir.

Elle entendait un stylo tapoter et devinait l'expression sévère qui devait s'afficher sur sa figure.

— Souhaitez-vous que je vous en dise un peu plus ? proposa Yvette.

— Y a-t-il quoi que ce soit que je doive savoir ? Une info d'ordre opérationnel ?

— Non.

— Alors poursuivez, c'est tout.

Avant qu'elle ait eu le temps d'acquiescer, il avait

raccroché. Elle garda l'impression d'avoir fait une erreur, sans pour autant savoir quoi, au juste.

Elle prit sa voiture et se retrouva coincée dans les embouteillages de Balham High Street. Le temps qu'elle arrive sur les lieux, elle constata que le véhicule des services médicolégaux était déjà sur place. C'était une maison ordinaire, aux murs crépis, dans une rue résidentielle. Un homme vêtu d'un anorak attendait dehors.

— Mr Michnik ? s'enquit-elle.

— Je suis le propriétaire de la maison. (Il avait un accent qu'elle eut du mal à situer. Sûrement d'Europe de l'Est.) J'ai déjà laissé entrer vos gens. (Yvette leva les yeux. La fenêtre du premier étage était illuminée par les lampes qu'ils avaient installées à l'intérieur.) Il est mort ?

— On a trouvé un corps, répondit-elle. Nous pensons que c'est peut-être celui de Mr Poole. Vous le connaissiez ?

— C'est mon locataire. Il m'arrive de le rencontrer, oui.

Elle sortit un carnet.

— Il nous faudra une déclaration en bonne et due forme de votre part, à un moment donné, dit-elle, mais pour commencer, puis-je vous demander quand vous l'avez vu pour la dernière fois ?

— Il y a deux mois. Trois, peut-être. Je sais pas. Je l'ai vu quelques fois seulement. Il paye bien le loyer. Il pose pas de problème, donc je le vois pas.

— Quand a-t-il emménagé ?

— J'ai vérifié après votre coup de fil. Il est arrivé ici en mai l'année dernière. Début mai.

— Savez-vous quel métier il exerçait ?

Michnik réfléchit un moment.

— Un homme d'affaires, peut-être. Il porte un costume.

— Quel genre d'homme était-ce ?

— Il règle l'acompte, paye le loyer. Ne fait pas d'histoire. Poli. Un homme bien.

— Combien de personnes vivent dans cette maison ?

— Il y a trois appartements.

— J'ai parlé à Janet Ferris.

— Oui, elle est au rez-de-chaussée, et il y a un Allemand au dernier étage. Un étudiant, travailleur, sérieux. Plus âgé.

— Les appartements sont meublés ?

— Pas celui du rez-de-chaussée, celui de Miss Ferris. Les autres, oui. Toutes les chaises et les tables, les tableaux, sont à moi. (Il sembla se rappeler quelque chose.) Et pour l'appartement ?

— Nous allons devoir le sceller, expliqua Yvette. Pour l'instant, nous le considérons comme une scène de crime. Vous n'avez pas le droit d'y entrer et je dois vous prévenir qu'enlever quoi que ce soit ou déplacer des objets constitue un délit.

— Ça va durer combien de temps ?

— Pas trop longtemps, j'espère. Est-ce que Janet Ferris est ici ?

Michnik fronça les sourcils.

— Je vous emmène.

Quand on frappa à sa porte, Janet Ferris répondit si vite qu'Yvette la soupçonna d'avoir attendu de l'autre côté. C'était une femme d'âge moyen, aux cheveux roux mêlés de gris et au visage étroit, anxieux.

— C'est bien vrai ? demanda-t-elle. Il est mort ?

— Ça reste à confirmer, répondit Yvette. Mais oui, nous le pensons.

— Oh mon Dieu… (Elle pressa une main gauche dénuée de bague contre son cœur.) C'est affreux.

— Quand l'avez-vous vu pour la dernière fois ?

— Ça devait être aux alentours du 20, ou du 21 janvier. Je m'en souviens parce que je l'ai croisé alors qu'on sortait tous les deux et que je lui ai dit que j'allais poster une carte pour ma nièce pour son anniversaire, qui est le 24.

— Semblait-il tracassé par quoi que ce soit ?

— Non, il était parfaitement normal. Tout à fait lui-même, gentil, aimable, toujours prêt à rendre service. (Sa voix trembla légèrement.) J'étais en vacances. Je suis allée voir ma sœur et sa famille en France. J'y vais toujours à cette époque de l'année. Il devait s'occuper de mon appartement pendant mon absence, arroser les plantes, ramasser le courrier, ce genre de trucs. C'était notre arrangement : il s'occupait du mien, et moi du sien. J'ai toujours nourri son chat. À mon retour, j'ai tout de suite vu qu'il n'était pas venu. Tout mon courrier s'était entassé, et en rentrant chez moi, mes plantes avaient fané. Ça ne lui ressemblait pas d'oublier. Il était très attentionné. Ensuite, je me suis rendu compte que son courrier s'était accumulé, lui aussi.

Elle indiqua un paquet de lettres dans un coin. Yvette s'agenouilla et fouilla dans le tas. Il n'y avait que de la publicité.

— Je suis allée toquer chez lui, reprit Janet Ferris, mais il n'a pas répondu, évidemment. Je suis entrée dans son appartement, et j'ai compris tout de suite que quelque chose n'allait pas. C'est pour ça que je suis allée directement trouver la police.

— Est-ce qu'il recevait de la visite ?

— Je n'ai jamais vu personne. Mais il était souvent au travail, et moi, je travaille le jour. Il lui arrivait de s'absenter, parfois.

— Et vous, entreteniez-vous des rapports amicaux avec lui ?

— Il est venu boire le café plusieurs fois. On papotait.

— Vous a-t-il jamais confié quoi que ce soit sur lui-même ?

— Ce n'était pas son genre, répondit Janet Ferris. Il cherchait plutôt à en savoir plus sur ma vie, mon travail, d'où je venais, pourquoi j'étais venue m'installer à Londres. Il ne parlait jamais de lui, du tout.

Yvette s'assura que Janet Ferris irait faire une déposition, puis elle gravit l'escalier. Elle fut accueillie à la porte par Martin Carlisle, de l'équipe médico-légale. Dégingandé, avec ses cheveux bruns bouclés décoiffés, il rappelait plutôt un élève de terminale échappé d'un laboratoire de chimie.

— Rien ici, déclara-t-il. Pas de taches, aucune trace de lutte. Et on dirait un endroit où il aurait créché, plutôt que vécu, si vous voyez ce que je veux dire. Trop propre. On a une brosse à dents et une brosse à cheveux, pour l'ADN.

Yvette enfila les petits sachets en intissé sur ses chaussures, ainsi qu'une paire de gants en plastique.

— Je n'ai pas terminé, ajouta Carlisle. (Il lui remit un carnet.) J'ai jeté un coup d'œil. Il y a quelques noms. Et, mieux encore – il brandit quelques feuilles imprimées –, on a trouvé des relevés bancaires. À votre avis, combien avait-il sur son compte ?

— Je ne vais pas m'amuser à deviner, répliqua Yvette.

— Quelle que soit votre hypothèse, ce sera moins que ce qu'il avait. Il était riche, votre Mr Poole.

Yvette pénétra à l'intérieur. Elle se déplaçait avec précaution : ses pieds lui semblaient trop grands dans ces chaussons de tissu et ses mains transpiraient dans les gants. Elle se rappelait sa mère – petite femme menue et coquette – lui dire qu'elle était maladroite. « Mais regarde-toi… », disait-elle, pourtant Yvette n'avait jamais envie de se regarder. Elle n'aimait pas ce qu'elle voyait dans le miroir : une grande chose osseuse, brune, que l'on ne remarquait que lorsqu'elle laissait tomber quelque chose ou qu'elle prenait brusquement la parole pour tenir des propos déplacés, ce qui lui arrivait souvent. Elle s'entendait prononcer des mots qu'elle ignorait qu'elle allait exprimer, surtout quand elle était en compagnie de Karlsson.

Carlisle avait raison : l'appartement de Robert Poole était trop net, fort loin du chaos dans lequel elle-même vivait. Il n'avait rien d'un foyer. Elle balaya les lieux du regard, s'efforçant d'imiter Karlsson lorsqu'il arrivait sur une scène de crime. Il se tiendrait rigoureusement immobile et vigilant, porterait son regard d'un objet à l'autre comme s'il était une caméra. « Ne vous faites aucune opinion », dirait-il. « Contentez-vous de regarder. » Elle vit un canapé, une chaise, une table, quelques tableaux, une étagère avec de rares livres rangés par ordre de taille, un tapis. On aurait dit une chambre d'hôtel.

La cuisine était dans le même esprit – des mugs assortis pendus à un crochet, une poêle et une petite casserole sur le côté, une bouilloire électrique. Dans le réfrigérateur, elle découvrit une demi-motte de beurre ; un morceau de cheddar emballé dans du film plastique ; deux pilons de poulet d'une teinte verdâtre ; une bouteille en plastique de ketchup et un pot de mayonnaise allégée. C'était tout.

Après avoir fait le tour de sa chambre, ouvert tous les tiroirs et tous les placards, regardé sous le lit, puis être restée plantée un bon moment dans la salle de bains propre et vide (brosse à dents, rasoir, mousse à raser, déodorant en spray, savon liquide à l'aloe vera, paracétamol, pansements, coupe-ongles), elle retourna dans le salon et s'assit.

Tout d'abord, elle pensa à tout ce qu'il n'y avait pas : pas de passeport, pas de porte-monnaie, pas de clés, ni de téléphone, pas de permis de conduire, pas d'acte de naissance, de diplômes, de numéro de Sécurité sociale, pas de photographies, ni de lettres, pas d'ordinateur, de carnet d'adresses, pas de préservatifs, aucun tiroir rempli à ras bord des menus effets disparates témoignant de la vie d'un être humain.

Elle ouvrit le carnet que lui avait remis Carlisle. L'écriture de Robert Poole était nette et agréable, facile à lire. Elle tourna les pages. Il y avait des listes, de courses à faire, peut-être, mais plus précises que celles qu'elle dressait elle-même. L'une, par exemple, était constituée de noms de plantes – même si elle n'en identifia que quelques-unes. Une autre compilait des titres de livres, à moins qu'il ne s'agisse de films.

Ensuite venaient des noms, séparés par des gribouillis et des exclamations, accompagnés d'un astérisque, pour certains. Quelques-uns comportaient une adresse complète ou partielle à côté – ce qui serait utile. Elle feuilleta le carnet jusqu'au bout. Figuraient également quelques montants et, sur une page, ce qui ressemblait au plan esquissé d'une maison. Ainsi que des chiffres, qui auraient pu être des numéros de téléphone – sans le préfixe régional.

Ensuite elle étudia le contenu de l'enveloppe kraft A4 que lui avait remise Carlisle et en sortit le tas de relevés bancaires. Elle examina celui du dessus, qui était le plus récent, daté du 15 janvier. Elle plissa les yeux en voyant la somme, battit plusieurs fois des paupières, le reglissa soigneusement dans l'enveloppe puis se leva. La journée promettait d'être longue.

Chapitre dix-neuf

La dernière chose que désirait Frieda ce soir-là, après l'enterrement et sa visite déstabilisante à Joanna, était de sortir. Elle avait besoin d'être seule un moment, dans le cocon de sa maison, où elle pouvait baisser les stores, allumer un feu et se couper du monde. Et pourtant, après sa leçon de chimie avec une Chloë mal lunée, elle resta. On l'avait invitée – forcée, plutôt – à venir dîner. Et pas n'importe quel dîner : ce dîner-ci était destiné à la présenter au nouveau fiancé d'Olivia, Kieran. Chloë disait de lui que c'était la trouvaille eBay de sa reum. Quelques jours plus tôt, Olivia avait suggéré à Frieda de venir accompagnée, aussi Frieda avait-elle demandé à Sasha si elle était libre.

— Pas une *femme* ! M'enfin, Frieda, sur quelle planète vis-tu ? Je voulais dire : amène un autre homme ou ça va faire bizarre.

— Comment ça, bizarre ?

— Je ne sais pas. Trop sérieux… genre, je te présente ma famille.

— L'ex-belle-sœur.

— Peu importe. Tu vois ce que je veux dire. Mais

si t'amènes quelqu'un, ça fera plus décontracté. Deux couples.

— Je ne suis pas en couple.

— Tu vois ce que je veux dire.

— Et Chloë alors ? Elle ne sera pas là ?

— Oh, Seigneur… si, sans doute. Elle va rester assise à le fusiller du regard toute la soirée. Tu vois bien son regard noir. Jamais vu froncer des sourcils d'une telle façon. Le froncement de sourcils Klein : elle le tient de son père. J'espère qu'elle va sortir.

Pour finir, Frieda avait invité Reuben à contrecœur. Il avait demandé s'il pouvait venir avec Paz, qui venait de rompre avec son petit ami et qui avait besoin qu'on lui remonte le moral. Après quoi, ils avaient convié Josef à son tour, tant qu'à faire. Josef qu'on ne pouvait laisser seul en ce moment, pas dans l'état où il se trouvait. Reuben s'inquiétait pour lui : il chantait des chansons tristes sous la douche, et s'était laissé pousser une moustache broussailleuse, mais n'acceptait toujours pas de parler de ce qui s'était passé. Et avec trois nouveaux convives, Olivia avait déclaré que ça n'avait pas de sens de ne pas faire venir Sasha après tout : il fallait juste qu'on la tienne à l'écart de Kieran. Aussi le dîner sans façon avait-il fini en repas élaboré avec filets de saumon en croûte trop cuits et un dessert fait de meringue qui collait aux dents. Reuben débarqua dans son gilet préféré qui brillait comme un plastron orné de pierres précieuses. Il but de l'eau toute la soirée (sauf lorsqu'il sirotait une gorgée dans les verres des autres), tout resplendissant de sa vertu retrouvée. Josef fit son apparition en même temps que lui, vêtu d'une étrange veste qu'on aurait dite taillée dans un sac de pommes de terre. Il amena un gros bouquet de fleurs fanées vraisemblablement subtilisées dans la maison où il réparait la chaudière, aurait volontiers parié Frieda. Sasha arriva tout droit du bureau, dans une tenue sévère, son ravissant visage dénué de maquillage, et fut placée à l'autre bout de la pièce, à l'écart, histoire de ne prendre aucun risque. Olivia avait mis une robe rouge et des créoles en or. Ses yeux étaient soulignés de khôl et ses lèvres rouge écarlate. Elle marchait comme une grue, juchée sur ses talons hauts, et riait à contretemps. C'est là que Chloë décida que pour finir, elle ne sortirait pas, mais que son amie gothique Sammy se joindrait à eux, et que personne ne devait regarder fixement le côté de la tête qu'elle avait rasé.

Chloë avait prévenu Frieda que le nouveau copain d'Olivia était un nase. Elle levait les yeux au ciel chaque fois qu'elle parlait de lui. Mais Kieran se révéla être un homme timide, ramassé sur lui-même, qui se tenait voûté pour dissimuler sa haute taille, rougissait facilement, un homme que les attentions prodigues d'Olivia semblaient décontenancer autant que ravir. Elle lui calait des olives dans la bouche de ses longs ongles peints, lui ébouriffait les cheveux et l'appelait « mon chou », pendant qu'il la dévisageait avec une gratitude non feinte que tous trouvaient touchante, à l'exception de Chloë, qui trouvait cela répugnant. Constatant que Kieran était terrifié par Chloë, Frieda ressentit une pointe de pitié pour lui. Sa nièce faisait un ennemi redoutable : elle n'avait aucune retenue et ne se gênerait pas pour faire une scène en public.

— Que faites-vous dans la vie, Kieran ? lui demanda Frieda, ce à quoi Chloë réagit par un ricanement de dérision.

— Devine, dit-elle. Devine, tiens.

— Je préfère qu'on me le dise.

— T'as droit à vingt questions.

— Je travaille pour une société de pompes funèbres, répondit-il.

— Tu vois ?

— C'est un bon métier, répliqua Frieda. Un métier important.

Kieran lui adressa un sourire prudent pour vérifier qu'elle ne se moquait pas de lui.

— Je travaille dans les bureaux, ajouta-t-il. Je m'occupe des comptes.

— Il ne porte pas de cercueils, précisa Olivia, et n'affiche pas de tristesse de circonstance.

La soirée dérapa. Olivia s'enivra, ôta ses chaussures et lâcha ses cheveux, avant de poser son visage échauffé sur l'épaule osseuse de Kieran. Reuben, se saisissant machinalement du verre de vin d'un des convives, narra à Chloë et Sasha une longue histoire où il était question d'oies des neiges. On aurait dit une parabole, mais dénuée de chute morale : les oies des neiges se contentaient de disparaître à la fin de l'hiver. Josef enseigna à Sammy et Paz une chanson à boire qui parlait d'alcool de bois et des plaisirs douteux de la campagne. Frieda empila les assiettes, remplit les verres et fit circuler des tasses de café autour de la table. Elle entendit parler des deux fils de Kieran, adultes, à présent, l'un dans l'armée et l'autre vivant en Australie, et du frère aîné de Sammy, qui avait rejoint un gang et qui cachait un couteau dans sa chaussure. Elle songea à Kathy Ripon, une nouvelle fois ensevelie, mais cette fois-ci avec amour, et à Joanna en train de raconter son histoire au monde entier, en atténuant et minimisant les passages les plus délicats. Elle contempla le visage barbouillé et heureux d'Olivia et songea qu'il existait bien pires façons de rencontrer des hommes que sur le Net.

Ce soir-là, Karlsson acheta un paquet de dix Silk Cut et une petite boîte d'allumettes sur le trajet du retour. Il fumait autrefois des Marlboro, vingt par jour, voire plus, les mauvais jours, mais quand sa femme était tombée enceinte, il avait arrêté et jamais recommencé depuis. Même quand elle l'avait quitté et qu'elle avait emmené les enfants à Brighton, il avait tenu bon. Il ne voulait pas que Mikey et Bella lui rendent visite dans un appartement sentant le tabac.

Ce jour-là, il se rendit directement dans son petit jardin à l'arrière de son appartement en rez-de-chaussée, cala une cigarette entre ses lèvres, alluma une allumette et mit sa main en coupe autour. La première bouffée lui tourna la tête et lui procura une légère nausée. Le bout rougeoya dans le noir, de plus en plus avant de s'éteindre. Dans le jardin voisin, une femme appelait son chat et faisait teinter une fourchette sur le côté du bol. « Ici, Minou, Minou, Minou. Ici, Minou, Minou, Minou. » Sans plus s'arrêter. Elle ne le vit pas par-dessus la clôture, les épaules voûtées dans son manteau. Il ne neigeait pas comme à Gloucester, mais on percevait une immobilité dans l'air, comme si cela pouvait tomber à tout moment.

Il fuma deux cigarettes coup sur coup, puis rentra. Il se brossa les dents, imaginant peut-être qu'elle risquait de sentir son haleine au téléphone et de se servir de cette faiblesse contre lui, puis passa l'appel.

— C'est moi, Mal'.

— Oui ?

— J'ai réfléchi à ce que tu as dit.

— Au sujet de Madrid ?

— Oui.

— Et ?

— Je ne peux bien évidemment pas empêcher Mikey et Bella de partir, ni que vous partiez, tous, si c'est ce que tu veux, et que tu crois que c'est ce qu'il y a de mieux pour eux.

— Oh, Mal', si seulement tu savais combien…

— Mais je veux les voir plus souvent avant que vous ne partiez. Mi-avril, tu as dit ?

— Oui. Et bien sûr que tu peux les voir autant que tu veux.

— Et je veux les voir régulièrement quand ils seront à l'étranger. Il faudra qu'on mette quelque chose au point. Quelque chose de systématique, de structuré.

Alors même qu'il prononçait ces mots, il en ressentit l'impuissance. Ils seraient emportés par leur nouvelle vie et lui ne serait plus qu'un souvenir, un personnage du passé s'éloignant d'eux, peu à peu. Une vague de solitude le balaya, qui faillit lui ôter le souffle.

— J'apprécie.

— Très bien.

— Je sais que ce n'est pas facile pour toi.

— Non, en effet.

— Mais tu ne le regretteras pas.

Après avoir raccroché et remis le téléphone dans son étui, il alla se verser une bonne rasade de whisky pour se remonter. C'était une boisson qu'il associait à Frieda. Il se figura ses grands yeux et sa façon de porter haut le menton, prête pour la confrontation. Il pressa le verre contre son front. S'il avait été du genre à pleurer, il l'aurait fait.

Bientôt, il viendrait. Il avait dit qu'il le ferait, et elle devait le croire. À moins qu'il ne se soit passé quelque chose. Mais non, il viendrait. Elle l'entendrait pianoter leur code secret sur l'écoutille et elle la soulèverait, le regarderait descendre lestement dans le bateau, sans un bruit. Il la prendrait par les épaules et plongerait son regard dans le sien, et elle n'aurait même pas besoin de le lui dire : il saurait qu'elle avait tout bien fait, qu'elle avait gardé foi en lui, que jamais elle n'avait flanché. Il l'appelait son soldat, son loyal équipier. Elle ne le décevrait pas.

Elle commençait à manquer des choses les plus élémentaires. Pas d'eau, ce qui était le plus important, parce qu'il y avait un robinet un peu plus loin sur le chemin, près du club d'aviron, où elle pouvait se rendre de nuit avec ses deux bidons en plastique. Elle avait un seau qu'elle remplissait dans le fleuve, également, quand elle voulait frotter les ponts ou tirer la chasse. Mais elle n'avait presque plus rien à manger, et peu de bougies, de papier toilette ou de savon. Il ne lui restait plus de déodorant, elle n'aimait pas ça, et son rasoir était émoussé à présent. Elle dresserait une liste à lui remettre quand il reviendrait. Rien de coûteux : allumettes, liquide vaisselle, lait en poudre, dentifrice, et pansements aussi : elle avait des plaies qui ne cessaient de se rouvrir sur les jambes. Et peut-être un peu de sirop.

Du sirop aux fleurs de sureau. Il lui arrivait d'avoir tellement soif : elle avait la bouche desséchée et, dedans, un vilain goût dont elle n'arrivait pas à se débarrasser. L'eau, en soi, n'étanche pas réellement la soif. Elle se laissa aller à rêver de jus d'oranges fraîchement pressées, dans un grand verre ; assise sur une pelouse, pieds nus, le soleil sur la nuque.

Parce que la réserve de gaz touchait à sa fin, elle décida de cuire toutes les pommes de terre restantes. Elle pourrait les manger froides les jours suivants. Il y avait des conserves de thon et de sardines qu'elle pourrait ajouter, ainsi que des bouillons cubes. Parfois, elle se contentait d'ajouter de l'eau bouillante à un cube en guise de repas. Elle mit les pommes de terre dans l'évier, fêlé d'un côté de sorte qu'il ne retenait plus l'eau, et dénicha un couteau. Les pommes de terre étaient grosses, bosselées et crasseuses : certaines commençaient à germer. Plus jeune, elle n'aimait pas les pommes de terre, mais il lui avait appris qu'on ne pouvait pas se montrer difficile. C'était comme d'être à la guerre, dans les tranchées, ou en train de se cacher derrière les lignes ennemies. Il fallait se rappeler pourquoi on était là, son but, sa mission solennelle. Il l'avait serrée très fort dans ses bras en le lui expliquant, l'œil brillant.

Elle pela les patates lentement, avec précision, et les coupa en petits morceaux de façon à ce qu'elles cuisent plus vite et nécessitent moins de gaz. Elle les mit dans la casserole et ajouta du sel. Il fallait qu'elle pense à ajouter du sel sur la liste. Il en restait si peu. Elle commençait vraiment à manquer de tout. *À la façon dont le sable*, songea-t-elle, *file dans un sablier et semble accélérer le mouvement vers la fin.* Voilà ce qu'elle ressentait, à présent. Des lueurs dansaient au fond de ses yeux, et son cœur battait la chamade : parfois, elle n'aurait su dire si c'était en elle ou au-dehors, tel un orage s'amoncelant au loin avant de se rapprocher. Comme le temps, venant à manquer.

Chapitre vingt

Bien qu'elle se fût couchée tard, Frieda se leva tôt le lendemain matin, passa l'aspirateur dans la maison, lava le sol de la cuisine, prépara un feu dans le salon pour son retour, prit une douche et sortit peu après 9 heures. Elle s'était déjà rendue à la maison de retraite River View à deux reprises, mais à chaque fois en voiture. Cette fois-ci, elle prit le train de banlieue et descendit à Gallions Reach, puis longea des rangées d'immeubles, une petite zone industrielle et un centre commercial minable avant de gagner la maison de retraite, loin de la rivière. Ses fenêtres étaient barrées de grilles métalliques. Elle poussa la porte d'entrée, passa devant les déambulateurs et les fauteuils roulants qui ne semblaient guère avoir bougé depuis sa précédente visite, et se rendit à la réception, où une jeune femme vêtue d'une blouse feuilletait un magazine.

— Daisy est là ? s'enquit Frieda, se remémorant la femme qui l'avait accompagnée la fois précédente.

— Partie.

— Je me demandais si je pouvais voir June Reeve.

— Pourquoi ?

— Je suis médecin, répondit Frieda. Je suis venue la voir l'année dernière. J'aimerais lui parler.

La jeune femme leva les yeux et Frieda vit une lueur d'intérêt animer ses traits. Mais elle secoua la tête.

— Elle est sous assistance respiratoire.

— Qu'est-ce qui ne va pas ?

— Pneumonie.

— Elle va s'en remettre ?

— Ce n'est pas à moi qu'il faut poser la question.

— Pourrais-je m'entretenir avec quelqu'un à son sujet ? Le directeur, peut-être ?

— Mrs Lowe doit être par là, répondit la jeune femme. Vous pourriez lui parler.

Mrs Lowe avait dans la cinquantaine et une voix claire et aiguë, une tête joviale, une manière vive et sautillante de marcher. Tout chez elle avait été conçu pour vous remonter le moral. Frieda avait du mal à se tenir à côté d'elle, ou même à la regarder. Mais comment pouvait-on tenir le coup dans un cadre pareil, jour après jour, sinon ?

— Voulez-vous passer une tête ? proposa-t-elle. Pauvre chérie. Venez avec moi. (Elle passa un bras amical sous celui de Frieda.) C'est juste ici.

Elle la mena le long du couloir que Frieda se rappelait si bien, passant devant un vieil homme portant un pyjama qui lui tombait sur les hanches, et s'arrêta devant une porte.

— Elle n'est pas dans son état normal, annonça Mrs Lowe.

Elle ouvrit la porte sur une petite pièce dénudée : les mêmes barreaux à la fenêtre, la même photo du pont des Soupirs au mur, la même étagère comportant une bible reliée en cuir, le même vase sans fleurs.

Frieda chercha du regard le portrait encadré de Dean et constata qu'il avait disparu. June Reeve n'était plus assise dans le fauteuil, mais allongée dans son lit avec un masque à oxygène sur la bouche. Sa peau, couleur de feuilles de tabac, semblait tannée. Sa poitrine se soulevait et se rabaissait de manière irrégulière. Ses yeux étaient clos.

— Elle n'en a plus pour longtemps, déclara Mrs Lowe.

Elle avait de solides dents blanches.

— Lui arrive-t-il de parler ?

— Plus maintenant.

Frieda regarda la mère de Dean et Alan, sa petite bouche méchante et ses replis de chair à l'agonie. Elle avait abandonné Alan bébé, sans se soucier aucunement qu'il vive ou qu'il meure ; elle avait aidé Dean à kidnapper Joanna et l'avait métamorphosée en Terry ; et elle n'avait fait preuve que de suffisance et d'auto-apitoiement. Mais elle était au-delà de tout reproche ou de toute haine, désormais. Frieda se demanda de quoi elle rêvait derrière ces traits affaissés.

— Merci.

Elle se détourna de la porte et patienta le temps que Mrs Lowe la referme.

— Savez-vous si elle reçoit de la visite ?

— Personne, répondit Mrs Lowe en se fendant d'un grand sourire.

— Jamais ?

— Pas que je sache.

— Son fils ne lui rend jamais visite ?

— Vous voulez dire l'autre ? Le jumeau de Dean ?

— Alan. Oui.

— Jamais. Pas une fois. On ne peut pas vraiment

lui en vouloir, si ? Après tout, elle ne s'est jamais comportée en mère pour lui, hein ? Elle n'a pas gardé le bon, voilà ce que je dis toujours.

— Elle s'est donc retrouvée relativement seule depuis que Dean s'est suicidé ?

— Ce dont elle n'avait rien à faire. Ce n'est pas… une dame sociable, dirais-je. Elle ne s'est jamais jointe à aucun de nos jeux ou de nos moments de détente, même avant que sa mémoire ne flanche complètement. Elle restait toujours dans son coin. Peut-être que c'était aussi bien comme ça. Je dois admettre que certains de nos chers anciens ici présents n'ont pas très bien vécu de se retrouver à proximité de la mère d'un monstre diabolique… (La bouche de Mrs Lowe perdit son sourire fixe et se tordit momentanément en une grimace.) Il est trop tard maintenant pour quoi que ce soit. Elle n'a jamais fait la paix avec ce monde.

— Merci de votre aide.

— Quelqu'un est bien venu, une fois, mais sans même aller la voir. Ils ont juste laissé un sachet de beignets à la réception.

— Des *doughnuts*, reprit Frieda à mi-voix, pour elle-même plus que pour Mrs Lowe.

— Elle a toujours eu un grand faible pour les *doughnuts*.

— Oui, renchérit Frieda dans un murmure. Je sais. Son fils, Dean, lui en apportait souvent.

— Ça devait être quelqu'un d'autre, alors.

Frieda attendit d'être à plusieurs rues de la maison de retraite pour sortir son portable et composer le numéro qu'elle y avait enregistré le matin même. Ensuite, elle retourna à pied à la station de Gallions

Reach, descendit à Canning Town pour changer de train et sortit à Stratford. C'était un jour noyé dans le brouillard, et dans l'air froid, humide, le village olympique en cours de construction prenait une apparence fantomatique : des édifices couverts d'échafaudages, des segments de dômes et de tours surgissaient de la brume détrempée, en dessous desquels Frieda distinguait des camionnettes et des pelleteuses, des hordes d'hommes coiffés de casques de chantier.

Il lui fallut quinze minutes pour arriver à Leytonstone, où elle emprunta la longue rue droite bordée de maisons mitoyennes datant de l'époque victorienne nimbées de gris, jusqu'au numéro 108. Frieda ne se hâtait point : elle tentait de mettre de l'ordre dans ses idées et de préparer ce qu'elle allait dire. Qu'il faille le dire, au moins avait-elle cessé d'en douter. Elle sonna à la porte peinte en vert foncé, perçut le double carillon au loin et eut l'impression étrange d'être revenue dans une vie précédente. Elle s'attendait presque à ce que ce soit Alan qui lui ouvre, planté devant elle avec ses yeux marron, son regard triste, et son sourire contrit.

C'est Carrie qui se présenta à la porte, dans un pull jaune qui ne faisait que souligner sa pâleur, et elle ne souriait pas.

— Vous feriez mieux d'entrer, offrit-elle.

Frieda pénétra à l'intérieur, essuyant soigneusement ses bottes sur le paillasson avant de pendre son manteau.

— Merci d'accepter de me recevoir.

— Vous ne m'avez pas vraiment laissé le choix. On va dans la cuisine ?

Elle était comme autrefois, propre et bien rangée, agréable, avec une moitié dévolue aux appareils électroménagers et l'autre aux outils d'Alan. Sur des douzaines d'étagères, divisées en petits compartiments, se trouvaient ses vis, ses écrous et autres boulons, ses fusibles, ses joints et rondelles, ses clés. Carrie remarqua le regard furtif de Frieda et eut un sourire ironique.

— Il n'a rien emporté. Je n'arrêtais pas de me dire qu'il reviendrait, et du coup, je n'ai rien jeté. Idiot, n'est-ce pas, vu qu'il ne reviendra manifestement pas ? Mais je ne sais pas par où commencer.

— Il faut que je vous dise quelque chose.

— Au sujet d'Alan ? Je le savais. En fait, vous *savez* où il est.

— C'est au sujet d'Alan, oui. Vous devriez vous asseoir.

Carrie obéit, l'air méfiante, comme si elle s'apprêtait à recevoir un coup.

— Cela va être pour vous un choc, et peut-être ne me croirez-vous pas, mais je suis sûre qu'Alan est mort.

Les mains de Carrie se portèrent brusquement à sa bouche. Ses yeux gris dévisageaient Frieda.

— Mort ? murmura-t-elle. Mort ? Alan ? Mon Alan ? Mais… quand ? Quand est-il mort ?

— Le 24 décembre 2009.

Les mains de Carrie glissèrent lentement de sa bouche, qui s'animait en vain, articulant des mots qu'elle ne pouvait prononcer. Elle se pencha légèrement en avant sur sa chaise et inclina sa tête.

— Mais qu'est-ce que… ? dit-elle d'une voix enrouée, à peine reconnaissable. On était ensemble après cette date. J'ai passé Noël avec lui. Je vous l'ai dit.

— Je crois que Dean a tué Alan le jour où votre mari est allé le rencontrer.

Frieda se tut un instant, le temps pour Carrie de commencer à entrevoir les implications de ce qu'elle avançait.

— Il a échangé les vêtements, l'a pendu, a rédigé un mot de suicide en son nom, est rentré chez vous en se faisant passer pour Alan, et vous avez appelé la police. Vous connaissez la suite.

Carrie dit quelque chose que Frieda ne put distinguer, d'une voix grave, gutturale, qui sortait de son ventre. Ensuite elle se leva d'un bond et fit valser la table qui heurta Frieda au tibia et s'écrasa au sol dans un fracas retentissant de vaisselle brisée et de bois raclant le carrelage.

— *Connasse !*

— Carrie.

Frieda attrapa Carrie par les poignets et tenta de la maîtriser, mais même si elle était plus petite que Frieda, la rage la rendait forte. Frieda voyait la salive sur son menton et les plaques blanches sur ses joues, comme si quelqu'un y avait enfoncé le pouce.

— Bas les pattes. Ne me touchez pas ! Dégagez ! Vous m'entendez ?

Frieda passa les deux bras autour du corps de Carrie par-derrière, l'étreignant farouchement.

— Carrie, répéta-t-elle.

Carrie se débattit dans ses bras. L'arrière de sa tête était contre la bouche de Frieda. Elle lui donna un coup de pied dans la jambe et se dévissa la tête pour tenter de lui mordre l'épaule.

— Ce n'est pas vrai ! hurla-t-elle d'une voix grave et rauque. C'est un mensonge. Vous me mentez. Ce n'est pas vrai. Alan n'est pas mort.

Frieda sentit le corps de Carrie se tendre, et puis se

relâcher. Elle émit un bruit étranglé et là, alors que Frieda relâchait son étreinte, elle se pencha en avant et se mit à vomir sur le sol de la cuisine. Frieda posa une main sur son front avant de l'aider à s'asseoir. Carrie s'écroula sur la chaise comme une poupée de chiffon. Frieda dénicha de l'essuie-tout et essuya la bouche de Carrie, écartant ses cheveux de son visage en sueur. Après quoi elle releva la table renversée sur laquelle Carrie posa sa tête puis se mit à pleurer à gros sanglots. On aurait dit qu'elle allait se vider de larmes jusqu'aux tripes.

Frieda ramassa l'autre chaise, puis se servit de plusieurs feuilles d'essuie-tout pour nettoyer le vomi et s'en débarrasser dans les toilettes à côté. À son retour, elle remplit une cuvette d'eau chaude et savonneuse et frotta le sol. Elle mit de l'eau à chauffer et prépara une théière de thé fort. Elle versa dans un mug quatre cuillères de sucre auxquelles elle ajouta un généreux nuage de lait. Elle poussa le tout devant Carrie qui leva la tête, la figure gonflée par les larmes.

— Rien qu'un peu, dit Frieda. Vous avez froid ?

Carrie hocha la tête. Frieda gravit l'escalier en courant et revint avec une couette trouvée sur le lit.

— Enroulez-vous là-dedans et buvez votre thé.

Carrie s'assit. Elle tenta de tenir le mug entre ses mains mais celles-ci tremblaient tant que Frieda le lui prit et le porta à ses lèvres, l'inclinant doucement jusqu'à ce que Carrie puisse avaler quelques petites gorgées de thé.

Enfin, Frieda demanda :

— Avez-vous compris ?

Carrie s'enveloppa plus étroitement dans la couette jusqu'à ne plus laisser voir que son visage. On aurait dit un animal battu.

— Carrie ?

Elle hocha la tête.

— J'ai compris, chuchota-t-elle.

— Vous me croyez ?

— Alan avait une habitude. (La voix de Carrie était rauque d'avoir tant pleuré.) Il picorait toujours dans mon assiette, ou buvait la moitié de mon thé, même quand le sien était servi. Je mangeais un biscuit, et alors il se penchait pour se le fourrer dans le bec, ou me piquer mon sandwich et croquer dedans en plein milieu, le meilleur morceau, tout à fait normalement, comme s'il ne savait même pas ce qu'il faisait. Le temps que je tourne la tête, il y avait ses traces de dents dans mon cake, ou autre chose. Ça m'énervait, mais c'était une blague récurrente entre nous. Même quand ça allait très mal, même quand il avait perdu l'appétit pour tout, il continuait de me chiper ce que je mangeais. Je pense souvent que c'est ça qui fait qu'un couple tient, pas les grandes choses, comme le sexe ou les enfants, mais toutes ces petites habitudes, ces tics idiots, ces petites choses qui vous rendent dingue mais qui vous rapprochent.

Elle ne regardait plus Frieda mais fixait la table et parlait d'une voix si douce que Frieda dut s'approcher pour l'entendre.

— Il me piquait ma nourriture parce que ce qui était à moi était à lui. Ma vie et la sienne ne connaissaient pas de frontières. Nous avions en quelque sorte fusionné. Le jour où il est parti…

Elle déglutit. Son visage marbré de rouge fut traversé d'un spasme.

— Le jour où l'homme que je prenais pour Alan est parti, on était assis sur le canapé et j'avais réchauffé deux tartelettes de Noël. On ne mangeait jamais de *Christmas pudding* pour Noël. On aimait nos *mince pies* de luxe de chez Marks & Spencer, avec de la crème, c'était l'une de nos traditions – et pour une fois, il ne m'en a pas piqué. J'ai fait une blague à ce sujet. Je le lui ai mis devant la bouche et j'ai dit : « Ce qui est à moi est à toi, et ce qui est à toi est à moi », ou un truc débile du genre. Mais il s'est contenté de sourire et de dire qu'il avait le sien. Par la suite, une fois qu'il est parti, j'ai pensé que ça illustrait les distances qu'il avait prises – qu'il ne mangeait plus dans mon assiette parce qu'il ne voulait plus de moi. Vous voyez ?

Frieda hocha la tête mais ne dit rien. Elle se leva et remplit de nouveau le mug de Carrie, remettant du sucre.

— Il m'a préparé une tasse de thé, poursuivit Carrie, d'une voix morne. Ce jour-là. D'habitude, c'est moi qui fais le thé mais j'avais fait toute la cuisine et je lui ai demandé de m'en chercher une tasse. Il a fait tout un tralala autour de ce thé. Il a posé le mug sur un plateau, avec du lait dans un petit pot et du sucre dans un bol en porcelaine, même si je ne prends pas de sucre. J'ai pensé qu'il faisait l'andouille et le romantique. Je n'ai rien pigé. C'est juste qu'il ne savait pas, hein ? Il ne savait pas comment je prends mon thé.

— Je suis vraiment désolée, Carrie, sincèrement.

— J'ai *couché* avec lui ! s'écria Carrie. J'ai fait l'amour avec lui. Pour la première fois depuis des mois et des mois, parce que Alan… il ne pouvait plus. C'était bon.

Ses traits se tordirent comme si elle allait vomir, de nouveau.

— C'était mieux que jamais auparavant. *De ma vie.* Vous comprenez ? Vraiment ?

Frieda fit à nouveau oui de la tête.

— Et ce n'était pas Alan. Ce n'était pas mon cher, mon adorable, mon pauvre Alan, ce cas désespéré. Alan était mort, pendu comme un criminel. Et je ne le savais pas, et je ne l'ai pas pleuré, et j'ai baisé avec son assassin de frère, ce mec immonde, et je me suis sentie *heureuse*. Je me suis sentie tellement heureuse, allongée dans le noir, tout contre l'homme qui avait tué Alan et ensuite couché avec moi et qui m'a écoutée crier de plaisir, oh, et ensuite m'a entendue lui dire que ça n'avait jamais été aussi bon de ma vie. Oh ! Ça, je ne peux…

Elle se leva, le teint crayeux, et s'enfuit de la pièce. Frieda entendit Carrie vomir à nouveau, puis la chasse d'eau, et enfin l'eau couler. Puis elle revint, se rassit et posa son regard rougi sur la psychothérapeute.

— Vous êtes sûre ? dit-elle.

— Oui, mais je ne détiens pas de preuve. Pas du genre qu'accepterait la police.

— On ne peut pas faire de test ADN ? J'ai sa brosse à dents. Son peigne.

— Ils avaient le même, répliqua Frieda. Là n'est pas la question. Ce qui compte, c'est ce que vous pensez.

— Je vous crois.

Elle semblait parfaitement calme à présent.

— Carrie, vous devez vous accrocher au fait qu'Alan ne vous a pas quittée et qu'il vous a toujours aimée. Vous l'aimiez et vous lui avez été fidèle. Vous n'avez rien à vous reprocher.

— Comment ai-je pu ne pas le comprendre, ne pas le sentir ? Et je ne pourrai jamais me faire pardonner. Je ne pourrai plus jamais prendre Alan dans mes bras, le serrer et le réconforter, et le garder contre moi jusqu'à ce qu'il se sente en sécurité à nouveau. Il ne pourra jamais me pardonner. Voilà comment les choses vont rester jusqu'à la fin de ma vie. Oh, mon pauvre, mon cher Alan. La vie n'aura jamais été tendre envers lui, hein ? Évidemment qu'il ne m'aurait pas quittée… comment ai-je pu en douter ?

Cette journée-là, grise et humide, Frieda la passa tout entière dans la cuisine de Carrie à l'écouter parler d'Alan, évoquer Dean, sa solitude et son manque d'enfants, son chagrin et sa colère, son hostilité et le dégoût qu'elle avait d'elle-même. Elle l'écouta parler de sa haine – envers Dean, évidemment, mais aussi envers elle, Frieda, qui avait aspiré Alan dans une spirale dont il n'était jamais revenu, envers la police qui n'avait su le retenir, envers elle-même… et de son désir de vengeance. Elle écouta Carrie évoquer ses débuts avec Alan, cette conviction qu'elle avait eue dès leur premier rendez-vous qu'elle l'épouserait, à la façon qu'il avait de prononcer son nom… avec timidité, en rougissant, comme s'il prêtait quelque serment solennel et précieux. Frieda prépara d'innombrables tasses de thé et, plus tard, un œuf à la coque dans lequel Carrie plongea machinalement des morceaux de toast. Ce n'est que lorsque Carrie eut contacté une amie pour lui demander de venir qu'elle s'en alla, promettant de la rappeler le lendemain, et même alors, elle ne rentra pas directement chez elle en taxi ou en train, mais marcha dans les rues de Londres, prenant progressivement à l'ouest tandis que le jour glissait dans la nuit, que le brouillard plongeait dans une obscurité mêlée de neige fondue. Son esprit était rempli de pensées et de fantômes : le visage blanc et interdit de Carrie, le regard d'Alan, timide et implorant, qui lui avait toujours fait penser à celui d'un cocker, et le sourire railleur de Dean, mort et désormais en vie, de nouveau. Lâché quelque part dans la nature

Chapitre vingt et un

— Donc, commença Karlsson qui s'adressait à Yvette Long et Chris Munster, voici ce que nous avons, arrêtez-moi si je me trompe.

Il comptabilisa les faits sur ses doigts au fur et à mesure.

— Premièrement : la victime d'un meurtre, dont les tests ADN ont confirmé qu'il s'agissait du Robert Poole de l'appartement de Weverley Street, dont le corps a été retrouvé nu dans le séjour d'une femme à l'esprit dérangé, après avoir été recueilli dans une impasse adjacente. Un homme dont nous ne connaissons pas le métier, dont aucun ami n'a signalé l'absence, et dont la voisine dit qu'il était charmant, serviable, gentil, et qu'il était toujours prêt à lui arroser ses plantes.

Karlsson s'interrompit et prit une gorgée d'eau avant de continuer :

— Deuxièmement : les relevés bancaires de Mr Poole.

Il s'en empara et les agita.

— Le plus récent indique qu'il détenait pratiquement 390 000 livres sur son compte courant. Je ne sais pas ce que ça signifie. On est en train de vérifier avec la banque en ce moment même.

Il consulta sa montre.

— Ils auraient dû me rappeler, à l'heure qu'il est. Bref, passons. Troisièmement : un appartement dans lequel Yvette a procédé à une fouille préliminaire, tout comme l'équipe en charge de la scène de crime. Pas de passeport, pas de portefeuille, ni de documents personnels d'aucune sorte, en fait. Pas plus qu'il n'est référencé sur Facebook ou Twitter, ou aucun des réseaux sociaux. Mais reste un carnet, dont plusieurs pages ont été arrachées, contenant quelques noms, quelques adresses, des gribouillis. Correct, Yvette ?

— Dont le nom du couple à Brixton qu'a trouvé votre vieille amie.

— Vous voulez dire, Frieda Klein ? Ce n'est pas une vieille amie, c'est quelqu'un qui nous a donné un coup de main. Et puisque vous abordez le sujet, je dois signaler que j'envisage de faire appel à elle de façon plus régulière.

Yvette fronça les sourcils.

— À quelles fins ?

— Elle peut nous être utile.

— Soit.

— Ça vous pose un problème ?

— La décision vous appartient, répondit Yvette, tout en haïssant le ton de sa voix.

Ses joues devinrent cramoisies. Elle était sûre que Frieda Klein ne rougissait jamais de manière peu seyante quand elle était gênée – mais bon, peut-être le Dr Klein n'éprouvait-elle jamais d'embarras.

— Tout juste, et je l'ai prise, nous allons donc maintenant pouvoir nous concentrer sur Robert Poole. Où en êtes-vous avec les noms contenus dans le calepin ?

Chris Munster saisit une feuille de papier.

— On va les vérifier un à un. Certains seront faciles à trouver, d'autres nécessiteront peut-être plus de temps. On a déjà pris rendez-vous avec une dénommée Mary Orton. On y va juste après cette réunion. Elle semblait assez agitée au téléphone, c'est une vieille dame, qui vit seule. Apparemment, Robert Poole l'avait plus ou moins aidée à retaper sa maison. On va commencer à distribuer le portrait-robot qu'on a établi. Ça pourrait nous permettre de débusquer quelques connaissances supplémentaires.

— Bien, ça devrait…

Karlsson fut interrompu par la sonnerie de son téléphone. Il prit l'appel, écouta, fronça les sourcils, griffonna quelque chose sur son bloc-notes. Reposant l'appareil, il dit :

— Ils ont parlé à la banque.

Il arracha une page de son calepin et la tendit à Yvette.

— On a un parent proche, un frère à St Albans. Allez le voir. Et au sujet de l'argent qui figurait sur son compte : il a disparu. Il a été transféré sur un autre compte le 23 janvier. J'aimerais que vous alliez rendre visite au frère ensemble pour lui annoncer la nouvelle, et que vous trouviez tout ce que vous pourrez au sujet de Robert Poole : photos, documents, n'importe quoi.

Il consulta de nouveau sa montre, puis, s'emparant du bloc-notes, se leva, repoussant sa chaise en arrière.

— Bien. Avec un peu de chance, on trouvera quelqu'un qui vient subitement d'empocher

390 000 livres, et on pourra boucler cette affaire en vitesse.

Karlsson dut appeler plusieurs fois avant de joindre Frieda.

— J'ai laissé un message, dit-il. Deux, en fait.

— J'allais rappeler. J'ai eu des patients toute la matinée.

Il lui livra un résumé des progrès de l'affaire, mentionna le carnet. Frieda n'émit pas beaucoup de commentaires.

— On a retrouvé un membre de la famille Poole. Un frère. Yvette se rend chez lui en ce moment même.

— On dirait que les choses avancent, répliqua Frieda.

Elle semblait détachée et Karlsson se prit à lui en vouloir, comme s'il avait voulu que Frieda lui accorde toute son attention, tout en sachant qu'il ne l'obtiendrait pas. Une longue pause s'ensuivit.

— Certains membres de l'équipe ont fait le point sur les noms contenus dans le carnet de Poole, reprit finalement Karlsson. L'un d'eux est celui d'une vieille dame, une dénommée Mary Orton, qui vit à Putney. Poole gérait un chantier chez elle. Ce n'était pas fini quand il a disparu.

— Oui ?

Karlsson inspira profondément.

— Cet ami à vous que vous m'avez amené une fois, Josef. Il est dans le bâtiment, non ?

Karlsson crut presque l'entendre s'adoucir au téléphone.

— C'est exact.

— Il est bon ? Et digne de confiance ?

— Oui, il l'est.

— Je me suis dit que vous pourriez peut-être aller parler à cette dame et amener votre ami maçon pour voir ce qu'a réellement accompli Poole. Il récupérera peut-être même du boulot, au passage. « Que comptez-vous faire de ce chantier abandonné ? », tout ça… D'après Chris, c'est une vieille dame qui a perdu son mari et dont les enfants vivent loin. Je crois qu'elle est un peu seule. (Un autre silence s'étira.) À moins, bien sûr, que vous ne préfériez passer à l'action uniquement dans mon dos.

— Je pense qu'il peut accepter des chantiers, répondit Frieda. Mais il faut d'abord que je vérifie avec lui.

— Ce serait gentil de votre part, répliqua Karlsson avant de lui communiquer l'adresse de Putney.

— A-t-elle dit quoi que ce soit au sujet de Robert Poole ? s'enquit Frieda.

— Juste qu'il était aimable et poli. C'est ce qu'ils disent tous : aimable et poli.

— Vous avez déjà fait ça ? demanda Yvette Long.

Chris Munster conduisait et ne tourna pas la tête.

— L'année de mon embauche, répondit-il. Un gosse avait été renversé et on m'a envoyé l'annoncer aux parents en compagnie d'un sergent. C'est la mère qui est venue ouvrir la porte et je n'ai fait que rester en arrière pendant qu'il lui apprenait la nouvelle. On était en train de lui parler et là, le père est arrivé, il rentrait du bureau, et on est restés plantés là pendant qu'elle le lui apprenait à son tour. Le truc que je me rappelle, c'est le sergent en train de faire les cent pas comme celui qui s'apprête à quitter une fête. Ces parents avaient envie qu'on s'en aille et qu'on les laisse avec leur douleur. En même temps, ils n'arrivaient pas à nous laisser repartir. Ils n'arrêtaient pas de parler de lui et de nous demander si on voulait du thé. Ça m'est arrivé quelques autres fois depuis, mais c'est celle-là dont je me souviens. Et vous ?

— Quelques fois. Non, plus que ça. Je me sens toujours nerveuse à l'avance. Je regarde la porte d'entrée et je me sens coupable de ce que je vais leur annoncer. Ils ouvrent la porte et parfois on devine qu'ils ont compris avant même qu'on dise quoi que ce soit. (Elle le regarda.) C'est la prochaine sortie.

Ils quittèrent l'autoroute et nulle voix ne s'éleva plus si ce n'est celle du navigateur satellite, les enjoignant d'aller dans telle ou telle direction dans le dédale des rues résidentielles de St Albans.

— Déjà venue par ici ? demanda Munster.

— Je crois qu'il y a des ruines romaines, répondit Yvette. Je suis venue une fois avec l'école. Je ne me rappelle rien. J'apprécierais sans doute plus aujourd'hui.

Le navigateur leur apprit qu'ils avaient atteint leur destination. Ils restèrent assis un moment. Yvette vérifia la feuille imprimée sur ses genoux pour s'assurer que c'était la bonne adresse.

Munster la regarda.

— Et alors ? Vous êtes nerveuse, là ? demanda-t-il.

— Si je faisais ça chaque jour, je m'y habituerais.

— C'est vous qui le dites ou vous préférez que je m'en charge ?

— J'assume.

Ils sortirent de la voiture, ouvrirent la barrière d'un minuscule jardin et gravirent trois marches qui les menèrent sous un petit portique de style géorgien. Yvette pressa la sonnette, qui déclencha un carillon.

Un homme vint ouvrir. Il était bâti solidement, avec des cheveux blonds rasés sur les côtés de la tête, vêtu d'un jean et d'un polo de football à manches courtes. Il les interrogea du regard.

— Êtes-vous Dennis Poole ? s'enquit Yvette.

— Tout juste.

Elle se présenta, puis fit de même avec Chris.

— Êtes-vous le frère de Robert Poole ?

— Hein ? s'exclama-t-il, l'air surpris. Pourquoi voulez-vous le savoir ?

— Êtes-vous bien son frère ? insista Yvette.

— Ben, ouais, mais…

— Est-ce qu'on peut entrer un instant ? demanda Yvette.

Ils pénétrèrent dans le salon où était allumée une télévision diffusant un jeu qu'Yvette ne réussit pas à identifier. Elle demanda à Poole d'éteindre. Il se contenta de baisser le volume.

— Je suis désolée, mais j'ai le devoir de vous annoncer que votre frère est décédé, déclara-t-elle.

— Pardon ?

— Je suis vraiment désolée, reprit-elle. Nous avons trouvé son corps le 1er février, mais il nous a fallu un certain temps pour l'identifier.

— Comment ça, son corps ?

— Son corps a été trouvé dans une maison du sud de Londres. Nous avons lancé une enquête pour meurtre et nous interrogeons en ce moment des témoins, nous prenons des dépositions. Ça doit être un choc, je le sais.

— Comment ça, du sud de Londres ?

Yvette avait l'habitude. En état de choc, les gens perdent la capacité de traiter l'information. Il faut y aller lentement.

— Je suis désolée. Je sais combien ça doit être difficile pour vous. Ça vous étonne que votre frère ait pu se retrouver par là ?

— Mais de quoi vous parlez ? persista Dennis Poole. Rob est mort il y a six ans. Sept, presque. Vous avez dû faire une erreur.

L'espace d'un instant, Yvette resta sans voix. Elle regarda Munster. C'était lui qui avait mis la main sur le certificat de naissance. Quelle erreur affreuse avait-il commise ? Elle sortit la feuille du sac qu'elle avait au bras.

— Nous parlons bien de Robert Anthony Poole, précisa-t-elle. Né le 3 mai 1981. À Huntingdon. Père : James Poole.

— Tout juste, concéda Poole. C'est mon père. Mais Rob est mort en 2004. Un accident du travail. Un échafaudage s'est effondré. La société l'a tenu pour unique responsable. On a touché que dalle comme indemnités. C'est là-dessus que vous devriez enquêter.

— Je suis vraiment désolée, répéta Yvette. Manifestement, il y a comme un… (Elle se tut un instant, perdue.) Un léger problème, conclut-elle sans conviction.

— Je dirais plutôt qu'il y a un *putain* de problème.

Elle inspira profondément.

— Je suis désolée pour tout ceci. Je vous promets que nous allons enquêter et comprendre ce qui s'est passé. (Elle hésita.) Auriez-vous le moindre document relatif à votre frère ? Des papiers ?

— Au grenier, quelque part. Faudra peut-être un moment pour dénicher tout ça.

— On peut attendre.

Chapitre vingt-deux

Josef se montra tout d'abord méfiant.

— Ce truc. C'est par charité ?

— Pour vous ou pour elle ? répliqua Frieda.

— Les deux.

— Karlsson m'a appelée parce qu'il pensait que vous pouviez lui être utile. Je crois qu'on a laissé son chantier en plan. Mais si elle veut faire faire quoi que ce soit, elle paiera.

Il semble légèrement rasséréné, se dit Frieda. Au moins sentait-il bon et s'était-il vêtu correctement : il avait les traits moins tirés, aussi. Reuben avait su qu'il ne travaillait que de temps à autre. Les chantiers étaient rares en ce moment. Josef l'emmena dans la voiture de Reuben. Sa vieille camionnette stationnait toujours, avec une batterie et un pneu à plat, devant la maison. La circulation était mauvaise et le trajet dura près d'une heure.

— On prétend, pour rire, que c'était plus rapide de traverser Londres du temps où les gens voyageaient à cheval, commenta Frieda.

Josef ne répondit rien.

— Sauf que ça n'a rien d'une blague, reprit-elle C'est vrai, je pense.

Josef se contenta de garder le regard rivé au loin.

— Quand on travaille dans un jardin de Londres, continua-t-elle, et qu'on se coupe, il faut aller se faire vacciner contre le tétanos. À cause du crottin de cheval. À l'époque victorienne, les gens en remplissaient leurs jardins et les bactéries sont toujours actives.

Silence de la part de Josef. Frieda lui lança un regard. On aurait dit qu'il avait perdu l'envie de lutter. Frieda savait qu'il n'avait rien confié à Reuben de ce qui s'était passé. Lors de leurs retrouvailles, elle lui avait dit qu'elle était disposée à l'entendre dès qu'il en ressentirait le besoin. Mais peut-être faudrait-il qu'elle fasse le premier pas.

— Josef, commença-t-elle, il s'est passé quelque chose chez vous, n'est-ce pas ?

Il continua de regarder droit devant lui, mais elle vit ses mains se crisper sur le volant.

— Vous voulez m'en parler ?

— Non.

— Parce que vous croyez que je me ferai une mauvaise opinion de vous ?

— Je sais vous pensez déjà le pire.

— C'est pour ça que vous ne nous avez jamais dit que vous étiez là ?

— Vous êtes une femme bien. C'est facile pour vous. Moi, type pas bien.

— Josef, tout le monde est à la fois bon et mauvais. Tout le monde fait des erreurs.

— Pas vous.

— C'est faux, protesta énergiquement Frieda.

Elle hésita, puis ajouta :

— Vendredi dernier, savez-vous où j'étais ?

— Vendredi ? Quand tous on a dîné chez Olivia ?

— Avant ça. J'étais à l'enterrement de Kathy Ripon. Vous savez, la jeune femme qui a été kidnappée par Dean Reeve et dont on a finalement retrouvé le corps dans un collecteur d'eaux pluviales.

Josef, qui s'engagea sur un rond-point, hocha la tête.

— C'est moi qui suis responsable de sa mort. Non, ne m'interrompez pas. Vraiment. J'ai agi à la hâte, sans réfléchir à ce que je faisais, et elle en est morte. Voilà pour moi. Et vous ?…

Il demanda brusquement :

— Vous croyez que je suis un père bien ?

— Comment ça ? Je crois que vous adorez vos fils et qu'ils vous manquent. Je crois que vous feriez n'importe quoi pour eux. Vous avez certainement commis des erreurs, soit. Mais ils ont de la chance de vous avoir.

Il pila net, et tourna son visage accablé vers elle.

— Ils ne m'ont plus, maintenant. Ils l'ont, lui.

— Lui ?

— Lui. Elle a un homme nouveau dans sa vie, ils ont nouveau papa. Ils regardent lui comme si c'était un héros. Costume-cravate, et gâteaux le week-end dans une boîte avec ruban. Ils me regardent comme une chose sous la chaussure. Merde, compléta-t-il. Comme de la merde.

— Pourquoi ?

Les voitures s'accumulèrent derrière eux et se mirent à klaxonner.

— Parce que je suis de la merde.

— Que s'est-il passé ?

— Elle a appris mes aventures.

— Aventures ? Vous voulez dire, les autres femmes ?

Frieda était également au courant de ses écarts. Josef vouait à sa femme un attachement sentimental inébranlable, mais elle était à Kiev et lui à Londres, et pour lui, c'était comme si ces deux univers étaient totalement séparés : dans l'un, il avait une femme qu'il adorait ; dans l'autre, pas.

— Elle savait, répéta Josef. Je rentre avec mes cadeaux, le cœur rempli avec l'amour, tout heureux, je suis plus seul, enfin, et elle ferme la porte. Elle ferme la porte, comme ça, Frieda. Mes fils m'ont vu être chassé comme un chien.

— Avez-vous jamais pu en parler ?

Il secoua la tête de droite à gauche, lentement.

— J'essaie. J'ai rencontré l'homme nouveau. Bon métier. Jouets pour mes garçons. Voitures qui bougent avec radio. Jeux d'ordinateur où on tire, avec des bombes. Ils veulent plus mes pauvres petits cadeaux, veulent plus de moi. C'est fini. Complètement fini. Une vie partie en poussière. Je suis revenu ici.

— Donc en fait, vous n'en avez jamais parlé, vraiment ?

— Pour quoi dire, Frieda ? Quoi faire ? Tout est fini. Parti.

— Pour lui dire ce que vous ressentiez, pour entendre ce qu'elle ressent, pour vérifier si l'histoire est vraiment terminée.

— Je suis rien, répondit Josef. J'ai pas d'argent. Je vis loin, dans pays étranger. J'ai fait des méchantes choses dans son dos. Pourquoi veut-elle de moi comme mari ? Pourquoi vous voulez de moi comme ami ?

— Je vous aime bien, répondit Frieda, simplement. Et j'ai confiance en vous.

— Confiance ? En moi ?

— Pour quelle autre raison solliciterais-je votre aide ?

Ses yeux se remplirent de larmes.

— Vrai ?

— Oui. Écoutez, on en reparlera, Josef. Mais pour l'instant, on y est. Prenez à gauche. C'est ici qu'habite Mary Orton.

Josef trouva une place où se garer, et tous deux sortirent du véhicule.

— Ça va aller ? demanda-t-elle, tandis qu'ils parcouraient Brittany Road.

Il s'arrêta.

— Je vous dis merci, dit-il, portant sa main à son cœur avant de s'incliner légèrement, selon sa manière étrange.

Ils levèrent les yeux vers l'hôtel particulier de Mary Orton.

— Grande maison pour femme seule, dit Josef.

— Son mari est mort. Ses enfants sont partis il y a longtemps. Sans doute n'a-t-elle pas envie de la quitter. Peut-être qu'elle veut conserver un lieu où recevoir ses petits-enfants.

Josef contempla la maison, le nez levé, et Frieda se détourna pour voir la tête de Josef. Elle aimait cette expression, celle de quelqu'un absorbé par quelque chose qui lui échappait.

— Qu'en pensez-vous ? dit-elle.

Il indiqua une fenêtre au deuxième étage.

— Vous voyez fêlure ici, commença-t-il en désignant une très fine lézarde noire courant le long de l'appui de fenêtre. La maison bouge un peu. Pas trop.

— C'est grave ?

— Pas trop. C'est Londres. (Il tendit ses mains,

à plat, et les fit bouger à l'horizontale.) C'est sur la craie. Vous avez pas de pluie, et après beaucoup de pluie, et les constructions bougent et alors…

Il mima quelque chose, comme une personne fatiguée en train de s'avachir.

— S'affaissent, compléta Frieda.

— S'affaissent, répéta Josef. Mais pas trop grave.

La porte d'entrée s'ouvrit avant même qu'ils s'en approchent. Mary Orton avait sans doute remarqué les deux étrangers contemplant sa façade. Frieda se demanda combien de temps elle avait passé à regarder dehors par la fenêtre. Elle portait un pantalon en velours côtelé bleu foncé et une chemise à carreaux. Elle devait être belle autrefois, constata aussitôt Frieda. Elle l'était encore, d'une certaine façon, mais son visage était plus que ridé. Sa peau avait la texture du papier kraft qu'on aurait plié, replié, et froissé enfin, avant de le relisser. Frieda se présenta, avant de faire de même avec Josef.

— L'inspecteur vous a-t-il annoncé notre visite ? demanda Frieda, se surprenant à parler un peu fort, comme si Mary Orton était légèrement sourde et un peu débile.

La vieille dame s'empressa de les faire entrer puis de leur faire traverser le hall jusqu'à une grande cuisine qui donnait sur un jardin d'une taille époustouflante. Il y avait deux très grands arbres au fond et d'autres jardins de part et d'autre. On aurait dit un parc. Pendant que Josef et Frieda s'absorbaient dans leur contemplation, Mary Orton s'affairait derrière eux, préparant du thé et sortant deux gâteaux, qu'elle posa sur des assiettes avant de couper des tranches.

— Un tout petit morceau, s'il vous plaît, indiqua Frieda. La moitié.

Josef prit la part de Frieda et l'engloutit en plus de la sienne, but son thé et prit une tranche de l'autre cake. Mary Orton lui accorda un regard reconnaissant.

— Quand Josef aura fini, proposa Frieda, il pourra jeter un œil sur ce qu'il reste à faire. Il est très compétent.

Josef posa son assiette dans l'évier.

— C'étaient très bons gâteaux, les deux.

— Resservez-vous, le pria Mary Orton. Ils seront perdus, sinon.

— Tout à l'heure, dit Josef, mais d'abord, quoi faisait cet homme pour vous ?

— C'est vraiment terrible, cette histoire. Absolument affreux.

Elle se passa une main sur la figure, l'air hébétée.

— Et l'enquêtrice, la femme, a dit qu'on l'avait tué. Vous croyez vraiment ?...

— Je le pense, oui, répondit Frieda. Je ne suis pas de la police. Je suis juste une... (Elle s'interrompit un moment. Qu'était-elle donc ?) Une collègue.

— Il était si serviable, reprit Mary Orton. Si rassurant. Il me donnait l'impression d'être en de bonnes mains. Je n'avais plus ressenti ça depuis la mort de mon mari, et ça fait longtemps, maintenant. Il a dit qu'il y avait beaucoup à refaire dans cette maison. Il avait raison, bien sûr. Je l'ai honteusement négligée. (Elle sortit un paquet de cigarettes et un cendrier.) Ça vous gêne ? (Frieda secoua la tête. La vieille dame alluma une cigarette.) Il y avait toutes sortes de choses à faire, et il a arrangé des trucs, çà et là, avec deux de ses hommes. Mais le principal problème, c'était le toit. Il a dit que le reste pouvait attendre, mais qu'une fois que le toit se mettrait à fuir et que l'eau s'infiltrerait…

— C'est vrai, coupa Josef. Le toit est important. Mais dehors, pas d'échafaudage. Il est parti ?

— Non. Ils travaillaient de l'intérieur.

— Hein ?

Josef fit la grimace.

— Combien de temps est-il resté ? s'enquit Frieda.

— Longtemps, répondit Mary Orton avec un sourire. Je ne me rappelle plus. Certes, ils n'étaient pas là tout le temps. Parfois, ils devaient s'en aller et travailler sur d'autres chantiers. Mais j'étais souple à ce sujet.

— Et ça fuit toujours aujourd'hui, conclut Frieda. Enfin, à ce qu'on m'a dit.

— Il n'avait pas fini. Du jour au lendemain, il a cessé de venir. Il m'a manqué… et pas seulement à cause des réparations. Maintenant, nous savons pourquoi. C'est vraiment terrible.

Ce fut comme si son vieux visage se ridait plus encore. Elle détourna la tête pour dissimuler son expression.

— Ça vous va si Josef jette un œil ?

— Bien sûr ! Je vous montre ?

Josef sourit. L'une des premières fois où Frieda le voyait sourire depuis son retour.

— Je sais comment trouver le toit, dit-il.

Une fois Josef parti, Frieda inspecta la cuisine du regard. Il y avait des photos d'enfants sur le buffet, toutes encadrées.

— Ce sont vos petits-enfants ?

— Oui. Ils ont beaucoup grandi depuis, bien sûr.

— Vous les voyez souvent ?

— Aucun de mes deux fils ne vit à Londres. Ils viennent me voir quand ils peuvent pendant les vacances. J'ai des amis, bien sûr.

Elle semblait presque sur la défensive. Frieda s'empara de l'un des portraits. C'était une photo d'école primaire datant de 2008. Trois ans auparavant : ça faisait long, à l'échelle d'une vie d'enfant, songea-t-elle.

— Ça devait être agréable d'avoir Robert Poole dans les parages, hasarda-t-elle.

— Eh bien… c'était un jeune homme charmant, confirma Mary Orton, l'air gênée. Il a posé des questions sur ma vie, il manifestait de l'intérêt. Quand on vieillit, les gens ne vous voient plus, en général. On devient invisible. Mais lui n'était pas comme ça.

— Attentionné.

— Oui, j'imagine que oui. Difficile de croire qu'il est mort.

Des pas sonores retentirent dans l'escalier et les deux femmes firent demi-tour quand Josef entra dans la cuisine.

— Mrs Orton. (Il se planta fermement devant elle.) Il y a une petite fuite. Je prends mon sac dans la voiture et je peux arrêter l'eau en cinq minutes. Ensuite, un jour de travail juste, peut-être deux. Je répare pour vous. Tout bien.

— Ce serait merveilleux. Vous feriez ça ?

— Pas de problème. Je vais à la voiture. Frieda ? (Il lui fit signe de la tête.) Mrs Orton, vous nous excusez un moment ?

Frieda le suivit dans l'entrée.

— Tout va bien ?

Josef afficha un air méprisant.

— Le toit. C'est n'importe quoi. J'ai su quand j'ai pas vu l'échafaudage. Il a fait rien.

— Comment ça ?

— Je veux dire : il a rien fait là-haut. Peut-être tapé par-ci, par-là, pas de nouveau toit.

Frieda n'en revenait pas.

— Peut-être n'avez-vous pas vu ce qu'il a fait, tout simplement ?

— Frieda, répliqua Josef, je vous montre si vous voulez. Je suis allé, j'ai grimpé l'échelle dans chambre du haut et éclairé avec lampe torche. J'ai regardé le bardage, les chevrons. Il y a quelques nouvelles planches, du… (Il agita les mains, cherchant le mot.) … de l'isolant, mais c'est rien. Et l'eau entre. (Il se tapa la tête.) Peut-être qu'elle est…

— Très bien, coupa Frieda. Allez-y, réparez le trou. (Elle avança une main et lui toucha l'épaule.) Et merci, Josef.

Il haussa les épaules et ressortit de la maison. Frieda réfléchit intensément quelques minutes, puis regagna la cuisine. Elle s'attabla près de Mary Orton et rapprocha même sa chaise, de façon à ce qu'elles puissent parler à voix basse.

— Mary, j'aimerais vous poser une question. Sauriez-vous me dire combien vous avez payé Robert Poole ?

Mary Orton rougit.

— Je ne sais pas au juste. Je le payais par tranches, de temps en temps. Je n'ai pas vraiment réfléchi au montant total.

Frieda se rapprocha encore, posa sa main sur l'avant-bras de la vieille femme.

— Je ne vous poserais pas la question si ce n'était

pas important, mais accepteriez-vous de me montrer vos relevés bancaires ?

— Eh bien, franchement…

— Vous n'êtes pas obligée de me les montrer, corrigea Frieda, mais si vous ne le faites pas, je crains que la police ne vienne les examiner, de toute façon.

— Très bien. (Mary Orton acquiesça d'un signe de tête.) Mais c'est un peu étrange, comme requête.

Elle quitta les lieux. Frieda entendit du bruit dans l'escalier, des pas monter et redescendre. Mary Orton revint dans la cuisine et posa un tas de papiers sur la table.

— Ils sont tout en désordre, s'excusa-t-elle. C'est mon mari qui s'occupait de ce genre de choses.

Frieda dénicha les relevés du compte courant et les tria par date avant de commencer à les étudier. Au bout de quelques secondes seulement, elle sentit les battements de son cœur accélérer. Elle les sentait pulser dans son cou. Elle reposa le dernier document et se tourna vers Mary Orton.

— J'ai juste procédé à une approximation. J'ai pu rater un ou deux règlements. Mais je conclus que vous lui auriez réglé dans les 160 000 livres. Ça vous paraît correct ?

Mary Orton prit une autre cigarette dans son paquet et l'alluma. Ses mains tremblaient et il lui fallut deux allumettes pour parvenir à ses fins.

— Oui, c'est possible. Mais ça coûte terriblement cher de refaire un toit, non ?

— Oui, lui accorda Frieda. C'est que j'ai entendu dire, oui.

Chapitre vingt-trois

Huit noms, ou paires de noms, figuraient dans le calepin de Robert Poole. Yvette les lut à haute voix :

— Un : Mary Orton.

— Nous lui avons parlé. Elle connaissait Robert Poole, sans le moindre doute… Sans doute mieux que tous ceux que nous avons pu croiser jusqu'ici.

— Deux : Frank et Aisling Wyatt.

— Qui le connaissaient également, quoique moins bien.

— Trois : Caroline Mallory et David Lewis, le couple de Brixton qui a été notre première piste. Ils disent qu'ils ne l'ont rencontré qu'une fois. Ensuite, quatre, un nom que vous reconnaîtrez : Jasmine Shreeve.

Yvette se tut un instant, à l'affût d'une réaction.

— Je suis censé savoir qui elle est ? demanda Karlsson.

— Elle présentait une émission de décoration il y a quelques années. Principalement diffusée en journée, je pense.

— Quand avez-vous trouvé le temps de regarder la télévision dans la journée ?

— Je ne l'ai jamais vue, en fait. C'est elle qui m'en a parlé. Elle a dit qu'elle avait rencontré Poole. Elle n'avait aucune idée de la raison pour laquelle on a pu vouloir le tuer.

— Il faudra qu'on interroge ces gens plus en détail, décida Karlsson. Et les autres ?

— Ceux-là sont les seuls qui l'aient réellement rencontré.

Yvette consulta ses notes.

— Après ça, il y a les Cole, dans la banlieue de Haywards Heath, un couple de retraités qui ne savaient absolument pas qui c'est, pas plus qu'ils ne se souviennent l'avoir jamais rencontré ; Graham Rudge, célibataire, le principal d'un collège privé qui vit près de Notting Hill, et qui soutient, lui aussi, qu'il n'a jamais rencontré personne du nom de Robert Poole, même s'il se demande si quelqu'un de ce nom ne l'aurait pas appelé une fois – il n'arrive pas à se rappeler où, ni quand. Un jeune couple de Chelsea, Andrea et Lawrence Bingham, qui rentrent tout juste de leur lune de miel, et qui bossent tous les deux plus ou moins dans la City. Et une dénommée Sally Lea. Nous ne savons absolument pas qui elle est.

— C'est tout ?

— Oui.

— Ces gens, est-ce qu'ils ont quelque chose en commun ?

— On en a parlé, Chris et moi. Ils viennent tous de quartiers de Londres complètement opposés, et deux d'entre eux habitent en dehors de la capitale. Les domiciles de Mary Orton et Jasmine Shreeve sont relativement proches de l'appartement de la victime. Les Wyatt vivent près de l'endroit où l'on a trouvé son corps. Ils ont tous des occupations différentes. Ils sont tous d'âges différents, d'origine sociale différente. Certains d'entre eux ont dit qu'ils le connaissaient, d'autres pas. Aucun d'entre eux ne semble connaître les autres. Il ne semble pas y avoir de lien, pour autant qu'on puisse en juger.

— Donc, nous avons huit noms et absolument rien pour les relier, pas même le fait de connaître la victime.

— Ils sont tous plutôt riches, hasarda Chris, timidement.

— Certains sont riches, et d'autres franchement fortunés, corrigea Yvette. Faut voir dans quoi vivent les Wyatt. On dirait un truc tout droit tiré d'une revue.

— Je leur rendrai visite.

Une heure plus tard, Karlsson se penchait sur son bureau.

— Alors, qu'en dites-vous ? Vous êtes partante, ou non ?

— Je ne suis toujours pas certaine que cela devrait se faire sur une base formelle.

— Vous savez, Frieda, je pense que nous jouons une drôle de mascarade, vous et moi. Ce que vous aimez, c'est quand je vous demande de ne pas faire quelque chose et que vous le faites quand même, ou quand vous foncez faire un truc que vous n'étiez pas censée faire, et que vous me l'apprenez après coup. Vous savez quoi ? Si vous deviez être votre propre thérapeute, vous conviendriez peut-être que vous avez du mal à vous engager.

— Vous voulez que je prête serment et que je remplisse tous les bons formulaires ?

— Ça n'a rien à voir.

— Je ne suis pas vraiment faite pour le travail d'équipe, surtout dans une équipe qui n'a pas vraiment envie de me voir débouler.

— Mais qu'est-ce que vous voulez dire ?

— Yvette Long ?

— Yvette ? Quoi, Yvette ?

— Elle ne m'aime pas et elle désapprouve ma présence.

— N'importe quoi.

— Vous êtes aveugle ?

— Elle se montre juste protectrice envers moi.

— Elle pense que je vais vous attirer des ennuis. Elle n'a peut-être pas tort.

— C'est mon problème. Si vous ne voulez pas travailler avec moi, soit. Vous n'avez qu'à le dire, une fois pour toutes, et je ne vous embêterai plus. Mais on ne peut pas continuer comme ça, avec ces méthodes à la mords-moi-le-nœud, où vous débarquez quand ça vous chante et où personne ne sait au juste ce que vous fricotez. L'heure est à la décision : oui, ou non ?

Ils se dévisagèrent l'un et l'autre. Enfin, Frieda hocha la tête.

— Je veux bien essayer.

— Bien ! s'exclama Karlsson, qui semblait presque surpris de son choix. À la bonne heure. Il y aura un peu de paperasse. Vous allez devoir signer un contrat.

— Tout ça à cause de l'inspection du travail ?

— Non, en raison du travail de la police, qui consiste principalement à remplir des formulaires. Et comme ça, vous pouvez désormais m'accompagner et rendre visite aux personnes figurant sur la liste de Robert Poole et qui l'ont réellement connu. Ce charmant jeune homme ne semble pas avoir été si gentil que ça, après tout – pas plus qu'il ne semble avoir jamais été Robert Poole non plus, finalement.

— Puis-je vous demander un service avant d'y aller ?

— Allez-y.

— Alan Dekker.

L'expression de Karlsson devint méfiante. Il posa son menton sur ses mains jointes par le bout des doigts et regarda Frieda.

— Nous en avons déjà parlé…

— Je sais.

— Vous ne détenez aucune preuve, Frieda. Rien qu'une impression.

— Dean est vivant, je le sais.

— Vous n'en savez rien. Vous le pensez.

— J'en suis convaincue. Si Alan se balade dans la nature, il doit y avoir des moyens évidents de le retrouver. C'est bien votre job, non ?

Karlsson poussa un profond soupir.

— Dites-moi, Frieda… Si on trouve quelque chose, qu'en fait-on ?

— C'est simple. Si vous trouvez Alan, vous saurez que Dean est mort et je reconnaîtrai que j'avais tort.

— Ça sera bien la première fois.

— Alors, vous le ferez ?

— Je vais voir. Il est parfois difficile de retrouver des gens qui n'ont pas envie qu'on le fasse.

Dans la voiture, Karlsson confia à Frieda ce qu'ils avaient appris jusque-là sur l'homme connu sous le nom de Robert Poole : qu'il avait emprunté l'identité d'un homme décédé six ans auparavant. Son identité réelle restait à découvrir. Ils n'avaient trouvé nulle trace d'un quelconque métier stable ou d'un revenu fixe, et pourtant il détenait une forte somme en banque peu de temps avant sa mort. Son compte avait été vidé au moment de son assassinat, plus ou moins. Les gens parlaient de lui en termes chaleureux mais personne ne semblait savoir grand-chose de lui. Ils avaient trouvé un carnet dans son appartement avec plusieurs noms dedans, dont ceux du couple localisé par Frieda, à Brixton, et celui de Mary Orton.

— On voit qui, en premier ? demanda Frieda.

— Frank et Aisling Wyatt. Ils vivent à Greenwich. On a appelé pour prévenir et tous les deux seront là cette fois-ci. La dernière fois, il n'y avait qu'elle.

— Que savez-vous d'eux ?

— Lui est comptable à la City. Elle, décoratrice d'intérieur. À mi-temps, c'est sans doute un passe-temps. Ils ont deux jeunes gosses en primaire.

La voiture remonta une rangée d'immeubles rutilants qui donnaient sur le fleuve, à l'endroit où celui-ci s'élargissait. La marée était basse à présent, et la Tamise réduite à un courant d'eaux brunes qui allaient s'amenuisant, entre deux rives de vase et de sable.

— Ça va, pour eux…, commenta Karlsson.

Ils empruntèrent le chemin pavé qui longeait le fleuve et menait à la maison des Wyatt. Elle comportait deux étages, avec un balcon de fer forgé au premier, tandis que le rez-de-chaussée donnait sur un petit jardin rempli d'une profusion de pots, certains en terre cuite, d'autres en étain et en cuivre. Même par une journée grise et venteuse de février, Frieda voyait bien que ce devait être un déchaînement de couleurs et de parfums au printemps et à la belle saison. Aujourd'hui, les seules fleurs visibles étaient des perce-neige blancs inclinant doucement la tête et des gloires des neiges bleues.

Karlsson frappa à la porte, que vint rapidement ouvrir un solide gaillard dans la trentaine, très brun, au menton bleu, aux yeux gris, avec des sourcils broussailleux. Il portait un costume sombre admirablement coupé, une chemise blanche impeccablement repassée, ainsi qu'une cravate rouge. Il se montra méfiant quand Karlsson se présenta, et presque amusé quand il introduisit Frieda.

— Aisling est par là. Puis-je vous demander combien de temps cela prendra ? On travaille, aujourd'hui.

Il consulta sa montre, dans un chatoiement de cadrans et de métal scintillant.

— Nous ferons aussi vite que possible.

Frank Wyatt leur fit franchir une porte donnant dans la principale pièce à vivre, qui occupait tout le rez-de-chaussée, vaste étendue de plancher décapé couvert de tapis jetés çà et là, de canapés moelleux, de rideaux mousseux aux teintes pâles, de plantes aux couleurs vives, avec une table basse et, tout au bout, une cuisine rutilante avec tables de cuisson en acier brossé et des surfaces éblouissantes qui réfléchissaient la lumière pénétrant par la fenêtre qui donnait sur le fleuve. L'espace d'un instant, Frieda songea à Michelle Doyce en train de fouiller les bennes et les poubelles, à peine un peu plus haut sur le fleuve. Puis elle tourna son attention vers la femme, qui se leva du canapé pour les accueillir. Aisling Wyatt était grande, mince, avait des traits aquilins et d'épais cheveux bruns tirés en arrière, dégageant un visage dénué de maquillage. Elle portait un pantalon de jogging et un pull en cachemire crème, et ses pieds, longs et fins comme le reste de sa personne, étaient nus. Elle dégageait un air d'assurance en accord avec le mobilier.

— Puis-je vous offrir quelque chose, à l'un ou à l'autre ? Un thé ou un café ?

Tous deux déclinèrent son offre. Karlsson resta debout, dos à la fenêtre. Frieda remarqua cet air qu'il avait de ne jamais se sentir tout à fait à l'aise, de toujours conserver une réserve quel que soit le décor.

— Aisling a déjà parlé à un agent de la police, vous savez. Je ne vois pas vraiment ce que nous pourrions ajouter.

— Nous tenions juste à vérifier quelques points. Comme vous le savez, Robert Poole a été assassiné.

— Affreux, murmura Aisling.

Frieda vit qu'il restait de petites traces de maquillage sous ses yeux, et que ses lèvres étaient exsangues.

— Nous essayons de reconstituer un portrait de ce monsieur, continua Karlsson. Pourriez-vous nous dire comment vous avez fait sa connaissance, l'un et l'autre ?

— C'est Aisling.

Frank indiqua sa femme d'un mouvement de la tête.

— Mrs Wyatt ?

— C'est à cause du jardin, commença Aisling.

— Nous l'avons vu en venant, fit remarquer Frieda. Il est magnifique.

— Je l'adore.

Aisling se tourna vers Frieda et sourit pour la première fois, tandis que son long visage perdait de son arrogance, son air de dédain fatigué.

— C'est ma passion. Frank travaille beaucoup et c'est à ça que je m'occupe quand les enfants sont à l'école. J'ai bien un métier, plus ou moins, mais pour être honnête, les gens n'ont pas envie de dépenser leur argent en décoration intérieure en ce moment.

— Les temps sont durs pour tout le monde, même les mieux nantis, intervint Frank, qui se dirigeait à grands pas vers un fauteuil tout en l'étudiant du regard, comme s'il n'avait pas encore décidé si cela valait ou non la peine de s'asseoir.

— Donc…

Frieda concentra son attention sur Aisling.

— Vous avez fait la connaissance de Robert Poole en raison de votre intérêt pour les jardins ?

— Ça fait drôle de vous entendre l'appeler Robert. Pour nous, c'était Bertie. Il est passé par là un jour et m'a vue en train de planter un rosier rare que j'adore. Je l'ai fait grimper le long du mur, et il retombe par-dessus. Il s'est arrêté et on s'est mis à parler. Il a dit qu'il travaillait pas mal dans l'aménagement de jardins. Il était intrigué par ce que j'avais réussi à faire dans un si petit espace. Il a remarqué jusqu'aux plus infimes détails.

Son regard glissa sur Frank, désormais assis dans le fauteuil d'en face, mais juché sur le bord comme pour bien montrer qu'il était pressé de s'en aller et d'aller travailler.

— Il est repassé un ou deux jours plus tard, reprit Aisling. Il a dit qu'il venait souvent dans le coin pour rendre visite à des clients. Mais il avait le temps de bavarder. Après ça, on a souvent discuté. Il est passé boire un café une ou deux fois, et m'a montré des catalogues de plantes. Il était justement en train de monter sa boîte. Il a même suggéré qu'on s'associe, lui et moi, et que je sois l'architecte d'intérieur, et lui, d'extérieur. C'était une boutade, bien sûr. Mais c'était sympa que quelqu'un me prenne au sérieux.

— L'avez-vous rencontré, vous aussi ?

Karlsson s'était tourné vers Frank.

— Quelques fois. Sympa, le type.

— De quoi avez-vous parlé ? s'enquit Frieda.

— De rien de spécial.

— Dites-nous quand même.

Frank parut soudain embarrassé.

— La seule fois où je me suis vraiment retrouvé seul avec lui, on a parlé de pensionnat, où nous étions allés lui comme moi, enfants. J'ai décidé d'oublier cette période de ma vie, et je n'en parle pas, d'habitude. Il savait ce que ça faisait parce qu'il avait été pensionnaire, lui aussi. Je ne sais pas dans quel établissement.

— En gros, c'était un homme auquel on se confiait volontiers, résuma Frieda.

— J'imagine, oui.

— Est-ce qu'il parlait de son métier ?

— Non.

Aisling secoua la tête.

— Pas vraiment, renchérit-elle.

— Vous étiez tous les deux amis avec lui, alors.

— Je ne dirais pas : *amis*, corrigea Frank.

— Mrs Wyatt ?

— No-ooon…

Elle s'appesantit sur le mot de sorte qu'on aurait dit un soupir fatigué.

— Pas un ami, non, une connaissance amicale.

— Combien de fois l'avez-vous vu ?

— Pourquoi tenez-vous à savoir tout ça ? demanda Frank, d'une voix soudain cassante, les narines dilatées. Il est mort. Ça nous fait un choc, bien sûr, et on est désolés, mais on le connaissait à peine. Il doit y avoir des douzaines – des centaines – de gens qui le connaissaient mieux que nous.

— Pas tant de fois que ça, répondit Aisling, ignorant le mouvement d'humeur de son mari. Six, sept. Il passait juste par là de temps à autre, en chemin.

— En chemin pour où ?

Elle haussa les épaules.

— Il venait d'où ?

— Je vous l'ai dit, de là où il habitait.

— Tooting, indiqua Karlsson. Ce qui n'est pas précisément la porte à côté.

— Il n'a jamais dit qu'il habitait dans le coin.

— Il y a beaucoup de choses qu'il n'a pas dites, apparemment, répliqua Karlsson. On ne sait pratiquement rien de lui. Mais votre nom figurait dans son carnet. C'est pour ça qu'on vous interroge.

— Pourquoi avait-il noté nos noms ?

— A-t-il jamais travaillé pour vous ? demanda Frieda.

— Il m'a donné quelques coups de main dans le jardin, répondit Aisling.

— Vous l'avez payé ?

De concert, les Wyatt répondirent que non.

— Et n'y a-t-il rien que vous puissiez nous dire sur lui ?

— Nous le connaissions à peine, martela Frank, en se levant. Et nous vous avons raconté ce que nous savions.

— Quand l'avez-vous vu pour la dernière fois ?

— Je serais incapable de vous le dire. Il passait comme ça, sans s'annoncer.

— Vous ne vous rappelez pas, alors ?
— Aucune idée.
— Le 21 janvier, déclara Aisling Wyatt.
— Voilà qui est très précis.
— C'est le jour où j'ai emmené mon fils à l'hôpital. Je lui en ai parlé.
— Le 21 janvier.
— Oui. Un vendredi.
— Bien, commenta Karlsson. Voilà qui nous est très précieux. Si vous pensez à quoi que ce soit d'autre…
— Oui, oui…
Frank Wyatt était pressé qu'ils s'en aillent.
— On vous recontacte. Évidemment.

— Qu'avez-vous pensé d'eux ? demanda Karlsson une fois qu'ils eurent regagné la voiture.
— Riches.
— Ça va sans dire.
— Elle souffre de solitude.
— Vous croyez ?
— Oui. Et ils n'ont pas échangé un regard. Pas un seul.

Ce soir-là, en rentrant d'un dîner avec des amis, Frieda ouvrit la porte au moment même où retentissait la sonnerie du téléphone. Elle n'avait pas enclenché le répondeur et rata l'appel, mais avant même qu'elle ait pu rappeler le dernier numéro entrant, l'appareil sonna de nouveau.
— Oui ? Frieda à l'appareil.
— Dieu soit loué, enfin ! Mais où étais-tu passée ? Ça fait des heures que je cherche à te joindre. Chez toi, sur ton portable, par e-mail.

— Bonjour, Olivia.

— J'ai même essayé le numéro que tu m'as refilé au bureau.

— Il est réservé aux urgences.

— Eh ben, en voilà une, de putain d'urgence. Je vais me retrouver à la rue. Ainsi que Chloë.

Frieda s'assit et cala son téléphone sous l'autre oreille. Elle enleva ses bottes et se massa les pieds : elle avait parcouru sept miles pour rentrer chez elle.

— C'est quoi, le problème ?

— C'est quoi, le problème ? Ton frère, voilà le problème.

— David.

— T'as d'autres frères auxquels j'aurais été mariée et qui essaieraient de foutre ma vie en l'air ? C'est pas assez qu'il m'ait quittée pour une pouffe, qu'il m'ait humiliée, livrée à l'abandon, qu'il ait laissé son unique enfant ?

— Raconte-moi ce qui s'est passé.

— Il a dit qu'il avait parlé à un avocat et qu'il allait réduire ses versements.

Olivia parlait de manière précipitée à présent, entre des sanglots étranglés. Elle devait également siffler une bouteille de vin, devina Frieda.

— Il peut faire ça, Frieda ?

— Vous n'avez pas d'accord légal ?

— Je *croyais*, si. Oh, j'en sais rien… J'étais dans un tel état à l'époque. Je n'ai pas réfléchi. Il dit qu'il continuera de verser une pension alimentaire pour Chloë, mais qu'il n'est pas juste qu'il paie pour moi. D'après lui, je n'ai qu'à trouver un boulot à plein temps. Qu'est-ce qu'il croit ? Que je n'essaie pas ? Il est au courant qu'il y a une récession ? Qu'est-ce que je suis censée faire ? J'ai quarante et un ans, je suis sans profession, et mère célibataire. Honnêtement, Frieda, ce monde est sans pitié. Pourquoi me choisir, moi, quand on peut embaucher un jeune diplômé de vingt ans et des poussières prêt à travailler à moitié prix – voire gratos, rien que pour ajouter une ligne sur son CV ?

— Je sais que c'est dur, compatit Frieda. As-tu dit tout ça à David ?

— Tu crois que ce fils de pute en a quoi que ce soit à *foutre* ? Il est passé à autre chose, aujourd'hui.

— As-tu des courriers d'avocats, des relevés bancaires, ce genre de choses ?

Silence à l'autre bout de la ligne.

— Olivia ?

— J'avais juste envie de tout balancer. Il m'en reste peut-être un peu… mais je ne sais absolument pas où. Je ne suis pas précisément du genre à posséder un classeur. Les choses, euh… s'empilent, tu vois. Tu ne pourrais pas l'appeler ?

— Je n'ai pas parlé à David depuis des années.

— Il t'écoutera. Ils ont tous peur de toi.

— Je vais y réfléchir, répondit Frieda d'un ton grave.

Et elle y réfléchit. Elle arpenta le salon, pieds nus, le front soucieux. Elle souleva le combiné du téléphone, composa son numéro, entendit même sonner à l'autre bout, puis raccrocha brusquement. Elle se sentait moite et nauséeuse. Il y avait forcément une autre solution.

Chapitre vingt-quatre

Jasmine Shreeve traita Karlsson et Frieda comme si c'était elle qui dirigeait l'entretien, et s'agita de plus belle en apprenant que Frieda était psychothérapeute.

— Vous vous rappelez quand je faisais *House Doctor* ? demanda-t-elle.

Elle se tut un instant et Karlsson marmonna quelque chose. Elle regarda Frieda.

— C'était quoi ? Une émission médicale ? demanda Frieda.

— Vraiment, vous n'avez pas..., commença Shreeve. C'était il y a un certain temps, mais ça a fait beaucoup de bruit à l'époque. J'étais secondée par ce célèbre psychologue, Lenny McMullen. Dr Mac. Vous le connaissez forcément.

Nouveau silence.

— Miss, euh…

— Appelez-moi Jasmine.

— Je ne crois pas le connaître.

— Il fait autorité dans son domaine, contra Jasmine. Et il était fait pour la télé. Ses pulls sont restés célèbres. Alors comme ça, vous n'avez jamais vu l'émission ?

Elle semblait médusée et réfléchit un moment.

— Enfin bref, on allait chez des gens et, pendant qu'ils restaient dehors, on parcourait la maison, Lenny et moi. Il diagnostiquait leurs problèmes psychologiques rien qu'en regardant leur décoration, le mobilier, les tableaux aux murs. On faisait ensuite rentrer la personne ou le couple, ou la famille, et on leur parlait de leurs problèmes, Lenny et moi, puis de la façon de les résoudre.

— En redécorant leur maison ? s'ébahit Karlsson.

— Parfois. Ne dénigrez pas le procédé. L'endroit où l'on vit exprime quelque chose de nous. Soigner une maison, c'est la première étape pour se soigner, soi. C'est ce que disait Lenny, en tout cas.

Elle regarda Frieda.

— Je sais ce que vous faites, ajouta-t-elle.

— Et qu'est-ce que je fais ?

— Vous êtes en train d'étudier ma maison. Vous êtes en train d'essayer d'appliquer à ma personne ce qu'on faisait dans *House Doctor*.

— Je ne pense pas que j'en serais capable.

— Inutile de faire la modeste. Je vais vous dire, moi, ce que vous voyez. En examinant cette pièce, vous voyez un salon d'un bon goût étonnant pour une présentatrice d'émissions télé plutôt grand public. La couleur des murs s'inspire de quelque chose que j'ai vu à Pompéi. Il y a deux ou trois photos de moi en compagnie de personnalités en vue, mais qui datent, c'est louche. Saviez-vous qu'à la fin de la diffusion de *House Doctor*, Channel Four n'avait même pas de site Internet ? Enfin, non, évidemment, vu que vous n'en aviez même pas entendu parler. Je suis sûre que vous n'avez pas vu non plus les émissions que j'ai faites pour d'autres chaînes.

— Je regarde surtout le sport, s'excusa Karlsson. Et pas vraiment ce genre de choses.

— Ce que vous voyez, reprit Jasmine, c'est la maison d'une présentatrice télé de cinquante et un ans, dans une industrie qui ne veut plus de présentatrices télé de cinquante et un ans. Vous voyez la photo d'un ex-mari, parce que nous sommes restés en bons termes. Vous ne voyez pas la photo de l'autre, parce que ce n'est pas le cas avec celui-là. Peut-être vous attendiez-vous à voir la maison de quelqu'un qui s'agrippe à son passé, d'une personne aigrie par son destin. Dites-moi, docteur Klein…

— Je vous en prie, appelez-moi Frieda.

— Frieda, est-ce le salon d'une femme amère ?

Soudain, Frieda eut une pensée pour son grand-père. Un de ses amis lui avait raconté comment il se comportait dans une fête si son interlocuteur découvrait qu'il était médecin et qu'alors, comme cela arrivait souvent, il se mettait à lui poser des questions sur une douleur ou un bobo quelconque. D'un ton empreint de sollicitude, il lui demandait de fermer les yeux et de tirer la langue. Ensuite, il s'éloignait et engageait la conversation avec un autre. Elle réfléchit un moment.

— Si nous étions en consultation, répondit-elle enfin, je vous demanderais ce que vous attendez de moi, ce que vous cherchez à me faire dire. C'est comme si vous me forciez à parler de vous. Mais nous ne sommes pas en séance. Parfois, une pièce n'est qu'une pièce. Celle-ci est chouette, je trouve. J'aime la couleur Pompéi.

— Savez-vous ce que j'étudiais à la fac ? Je suis allée à Oxford. J'ai eu une mention très bien en littérature anglaise. En fait, j'ai obtenu *deux* mentions très bien. Ce n'est pas le genre de choses qu'on attend d'une femme qui a tourné dans une pub vantant les mérites de serviettes pour incontinents. Ce qui, soit dit en passant, a payé à peu près la moitié de cette maison. Mais savez-vous ce que ça signifie ? Les deux mentions, pas la pub télé.

— Ça fait un certain effet.

— Ça signifie que je ferais un sujet difficile à analyser pour quelqu'un comme vous. Ce que les gens de votre espèce font, c'est tenter d'écrire une histoire avec la vie d'autrui, une histoire qui ait une morale et un sens. Mais je l'ai appris quand j'étais à Oxford. Je sais comment analyser une histoire, et comment transformer des faits en histoires. Quand j'ai fait *House Doctor*, et même quand je réalisais des documentaires à petit budget sur des gens qui se comportaient mal en vacances, chacun d'eux constituait une petite histoire à lui tout seul. C'est pour cette raison que vous ne pouvez pas simplement débarquer chez moi et me faire cadrer dans le film psychologique que vous auriez pu vous faire sur une présentatrice télé passée de mode.

Nouveau silence. Karlsson semblait abasourdi. Il lança un regard à Frieda : apparemment, il s'en remettait à elle.

— Donc, reprit celle-ci. C'était quoi, votre histoire avec Robert Poole ?

— C'était un ami. On travaillait ensemble. D'une certaine façon.

— Pouvez-vous préciser ? Comment vous êtes-vous rencontrés ?

Jasmine eut l'air nostalgique.

— C'était presque comme dans un film. Je vais dans un club de gym deux ou trois fois par semaine, mais il m'arrive aussi d'aller courir. Un jour, il y a des mois de ça, j'étais dans le parc Ruskin, derrière l'hôpital. Je faisais mes étirements et il m'a abordée, tout simplement, comme ça. Et s'est mis à me parler.

— À quel sujet ?

— Au sujet des exercices que je faisais. Il a dit que c'était une très bonne chose que de se décontracter ainsi après l'effort, mais ensuite, il a ajouté que l'un des mouvements que je faisais risquait de provoquer un tour de reins et il en a suggéré d'autres. On a continué de parler, on est allés prendre un café, et je lui ai demandé s'il pouvait me conseiller des exercices.

— Comme un entraîneur personnel ? demanda Karlsson.

— En effet.

— Pourquoi ?

— Comment ça, pourquoi ? Pourquoi pas ?

— Quelqu'un que vous venez tout juste de croiser dans un parc.

— Et comment choisissez-vous les gens, sinon ? rétorqua-t-elle. J'ai de fortes intuitions, en ce qui concerne les gens. Il savait de quoi il parlait. Je m'entendais bien avec lui. Je me suis dit que ça pourrait être une bonne motivation pour moi.

— Combien le payiez-vous ?

Elle réfléchit un instant.

— 60 livres le cours. Ça vous semble excessif ?

Elle se tourna vers Frieda.

— Vous prenez combien, vous ?

— Ça dépend. Parlait-il de ses autres clients ?

— Non. Ça faisait partie de ce que j'aimais bien chez lui. Quand j'étais avec lui, il était complètement concentré sur ma personne, sur le sujet en cours.

— Aviez-vous des sentiments pour lui ? demanda Karlsson.

Elle fut brièvement décontenancée.

— Ce n'était qu'un entraîneur, répliqua-t-elle. Enfin… pas qu'un entraîneur. Ce qu'il y avait de chouette chez Robbie, c'est que je pouvais lui parler.

— De quoi parliez-vous ? insista Frieda.

— Quand on passe à la télé, les gens croient qu'on n'est pas comme les autres. Lui, pas. Il savait écouter. Ça paraît insignifiant, mais il n'y en a pas beaucoup comme ça.

— Quand l'avez-vous vu pour la dernière fois ? demanda Karlsson.

— Il y a un mois, environ.

— Comment était-il ?

— Le même que d'habitude… Chaleureux, intéressé, attentif. Ensuite, on s'est donné rendez-vous pour la fin janvier, mais il n'est pas venu. Je l'ai appelé, mais il n'a pas répondu. Et ensuite… cette histoire. J'aimerais pouvoir dire quelque chose qui permettrait de comprendre. Je n'ai pas arrêté d'y réfléchir depuis que j'ai appris la nouvelle. Je n'en savais vraiment rien.

— A-t-il jamais évoqué des amis, ou de la famille ? demanda Frieda. Ou quoi que ce soit sur son passé, ou n'importe quel autre domaine de son existence ?

— Non.

Jasmine secoua la tête en arborant un curieux sourire.

— Il n'était question que de moi. Peut-être était-ce pour ça que je l'appréciais.

— Et vous ne lui avez jamais réglé que ces séances à 60 livres ?

— C'est exact.

Nouveau bref silence. Karlsson opina discrètement du chef à l'attention de Frieda, qui songea aux signaux secrets qu'échangent les couples quand vient l'heure de se retirer d'une fête. Ils se levèrent d'un même élan. Jasmine tendit sa main à la psychothérapeute qui la prit et lâcha :

— Vous m'avez dit que je ne serais pas à même de vous comprendre en regardant votre maison et que je ne serais pas capable d'être votre thérapeute parce que vous avez fait des études de lettres. Que pouvait Robert Poole pour vous ?

Jasmine retira sa main.

— Et voilà, vous cherchez juste à faire la maligne. Ce qu'il y avait, avec Robbie, c'est qu'il ne me percevait pas comme le font tous les autres. Il ne voyait en moi que celle que je suis. C'est aussi simple que ça.

En sortant de la maison de Jasmine Shreeve pour se retrouver dans la tranquille petite rue Camberwell, Karlsson paraissait mécontent.

— Mais qui est ce type, bon sang ?

L'eau s'infiltrait à bord. Elle n'aurait su dire par où, mais c'était mouillé par terre et tous ses vêtements étaient trempés. Un matin, il fit si froid que son pantalon s'en retrouva raide, comme du carton, et qu'elle dut serrer les dents en l'enfilant. Ses mains tremblaient, elles étaient un peu gonflées. Elle les approcha de la fenêtre pour les examiner. Elle devait rester à son avantage pour son retour. Sans chercher à séduire ou à faire de chichis, il détestait tout ça. Il aimait les femmes fortes capables de l'accompagner dans un monde plein de dangers, mais propres, physiquement en forme, prêtes à satisfaire ses requêtes.

Elle avait maigri. Elle ne pouvait le voir, mais le sentait à ses vêtements qui flottaient sur elle et à la nouvelle apparence de son os pubien. Et puis elle n'avait plus eu ses règles depuis… combien de temps ? Impossible de se rappeler. Il lui faudrait aller voir dans le calendrier, où elle l'avait noté. Peu importait. Mais elle s'inquiétait d'avoir des troubles de la vision – de petites taches dansaient devant ses yeux, et les objets étaient floutés sur les bords. Elle ne le lui dirait pas, et ferait en sorte que cela n'interfère pas avec sa mission.

Sa mission. En quoi consistait-elle ? Ah oui, les cheveux : elle les mouilla et les peigna soigneusement puis, debout devant le petit miroir dans ce qui avait été autrefois la douche du propriétaire du bateau, elle tenta de les couper, entamant les pointes fourchues à petits coups de ciseaux. Du temps où elle allait chez le coiffeur en ville et s'asseyait devant la grande glace, elle fermait les yeux et laissait André lui masser le cuir chevelu avec une huile citronnée, lui laver les cheveux et leur faire un soin ; après quoi, très lentement, il les lui coupait, les caressait et leur faisait un brushing. Ceci n'avait rien à voir : c'était utilitaire, une façon de se préparer, mais il lui était difficile d'égaliser ses cheveux dans cette lumière chiche, et sa figure semblait rétrécir, puis se rapprocher dangereusement de sorte qu'elle avait l'horrible impression de fixer une étrangère, au teint grisâtre, aux yeux trop grands, aux pommettes trop saillantes. Pourtant, elle aimait la sensation des lames entaillant ses mèches mouillées.

Ensuite, à l'aide d'une tasse, elle lava ce qu'il lui restait de cheveux au-dessus de l'évier fêlé, faisant mousser les dernières gouttes de shampooing. Sa figure paraissait engourdie par le froid, caoutchouteuse, mais en même temps, elle avait chaud. À l'intérieur. Ses mains agrippèrent l'évier glissant qui n'offrait guère de prise, puis ce fut comme si le bateau penchait d'un côté.

Elle savait qu'elle devait manger mais avait mal au cœur, et se sentait incapable d'absorber les dernières pommes de terre mélangées à du thon puant. Pêches au sirop : ça, ça irait. Elle ne put trouver l'ouvre-boîte : elle avait dû le laisser tomber quelque part mais il faisait presque nuit dans le bateau et les batteries de sa lampe de poche étaient mortes. Où donc étaient passées les allumettes ? La situation menaçait d'échapper à son contrôle et ça, ce n'était pas permis. Elle était une combattante. Haut les cœurs ! Elle dénicha le couteau de cuisine et, accroupie par terre, elle se mit à heurter le haut de la boîte de conserve, créant une petite entaille qui finit par s'agrandir, peu à peu, jusqu'à ce que le métal cède et qu'une goutte de jus de pêche surgisse à la surface. Elle la lécha goulûment du bout de la langue. C'était doux, sucré, elle se sentait renaître. Ses yeux se remplirent de larmes. Elle inséra le couteau dans le trou et le fit bouger d'avant en arrière, agrandissant peu à peu l'ouverture. Incapable de patienter plus longtemps, elle porta la conserve entaillée à sa bouche et téta les fruits, et ce n'est qu'après, parce qu'il lui restait un goût métallique, qu'elle s'aperçut qu'elle avait la lèvre ouverte et gonflée, et la bouche pleine de sang. Elle tenta de se lever mais le sol se déroba sous ses pieds, le plafond s'inclina vers elle. Elle posa la tête sur le plancher humide et fixa l'écoutille, d'où il ne manquerait pas de surgir.

Chapitre vingt-cinq

Le dimanche matin, Frieda s'éveilla dans un sursaut atroce. Des gouttes de sueur perlaient sur son front et son cœur battait la chamade. Pendant quelques instants, des bribes de son rêve lui revinrent : un homme au visage rond, marqué de taches de rousseur anciennes, un sourire doux, sans joie, ironique. Qui la surveillait, ne la quittait pas des yeux. Dean Reeve. Elle s'assit dans son lit et s'obligea à respirer calmement, puis consulta sa montre. Il était presque 8 h 50 et elle n'aurait su dire depuis combien de temps elle n'avait pas dormi aussi profondément ni aussi tard. On sonnait à la porte : voilà ce qui avait dû la réveiller. Elle enfila à la hâte une robe de chambre, descendit l'escalier et ouvrit.

Sur le seuil, barrant totalement le passage, et presque toute lumière, se tenaient Reuben, Josef et Jack. Leurs expressions étaient légèrement embarrassées. Son estomac se noua. Il était arrivé un drame. Quelqu'un était mort. Les mauvaises nouvelles étaient imminentes. Elle se prépara à encaisser le coup.

— Qu'est-ce qu'il y a ? Allez-y.

— On voulait vous parler.

Le visage de Jack rougit d'émotion.

— Avant que vous l'appreniez par quelqu'un d'autre…, compléta Reuben.

— Quoi ? demanda Frieda.

Reuben brandit un tabloïde.

— C'est Terry Reeve, ou peu importe comment elle s'appelle, dit-il. C'est du grand n'importe quoi, et c'est un torchon bon à emballer des *fish and chips*, de toute façon. Mais ils ont son histoire et – je vais pas y aller par quatre chemins – elle parle de vous et pas en termes particulièrement flatteurs. Ils ont aussi déniché une photo de vous quelque part. Sur laquelle vous êtes plutôt à votre avantage, en fait.

Frieda inspira profondément.

— C'est tout ?

Josef brandit un sachet en papier.

— Et on a des viennoiseries et des petits pains. On va s'inviter et vous préparer un café bien fort.

Frieda remonta à l'étage, se doucha et, sur fond de bruits de vaisselle et de casseroles provenant de l'étage inférieur, enfila un jean et un pull noir, avant de glisser ses pieds nus dans des chaussons. Alors qu'elle redescendait, elle les vit disposer sur la table un assortiment de mugs et d'assiettes sélectionnés au hasard. Josef avait préparé un feu. Reuben versait le café. Jack sortit de la cuisine avec deux pots de confiture et une plaquette de beurre. Une neuve, alors que Frieda savait qu'il y en avait déjà une d'ouverte dans la porte du réfrigérateur. Quelle importance ? Josef lui tendit un mug, et au moment où elle le portait à ses lèvres, on sonna de nouveau à la porte. Elle ouvrit et se retrouva nez à nez avec Sasha.

— Je ne sais pas si tu es au courant, commença celle-ci. Je voulais juste passer et…

Sa voix s'éteignit quand Frieda ouvrit en grand la porte et qu'elle découvrit la scène à l'intérieur.

— Le petit déjeuner est servi, déclara Frieda.

Sasha brandit son propre sachet.

— Et moi, j'ai des croissants qui viennent du Numéro 9, dit-elle. Encore tout chauds.

Sasha entra, le café fut servi, et aussitôt s'éleva un nouveau concert de voix pour dire, *ad libitum*, que ça n'était pas si moche que ça et qu'aucune de ses connaissances, ou, de fait, personne tout court, ne prendrait ça au sérieux et qu'elle pouvait sans doute engager des poursuites si elle le désirait. Frieda leva la main.

— Stop, dit-elle. Je n'ai pas l'intention de regarder ça, du tout. L'un de vous n'a qu'à me dire en deux phrases ce que ça raconte.

Silence.

— En gros, elle est une victime, commença Reuben.

— Et c'est de la faute de tout le monde, sauf de la sienne, poursuivit Jack.

— Y compris la tienne, acheva Sasha. Mais t'es plutôt canon sur la photo. Le sous-titre n'est pas très sympa, en revanche.

— C'est merde, tout ça, commenta Josef.

De vrais amis, tous. Ils étaient venus la trouver mus par les meilleures intentions, mais Frieda se sentait oppressée par ces quatre paires d'yeux braquées sur elle, comme s'ils attendaient de voir quelle serait sa réaction.

— D'accord, d'accord, s'impatienta-t-elle. Que dit-elle de moi ?

Ils échangèrent des regards anxieux.

— Finissons-en, les pressa Frieda.

Sasha prit la parole. Sa voix était précipitée, compatissante.

— Elle dit que tu t'es servie d'elle. Ce qui est ridicule dans la mesure où tu n'as réclamé aucune reconnaissance. Et, de toute façon, c'est toi qui l'as sauvée.

— Ce n'est pas ce qu'elle ressent, expliqua Frieda. Elle avait trouvé une forme de sécurité. C'est moi qui l'ai propulsée dans ce monde cruel.

— Vous recherchiez la célébrité, d'après elle, enchaîna Reuben.

— Autre chose ?

Nouveaux regards embarrassés.

— Dites-moi, c'est tout. Si vous ne le faites pas, je l'apprendrai par d'autres, qui ne sont pas mes amis.

Quand Jack prit la parole, on aurait dit qu'il avait la bouche sèche.

— Ils évoquent la victime, Kathy Ripon. Ils donnent l'impression que… vous savez…

Il ne put achever.

— C'est parfaitement injuste, pesta Reuben. Tout le monde le sait. Je veux dire, tous ceux qui étaient impliqués. Tous ceux qui comptent.

Frieda songea aux proches de Kathy Ripon, à toutes les personnes présentes à l'enterrement. Elle déglutit péniblement.

— Il n'y a pas mort d'homme, dit-elle. Il n'en va que de ma réputation.

Elle pointa Reuben du doigt.

— N'allez pas me citer Shakespeare[1], ajouta-t-elle sèchement.

Il eut l'air surpris.

1. Allusion à *Othello*, acte II, scène III : « La réputation est un préjugé vain et fallacieux : souvent gagnée sans mérite et perdue sans justice ! » (traduction de F.-V. Hugo, Flammarion, 1964).

— Je ne comptais pas le faire.

— Je prendrais bien un croissant, déclara-t-elle, même si elle ne pensait pas pouvoir en avaler une seule bouchée.

Josef déchira le portrait de Frieda dans le journal et le lui montra. C'était une photo prise lors d'une conférence où elle était intervenue, deux ou trois ans auparavant. Ils avaient dû la récupérer sur le Net, quelque part. Elle aperçut un mot de la légende : « inconsciente ». Elle étala de la confiture sur son croissant et le coupa en deux mais n'en mangea pas. Elle percevait un brouhaha autour d'elle, tout comme elle s'entendait répondre de temps à autre, en s'efforçant de sourire. Elle regarda le petit groupe et les visualisa en train de prendre mutuellement contact un dimanche matin, convenant de venir la trouver, et elle fut touchée par ce geste. Mais quand ils commencèrent à s'en aller, l'un après l'autre, elle se sentit soulagée. Puis quelque chose lui revint à l'esprit. Elle retint Jack par la manche.

— Pourriez-vous rester un instant ? J'aimerais vous parler d'un truc.

— Quoi ? Quelque chose ne va pas ?

Il semblait inquiet et se passa une main dans les cheveux, qui se dressèrent tout droits sur la tête, formant une crête. Frieda retint un sourire – il n'avait que vingt ans et des poussières, il avait terminé ses études de médecine, il était en formation pour devenir thérapeute, et pourtant, debout là, dans son horrible veste orange matelassée et son pantalon de jogging boueux, il ressemblait à un petit garçon surpris en pleine incartade.

— Non. J'ai une proposition à vous faire.

L'expression de Jack passa de l'anxiété à la curiosité impatiente. Il sautilla d'un pied sur l'autre jusqu'à ce qu'elle lui indique une chaise.

— Voulez-vous encore du café ?

— Ça ira. De quoi s'agit-il ?

— J'aimerais que vous voyiez Carrie Dekker.

— Carrie Dekker ? L'épouse d'Alan ? Pourquoi ? Il y a du nouveau ?

— En tant que thérapeute.

— Thérapeute ?

— Vous n'arrêtez pas de répéter ce que je viens de dire.

— Moi ?

— Jack, vous êtes thérapeute. Vous avez des patients. C'est votre métier. Je vous demande si vous accepteriez de recevoir Carrie. Elle a besoin d'aide et je pense que vous pourriez lui faire du bien.

— Vous ne dites pas ça juste par gentillesse ?

Frieda fronça les sourcils.

— Vous croyez vraiment que je vous recommanderais à une femme en détresse rien que pour vous remonter le moral ? De toute façon, peut-être décidera-t-elle que vous ne lui convenez pas.

— Certes.

— Tout comme vous pourriez décider, après l'entrevue initiale, que ça ne marcherait pas.

— Soit.

— Elle est en état de choc. Quand elle a cru qu'Alan l'avait quittée, c'était déjà suffisamment moche comme ça, mais aujourd'hui, après ce que Dean lui a fait…

— C'est trop pour moi, répondit Jack. Je ne sais pas comment gérer ça.

— Si, vous savez. Et vous pouvez toujours m'en parler. Je verrai ce qu'elle a à dire.

Jack se leva, remonta la fermeture Éclair de sa veste, et enfila un bonnet de laine jaune et violet sur ses cheveux en bataille.

— Au fait, dit-il soudain. Saul Klein.

Frieda se figea. Elle avait l'impression d'avoir reçu un violent coup dans l'estomac.

— Quoi ? dit-elle, d'une voix plutôt posée.

— Le Dr Saul Klein. Le fameux Saul Klein. Celui qui a donné son nom au pavillon de l'hôpital. C'est votre grand-père.

— Et ?

— Mais c'est formidable, c'est tout. C'est une légende, un pionnier. Pourquoi ne pas l'avoir dit ?

— Pourquoi l'aurais-je fait ?

— Vous l'avez connu ?

— Non.

— Ça doit faire quelque chose, tout de même.

— Ah oui ?

Frieda avait très froid, comme si elle était postée dans une ombre glacée.

— C'est donc génétique, dans la famille ?

Jack était manifestement mal à l'aise, à présent. Les choses ne se déroulaient pas comme prévu.

— Quoi donc ? demanda-t-elle d'une voix sèche, et il sembla décontenancé.

— D'être médecin.

— Mon père n'était pas médecin.

— Que faisait-il ?

— Vous allez être en retard, Jack.

— Où donc ? On ne m'attend nulle part.

— Alors, c'est moi qui le serai.

— Ah. Bon. Je m'en vais, alors.

Il hésita sur le seuil, tandis que son écharpe voletait au vent et que sa figure rougissait dans l'air vif.

— Au revoir.

Une fois qu'il fut reparti, Frieda regagna son fauteuil au coin du feu et s'assit durant de longues minutes, contemplant sans les voir les flammes ondulantes. Après, elle s'empara du journal et prit connaissance de l'article, d'un bout à l'autre, page après page. Elle le froissa ensuite en petites boules, qu'elle offrit au feu, une à une.

— Vous voyez souvent votre sœur ? demanda Frieda.

Elle avait fait la connaissance de Rose Teale un peu plus d'un an plus tôt, alors que Rose ignorait encore si sa sœur était seulement en vie. À l'époque, c'était une jeune femme anxieuse, se sentant coupable, toujours hantée par la petite fille qu'elle avait perdue de vue en revenant de l'école, et qu'elle n'avait plus jamais revue. Elle s'était considérée comme responsable, pas seulement de la minuscule Joanna, volatilisée, mais aussi de ses parents et de leur peine inconsolable. Sa mère s'était remariée et avait eu deux autres enfants, mais son père s'était mis à boire, assis dans son appartement exigu et sombre, crasseux, entouré des photos de son enfant disparue, noyé dans le whisky et le chagrin.

Frieda avait revu Rose à quelques occasions depuis qu'on avait retrouvé sa sœur, et elle était, sans aucun doute possible, plus tourmentée aujourd'hui qu'elle ne l'était alors. Joanna, autrefois petit gabarit vulnérable, avec ses genoux cagneux et sa dent ébréchée au moment de son enlèvement, était devenue méconnaissable. Leurs retrouvailles avaient été un échec, et Joanna nourrissait un mépris solide, railleur, à l'endroit de Rose, de ses parents, du milieu qu'ils incarnaient.

— Pas très souvent, non, répondit Rose. Elle ne tient pas particulièrement à me voir. Je peux le comprendre, s'empressa-t-elle d'ajouter, étant donné tout ce qu'elle a traversé.

— Et vous, avez-vous envie de la voir ?

Rose la dévisagea en se mordant la lèvre inférieure.

— Honnêtement ? Pas vraiment. Je le redoute. Mais j'ai l'impression que je devrais.

— Parce qu'elle est votre sœur ?

— Parce qu'elle est ma sœur. À cause de tout ce qu'elle a enduré. Parce…

Elle s'interrompit.

— Vous croyez toujours que c'était votre faute ?

— Oui, même si je sais exactement ce que vous allez me dire.

— Alors, je ne le dirai pas. Avez-vous lu son livre ?

Rose secoua la tête.

— Je le ferai, un jour, dit-elle. Mon sentiment est que je devrais savoir ce qu'elle a à dire.

— En avez-vous un exemplaire ?

— Ils m'ont envoyé des épreuves. Il y avait un mot avec, disant qu'elle voulait que je le voie.

— Puis-je jeter un œil ?

Rose eut soudain l'air nerveuse.

— Je sais d'après le journal qu'elle ne s'est pas montrée très sympa envers vous. Je suis désolée.

— Tout va bien, répondit Frieda. Ce n'est pas pour ça que je veux le voir.

La couverture d'*Une innocente en enfer* montrait la

silhouette d'une toute petite fille avec les bras levés comme pour implorer de l'aide. Dans le fond apparaissait un motif d'un rouge criard, censé évoquer des flammes. Frieda l'ouvrit. Sous la dédicace (« À tous ceux qui ont souffert, sans espoir d'être secourus ») figurait un petit mot griffonné d'une main négligente : « À ma sœur Rose : avec mon pardon, et ma compréhension, de la part de ta petite sœur Jo-Jo. »

— Oh là, commenta Frieda.

— Ne vous en faites pas. Elle pensait bien faire.

— Vous croyez ?

— Je n'en sais rien.

— Je peux vous l'emprunter ?

— Vraiment ? Vous allez le lire ?

— Oui. Je vous le rends dès que j'ai fini.

— Je ne suis pas pressée.

— Bien. Elle a de la chance de vous avoir.

Frieda n'avait pas envie de lire le livre chez elle. Elle avait besoin pour ça d'être dans un endroit neutre. Elle envisagea de l'emporter au Numéro 9, mais cela lui parut encore trop proche de son domicile. Finalement, elle fit ce qu'il lui était déjà arrivé de faire quelques fois : elle marcha jusqu'à la station de Great Portland Street et prit la ligne Circle qui décrivait une boucle vers l'est. Elle savait que le tour entier prenait environ cinquante minutes, une heure, peut-être. Il était encore tôt en ce dimanche soir et le train était presque vide. Il y avait une jeune femme vêtue d'un tutu rose et d'un pull écossais, qui descendit à King's Cross, et un homme âgé qui lisait la Bible, soulignant des passages au crayon, et qui resta, lui, jusqu'à Liverpool Street. Après cela, elle fut seule dans son wagon jusqu'à ce qu'elle atteigne Monument, où une famille monta à bord pour redescendre deux arrêts plus loin. Frieda prit des notes tout en lisant *Une innocente en enfer*, levant occasionnellement les yeux quand ils arrivaient dans une station pour s'assurer de ne pas rater la sienne. Le train se faufila sous la City – déserte le week-end, avec ses rues vides et ses hauts immeubles éclairés mais livrés à eux-mêmes – puis Westminster et St James' Park, les riches enclaves de Kensington, et enfin, elle repartit en direction de chez elle. Elle ferma le livre et ressortit dans la nuit, une nuit venteuse, plongée dans ses pensées.

Chapitre vingt-six

— Il me donnait l'impression qu'on faisait attention à moi.

La femme fit une grimace, comme pour s'en excuser. Même si elle rentrait tout juste d'un séjour chez sa sœur et ses proches en Espagne, son visage fin était pâle et las.

— Moins seule, pourrait-on dire, j'imagine. C'était un amour de garçon.

Il était 7 h 30 en ce lundi matin, et Frieda était assise dans la cuisine de Janet Ferris, une tasse de thé devant elle. Dehors, il pleuvait et le ciel était d'un gris de plomb. Janet Ferris était la gérante du cabinet médical généraliste du coin, et avait accepté de recevoir Frieda avant d'aller travailler, bien qu'elle eût précisé qu'elle ne pensait pas pouvoir ajouter quoi que ce soit à ce qu'elle avait déjà confié à Yvette Long au sujet de Robert Poole. C'était juste un voisin, dit-elle, un très agréable et très gentil voisin, et il lui manquerait.

La cuisine était petite et tapissée d'un papier peint au motif floral désuet, avec du carrelage rouge et des chaises dépareillées autour d'une table en bois soigneusement cirée. Tout était d'une netteté irréprochable, constata Frieda. Il y avait des herbes sur l'appui de fenêtre et une corbeille remplie d'oranges sur le plan de travail, à côté d'un pot bleu contenant des jacinthes dont le parfum emplissait la pièce. Un dessin au fusain était accroché au mur, à côté du petit vaisselier peint en blanc. Une page découpée dans un magazine était collée au réfrigérateur, établissant la liste des poissons dont l'espèce n'était pas menacée. Une petite mangeoire transparente pour oiseaux, remplie de graines, était fixée à l'extérieur de la vaste fenêtre. Frieda eut une impression d'existence autonome, frugale, vertueuse, où chaque chose était en place. Elle enregistra également les mains sans bagues de Janet, son regard triste, les rides soucieuses sur sa figure dénuée de maquillage, les vêtements sans fantaisie flottant légèrement sur sa mince silhouette, destinés à la camoufler. Elle avait une voix douce, basse, et très agréable à écouter.

Frieda indiqua d'un mouvement de tête le petit chat écaille de tortue roulé en boule sur une chaise en osier, sous la fenêtre.

— C'est son chat ?

— Oui. Je me suis dit que ça ne posait pas de problème si je le gardais. Je ne pense pas que quelqu'un d'autre se serait occupé de lui, sinon.

— Comment s'appelle-t-il ?

— Je ne sais même pas s'il a un nom. Bob l'appelait Mog. Du coup, c'est comme ça que je l'appelle, maintenant : Moggie. Ça ne me paraissait pas correct d'en changer.

— Combien de temps Robert Poole a-t-il vécu ici ?

— Mr Michkin saurait vous répondre. Environ neuf mois, je pense.

— Comment avez-vous fait connaissance, tous les deux ?

Un léger sourire s'ébaucha sur ses lèvres.

— On s'est salués deux ou trois fois en se croisant au pied de l'immeuble. Ensuite, un dimanche matin – ça devait être quelques semaines après qu'il a emménagé –, il a débarqué avec un grand bol de fraises. Il a dit que quelqu'un les lui avait offertes, mais qu'il ne pouvait pas toutes les manger, et m'en a proposé.

— Gentil.

— Oui. J'ai accepté, et alors il a ajouté que je ne pouvais les avoir qu'à une condition : que je l'invite chez moi pour que nous les partagions. C'est devenu une sorte de blague entre nous. De temps à autre, il apportait quelque chose – des cerises, un paquet de gâteaux, un gros morceau de fromage – et disait qu'il fallait que je l'aide à les manger. La dernière fois, c'était des *mince pies*.

— C'était donc un ami, et pas seulement un voisin ?

Des taches rouges surgirent sur les joues de Janet Ferris.

— Je n'irais pas jusque-là. Ça n'arrivait que de temps en temps. Mais c'était agréable.

— De quoi parliez-vous ?

Frieda s'efforçait de conserver un ton neutre. Elle avait l'impression que Janet Ferris avait besoin de se confier à quelqu'un, d'exprimer les sentiments timides et réprimés en elle, mais ne le ferait qu'à la condition qu'elle ne se sente pas pressée de le faire.

— Je ne sais pas au juste. De choses et d'autres.

Frieda patienta.

— Je lui parlais de ce que je lisais. Je lis beaucoup.

Des romans victoriens, surtout. Wilkie Collins, Charles Dickens, Mrs Gaskell…

— Lisait-il beaucoup, lui aussi ?

— Je ne sais pas trop. Il m'a donné l'impression que oui… mais je ne me rappelle pas l'avoir jamais entendu évoquer un livre en particulier. Je devais parler plus que lui, j'imagine. Ce qui est étrange, parce que je ne suis pas volontiers bavarde.

— Donc, de livres.

Janet Ferris baissa les yeux sur ses mains, fines, aux veines bleutées, aux ongles lisses et nacrés.

— Il était facile de se confier à lui, dit-elle, d'une voix si basse que Frieda dut faire un effort pour l'entendre. Je lui ai avoué une fois que je regrettais de ne pas avoir eu d'enfants. Que c'était mon grand regret dans la vie. C'est la fois où il m'a apporté les *mince pies*. Juste avant Noël. Noël est une sale période. J'ai plein d'amis et je ne suis pas seule ce jour-là, mais ce n'est pas la même chose que pour les gens qui ont une famille. Je lui ai dit que j'avais toujours rêvé d'enfants, et qu'un temps, j'avais vécu avec un homme et cru que nous fonderions une famille ensemble. Mais ça n'a pas marché… et ensuite, on ne sait comment, il a été trop tard. Vous savez ce que c'est… le temps file. On ne se voit pas glisser dans la catégorie « femme sans enfant », mais un beau jour, on s'aperçoit que c'est ce qu'on est devenue.

Elle regarda Frieda.

— Avez-vous des enfants ?

— Non. Comment a-t-il réagi quand vous lui avez dit ça ?

— Il n'a pas essayé de me raconter que ça n'avait pas d'importance, ce que font la plupart des gens. Il a parlé de vies parallèles. Que nous sommes accompagnés d'autres « moi », ceux que nous aurions pu devenir, et que cela peut être très douloureux.

Frieda eut soudain l'impression que quelque chose décrochait dans son esprit, se relâchait. Elle ressentit la présence du défunt, assis à cette table, en train d'écouter une femme d'âge mûr, solitaire, évoquer ses regrets.

— Pensez-vous que ça valait aussi pour lui ? demanda-t-elle.

— Peut-être. J'aurais dû lui poser la question. Je n'arrive pas à croire qu'il soit mort, pas quelqu'un comme lui. Je n'arrive pas à m'y faire… bien qu'il m'arrive de penser à l'étage vide au-dessus de moi, cet espace qu'il occupait. Ça ne paraît pas réel, pourtant.

— Il comprenait ce que ça fait que d'être seul. Lui l'était, à votre avis ?

— Peut-être. À moins qu'il n'ait pas été d'ici.

— Savez-vous où il a passé Noël ?

— J'étais à Brighton, chez ma cousine, avec sa famille. Je crois me rappeler qu'il a dit qu'il partait pour un jour ou deux… mais je ne sais plus. Il était là à mon retour.

— Avez-vous jamais rencontré ses amis ?

— Non. (Elle secoua la tête.) Pas plus que je n'ai vu quelqu'un entrer chez lui. Il sortait pas mal. Il était souvent parti plusieurs jours d'affilée.

— Donc vous ne savez pas s'il avait de la famille, des proches, des liaisons ?

— Non. Il n'en a jamais parlé et je n'ai pas posé la question. On n'avait pas ce genre de relation.

— Et vous ne savez pas s'il était hétéro ou homo ?

— Oh, je suis sûre qu'il aimait les femmes. Il

était… (Elle fronça les sourcils.) Il aimait les femmes, j'en suis sûre, répéta-t-elle.

— Pourquoi ?

Janet Ferris rougit.

— Sa façon d'être, simplement.

Elle leva son mug vide pour dissimuler son trouble.

— Il se montrait assez charmeur… pas de manière flagrante, juste assez pour vous donner l'impression que vous vous distinguiez des autres.

— Bel homme ?

— Pas tant, non. Mais à force de le connaître…

Elle détourna le regard et Frieda l'étudia : une femme intelligente, gentille et seule, qui s'était légèrement entichée de Robert Poole. Et Robert Poole avait réussi à la faire sortir de sa coquille, l'avait réconfortée, écoutée, lui avait donné l'impression que – quelle expression avait-elle employée, déjà ? – *qu'on faisait attention* à elle.

— Savez-vous où il habitait avant de venir ici ?

— Je n'en ai aucune idée. Vous m'avez fait prendre conscience qu'en fait, je ne sais pratiquement rien de lui. Je me suis montrée égoïste.

— Je ne crois pas, non.

— Vous savez quoi ?

Elle s'interrompit, rougissant de nouveau.

— Quoi ?

— Vous me faites penser à lui. On peut se confier à vous.

— Il était comme ça ?

— Oui. Et maintenant, il n'est plus là.

Une fois Janet Ferris partie travailler, Frieda avait encore une vingtaine de minutes devant elle avant de devoir s'en aller elle-même, pour être à l'heure pour son premier patient de la semaine. Et c'est ainsi qu'elle monta au premier étage, sur le palier de l'appartement de Robert Poole. Le ruban adhésif avait disparu de la porte et nulle trace n'indiquait que la police soit jamais passée par ici. Mais Yvette Long lui avait dit, d'un air sévère et laissant entendre que Frieda lui avait déjà désobéi, de ne toucher à rien et de ne rien déplacer, aussi se contenta-t-elle de passer très lentement, sans bruit, de pièce en pièce. Dans la petite entrée pendaient un manteau et une veste chaude à un crochet ; elle aperçut également un parapluie noir, soigneusement enroulé, dans un coin. Dans le salon, on trouvait un canapé en velours vert et un fauteuil assorti, une table basse, un tapis beige, une télévision de taille moyenne, une petite commode pourvue de tiroirs dans laquelle – Frieda le savait pour avoir lu le rapport – on avait retrouvé le carnet, et enfin un porte-revues vide. Il n'y avait aucune photo, aucune babiole, aucun désordre. Mais quelques illustrations aux murs. Le genre que le propriétaire aurait pu acquérir en lot, se dit Frieda : une photo de la tour Eiffel de nuit, une Vierge à l'Enfant, insipide et glauque, un soleil rose se levant ou se couchant sur les flots, et les champs de coquelicots de Monet. Seul un tableau, représentant deux poissons lumineux, orange, quasi abstraits, donnait l'impression qu'il aurait pu s'agir là d'un choix indépendant de Robert Poole, et non d'un banal cliché destiné à occuper un pan de mur. Les livres sur les étagères, rangés par ordre de taille et non par sujet, étaient un peu plus révélateurs : trois grands volumes illustrés sur les jardins en ville, un gros livre de poche ressemblant à un manuel de rénovation, *Nord et Sud* de Mrs Gaskell, *Our Mutual Friend* de Charles Dickens, plusieurs livres sur l'art de retrouver la forme et un guide de médecine généraliste. Frieda resta devant plusieurs minutes, fronçant les sourcils.

Ensuite, elle passa à la cuisine. Une théière et une cafetière étaient rangées sur le plan de travail. Quatre mugs marron identiques pendaient à des crochets. Six verres à eau et autant à vin trônaient sur l'étagère. Il y avait six assiettes blanches, six bols blancs, des maniques, et un torchon à côté de la cuisinière. Elle prit le torchon et s'en servit pour ouvrir le placard. Un paquet de farine, un paquet de sucre, un paquet de muesli et un autre de cornflakes, une boîte de *mince pies*, un bocal de café instantané, du thé – *English Breakfast* –, du riz à cuisson rapide. Rien dans le réfrigérateur. On avait dû le vider une fois que la police avait eu fini ses fouilles et emporté ce qu'ils considéraient comme des éléments à charge.

Dans la chambre, il y avait un petit lit double, fait au carré avec une couette et un oreiller bleus, et une chaise solitaire près de la fenêtre. Il y avait des pantoufles en tissu sous la chaise, une robe de chambre rayée accrochée à la porte, une table à repasser ouverte avec un fer posé dessus, le fil électrique enroulé autour. Une lampe était posée sur la table de nuit, à côté d'une boîte de cachets de paracétamol et d'un livre à la couverture tape-à-l'œil qui racontait des histoires du Far West. Quand Frieda, qui se servit de sa manche pour se couvrir la main, ouvrit l'armoire, le long miroir fixé à l'intérieur passa devant elle et elle fut un instant surprise par son propre reflet. Elle découvrit des rangées de chemises repassées, unies ou à motifs, près du corps ou amples, plusieurs pantalons, deux vestes, l'une dans un tweed sobre, l'autre en cuir, macho, avec des clous. Par terre dans la penderie, se trouvaient de robustes bottes en cuir, des baskets, des richelieus. Frieda fit la moue, puis souleva les tas de tee-shirts et de pulls empilés sur les étagères de l'armoire.

— Mais qui êtes-vous ? dit-elle à voix haute, en refermant la porte pour se rendre dans la salle de bains, aussi propre et dénudée que dans un motel : baignoire, lavabo, toilettes, serviette grise, petit miroir rond, mousse à raser, rasoir, brosse à dents verte, fil dentaire, serviette à main, coupe-ongles…

Frieda retourna dans le salon et s'installa dans le fauteuil. Elle songea à sa petite maison au fond de l'impasse pavée. Elle préservait volontiers son intimité : il n'y avait pas de photos exposées, pas de lettres qui traînaient ou de cartes postales punaisées sur un panneau, et pourtant chaque pièce contenait des objets qui témoignaient de sa vie. La table d'échecs à laquelle elle s'asseyait autrefois en compagnie de son père, il y a bien longtemps, dans une autre vie. La jatte bleu cobalt, souvenir de Venise. Le tableau au-dessus de la cheminée, représentant un arbre au printemps. L'ancienne robe de chambre en soie de sa grand-mère, avec ses tons de vert et de rouge chatoyants, que Frieda ne mettait jamais mais conservait dans son armoire. Les mugs dans sa cuisine, tous différents, chinés au hasard de ses errances dans Londres. Le mobile de grues en papier que lui avait fait Chloë. Le bout de bois flotté, les anciennes cartes de Londres, les casseroles cabossées, le collier que lui avait offert Sandy du temps où ils étaient encore ensemble, époque idyllique qu'il lui était toujours aussi douloureux d'évoquer, les ouvrages consacrés à la photographie… Et ensuite, bien sûr, dans son petit atelier sous les combles, tous les dessins qu'elle avait faits, au crayon gras sur du papier épais, les ébauches et les œuvres plus achevées qui lui tenaient presque lieu de journal intime. Mais ici, dans l'appartement de Robert Poole, il n'y avait presque rien. Non seulement il n'y avait pas d'indices, mais exception faite de quelques livres, c'était un espace vierge, vide, inexpressif et inanimé. Peut-être cela tenait-il au fait que son ancien habitant était mort, de sorte que l'appartement avait perdu son âme – mais ce n'était pas l'opinion de Frieda. Elle se sentait déprimée et troublée rien qu'à rester assise dans cette pièce.

Qui était Robert Poole ? Rob, Robbie, Bob, Bertie : tout le monde lui donnait un nom différent. Sa garde-robe était disparate : une veste en cuir, une autre en tweed ; des richelieus et des bottes ; des chemises taillées sur mesure de gentleman et des pulls décontractés. Quand les gens parlaient de lui, ils parlaient d'eux-mêmes : les ego qu'il avait su dénicher en eux et sortir de leur coquille. Il savait écouter, combler les besoins, en bon Samaritain. Il avait pris l'argent de la vieille Mary Orton, mais avait prêté l'oreille à ses histoires ; auprès de Janet Ferris, il avait fait preuve d'une gentillesse de voisinage, auprès de Jasmine Shreeve, d'une attention respectueuse. Les gens l'avaient apprécié et pourtant il ne semblait pas avoir d'amis ; les gens le décrivaient comme charmant et séduisant, et pourtant il ne semblait pas avoir de petite amie. Et une fois assassiné et abandonné dans une impasse sordide, il avait fini ramassé par Michelle Doyce, installé dans sa chambre meublée de Deptford durant des jours, cadavre nu en décomposition, et nul n'avait remarqué son absence.

Frieda consulta sa montre. Il était temps d'y aller. Dans quarante-cinq minutes, elle serait calée dans son fauteuil rouge en train d'écouter Joe Franklin, de lui accorder toute son attention, de s'occuper de lui, de l'extraire de sa coquille. Elle se sentit traversée d'un petit frisson. C'était comme si les gens sur la liste de Robert Poole avaient été ses patients, et qu'ils avaient eu besoin de son aide.

Elle avait des lueurs dans les yeux et l'estomac pris dans un étau semblable à une griffe acérée et qui provoquait des élans de douleur lancinants dans tout son corps. Un vacarme assourdissant retentissait dans sa tête. Ce n'était pas à proprement parler une douleur : plutôt un son pénible, une explosion de peur qui montait et retombait, s'approchait puis repartait, pour redémarrer de plus belle. Elle avait besoin de mettre ses idées au clair, mais comment faire une chose pareille quand son crâne était en proie à une si forte tempête ? Elle prenait autrefois des cachets quand elle était dans cet état. Un gros cachet orange avec un grand verre d'eau pour le faire passer. Sa mère l'avait posé devant elle un matin puis était restée jusqu'à ce qu'elle soit sûre qu'elle l'ait avalé. Mais elle n'en avait plus ; depuis bien longtemps, elle n'aurait su dire à quand ça remontait. Tout ceci était noyé dans les brumes du passé qu'elle avait laissé derrière elle. Il lui avait démontré que les pilules n'étaient qu'un autre moyen de la soumettre et de la rendre docile, d'étouffer sa colère, qui était juste.

— Tu as besoin d'une raison d'être, pas de médicaments.

Et il avait posé une main sur son front, tel un gentil docteur ou un père apaisant un enfant malade.

— Et je suis là, maintenant, avait-il ajouté. N'oublie jamais.

Mais il n'était pas là. Il n'était pas venu et elle se retrouvait ici, livrée à elle-même dans ce lieu étriqué, humide et froid, avec ce vent dehors, aussi mordant que celui qui s'engouffrait sous son crâne. Tumulte de ses pensées confuses. Faim, aussi. Plus de pommes de terre. Plus de gaz. Ce matin-là, elle avait mélangé un bouillon cube dans de l'eau froide, puis bu ses granules salés qui n'étaient pas dissous. Ce qui lui avait donné envie de vomir. Sa plaie à la lèvre s'était à peu près refermée, mais quand elle regardait dans le petit miroir, la cicatrice enflée ressemblait à un rictus. Il n'aimerait pas. Et elle avait l'impression de commencer à sentir, aussi, même si elle essayait encore de se passer le morceau de savon dur sur la peau et dans ses vêtements, qui pendaient, détrempés, tout autour de la cabine. Rien ne séchait correctement.

Ça faisait combien de temps, maintenant ? Elle prit le calendrier décoré d'arbres et l'approcha de l'étroite fenêtre, plissant les yeux. La plus grande partie de janvier, et plus de la moitié de février, mais elle avait cessé de barrer les jours, apparemment. Peut-être était-on déjà en mars. Peut-être était-ce bientôt le printemps, avec ses jonquilles jaunes et ses fleurs en boutons, son soleil tiède. Elle ne le pensait pas. Ça ne sentait pas le printemps.

Mais ça faisait trop longtemps, même si on était encore en février. Vingt-huit jours pile, vingt-neuf les années bissextiles. Qu'est-ce qu'une année bissextile ? Vous pouvez demander à un homme de vous épouser. Mais vous ne pouviez lui poser la question s'il n'était pas là. Abandonnée. Toute seule dans un monde rempli d'étrangers sans pitié et d'individus aux sourires trompeurs. Qu'avait-il dit, déjà ? « Je reviendrai toujours. Si je ne le fais pas, tu sauras qu'ils m'ont eu. » Baisers sur son front, courage. Elle devait être courageuse, elle aussi. Elle devait continuer sans lui, et faire ce qu'il attendait d'elle. Elle était la mèche, et il l'avait allumée ; elle était la bombe à retardement et il l'avait amorcée. C'est tout ce qu'il lui restait, à présent.

Chapitre vingt-sept

Ces deux dernières semaines, Joe Franklin avait été bien mieux qu'il ne l'avait été depuis des mois, voire des années : il portait un jean et une chemise repassée ; ses lacets ne traînaient pas par terre ; ses ongles étaient propres et coupés ; ses cheveux, coiffés ; sa figure, rasée de frais. D'habitude, il se penchait en avant sur son fauteuil, replié sur lui-même, le visage soutenu à deux mains et souvent caché derrière. Aujourd'hui, il se tenait droit, la nuque abandonnée contre l'appuie-tête, comme un convalescent, faible mais qui sentirait renaître petit à petit ses forces vitales. Il sourit même à deux reprises, une fois quand il raconta avoir léché, enfant, ce qu'il restait de pâte à gâteau dans un saladier, et l'autre fois quand il apprit à Frieda qu'un ami venait dîner ce soir-là et qu'ils mangeraient des oursins ensemble :

— Saviez-vous que les oursins se mangent ?

Frieda l'ignorait. Elle remarqua à quel point ses traits se métamorphosaient et s'adoucissaient quand la douleur refluait. Cela le rajeunissait de plusieurs années.

Sa dernière séance de la matinée concernait un

homme d'âge moyen nommé Gordon, qui parlait en chuchotant, les doigts en travers de la bouche, comme s'il avait honte de lui-même. Il était prisonnier de ses angoisses fiévreuses, des nœuds dans lesquels il s'était empêtré tout seul, et le travail de Frieda consistait à explorer lentement, prudemment, son univers et à l'aider à en ressortir. Elle avait parfois l'impression de bâtir un château de sable grain par grain.

Quand ce fut fini, elle alla ouvrir la fenêtre quelques minutes et se pencha au-dehors, inhalant l'air froid et humide, se laissant traverser par le vent. Le chantier restait en friche, mais elle vit que des gamins avaient construit une cabane à partir de planches récupérées, et sous ses yeux, trois jeunes garçons se précipitèrent pour s'engouffrer dans une ouverture pratiquée dans la structure de guingois. Elle se rappela que les vacances de février avaient débuté : Chloë lui avait déclaré tout de go qu'il n'était pas question de cours de chimie cette semaine ; elle était en congé.

Elle referma la fenêtre et consigna ses notes relatives à la dernière séance, mais juste avant qu'elle ait fini, le téléphone sonna. C'était Josef.

— Où êtes-vous ? demanda-t-elle.

— Chez la dame, répondit-il. Mrs Orton. Je travaille pour elle. Je répare trucs, ici, là.

— Elle va bien ?

— Vous pouvez venir ?

— Il y a un problème ?

Josef répondit, mais la ligne était mauvaise, à moins qu'il ne parle à voix basse, de sorte que Frieda ne put comprendre ce qu'il disait.

— Vous pouvez parler plus fort ? dit-elle. Je n'entends pas ce que vous dites.

— Mieux si vous venez, reprit Josef. Vous pouvez venir maintenant ?

— Quelque chose ne va pas ?

— Vous pouvez venir tout de suite ?

Frieda capitula.

— Oui, je peux venir. J'arrive.

La porte fut ouverte par un homme que ne connaissait pas Frieda. Il avait dans la cinquantaine, des cheveux gris clairsemés coupés court et portait un pantalon de velours gris et une chemise à carreaux. Il la dévisagea en fronçant les sourcils.

— Robin Orton, se présenta-t-il, avant de la conduire dans la cuisine.

Mary s'y trouvait assise en compagnie d'un autre homme, légèrement plus âgé. Lui aussi était vêtu avec décontraction, d'un jean noir et d'un pull bleu marine zippé jusqu'au cou. Légèrement plus âgé, un peu plus fort, plus chauve, aussi. Frieda se serait cru un vendredi dans un bureau où les employés auraient reçu la consigne de s'« habiller décontracté » alors qu'ils auraient été plus heureux dans leurs costumes habituels.

— Je vous présente mon frère, Jeremy, déclara Robin.

— Je vous en prie, asseyez-vous, proposa Jeremy.

Frieda prit place à table, avec l'impression, maintenant, qu'elle venait de tomber dans un entretien d'embauche surprise.

— Bonjour Frieda, la salua Mary Orton, en esquissant un sourire nerveux. Je viens de préparer du café. En voulez-vous ?

Frieda hocha la tête et la vieille femme remplit une

tasse puis la posa sur une soucoupe avant de mettre le tout devant elle.

— Et du gâteau, aussi ? Je me rappelle qu'il vous a plu.

— Oui, volontiers, répondit Frieda. Un petit morceau. Un peu moins, s'il vous plaît.

Elle but une gorgée de café froid, consciente d'avoir trois paires d'yeux braquées sur elle.

— C'est Josef Morozov qui m'a demandé de venir, expliqua-t-elle.

Jeremy croisa les bras. Manifestement, c'était l'aîné, le chef.

— Oui, nous lui avons parlé. Excusez-moi mais pourrions-nous commencer par le commencement ? Pouvez-vous nous expliquer exactement quelle relation vous entretenez avec ma mère ?

Frieda se tut un instant. La question était étonnamment difficile.

— Un homme qui travaillait pour votre mère a été assassiné.

Elle regarda Mary Orton. Ça lui faisait bizarre de parler d'elle comme si elle n'était pas là.

— J'ai été amenée à interroger Mrs Orton.

— Mary, je vous prie, corrigea Mary Orton.

— Êtes-vous de la police ? demanda Jeremy.

— Non. Je collabore avec eux. En tant que consultante.

— Détenez-vous une pièce d'identité quelconque ?

— D'identité ?

— Qui attesterait que vous travaillez pour la police.

Frieda s'exprima aussi calmement qu'elle put.

— Non, je n'en détiens pas. Si vous avez la moindre question, je peux vous communiquer un numéro de téléphone. En l'occurrence, je ne suis ici que parce que Josef m'a appelée. Je me suis dit qu'il devait y avoir un problème quelconque.

— Il y en a de toutes sortes, rétorqua Jeremy. Nous y viendrons. Mais pour commencer, cet homme, Josef, il est ici sur votre recommandation, exact ?

— C'est exact.

— S'agit-il d'un service officiel faisant partie de votre mission au sein de la police ?

Frieda fronça les sourcils.

— Non. Votre mère avait une fuite dans le toit. Josef est un ami. Il est compétent, et digne de confiance. Si vous avez un problème avec sa présence en ce lieu, vous n'avez qu'à me le dire, ou l'en informer.

Les frères échangèrent un regard. Robin était resté debout sur le côté. Il s'approcha et s'installa finalement à table. Soudain, Frieda se sentit encerclée.

— Nous avons tenu une petite réunion familiale, déclara Robin. Nous sommes passablement contrariés de ce qui est arrivé à notre mère.

— Une seconde…

Frieda reposa sa tasse de café.

— J'ai été contactée par Josef. Où est-il ?

— Là-haut, dans le grenier, répondit Jeremy. Vous pouvez aller le voir si vous voulez.

— Je le verrai dans une minute. Mais si sa présence vous pose le moindre problème, il suffit de nous le faire savoir. Tel que je vois les choses, il est ici pour rendre service à Mary. Si vous ne les percevez pas de la même façon, dites-le, et nous nous en irons.

— Ce n'est pas ce que je voulais dire.

— Pourquoi m'a-t-il appelée, alors ?

— Eh bien, à mon arrivée, j'ai été surpris de le

trouver ici. Je l'ai interrogé sur ses intentions, lui ai parlé de coûts et de devis. Je me dois de vous préciser, Miss Klein, que je suis expert-comptable et que je m'y connais un peu dans ce domaine.

— Quand Josef est venu ici pour la première fois, il y avait une fuite dans le toit, répéta Frieda. Vous devriez être reconnaissant que votre mère ait pu trouver quelqu'un aussi vite.

— Il s'agit vraiment là d'un problème secondaire. Quand j'ai trouvé cet homme ici, ce que je cherchais vraiment à savoir était qui avait pris ces dispositions, et d'une manière générale, ce qui était arrivé à ma mère.

— Et selon vous, demanda Frieda, c'est quoi, l'histoire ?

— Un scandale, bon sang ! s'emporta Jeremy. Je viens de temps en temps pour gérer les affaires de ma mère, et lui donner un coup de main pour ses comptes.

Frieda regarda les photos sur la commode. Elle se souvint de Mary Orton en train de lui parler de ses petits-enfants, précisant que les photos dataient, que les enfants avaient dû bien grandir depuis.

— Quand avez-vous examiné les comptes de votre mère pour la dernière fois ? demanda-t-elle.

— Il a quelque temps. Six mois. Avant les vacances d'été, je crois. J'habite à Manchester. Robin, lui, est à Cardiff. On a tous les deux une famille. On vient quand on peut.

— Donc, en juillet dernier ?

Elle le dévisagea.

— Il y a sept mois, donc.

— Oui. À moins que ce ne soit en juin, je ne sais plus. Mais là n'est pas la question. Ce qu'il y a, c'est que ma mère a été la victime d'un délit et je veux m'assurer que l'enquête est menée convenablement.

— De quel délit parlez-vous ?

Les deux frères échangèrent un nouveau regard.

— Vous plaisantez ? intervint Robin. Ce Robert Poole lui a volé plus de 150 000 livres. Il a également fait semblant de réaliser des travaux.

Frieda porta son regard sur leur mère, qui était à présent le témoin de discussions à son sujet comme si elle n'était pas là.

— Je ne suis pas sûre qu'en parler ici et maintenant soit bien indiqué, dit-elle.

— Comment ça ?

Jeremy éleva légèrement la voix.

— Nous avons découvert un vol. Vous êtes de la police. Nous voulons savoir ce qui est fait à ce sujet.

— Je ne suis pas la personne indiquée. Vous devez vous adresser directement à la police.

— Que faites-vous ici, dans ce cas ? répéta Jeremy.

— Je suis venue parce qu'on m'a demandé de le faire.

— Ma mère a dit que c'était à vous qu'elle avait parlé, que c'est vous qui aviez examiné ses comptes et découvert le vol. Quel est votre rôle dans tout ça ?

— Mon rôle est de donner un coup de main quand je le peux, dans certains domaines de mon expertise.

— Qui est ?

— Je suis psychothérapeute.

Jeremy eut l'air incrédule.

— Une psychothérapeute ?

— Oui.

— Qui recommande des ouvriers du bâtiment ?

Frieda inspira de nouveau profondément. C'est à Mary qu'elle adressa sa réponse.

— J'ai recommandé Josef. Si la qualité de son travail ou sa présence vous posent le moindre problème, je vous en prie, dites-le-moi, simplement.

— Mais pas du tout, protesta Mary Orton. Il a été formidable. Je suis ravie de l'avoir chez moi. Il m'a parlé de sa famille en Ukraine. Il doit traverser une période difficile, ce pauvre garçon.

— Évidemment, coupa Robin, elle n'est pas précisément montée dans le grenier pour vérifier ce qu'il avait fait.

— Vous pouvez y monter, répliqua Frieda. Et si vous avez la moindre plainte, vous n'avez qu'à m'en parler.

— Nous vérifierons, rétorqua Jeremy.

— Avez-vous jamais rencontré Robert Poole ?

— Non, affirma Jeremy. Je vous l'ai dit, nous ne sommes pas venus ici depuis l'été dernier.

— Non. Vous avez dit que vous n'aviez pas vérifié ses comptes depuis cette date. Je me disais que vous auriez pu venir passer un week-end avec vos enfants ou des vacances à Londres, un truc du genre.

— Nous vivons loin de Londres.

— Et vous ? demanda Frieda à Robin.

— J'ai été très pris ces derniers temps.

La figure de Robin s'était empourprée.

— Et Noël ? Qu'avez-vous fait pour Noël ?

— Ils sont très occupés à Noël, s'empressa de répondre Mary Orton. Jeremy part toujours skier, n'est-ce pas, chéri ? Et Robin…

Sa voix s'éteignit. Elle se mit à tripoter le revers de son pull.

Un bref silence s'abattit. Frieda se tourna de nouveau vers les frères.

— Donc, il ne vous est jamais arrivé de le croiser ?

— Non.

— Saviez-vous qu'il y avait des travaux en cours ?

— Pourquoi l'aurions-nous su ?

Frieda haussa légèrement les épaules.

— J'imaginais juste que si votre mère faisait faire de gros travaux, vous auriez pu évoquer la chose au téléphone.

— Eh bien, il se trouve que non, répondit Jeremy. Je peux vous assurer que si ç'avait été le cas, nous aurions tous les deux débarqué ici pour vérifier que c'était fait correctement.

— Je suis sûre d'en avoir parlé, affirma Mary Orton, sans conviction.

— Non, m'man, tu ne l'as pas fait, répliqua Robin.

Frieda se tourna vers elle.

— Quand nous nous sommes parlé l'autre jour, vous avez dit que votre mari était décédé il y a un certain temps. Depuis combien de temps vivez-vous seule ?

— Papa est mort il y a cinq ans, intervint Jeremy. Il est ici, sur le buffet.

Il sourit devant l'expression perplexe de Frieda.

— Dans ce machin en bois, là. Celui qui ressemble à un pot de café. Drôle de truc à garder dans sa cuisine.

— Je lui parle, de temps en temps, se défendit Mary Orton.

— Tu ferais bien de surveiller tes propos devant elle, railla Robin en indiquant Frieda. Elle ne voit peut-être pas d'un bon œil les vieilles femmes qui parlent à une urne remplie de cendres.

— Et pourquoi n'en penserais-je pas du bien ?

— Il ne doit pas te donner de bons conseils financiers non plus, continua Jeremy. À ce propos : que fait la police au sujet de ce vol ?

— Vous avez bien compris qu'il s'agissait d'une enquête pour meurtre ? souligna Frieda.

— Et vous, que nous nous préoccupons un peu plus du petit souci que constitue ce vol ? Ce que nous souhaitons entendre de votre bouche, c'est quand notre mère récupérera son argent.

Frieda fut tentée de dire aux deux frères que l'argent avait intégralement disparu du compte de Robert Poole, que Robert Poole était une identité d'emprunt, et qu'il n'était pas certain du tout que l'argent ait été volé. Mais elle se reprit à temps.

— Je crains de n'être pas en mesure d'aborder avec vous le déroulement de l'enquête. Je n'en connais pas les détails moi-même. Vous devrez prendre contact avec l'officier responsable.

Elle ressentit un amusement sans joie à l'idée de voir Karlsson aux prises avec les frères Orton.

— Vous ne semblez guère touchée par cette affaire, dit Jeremy.

— Je fais ce que je peux, répliqua Frieda. Il n'est pas question de rivaliser, mais au moins ai-je aidé à stopper la fuite dans le toit.

— Vous croyez que ça fait quel effet d'apprendre que votre mère s'est fait dépouiller de l'épargne d'une vie entière ? aboya Jeremy qui, de fait, pointa un doigt agressif dans sa direction.

— Eh bien…

— La question était purement rhétorique, reprit-il. Je dois dire que je n'ai pas l'impression, en ce qui me concerne, que vous preniez ce délit au sérieux.

— Je ne suis pas enquêteur.

— Vous semblez vous comporter comme tel. Et vous me paraissez plutôt calme face au fait que cet homme a pris l'argent de notre mère.

— Ça ne rentre vraiment pas dans le cadre de mes…

— Et, coupa-t-il, en s'échauffant, il n'a pas fait que ça. Hein, m'man ?

— Que voulez-vous dire ?

— Je vous en prie, plaida Mary Orton. Arrêtez.

— Il a aussi tenté de lui faire modifier son testament, afin qu'elle lui laisse un tiers de la totalité de ses avoirs.

— Hein ?

— Non, Jeremy, dit Mary Orton. Je n'ai pas… Jamais je n'aurais…

Elle était devenue toute rouge. Des larmes roulaient au coin de ses yeux.

— Tout va bien, m'man.

Jeremy lui tapota la main comme si elle était un vieux chien.

— Ce n'était pas ta faute. Ce type te tenait sous sa coupe. Tu ne savais pas ce que tu faisais.

— Mary, coupa Frieda, aimeriez-vous m'en parler ?

Mary Orton hocha la tête, mais ne dit rien. Frieda regarda Jeremy.

— Je vous en prie, dites-moi. Au sujet du testament.

— Je vous l'ai dit. J'étais en train d'examiner les papiers de m'man. Je suis tombé sur les lettres d'une notaire. Il y était question de rédiger un nouveau testament. M'man est propriétaire de cette maison et détient une certaine épargne, ça faisait donc un joli paquet de fric. Par bonheur, elle y a vu soudain clair.

— Mary a changé d'avis ?

— Non, répondit Jeremy. La notaire n'est pas allée au bout de la démarche. Elle a soulevé des objections. Elle a sans doute flairé quelque chose de louche. Je regrette que personne ne l'ait fait plus tôt. Et à ce propos, pousser une pauvre vieille femme à modifier son testament en faveur d'un individu qu'elle connaît à peine, est-ce considéré comme un délit ?

— Je n'en sais rien, répondit Frieda. L'avez-vous rencontrée ?

— J'ai lu les lettres. Et j'ai interrogé m'man à son sujet. Clairement, on a tenté d'abuser d'elle.

Frieda avait envie de répondre : « Votre mère est dans cette pièce. » Jeremy Orton traitait cette vieille dame comme si elle était légèrement débile ou qu'elle ne comprenait pas correctement l'anglais. Mais le souligner ne ferait que l'humilier plus encore.

— Puis-je voir ces lettres ? demanda-t-elle à la place.

Elle s'adressait à Mary Orton, mais Jeremy donna son assentiment d'un signe de tête à son frère, qui prit un dossier dans son sac et le tendit à Frieda. Elle l'ouvrit et feuilleta des courriers d'allure officielle. L'un d'entre eux était une facture. Elle sentit quelqu'un à ses côtés : Robin lisait la lettre par-dessus son épaule.

— 300 livres, commenta-t-il. 300 livres pour ne pas établir de testament, finalement. Je me demande ce qu'ils prennent quand ils le font vraiment.

Frieda lut le nom en bas de la lettre : Tessa Welles. Elle le nota, ainsi que l'adresse.

— C'est plutôt une bonne affaire, ironisa-t-elle.

— Je vois ce que vous voulez dire, concéda Robin. Au moins quelqu'un a-t-il veillé sur les intérêts de ma mère.

— Vous venez seulement de l'apprendre ?

— Comment ça ?

— Vous n'aviez jamais entendu parler du testament auparavant, ni l'un ni l'autre ?

— Non, répondit Jeremy.

— Non, renchérit Robin. Évidemment que non.

La porte de la cuisine s'ouvrit et Josef entra. Il semblait fatigué mais sourit en découvrant Frieda.

— Je ne savais pas, dit-il.

— Je m'apprêtais à monter.

— Alors, qu'est-ce que vous avez fait ? s'enquit Jeremy.

— Le toit est réparé, dit Josef. Pas réparé-réparé, comme il faut, juste un endroit pour empêcher l'eau d'entrer.

— Avez-vous remis à l'avance un devis à ma mère ?

Josef contempla Jeremy avec une expression perplexe.

— Et à ce propos, poursuivit Jeremy, je me demande bien ce que vous faites, à engager des travaux chez ma mère.

— Il y avait un trou dans le toit, répondit Frieda, et vous étiez à Manchester.

— Oh, je vois.

Le ton de Jeremy se fit plus dur.

— Vous voulez dire que vous et cet homme vous souciez de ma mère et moi pas ?

— Je t'en prie, Jeremy, implora Mary. Ils cherchaient juste à…

— Peu importe, rétorqua-t-il. Qu'est-ce que vous ressentiriez, si on faisait ça à votre mère ?

— Qu'avez-vous ressenti, *vous* ? demanda Frieda.

— À votre avis ?

— Je suis désolé, dit Josef. J'ai fini.

— En fait, intervint Mary, il y a d'autres choses auxquelles j'espérais que vous pourriez jeter un œil. La chaudière fait un bruit bizarre et il y a une fenêtre à l'étage que je n'arrive pas à fermer.

Josef lança un regard méfiant aux deux frères.

— Ce n'est pas à moi qu'il faut poser la question, dit Jeremy. Ce n'est pas chez moi.

— Je vais vous montrer.

Mary et Josef sortirent ensemble de la cuisine, et Frieda consulta son carnet et l'adresse de la notaire.

— Princes Road. C'est près d'ici ?

— À deux pas, répondit Robin. Poole s'est contenté d'emmener m'man au bout de la rue chez le notaire le plus proche qu'il ait pu trouver. Ça a dû être tellement facile.

— Puis-je me servir de votre téléphone ?

— Vous n'avez pas de portable ?

— Pas sur moi.

Robin fit un geste en direction du téléphone sur son socle, fixé au mur.

Il fallut plusieurs appels et autant d'explications réitérées, après quoi Frieda resta assise durant quarante minutes dans un silence des plus inconfortables avant qu'Yvette arrive en voiture et passe la prendre. Elle ne semblait pas ravie de la voir.

— Vous devez nous prévenir, commença-t-elle, quand vous allez interroger des témoins.

— Je n'étais pas précisément en train de parler aux témoins, corrigea Frieda. Josef travaille chez Mary Orton et m'a appelée parce que ça posait un problème à ses fils. Je ne pensais pas que ça pourrait avoir le moindre rapport avec l'affaire.

Yvette était assise sur le siège passager et Frieda à l'arrière. Elle se sentait comme une enfant conduite quelque part par deux adultes qui viendraient de manifester leur désaccord.

— Vous ne pouvez pas agir comme ça, de votre côté, reprit Yvette.

Frieda s'abstint de répondre. Le véhicule s'arrêta devant une enfilade de magasins.

— Je viens avec vous ? demanda-t-elle.

— Si vous voulez, répondit Yvette, avec un haussement d'épaules.

Les deux femmes sortirent de la voiture. L'emplacement du cabinet de Tessa Welles ne sautait pas aux yeux. Le numéro 52 était un magasin vendant des carreaux et des vases, des pichets et des tasses à café. Quant au numéro 52 B, il correspondait à une petite porte verte sur la gauche. Long sonna à l'interphone et un bourdonnement les invita à entrer. Elles gravirent l'escalier étroit. Au sommet se trouvait un vestibule comportant un bureau, un ordinateur, des piles de papiers soigneusement entassés, ainsi qu'une chaise. Au-delà, une porte s'ouvrit, laissant apparaître une femme. Approchant la quarantaine, se dit Frieda, avec d'épais cheveux d'un blond tirant sur le roux, longs et attachés souplement en arrière, comme pour empêcher qu'ils ne la dérangent, et un visage pâle dénué de maquillage, piqueté de petites taches de rousseur sur le nez. Elle avait les yeux gris-bleu et le regard malin, et portait une robe droite sans manches gris anthracite, d'épais collants à motifs, et des bottines. Elle leur adressa un sourire un peu las.

— Tessa Welles, se présenta-t-elle. Vous ne voulez pas entrer ? Je viens de préparer du café, si vous en voulez.

Elle les fit passer dans une pièce nettement plus encombrée, pourvue d'une fenêtre donnant sur la rue. Des dossiers s'empilaient sur le bureau et des étagères contenaient d'autres boîtes d'archivage ainsi que des manuels de droit. Des diplômes étaient affichés aux murs et plusieurs photos : Tessa Welles au milieu d'un groupe, dans un restaurant, Tessa Welles sur une plage, quelque part, Tessa Welles juchée sur un vélo au milieu d'un groupe de cyclistes avec des montagnes dans le fond. Il y avait aussi deux tableaux que Frieda aurait bien vus chez elle. Tessa leur servit du café et Yvette se présenta, avant de décrire Frieda comme une « assistante indépendante ».

— Vous travaillez seule ? demanda Yvette, en sirotant son café.

— J'ai une assistante, Jenny, qui vient à mi-temps. Elle n'est pas là aujourd'hui.

— Mrs Welles…, commença Yvette.

— Miss.

— Désolée. Vers la mi-novembre, vous avez reçu une dénommée Mary Orton ainsi qu'un certain Robert Poole. Il s'agissait d'établir un testament. Vous vous rappelez ?

Tessa esquissa un très léger sourire.

— Oui, je m'en souviens.

— Pardonnez-moi, dit Yvette. Il y a quelque chose de drôle ?

— Non. Ça n'a rien de franchement drôle. Mais serait-il question d'une forme d'escroquerie ?

— Pourquoi dites-vous ça ?

— Je n'en sais rien. Ce dont je me souviens surtout, c'est que cet homme m'a mise mal à l'aise. Il m'a fait l'effet d'un filou. Que s'est-il passé ? S'agit-il d'une enquête pour fraude ?

— Non, d'une enquête pour meurtre, répliqua Yvette. Il a été tué.

L'expression de Tessa était stupéfaite.

— Oh, mon Dieu. Je suis désolée, je n'en savais rien. Je…

— Un filou, avez-vous dit.

— Non, non.

Tessa agita la main comme pour signifier qu'elle retirait ses propos.

— Je ne voulais pas être malveillante. Je ne sais rien de lui.

— Que vouliez-vous dire ?

Tessa prit une profonde inspiration.

— Quand quelqu'un modifie son testament en faveur d'un tiers qui n'est pas membre de la famille, ça vous met toujours la puce à l'oreille.

— Que leur avez-vous dit ?

Tessa fronça les sourcils en tentant de se souvenir.

— Je crois juste leur en avoir parlé… enfin, avec la femme, surtout. Je lui ai demandé pour quelles raisons elle tenait à faire cette modification, pourquoi là, maintenant, et si elle y avait bien réfléchi, si elle en avait discuté avec ses proches, tout ça.

— Et que vous a répondu Mrs Orton ?

— Je ne me rappelle pas au juste. L'impression que j'ai eue, c'est qu'elle se sentait abandonnée des siens. À mon avis, cet homme les avait remplacés.

— Qu'a dit Poole durant l'entretien ?

— Pas grand-chose. Il se comportait en fils attentif, en arrière-plan, lui manifestant son soutien.

— Alors quel était le problème ? demanda Frieda.

Yvette lui lança un regard courroucé.

— Quoi ?

Tessa semblait perplexe.

— Vous êtes notaire, reprit Frieda. Quand quelqu'un vient vous trouver pour modifier son testament, n'avez-vous pas pour seule responsabilité de l'établir ?

Tessa sourit, puis eut l'air pensive.

— Je suis une notaire spécialisée dans les affaires familiales. Je m'occupe d'actes de propriété, de testaments et de divorces. D'achats de maisons, de mariages et de décès. Je me rappelle qu'on m'a dit, quand j'étais étudiante, que si ce qu'on aimait dans le droit, c'était son aspect théâtral, il fallait devenir avocat. Mais que si l'on voulait découvrir les secrets des gens, leurs sentiments et leurs passions les plus enfouis, alors il fallait devenir notaire.

— Ou psychothérapeute, rétorqua Yvette.

— Non, répliqua Tessa. Moi, j'aide vraiment les gens.

Yvette lança à Frieda un regard fugace, accompagné d'un sourire réprimé qui n'échappa pas à la notaire.

— Oh mon Dieu, vous n'êtes pas…

— Eh si, rétorqua Yvette.

— Désolée, c'était une boutade facile de ma part. Je n'en pensais pas un mot.

— Il n'y a pas de mal, dit Frieda. Vous parliez d'aider les gens.

— Oui. Je vois des couples en plein divorce, qui parfois se confient à moi comme ils ne peuvent le faire auprès de personne d'autre. Pas même l'un à l'autre.

— Et donc, pourquoi ne vous êtes-vous pas contentée d'établir ce testament pour Mary Orton ?

— Je ne me « contente pas de », répliqua Tessa. Je leur parle toujours avant, pour établir quels sont leurs réels besoins.

— Et de quoi Mary Orton avait-elle réellement besoin ? demanda Frieda.

— Elle souffrait de solitude, c'était assez évident, et avait besoin de soutien. Ce dont elle avait vraiment besoin, c'était de sa famille, j'imagine. Et mon idée, c'était que cet homme avait comblé un manque et qu'il abusait de sa position.

— Pourquoi n'avez-vous pas contacté la police ?

— Si elle ne l'a pas fait, intervint Yvette, c'est que modifier son testament n'a rien d'un délit.

— Tout juste, renchérit Tessa. J'ai tenté d'aborder avec Mrs Orton les raisons de son geste. Apparemment, le sujet lui a été pénible, voire douloureux. Elle m'a fait pitié.

— Qu'a dit Robert Poole ? demanda Yvette.

— Que l'idée ne venait pas de lui, que c'était l'initiative de Mrs Orton, et qu'elle y tenait.

— Sacré culot ! s'énerva Yvette, avant de mordre sa lèvre inférieure. Quoi d'autre ? ajouta-t-elle plus calmement.

— J'ai expliqué à Mrs Orton que sa démarche serait lourde de conséquences et qu'elle ferait bien d'y réfléchir plus longuement. Sans doute ai-je précisé que si elle déshéritait totalement les siens, la valeur juridique du testament risquait d'être contestable.

— Et ?

— Et voilà tout. Ils sont partis, et je n'ai plus jamais entendu reparler de cette histoire.

— Ça vous a choquée ?

Tessa fit une grimace et secoua la tête.

— Je l'étais au début, oui. Les premières années, en entendant ce que les maris disaient de leurs femmes, et les femmes de leurs maris, ou en voyant ce que les gens faisaient à leur propre famille, j'ai perdu toutes les illusions que je pouvais bien avoir. Parfois, j'ai l'impression de me retrouver confrontée à d'énormes engins, menaçants, qui se déglinguent, et que tout ce que je peux faire, c'est rafistoler à l'aide de petits bouts de scotch en espérant que le tout tiendra encore un peu.

— Et ce Robert Poole, qu'en avez-vous pensé ? demanda Yvette.

— Je vous l'ai dit. Même s'il était très poli, et que Mary Orton lui faisait manifestement confiance, j'ai ressenti quelque chose de pas net chez lui. J'ai fait ce que j'ai pu mais je savais, bien sûr, qu'il n'était pas exclu qu'il trouve quelqu'un d'autre pour rédiger ce testament, ou même qu'ils l'écrivent entre eux, en prenant le premier témoin venu. Il y a une limite à ce qu'on peut faire pour les gens.

— Quel effet ça vous fait d'apprendre qu'il a été tué ?

— Je ne comprends pas le sens de votre question, répondit Tessa. C'est un choc, bien sûr. J'ai du mal à le croire.

— À votre avis, pour quelle raison est-ce arrivé ?

— Seigneur, je n'en sais rien. Je ne sais rien de sa vie.

— Mais vous l'avez vu à l'œuvre, répliqua Yvette. Et s'il avait fait ça à la mauvaise personne ?

— Peut-être, concéda Tessa. Mais je ne l'ai vu qu'une fois, brièvement, après quoi il m'est complètement sorti de la tête, jusqu'à aujourd'hui. Je crains de ne pouvoir apporter le moindre éclairage sur son assassinat, si c'est ce que vous attendez de moi. Qu'en ont pensé les proches de Mary Orton ?

— Ils n'étaient pas contents, intervint Frieda. Pas contents du tout.

— Ça ne m'étonne pas.

— La plupart des gens semblaient le trouver charmant, continua Frieda. Il vous a séduite, vous ?

Tessa ébaucha un nouveau sourire.

— Non. Sans doute ne l'ai-je pas rencontré dans le contexte idéal pour succomber à son charme.

Yvette se leva pour prendre congé.

— Merci, Miss Welles. Je crois que ce sera tout pour le moment.

Frieda resta assise.

— J'ai quelque chose à demander à Tessa, dit-elle. Qui n'a rien à voir avec l'enquête. Ça vous va si je vous rejoins dehors ?

Yvette la fusilla du regard, mais Frieda ajouta d'une voix douce :

— Je n'en ai que pour une minute.

La policière tourna les talons et sortit. Frieda l'entendit descendre les marches d'un pas sonore. Tessa la regarda d'un air inquiet.

— Tout va bien ?

— Un peu de friction. Je viens juste d'être embauchée.

— À quel titre ?

— Voilà une bonne question. Mais je voulais vous demander quelque chose d'un tout autre ordre. Votre façon de décrire la manière dont vous travaillez a retenu mon attention. Au sujet des secrets des gens, et du devoir de conseil…

— Je n'ai pas exactement parlé de « conseil ».

— Enfin bref, ma belle-sœur est en très mauvais termes avec son ex-mari, mon frère, et elle a besoin qu'on l'aide à gérer la situation.

Tessa s'adossa à son fauteuil et croisa les bras.

— Dans quel camp vous situez-vous dans ce conflit ?

— Je ne crois pas prendre vraiment parti, en fait, répondit Frieda. Mais si j'étais à bord d'une montgolfière avec les deux et que je devais en balancer un par-dessus bord, ce serait mon frère.

Tessa sourit.

— J'ai un frère. Je crois comprendre de quoi vous parlez.

— Mais est-ce de votre ressort ?

— C'est exactement ce que je fais.

— Je ne vous demande aucune faveur, conclut Frieda. On paierait, comme n'importe quel autre client, mais pourriez-vous la recevoir ?

— Je peux lui parler, oui.

De retour sur le trottoir, Frieda trouva les deux agents en grande conversation, adossés l'un et l'autre sur la voiture. Yvette leva les yeux vers Frieda, qui la sentait littéralement bouillir d'hostilité.

— Vous ne vous en êtes pas mal sortie, lui concéda-t-elle en grinçant des dents. Mais laissez-nous le travail d'enquête, OK ?

Chapitre vingt-huit

— Je sais ce que vous pensez.

— Quoi donc ?

— Vous pensez qu'il avait nécessairement autre chose derrière la tête, n'est-ce pas ?

— Qu'est-ce qui vous fait dire ça ?

— Écoutez, je ne suis pas née de la dernière pluie. Je sais de quoi j'ai l'air, pour vous : une « has-been » d'âge mûr, traînant une ribambelle d'échecs sentimentaux derrière elle, désormais célibataire, vivant au milieu des vestiges de son passé, qui n'a rien de si glorieux que ça. C'est comme si je me voyais par vos yeux : mes cheveux teints, mes efforts pathétiques pour ne pas vieillir. Je vois juste ?

— Non, vous vous trompez.

— Ah oui ? Quoi, alors ?

— Essayez : une femme brillante, qui s'est bien défendue dans un milieu difficile et qui s'est accrochée à sa dignité et au respect qu'elle avait d'elle-même.

Les traits de Jasmine Shreeve s'adoucirent. Elle prit place en face de Frieda et se pencha en avant.

— Je suis désolée. J'ai tendance à être sur la défensive.

— Pas de problème.

— Vous pensez vraiment ce que vous avez dit ?

— Je n'en sais pas assez sur vous, mais c'est une autre façon de voir les choses.

— Et donc vous ne supposez pas, tout simplement, que Robbie ne cherchait qu'à tirer avantage de moi ?

— Apparemment, il avait fait profession de s'introduire dans la vie de personnes vulnérables, corrigea Frieda, qui songeait à Mary Orton telle qu'elle l'avait vue la dernière fois : petite silhouette repliée sur elle-même, flanquée de part et d'autre de ses deux fils.

— Vous voyez bien que vous me croyez vulnérable.

— Nous le sommes tous, d'une façon ou d'une autre. Il semble que Poole ait eu un don pour trouver les points faibles chez les gens.

— En tout cas, il était gentil avec moi. Je croyais qu'il m'aimait bien.

Frieda ne dit rien et Jasmine Shreeve se crispa de nouveau.

— Vous pensez toujours, vous autres, qu'il y a quelque chose sous la surface. Qu'il y a des sens cachés sous le sens que nous donnons aux choses. J'avance qu'il m'aimait bien, et aussitôt, je vois vos yeux briller. Le moindre mot devient dangereux.

— Vous en voulez aux thérapeutes parce que votre propre thérapie ne vous a pas aidée ?

— Quoi ?

— Peut-être avez-vous le sentiment que nous promettons des réponses alors que nous ne faisons que susciter plus de questionnement.

— Comment savez-vous que j'ai vu quelqu'un ? Qui vous a parlé de moi ?

Jasmine Shreeve semblait non seulement furieuse,

mais également effrayée. Sa voix tremblait et elle porta une main à sa figure, en un geste protecteur que Frieda avait souvent vu chez ses patients.

— Personne ne m'a parlé de vous. C'est juste que ça me paraissait probable.

— Qu'est-ce que j'ai dit ? Je n'ai rien dit ! Que savez-vous d'autre ? Allez-y. Dites-moi. Ne restez pas simplement plantée là sur votre chaise, à me regarder comme ça, comme si vous pouviez lire en moi.

Frieda s'adossa et se tut un moment.

— La thérapie vous a-t-elle aidée à cesser de boire ?

— Pas vraiment. Je...

Jasmine s'interrompit.

— L'avez-vous lu quelque part sur un blog malveillant dans le seul but de me le ressortir le moment voulu ? C'est vraiment méprisable, putain.

Frieda l'étudia d'un regard curieux.

— Vous pensez vraiment que je pourrais vous faire un truc pareil ?

— Ce serait une façon de me mettre sous votre coupe. Comment auriez-vous pu le savoir, sinon ?

Frieda y réfléchit. Comment le savait-elle ?

— Je l'ai senti, c'est tout.

Elle inspecta les lieux.

— Vous êtes entourée de tant d'objets, tout ce que vous avez amassé au cours de votre vie.

Elle désigna le loft d'un geste ample.

— Ces petites coupes, ces photos encadrées, ces figurines en porcelaine, ce cabinet ouvert pour en montrer le contenu. Tout est exposé à la vue. Mais il n'y a aucun verre de vin, aucune carafe à décanter, aucune bouteille. Il est presque 19 heures et vous m'avez offert un thé, pas un apéritif. Donc...

Jasmine se cacha la figure dans les mains. Elle avait la voix rauque d'émotion.

— Je vous laisse entrer chez moi, je m'ouvre à vous, et pendant ce temps-là, vous m'espionnez.

— Vous voulez m'en parler ?

Elle leva la tête. Son mascara avait coulé. Elle semblait à la fois plus âgée et plus jeune, presque une enfant.

— Vous avez raison. Tout ce que vous avez dit. J'ai fait quelque chose d'affreux.

— Quoi ?

— J'ai agressé quelqu'un dans une boutique, un responsable de rayon, une jeune femme. C'est horrible, non ? Lamentable ? J'étais saoule et elle se comportait comme une salope. Enfin… c'est ce que j'ai pensé sur le moment.

Elle se tut un instant. Elle semblait avoir du mal à verbaliser les faits.

— J'étais…

Son visage rougit de honte.

— J'ai été internée un moment. Pour mon propre bien. Après ça, j'ai réservé une place dans une clinique et fait une cure de désintoxication. Je n'ai plus touché une goutte depuis.

— C'est bien.

— J'avais tellement honte de moi.

— Jasmine, qu'est-ce que ça a de si terrible ?

— Que voulez-vous dire ?

— Vous souffriez d'une dépendance. Vous l'avez vaincue. Pourquoi redoutez-vous autant que les gens l'apprennent ?

— Ce serait la fin de ma carrière, pour commencer. Enfin… de ce qu'il en reste.

— Vraiment ? Vous êtes sûre ? N'y a-t-il pas plein de gens qui vivent de leurs histoires de déshonneur et de rédemption ?

— Ce n'est pas la même chose.

— Pourquoi ?

— J'étais une présentatrice proche de mon public, charmeuse, saine et propre sur elle, qui essayait d'embellir un peu la vie des gens. S'ils apprenaient que je ne suis en fait qu'une vieille soiffarde qui agresse son prochain avant de finir à l'asile, comment pensez-vous qu'ils réagiraient ?

— Je n'en sais rien. Mais ce que je vois, c'est que c'est devenu quelque chose de redoutable pour vous. La peur ne rétrécit pas, elle ne fait que grandir et gagner en noirceur. Peut-être le problème tient-il au fait que c'est un secret, précisément.

— Facile à dire, pour vous. Je ne peux pas prendre ce risque.

— C'est ce que vous a dit Robert Poole ? Qu'il ne fallait pas prendre ce risque ?

— Mais *comment* savez-vous tout ça ?

— Parce que vous vous êtes confiée à lui comme vous le faites avec moi, répondit Frieda. Donc Poole savait que vous aviez un secret ?

— Il a dit que personne ne devait jamais l'apprendre. Que je risquais la ruine. Il s'est montré très compatissant. Il m'a dit que je pourrais toujours lui en parler, en revanche.

Jasmine s'interrompit et regarda Frieda.

— Mais vous pensez qu'il se trompait ?

— Je pense que donner des conseils est toujours compliqué. Mais peut-être devriez-vous réfléchir au pouvoir que détient sur vous cet aspect de votre vie.

— Vous êtes thérapeute, dit Jasmine. Ne croyez-vous pas qu'un problème confié à un tiers est un problème à moitié résolu ?

— Peut-être. Mais peut-être aussi qu'en confiant un problème à quelqu'un, on donne à cette personne une emprise sur soi.

De retour chez elle, Frieda trouva un e-mail de Tessa Welles. Elle ne pouvait leur donner de rendez-vous avant deux ou trois semaines, mais elle allait au théâtre à Islington le lendemain soir et pourrait passer voir Olivia avant, vers les 18 heures. Était-ce possible ? Frieda appela Olivia, qui répondit que non seulement ça l'était, mais que c'était crucial, et le plus tôt serait le mieux, ou elle risquait de débarquer chez David armée d'un couteau. Elle envoya une réponse à Tessa, en mettant en copie Olivia, et communiqua à la première les numéros de téléphone fixe et mobile de la seconde.

Il y avait également un message de Karlsson sur son répondeur, lui demandant de rappeler. Quand elle l'eut en ligne, il se contenta de déclarer :

— Il n'y a rien.

— Rien ?

— La faveur que vous m'avez demandée, vous vous souvenez ?

— Oh. Vous voulez dire, au sujet d'Alan Dekker.

— Oui.

— Mais vous êtes avec quelqu'un et vous ne pouvez pas parler.

— Oui, en effet.

— Parce que vous vous êtes mouillé pour moi.

— Tout juste.

— Je vous en suis reconnaissante. Alors comme ça, il a réellement disparu, comme le soutient Carrie.

— Apparemment.

— Vous ne trouvez pas ça bizarre ?

— Je m'en tiendrai là, Frieda.

Elle reposa le combiné et se rendit dans son atelier sous les combles où, par la lucarne, elle apercevait les lumières de Londres scintiller dans la nuit de février. Elle s'assit à son bureau et fit quelques esquisses rapides sur son bloc à dessin, au crayon gras. Elle pensait à Robert Poole, et la délicatesse avec laquelle il avait su percer à jour les secrets des uns et des autres. Elle réfléchissait également aux propos qu'elle avait tenus à Jasmine, au sujet du pouvoir insidieux des secrets. Espèce d'hypocrite, se dit-elle, en hachurant son dessin.

Quand elle redescendit enfin, elle trouva un nouvel e-mail sur son écran d'ordinateur, de la part de Sandy. Elle resta assise un long moment avant de l'ouvrir d'un clic.

J'ai été un temps avec quelqu'un, mais c'est maintenant fini, parce qu'elle n'était pas toi. Je t'en prie, Frieda, parle-moi.

Chapitre vingt-neuf

— Considérez que c'est un jour de congé.

Yvette conduisait et Karlsson était assis à ses côtés. Ils avaient quitté Londres tôt ce matin-là, alors que le jour pointait, mais s'étaient retrouvés pris dans les embouteillages sur le périphérique et atteignaient seulement l'autoroute M1, en direction du nord. Un vent froid soufflait en bourrasques, et le plafond nuageux, qui ne cessait de descendre, annonçait la pluie.

— Une longue journée de congé, commenta Yvette.

Cela ne la dérangeait pas, au fond. Elle se réjouissait de passer toutes ces heures seule en compagnie de Karlsson, tout en se sentant légèrement intimidée et nerveuse. Manchester, puis Cardiff. Huit heures de route, si la circulation est fluide.

— On déjeunera au pub, répondit Karlsson. J'ai pensé préférable de voir les frères Orton le même jour. De tâcher de me faire une opinion sur eux.

— Que savez-vous déjà ?

— Voyons voir… L'aîné, Jeremy – la cinquantaine – est expert-comptable pour un gros labo pharmaceutique. Ça doit plutôt bien aller pour lui. Marié, avec deux filles. Il vit à Didsbury et ne voit pas beaucoup sa mère. Une ou deux fois par an, et un à deux jours maximum. Frieda l'a pris en grippe.

— Ouais, mais bon, personne ne trouve vraiment grâce à ses yeux.

Karlsson lui lança un regard en biais.

— Elle a de l'intuition. Et nous, suffisamment de personnel se conformant aux procédures.

Yvette se contenta de fixer la route devant elle : la pluie commençait à tomber. « Des gens comme moi, chiants, consciencieux mais pataudss », fut-elle tentée de rétorquer. Mais elle s'abstint.

— Et le petit frère ? s'enquit-elle.

— Robin. Il a un parcours plus mouvementé, tant sur le plan professionnel que personnel. Il dirigeait une petite société. De jardinier paysagiste, d'après ce que je lis ici.

— Des bassins ?

— Je crois, oui. L'entreprise a bu le bouillon dans les années 1990, et depuis, il a touché un peu à tout. Aujourd'hui, il fait de l'audit, pour ce que ça peut bien vouloir signifier. Il a un fils d'un premier mariage, et un autre, beaucoup plus jeune, d'un second mariage. Il habite dans la baie de Cardiff.

— Et alors, Frieda l'a pris en grippe, lui aussi ?

— Lui non plus ne voit pas beaucoup sa vieille mère. Mais d'après Frieda, c'est le plus faible des deux. Pas aussi chien que l'autre.

Une fois parvenus sur l'autoroute M6, ils s'arrêtèrent pour boire un café et refaire le plein, et à 11 heures, le GPS les pilotait dans le dédale des banlieues les plus prospères de Manchester. Jeremy et Virginia Orton occupaient une vaste villa à Didsbury, située en retrait de la route bordée d'arbres, au bout d'une allée de gravier. Il y avait deux voitures garées devant la maison, une BMW et une Golf. De la fumée s'échappait de la cheminée et, logiquement, quand Virginia ouvrit la porte et les mena au salon, un feu brûlait dans l'âtre.

Aux yeux de Karlsson, le mobilier en bois foncé, le plateau d'argent sur lequel était servi le café et les portraits des enfants en uniforme, dans des cadres en argent, exposés à la vue de tous sur le piano – un quart de queue –, semblaient d'une autre époque.

Virginia Orton était une toute petite femme, aux manières brusques, coiffée d'un casque de boucles brunes et serrées. Jeremy, lui, était de stature massive : pas gros, mais grand et fort à la façon d'un joueur de rugby, qui jouerait au centre, avec de larges épaules et une grosse tête à la calvitie avancée, de grandes mains et de grands pieds. Il portait une chemise lilas sous sa veste, ainsi qu'une montre voyante. Ses yeux gris, légèrement protubérants, étudiaient les policiers d'un air soupçonneux.

— Je vous attendais il y a une demi-heure, déclara-t-il.

— Il y avait beaucoup de circulation, répliqua Karlsson. Désolé de vous avoir fait attendre.

— Merci.

Jeremy congédia sa femme d'un signe de tête, et elle sortit de la pièce en faisant claquer ses talons sur le parquet.

— De quoi s'agit-il ?

— Comme vous le savez, c'est moi qui dirige l'enquête pour meurtre.

— Oui, oui. Mais que faites-vous ici ? Je ne vois pas du tout quel rapport j'ai avec cette histoire. Si ce n'est qu'il m'a plumé bien sûr.

— Nous vous retiendrons aussi peu de temps que nécessaire. Mais je croyais que c'était votre mère qui s'était fait dépouiller par Mr Poole, pas vous.

— Affreux. Une pauvre femme, se faire abuser comme ça…

— Mais vous ne l'avez jamais rencontré ?

— Bien sûr que non. J'aurais deviné ses intentions si je l'avais vu.

— Jamais entendu parler de lui, non plus ?

— Non.

— Vous avait-elle dit qu'elle faisait faire des travaux dans sa maison ?

— Si elle l'avait fait, je lui aurais conseillé d'obtenir des devis. Je les connais, moi, ces fumistes. Et les autres types avec qui il bossait, vous ne pouvez pas les coincer ?

— On a essayé, bien sûr. Il n'y a absolument aucune trace d'eux. On n'a aucun nom, aucun numéro de téléphone, rien.

— Des Polaks, sans doute.

— Vous étiez au courant que son toit fuyait ? demanda Yvette.

— Je ne sais pas, je ne me rappelle plus. Où voulez-vous en venir ? Il l'a escroquée, il est mort, elle a eu de la chance de s'en tirer aussi bien.

— Donc, reprit Karlsson, vous ne saviez pas du tout qu'elle faisait réparer sa maison ?

— Ben, pas vraiment, si ? C'était juste un moyen de mettre la main sur notre fric.

— Son argent.

— Notre fric, son fric. On forme une famille.

— Vous n'étiez pas au courant des travaux d'entretien, et vous n'avez jamais rencontré Mr Poole, c'est bien ça ?

— C'est bien ça.

Jeremy Orton consulta sa montre.

— Parce que vous n'aviez pas rendu visite à votre mère depuis l'été dernier ? glissa Yvette.

Karlsson lui lança un regard d'avertissement.

— Cette *thérapeute*, là – il prononça le mot avec dégoût –, nous a déjà fait la remarque, à Robin et à moi. Je sais ce qu'elle cherchait à insinuer. On est occupés, tous les deux. On fait ce qu'on peut.

— Donc vous ne soupçonniez pas du tout qu'elle avait l'intention de modifier son testament ?

— Elle n'en avait pas l'intention. Elle était sous l'influence de cet homme et ne savait plus bien ce qu'elle faisait.

— Un testament qui lui aurait laissé un tiers de ses biens.

— Non. Je n'en savais rien. J'ai eu une explication avec m'man. Elle ne se fera plus avoir de la sorte.

— Nous allons devoir vous demander de nous faire part de vos déplacements durant la dernière semaine de janvier, déclara Yvette.

— Je vous demande pardon ?

— Simple formalité. Pourriez-vous nous dire, s'il vous plaît, où vous vous trouviez durant les dix derniers jours de janvier ?

Jeremy Orton la dévisagea, avant d'observer Karlsson, tandis que son visage devenait cramoisi.

— Vous plaisantez ?

— Et tous les témoins susceptibles de corroborer vos dires nous seraient utiles, afin que nous puissions leur parler.

— Vous ne pouvez pas me soupçonner sérieusement d'avoir quoi que ce soit à voir avec cette histoire.

— Nous ne faisons que délimiter les contours de notre enquête, c'est tout.

Jeremy Orton se leva de son fauteuil.

— Virginia ! aboya-t-il. Apporte-moi mon agenda, tu veux ?

Quatre heures et demie plus tard, Karlsson et Yvette étaient à Cardiff. La maison de Robin Orton donnait sur la mer, mais elle était plus modeste que celle de Jeremy. Sa voiture était garée dans la rue, dehors. Sa femme était partie travailler. Le thé fut servi dans des mugs, pas dans des tasses. Ici, pas de piano à queue, même si l'on trouvait bien des photos de leurs enfants au mur.

Robin Orton était plus petit que son frère. Karlsson lui trouva l'air d'un homme qui aurait perdu beaucoup de poids en peu de temps : la peau de sa figure manquait de tonicité, et son pantalon était trop ample, retenu par une ceinture en cuir noir.

Ils reposèrent les mêmes questions, et lui donna les mêmes réponses, plus ou moins. Non, il n'avait jamais rencontré Robert Poole. Non, il n'était pas au courant des travaux d'entretien effectués dans la maison. Non, il ignorait tout du changement de testament – mais ce qu'il en pensait, c'est qu'il était absolument scandaleux que des individus tels que ce dénommé Poole puisse s'immiscer ainsi dans l'existence d'une vieille dame. Non, il n'avait pas vu sa mère tout récemment. En quoi cela les regardait-il ? Ce n'était pas comme si Mary Orton faisait beaucoup d'efforts pour venir le voir à Cardiff et, de toute façon, elle s'était toujours plus souciée de Jeremy que de lui – et s'ils tenaient vraiment à connaître son opinion, eh bien, il pensait que l'argent qu'elle dispensait si libéralement au premier voyou venu toquer à sa porte aurait pu lui être versé, en partie, et bien plus utilement, pour l'aider à monter sa nouvelle affaire. Les personnes âgées devraient se montrer plus généreuses – sa mère n'avait pas réellement besoin de quoi que ce soit. Pour ce qui était de la dernière semaine de janvier, il se trouvait qu'il l'avait passée au lit, pour l'essentiel, avec une grippe carabinée. Ils pouvaient vérifier auprès de sa femme – même si elle risquait de la qualifier de simple rhume, mais ça ressemblait bien aux femmes, tiens. Et ils retrouveraient bien la porte tout seuls, sans qu'on les raccompagne, en veillant à bien refermer derrière eux, merci.

— Ils sont épouvantables…, commenta Yvette.

— Oui, mais vous en pensez quoi, au fond ?

Ils regagnaient Londres par l'autoroute M4, et la pluie tombait désormais sans répit du ciel détrempé.

— J'aimerais qu'ils l'aient tué ensemble, dit-elle, et qu'on puisse les mettre au placard pour très longtemps. Et leur mère, putain, la pauvre femme…

— Est-ce que cela signifie que vous pensez qu'ils ne l'ont pas fait ?

— Il faudra vérifier ce qu'ils ont fait cette semaine-là, évidemment, et retourner voir Mary Orton pour qu'elle confirme qu'ils ne lui ont pas rendu visite. Mais malheureusement, je suis prête à parier qu'ils ne l'avaient effectivement pas fait depuis l'été dernier. Vu qu'ils étaient tellement *occupés*.

— Donc, poursuivit Karlsson, ils ont un mobile, mais un mobile qui se présente trop tard.

— J'ai besoin d'une douche.
— Et moi d'un verre. (Il hésita.) Ça vous dit, vous aussi ?
— Oui ! s'exclama-t-elle, avant de tenter de tempérer son enthousiasme. Enfin… je crois.
— À une condition.
— Quoi ?
— Que vous arrêtiez de casser du sucre sur le dos de Frieda. (Elle se mit à protester mais Karlsson l'interrompit.) Vous devez collaborer, toutes les deux.

Elle ne se rappelait plus. Elle ne pouvait se rappeler quelle sensation procurait le printemps, l'été, ou même l'automne, un bel automne lumineux et doré, qui avait toujours été sa saison préférée. Elle ne se souvenait que de l'hiver : ce qu'elle vivait à présent – gelée dans un froid immuable. Les arbres si nus, le sol retourné formant des vaguelettes de boue pétrifiée, l'herbe écrasée, foulée aux pieds, la rivière brune et lente, triste, et le lent goutte-à-goutte de l'eau tombant du plafond, ses doigts comme de la cire quand elle se réveillait le matin, et les cristaux de givre sur les petites fenêtres qu'elle devait gratter de ses ongles cassants. L'une de ses dents bougeait, comme si ses gencives s'étaient ramollies.

Elle n'arrivait plus à se remémorer ce qu'il lui avait dit, pas complètement. Quelles étaient ses instructions. Elle conservait bien en elle ses mots, quelque part, mais n'arrivait plus à les retrouver. Elle fouilla les tiroirs de sa mémoire et dénicha des choses étranges, des bribes de souvenirs. Dont elle n'avait plus besoin à présent.

La vie s'était réduite à ce bateau, à cet instant. Mais elle n'aurait su dire pourquoi.

Chapitre trente

À 14 h 30 ce même jour, mue par une intuition qui n'avait cessé de croître en elle toute la matinée, Frieda retourna à Greenwich, chez les Wyatt. Elle ne prévint pas Karlsson, pas plus qu'elle ne téléphona pour prévenir, même s'il lui paraissait probable qu'elle ne trouverait personne. Mais en arrivant chez eux, elle aperçut Aisling au travers de la vaste fenêtre du rez-de-chaussée, assise au piano, en train de jouer. Même de là où elle se trouvait, parmi les bulbes de printemps et les pots en cuivre soigneusement garnis d'herbes aromatiques, Frieda voyait bien que ses mains couraient avec aisance sur le clavier. Elle vit aussi qu'elle se tenait de manière tendue. Elle s'approcha de la porte d'entrée, sonna, et la musique du piano cessa au loin. Quelques secondes plus tard, la porte s'ouvrit.

— Oui ?

— Je suis désolée de passer sans prévenir, commença Frieda. Nous nous sommes déjà rencontrées.

— Oui, je me souviens.

Aisling semblait hésitante. Ses traits fins étaient tirés et de petites rides que Frieda n'avait pas remarquées auparavant soulignaient le contour de sa bouche.

— Les enfants ne vont pas tarder à rentrer, dit-elle.

Mais elle s'effaça pour laisser entrer la psychothérapeute dans l'appartement aux proportions spacieuses, harmonieuses, qui lui faisait plus l'effet d'un showroom que d'un foyer. Il était difficile de croire que les Wyatt avaient des enfants, et Frieda se demanda combien d'heures par jour passait ici la femme de ménage. Ses pieds glissaient sur le parquet ciré. Sur la longue table basse, des mandarines à la couleur vive s'entassaient en forme de pyramide dans un plat en bois ouvragé.

— Puis-je vous offrir quelque chose ? Thé, café, une tisane quelconque ?

— Ça va, je vous remercie, répondit Frieda en s'affaissant dans le canapé moelleux.

Elle détestait les meubles qui l'engloutissaient. Elle aimait s'asseoir bien droite.

— Donc. Y a-t-il quelque chose que vous souhaitiez me demander ? Frank n'est pas là, évidemment.

— C'est pour cela que je suis venue. J'ai pensé qu'il serait au bureau et que vos enfants seraient à l'école.

— Je ne comprends pas.

— Je voulais vous parler de votre liaison avec Robert Poole.

— Comment osez-vous ?

Elle se releva d'un bond et se planta, mince et droite, tremblante de fureur devant Frieda.

— Comment *osez*-vous ?

— Quelqu'un l'a tué, Aisling. Ça peut nous aider.

— Sortez d'ici.

— Très bien.

Frieda se mit debout et reprit son manteau sur l'accoudoir du canapé, fouillant dans sa poche.

— Mais si vous souhaitez m'en parler, voici ma carte.

Elle hésita, puis ajouta :

— Je ne dirai rien à la police pour le moment.

— Il n'y a rien à dire.

Les deux femmes se dévisagèrent, après quoi Frieda salua d'un signe de tête et sortit. Par la fenêtre, elle vit Aisling debout là où elle l'avait laissée, contemplant fixement sa carte de visite.

— Entre, entre, entre ! s'écria Olivia.

Elle était en mode hôtesse, d'humeur expansive et légèrement ivre, déjà. Vêtue de velours vert, les cheveux relevés, les boucles d'oreilles tintant, elle entraîna Frieda à l'intérieur et l'embrassa sur les deux joues, avant d'effacer les traces de rouge à lèvres d'un doigt humecté de salive. L'entrée était envahie de chaussures. On trouvait également un piège à souris au pied de l'escalier, vide, pour l'heure.

— Elle est là ?

— Ta notaire…

— Tessa Welles.

— Pas encore. Mais elle a appelé pour dire qu'elle était en route. Elle avait l'air *a-do-rable*. Elle amène son frère.

— Pourquoi ? Il est notaire, lui aussi ?

— Non, mais comme ils arrivaient du même coin et qu'ils vont ensuite au théâtre ensemble…

Olivia fit un geste vague dans les airs. Le vernis écarlate de ses ongles s'écaillait.

— … j'ai dit que ça ne posait aucun souci.

— T'as bien fait. As-tu rassemblé tous tes documents ?

— Eh bien… Vois-tu, c'est un peu le problème.

J'ai fait de mon mieux. Tu sais comment ça se passe, ce genre d'affaires a tendance à disparaître, on ne sait pas pourquoi.

Sur quoi Olivia ouvrit de grands yeux, à l'instar d'un prestidigitateur qui viendrait de réaliser un tour de magie.

— Elle doit avoir l'habitude. Où est Chloë ?

— À une *flash mob*, un truc comme ça, je ne sais pas trop au juste.

— Qu'est-ce que c'est que ça ?

— Je n'ai pas vraiment compris, répondit Olivia d'un ton évasif. C'est organisé sur Facebook et, de toute façon, elle est avec Sammy et le frère de Sammy, leurs copains, et elle a *dix-sept* ans.

La sonnette retentit et elle alla ouvrir, le faisant avec une telle énergie que le battant rebondit contre le mur : Frieda eut le temps d'entr'apercevoir deux visages ahuris avant qu'il ne se referme.

— Désolée, dit Olivia, tout en rouvrant la porte. Entrez, je vous en prie.

Frère et sœur, cela allait sans dire. Ce n'était pas seulement que les deux étaient grands et longilignes, et qu'ils avaient les mêmes cheveux d'un blond roux – même si ceux de monsieur étaient coupés court et tiraient sur le poivre et sel –, ils avaient également le même visage ovale et les mêmes yeux gris-bleu.

— Bonjour, fit Tessa.

Elle aperçut Frieda et lui adressa un sourire.

— Je vous présente mon frère, Harry Welles.

Harry serra la main d'Olivia puis celle de Frieda.

— Faites comme si je n'étais pas là, déclara-t-il. Je peux rester dans la voiture, si vous voulez, ou simplement me poser quelque part pendant que vous parlez. J'ai largement de quoi m'occuper, plein de travail.

— Vous vous joignez à nous ? demanda Tessa à Frieda.

— Je lui ai demandé de venir pour avoir son soutien moral, expliqua Olivia. Je craignais que vous ne soyez une femme redoutable en tailleur à rayures. Mais je crois que je peux m'en tirer toute seule. Entrez au salon. C'est un peu le foutoir, j'en ai bien peur. Même si j'ai essayé d'arranger un peu les choses.

— Où voulez-vous que je m'installe ? demanda Harry à Frieda.

— Vous pourriez essayer la cuisine, répondit Frieda, dubitativement. Il se peut qu'elle ne soit pas en état de vous recevoir… On jette un œil ?

— Waouh…, s'ébahit Harry, d'un ton quasi admiratif, en pénétrant dans la pièce. Je vois ce que vous voulez dire.

— Je peux vous faire un peu de place sur la table.

— Et vous, vous vous mettrez où ?

— Je me suis dit que je pourrais peut-être faire un peu de ménage. Encore que je ne sache pas vraiment par où commencer.

— Je vais vous dire : pourquoi est-ce que je ne ferais pas, moi, la vaisselle ?

— C'est hors de question.

— Pourquoi ? J'adore faire la vaisselle. Vous croyez qu'il y aurait des gants à ma taille ?

— Non.

— Et si. Les voilà.

Il les enfila en les faisant claquer l'un et l'autre.

— Parfait. Envoyez, c'est parti.

— C'est parfaitement déplacé.

— Déplacé ?

— Oui.

— Ça vous gêne.

— Oui.

Il roula les gants pour les ôter.

— Je ne vois pas pourquoi. Peut-être que vous pourriez nous servir un thé ?

— Je n'ai pas envie de thé.

— Un verre de vin ? C'est Tessa qui conduit. Je vois au moins quatre bouteilles ouvertes.

— Très bien. Je vais vous faire du thé et vous vous installez à cette table.

Elle débarrassa la table du cendrier, des verres de vin, des mugs et des assiettes sales, puis fit un tas avec les journaux et magazines. Il y avait plusieurs lettres non ouvertes, des factures pour autant qu'elle puisse en juger, qu'elle mit de côté pour plus tard à l'intention d'Olivia.

— Là. Asseyez-vous.

— Vous êtes têtue.

— Oui. Je vais juste essuyer la table.

— Je mets de l'eau à chauffer, je peux ?

— Vous prenez toujours vos aises de la sorte ?

— Ah bon ?

Il eut l'air étonné.

— Je ne sais pas.

Frieda prépara du thé tandis que Harry Welles ouvrait sa mallette, en sortait des papiers qu'il disposa sur la table devant lui, sans paraître disposé à travailler pour autant. Rangeant les assiettes dans le lave-vaisselle, Frieda se sentait observée.

— Que faites-vous dans la vie ? demanda-t-elle enfin.

— Je suis conseiller en finances. Ça, généralement, ça coupe la chique à tout le monde.

— Quel genre de gens conseillez-vous ?

— Tous. Certains ont une grosse fortune et veulent savoir où planquer leur argent à l'étranger, d'autres ont du mal à boucler leurs fins de mois. Je m'occupe aussi de quelques associations de bienfaisance. Les difficultés dans lesquelles les gens se retrouvent pour des raisons d'argent, c'est à peine croyable…

— Je pense que si, au contraire.

— Mais vous non. Je veux dire, vous ne vous mettez pas financièrement dans le pétrin.

— Non.

— Évidemment que non. J'ai ouï dire que vous étiez thérapeute.

— En effet.

Souvent les gens réagissaient à l'annonce de sa profession par une plaisanterie quelconque, teintée d'anxiété, sur ce qu'elle percevait de leur comportement et de leur façon d'être, comme si elle était douée d'on ne sait quelle inquiétante vision aux rayons X. Harry Welles, calant son menton dans ses mains pour la regarder droit dans les yeux, déclara :

— Oui. Je peux comprendre qu'on s'en remette à vous.

Puis il ajouta, avec une parfaite décontraction :

— Accepteriez-vous de dîner avec moi vendredi ?

Frieda lui servit son thé.

— Soit.

— Bien. Rendez-vous à confirmer. Quel est votre e-mail ?

Elle le lui communiqua, il prit note. Enfin, il ouvrit un dossier, s'empara d'un stylo, et se mit au travail. Frieda sourit en son for intérieur et s'attaqua à une casserole particulièrement récalcitrante.

Chapitre trente et un

Frieda se prépara pour elle-même un thé normal – un thé d'ouvrier, d'un brun acajou – et un thé vert pour Aisling Wyatt. Quand elle lui tendit le mug au-dessus de la table, la jeune femme referma les mains dessus.

— C'est comme si j'avais besoin de me réchauffer, dit-elle. Il fait si froid. Je l'ai senti tout l'hiver. Il n'a pas cessé de faire froid. Certains jours, quand je suis allée me promener le long du fleuve, je m'attendais presque à ce qu'il gèle. Il gelait autrefois, n'est-ce pas, il y a quelques siècles ? On patinait sur la Tamise.

— Et on y faisait même la fête, ajouta Frieda. Des carnavals.

— Elle aurait dû geler cet hiver, reprit Aisling. Le froid était tellement mordant.

Elle faisait l'effet d'une femme volontiers sujette au refroidissement – mince et au tempérament nerveux.

— C'est à cause de l'ancien pont de Londres, répondit Frieda.

— De l'ancien pont de Londres ? Quel rapport ?

— Il ralentissait le débit du fleuve, expliqua Frieda.

Aisling inspecta le salon de Frieda comme si elle

dégelait peu à peu et prenait conscience de son environnement.

— C'est joli, chez vous.

— Merci.

— Vous avez de très jolies choses. Celle-ci par exemple.

Elle s'empara d'un bol en porcelaine vert.

— D'où vient-il ?

— C'est un cadeau.

— Est-ce ici que vous recevez vos patients ?

— Non, répondit Frieda. Dans l'ensemble, je les vois dans un cabinet à deux pas d'ici.

— Accepteriez-vous de me prendre en consultation ?

— Ce n'est pas souhaitable, en raison des circonstances dans lesquelles nous nous sommes rencontrées. Mais pourquoi auriez-vous besoin de me voir ?

— Oh, rien et tout…, répondit Aisling. Parce que rien ne va plus, parce que je ne mène pas la vie que je pensais avoir, parce que je me déteste. Ça suffit pour commencer ?

Tout en s'adressant à Frieda, Aisling s'abstint de poser les yeux sur elle. Elle contemplait son thé, la pièce, tout ce qui pouvait lui permettre d'éviter de croiser son regard.

— J'ai l'impression que vous feriez bien d'aller consulter votre généraliste d'abord, lâcha Frieda. Mais je peux certainement vous recommander quelqu'un.

Aisling la regarda enfin.

— J'imagine que vous n'y tenez pas, déclara-t-elle. C'est compréhensible. Vous collaborez avec la police. C'est votre priorité.

— Il est vrai que je collabore avec la police.

Aisling eut un sourire amer et ajouta :

— Et j'ai lu des trucs sur vous dans la presse. On dirait que vous avez vos propres difficultés.

— Si j'ai moi-même des problèmes, pourquoi vouliez-vous me parler ?

— Quand vous m'avez posé des questions sur Bertie, je vous ai trouvée plutôt sympathique.

— Et aujourd'hui ?

— Cette fille, dans l'article, soutient que vous vous êtes servie d'elle. C'est vrai ?

— J'ai contribué à la sauver. Mais le fait qu'on vous porte secours peut s'avérer douloureux.

— Peut-être que ce qu'elle voulait dire, continua Aisling, c'est que vous vous immiscez dans la vie d'autrui et secouez le cocotier, et qu'ensuite vous n'assumez pas les conséquences de ce que vous avez déclenché ?

— Est-ce l'impression que je vous ai faite ?

Aisling but une gorgée de son thé, puis reposa le mug très soigneusement sur la petite table devant elle.

— Quand j'ai rencontré Frank, on travaillait tous les deux dans la même boîte, lui et moi. Dans le même service. Je réussissais plutôt mieux que lui, je pense. Ensuite, on a eu Joe et Emily et, bla-bla-bla, du jour au lendemain, je me retrouve au foyer, lui reçoit une promotion, et je m'ennuie rien qu'à vous le dire, un tel cliché, vraiment… Ce n'est pas mon genre, vous savez. Quand j'étais à la fac, c'était moi qui trouvais les autres rasoir. Si j'avais pu voir, à vingt-deux ans, celle que je serais à trente-deux, j'aurais… eh bien, j'aurais fait quelque chose de radical. Je me serais tirée en Amérique latine.

Elle défiait Frieda du regard à présent.

— Je sais que vous allez me conseiller de voir le côté plein du verre. Vous allez me dire que j'ai deux enfants merveilleux, un appartement magnifique, que j'ai moi-même pris cette décision et que je dois l'assumer. Vous allez me dire qu'au fond de moi, je ne devais pas aimer travailler dans un cabinet d'expertise comptable et que je me sers juste des enfants comme excuse.

Frieda reposa son propre thé sur la table, sans l'avoir goûté.

— Parlez-moi de Robert Poole, l'encouragea-t-elle.

— Quand Frank rentre le soir et que je lui montre ce que j'ai fait dans le jardin ou dans la maison, ses yeux ne font que passer dessus. Bertie était différent. Il manifestait de l'intérêt, il avait des idées. Il écoutait les miennes, aussi.

Elle s'arrêta, comme si elle attendait que Frieda prenne la parole, mais celle-ci garda le silence. Aisling reprit, presque pour elle-même :

— Je n'avais jamais cru pouvoir éprouver ça de nouveau. J'avais l'impression d'être vue. Je sais ce que vous pensez.

— Sans doute pas, non.

— Vous pensez que je dois me sentir coupable d'avoir été une mauvaise épouse et une mauvaise mère. Mais en réalité, non. On faisait l'amour quand les enfants étaient sortis. Emily va à la garderie quatre matinées par semaine et chez une nounou trois après-midi. Et on le faisait dans la chambre des enfants. En partie pour des raisons pratiques. Sinon, je me serais inquiétée de ce qu'il reste des odeurs quelconques sur les draps et j'aurais dû les laver à chaque fois, sans compter que Frank aurait pu remarquer quelque chose. Mais il y avait autre chose. Quand on était allongés nus dans la chambre des enfants, avec leurs affaires tout autour, leurs jouets, c'était une façon de dire « merde » à tout ça, à ce que j'étais devenue. Ça vous choque, j'imagine.

— Non. Avez-vous songé à quitter votre mari ?

— Pas vraiment, répondit Aisling. Non, pas du tout. De toute façon, les rapports sexuels ont cessé au bout d'un moment, même si le sentiment d'intimité est resté. On a envisagé de travailler ensemble.

— Et de faire quoi ?

— Il avait envie de concevoir des jardins en tant que paysagiste, et de faire du design d'intérieur, également.

Aisling sourit.

— On se baladait dans Greenwich en regardant les jardins des gens. On voyait bien qu'il existait un réel besoin dans ce domaine, quelqu'un qui puisse venir chez eux et prendre les choses en main, résoudre les problèmes à leur place, afin qu'ils puissent se consacrer à autre chose. Les gens ont l'argent nécessaire mais ne savent pas comment obtenir ce dont ils ont envie, au fond. Quiconque trouve le moyen d'accéder à ces gens ne peut échouer. Voilà : on a parlé de monter une affaire de cet ordre.

— Avez-vous fait plus qu'en parler ?

Aisling détourna le regard, avec un haussement d'épaules.

— Qu'avez-vous fait, au juste ? demanda Frieda.

— C'est tout ce qui compte, pour vous, répliqua Aisling. Vous ne pensez qu'à votre mission pour la police.

— Je ne peux pas vous aider si vous ne me dites pas la vérité, répliqua Frieda, ce qui signifie : toute la vérité. Même les passages moins évidents.

Aisling se couvrit la bouche de la main, puis se frotta la figure comme si elle la démangeait.

— Certaines informations paraîtraient bizarres si

elles venaient à être connues, et maintenant qu'il est mort, je ne sais pas ce qui va se passer.

— Si quoi venait à être connu ?

— J'ai apporté un certain soutien à Bertie, c'est tout. Financier, en partie.

— Combien ?

— Quelques milliers, répondit Aisling de manière quasi inaudible. Plus que ça. Un peu plus. Vingt-cinq mille. Trente, quarante, peut-être. Par là. C'est mon argent autant que celui de Frank. On partage tout. Et j'ai mon propre compte bancaire.

— En avez-vous parlé à votre mari ?

— Je comptais lui parler du projet quand il serait un peu plus abouti. Tout se serait très bien passé, mais voilà que soudain Bertie est mort. C'est une catastrophe, je le sais, mais on a pas mal d'argent de côté. Et il n'examine pas mes relevés bancaires. Pourquoi le ferait-il ? J'en suis malade, mais ça devrait aller. Tout ça se tassera et finira par retomber dans l'oubli, voilà ce que je me dis. Je veux dire, ça n'a rien à voir avec la mort de Bertie, juste avec l'échec d'un mariage. Notre échec… ça n'a rien à voir avec quoi que ce soit d'autre. Vous le voyez bien.

Frieda soutint son regard.

— Vous comprendrez, j'en suis sûre, que je suis obligée d'en parler à la police ?

— Non ! Pourquoi ? Ça n'a aucun rapport. Je suis venue vous voir parce que je vous faisais confiance.

— Vous êtes venue me voir parce que je m'étais rendu compte que vous aviez eu une liaison avec Robert Poole.

— Je croyais que vous comprendriez. Je ne pensais pas que vous me jugeriez.

— Je ne porte sur vous aucun jugement, Aisling. Un homme a été assassiné.

— Pas par moi.

— Je suis obligée de leur dire.

— Mais Frank l'apprendra. Vous ne lui en parlerez pas, si ? Vous ne pouvez pas, de toute façon. Vous n'avez pas le droit de trahir les secrets d'un patient.

— Vous n'êtes pas ma patiente, corrigea Frieda. Mais je ne lui dirai rien. Vous devriez envisager de le faire vous-même, même s'il ne l'apprend pas par la police.

— Je ne peux pas. Vous ne comprenez pas comment il est. Il ne me pardonnera jamais.

— Laissez-lui une chance. De toute façon, je pense qu'il est déjà au courant.

Frieda n'était rentrée chez elle que depuis quelques minutes lorsqu'on sonna à la porte. Elle montait l'escalier pour aller prendre une douche, et fit demi-tour pour ouvrir.

— Bonjour ? Vous êtes le docteur Klein ?

Sur le seuil, une femme jeune au visage enfantin, avec une expression d'excuse autant que d'impatience. Frieda avait l'impression qu'elle allait se fendre d'une seconde à l'autre d'un sourire enthousiaste, et qu'alors, des fossettes se creuseraient sur ses joues. Ses cheveux châtains, bouclés, étaient coupés assez court mais restaient néanmoins déstructurés, ses joues et son nez étaient parsemés de taches de son et les iris de ses yeux de biche, marron et pailletés.

— Je suis désolée de débarquer comme ça. Je m'appelle Liz. Liz Barron.

— Que puis-je pour vous ?

Elle frissonna.

— Il fait un temps épouvantable dehors. Puis-je entrer un instant ?

— Pas avant que vous ne m'ayez dit qui vous êtes.

— Bien sûr, pardon. Je voulais vous demander votre avis sur quelque chose. J'espérais que vous pourriez m'aider.

— À quel sujet ?

— Je suis journaliste pour le *Daily Sketch*.

— Je vois.

— J'écris un papier, genre article « tendance », sur les forces de police en ces temps de soupçons généralisés et de restrictions budgétaires. Bien disposé à leur égard, dans l'ensemble, mais s'efforçant d'examiner la chose sous tous les angles.

— Je ne fais pas partie de la police.

— Je sais, je sais, répondit-elle en rougissant. Je ne m'explique sans doute pas très bien. Ce qu'il y a, c'est que mon éditeur a pensé que ce serait une bonne idée de focaliser sur un aspect particulier, ou une histoire particulière. Je me demandais si je pourrais vous parler de votre implication… dans l'affaire Dean Reeve, évidemment, et aujourd'hui, avec ce Robert Poole. J'ai été tellement impressionnée par ce que vous avez accompli, et je sais ce que Joanna Teale a écrit sur vous. C'était vraiment un papier dégueulasse. Je me suis dit que ce serait une formidable opportunité pour vous d'exposer votre version de l'histoire. Ça doit être affreux de ne pas pouvoir mettre les choses au clair.

— Pas vraiment.

Cela ne sembla pas déstabiliser Liz Barron le moins du monde. Son agréable visage resplendissait de sympathie.

— Vous pourriez me raconter ce qui s'est passé,

et ce que vous faites maintenant, et ce que ça fait d'être consultant.

— Non.

— Et on pourrait même envisager de vous dédommager pour la peine.

— Non.

Son expression demeura inaltérable.

— Vous sentez-vous responsable de la mort de Kathy Ripon ?

— Je ne veux pas me montrer mal élevée, mais je vais à présent fermer la porte.

— Pourquoi les gens devraient-ils financer votre collaboration dans l'affaire Poole, alors que…

Frieda referma la porte. Elle gravit l'escalier et prit sa douche, s'attardant longuement sous le jet cinglant, tout en s'efforçant de ne penser à rien.

— Tiens, tiens, tiens…, commenta Karlsson. Alors comme ça, Mrs Wyatt trompait son mari avec notre Robert Poole.

Ils étaient en voiture, en route vers le domicile de Mary Orton. Frieda garda le silence, le regard perdu par la fenêtre.

— Et il a mis la main sur Mrs Orton pour l'amener ensuite à modifier son testament.

— Il a *tenté* de, corrigea Frieda.

— Il a couché avec Mrs Wyatt, puis lui a tapé son fric. Pensez-vous qu'il la faisait chanter ?

— Je ne crois pas que c'était nécessaire. Elle a dit qu'ils étaient sur le point de monter une affaire ensemble.

— Jamais entendu personne appeler ça comme ça,

ironisa Karlsson. Mr Wyatt était au courant, à votre avis ?

— Il y avait un truc bizarre, dans leur façon de se comporter l'un vis-à-vis de l'autre. Ils ne se regardaient pas, presque comme s'ils redoutaient que leurs regards se croisent. J'ai eu l'impression qu'ils se cachaient mutuellement quelque chose. On sait ce qu'elle cachait, elle, mais lui ?

— Alors il savait ?

— Aisling Wyatt soutient que non. Mais je n'en suis pas si sûre.

Karlsson eut l'air songeur.

— Il couche avec votre femme, vous pique votre argent. Et ensuite, on retrouve le corps à moins de deux kilomètres de chez vous. J'ai hâte d'interroger Frank Wyatt.

— J'ai dit à Aisling Wyatt que j'allais vous le dire et qu'elle ferait bien de lui parler avant que vous ne le fassiez.

— Et pourquoi donc avez-vous fait une chose pareille ? Maintenant, il sera sur ses gardes.

— Parce que c'était la chose à faire.

— La chose à faire ? Vis-à-vis d'elle, Frieda, ou pour notre enquête ?

— Aucune différence. Question de correction, c'est tout.

— Vous êtes dans quel camp ?

— Dans aucun camp.

Karlsson respira profondément, se retenant de proférer quelque grossièreté.

— Qu'avez-vous pensé des fils de Mary Orton ?

— Ils ne me plaisent pas, répondit Karlsson.

— Mais on n'a aucun indice contre eux ?

— Ils avaient un mobile. Un sacrément gros mobile. Le problème, c'est que je ne crois pas qu'ils s'en soient aperçus avant qu'il soit trop tard.

Mary Orton tint à préparer du thé et à sortir des biscuits. Elle ne cessait de s'excuser de n'avoir pas fait de gâteau. Frieda vit combien ses mains – couvertes de taches de vieillesse, parcourues de grosses veines bleues sous la peau lâche – tremblaient quand elle disposa les tasses. Elle portait une jupe vert foncé et un chemisier blanc, avec un fin cardigan par-dessus. Mais sa chemise était boutonnée de travers, dévoilant le tricot de corps démodé en dessous, bordé de dentelle, et son collant avait filé.

— Nous sommes vraiment désolés de vous déranger à nouveau, dit Frieda d'une voix douce à la vieille femme. Nous voulions juste vérifier quelques points avec vous.

— Je ferai tout mon possible pour vous aider.

Elle saisit la tasse avec des doigts gauches, calant sa petite cuillère sur le côté dans un tintement.

— Simple routine, ajouta Karlsson, qui se voulait apaisant. Nous aimerions juste confirmer quelques détails. Tels que la date à laquelle vos fils vous ont rendu visite pour la dernière fois, par exemple.

Elle le regarda, avant de baisser les yeux sur son thé.

— Pourquoi ? demanda-t-elle.

— Nous cherchons juste à établir qui a croisé Robert Poole, expliqua Frieda. Il n'y a aucune raison de s'inquiéter.

— Je ne sais pas quand ils sont venus.

— Sont-ils venus cette année ?

— Ils sont très occupés.

— Je sais. Et ils habitent loin, il est donc difficile pour eux de venir, dit Frieda.

— Ce ne sont pas de mauvais fils.

— Mais vous ne les voyez pas très souvent ?

— C'est pour les petits-enfants que ça m'ennuie.

— Ils grandissent si vite, convint Frieda. En quelques mois, c'est fou ce qu'ils changent.

— J'aimerais mieux les connaître, concéda Mary Orton. Non. Pas cette année.

— L'année dernière, alors ?

— Ils ne vous l'ont pas dit eux-mêmes ?

— Tous deux ont dit qu'ils étaient passés durant l'été.

— Oui. Ça doit être ça.

— Donc, ils ne sont pas venus depuis huit mois, par là.

Il leur semblait cruel d'insister ainsi. Mary Orton releva les yeux.

— Huit mois, dit-elle à voix basse.

— Leur avez-vous dit, à l'un ou à l'autre, que Robert Poole vous donnait un coup de main dans la maison ?

— Je ne voulais pas. Je n'avais pas envie qu'ils se sentent coupables.

— Parce que vous leur aviez déjà parlé de la fuite ?

— Je n'aime pas faire des histoires. Ils ont dit que ce n'était sans doute pas grand-chose et, que de toute façon, les choses s'arrangeraient au printemps.

— Je vois.

— Votre ami Josef, ajouta Mary Orton, en se ranimant à vue d'œil, il a fait un travail formidable sur le toit, et avec la chaudière.

— Je suis heureuse qu'il ait pu vous aider.

— Vraiment charmant, ce jeune homme. Il me raconte des histoires de son pays, et moi, je lui parle de Londres, autrefois. Il adore mon gâteau au citron. Et il a dit qu'il me préparerait un pain au miel et aux graines de pavot qu'il mangeait enfant, même s'il oubliera, sans doute.

— Je suis sûre que non, répondit Frieda.

— Les gens sont si occupés de nos jours. Mais quand on devient vieux et qu'on vit seul, le temps passe si vite, et pourtant si lentement à la fois. C'est bizarre, vous ne trouvez pas ?

— Oui, c'est bizarre.

— Personne ne vous dit, quand on est jeune, comment ça sera.

— Et comment c'est ?

— On devient comme un fantôme sous son propre toit.

Juste avant qu'ils ne s'en aillent, Karlsson s'arrêta devant l'urne sculptée contenant les cendres du mari de Mary Orton. Il l'effleura tout doucement de son index, suivant les spirales creusées dans les veines du bois.

— C'est très joli, et très original. Qui l'a fabriquée pour vous ?

Elle vint le rejoindre, si petite à côté de lui.

— Elle a été taillée dans un orme tombé dans notre jardin il y a des années de ça. Il me semblait naturel que les restes de Leonard reposent dans un objet issu de l'arbre qu'il avait tant aimé.

— Mmm.

Karlsson hocha la tête pour l'encourager à poursuivre.

— Vous rappelez-vous le nom du fabricant ?

Elle fronça les sourcils, songeuse, puis ajouta :

— Une société appelée Living Wood. Je crois. Mais je pourrais vérifier. Si j'ai conservé les papiers. Pourquoi ?

— Il m'a tapé dans l'œil. C'est vraiment très beau.

Elle lui adressa un sourire rayonnant. Frieda vit de quelle manière respectueuse il s'inclinait vers la vieille dame. Elle se détourna d'eux, étrangement émue.

— Pourquoi teniez-vous à savoir qui avait fait cette petite urne ? demanda Frieda, une fois qu'ils eurent regagné la voiture.

— Mrs Orton, Jasmine Shreeve et Aisling Wyatt ont toutes de très jolis objets en bois chez elles. Il pourrait y avoir un lien.

— Ah oui, je vois.

— J'ai dit : « pourrait ».

— Voilà qui était finement observé.

— Mais je vous remercie, docteur Klein.

— Pourquoi vous êtes-vous mis à fumer ?

Il lui lança un bref regard en coin.

— D'où tenez-vous ça ?

— Je me trompe ?

— Vous le sentez sur moi ?

— Non. Juste les bonbons à la menthe extraforte.

— Je ne veux pas que mes enfants le sachent, dit-il.

Il s'apprêtait à ajouter quelque chose quand il se retint.

— Vous pouvez parler, vous savez.

— Non. Je ne crois pas pouvoir.

Il mit les essuie-glaces en route et alluma les phares.

— Bon sang, vous ne détestez pas le mois de février, vous ?

Chapitre trente-deux

Située dans une petite zone industrielle à Dalston, l'entreprise Living Wood occupait le rez-de-chaussée d'un bâtiment hébergeant également une association de protection des animaux, une société confectionnant des chapeaux et un fabricant de panneaux signalétiques. Une fois la porte franchie, c'était un autre univers. Des planches de bois étaient adossées au moindre centimètre de mur. Au milieu de la pièce trônaient d'énormes machines – scies et autres rabots –, dont l'une était actionnée par un jeune homme en marcel blanc, penché sur son ouvrage, avec de la sueur sur ses épaules nues. Une riche odeur de résine flottait dans les airs. Yvette dut crier pour se faire entendre. L'homme éteignit l'engin et se redressa, s'essuyant le front du dos de la main.

Elle brandit son badge.

— C'est vous qui dirigez cette entreprise ?

— Non, mon père. Il n'est pas là. Si je peux vous aider…

L'homme regarda Munster, qui examinait une machine, un étau peut-être, avec une énorme lame bien lourde.

— Faites gaffe, dit l'homme. Vous vous trompez de bouton et vous y laissez un bras.

— On a une liste de noms, poursuivit Yvette. J'aimerais vous demander s'ils vous évoquent quoi que ce soit.

— OK.

Elle lui remit la liste dactylographiée. Il y jeta un œil.

— Ce sont des clients, dit-il. Y en a deux qui ne me disent rien. Faudrait que je vérifie dans l'ordi mais peut-être qu'ils en sont, eux aussi.

Il se dirigea vers un petit espace séparé du reste de la pièce où se trouvaient un meuble de rangement et un ordinateur. Il s'assit devant, pressa quelques touches, ouvrit une liste de noms et la fit défiler.

— Tous, sauf la dernière, dit-il. Sally Lea. Je ne sais pas qui c'est et elle ne figure pas dans notre système informatique. On a fait des trucs pour les autres, et plus d'une fois pour certains d'entre eux. Les Cole, par exemple, on leur a fait un lit dans un vieux frêne abattu par le vent. Un sacré morceau, celui-là. Il a fallu des mois.

— Donc vous dites que tous ont acheté des choses que vous avez fabriquées.

— On n'est pas un magasin, comme vous pouvez voir. Les gens nous apportent du bois de leur jardin et on en fait des objets. En général des coupelles, ou des planches à découper – n'importe quoi, en fait. Mrs Orton, là, on lui a fait une urne pour les cendres de son mari.

— Comment vos clients arrivent-ils jusqu'à vous ?

— On fait de la pub dans deux ou trois magazines. Des revues pour les gens qui retapent leur maison.

— Comptiez-vous un dénommé Robert Poole au nombre de vos clients ? demanda Yvette.

— Robbie ?

Il fixa sur eux un regard curieux.

— Non. Ce n'était pas un client. Il travaillait ici.

— Ah oui ? Quand ?

Il réfléchit un instant.

— Au début de l'année dernière, quelques mois, seulement.

Un autre homme poussa de l'épaule la porte de l'atelier et entra, portant deux gobelets en carton remplis de café.

— Darren, ces deux personnes sont de la police. Ils se renseignent sur Robbie Poole.

— Quand a-t-il cessé de travailler ici ? reprit Yvette.

Les deux hommes échangèrent un regard.

— Il y a un problème ? demanda Darren. On ne veut pas d'ennuis.

— Il y a eu un crime.

— Ça s'est mal terminé, répondit le jeune homme. De l'argent a disparu. Cette histoire m'a rendu malade, vraiment.

— Vous avez pensé que c'était lui ?

— On s'est dit que c'était possible. Ça semblait la seule explication possible. On l'a confronté et il s'est mis dans tous ses états. Ça a été un sale quart d'heure. Pour tout le monde.

— Mais il est parti.

— Je lui ai donné quelques semaines de salaire pour le dépanner. Il va bien ?

— Il est mort.

— Hein ?

— On l'a assassiné.

— La vache…

— La vache…, répéta Darren, sidéré. Oh putain, la vache…

— On a trouvé cette liste chez lui, dans son appartement.

— Seigneur Dieu. Pourquoi ?

— C'est ce que nous essayons de comprendre.

— Mort !

— Vous vous êtes montrés très serviables. Peut-être reprendrons-nous contact.

Yvette lui sourit.

— Mais je ne crois pas qu'il faille vous sentir coupable de l'avoir laissé partir, ajouta-t-elle.

Chapitre trente-trois

Quand Harry passa chercher Frieda le vendredi soir, il ne lui dit pas où ils allaient. Elle s'installa à l'arrière du taxi à ses côtés et il consulta l'écran de son téléphone.

— Je ne le sais pas encore moi-même, expliqua-t-il.

— Comment ça ?

— Ça fait partie du jeu. C'est dans le quartier de Shoreditch. C'est tout ce que je peux vous dévoiler.

— Je ne comprends pas. Que se passera-t-il quand nous arriverons à Shoreditch ?

Harry tapota son téléphone.

— Laissons-le faire, répliqua-t-il. Il nous dira.

— Très bien. Je m'en remets à lui.

— Je dois vous prévenir de quelque chose. Je veux commencer par me montrer parfaitement honnête.

— C'est toujours mauvais signe, rétorqua Frieda.

— Non, vraiment. Je veux juste vous dire à temps que vous devez prendre garde à ma sœur. Tessa passe la moitié de son temps à exercer le métier de notaire respectueux de la loi, mais elle a presque toujours une autre motivation.

— Pourquoi faut-il absolument que je le sache ?

— Elle m'a téléphoné aussitôt après vous avoir rencontrée, en me parlant de vous en long et en large. Elle m'a dit qu'elle souhaiterait que nous fassions connaissance.

Frieda lança un regard par la vitre avant de répondre.

— J'ai juste accepté de venir dîner, lâcha-t-elle enfin.

— Je sais. En fait, je crois que ce que je cherche à vous faire dire, c'est s'il y a quelqu'un dans votre vie.

— Non.

— Bien. Pourquoi ai-je l'impression qu'il y a un « mais » qui vient derrière ?

— Je ne sais pas. Je ne comptais pas ajouter quoi que ce soit.

— Peut-être venez-vous de rompre avec quelqu'un.

Frieda croisa son regard bleu-gris. À quand peut remonter un « venez-vous de » ? Elle s'était séparée de Sandy en décembre, plus d'un an auparavant. Aux yeux de Harry, cela devait faire longtemps, pensait-elle ; pour la plupart des gens, en tout cas, oui. Comment mesure-t-on l'absence ? Il s'était écoulé des minutes devenues des heures, et les heures s'étaient muées en désert interminable. Il y avait eu des jours mornes et comme lestés de plomb, et des semaines entières qu'elle avait dû s'obliger à traverser, centimètre par centimètre. Comment sait-on quand son cœur est à nouveau prêt ? Peut-être, chez quelqu'un comme elle, le cœur n'était-il jamais prêt et fallait-il le forcer à s'ouvrir.

— Il y avait quelqu'un il y a peu, répondit-elle doucement.

— Qui avait bien de la chance.

— Non. Je ne crois pas, non.

— Mais c'est fini ?

— Il est parti.

Loin, songea-t-elle. En Amérique, sur un autre continent.

— Et je n'ai pas envie d'en parler.

— Je ne comprends pas comment on peut…

Harry s'interrompit.

— Désolé. On vient seulement de faire connaissance et je ne veux pas me mêler de ce qui ne me regarde pas.

— Ça va.

— Mais je vous trouve très belle.

— Merci. Sur ce, avez-vous découvert où nous allions ou est-ce encore un mystère pour l'un comme pour l'autre ? On est presque arrivés à Shoreditch.

— Bien sûr. Évidemment. Une seconde.

Il consulta de nouveau son téléphone, puis ouvrit la cloison de verre qui le séparait du chauffeur et se pencha pour lui parler.

— Peut-être feriez-vous mieux de nous laisser à ce carrefour.

Ils descendirent de voiture dans Shoreditch High Street.

— Je travaillais autrefois dans le coin, expliqua Harry. Et à l'époque, je pensais – en fait, je n'ai pas fait que le penser, je l'ai également dit – que ce quartier de Londres ne se relèverait jamais. Cinq ans plus tard, environ, je lisais dans une revue américaine que le quartier de Hoxton était le plus branché de la planète.

Il tapota l'écran de son téléphone.

— Parfait. Suivez-moi.

Ils quittèrent la grande artère et Harry mena Frieda à travers un dédale de rues, vérifiant de temps à autre son chemin sur son portable.

— Nous y voilà, dit-il enfin. Enfin, à en croire l'appareil.

Ils se trouvaient devant la porte en acier de ce qui ressemblait à un entrepôt. Harry pressa un bouton à l'interphone. Une voix se fit entendre dans un grésillement.

— Harry Welles, et une invitée, indiqua Harry.

Un déclic retentit et il poussa la porte. Ils entrèrent et gravirent quelques marches métalliques. Parvenus au sommet, une autre porte s'ouvrit et une femme les accueillit. Elle était plantureuse, avec une chevelure blonde chatoyante qui retombait en une cascade de boucles, et portait un tablier blanc parcouru d'un unique trait d'un rouge sombre, de haut en bas. Elle les conduisit dans un petit loft, tout de plancher brut et de murs de briques, avec conduits de chauffage apparents, le tout pourvu de radiateurs métalliques. De vastes baies offraient une vue imprenable sur la City. Sur les cinq tables faites de bric et de broc, quatre étaient déjà occupées. La femme les conduisit à la dernière. Ils y prirent place.

— Mon nom est Inga, dit la femme. Et je viens du Danemark. Mon mari, Paul, vient du Maroc. Nous cuisinons ensemble. Je vais vous servir du vin et des plats, aucun choix possible. Pas d'allergies ou de régimes en vogue ?

Harry se tourna vers Frieda.

— Désolé, j'ai oublié de vous poser la question.

Frieda secoua la tête et Inga s'éloigna. Elle revint avec un pichet de vin blanc et une assiette de poissons marinés à la crème. Quand ils furent de nouveau seuls, Frieda regarda Harry.

— Mais qu'est-ce que c'est que ce truc ?

Harry examina le contenu de son assiette.

— Ça me paraît plus danois que marocain, commenta-t-il.

— Non, je veux dire : tout ça.

Elle indiqua les lieux d'un geste.

— Tout ça.

— Oh, ça ? C'est un restaurant « pop-up ». On en trouve quand on sait comment chercher.

— Pop-up ?

— Ils vont et viennent, avec des gens bizarres qui font leur petite salade bizarre pour des groupes de gens restreints.

— Est-ce bien… euh… légal ? demanda Frieda.

— Je l'espère. En tout cas, vous devriez le savoir. C'est vous, la policière.

— Pas exactement, non.

Il leur versa du vin à tous les deux.

— Je suis fasciné, dit-il. Une psychothérapeute qui travaille pour la police. Comment est-ce arrivé ?

— C'est une longue histoire.

— Parfait, répliqua Harry. J'adore les longues histoires.

Et c'est ainsi que, tandis que la table se couvrait de petites assiettes de viandes fumées, de yaourt, de pâtisseries savoureuses, Frieda lui parla d'Alan Dekker, des recherches menées pour retrouver Matthew, du jumeau d'Alan, Dean Reeve, et de sa femme Terry, qui s'était révélée n'être que la petite fille disparue vingt ans auparavant. Elle procéda à quelques coupes dans l'histoire : elle passa sous silence la mort de Kathy Ripon, ainsi que la certitude, récemment acquise, que Dean se baladait toujours dans la nature.

Harry savait écouter. Il était penché par-dessus la

table, mais pas trop, et hochait la tête, manifestant parfois son attention par de petits murmures, sans l'interrompre. Quand elle eut fini, il s'enquit de l'affaire sur laquelle elle travaillait en ce moment, et elle se surprit à se confier. Elle lui décrivit Michelle Doyce et ensuite, sans mentionner le nom de ses victimes, parla également de Poole.

— Je n'arrive pas à le cerner, avoua-t-elle.

— Eh bien, il se trouve que vous ne l'avez jamais rencontré, n'est-ce pas, et qu'aujourd'hui, il est mort.

— J'ai pourtant envie de savoir qui il était. Peut-être est-ce le seul moyen de retrouver qui l'a tué. D'un côté, c'était à l'évidence un escroc. En même temps, il soulageait la solitude des gens. Il avait apparemment le don de comprendre leurs points faibles et de leur apporter du réconfort.

— N'est-ce pas précisément ce que font les arnaqueurs ? S'immiscer dans la vie d'autrui ?

— Si. Peut-être. C'est juste que…

Elle s'interrompit.

— Peut-être ?

— Peut-être que j'ai l'impression qu'il faisait un peu comme moi.

Harry ne sembla aucunement surpris. Il hocha la tête, pétrit du pain pour former une boulette, puis ajouta :

— Vous voulez dire qu'il faisait office de thérapeute auprès des gens qu'il arnaquait.

— Oui.

— L'idée doit être assez inconfortable.

— Oui, en effet.

— Néanmoins, je suis convaincu que vous faites une formidable thérapeute.

Frieda eut un rire de dérision.

— Vous cherchez juste à me flatter, là. Vous ne pouvez absolument pas deviner si je suis compétente ou pas.

— Moi, je vous ferais confiance, et je vous dirais des trucs.

— Sauf que vous n'en avez rien fait. Vous n'avez fait que poser des questions et m'écouter.

— Posez-moi une question.

Il tendit les mains, les paumes offertes.

— Ce que vous voudrez.

— N'importe laquelle ?

— Absolument n'importe quoi.

— Faites-vous votre métier par goût de l'argent ?

— Hmm, voyons voir… Non, parce que je comprends le fonctionnement de l'argent, et de quelle façon il change les gens.

— Continuez.

— Un bon comptable ou conseiller financier est un artiste, plus ou moins. On peut faire faire à l'argent des choses d'une créativité extraordinaire, des trucs que les gens n'auraient jamais imaginés.

— Juste pour leur éviter de payer des taxes.

Harry fronça les sourcils, l'air amusé.

— Vous ne travaillez pas pour les impôts, si ? Il ne s'agit que d'examiner le potentiel. Pour moi, il n'est pas réellement question d'argent. C'est comme des jetons dans un jeu d'enfant.

Il balaya la pièce du regard.

— Comme ici, par exemple. Vous m'avez demandé si c'était légal. Au sens strict, sans doute pas. Ils ont trouvé une zone de non-droit, pas vraiment réglementée, à mi-chemin entre le restaurant et la soirée privée.

Zone au sein de laquelle ils peuvent développer leur créativité marocaine et danoise. Qu'en dites-vous ?

— C'est tout Londres, répliqua Frieda.

Harry sembla perplexe.

— Que voulez-vous dire ?

— Les zones de non-droit, dit-elle. Les choses qui arrivent en secret, les bonnes, les mauvaises, les étranges.

— Et ceci, c'est quoi ? demanda Harry.

— Des bonnes, je crois. Jusqu'à ce qu'il y ait, un jour, un incendie ici ou dans un lieu similaire, et les choses seront nettement moins marrantes.

Les traits de Harry se décomposèrent.

— Là, c'est la policière qui s'exprime.

— Je ne suis pas de la police.

— Désolé, évidemment que non. Question suivante.

— Pourquoi êtes-vous encore célibataire ?

— Je n'en sais rien.

Frieda haussa les sourcils et patienta.

— Je n'ai jamais imaginé que je serais encore célibataire à trente-huit ans. J'en aurai quarante, bientôt. J'ai toujours cru qu'à cet âge-là, je serais casé : avec femme, enfants, maison, la totale. La vie qu'on est censé mener. J'ai eu des relations, bien sûr, brèves pour certaines, longues pour d'autres, et j'ai même été fiancé à une femme que je croyais aimer et qui, je le croyais aussi, m'aimait, et puis… ça n'a pas marché. L'histoire a tourné court et il m'arrive parfois de me souvenir à peine de ce à quoi elle ressemblait ou de l'effet qu'elle me faisait, comme si c'était un rêve, vécu par un autre. En fait, je crois que j'ai toujours eu l'impression…

Concentré, il prit une gorgée de vin.

— … eu l'impression que j'attendais.

— Que vous attendiez quoi ?

— Je n'en sais rien. Que ma vraie vie commence : celle que j'étais censé mener.

— Votre vraie vie ?

— Ma vraie vie, mon véritable amour. Je n'en sais rien.

Une fois, il lui avait dit : « Je sais qui tu es. » Il l'avait regardée droit dans les yeux, sans sourire, et elle avait senti son regard sonder littéralement les méandres et les portes secrètes de son esprit.

Qu'avait-il vu ? Qu'avait-il trouvé en plongeant son regard dans le sien ? Avait-il découvert celle qu'elle était vraiment, celle que nul autre ne pourrait atteindre ?

Le corps importe peu. Plus maintenant. La peau en train de se déchirer, la bouche couverte de croûtes, les cheveux gras et coupés court, les côtes saillantes et les contusions étranges qui ont commencé à fleurir sur la chair pâle, crasseuse, privée de la lumière du soleil. Seule importe l'âme. « N'écoute rien de ce qu'on te dit », vous disent les voix. Lui a dit : « Je sais qui tu es. » Il suffisait de mettre dans la balance : « Moi, je sais qui tu es. » Voilà qui comptait plus que tout.

Chapitre trente-quatre

Leur réunion eut lieu à 7 heures, alors qu'il ne faisait pas encore pleinement jour à l'extérieur. Un thé brun-jaune fut servi, que personne ne but, ainsi que des biscuits secs aux raisins tout aussi secs, auxquels personne ne toucha. Yvette prit une grosse bouchée plâtreuse de l'un d'eux, puis sembla étonnée de son propre geste et gênée du bruit qu'elle faisait en le croquant, car elle était précisément censée prendre la parole, et Jake Newton lui jetait un regard condescendant.

Elle étala un tableau sur la table, sur lequel se penchèrent Karlsson, Frieda et Chris Munster. Jake se renversa, lui, en arrière dans son fauteuil tout en se maintenant en équilibre périlleux du bout des doigts, alarmant Yvette et irritant Karlsson.

— On s'est dit qu'on devrait essayer de reconstituer ce qu'il faisait de son vivant, commença Yvette tout en avalant son biscuit, où il était, qui il voyait ; bref, tenter d'établir un schéma et de déceler d'éventuels trous.

— Poursuivez.

— Ce n'est pas très précis, évidemment. On n'en

sait pas assez, et beaucoup de ces informations reposent sur des souvenirs. Mais regardez. Voici les jours où il a vu Mary Orton. Elle est indiquée en vert. Jasmine Shreeve, en rouge. Les Wyatt, en bleu. Les jours où il a vu Janet Ferris sont disséminés çà et là, ce qui n'a rien d'étonnant, et il y a plusieurs jours sans rien. Mais ça semble plutôt régulier, vous ne trouvez pas ? Je veux dire, plus régulier que ce à quoi on pourrait s'attendre – comme s'il avait mis au point un système et qu'il réservait des moments pour chacune des personnes dont il attendait quelque chose.

— Mmm..., commenta Karlsson, rêveur. En effet. Du bon boulot.

— Mais le truc bizarre, c'est qu'il y a des jours consécutifs où il disparaît du radar, tout simplement. Genre, tous les dix ou quinze jours, il y en a trois ou quatre où il n'y a aucune trace de lui et, pour autant que nous puissions en juger, où il ne se trouvait pas non plus chez lui.

— Vous pensez donc qu'il se trouvait avec quelqu'un d'autre ?

— Possible. Quelqu'un qu'on n'a pas encore identifié.

— Peut-être une autre victime.

— En tout cas, c'est une idée.

— L'affiche a-t-elle suscité des réactions ?

— Vous savez bien... des douzaines de personnes se sont manifestées en soutenant qu'elles savaient quelque chose mais ce n'étaient que des fausses pistes.

— C'est un jardinier, n'est-ce pas ? demanda Frieda.

Tout le monde la dévisagea.

— Comment ça, un « jardinier » ? s'interrogea Yvette. Quel rapport cela a-t-il avec quoi que ce soit ?

— Ce que vous avez fait me rappelle le jardinage, répondit Frieda. Quand on jardine, il n'est question que d'étapes. On plante les graines, on arrose les plantes, on cueille les fruits, on taille le bois mort. Pour moi, c'est comme s'il en était à diverses étapes de culture des personnes dont nous avons connaissance. Il y a ceux qu'il avait contactés par téléphone ou qu'il s'apprêtait vraisemblablement à contacter à un moment donné. Ensuite, il y a notre couple de Brixton, la première piste qui nous ait menés à lui, à qui il n'a rendu visite qu'une seule fois. Puis Janet Ferris, envers qui il semble s'être comporté en voisin idéal, gentil et attentionné. Puis Jasmine Shreeve – sur laquelle il exerçait une certaine emprise, mais dont il n'avait pas encore fait usage, pour autant que nous le sachions. Ensuite, les Wyatt. Il avait réussi à extorquer de l'argent à Aisling et il paraît peu probable qu'il aurait renoncé à lui mettre toujours plus de pression. Mary Orton, évidemment, qu'il avait déjà soulagée d'une bonne partie de sa fortune et qu'il tentait également de persuader de modifier son testament.

— Vous avez raison, souligna Karlsson.

— S'il y avait quelqu'un d'autre dont nous ignorons tout, quelqu'un qu'il voyait dans ces intervalles libres, je me demande où cette personne – il ou elle – se situait dans tout ça. En avait-il fini avec lui – ou elle ? N'en était-il qu'à ses débuts ? Ou bien cette personne en était-elle à un stade bien plus avancé que les autres ? Les arnaqueurs n'abusent pas les gens uniquement pour l'argent. Ils aiment détenir un pouvoir. Des études attestent que certains ont abusé leurs victimes sans aucun gain financier au bout du compte – ça peut être un projet grandiose, par exemple, pour se donner le sentiment d'être important.

Chris Munster prit la parole pour la première fois.

— Ce que j'aimerais savoir, dit-il, c'est qui est cette fichue Sally Lea.

Les coups sourds dans sa tête avaient cessé. La faim qui la tenaillait aussi, ainsi que les brumes de l'étourdissement. Tout était parfaitement net à présent. Les choses présentaient des contours acérés, et ses pensées étaient affûtées comme des lames.

Elle était son héritière. Elle ne le laisserait pas tomber.

Elle se releva de sa couchette étroite, dans un crissement de draps et de couverture râpeuse. Ses vêtements pendaient sur elle et, avec ses doigts, elle pouvait sentir à quel point ses os étaient saillants : pelvis, clavicules, côtes, poignets, omoplates, ses ailes. Voler. Enfant, elle était potelée, avec de douces hanches pleines. « Tout en rondeurs », disait sa mère. « Un boudin », raillaient ses ennemis. Aujourd'hui, elle était maigre et dure. Un instrument. Son instrument.

Elle s'aventura jusqu'au placard tout en longueur qui se trouvait à l'avant du bateau et s'étirait dans le noir jusqu'à la pointe de la proue. Il avait dit qu'elle ne devait pas, en aucun cas. Elle avait juré : croix de bois, croix de fer, si je mens… Mais tout avait changé. Les règles ne s'appliquaient plus et l'attente était terminée.

Elle avança le bras dans le placard et en sortit le premier paquet, enveloppé dans plusieurs sacs en plastique pour le préserver de l'humidité, et le posa sur la table. Trois autres suivirent. Puis elle se mit à l'ouvrage.

Frieda arriva à l'hôpital juste à temps. Elle était censée retrouver Jack dans le hall, près du présentoir de cartes de vœux, mais il était en retard et elle le vit s'engouffrer dans la porte tambour, le visage rougi. Il s'était vêtu à la va-vite – comme on s'habillerait le week-end, ou en tombant de son lit : un pantalon en velours râpé, naguère rouge foncé, une chemise aux motifs géométriques marron et vert sous un gilet décoré de rennes, cadeau de Noël de ses parents, selon toute vraisemblance. Seule une de ses baskets était pourvue de lacets, de sorte qu'il courait en claudiquant, traînant un pied par terre pour ne pas perdre sa chaussure.

— Désolé, dit-il dans un souffle. Le réveil. Les transports. Ça fait longtemps que vous attendez ?

— Quelques minutes, seulement. Tout va bien. On n'a pas de rendez-vous ou quoi que ce soit. Il s'agit juste d'une visite. Je me suis dit que ça vous intéresserait de la rencontrer et je sais qu'elle aime recevoir de la visite. On ira boire un café après et vous pourrez me parler de Carrie.

Ils gravirent l'escalier et continuèrent le long du couloir aux fresques criardes, encombré de fauteuils roulants et de déambulateurs, franchirent les portes battantes, entrèrent dans la salle commune, enfin. La femme en chemise de nuit victorienne qui faisait des puzzles n'était plus là, mais pour le reste, rien n'avait changé. Le lit qu'occupait précédemment Michelle Doyce disparaissait sous une très forte femme qui les dévisagea sans les voir.

— Elle est par ici, les informa l'infirmière, en indiquant une porte. Toute seule. Conformément aux ordres.

Elle haussa les sourcils à leur intention, dans l'espoir de recevoir une réponse complice.

Frieda hocha la tête.

— Bien.

La nouvelle chambre de Michelle Doyce était petite et exiguë, et la peinture verte des murs s'écaillait. La pièce aurait été absolument sinistre sans la vaste fenêtre qui laissait entrer la lumière du jour et donnait sur une issue de secours. L'escalier métallique descendait en spirale dans une cour remplie, comme le constata Frieda, d'une benne quasi vide et de plusieurs poubelles débordantes. Elle ne pouvait imaginer aucun des patients qu'elle avait vus ici capables d'emprunter cet escalier. Il y avait un cafard sous le minuscule lavabo dans le coin de la pièce. Elle ouvrit la fenêtre, saisit l'insecte dans un mouchoir et le laissa tomber pile dans la benne en dessous. Jack fit une grimace.

Michelle Doyce était assise dans le fauteuil en métal à côté de son lit. Sur sa table de nuit se trouvaient plusieurs petits morceaux de papier, trois bouchons de bouteille en plastique soigneusement alignés, un vieux pilulier, dont les compartiments contenaient désormais de petites boulettes de peluches et de cheveux ainsi que cinq morceaux de puzzle et quelques minces restes de savon, vraisemblablement ramassés dans les poubelles des salles de bains. C'était ainsi, songea Frieda, que Michelle Doyce se créait un foyer.

Michelle porta un doigt à ses lèvres à leur approche.

— Ils dorment.

— Nous ne ferons pas de bruit, la rassura Frieda. Pouvons-nous nous asseoir au pied de votre lit, ou préférez-vous que nous restions debout ?

— Vous pouvez vous asseoir si vous faites attention. Lui peut rester debout.

Jack tendit la main.

— Je m'appelle Jack, dit-il. Je suis un ami de Frieda. Ravi de vous connaître.

Michelle Doyce contempla sa main tendue comme si elle ne savait pas quoi en faire, et au bout d'un moment, un peu embarrassant, il la laissa retomber le long de son corps, mais c'est alors qu'elle se pencha en avant et s'en empara, l'examinant avec curiosité, passant son doigt sur ses cals, commentant d'un petit bruit désapprobateur un vaisseau éclaté et un ongle déchiqueté, murmurant pour elle-même.

— Regardez, dit-elle, en la retournant de façon à en exposer la paume. Les lignes de vie.

— Je vivrai longtemps ? demanda Jack en souriant.

— Oh non.

Elle lui tapota doucement la main, avant de la relâcher.

— Pas vous.

Jack eut l'air décontenancé, même s'il s'efforçait de conserver son sourire.

— Vous vous souvenez de moi ? demanda Frieda.

— Vous nous avez présentés.

— Je m'appelle Frieda. Nous avons parlé de l'homme qui vivait chez vous.

— Il n'est jamais revenu me voir.

— Il vous manque toujours ?

— Où est-il ?

— En sécurité, désormais.

Michelle Doyce hocha la tête. Elle esquissa l'un de ses gestes vagues, traçant une ligne flottante dans les airs de ses doigts boudinés.

— Que vous rappelez-vous de lui ?

— Sa pauvre main.

Elle tourna vers Jack son visage, avec son regard laiteux.

— Pire que la vôtre.

— Rien que sa main ? Il n'y a rien d'autre ? Vous n'avez rien ramassé d'autre ?

— Je ne vole jamais. Je prends soin des choses.

— Je le sais. Avez-vous besoin de quoi que ce soit ?

— À la fin.

— Où est votre chien ?

— Tout le monde s'en va. Des ports et des rivières.

— Mais votre chien, il vous a quittée ?

— Ils vont se réveiller.

Elle indiqua la couverture marron recouvrant les oreillers.

— Il est là ?

— Ils sont copains, maintenant. Ça a pris du temps.

— Je peux voir ?

— Promettez-moi.

— Je promets.

Avec une infinie délicatesse, Michelle rabattit la couverture.

— Là, déclara-t-elle avec fierté.

Sous la couverture gisait non pas une peluche, mais deux : le chien aux yeux faits de boutons et aux oreilles pendantes que lui avait offert Frieda, ainsi qu'un petit ours rose avec un cœur rouge brodé sur la poitrine.

— C'est chouette, commenta Jack. Comme ça, ils peuvent se tenir compagnie.

— Là.

Michelle lui mit le chien dans les bras, en l'installant précautionneusement.

— D'où vient l'autre ? l'interrogea Frieda.

Michelle la regarda sans comprendre.

— Est-ce quelqu'un qui vous l'a apporté ?

— Je m'occupe bien d'elle.

— Je vois ça. Mais comment est-elle arrivée jusqu'ici ?

— On ne sait jamais.

— Donc vous ne savez absolument pas comment Michelle Doyce s'est retrouvée en possession de cet ours en peluche ?

— C'est bien ce que je dis.

L'infirmière en chef du service s'exprimait d'une voix forte et avec application, comme si Frieda était dure d'oreille ou lente à comprendre.

— Ni quand elle l'a obtenu ?

— Tout juste. Aucune idée.

— C'est forcément quelqu'un qui le lui a donné.

— Ce n'est qu'un petit ours sans valeur, répliqua la femme. Elle a pu le prendre dans le lit d'une autre, à moins que quelqu'un ne l'ait jeté et qu'elle l'ait récupéré dans une poubelle. C'est quoi, votre problème ? Ça la rend heureuse. Elle passe chaque minute de sa journée à s'occuper d'eux.

— J'ai absolument besoin de savoir si quelqu'un lui a rendu visite. Combien de temps conservez-vous les enregistrements des caméras de surveillance ?

— Quels enregistrements ?

— J'ai vu plusieurs caméras dans l'hôpital.

— Ah, ça. Elles sont juste là pour faire genre. Où pourrions-nous bien trouver l'argent pour nous équiper, à votre avis ? On n'est pas dans l'un de ces hôpitaux bénéficiant d'un fonds de dotation, vous savez. C'est déjà suffisamment difficile de rémunérer nos infirmières ou de trouver du personnel d'entretien, sans avoir en plus à fournir un service tout confort.

— Donc il n'y a aucune chance de trouver le moindre document filmé ?

— Je ne pense pas. En tout cas, pas d'ici. Il y a bien une caméra à l'entrée, mais ils ne conservent les images que vingt-quatre heures.

— Je vois. Merci.

Jack et Frieda prirent place dans le café du rez-de-chaussée, qui ne consistait guère qu'en deux tables en formica dans un coin du hall d'entrée, à côté de la boutique où Frieda avait acheté le chien aux yeux faits de boutons. Un homme en bleu de travail passa devant eux en poussant un chariot rempli de journaux et de magazines sans se presser. Frieda commanda un thé vert à la femme au regard las qui se trouvait derrière le comptoir, et Jack un cappuccino saupoudré de chocolat accompagné d'un muffin aux myrtilles desséché.

— Pauvre Michelle Doyce, dit-il.

Un trait de mousse soulignait sa lèvre supérieure.

— Elle a l'air beaucoup plus heureuse à présent.

— Grâce aux jouets ?

— Pour elle, ce ne sont pas des jouets. Ce sont des êtres vivants qu'elle peut soigner et choyer, et qui l'aiment en retour. Après tout, c'est ce qu'on souhaite tous, dans l'ensemble.

— Oui, concéda Jack, d'un air sombre.

— Parlez-moi de Carrie. Vous l'avez vue deux fois, je crois. Comment ça se passe ?

— Eh bien…

Jack se ranima. Il rompit un gros morceau de muffin qui s'émiettait et l'enfourna dans sa bouche.

— Je me faisais un sang d'encre. C'était comme de monter sur scène. Il m'a fallu des heures pour choisir quoi mettre, ce qui ne me ressemble pas.

— C'est normal, dit Frieda. Et alors, comment ça s'est passé ?

— Je me suis retrouvé dans mon cabinet à l'Entrepôt, en train d'attendre, avec une heure d'avance. Paz n'en revenait pas. Carrie était ridiculement en avance, elle aussi. Et elle avait le trac, Frieda. Sitôt que je l'ai vue, j'ai eu honte de ma propre anxiété. Je n'avais fait que penser à moi, alors que c'était elle qui en bavait. Elle est entrée et s'est installée dans le fauteuil qui faisait face au mien, a bu une longue gorgée d'eau ; après quoi j'ai dit que même si j'avais connaissance de certains événements qu'elle avait traversés et qui étaient à l'origine de notre entretien, je voulais qu'elle m'expose sa propre version des faits. Et là, elle s'est mise à pleurer.

— Qu'avez-vous fait ?

— J'avais envie de me lever et de la serrer dans mes bras. Mais vous auriez été fière de moi. Je n'ai rien fait.

Frieda l'observa d'un air soupçonneux. Ironisait-il ?

— Que s'est-il passé ?

— Je lui ai donné un kleenex. Elle a fini de pleurer. S'est excusée. J'ai répondu qu'elle n'avait pas à s'excuser. J'ai dit qu'en ma présence, elle pouvait dire n'importe quoi, exprimer n'importe quelle émotion. Ce qu'il y a, c'est qu'elle ne sait pas ce qu'elle ressent – si c'est du chagrin ou de la colère, de la culpabilité ou de l'humiliation, ou simplement le triste fait qu'elle est sans enfant et que la seule chose qu'elle ait jamais souhaitée, c'était d'être mère.

— Probablement un mélange de tout ça.

— Ouais... Je pense aussi qu'elle avait tellement l'habitude de se montrer forte pour Alan qu'elle ne sait plus qui elle est aujourd'hui, ni comment se comporter. Je crois qu'elle doit réapprendre qui elle est en ce bas monde.

— À vous entendre, ça s'est plutôt bien passé.

— Je ne sais toujours pas ce que ça veut dire. La deuxième fois, juste avant de partir, elle a fait un commentaire relatif au fait qu'elle croyait qu'elle aurait aimé avoir quelqu'un comme vous en guise d'interlocuteur, mais qu'elle s'apercevait à présent que c'était mieux d'avoir un homme.

— Ce qui signifiait dans sa bouche : mieux de vous avoir *vous*.

— Ça vous choque ?

— Non. Ça me paraît logique.

Frieda sirota son thé vert. La femme dans son échoppe déballait les journaux de leur emballage plastique et les disposait sur les présentoirs. « Rendez-moi mon salopard de mari », lisait-on sur l'un des gros titres.

— Elle m'a confié qu'elle vous avait haïe, un temps. Elle vous tenait pour responsable de tout ce qui s'était produit, mais... Frieda ? Que se passe-t-il ?

Frieda indiqua du doigt l'un des tabloïdes. Le *Daily Sketch*.

— Oh Seigneur... C'est vous, encore ? Faites comme si vous n'aviez rien vu. Ça ne vaut pas le coup de vous en faire.

— Je ne peux pas, répondit Frieda.

Elle prit le journal sur le présentoir et le rapporta à leur table.

— Ce n'est pas le gros titre, dit Jack.

L'article à la une parlait d'une vedette du rock en cure de désintoxication. Vers le bas de la page venait un article de moindre importance : « Une psy peu recommandable mêlée à une enquête pour meurtre bâclée ». À côté figurait une photo de Frieda.

— Peu recommandable, lut Jack. N'est-ce pas diffamatoire ?

— J'ai déjà comparu devant un tribunal médical. Peut-être que ça suffit comme ça.

— Chouette photo, néanmoins.

— Quelqu'un l'a prise à mon insu, répondit Frieda. Dans la rue quelque part. Ils devaient me suivre.

— C'est légal ?

— Je n'en sais rien.

— C'est rédigé par une certaine Liz Barron. Qui est-ce ?

— Je l'ai rencontrée. Elle est venue toquer à ma porte.

— Qu'est-ce qu'elle a dit ?

— Rien. Et maintenant, taisez-vous. J'ai besoin de lire ça.

Frieda but une gorgée de son thé. Elle prit plusieurs longues respirations puis se força à lire l'article de bout en bout. Elle tourna la première page pour poursuivre sa lecture et réprima un sursaut. Une photo de Janet Ferris illustrait l'article, ainsi que le portrait qu'elle avait esquissé de Robert Poole, en se servant du cliché de son visage en décomposition. Elle finit le reste de l'article lentement et délibérément, mot pour mot. Enfin, elle s'adossa à sa chaise.

— Ça raconte quoi ? demanda Jack.

— Lisez vous-même.

— Je n'y tiens pas vraiment. Vous ne pouvez pas juste me le résumer ?

— D'accord, répondit Frieda. En gros, le problème, c'est qu'en ces temps de sévères restrictions budgétaires, il serait inopportun que les forces de police embauchent une thérapeute. Surtout quand elle est discréditée. Surtout quand ils ont déjà des experts qualifiés, j'ai nommé : le Dr Hal Bradshaw.

— C'est celui qu'on voit à la télévision ?

— C'est ce qu'ils disent. Et on ne sait comment ils ont réussi à mettre la main sur la voisine de Poole, Janet Ferris. Elle n'est pas vraiment satisfaite du déroulement des choses.

Frieda s'empara du journal et chercha la citation exacte.

— « La police ne prend pas suffisamment la situation au sérieux », dit-elle. « Personne n'a l'air de s'en soucier. Bob Poole était un homme adorable, généreux à l'excès. Il m'apportait sans cesse de petits présents, dès que l'occasion se présentait. On échangeait des livres, et même un tableau, une fois. Un changement de décor pour l'un comme pour l'autre, a-t-il dit. Je l'ai rendu, bien sûr. J'ai rendu tout ce qui lui appartenait, il ne me reste rien. Mais je n'arrive toujours pas à croire que je ne l'entendrai plus jamais toquer à ma porte ni ne reverrai son visage souriant. Même si tout le monde l'a abandonné, moi je ne l'oublierai jamais. »

— Comment la journaliste a-t-elle découvert l'existence de cette femme ?

— Je n'en sais rien.

— Ont-ils interrogé Karlsson ? s'emporta Jack. Est-ce qu'il s'est mouillé pour vous, est-ce qu'il leur a raconté tout ce que vous aviez fait ?

Frieda fit courir son doigt jusqu'à la fin de l'article.

— Une porte-parole de la police a déclaré : « Nous n'avons pas pour habitude de faire de commentaires sur notre fonctionnement mais le Dr Klein ne joue pas de rôle significatif dans cette enquête. Nous réservons toujours le meilleur accueil à toute forme de collaboration du public. » Elle a aussi précisé que l'enquête se poursuivait.

— Voilà qui n'a rien d'un soutien retentissant, commenta Jack. Quel effet cela vous fait qu'on écrive sur vous en ces termes ? Vous ne vous sentez pas violée ?

Frieda sourit.

— Violée ? C'est vous qui êtes mon thérapeute, maintenant ?

Jack eut l'air gêné et ne répondit rien.

— Et que diriez-vous donc si vous étiez mon thérapeute ?

— Je vous demanderais comment vous vous sentez à la lecture de cet article, répondit Jack. D'ailleurs, comment vous sentez-vous à la lecture de cet article ?

— Ça me donne l'impression d'être la propriété d'autrui. Ce qui me déplaît fortement.

Jack s'empara du journal et l'examina.

— « Une petite brune caustique ». Ça ne vous ressemble pas vraiment.

— Quoi ? Petite brune, ou caustique ?

— Ni l'un ni l'autre. Et « peu recommandable ». Ça, c'est complètement à côté de la plaque.

Il reposa le journal.

— Ce que je ne comprends pas, c'est pourquoi vous vous infligez tout ça.

— Alors ça, c'est une bonne question, répliqua Frieda. Et si vous étiez mon psy, on passerait un certain temps à en discuter.

— Est-ce qu'on ne peut pas en discuter bien que je ne sois pas votre thérapeute ?

Frieda fouilla dans son sac jusqu'à trouver son téléphone.

— Vous ne l'allumez jamais ? demanda-t-il.

— C'est précisément ce que je suis en train de faire. Je l'allume quand j'en ai besoin et, ensuite, je l'éteins à nouveau.

— Je ne suis pas certain que ça serve à grand-chose.

Frieda composa le numéro de Karlsson.

Il répondit à la première sonnerie.

— J'ai tenté de vous joindre.

— Comment ont-ils trouvé Janet Ferris ?

— Vous voulez dire, la journaliste ?

— Tout juste.

Silence à l'autre bout de la ligne.

— Vous êtes toujours là ? demanda Frieda.

— Écoutez, répondit enfin Karlsson, tout le monde sait que la presse a des contacts dans la police.

— Je l'ignorais. Ce qui signifie ?…

— Que c'est une putain de catastrophe, convint Karlsson. Mais, malheureusement, certains agents organisent des fuites. Contre de l'argent.

— Il n'aura pas fallu longtemps avant que ça devienne de notoriété publique.

— Ce n'est pas exactement un secret d'État. Ce sont les impôts des gens qui nous financent. Mais je suis désolé. Et désolé aussi que nous n'ayons pas vraiment pris fait et cause pour vous, apparemment.

— Si Yvette Long ne souhaite pas que je participe

à cette enquête, je préférerais qu'elle me le dise de vive voix, ou à vous-même, plutôt qu'à une journaliste.

Nouveau silence au bout de la ligne.

— J'imagine qu'elle vous l'avait déjà fait savoir.

— Ce n'est pas ce que vous croyez, Frieda.

Elle lança un regard à Jack, qui fixait le *Daily Sketch* d'un air plutôt penaud. Il leva les yeux et Frieda lui fit un geste, s'efforçant de signifier qu'elle n'en avait que pour une minute.

— C'est quoi, alors ?

— Cet article, ce sont des conneries. C'est de la merde, autant sur vous que sur l'enquête qui n'avancerait pas.

— En tout cas, vous avez l'air fin, vous et votre équipe. Quelle que soit l'expression employée…

— « Psy peu recommandable ».

— Oui, je vous remercie.

Frieda s'apprêtait à lui raccrocher au nez quand une chose lui revint à l'esprit.

— Je me sens mal pour Janet Ferris. J'aimerais aller la voir.

— Elle a dit n'importe quoi à cette journaliste. Ne vous laissez pas atteindre.

— Ce n'est pas de ça que je me soucie, répliqua Frieda. Je crois qu'elle a besoin de parler à quelqu'un.

— C'est une femme seule. À mon avis, elle avait pour Poole un léger béguin. Mais nous n'avons pas pour mission de lui tenir la main. Nous devons juste trouver qui a tué cet homme.

— Je la verrai sur mes heures de travail. Ne vous en faites pas : je ne vous facturerai rien.

Elle raccrocha et remit l'appareil dans son sac.

— J'ai été contente de vous voir, Jack. Mais je dois y aller maintenant, et rendre visite à quelqu'un.

— Vous n'allez pas traquer cette journaliste et la descendre, si ? s'inquiéta Jack. Laissez tomber. Elle n'en vaut pas la peine.

Frieda sourit.

— C'était un cas intéressant. Au début, elle a fait mine de vouloir devenir mon amie. Puis elle a voulu raconter ma version des faits. Ensuite, elle m'a menacée. Comme vous pouvez le voir, j'ai déjà tout oublié. Mais elle ferait mieux de ne pas se noyer dans un lac avec moi pour seul témoin.

— Vous plongeriez pour la sauver, quoi qu'il arrive, répliqua Jack. Vous le feriez, je le sais.

— Pour la faire culpabiliser, alors.

— Elle n'en ferait rien. Après ça, elle écrirait un nouvel article sur vous, dénaturant les faits.

Frieda médita un moment.

— Peut-être que je la laisserais couler, dans ce cas.

Chapitre trente-cinq

Ils sortirent ensemble et Frieda héla un taxi. Elle prit place à l'arrière et contempla les rues du sud de Londres, qui ne lui étaient pas familières. Ils longèrent des parcs, des écoles, un cimetière, et ç'aurait pu être une autre région d'Angleterre, un autre coin du monde. Elle songeait à Janet Ferris et à la journaliste, Liz Barron. Frieda s'était contentée de lui claquer la porte au nez mais Janet Ferris ne l'avait pas fait. Elle l'avait invitée à entrer, lui avait préparé du thé, s'était confiée à elle, reconnaissante de trouver une interlocutrice prête à l'écouter. Janet Ferris était une femme plus ou moins en marge de la société et que l'on avait ignorée. Et là, soudain, voilà qu'elle s'était retrouvée impliquée dans une histoire incroyable, le meurtre d'une personne de sa connaissance, chère à son cœur, et même alors, on l'avait ignorée. Personne n'avait voulu entendre son histoire. Au moins Liz Barron s'était-elle assise chez elle et l'avait-elle laissée parler.

Frieda pressa la sonnette de l'appartement de Janet Ferris, mais il n'y eut aucune réponse. Elle se maudit en silence d'arriver sans avoir prévenu par téléphone. Elle examina les sonnettes. L'appartement numéro 1 était celui de Janet Ferris. Le numéro 2, celui de Poole. Elle appuya sur le numéro 3 puis répéta l'opération. Une voix se fit entendre dans le petit haut-parleur, grésillant tellement qu'elle ne put distinguer les mots. Elle se présenta et dit qu'elle souhaitait voir Janet Ferris, sans savoir toutefois si on l'entendait. Elle patienta, puis perçut un bruit de pas. La porte s'ouvrit sur un grand jeune homme, blond, avec des lunettes cerclées de métal, vêtu d'un pull et d'un jean, pieds nus.

— C'est à quel sujet ? s'enquit-il.

Il avait un accent étranger.

Frieda se rappela le dossier : un étudiant allemand au dernier étage.

— J'aimerais voir Janet Ferris, dit-elle. Mais elle n'a pas l'air d'être là. Je me demandais si vous sauriez où elle était.

Il haussa les épaules.

— Je vis en haut, dit-il. Je ne la vois pas aller et venir.

Frieda inspecta l'entrée du regard, en quête d'un tas de courrier. Elle n'en vit aucun.

— Je sais que ça va avoir l'air étrange, commença-t-elle. Je collabore avec la police au sujet du meurtre. Je me demande comment va Janet, je suis un peu inquiète. Auriez-vous la clé de son appartement ?

— Vous avez une pièce d'identité ?

— Non. Je veux dire, pas en tant qu'agent de police. Je suis thérapeute. Je collabore avec eux.

L'homme eut l'air réticent.

— Je n'en ai que pour une minute. Je veux juste vérifier qu'elle va bien. Vous pouvez venir avec moi.

— Je vais aller la chercher, dit-il. Un instant.

Il remonta les marches en bondissant d'un pas léger.

Frieda se demanda ce qu'elle faisait là. Encore un peu moins recommandable, la psy. Le jeune homme fut rapidement de retour.

— Ça me gêne un peu, cette histoire.

Mais il n'en déverrouilla pas moins la porte et recula, en hélant Janet.

Frieda franchit le seuil et fut aussitôt assaillie par l'odeur. Une odeur épouvantable et douceâtre à la fois, qu'elle identifia instantanément : une odeur de merde.

— Restez ici, dit-elle à l'homme.

Elle s'avança dans le salon avec une prémonition vertigineuse de ce qu'elle allait trouver. Elle faillit se heurter au corps de Janet Ferris, à ses jambes. Elle leva les yeux. Une rallonge électrique avait été enroulée autour d'une poutre. L'autre extrémité se trouvait nouée autour du cou de Janet Ferris. Son corps pendait, rigoureusement immobile, lourd, mou, tel un sac rempli de sable. Un filet marron coulait le long de sa jambe, dégoulinait sur sa chaussure et gouttait sur le tapis. Frieda entendit un bruit derrière elle, une sorte de cri étouffé. Se retournant, elle découvrit le visage pâle, estomaqué, qui contemplait la scène.

— Je vous avais dit de rester dehors, le réprimanda-t-elle, sans méchanceté toutefois.

Il s'éclipsa. Frieda chercha son téléphone d'une main tremblante. Elle se sentait calme, mais eut du mal à presser les touches. Elle ne parvenait pas à se faire obéir de ses doigts. Ils lui semblaient gros, gonflés et gourds.

Josef n'avait jamais vu Frieda dans cet état auparavant : elle qui était toujours aussi maîtresse d'elle-même, si forte et si fiable, était à présent attablée dans sa cuisine, repliée sur elle-même, la figure à moitié cachée par sa main. Cela le rendait anxieux et protecteur, et lui donnait envie de lui préparer thé sur thé. Il remit de l'eau à chauffer sitôt qu'il eut rempli la théière. Elle n'avait pas voulu de vodka, même s'il pensait que cela lui aurait fait du bien et lui aurait rendu quelques couleurs. La veille, il avait fait pour elle un cake au miel, parfumé à la cannelle et au gingembre, dont l'odeur épicée, durant la cuisson, lui avait rappelé sa mère, mais également sa femme, ou du moins, son ex-épouse, et l'avait rempli d'émotions aussi douces que tristes. Il tentait à présent de convaincre Frieda d'en avaler un morceau, lui glissant l'assiette sous le nez. Elle secoua la tête et la repoussa.

Reuben n'avait jamais vu Frieda dans cet état non plus, bien qu'il fût son superviseur et ami depuis des années, et qu'il sache sur elle des choses que personne d'autre au monde, sans doute, ne savait. Elle ne pleurait pas – Reuben lui-même ne l'avait jamais vue pleurer, pas une fois, encore qu'un jour, pendant un film, ses yeux se fussent mis à larmoyer de façon suspecte – mais elle était visiblement bouleversée.

— Racontez-nous Frieda, l'encouragea-t-il.

La soirée commençait à peine, et il était censé rejoindre une heure plus tard une femme rencontrée au cours de gym du quartier. Il ne pouvait se rappeler si elle s'appelait Marie ou Maria, et s'inquiétait à l'idée de ne pas la reconnaître quand elle ne serait pas vêtue de Lycra, les cheveux relevés en queue-de-cheval, les joues rougies par l'exercice, avec un V de transpiration sur son dos musculeux.

— Oui. Racontez-nous depuis le début, insista Josef.

Il reversa à chacun une tasse de thé, puis un trait de vodka à lui-même pour l'accompagner, tiré de la bouteille qu'il avait glissée dans son sac quand il avait reçu le coup de fil de Frieda. Il fut tenté de poser sa main sur sa tête inclinée, puis changea d'avis.

— Je savais qu'elle souffrait de solitude.

Frieda s'exprimait à voix basse, s'adressait non pas à eux, mais à elle-même.

— Quand j'ai lu l'article…

— Celui de la psy peu recommandable, vous voulez dire ?

Elle leva la tête et fit une grimace.

— Oui, Reuben, celui-là. J'ai alors visualisé Janet Ferris toute seule dans son appartement, à qui n'importe qui frappant à la porte devait faire l'effet d'un ami. C'est… enfin, c'était, une femme intelligente, charmante et affectueuse, et pourtant c'était comme si elle avait raté tout ce qu'elle attendait de la vie, ce qui lui tenait le plus à cœur. Robert Poole, avec ses petites attentions, en venant se confier à elle, a dû beaucoup compter pour elle. Quand je lui ai rendu visite, j'ai senti qu'elle n'allait pas bien. Mais j'ai évacué cette pensée.

— Vous ne pouvez pas sauver tout le monde.

— Je suis allée la trouver, je l'ai poussée à se livrer à moi, à me dire ce qu'elle ressentait. C'est une chose risquée à faire quand on n'est pas prêt à en gérer les conséquences.

— Vous l'avez fait par gentillesse, répondit Josef, cherchant à l'apaiser.

— Façon sparadrap, oui, rétorqua Frieda.

Josef eut l'air perplexe. Il prit une gorgée de vodka, puis la fit passer avec du thé.

— Une gentillesse destinée à obtenir d'elle des confidences, et à m'exposer ses sentiments. Ensuite, je suis partie, j'ai livré mon rapport à Karlsson, et je l'ai oubliée. Je l'avais rayée de la liste des choses que j'avais à faire.

— Rayée ?

— Ça veut dire… oh, bref, peu importe.

Reuben s'empara de la vodka de Josef et la but machinalement, puis remplit de nouveau le verre, le descendit pour moitié avant de le rendre à Josef, qui acheva de le vider.

— Suggérez-vous que vous auriez dû mieux percevoir dans quel état elle se trouvait, ou que vous avez contribué à la mettre dans cet état ?

— Je n'en sais rien. Moi, la police, cette journaliste… on s'est tous servis d'elle. Elle était en deuil.

— Il n'était que son voisin.

— Il lui avait rendu de l'espoir.

— Certes.

— Quand je me suis mêlée de cette enquête, au tout début, la police n'en avait pas grand-chose à faire. Pas Karlsson, mais en gros, ils voulaient tous refermer le dossier. Pour eux, on finirait par découvrir que la victime était un dealer ou un marginal, et l'assassin était cette folle qui resterait enfermée à l'hôpital pour le restant de ses jours. Ensuite, quand on a identifié Robert Poole, ça n'avait toujours pas beaucoup d'importance parce que ce n'était qu'un arnaqueur un peu sinistre. Qui se souciait réellement qu'il soit mort ? Janet. Et voilà qu'elle est morte à son tour.

— Le problème, dit Reuben, en remplissant à nouveau le verre de vodka pour boire une nouvelle gorgée, c'est ce que vous perdez de vue si vous agissez en tant que thérapeute ou en tant qu'enquêtrice.

Il contempla le fond de son verre.

— Vous ne savez plus si votre rôle est de coincer quelqu'un ou de le soigner.

Frieda écarta sa main de sa figure et se redressa sur son siège.

— C'est une façon de voir les choses.

— Ce qu'il y a, c'est qu'on est thérapeute quand quelqu'un vient vous trouver dans votre cabinet, et qu'il endosse le rôle de patient. Vous n'êtes pas la thérapeute de tous les êtres que vous croisez sur votre chemin. Vous ne le pouvez pas.

— Non, en effet, concéda Frieda, mais sans conviction. Non, vous avez sans doute raison.

— Ça, c'est bien pour les jours tristes, commenta Josef en remplissant trois petits verres à liqueur à ras bord.

Chacun se saisit de l'un d'entre eux, porta un toast à son voisin, avant de l'engloutir d'une traite. Même du fond de sa détresse, Frieda remarquait de quelle façon Reuben se débarrassait peu à peu de son abstinence vertueuse et revenait à ses anciennes habitudes.

— Il faut que vous fassiez le tri, dit Reuben. En vous-même.

— J'y réfléchirai. En tout cas, il faut que je résolve la question. Sur ce, vous vous apprêtiez à sortir, non ?

— Seigneur, Frieda ! Vous auriez dû devenir espionne.

— Vous êtes rasé de frais – il y a encore un soupçon de mousse dans votre cou, et vous ne vous rasez jamais le soir – et vous avez consulté votre montre à deux reprises.

— Désolé.

— Qui est-ce ?

— Une femme que j'ai rencontrée, c'est tout. Marie. À moins que ce ne soit Maria.

— Vous ne savez pas ?

— Faudra juste que j'évite de l'appeler par son prénom.

— Je m'en vais bientôt, moi aussi. Mais l'un de vous peut-il d'abord me trouver du lait dans le frigo ?

— Du lait ?

— Oui, s'il vous plaît.

Josef alla chercher une brique de lait demi-écrémé au réfrigérateur et la lui tendit, ainsi qu'un verre, mais Frieda préféra s'emparer d'une soucoupe dans le placard, avant de se rendre dans l'entrée où elle avait laissé un carton à côté de la porte. Curieux, Josef et Reuben la suivirent. Elle ouvrit le carton avec application et plongea la main à l'intérieur.

— Viens là, toi, dit-elle.

Elle souleva le chat que Robert Poole et Janet Ferris avaient surnommé Mog ou Moggie pour le reposer par terre. Il resta rigoureusement immobile quelques instants, le dos rond, la queue dressée en l'air.

— D'où il vient, lui ? Il a des puces ?

— Non, répondit Frieda. Jamais Janet Ferris ne l'aurait laissé s'infester.

Elle versa du lait dans la soucoupe qu'elle mit sous le nez du chat. Il le renifla d'un air soupçonneux avant de le laper d'une petite langue rose pointue. Ce n'est qu'une fois la soucoupe vide qu'il s'éloigna et entreprit délicatement de faire sa toilette, en se léchant l'intérieur de la patte, pour se la passer par-dessus l'oreille puis sur le côté de la tête.

— Alors, que diriez-vous d'un chat, Reuben ? demanda Frieda.

— Super ! s'enthousiasma Josef qui s'accroupit à côté d'elle et avança un gros doigt, tout en roucoulant de mille manières et en s'exprimant dans une langue inconnue de Frieda.

Le chat émit un miaulement pitoyable.

— Je suis allergique, s'empressa d'avancer Reuben.

— L'a faim, avança Josef.

— Qu'est-ce que vous en savez ? Vous parlez chat ?

Josef se releva et disparut dans la cuisine, le chat sur les talons. Ils entendirent s'ouvrir la porte du réfrigérateur.

— Ce poulet froid n'est pas pour les chats ! lança Frieda dans son dos.

Puis elle se tourna vers Reuben.

— Vous êtes vraiment allergique ?

— J'éternue et je fais de l'urticaire.

— Dans ce cas, je crois que je vais devoir le garder.

— Je n'y crois pas ! Frieda Klein avec un animal de compagnie ?

— Ce n'est pas un compagnon. C'est une punition, rétorqua-t-elle. Sur ce, il est temps pour vous d'y aller.

Elle faillit les pousser littéralement dehors, et une fois la porte refermée, s'adossa au battant, comme pour mieux la condamner. Elle inspira profondément à plusieurs reprises. Soudain, elle entendit un bruit, qu'elle ne sut analyser. Était-ce dans la maison, ou à l'extérieur ? Loin, ou près ? Elle ouvrit la porte et, à quelques mètres de là seulement, aperçut un tas de corps informe : impossible de comprendre ce qui se passait. C'était un mélange d'impressions : de cris, de jurons, un poing, des coups qui pleuvaient – on s'étalait à terre, tout le monde était furieusement entremêlé. Faisant un pas en avant, elle vit Reuben, Josef et une autre personne dont elle ne put distinguer les traits, s'agripper les uns aux autres et se frapper mutuellement, rouler sur eux-mêmes. Elle leur cria quelque chose d'incohérent et tenta de s'emparer de l'un d'eux – c'était la veste en moleskine de Reuben – et un bras la heurta, qui la fit tomber à la renverse. Elle s'assit pesamment. Mais son intervention avait rompu le charme. Les hommes s'extirpèrent de la mêlée, et Josef se pencha sur elle.

— Vous blessée ?

Frieda porta son regard derrière lui, sur Reuben. Il haletait fortement et il y avait dans ses yeux une lueur qui l'alarma. Un autre homme, jeune, brun, vêtu d'un anorak, avec un appareil photo autour du cou, se leva et recula. Il leva une main et se toucha le nez.

— Salauds, pesta-t-il. J'appelle la police, putain.

— C'est ça, appelle la police, connard, rétorqua Reuben, qui avait toujours du mal à respirer. Espèce de parasite de mes deux. J'aimerais te traîner devant la justice, devant un putain de jury.

Frieda se releva tant bien que mal.

— Arrêtez, dit-elle. Arrêtez-moi ça, tous autant que vous êtes.

Elle regarda le photographe.

— Ça va ?

— Allez vous faire foutre, vous aussi, rétorqua-t-il en pointant sur elle un doigt menaçant. J'appelle la police sur-le-champ.

— C'est ça, appelle, insista Reuben. C'est moi qui te le demande. Je te mets au défi de l'appeler, putain.

Le photographe lui adressa un étrange hochement de tête, en biais, avant de s'en aller, parcourant l'impasse dans l'autre sens pour disparaître au coin de la rue. Tous trois le regardèrent s'éloigner. Reuben se tâtait les articulations de la main droite, en tressaillant légèrement. Josef avait la honte inscrite sur le visage.

— Frieda…, commença-t-il.

— Non, répliqua-t-elle. Allez-vous-en. C'est tout. Partez maintenant.

— On n'a fait que veiller sur vous, se défendit Reuben.

Elle ne put trouver la force de lui répondre. Elle tourna les talons et les abandonna là où ils étaient, refermant la porte derrière elle d'un coup de pied.

Chapitre trente-six

À son réveil, Frieda trouva la lumière délavée d'un matin de fin février. Le chat était installé au bout de son lit, et la contemplait de ses yeux jaunes, sans ciller. Elle s'assit. L'échauffourée qui avait pris place dans la rue l'avait privée de sommeil puis avait contaminé ses rêves dans lesquels, elle le savait, le visage de Dean Reeve, tapi dans les ténèbres, lui avait souri. Pourquoi cette scène l'avait-elle rendue à ce point malade ? Ne cherchaient-ils pas qu'à la protéger ? Ne savait-elle pas elle-même ce que c'était que de se comporter de manière impulsive ? Elle écarta délibérément ce souvenir de son esprit et s'adressa au chat :

— Qu'est-ce que tu sais, toi ? Qu'est-ce qu'il t'a raconté, qu'est-ce que tu as entendu ?

Peut-être ce chat avait-il vu Robert Poole à l'agonie, puis la pauvre Janet Ferris se passer la corde au cou avant d'envoyer la chaise valser d'un coup de pied. Les choses s'étaient-elles seulement passées ainsi ? Frieda ressentait un malaise, nourri de pensées et de doutes informes. Elle frissonna et sortit de son lit. Le ciel était d'un bleu pâle, veiné de blanc. Il était aujourd'hui possible de croire que le printemps finirait par arriver, après un hiver si long, si rigoureux. Elle se doucha, enfila un jean, puis descendit l'escalier, tandis que le chat décrivait des lacets entre ses jambes en miaulant. Elle avait acheté de la nourriture pour chat dans la boutique qui restait ouverte tard le soir, sur le trajet du retour, et en versait à présent dans un bol en plastique. Elle regarda l'animal manger ses croquettes. Que devait-elle faire de lui ensuite ? Le laisser sortir ? Mais il risquait alors de s'enfuir, de chercher à retrouver le chemin de sa maison, et de se faire écraser par une voiture. Ou le laisser chez elle, à pisser partout sur son parquet ? Il faudrait qu'elle aménage une trappe. Poussant un soupir, elle étala plusieurs couches de papier journal sur le sol de la cuisine, où elle enferma le chat. Elle enfila une veste épaisse, prit sa chemise en papier kraft et son carnet, puis sortit de chez elle.

Le Numéro 9 était toujours animé le dimanche matin, mais deux personnes quittaient justement la table du coin, et Frieda s'y installa. Marcus œuvrait au comptoir, manipulant la machine à expresso, tandis que de la vapeur sifflait par ses buses. Kerry ramassait des assiettes sur les tables, servait des petits déjeuners complets ou de simples bols de porridge. Mais elle s'arrêta à la vue de son amie.

— Tiens, une revenante.

— J'ai été pas mal occupée. Où est Katya ?

Kerry lui indiqua la petite fille, attablée près de la porte qui donnait sur leurs appartements, penchée sur un bloc de feuilles, en train d'écrire furieusement, la langue pointée sur sa lèvre supérieure.

— Je devrais l'emmener nager, ou se promener au parc, regretta Kerry.

— Elle n'a pas franchement l'air malheureuse.

— Elle écrit un roman. Elle a commencé ce matin à 6 h 30. Ça parle d'une petite fille nommée Katya dont les parents tiennent un café. Bagel à la cannelle ?

— Porridge. Et un jus d'oranges pressées. J'ai tout mon temps.

Kerry s'éloigna et Frieda ouvrit son dossier. Il contenait tous les éléments que Karlsson lui avait confiés sur l'enquête Robert Poole, ainsi que tous ceux qu'elle avait pu amasser elle-même, y compris l'article paru dans le *Daily Sketch* la veille, qu'elle retourna contre la table de façon à ce que la photo ne soit pas exposée aux regards. Elle examina les documents de bout en bout : la découverte du corps de Robert Poole par l'employée des services sociaux ; l'autopsie ; l'état dans lequel se trouvait le studio de Michelle Doyce ; le témoignage inintelligible de cette dernière ; les interviews des personnes qui vivaient sous le même toit qu'elle ; celles de Mary Orton, de Jasmine Shreeve, des Wyatt et de Janet Ferris. Elle lut attentivement la brève déclaration, rigoureuse, de Tessa Welles, attachée par un trombone à la photocopie du testament inachevé de Mary Orton, et les dépositions des fils de celle-ci, dans lesquelles Frieda crut entendre leur indignation outrée. Elle prit connaissance des mouvements de l'argent volé, parfois tenue de faire un effort pour deviner le sens de certains termes financiers, mais comprenant que Robert Poole avait lui-même retiré ses fonds de son compte courant pour les transférer sur un autre compte ouvert à son nom, lequel avait été ensuite vidé. Elle compulsa les notes relatives au véritable Robert Poole, mort des années auparavant, et dont le portrait ne présentait aucune ressemblance avec celui de l'imposteur. Elle s'abîma dans la contemplation de l'esquisse qu'elle avait faite, et dans celle du visuel produit par les ordinateurs des services de police, puis relut ses propres annotations.

Son porridge fut servi et elle le saupoudra de sucre roux avant de le manger lentement, sans cesser de travailler. Elle s'obligea à relire l'article du *Daily Sketch* d'un bout à l'autre, marquant une pause, les sourcils froncés, quand elle arriva à l'intervention de Janet Ferris. Ouvrant son carnet, elle lut ce qu'elle avait noté à la hâte après avoir vu Janet : la solitude dont elle souffrait, sa tendresse pour Poole, à la fois romantique et maternelle, son sens du devoir. Elle avait ajouté le mot « chat » entre parenthèses par la suite : le chat, c'était tout ce qu'il lui restait de Robert Poole ; en prenant soin de lui, elle continuait de s'occuper de son maître, d'une certaine façon.

Frieda reposa sa cuillère, songeuse. La dépression est une malédiction, une chose terrible et aveuglante : on n'arrive pas à voir au-delà. On n'est plus en mesure d'espérer, ni d'aimer, ni de se rappeler que le printemps succédera à l'hiver. Frieda le savait, mieux que personne, et pourtant, elle restait perturbée par cette histoire de chat. Quand Janet Ferris avait décidé de mettre fin à ses jours, elle n'avait pas laissé de quoi manger dans le bol ni ouvert de fenêtre afin qu'il puisse sortir.

Elle se leva enfin, remit sa veste, laissa sur la table de quoi régler le petit déjeuner et, saluant ses hôtes de loin, sortit dans la rue. Le vent était frais, mais pas trop mordant. Normalement, le dimanche matin, elle lisait les journaux au Numéro 9 puis se rendait au marché aux fleurs de Columbia Road. Mais ce jour-là, elle préféra longer Coram Fields et remonter en direction d'Islington et de Highbury Corner. Elle ignorait si elle trouverait Karlsson chez lui, mais même si ce n'était pas le cas, le trajet lui laissait le temps de rassembler ses idées. Comme toujours, marcher était pour elle un moyen de réfléchir. Les maisons défilèrent devant elle, elle pouvait sentir les trottoirs sous ses pieds, le vent envoyait ses cheveux dans son dos et lui emplissait les poumons.

Elle atteignit enfin la maison mitoyenne, de style victorien, où Karlsson vivait en entresol. Elle ne s'y était rendue qu'une fois, et il s'était alors présenté à la porte avec sa petite fille agrippée à lui comme un bébé koala. Aujourd'hui, il était seul, vêtu d'un pantalon de jogging et d'un haut trempé de sueur, une boisson énergisante à la main.

— Voulez-vous prendre une douche d'abord ?

— Quelque chose ne va pas ?

— Vous voulez dire : à part tout le reste ?

— Oui.

— Je ne sais pas au juste.

— Accordez-moi cinq minutes. Vous feriez mieux d'entrer.

Frieda descendit quelques marches et pénétra dans l'appartement, contournant un petit tricycle et des bottes de pluie rouges.

— Mettez de l'eau à chauffer, suggéra-t-il, avant de disparaître.

Elle entendit l'eau couler, des portes s'ouvrir et se refermer. Cette réalité domestique lui sembla trop intime et elle s'efforça de ne pas regarder les photos de Karlsson-l'époux, de Karlsson-le-père, de Karlsson-l'ami. Elle remplit la bouilloire et l'alluma, ouvrit des placards puis dénicha du café et des mugs, observa une mésange bleue sur la mangeoire dehors, en train de picorer quelques graines.

— Bon.

Il vint se poster à côté d'elle, vêtu d'un jean et d'une chemise grise, le visage luisant et les cheveux mouillés.

— Au lait, avec un sucre.

— Pour le sucre, je vous laisse faire. Les enfants ne sont pas là, aujourd'hui ?

— Plus tard, répondit-il avec brusquerie.

— Je ferai vite, alors.

— Pourquoi êtes-vous venue ?

Frieda réfléchit un moment.

— Avant d'ajouter quoi que ce soit, je ferais bien de vous prévenir.

— De me « prévenir ». Ça veut dire que ça ne présage rien de bon.

— Reuben et Josef étaient chez moi hier soir. Ils s'efforçaient de me consoler et buvaient de la vodka, et au moment où ils sont partis, il y avait un photographe dehors et…

— Non… Laissez-moi deviner. C'est comme vous et ce thérapeute dans ce restaurant. L'incident à l'issue duquel vous vous êtes retrouvée en cellule.

— Il y a eu échange de coups.

— C'est quoi, votre problème, à la fin ? A-t-il été blessé ?

— Il s'est fait un peu bousculer.

— Ça, je veux bien le croire, ils étaient deux contre un. À moins que ce n'ait été trois contre un ?

— Je suis sortie pour les arrêter.

— Il y aura peut-être là une circonstance atténuante. A-t-il appelé la police ?

— Je ne sais pas, répondit Frieda. Je ne pense pas. Je voulais juste que vous soyez au courant.

— On verra bien ce qui arrive. Il en est où avec son statut d'immigré, votre copain polak ?

— Il est ukrainien. Et je n'en sais rien.

— Tâchez de le maintenir en dehors de cette histoire. S'il est inculpé, il sera sans doute reconduit à la frontière.

Karlsson sourit faiblement.

— D'autres délits à signaler ?

— Non, ce n'est pas de cet ordre.

L'expression de Karlsson se fit sérieuse.

— Vous avez dû être assez secouée, hier.

— J'ai passé la matinée, aujourd'hui, à relire le dossier.

— Au lieu de dormir, ce dont vous avez vraiment besoin.

— J'ai pris le chat avec moi, vous savez.

— Yvette me l'a appris, oui.

— Quand Janet Ferris s'est suicidée, elle ne l'a pas nourri, pas plus qu'elle n'a ouvert la fenêtre. Avant que vous ne disiez quoi que ce soit, je sais qu'elle n'était pas dans son état normal, mais ça me paraît quand même bizarre.

Karlsson patienta et Frieda prit une profonde inspiration.

— Je ne suis pas certaine qu'elle ait mis fin à ses jours.

— Vous l'avez vue, Frieda.

— Je pense qu'on l'a tuée.

— Si j'étais votre thérapeute…

— Pourquoi les gens n'arrêtent-ils pas de me dire ça ?

— … je vous dirais que vous avez peut-être besoin de croire qu'elle n'a pas mis elle-même fin à ses jours parce que alors vous ne vous sentiriez pas responsable de sa mort.

— J'y ai pensé, évidemment.

— Vous êtes bouleversée, cette expérience a été traumatisante. Mais dites-moi, qui pourrait bien vouloir éliminer Janet Ferris ?

— Elle est morte après l'article qui a paru dans le journal.

— Tout juste. Et vous savez quel impact celui-ci a sur vous.

Frieda prit le dossier dans son sac, en sortit le *Daily Sketch* et pointa du doigt le paragraphe.

— Il est écrit ici que Robert Poole lui racontait des trucs, qu'il se confiait à elle. Si celui ou celle qui l'a tué a lu ça, ça l'aura forcément inquiété. Vous ne croyez pas ?

Karlsson poussa un gros soupir.

— Je n'en sais rien, Frieda. Je ne sais pas ce qu'il ou elle en aurait pensé. En tout cas, *moi*, je pense que vous faites fausse route.

— Si quelqu'un a tué Janet, alors je veux vous aider à le retrouver.

Karlsson reposa son mug.

— Réfléchissez bien, Frieda. Dean s'est pendu, et vous le croyez toujours vivant. Janet Ferris s'est suicidée, et vous croyez qu'on l'a assassinée. Vous ne voyez pas un schéma ?…

— Deux événements ne constituent pas un schéma.

— Il y a un aspect dans le suicide qui vous touche très profondément.

Frieda lui lança un regard noir et se leva brusquement en faisant crisser les pieds de sa chaise sur le carrelage.

— Vous allez où comme ça ? demanda-t-il. Vous n'avez pas touché votre café.

— Maintenant que je vous ai vu, je vais à Margate.

Margate était l'endroit où se rendaient Dean et Terry en vacances chaque été, pendant dix jours, emmenant avec eux June, jusqu'à ce qu'elle ne soit plus en état de faire le voyage. Frieda l'avait lu dans le livre de Joanna, *Une innocente en enfer*. Elle avait noté les endroits où ils aimaient aller : la plage, évidemment, et la vieille foire avec son grand huit en bois. La grotte en coquillages, la galerie sous les arches. Joanna avait écrit que Dean achetait toujours des bonbons à la menthe dans l'échoppe vieillotte du marchand de confiseries. Dean et sa mère, June, avaient un faible pour le sucré : Frieda se rappelait les beignets qu'il ne cessait d'apporter à sa mère, dans leur sachet en papier brun graisseux.

Le vent soufflait, humide, quand elle arriva en ville. Il n'y avait pas grand monde dans les rues et la plage était quasi déserte, parsemée de papiers et de débris en plastique, flottant au gré du vent. Elle serra plus étroitement son manteau sur elle et, baissant la tête, se rendit d'un pas vif au *Bed and Breakfast* qu'avait mentionné Joanna, lequel était en retrait de la plage, avec vue sur la mer du dernier étage seulement.

L'homme qui se présenta à la porte avait une tache de naissance qui lui couvrait la moitié du visage et portait une robe de chambre par-dessus ses vêtements. Frieda entendait la télévision dans la pièce d'à côté, et perçut une odeur de friture.

— On n'est pas ouverts. On est hors saison.

— J'espérais que vous pourriez m'aider.

Frieda avait préparé ce qu'elle comptait dire, puis décidé qu'il était préférable d'aller droit au but.

— J'aimerais vous interroger au sujet de Dean Reeve.

Une drôle d'expression furtive traversa les deux moitiés disparates du visage de l'homme, comme s'il tentait de la jauger.

— Qui êtes-vous ?

— Le Dr Frieda Klein, répondit-elle, en espérant que l'étiquette médicale suffirait. Est-il exact que Dean Reeve a séjourné ici ?

— Je ne suis pas sûr d'avoir envie que ça vienne à se savoir. Ça pourrait rebuter les gens. M'enfin… y en a aussi à qui ça pourrait plaire.

— Il venait souvent ?

— Il est venu dix ans, s'empressa-t-il de répondre. Tous les mois de juillet. Lui et sa femme, ainsi que sa vieille mère.

— Quand l'avez-vous vu pour la dernière fois ?

— Ça devait être durant le mois de juillet avant… son décès.

— Pas depuis ?

— Comment voudriez-vous que je l'aie vu après ?

— La question va peut-être vous paraître étrange, mais vous n'auriez pas croisé son frère, par hasard ? Ils ont… enfin, ils avaient, exactement la même tête.

L'homme sonda Frieda d'un regard inquisiteur.

— Et pourquoi aurais-je fait la connaissance de son frère ?

— J'ai pensé qu'il avait pu venir ici. Par curiosité. Il s'appelle Alan Dekker.

— Jamais entendu parler de lui.

— Vous n'avez même pas vu quelqu'un qui vous rappelait Dean ?

L'homme secoua la tête.

— Ce qu'il y a, c'est qu'il s'est toujours montré correct avec moi. Il m'a même aidé à réparer la douche. Mais j'ai toujours pensé que quelque chose clochait chez elle, en revanche.

— Chez elle ?

— La vieille.

— Mais son frère n'est jamais venu ?

— Puisque je vous le dis.

Frieda traversa la ville jusqu'à la grotte de coquillages sur laquelle s'était tant enthousiasmée Joanna – un labyrinthe souterrain dont le moindre centimètre carré était tapissé, littéralement clouté de coquillages, selon maints motifs, lignes ou spirales. L'endroit lui donna légèrement mal au cœur. Mais Dean avait adoré ce lieu, avait écrit Joanna. Il avait développé une véritable fixette. Aussi interrogea-t-elle la femme à l'accueil, qui vendait des petites boîtes faites de coquillages, ainsi que des cartes postales représentant des coquillages, et lui posa-t-elle les mêmes questions qu'au tenancier de la maison d'hôtes.

— Je ne vois pas de qui vous voulez parler, répondit la jeune femme.

Elle avait un accent australien. Frieda prit une feuille de papier dans sa poche et la déplia.

— Voici l'homme dont je parle.

La fille lissa la feuille et la rapprocha de sa figure, avant de l'éloigner d'elle, fronçant les sourcils.

— Non, dit-elle.

— Vous êtes sûre ?

— Évidemment que non. Des centaines de gens défilent ici. Il aurait très bien pu venir. Sans que je m'en souvienne.

Frieda repartit le long de la plage. La marée montait, de petites vagues commençaient à lécher le rivage. Elle ne vit qu'un seul autre promeneur, un vieil homme : il était accompagné d'un petit chien qui ne payait pas de mine et qui ne cessait de courir en rond autour de lui, s'efforçant d'obtenir de l'homme qu'il joue avec lui, et de temps à autre, ce dernier se baissait très lentement, comme si son dos grinçait, pour ramasser un bâton qu'il lui lançait. Frieda contempla la vaste étendue de mer grise, ridée et, l'espace d'un instant, regretta de n'être pas à bord d'un bateau, au large, seule, simplement entourée de ciel et d'eau.

Chapitre trente-sept

Frieda avait rendez-vous au centre. Elle y parvint en avance pour examiner sa paperasse et rattraper son retard. Paz était en ligne, en train de parler à quelqu'un ; son travail à l'Entrepôt semblait consister en de longues conversations animées avec quiconque venait à appeler. Elle agitait à présent ses mains dans les airs, gesticulant à l'adresse de son interlocuteur, quel qu'il fût, en faisant tinter ses multiples joncs aux poignets et danser ses longues boucles d'oreilles. Elle salua Frieda sur son passage en lui adressant des signes incompréhensibles. Reuben se trouvait dans son cabinet, mais son patient n'était pas encore arrivé et Frieda passa la tête par la porte.

— Comment vont vos articulations ? s'enquit-elle.

— On n'a fait que prendre votre défense, répéta-t-il.

Frieda referma la porte.

— Défendre mon honneur ? Et s'il avait été armé d'un couteau ? Et s'il était tombé un peu plus lourdement et s'était cogné la tête ?

— Nous faisions ce que font les amis.

— Vous étiez ivres. Ou en passe de l'être.

Un silence se fit.

— Comment va le chat ? demanda-t-il.

Il suçait un bonbon à la menthe. Il avait dû se remettre à fumer, en déduisit-elle – tout comme Karlsson.

— Il m'a réveillée à 3 heures du matin en me mordant un orteil. Il a également mangé mon jasmin et pissé dans l'une de mes chaussures. Savez-vous comment on fait pour avoir un chat propre ?

— Non.

— J'ai demandé à Josef d'installer une chatière sur ma porte.

— Bonne idée. Une femme vous attend dans votre bureau.

— Je n'attends personne.

— Elle a l'air un peu bizarre, façon crapaud.

Frieda parcourut le couloir et ouvrit sa porte. L'espace d'un instant, elle ne reconnut pas la femme qui était assise sur la chaise, avec ses jambes courtaudes repliées sous elle, ses cheveux gris, enturbannée dans un foulard jaune moutarde.

— Bonjour, docteur Klein.

— Bonjour.

— Ou bien puis-je vous appeler Frieda ?

— Comme vous voudrez.

Elle l'examina plus attentivement et, soudain, sut qui elle était.

— Vous êtes Thelma Scott, n'est-ce pas ?

— Oui.

— Désolée d'avoir mis du temps à vous reconnaître. La dernière fois que je vous ai vue, vous étiez membre du jury qui siégeait pour évaluer la qualité du traitement reçu par Alan Dekker. J'ai trouvé l'audition plutôt intimidante, vous le comprendrez sans doute.

— Mais certainement.

Frieda se sentit soudain si lasse et abattue que c'est tout juste si elle parvint à reprendre la parole.

— Qu'est-ce qui vous amène aujourd'hui ? demanda-t-elle. Avez-vous reçu une nouvelle plainte ?

Thelma sortit un tabloïde de son sac et l'ouvrit.

— Avez-vous lu le journal aujourd'hui ?

— Je ne lis pas les journaux.

Thelma chaussa ses lunettes de vue.

— « Une psy mêlée à une échauffourée », lut-elle. Il y a une photo du photographe. Sans doute les choses ont-elles l'air pires qu'elles n'étaient vraiment. « Des amis de Frieda Klein, thérapeute controversée, ont assailli un photographe de presse, Guy Durrant... » Bref, inutile de vous lire tout l'article.

— Je préférerais que vous vous absteniez.

— Le compte rendu doit être plus ou moins fidèle dans l'ensemble, j'imagine.

Frieda prit le journal des mains de Thelma et l'examina. L'article était rédigé par la même Liz Barron. Elle lui rendit le papier.

— Dans les grandes lignes, concéda-t-elle.

— Qui étaient les amis en question ?

— Je sors tout juste du bureau de l'un d'entre eux, répliqua Frieda, en pointant son doigt.

— Reuben ? s'étonna Thelma. Oh, Seigneur... mais pour l'amour du ciel !

— Je sais.

— Vous allez bien ?

— Comment ça ?

— Les ragots ne m'intéressent guère, continua Thelma, mais j'ai entendu une histoire vous concernant, voici un an ou deux. Il y était question de l'un de mes collègues et d'une rixe dans un restaurant de Kensington. Sans doute aura-t-on exagéré les faits.

— J'ai fini dans la cellule d'un commissariat.

— J'ai remarqué qu'il n'avait pas porté plainte. Sans doute y avait-il une raison à ça.

— Oui, en effet. Écoutez, s'agit-il d'une question disciplinaire ?

Thelma eut l'air perplexe.

— Si vous voulez dire par là : est-ce que j'approuve que des psychothérapeutes agréés agressent des gens en pleine rue – voire se battent entre eux – alors la réponse est non.

Thelma se leva. Frieda la dépassait de plusieurs bons centimètres.

— Je suis venue parce que je m'inquiétais de la pression qu'on exerçait sur vous.

— C'est très gentil de votre part, mais le moment n'est pas très bien choisi, docteur Scott.

— Je voulais juste m'assurer que vous aviez bien compris l'objet de cette audience du conseil psychanalytique. Vous n'avez reçu aucun blâme. On ne vous a pas retiré le droit d'exercer. J'espère que c'est bien clair pour vous.

— Vous êtes venue jusqu'ici pour me dire ça ? Merci. Je suis très touchée.

Thelma l'observa attentivement.

— Je me suis renseignée sur vous, reprit-elle. J'ai lu certains de vos écrits. Tout n'est pas que combat, ici-bas, vous n'êtes pas seule face au reste du monde.

— Je sais. J'ai quelques alliés dans mon camp. Enfin, je veux dire dans mon combat contre le reste du monde.

Thelma enfonça une main dans la poche de sa grosse

veste de travail et en sortit des tickets de métro ainsi qu'une carte de visite.

— Tenez, dit-elle. Si vous avez besoin de parler à quelqu'un, un jour.

— Frieda pense qu'on a assassiné Janet Ferris, déclara Karlsson. Enfin, qu'on a pu l'assassiner.

Yvette s'empara des cafés sur le plateau et les fit circuler autour de la table. Elle regarda Jake Newton, qui avait passé les deux derniers jours à évaluer la gestion des ressources humaines.

— Vous en vouliez un ? demanda-t-elle.

Il examina les mugs comme s'ils faisaient partie de son évaluation. Chris Munster déchira un sachet de sucre et le versa dans le sien.

— Non, répondit Newton. Non. Sans façon.

Yvette prit des sandwichs emballés dans un sac en plastique.

— Céleri-fromage pour vous, patron. Thon et concombre pour toi, Chris.

Elle lança les sachets en travers de la table.

— Poulet pour moi.

Elle leva les yeux vers Newton.

— Désolée. Je ne savais pas que vous seriez là.

— Je ne suis qu'une mouche sur le mur. Vous n'êtes pas tenue de me nourrir.

— Les mouches aux murs ont quand même besoin de manger.

Pendant que Newton, l'air perplexe, semblait chercher à déterminer si la remarque contenait une insulte sous-jacente, elle poursuivit :

— Frieda compte-t-elle venir expliquer sa théorie ?

— Elle reçoit des patients cet après-midi, répondit Karlsson.

— Comment fonctionne votre arrangement ? demanda Newton.

— Bonne question, approuva Yvette.

— Franchement, ce n'est ni le moment ni l'endroit, prévint Karlsson, mais elle perçoit une petite avance sur honoraires, et a droit à des notes de frais. Elle n'a sollicité jusqu'ici ni l'un ni l'autre. Je peux vous communiquer les détails plus tard, si vous le souhaitez.

— Merci, répondit Newton. Volontiers.

— Elle a également le droit à l'anonymat, ce qu'elle n'a malheureusement pas obtenu quand une certaine personne, présente entre ces murs, a divulgué des informations confidentielles relatives à cette enquête à la presse.

— Oups, lâcha Newton, d'un ton jovial.

— Pas plus qu'elle n'a reçu le soutien auquel elle avait droit, ajouta Karlsson, en fixant Yvette droit dans les yeux, qui rosit et détourna le regard.

— Donc, intervint Munster, pourquoi Frieda croit-elle que Janet Ferris a été assassinée ?

— Question d'instinct, en partie. Elle a eu le sentiment que Janet Ferris n'était pas disposée à commettre un suicide. Il serait nettement préférable qu'elle soit là pour défendre elle-même son hypothèse, mais en gros, elle a dit que c'était pour une part lié à ce qu'elle avait perçu de son état d'esprit. Par ailleurs, Mrs Ferris avait laissé le chat enfermé. Or elle ne semblait pas du genre à faire une chose pareille.

— J'imagine qu'avant un suicide, on ne se soucie plus de ce genre de détails, fit remarquer Yvette. Quand on veut être là pour son chat, on ne se suicide pas. A-t-on déjà procédé à l'autopsie ?

— Je viens d'avoir Singh au téléphone.

— Et ?

— Il a dit que la mort était consécutive à une asphyxie. Entre ça et l'état du corps…

— Qu'entendez-vous par « état du corps » ? s'enquit Newton.

— Mieux vaut ne pas poser la question, répliqua Yvette.

— Elle s'est chié dessus, corrigea Munster.

— Ah oui ?

Newton haussa les sourcils.

— Le relâchement des sphincters est typique de la pendaison, expliqua Karlsson. Tout comme il l'est d'autres formes de décès. Ce n'était pas tant que ses intestins se soient vidés que le fait que… euh…

Il fit un geste des mains.

— La disposition, compléta obligeamment Yvette.

— Y en avait partout, ajouta Munster.

— Je vous en prie, les supplia Karlsson. D'après Singh, il n'y avait pas trace d'une quelconque autre lésion, pas de contusion sur son corps. Il en conclut donc que le décès serait dû à un suicide. Je lui ai demandé s'il était certain qu'on n'avait pas étranglé Janet Ferris avant qu'elle ne se retrouve pendue. Il a répondu qu'il était impossible d'en être certain. Je lui ai demandé s'il était possible qu'on l'ait obligée à se pendre. Il a répondu qu'on ne pouvait totalement l'exclure, mais que dans ce cas, il se serait attendu à trouver des bleus, sur les bras, par exemple, or il n'y en avait aucun.

— Bref, quelle était son opinion, au final ? demanda Yvette.

— Son opinion, *sous toutes réserves*, est qu'il s'agit d'un suicide.

— Bon, ben voilà.

— Il n'a pas pour mission d'émettre des hypothèses. Mais de faire un compte rendu sur l'état d'un corps. Notre boulot, à nous, est d'envisager tous les cas de figure possibles.

— On a un tas de cas de figure possibles, rétorqua Yvette. Ils le sont tous, putain.

— C'est pourquoi nous avons organisé cette réunion.

Karlsson mordit agressivement dans son sandwich et les autres patientèrent, le temps qu'il avale.

— À tout moment, Crawford peut nous demander où nous en sommes et, pour être honnête, je ne sais pas au juste ce que nous allons lui répondre. Nous ne savons pas qui était vraiment Poole. Nous ne savons pas quand il a été tué, à cinq jours près, de sorte que nous ne pouvons pas faire réellement usage des alibis. On ne sait pas où il a été tué, aussi les équipes scientifiques ne nous servent-elles à rien. On sait plus ou moins comment il est mort, mais on ne sait pas pourquoi on lui a coupé le doigt.

Il s'arrêta un instant, pour réfléchir.

— On en sait mille fois trop sur les nombreuses raisons qu'il avait de se faire tuer. C'était un escroc, et un voleur. Si quelqu'un baisait ma femme, je serais tenté de le tuer. Si quelqu'un baisait ma femme et qu'en plus, il l'amenait à me voler mon fric, je serais tenté de lui couper le doigt, de l'obliger à le manger, avant de l'étrangler de mes propres mains. Si quelqu'un abusait de ma mère, j'aurais envie de l'éliminer. Si quelqu'un tentait de convaincre ma mère de modifier son testament de façon à ce qu'elle laisse tout à un putain d'escroc de mes deux, j'aurais envie de le massacrer. Si quelqu'un me faisait chanter à cause de mon problème d'alcoolisme, j'aurais également envie de le flinguer. Bref…

— Mais les alibis des fils Orton tiennent la route. Jeremy Orton a travaillé, nuit et jour, sur le contrat de rachat de je ne sais plus quelle boîte, et Robin Orton était au lit avec la grippe.

— Des alibis…, répéta Karlsson, avec lassitude. Je ne sais pas au juste. Il aurait très bien pu sortir du lit. N'y a-t-il pas des trains rapides maintenant, depuis Manchester ?

— Deux heures, cinq minutes, l'informa Yvette. Et Jasmine Shreeve, alors ?

Karlsson eut un rire grinçant.

— Vu le genre d'émissions qu'elle faisait à la télé, je lui aurais donné carte blanche pour qu'il l'escroque.

— L'émission *House Doctor* n'était pas si mal, protesta Munster.

— Ah ben, merde, alors ! s'emporta Yvette. Faire l'analyse de la psychologie des gens d'après leur papier peint…

— Cela tenait plus du plaisir coupable, intervint Newton.

Il était de bonne humeur aujourd'hui, et plein d'entrain.

— Bref, assez avec ces considérations télévisuelles, coupa Karlsson. Peu importe qu'elle ait été bonne ou pas, apparemment, elle s'en est bien tirée. Soit il l'a réellement appréciée, soit il n'a pas eu le temps de l'escroquer, à moins qu'il ne l'ait fait et que nous n'ayons pas encore découvert comment. Reste enfin la possibilité qu'il ait escroqué celui ou celle qu'il ne fallait pas, une personne dont nous n'avons pas encore entendu parler, peut-être dans le passé, et qu'il ou elle l'ait retrouvé et ait décidé de lui donner une bonne leçon.

— Ça fait beaucoup de « peut-être », commenta Yvette.

— Et notre principal témoin n'a plus sa tête et délire. Et notre deuxième principal témoin n'est plus.

Il prit une nouvelle bouchée de son sandwich.

— En gros, rien ne va. Mais la question reste : qu'est-ce qu'on fait maintenant ?

Un long silence s'abattit durant lequel ne s'éleva plus que le seul bruit des sandwichs en cours de mastication.

— Alors ?…, relança Karlsson.

— OK, déclara Yvette. En fait, on sait pas mal de choses.

— Continuez.

— On sait qu'il gagnait sa vie en escroquant des riches. On sait qu'il a couché avec Aisling Wyatt et qu'il prévoyait sans doute de faire chanter Jasmine Shreeve. Il a dépouillé Mary Orton et a essayé de lui faire modifier son testament. Comme vous dites, il y a là pas mal de motifs – même si celui de Jasmine serait de l'ordre de celui des fils Orton, à savoir : un mobile dont elle n'avait pas encore connaissance. On sait qu'il avait un joli paquet de fric qu'on lui a volé – ou qu'il a planqué quelque part, et qu'on n'a pas réussi à localiser.

Elle marqua un temps d'arrêt.

— Pas encore. On sait aussi, maintenant, comment il trouvait ses victimes.

— Ah oui ?

Newton se pencha en avant.

— Je n'étais pas au courant.

— Désolé, intervint Karlsson. J'ignorais que nous

devions vous tenir informé dans le détail de nos enquêtes.

— Ils étaient tous dans la même banque ? devina Newton. Ou bien tous faisaient leurs courses chez Harrods ?

— La deuxième hypothèse est plus proche de la vérité. Tous ont acheté des objets en bois fort chers à une société où Poole a travaillé, un temps. Pas longtemps. En partant, il a emporté la liste des clients, en pariant – à raison, apparemment – sur le fait que tous avaient de l'argent à perdre.

— Malin.

Karlsson se fit la réflexion qu'il s'amusait un peu trop.

— Malheureusement, ça ne nous mène guère plus loin.

Il se tourna vers Yvette.

— Et selon vous, on fait quoi, maintenant ?

— On fait pression sur Aisling et Frank Wyatt. Séparément.

— On fait pression ? répéta Karlsson. Ce qui veut dire ?

— Laissez-moi seule avec Frank Wyatt un moment, je lui exposerai le scenario suivant : vous avez confronté Robert Poole après avoir découvert ce qu'il avait fait, vous vous êtes querellés, il y a eu lutte, vous avez tué Poole par erreur, vous avez paniqué, largué le corps dans le premier endroit venu. S'il avoue, le procureur se contentera peut-être bien d'un homicide involontaire, voire d'une condamnation avec sursis si le juge est compatissant.

Karlsson réfléchit un moment.

— Et que faites-vous du doigt manquant ?

— Peut-être qu'il y avait une alliance susceptible de l'identifier ?

— Donc il aurait coupé le doigt dans la panique ?

— C'est comme ça qu'on va lui présenter les choses.

— Et que faites-vous de l'argent qui a disparu du compte bancaire de Poole ?

— Poole aurait pu faire ça lui-même pour brouiller les pistes.

— Et il serait où, maintenant ?

— Enterré quelque part. Perdu à jamais. Ou sur un compte à l'étranger.

Nouveau silence.

— Quoi ? On ne peut pas toujours tout tirer au clair !

— Et Janet Ferris ?

— Suicide, s'empressa d'avancer Yvette. Elle avait perdu ses esprits.

Karlsson émit un grognement.

— Bon. On fait venir les Wyatt pour un interrogatoire. Mais auparavant, on creuse tout ce qu'on peut trouver sur eux.

Il consulta l'agenda du bureau et ajouta :

— Mercredi matin. À la première heure. Chris, à vous de vérifier leurs alibis à tous les deux d'ici là.

— Pour moi, c'est Jasmine Shreeve, coupa Newton.

Un silence s'abattit et un lent sourire s'épanouit sur la figure de Karlsson.

— Pardon ?

— Désolé, s'excusa Newton. Oubliez ce que j'ai dit.

— Eh bien, il se trouve que nous avons déjà une psychothérapeute qui participe à l'enquête, pourquoi pas un consultant en management, pendant qu'on y est ? Pourquoi pensez-vous qu'il s'agit de Jasmine Shreeve ?

— Elle a plus à perdre que les autres. J'ai vu des

interviews d'elle. Elle nourrit toujours l'espoir de faire un come-back, alors que c'est perdu d'avance. Si elle était humiliée par un escroc, cela ruinerait toutes ses chances. Et quiconque l'a vue passer à la télé sait à quel point elle est dans le besoin. Si elle a eu le sentiment d'être trahie, elle a pu faire n'importe quoi.

— Merci pour cette explication, répondit Karlsson. Vous m'excuserez si je ne vous envoie pas interroger Jasmine Shreeve en notre nom. Et si votre théorie s'avère exacte, alors Yvette et Chris vous prépareront un véritable gueuleton.

— Pourquoi ne le feriez-vous pas vous-même ? s'offusqua Yvette.

— Ça n'aurait rien d'une récompense.

— Et le Dr Klein, elle fait quoi, elle ?

— Je pense qu'elle était sur le point de laisser tomber.

— Pourquoi ? dit Yvette. Elle en a déjà assez ?

— Apparemment, elle s'est déjà défoulée sur ce photographe.

Munster adressa un grand sourire à Yvette, puis surprit le regard de son chef et redevint sérieux.

— Elle m'en a parlé, dit Karlsson. Ce n'était pas elle, mais deux de ses amis.

— Ce n'est pas vraiment professionnel, rétorqua Munster. On parle d'elle dans les journaux. Ensuite, il y a cette bagarre avec ce journaliste, et la revoilà dans les journaux. Autant avoir Britney Spears mêlée à l'enquête.

Karlsson secoua la tête.

— Je crois qu'elle s'est sentie trop impliquée. Elle a eu l'impression d'avoir trahi Janet Ferris.

Il froissa l'emballage de son sandwich et visa la

corbeille à papier. La boulette rebondit sur le bord, puis par terre.

— On ne peut pas dire qu'on fasse franchement mieux nous-mêmes.

Un coup retentit à la porte et une femme passa la tête.

— Y a quelqu'un qui vous demande, monsieur, dit-elle d'un air contrit.

Lorna Kersey avait la quarantaine bien avancée, voire finissante, se dit Karlsson, et des cheveux bruns coupés court ainsi que des lunettes rondes. Elle n'était pas maquillée, mais portait des boucles d'oreilles clinquantes et plusieurs bagues à ses petites mains. Bien qu'emmaillotée dans un gros pull orange et chaussée de bottes de neige, elle semblait quand même avoir froid. Son mari, Mervyn, était un homme de petite taille, potelé, à la chevelure grisonnante, et paraissait plus âgé qu'elle. Il s'assit bien droit sur sa chaise, sans bouger, et pressa ses mains l'une contre l'autre, comme s'il priait. De temps à autre, Lorna tendait le bras et le touchait avec douceur – sur l'épaule, le bras, la cuisse – pour le rassurer, tandis qu'il lui lançait un bref regard assorti d'un sourire.

— Je ne veux pas vous faire perdre votre temps, commença-t-elle.

— Je crois comprendre qu'il s'agit de Robert Poole. C'est moi qui dirige cette enquête, et je serais heureux d'entendre ce que vous voudrez bien me confier.

— Eh bien, c'est là que ça pèche. L'homme que nous connaissons ne s'appelle pas Robert Poole. Peut-être qu'il s'agit de quelqu'un d'autre.

— Quel est son nom ?

— Edward Green.

— Poursuivez.

— C'est à cause de l'affiche. C'était lui, j'en suis sûre.

— Et cet homme, Edward Green, ça fait un bout de temps que vous ne l'avez plus revu ?

Elle fit la grimace.

— Ça a un rapport avec notre fille.

— Attendez une minute. Votre fille ne s'appellerait pas Sally, par hasard ?

— Sally ?

Elle sembla déconcertée.

— Non. C'est Beth. Enfin, je veux dire, Elizabeth de son vrai nom, mais on l'appelle Beth. Beth Kersey.

— Pardon. Allez-y, continuez.

Lorna Kersey se pencha en avant. De si près, Karlsson distinguait la peau froissée et les rides de son visage.

— Nous avons trois filles. Beth est l'aînée. Elle a presque vingt-deux ans. Elle est du mois de mars. Ses sœurs sont plus jeunes. Elles vont encore à l'école, et je ne pense pas que ça ait contribué à arranger les choses.

Karlsson la vit déglutir puis constata à quel point ses doigts s'agrippaient au rebord de la table.

— C'est une enfant perturbée, depuis sa naissance, pourrait-on dire. Elle nous a toujours causé du souci.

Elle lança un regard à son mari, puis releva les yeux sur Karlsson.

— Elle n'était pas heureuse, voyez-vous, et toujours en colère. C'était comme qui dirait, sa nature.

— Je suis désolé, dit Karlsson. Où se trouve votre fille, à présent ?

— C'est bien le problème. Nous n'en savons rien. J'essaie de vous expliquer, de vous dire comment on en est arrivés là. Ce que j'essaie de dire, c'est qu'elle a toujours été perturbée. Ça n'a jamais été à l'école, même si elle aimait bien l'art et les travaux pratiques, les trucs qu'elle pouvait faire de ses mains. Et c'était une force de la nature, aussi. Elle pouvait courir pendant des kilomètres, nager dans l'eau la plus froide. Elle ne se faisait pas facilement d'amis.

Elle hésita.

— Je suis désolée, tout ça ne présente aucun intérêt pour vous. Ce qui compte, en tout cas, c'est qu'elle a eu une adolescence misérable. Elle se croyait affreuse et débile, elle souffrait de solitude et avait besoin d'aide, bien qu'il fût difficile de lui venir en aide. Nous avons fait tout ce que nous avons pu, mais ça n'a fait qu'empirer avec l'âge. Ça commençait à détruire notre foyer. Ensuite, elle s'est mise à avoir des ennuis.

— Quel genre ?

— Ceux dans lesquels s'aventurent les jeunes. Drogue, probablement, mais il y avait toujours une colère, de la tristesse et du mécontentement chez elle. Elle pouvait se montrer violente envers les autres mais envers elle-même, aussi.

— A-t-elle été arrêtée ?

— Non. La police s'en est mêlée, parfois, mais on ne l'a jamais arrêtée, à proprement parler. Nous l'avons emmenée consulter. Des médecins. Des psychiatres. Nous l'avons adressée à un psychothérapeute de l'hôpital, puis nous sommes allés voir quelqu'un dans le privé. Je ne sais pas si ça lui a jamais fait le moindre bien. Peut-être que ça ne faisait que lui donner l'impression qu'elle était encore moins comme les autres, et qu'elle a culpabilisé. On ne sait jamais avant qu'il soit trop tard si ce qu'on fait est bien ou mal, non ? Il n'y a pas de réponse magique dans des cas comme celui-là – on ne peut qu'espérer que, petit à petit, quelque chose va changer. Tout ceci était tellement étrange, tellement… déroutant. Nous ne savions pas ce que nous avions fait pour la rendre comme ça et les choses ont tellement empiré qu'on n'a plus su vers qui se tourner.

Elle cligna des yeux et Karlsson vit qu'ils s'étaient emplis de larmes.

— Je tombe dans le pathos, dit-elle en s'efforçant de sourire. Tout ça n'a sans doute rien à voir. Pardon.

— Là-dessus, elle a rencontré cet homme.

C'était la première fois que Mervyn Kersey prenait la parole. Il avait un léger accent gallois.

— L'homme que vous connaissiez sous le nom d'Edward Green ?

— Oui.

— Comment a-t-elle fait sa connaissance ?

— On ne sait pas trop. Mais elle passait beaucoup de temps à marcher, parfois même toute la nuit. Je pense que c'est ainsi qu'elle l'a rencontré.

Karlsson hocha la tête. Ça ressemblait bien à Robert Poole.

— Nous n'avons pas tout de suite eu vent de son existence. Elle ne nous en a pas parlé. Simplement, elle a changé. Nous l'avons remarqué tous les deux. Au début, nous étions contents : elle était plus calme, moins lunatique avec nous et ses sœurs. Elle sortait plus. Nous étions tellement soulagés, juste…

— Mais ?

— Elle était très secrète – sournoise à dire vrai.

Nous nous sommes mis à soupçonner qu'elle nous volait de l'argent. Pas beaucoup, mais des espèces avaient disparu de nos porte-monnaie, ce genre de trucs.

— Ainsi que les économies de ses sœurs, ajouta Mervyn Kersey.

Il s'exprimait comme s'il parvenait à peine à verbaliser la chose. Il devait avoir honte, pensa Karlsson.

— L'avez-vous rencontré ?

— Oui. Je n'en revenais pas, répondit Lorna Kersey. Il était si – comment dire ? – si poli, si bien de sa personne. Il était gentil avec les filles, et adorable avec Beth. J'aurais dû l'apprécier plus que je ne l'ai fait. Ce que je vais dire va vous paraître affreux : s'il ne m'a pas inspiré confiance, c'est que je me disais qu'il aurait pu avoir n'importe qui, alors pourquoi choisir ma Beth ? J'adorais ma fille, mais je n'arrivais pas à comprendre pourquoi un jeune homme séduisant tel que lui, qui réussissait bien dans la vie, irait s'amouracher d'une jeune femme rondelette, mal dans sa peau, qui n'avait rien de glamour, qui n'avait rien accompli et était de surcroît pleine de colère. Ça n'avait aucun sens. Je vous parais dure ?

— Non, mentit Karlsson. Et donc, que vous êtes-vous dit ?

Elle le regarda sans flancher.

— Je n'irais pas jusqu'à dire que nous sommes riches…, commença-t-elle.

— Mais si, coupa son mari. En tout cas, par rapport à la moyenne.

— Ce qu'il y a, reprit-elle, c'est qu'il devait savoir que nous étions relativement bien nantis.

— Vous avez pensé qu'il en voulait à votre argent ?

— Je m'en suis inquiétée, oui.

— Et aujourd'hui, elle a disparu.

— Elle m'a volé ma carte bancaire, a vidé mon compte courant, emporté quelques vêtements, et elle est partie.

— Où ça ?

— Je n'en sais rien. Elle a laissé un mot en disant que nous l'avions maintenue sous notre coupe trop longtemps et que nous avions tenté de faire d'elle quelqu'un qu'elle ne souhaitait pas devenir, et qu'elle était enfin libre, pour la première fois de sa vie.

— Est-elle partie avec Robert… Edward Green ?

— C'est ce que nous avons pensé. Nous ne l'avons plus jamais revu, ni lui ni notre fille.

Elle ferma les yeux un instant.

— Cela fait treize mois que nous n'avons plus revu notre enfant. Nous n'avons reçu aucune nouvelle d'elle. Nous ne savons pas si elle est vivante ou morte, heureuse d'être loin de nous, ou dans le désarroi le plus absolu. Nous ne savons pas si elle aimerait que nous la retrouvions, mais nous avons essayé, tellement essayé, sans aucun résultat. Nous voulons juste savoir si elle va bien. Elle est libre de ne pas revenir à la maison, elle n'a pas besoin de nous voir si elle n'y tient pas. Nous avons contacté la police mais on nous a répondu qu'il n'y avait rien à faire pour une femme de vingt et un ans, partie de son plein gré. Nous avons même engagé quelqu'un. Rien.

— A-t-elle un numéro de portable ?

— Elle en avait un, mais il ne marche plus, apparemment.

— Et cet Edward Green ressemblait vraiment beaucoup à cet homme ? demanda Karlsson en indiquant l'affiche représentant Robert Poole punaisée au mur.

— C'est son portrait craché. Mais s'il est mort, où est notre fille ?

Lorna Kersey dévisagea Karlsson fixement. Elle avait besoin de réconfort, il le savait, sans être capable de le lui donner.

— Je vais demander à deux agents de vous raccompagner chez vous. Ils auront besoin d'accéder à tous les documents que vous pourriez avoir en votre possession, les noms des médecins, etc. Nous prendrons ce cas très au sérieux.

Une fois qu'ils furent repartis, il resta assis en silence plusieurs minutes. La situation venait-elle de s'arranger, ou d'empirer ?

Beth Kersey commença par les photos de famille. Elle les avait emportées avec elle en partant, conformément à ses instructions, mais ne les avait pas regardées. C'était trop douloureux et cela remuait en elle des sentiments qui ne faisaient que la troubler ou la plonger dans un grand désarroi. Lui les avait regardées, cependant, longuement, quand il la croyait endormie, avant de les emballer dans des sacs en plastique et de les ranger avec le reste de ses affaires.

Elle les étalait à présent devant elle, une à une. Elle avait une grande boîte d'allumettes récupérée sur le pont d'un bateau un soir, le long du sentier. Elle gratta une allumette par photo, la laissant s'enflammer puis mourir au-dessus d'un visage, d'un groupe de personnes, d'un jardin en fleurs. Ce n'étaient que des mensonges, se dit-elle amèrement. Tout le monde souriait sur une photo : chacun posait et arborait une expression de circonstance. Sur celle-ci paraissait sa mère, avec la tête qu'elle réservait toujours à l'appareil, légèrement inclinée sur le côté, toute de tendresse et d'attention, un visage auquel on donnerait le bon Dieu sans confession. Et son papa, replet et l'air gentil alors que tout le monde savait que c'était une brute qui avait fait fortune en prenant l'argent d'autrui. Ed le lui avait expliqué, pourquoi c'était mal, pourquoi cet argent n'appartenait pas réellement à son père. Elle avait oublié les détails, mais ils n'importaient pas vraiment. Et ses deux sœurs. Il y avait des jours où elle ne parvenait même pas à se rappeler leur nom, elle se souvenait seulement à quel point elles avaient été des béni-oui-oui, des bonnes élèves et des filles exemplaires, toujours prêtes à lécher les bottes de leurs parents, obtenant d'eux argent et faveurs avec leurs sourires charmeurs. Elle voyait clair dans leur jeu, à présent. Autrefois, elle les avait simplement crues plus douées qu'elle pour s'intégrer dans le monde, mieux dans leur peau qu'elle-même, bénies des dieux alors qu'elle était maudite. Elle contemplait en cet instant, sous la flamme sautillante, le fin visage de Lily, avec son grand sourire, encadré de deux tresses soigneuses, et le regard grave de Bea. Puis elle-même. Elizabeth. Betty. Beth. Elle n'était plus cette personne désormais, négligée et remplie de colère, inquiète de plaire et consciente qu'elle n'y parviendrait pas. Elle était mince à présent, toute de muscles et d'os. Sa lèvre esquissa un sourire méprisant sous son entaille. Elle portait les cheveux courts. Elle avait traversé l'épreuve du feu et en était ressortie purifiée.

Chapitre trente-huit

Josef peignait les plinthes de Mary Orton en blanc. Tout en passant son pinceau le long des planches, il s'efforçait de ne pas penser à ses enfants. Il ressentait une brûlure à la poitrine quand il les imaginait chez eux sans lui, ou quand il se rappelait la dernière fois qu'ils s'étaient vus. Il avait tenté de les serrer trop fort dans ses bras et ils s'étaient dérobés à son étreinte, fuyant son haleine et ses yeux hagards. Aussi se concentrait-il sur la texture soyeuse de la peinture. Relevant les yeux de son ouvrage, il trouva Mary Orton debout derrière lui, les mains crispées sur un torchon, une expression d'anxiété sur son visage.

— Je peux aider ?

— Je veux vous montrer quelque chose.

Josef posa le pinceau sur le couvercle du pot et se redressa tant bien que mal.

— Bien sûr, montrez-moi, lui dit-il d'un ton rassurant.

— Par ici.

Elle le mena à l'étage, dans sa chambre, la seule pièce de la maison dans laquelle il n'était pas encore entré. Elle était haute de plafond, tapissée de papier peint, et sa vaste fenêtre donnait sur le jardin où les plantes à bulbe de printemps se frayaient enfin un chemin à l'air libre à travers le sol gelé. Elle s'approcha d'un petit bureau, l'ouvrit et fouilla dans le tiroir à la recherche de quelque chose. Elle était agitée, il le voyait bien. Ses doigts étaient gauches, son souffle laborieux.

— Là.

Faisant demi-tour, elle déposa une feuille de papier pliée dans ses mains, et il contempla sans les comprendre les lignes d'encre bleue, l'écriture frêle, d'un autre âge, ces lettres tout en boucles et courbes.

— C'est quoi ça ? demanda-t-il. Vraiment, mon anglais pas bon, Mrs Orton.

— J'ai bel et bien fait un testament, avoua-t-elle dans un murmure.

Elle le dévisageait, les larmes aux yeux.

— Je comptais lui laisser un tiers. On l'a établi ensemble, et on a demandé à un voisin, dans la rue, de servir de témoin. Regardez. Voici leur signature, et la mienne.

— Je suis désolé, dit-il. Ça me regarde pas.

— Parce qu'ils ne viennent jamais me voir. Ils n'en ont rien à faire de moi… mais lui, si.

— Lui ?

— Robert. Il passait du temps avec moi, tout comme vous l'avez fait. Pour eux, je ne suis qu'un poids. Je ferais tout aussi bien de brûler ça, j'imagine. Ou bien est-ce mal ?

Debout sans bouger, Josef gardait la feuille de papier dans sa main maculée de peinture. Il secoua la tête.

— Qu'est-ce que je dois faire ? demanda-t-elle.

— Je sais pas. Je donne à Frieda.

Frieda revenait chez elle par le pont de Waterloo. Ils étaient allés voir un film au cinéma puis avaient dîné tardivement dans un restaurant marocain, où flottait dans les airs une odeur de cannelle et de viande rôtie. Ensuite, elle avait ressenti le besoin subit de se retrouver seule. Il était déçu, à l'évidence, mais quelque chose empêchait Frieda d'aller plus loin. Il l'avait embrassée sur la joue, et l'avait laissée là.

Elle marcha lentement, et une fois parvenue au milieu du pont, elle s'arrêta, comme elle le faisait toujours. D'habitude, c'était pour regarder le Parlement en amont, ainsi que la grande roue, puis en aval la cathédrale Saint-Paul, mais cette fois-ci, elle se contenta de s'appuyer au parapet et de plonger le regard dans l'eau. La Tamise ne semblait jamais couler comme devrait le faire un fleuve. Elle se déplaçait plutôt à la façon d'une gigantesque marée accompagnée de remous et de tourbillons, de courants contraires. Au bout de quelques minutes, elle ne voyait même plus l'eau. Elle songeait au film qu'elle venait de voir et à Robert Poole, qui qu'il puisse être. Elle songea à ce fantasme d'enfant si commun qui consiste à croire qu'on est le seul être vivant au monde et que tous les autres ne sont que des acteurs. Poole avait été une sorte d'acteur, endossant une personnalité différente face à chaque personne qu'il rencontrait, leur offrant l'interlocuteur dont ils avaient besoin, celui qui saurait leur plaire. Ensuite, elle s'autorisa à penser à Harry, dans son costume gris clair, avec ses yeux gris-bleu et sa chemise blanche impeccablement repassée, à sa façon de se pencher vers elle quand elle parlait et de l'attraper par le creux du coude quand ils devaient traverser une rue. À sa façon de la regarder, comme s'il tentait de percevoir les choses qu'elle n'était pas prête à lui dire. Cela faisait si longtemps qu'elle n'avait pas laissé quelqu'un l'approcher.

Peu à peu, ses pensées cessèrent de porter sur un sujet précis, cessèrent de porter sur quoi que ce soit, pour s'abîmer dans le vide, tournoyantes et noires, à l'instar des eaux en contrebas. Du fond de ces remous obscurs surgirent un visage et un nom : Janet Ferris.

Frieda frissonna. Il faisait froid sur le pont battu par les vents. Quand elle reprit son chemin, elle consulta sa montre. 23 h 45. Trop tard pour appeler Karlsson. Elle rentra chez elle d'un pas vif, se mit au lit et resta allongée dans le noir, agitée, les yeux brûlants. Elle avait hâte que le jour revienne, mais le jour tarda à venir.

Chapitre trente-neuf

Frieda avait vu trois patients, l'un après l'autre. Elle avait conscience d'avoir l'esprit en partie ailleurs, et fit preuve d'une volonté de fer pour se concentrer, être professionnelle, précise. Ou bien ne faisait-elle qu'endosser le rôle de la thérapeute attentive, douée d'empathie ? Peut-être tout cela n'était-il qu'un jeu, à bien y réfléchir. Une fois la dernière séance achevée, elle prit de brèves notes, sortit, héla un taxi : vingt minutes plus tard, elle se trouvait devant la maison à Balham.

Karlsson et Jake Newton attendaient sur le perron. Karlsson parlait dans son téléphone portable. Il la salua d'un signe de tête mais continua sa conversation. Newton lui sourit.

— Salut, dit-il. Comment allez-vous ?

Frieda trouva particulièrement difficile de répondre à cette salutation.

— Je ne sais pas trop. Ça va.

— Merci, conclut Karlsson en remettant son téléphone dans sa poche.

Il regarda Frieda.

— Bonjour !

— Vous n'étiez pas obligé de venir, dit Frieda. Je voulais juste que quelqu'un me fasse entrer.

— J'étais curieux. Je tenais à savoir ce que vous maniganciez.

— Et moi j'ai envie de savoir ce que fait un consultant, ajouta Newton.

— Je croyais que c'était vous, le consultant, répliqua Frieda.

— Faites comme si je n'étais pas là.

— Au fait, coupa Karlsson, il y a du nouveau.

Et c'est là, devant le domicile de Janet Ferris, qu'il parla à Frieda de Beth Kersey et de sa liaison avec Robert Poole. Frieda se mit à froncer les sourcils à mesure qu'il racontait.

— Voilà sans doute ce qui explique les journées vacantes dans son emploi du temps, dit-elle.

— Possible, répondit Karlsson.

— Il faut que vous retrouviez cette femme.

— Eh bien… oui. C'était prévu.

— Et il faut reconstituer son dossier médical.

— On y avait pensé, également.

— Si vous obtenez le nom du psychiatre qui l'a soignée, je pourrais peut-être échanger trois mots avec lui en privé.

— Nous tâcherons de vous le trouver.

— Je croyais que les enquêtes criminelles consistaient à éliminer les suspects, fit remarquer Frieda. Dans le cas actuel, ils n'arrêtent pas de surgir, les uns après les autres.

— Dans cette affaire, il est difficile de distinguer les suspects des victimes. Mais au moins, ça vous aide à ne plus penser à Dean Reeve.

Frieda lui lança un regard quasi féroce.

— Je pense à Dean Reeve chaque jour. Et quand je vais me coucher, je rêve de lui.

— Que voulez-vous que je dise ? J'en suis désolé. Mais en attendant, que faisons-nous ici ? C'est quoi, l'idée ?

— Je voulais également voir l'appartement de Poole, répondit Frieda.

— Allons-y, alors.

Karlsson sortit un trousseau de clés et examina les étiquettes en papier collées dessus. C'est en silence qu'ils pénétrèrent dans la maison puis montèrent à l'étage. Frieda identifia tout de suite l'odeur renfermée que prend une maison inhabitée, un endroit où plus rien ne bouge, où l'on n'ouvre plus aucune fenêtre, où l'air n'est plus brassé. Ils restèrent plantés dans la pièce principale. Frieda se sentait gênée : elle aurait aimé être seule pour ça.

— Avez-vous apporté les photos ? demanda-t-elle.

Karlsson sortit un dossier de son sac.

— Celles-ci ont été prises quand on a trouvé le corps de Janet Ferris.

— Ça n'ira pas. Il n'y en a pas d'avant le drame, quand vous êtes venus pour la première fois ?

— On n'a pas de photos de cette visite.

— Pourquoi ? N'était-ce pas une scène de crime ?

— Non. Pas encore. Pas à notre connaissance. Et on avait le lieu à notre disposition. On n'avait pas besoin de le photographier.

— Soit, répliqua Frieda.

Elle alla se poster au milieu de la pièce et la balaya du regard, lentement, en s'efforçant de ne rien omettre.

— Que cherchez-vous ? s'enquit Newton.

— Taisez-vous, répliqua Frieda. Pardon. Ce n'est

pas ce que je voulais dire. Je vous en prie, laissez-moi un moment.

Un long silence s'ensuivit. Les deux hommes échangèrent des regards embarrassés, comme deux invités arrivés en retard à une fête et contraints de s'accommoder l'un de l'autre. Elle se tourna enfin vers Karlsson.

— Si vous fermiez les yeux, seriez-vous capable de décrire tout ce qu'il y a dans cette pièce ?

— Je n'en sais rien. Pour l'essentiel, oui.

Frieda secoua la tête.

— Il y a des années de ça, je ne prenais guère de notes après mes séances. Je pensais que si c'était important, je m'en souviendrais. Le fait même que je m'en souvienne signifierait que c'était important. Mais j'ai révisé mon jugement. Maintenant, quand c'est important, je l'écris.

Elle fit une grimace, manifestant sa frustration.

— Je ne sais plus trop… Il y a quelque chose, mais je n'arrive pas à mettre le doigt dessus.

— Quoi donc ? s'enquit Karlsson.

— Si je savais…

Elle fronça les sourcils.

— Est-ce qu'on peut redescendre ? Vous avez la clé de l'appartement de Janet ?

Karlsson ressortit son trousseau.

— Quelque part, là-dedans, dit-il. Je me sens comme un geôlier dans un vieux film.

— Comment décidez-vous quand laisser tomber ? demanda Newton, tandis qu'ils redescendaient l'escalier.

— C'est destiné à votre rapport ? demanda Karlsson.

— Je suis curieux, simplement.

— Le moment n'est jamais opportun. Mais les urgences se succèdent, et les équipes sont réaffectées.

Karlsson déverrouilla la porte et ils entrèrent chez Janet Ferris. Frieda trouva cet endroit abandonné encore plus triste que le précédent. Un mug reposait sur la table, avec un livre à côté. Elle pouvait imaginer Janet Ferris entrer dans la pièce, s'en emparer, et poursuivre sa lecture. Elle s'efforça de chasser cette idée qui la distrayait de sa mission. Elle inspecta les lieux. Elle avait l'impression de chercher quelque chose quand, soudain, elle trouva. Elle se tourna vers Karlsson.

— Vous voyez ce tableau au mur ? Celui du poisson.

— Oui.

— Il vous plaît ?

Il sourit.

— Je le trouve ravissant. Mais vous allez devoir le laisser ici. De nos jours, on n'est plus vraiment autorisés à se servir.

— Quand j'ai visité l'appartement de Poole pour la première fois, ce tableau s'y trouvait. Pas ici.

— Vraiment ?

— Vous avez lu l'article paru dans le journal. Janet Ferris a dit que Poole avait l'habitude de lui prêter des trucs. Entre autres choses, il lui avait donné – ou prêté – un tableau, et elle, l'un des siens. Elle a dit qu'elle l'avait rendu et qu'elle avait repris le sien.

Les sourcils de Karlsson se rapprochèrent.

— Ingérence dans une scène de crime, souffla-t-il, avant de croiser le regard de Frieda. Enfin, une demi-scène de crime. Mais bon, il n'y a pas de mal.

— Il faut qu'on remonte, plaida Frieda.

De retour dans l'appartement de Poole, Frieda se planta de nouveau au centre de la pièce. Elle examina les tableaux aux murs. Il y en avait cinq : la tour Eiffel, une Vierge à l'Enfant, une marine sous le soleil, un champ de coquelicots et enfin un pin avec la lune en arrière-plan. Frieda prit une paire de gants transparents en plastique dans sa poche et les enfila. Elle lança un regard à Newton :

— Je les ai achetés à la pharmacie, le rassura-t-elle. Ne vous en faites pas. Je ne compte pas me les faire rembourser par le contribuable.

Elle s'approcha du tableau de la Vierge, le décrocha du mur et recula. Elle posa la toile sur le bureau. Puis elle se tourna vers Karlsson.

— Que voyez-vous ?

— Un tableau tenant plutôt de la croûte. Je ne pense pas que ça vaille la peine d'être volé. Je préfère celui avec le poisson.

— Non, insista Frieda. Regardez le mur auquel était fixé le tableau.

Frieda souleva le tableau et le maintint à côté de la marque.

— Elle n'est pas de la même taille.

— Mais…, commença Karlsson, avant de s'interrompre.

— Peut-être que c'est de la même taille que le tableau du poisson qui était accroché ici jusqu'à ce que la voisine le récupère, intervint Newton.

— Mais il n'est resté ici que quelques semaines, plaida Frieda. Il faut des années avant que ces marques n'apparaissent.

— Je ne comprends pas de quoi il est question, répliqua Karlsson. Poole a très bien pu se lasser de ses tableaux et les interchanger.

— Vous avez raison. C'est possible. Voyons voir.

Frieda souleva le tableau du pin.

— Pas la même forme, commenta Karlsson. Vous voyez ?

Ensuite, tour à tour, Frieda décrocha les trois autres tableaux. Dans chaque cas, la marque au mur était plus petite que le tableau.

— Bon, ben, nous sommes d'accord, conclut Karlsson. Poole a réagencé ses tableaux avant de disparaître. Je ne suis pas sûr que ça valait la peine de venir jusqu'ici pour voir ça.

Frieda ne répondit rien. Elle se contenta de dévisager Karlsson, puis Newton. Un lent sourire s'épanouit sur la figure de ce dernier.

— Ils ne devraient pas être tous plus petits.

— Comment ça ? demanda Karlsson.

— On les remet en place ?

— Que voulez-vous dire ?

Elle s'empara de la Vierge à l'Enfant et le maintint contre l'une des taches au mur.

— Qu'en pensez-vous ?

Newton secoua la tête.

— Trop grand.

Elle se déplaça le long du mur.

— Là, indiqua-t-il.

Elle fit de même avec les autres tableaux, les apposant l'un après l'autre à côté des formes aux murs tandis que Karlsson et Newton hochaient ou secouaient la tête. Restèrent deux tableaux, et deux emplacements. Le pin était légèrement plus petit que l'une des deux taches, et nettement plus grand que la plus petite. Le paysage marin était pour sa part beaucoup plus grand.

— Ils ne vont pas, admit Karlsson.

— Tout juste.

— À présent, nous avons deux tableaux, reprit

Karlsson, et deux emplacements, et aucun des deux ne correspond. Ça me fait des nœuds au cerveau et je ne sais même pas pourquoi je devrais m'en soucier.

— Mais c'est intéressant, non ? rétorqua Frieda.

— Il a pu se débarrasser d'un tableau, suggéra Newton, et en acheter deux autres.

— Ils faisaient partie du mobilier fourni par le propriétaire. Il ne s'en serait pas débarrassé. Sauf celui-ci.

Frieda effleura la toile représentant le pin.

— Il est moche et sans valeur, mais neuf, vous ne pensez pas ?

Karlsson examina le cadre rutilant.

— Il a l'air neuf, en tout cas.

— Il est forcément par ici, quelque part, dit Frieda.

— Quoi donc ? demanda Karlsson.

— L'un des tableaux.

— Où ça ?

— Il est forcément quelque part. Sur le côté d'un meuble, quelque part hors de vue.

Newton le trouva sous le lit de Poole, où on l'avait rangé avec un vieux matelas. Il l'apporta avec un air de triomphe. Le tableau représentait un moulin et un cheval. Les couleurs avaient un je-ne-sais-quoi de synthétique dans l'aspect, de sorte que la toile chatoyait.

— Pas étonnant qu'il l'ait planqué sous le lit, grogna Karlsson.

Il saisit le tableau et l'apposa contre la plus grande marque. Elle était de la bonne taille.

— Formidable. Mais ça nous fait toujours une toile en trop.

— Non, objecta Frieda. Il nous reste *deux* tableaux en trop.

Elle se dirigea vers le vaisselier en pin qui se trouvait contre le mur le plus éloigné de la fenêtre et s'agenouilla devant.

— Regardez, dit-elle.

Karlsson et Newton baissèrent les yeux. Frieda indiqua deux petits creux dans le tapis.

— On l'a déplacé, remarqua-t-elle. De quelques dizaines de centimètres, seulement. Mais…

Elle s'interrompit un instant.

— Déplaçons-le.

Ils s'emparèrent tous trois du meuble et le décollèrent du mur.

— Putain de merde ! s'exclama Newton.

Là où se trouvait le vaisselier apparaissait une nouvelle marque au mur. Ils comprirent au premier coup d'œil qu'elle était de la même taille que la marine, mais Karlsson se servit de la toile pour s'en assurer.

Karlsson se tourna vers la psychothérapeute.

— Et donc, que signifie ce bordel ?

— Ça veut dire qu'on est venu ici, expliqua Frieda. Avec tous les risques que cela comportait, quelqu'un a dû revenir ici.

De retour au pied de la maison, Karlsson demanda à Jake Newton s'il pouvait leur accorder un instant. Frieda et lui s'éloignèrent de quelques pas dans la rue. Quand Karlsson prit la parole, il garda les yeux baissés.

— J'ai parlé à votre ami Reuben, dit-il.

— De quoi ?

— De son entrevue avec le photographe devant chez vous. Je voulais vérifier comment les choses s'étaient passées. Si lui et Josef l'avaient tous deux assailli sans avoir été d'abord provoqués, l'affaire aurait évidemment pu faire l'objet d'une plainte sérieuse pour agression.

Karlsson s'interrompit. Il avait plongé ses mains dans ses poches pour les protéger du froid.

— Reuben – le Dr McGill – m'a raconté que le photographe avait barré le passage à Josef avant de le frapper du poing. Pendant que Reuben tentait de les séparer, il a malencontreusement frappé le photographe au visage.

— Malencontreusement ?

— Oui. Dans la mesure où il n'y avait pas d'autre témoin…

— Moi, j'étais là, répliqua Frieda.

— Apparemment, vous n'êtes arrivée qu'une fois l'incident quasi terminé. Même si le photographe conteste leur version des faits, je suis convaincu qu'aucune plainte ne sera déposée.

— Êtes-vous sûr de n'avoir pas conseillé Reuben sur la meilleure façon de se tirer de ce pétrin ?

— Pour l'amour du ciel, Frieda, laissez tomber.

— Que pensez-vous des gens qui laissent tomber juste parce que ça les arrange ?

Karlsson prit le temps de répondre, respirant profondément.

— Ce que j'en pense, petit 1, c'est que s'il y avait eu collusion entre moi et Reuben pour étouffer une enquête de police, alors je serais licencié, et Reuben, lui, radié de la faculté. Petit 2 : arrêtez de monter sur vos grands chevaux.

Ça commence bien, songea Frieda. Ensuite, elle examina Karlsson d'un air dur.

— Vous allez bien ? demanda-t-elle.

— Oui.

— Vraiment ?

— Je vais très bien, merci. Certes, les choses sont un peu, enfin, vous voyez…

— Quelles choses ?

— Eh bien, les affaires de famille, ce genre de choses. Mes enfants partent vivre en Espagne avec leur mère.

Il fallut quelques secondes à Frieda pour enregistrer ce qu'il venait de dire.

— Ça doit être dur pour vous.

— Oui.

— Pour combien de temps ?

— Deux ans.

— Deux ans, c'est long quand ils sont si jeunes.

— À qui le dites-vous !

— Pourquoi les emmène-t-elle à l'étranger ?

— Son nouveau compagnon s'est vu proposer un nouveau poste là-bas, une promotion.

— Avez-vous essayé de la faire changer d'avis ?

— Je ne vais pas chercher à la retenir, mais elle sait très bien ce que je ressens.

— Que ressentez-vous ?

Il se détourna alors, l'air embarrassé.

— Je travaille. Je rentre dans un appartement vide. Je vis pour les jours où mes enfants me rendront visite – et désormais, ils ne viendront plus. Oh, j'irai les voir, évidemment, et ils viendront pour les vacances, mais c'est lui qui tiendra le rôle de père.

Les pères et leurs enfants… Frieda songea aux yeux bruns de Josef tout en contemplant les traits tirés de Karlsson.

Jake Newton était au téléphone.

— Ce trou du cul de Newton veut maintenant faire

le tour des cellules de détention provisoire, s'énerva Karlsson.

— Je peux rentrer à pied d'ici, proposa-t-elle.

De ses deux doigts, elle lui effleura la joue, très doucement.

— Je n'en avais parlé à personne.

— Je suis heureuse que vous vous soyez confié à moi.

— Je n'en avais pas l'intention.

— Eh bien, dans ce cas, merci. Et je suis désolée d'ajouter à vos ennuis.

Là-dessus, elle était partie.

Chapitre quarante

— Ça me fait vraiment plaisir que vous appeliez !

Frieda était dans son cabinet, le regard perdu sur la friche faisant face à son immeuble de grand standing, aux allures de manoir. Des parcelles herbeuses parsemées de petites plantes rabougries se mettaient à pousser là où se trouvaient autrefois des bulldozers. Des enfants couraient à toutes jambes dans ces vastes étendues. Une femme accompagnée d'une petite boule de poils minuscule au bout d'une laisse se glissa par une brèche dans la clôture et pénétra dans le terrain vague avec une parfaite décontraction, comme s'il s'agissait d'un parc.

— Bien. Mais en fait, j'appelais pour des raisons professionnelles.

— Ah. Ben, c'est toujours mieux que rien, répondit Harry en toute franchise.

— J'espérais que vous pourriez me rejoindre chez Olivia un de ces prochains jours et l'aider à faire un peu le point sur ses finances. Je ne pense pas qu'elle ait rempli de déclaration d'impôts depuis des années, ni conservé le moindre document. C'est un peu le foutoir. Je me suis dit que pendant que votre sœur mettait de l'ordre dans ses affaires juridiques, vous pourriez peut-être jeter un œil à l'aspect financier de sa situation.

— Ce soir ?

— Pardon ?

— Je peux venir immédiatement après un rendez-vous près d'Old Street. 18 heures, ça vous va ?

— Vraiment ? demanda Frieda, incrédule.

Elle avait pensé rentrer chez elle après son dernier patient, et passer une soirée seule, à laquelle elle aspirait ardemment.

— Enfin, si votre belle-sœur est disponible, bien sûr.

— Je l'appelle sur-le-champ.

— Et après, si le cœur vous en dit, vous pourriez m'offrir un verre de vin quelque part.

— OK, je capitule.

Elle sourit et reposa le combiné. Le matin même, elle avait reçu un mail de Sandy. Il revenait des États-Unis pour deux semaines, annonçait-il : sa sœur se mariait. Ils célébreraient la noce à Lauderdale House, dans le quartier de Highgate, dans la splendide maison qu'ils avaient visitée ensemble, une fois. Il avait envie de la voir. Désespérément. Elle avait lu le mail, puis l'avait supprimé. Ce qui ne l'empêchait pas de pouvoir y répondre, bien sûr. Elle pouvait encore dire oui. À moins qu'elle ne dise non. *Non, cette histoire-là, c'est terminé. Je peux imaginer continuer sans toi, désormais.*

C'est ainsi qu'elle se retrouva, peu avant 18 heures, chez Olivia, une fois de plus. Kieran, le comptable de l'entreprise de pompes funèbres, était également présent. Il était attablé dans la cuisine avec un tas conséquent de porcelaine brisée étalé devant lui sur une feuille de papier journal, un tube de colle, et un morceau de papier de verre rose. Frieda le regarda rapprocher patiemment les morceaux, ses lunettes perchées sur le bout de son nez, affichant un air de concentration. Il semblait heureux, absorbé dans sa tâche.

— Il répare toute ma porcelaine préférée ! s'enthousiasma Olivia. Tessa est en train de calculer à quelle pension j'ai droit, ton nouveau pote Harry s'occupe de mes impôts, et Kieran remet de l'ordre dans ma vie.

— Et toi, que fais-tu ? répliqua Frieda, qui se sentait agacée par la conviction radieuse qu'avait Olivia qu'il y aurait toujours quelqu'un pour la sortir du pétrin dans lequel elle se mettait.

— Moi ? Je sers le vin ? Non ? Du thé, alors ?

— Du thé, ça m'irait bien.

— Tessa arrive, elle aussi. Je te l'ai dit ?

— Non.

— Juste pour déposer des formulaires que je dois signer, ou je ne sais pas trop quoi. Cette femme m'a littéralement sauvé la vie, tu sais.

— C'est peut-être un peu exagéré. Où est Chloë ?

— Sortie avec des amis, j'imagine. Je ne l'ai pas vue.

— On est mercredi.

— Oui, et alors ?

— Elle sort souvent un soir de semaine ?

— Frieda, elle a dix-sept ans. Tu faisais quoi, toi, à dix-sept ans ?

Un coup retentit à la porte et Frieda alla ouvrir. Harry et Tessa se tenaient sur le palier, et une fois de plus, elle fut frappée par leur ressemblance. Harry, l'air sérieux, portait un costume sombre et une chemise vert pâle. Il sourit à Frieda et ses traits s'adoucirent, mais il ne la salua pas aussi chaleureusement qu'à l'accoutumée. Tessa adressa à Frieda un hochement de tête et brandit une épaisse enveloppe marron.

— Je fais signer ça à Olivia et je repars, déclara-t-elle.

— C'est très gentil à vous de les apporter en personne.

— Je passais plus ou moins dans le coin. Ça me semblait plus simple, et j'essaie d'accélérer un peu les choses.

Olivia les héla du fond de sa cuisine, proposant du café ou quelque chose de plus sérieux. Avec elle, tout devait se jouer sur le plan personnel, se dit Frieda. Elle ne pouvait pas avoir un notaire ou un conseiller financier comme tout le monde : elle avait besoin de s'en faire des amis, des spectateurs de ses propres drames. Elle embrassa Tessa, puis enveloppa la main de Harry dans les siennes, la retenant plus longtemps que nécessaire. Elle les présenta l'un et l'autre à Kieran, qui hocha la tête, rougit et retourna à son minutieux ouvrage. Elle apposa sa grande signature sur les papiers que Tessa étalait devant elle, puis l'embrassa de nouveau quand elle repartit.

Elle se tourna vers Harry.

— On fait comment, là ? J'ai essayé de retrouver mes anciens relevés et des attestations de paiement, mais je dois vous prévenir, j'ai horriblement négligé le dossier.

— On ferait mieux de passer au salon, de laisser ces deux-là et de tenter de mettre un peu d'ordre dans vos affaires, répondit Harry, l'air grave. Ça prendra du temps. Faire le point sur vos besoins n'est qu'un début, mais nous allons essayer de vous reconstituer une espèce de résumé de la situation et voir ce que nous obtenons. Tout ce que vous avez pu conserver me sera utile et je peux tenter de deviner ce qui manque. Je vais vous créer un système auquel vous devriez pouvoir vous tenir par la suite. Ça vous va ?

— Je me sens déjà en de bonnes mains, répondit Olivia en lui adressant un grand sourire.

Frieda se demanda si elle ne suivait pas un nouveau traitement.

— Parfait, répliqua Harry.

Frieda l'observa attentivement pour tenter de déceler une pointe de moquerie ou de mépris, mais n'en perçut aucune. Il tenait plus du médecin face à un patient que du conseiller financier face à un client.

— Bien ! lança Olivia.

Elle se saisit prestement de la bouteille posée sur la table et attrapa un verre.

— Ce sera du thé, pour moi, corrigea Harry.

Il lança un bref regard à Frieda.

— Vous serez encore là quand nous en aurons fini ?

— Tout dépend du temps que ça va vous prendre.

— Je dirais une heure, environ.

— Dans ce cas, je serai là.

— Bien. J'aimerais vous parler.

Frieda aida Kieran à réparer la porcelaine. Certains morceaux lui évoquèrent des souvenirs : l'ancien plat indien orné d'un arbre qui faisait autrefois partie d'un service que possédait sa grand-mère. Il avait dû échoir à David, et de là, finir entre les mains malhabiles d'Olivia. La théière blanche en porcelaine anglaise dont Kieran refixait à présent l'anse d'une main experte, avant de poncer délicatement le minuscule trait de colle restant et de laisser sécher. Elle se rappela – ou crut se rappeler – sa mère en train de servir du thé avec. Cela lui fit un drôle d'effet de voir ces objets en miettes sur la table encombrée d'Olivia, et pourtant il y avait quelque chose de consolateur dans le fait de les voir recollés par Kieran. Il sentit son regard posé sur lui et leva brièvement les yeux.

— Cela procure une satisfaction, dit-il. Et c'est reposant.

L'idée traversa Frieda que, pour un homme aimant le calme, il avait trouvé une compagne plutôt agitée, et il dut percevoir quelque chose de cet ordre parce qu'il ajouta soudain :

— Olivia me fait du bien.

— J'en suis ravie, répondit Frieda.

Elle s'excusa un instant et se rendit dans l'entrée pour téléphoner à Chloë. Le téléphone sonna longuement dans le vide puis le répondeur se mit en route. Elle mit fin à l'appel et s'apprêtait à éteindre son portable quand celui-ci vibra dans sa main.

— Frieda ?

— Oui. Où es-tu, Chloë ?

— Comment ça, où suis-je ? À la maison. Pourquoi ?

— À la maison ?

— Il y a un problème ?

— Je te croyais sortie.

— Mais de quoi tu parles ?

— Mais enfin, c'est idiot ! Ne bouge pas.

Elle gravit l'escalier quatre à quatre et toqua à la porte de la chambre de Chloë, qui s'entrouvrit sur le visage médusé de celle-ci.

— Hein ? Frieda ? Je ne pige pas, là.

— J'étais en bas. Je suis là depuis 18 heures. Olivia croyait que tu étais sortie.

— Ouais, ben, qu'est-ce que tu veux…

— Et tout ce temps-là, tu n'as pas bougé d'ici.

— Ben ouais.

— Pourquoi n'as-tu pas dit à ta mère que tu étais rentrée ?

— Elle n'a pas posé la question. Je ne pensais pas qu'elle s'en soucierait.

— Quand es-tu rentrée de cours ?

Frieda sondait l'expression butée de sa nièce.

— Y es-tu allée, aujourd'hui ?

— On joue à quoi, là ? C'est l'heure de l'interrogatoire ?

— Es-tu allée en cours ?

— Peut-être pas.

— Pourquoi ?

— Je n'étais pas d'humeur.

— Quand y es-tu allée pour la dernière fois ?

— Lundi. Un moment.

— Et Olivia n'est au courant de rien ?

— Non, à moins que tu le lui dises.

Frieda s'interrompit un instant. Elle étudia le visage de Chloë et la pagaille qui régnait dans sa chambre, plongée dans la pénombre.

— Tu retournes en cours demain, dit-elle. Demain soir, je viens te chercher ici à 19 heures et je t'emmène dîner quelque part, histoire qu'on parle, toi et moi. Ça marche ?

Nouveau haussement d'épaules.

— Chloë ?

— D'ac.

— Et tu me promets d'aller en cours ?

— Ouais…

— Va prendre une douche, maintenant. Mets des vêtements propres, fais quelques devoirs, et descends ensuite dîner avec ta mère. D'accord ?

— Je vais voir.

— Chloë, je ne plaisante pas.

— D'accord… Il est là ?

— Kieran ?

— Ouais.

— Il est dans la cuisine, en train de réparer la porcelaine cassée de ta mère. Pourquoi ? Ça te dérange qu'il soit là ?

— Elle m'oublie encore plus qu'avant.

Elle concéda, du bout des lèvres :

— Mais lui, ça va. Il fait attention, lui, au moins.

— Bien. Douche. Devoirs. Dîner. Debout demain matin à une heure normale – je t'appellerai pour m'en assurer – et ensuite, tu pars à l'école. Sois prête pour 19 heures.

En redescendant, elle entendit le rire strident d'Olivia en provenance du salon, et Harry lui répondre, d'une voix calme et posée. La porte s'ouvrit quand elle arriva dans l'entrée.

— Ça ira pour aujourd'hui, déclara Harry d'un ton jovial. Je crois que nous avons progressé.

— Bien.

Frieda se tourna vers Olivia.

— Chloë est là-haut, dans sa chambre.

— Ah bon ! Quelle cachottière !

— Elle a besoin d'un véritable repas.

— C'est Kieran qui fait la cuisine.

— Dîner pour trois, alors. Et fais bien attention à elle.

Olivia fit une grimace à l'adresse de Harry.

— Elle est terrible, vous voyez ?

Harry mit son manteau.

— Vous partez maintenant ? demanda-t-il à Frieda.

— Oui. On peut y aller, si vous voulez. Salut, Olivia, ajouta-t-elle en interrompant celle-ci avant qu'elle n'ait le temps de protester.

Ils marchèrent en silence dans la rue puis, une fois parvenus sur la grand-rue, Frieda lança :

— Il y a un bar un peu plus loin dans la rue, ça vous va ?

Harry commanda un verre de vin rouge pour lui-même, un soda au gingembre pour Frieda, et ils s'attablèrent dans un coin.

— Vous allez bien ?

— Des histoires de famille, répondit-elle.

— J'avais cru comprendre.

— Et ses finances, c'est vraiment moche ?

— J'ai vu pire. Ce n'est pas de cela que je voulais vous parler.

— Allez-y.

— J'ai pensé à vous.

Il leva une main avant qu'elle puisse prendre la parole.

— Pas seulement à ce que je ressentais pour vous – et ce n'est pas de cela que je veux vous parler. Je ne veux pas me montrer trop insistant, en aucune façon. J'ai pensé à ce que vous aviez traversé, récemment. J'ai comme l'impression que les confidences ne sont pas votre fort, mais je sais que vous avez passé des moments difficiles avec tous ces événements, et je vous trouve incroyablement forte, j'en suis très impressionné. J'aimerais beaucoup vous aider, si je le peux. Ne serait-ce qu'en étant quelqu'un vers qui vous pourriez vous tourner, quelqu'un à qui parler.

Il se renfonça dans sa chaise et se passa une main sur le front, en un geste d'autodérision.

— Là. Ce n'est pas souvent que je sors plus d'une phrase sans faire de second degré.

— Merci, répondit simplement Frieda.

— Il n'y a pas de quoi.

— Que savez-vous des moments difficiles que j'ai traversés ?

— La plainte déposée contre vous, et ce livre, et ensuite tous ces articles affreux dans les journaux.

— D'autres ont connu bien pire.

Il but une petite gorgée de vin rouge.

— Et tomber sur le corps de cette pauvre femme.

— Qui vous l'a dit ?

— Désolé. Olivia en a parlé à Tessa, qui me l'a rapporté.

— Comment Olivia l'a-t-elle su ?

— Je pense que sa fille le lui aura dit. Mais avant que vous ne posiez la question, je ne sais absolument pas comment *elle* l'a appris.

— Je vois.

— Je ne vous ai pas espionnée. Il m'aurait été difficile d'éviter de l'apprendre.

— Je comprends bien.

Elle leva les yeux vers lui, et il soutint son regard.

— Comment gérez-vous tout ça ?

— Je ne suis pas sûre d'y arriver vraiment.

Elle fit tourner son verre dans ses mains.

— C'est comme l'hiver. Je ne fais qu'avancer la tête

basse en traînant des pieds, espérant que le printemps ne tardera pas trop.

C'était donc ça, se dit-elle, la méthode de survie « Frieda Klein » : certainement pas celle qu'elle recommanderait à ses patients ou à ses amis.

— Vous ne faites que tenir bon.

— Je m'efforce de tenir bon.

— Et si vous n'y arrivez pas ?

— Je n'ai pas le choix.

Était-ce bien vrai ? Il y avait eu des moments dans sa vie où elle s'était retrouvée tellement engloutie par l'obscurité qu'elle avait dû la traverser à tâtons, aveuglément, sans espoir et sans perspective aucune. « On avance parce qu'on doit avancer. » Qui lui avait dit ça ? Son père. Il fallait voir comment ça lui avait réussi.

— Si vous avez l'impression de ne plus y arriver, rappelez-vous qu'il y a des gens qui aimeraient vous aider.

— Vous me connaissez à peine.

— J'en sais suffisamment.

Elle leva son verre et but une gorgée, crispée.

— Ça va, je vous assure. Je suis juste un peu fatiguée.

— C'est l'enquête ?

— En partie.

Elle fronça les sourcils, puis reprit :

— Quand j'ai collaboré pour la première fois avec la police, c'était parce qu'un enfant avait disparu. Deux, en fait.

— Je sais, répondit Harry. Je suis au courant.

— Tout le monde voulait résoudre cet enlèvement. C'est différent avec ce Robert Poole. Tout ce qu'on sait de cet homme, c'est qu'il a abusé des gens et qu'il s'est servi d'eux. Comme l'a remarqué votre sœur, même s'il semble qu'elle soit la seule à s'en être aperçue. Ce qu'ils pensent, dans l'ensemble, c'est qu'il ne vaut pas la peine qu'on se donne tant de mal pour lui. La plupart aimeraient que le dossier leur soit retiré des mains.

— Comment ça ?

— Je découvre que les membres de la police sont comme tout le monde, j'imagine. Certains aspects de leur métier les intéressent plus que d'autres.

— Ça me fait penser à ma femme de ménage, commenta Harry. Elle vient du Venezuela. Elle adore faire la poussière et faire des tas bien nets. Ce qu'elle n'aime pas, c'est nettoyer la crasse derrière et sous les meubles.

Frieda sourit.

— Dans cette analogie, Robert Poole est le résidu planqué derrière le frigo qu'on n'a pas le courage d'aller nettoyer parce que cela signifierait qu'on est obligé de le déplacer.

— Je ne pense pas qu'il me soit jamais venu à l'idée d'aller nettoyer derrière mon frigo.

— Mais quand on le déplace, ce frigo, reprit Frieda, on trouve bel et bien des trucs bizarres ou super importants que l'on avait perdus des années plus tôt.

Harry eut l'air perplexe.

— On parle ménage, là, ou on évoque quelque chose de plus profond ?

— Peut-être qu'on s'en tiendra là avec l'analogie frigo.

Il lui toucha la main.

— Ce truc dans l'article, là, avec Janet Ferris et Bob Poole : ça me tracasse. Vous ne méritiez vraiment pas ça.

— Je me le demande…, répondit Frieda. Mais merci. Je dois y aller, maintenant. La journée a été longue. Je vous suis reconnaissante, Harry.

— Pas de quoi, dit-il d'une voix douce. On ne se perd pas de vue ?

— Non.

— J'attendrai.

Il la regarda se lever de sa chaise, rassembler son manteau et son sac, et s'éloigner du bar de son pas leste, déterminé. Dehors, elle passa devant la vitrine mais ne tourna pas la tête vers lui. Il resta assis un moment après qu'elle eut disparu, prenant le temps de finir son verre, essayant de graver ses traits dans sa mémoire.

Chapitre quarante et un

La maison des Kersey se trouvait à Highgate, presque au sommet de la colline. Elle était vaste et ancienne, avec des chiens-assis sur la toiture et un sol aux pavés inégaux, et basse de plafond. De la cuisine où elle se tenait assise, Frieda voyait Londres s'offrir à sa vue. Un vieil épagneul gisait, roulé en boule, près du feu. Il remuait dans son sommeil, par mouvements saccadés, et laissait échapper de pitoyables gémissements de temps à autre. Frieda se demanda à quoi ressemblaient les cauchemars de chiens.

— Mervyn comptait venir, mais il a eu un empêchement de dernière minute. Enfin… à la vérité, il ne trouvait pas le courage d'être là.

Elle grimaça en guise d'excuse.

— Il l'a vraiment mal vécu. Il a l'impression que c'est sa faute.

— Quoi donc, au juste ?

— Tout ce qui est arrivé à Beth. C'est ça que d'être parent, j'imagine. Vous avez des enfants ?

— Non.

— On se sent responsable, évidemment. Enfin bref, vous n'aurez que moi.

— Ça ira, je vous assure. Je vous remercie de me recevoir. Je travaille avec l'inspecteur divisionnaire Karlsson. Je suis médecin, pas enquêteur.

— Quel genre de médecin ?

— J'ai reçu une formation de psychiatre, mais j'exerce en tant que psychothérapeute.

Frieda avait l'habitude des expressions fugaces qu'affichaient ses interlocuteurs quand elle prononçait ces mots, mais celle de Lorna Kersey suggéra quelque chose d'autre : une forme d'alerte, de vigilance.

— Votre inspecteur tenait-il à ce que vous me parliez parce que Beth était dérangée ?

— Diriez-vous de votre fille qu'elle est dérangée ? demanda Frieda. Ou simplement qu'elle n'était pas heureuse, et un peu perdue ?

— Je ne sais pas trop. Je n'ai jamais su. Je me pose tout le temps la question. Cela remontait-il à son enfance ? Avons-nous été de mauvais parents ? Avait-elle besoin d'une assistance médicale, ou bien de compréhension et de gentillesse ? Je n'en sais rien. Je ne sais pas ce que ce mot signifie pour les gens comme vous.

— Votre fille a été suivie. N'est-ce pas ?

Lorna Kersey fit un geste vague de la main.

— On ne savait plus quoi faire. Aide psychosociale, psychothérapie, médicaments, on a tout essayé.

Elle se pinça fortement l'arête du nez entre le pouce et l'index puis ferma les yeux un instant.

— Ça me rend malade de l'imaginer toute seule, larguée dans la nature, quelque part, dit-elle. Je ne peux même pas exprimer à quel point ça me rend folle d'imaginer ce qu'elle pourrait bien faire.

— Vous voulez dire, à elle-même ?

— Eh bien… oui, il y a de ça.

— À d'autres ?

— Je n'en sais rien ! Ça fait tellement longtemps que je ne l'ai pas vue. Je n'ai jamais cru qu'elle pouvait s'en sortir seule. Je n'arrive pas à imaginer ce qu'elle peut bien faire en ce moment, ou comment elle va.

— Elle prenait quel genre de médicaments ?

— Quel rapport ?

— À quoi servaient-ils ? C'étaient des antidépresseurs ?

— Je ne me rappelle pas leur nom.

— Mais les prenait-elle parce qu'elle était déprimée, ou pour autre chose ?

Lorna Kersey posa ses mains bien à plat sur la table devant elle et les fixa du regard. Puis elle releva les yeux vers Frieda. Ils semblaient douloureux derrière ses lunettes rondes.

— Elle avait des crises, avoua-t-elle. Je suis très calée sur la question, maintenant. J'ai lu des livres, parlé à des experts. On ne doit pas dire : « Elle est schizophrène. » On doit dire : « Elle a été sujette à des épisodes schizophrènes. » C'est censé nous rendre la chose plus supportable. Quoi qu'il en soit, ces crises étaient terrifiantes.

— Je sais.

— Non, rétorqua Lorna. Quand on n'a pas d'enfant, on ne peut pas savoir.

— Nous aimerions vous aider à la retrouver.

— Vous pensez qu'elle a pu le tuer ? Vous croyez que ma Beth a pu l'assassiner ?

— Je ne suis pas de la police.

— Et alors, on fait quoi maintenant ?

— Il faut qu'on la retrouve.

Chapitre quarante-deux

— Ça va aller ? demanda Karlsson.

— Comment ça ? s'étonna Frieda.

— J'essaie juste de me montrer encourageant. Wyatt a fait venir son avocat. Ne vous laissez pas désarçonner.

— Désarçonner ?

— Laissez tomber. Je ne voulais rien dire. Soyez vous-même, tout simplement. Et souvenez-vous, c'est votre métier, et c'est là tout votre talent.

— Ce que vous attendez de moi, c'est que j'amène Frank Wyatt à avouer qu'il a tué Robert Poole.

Karlsson agita son pouce et son index rapprochés, à tel point qu'ils se touchaient presque.

— Nous sommes à *ça* de mettre la main sur la preuve qui nous permettrait de l'inculper. À ça. Mais, oui, ça aiderait. Je dois vous prévenir, cependant. Je viens de passer une heure avec lui. J'ai vaguement brandi la menace d'une inculpation pour homicide involontaire. J'ai dit qu'il pourrait même s'en tirer avec une condamnation avec sursis. Mais il ne mord pas à l'hameçon. Maintenant, ce serait chouette si vous pouviez exercer sur lui vos pouvoirs magiques.

— Je suis curieuse de lui parler. Mais je ne veux pas que vous nourrissiez trop d'espoirs.

— Tout va bien, dit Karlsson.

Il la précéda dans la salle d'interrogatoire. Frank Wyatt s'y trouvait attablé. La veste de son costume gris reposait sur le dossier de sa chaise. Il portait une chemise blanche, le col ouvert. À côté de lui, un homme en complet-cravate. Il était d'âge moyen, une chevelure clairsemée et pas encore gagnée par une franche calvitie. On apercevait la peau pâle de son crâne sous ses cheveux marron coupés court. Quand la porte s'ouvrit, tous deux s'éloignèrent l'un de l'autre, comme surpris en train d'échanger des propos embarrassants.

— Mr Joll, dit Karlsson, je vous présente ma collègue, le Dr Klein.

Il indiqua à Frieda la chaise qui faisait face aux deux hommes, puis alla se poster à côté, légèrement en retrait, de sorte qu'elle avait l'impression qu'il regardait par-dessus son épaule et la surveillait. Pendant qu'elle s'installait, Karlsson fit un pas en avant et pressa une touche sur le magnétophone posé sur la table. Elle aperçut un compteur numérique, sans parvenir à lire les chiffres.

— Nous reprenons ici l'entretien, déclara Karlsson d'un ton légèrement emprunté. Le Dr Frieda Klein est désormais des nôtres. Mr Wyatt, j'aimerais vous rappeler que tout ce que vous direz pourra être retenu contre vous.

Il hocha la tête à l'intention de Frieda, puis recula derrière elle, hors de sa vue. Elle n'avait pas réellement réfléchi à ce qu'elle allait dire. Elle toisa Wyatt de l'autre côté de la table. Il cilla. Il était fâché et sur la défensive. Si ses deux mains reposaient sur la table, Frieda constata qu'elles tremblaient l'une et l'autre.

— Quel effet vous a fait Robert Poole ? demanda-t-elle.

Il émit un ricanement.

— C'est tout ce que vous avez trouvé ? Et *vous*, que pensez-vous de lui ?

— Me demandez-vous de répondre à cette question ? rétorqua Frieda. Tenez-vous à ce que je vous dise ce que j'en pense ?

L'avocat se pencha en avant.

— Je suis désolé. Mr Wyatt n'est ici que pour vous être agréable. Il a indiqué clairement qu'il était heureux de collaborer mais, je vous en prie, si vous avez des questions précises à poser, posez-les.

— Mais je viens de poser une question, répliqua Frieda. Sur ce, Mr Wyatt m'en a posé une autre. Maintenant, il peut répondre à la mienne, ou moi, à la sienne.

Joll leva les yeux vers Karlsson, en appelant à son autorité pour mettre un terme à tout ceci. Frieda ne se retourna pas.

— Ce que je cherche à dire, reprit Frieda, c'est que vous avez découvert que Robert Poole couchait avec votre femme et qu'il vous avait volé votre argent. Il vous avait dupé, et s'était moqué de vous. Vous n'aviez d'autre choix que de vous venger de lui.

Silence.

— Oui ? lança Joll. Y a-t-il un point d'interrogation à la fin de cet exposé ?

Frieda continua de dévisager Wyatt. Il se cala dans le fond de sa chaise et se passa les mains dans les cheveux.

— Est-ce ce que vous attendiez de moi ? demanda-t-elle.

— Je n'en sais rien, répondit-il. Et honnêtement, je m'en fous.

— Ce que j'aimerais savoir, c'est pourquoi, quand vous avez commencé à comprendre ce qui se passait, vous n'êtes pas allé à la confrontation avec votre épouse. Pourquoi ne pas lui avoir parlé de ce que vous ressentiez au lieu de le taire et de ruminer dans votre coin ?

Cette fois-ci, Wyatt se pencha en avant, la tête entre les mains. Il marmonna quelque chose d'inintelligible.

— Désolée. Je n'ai pas compris.

Il braqua les yeux sur elle.

— J'ai dit : c'était compliqué.

— Vous avez découvert qu'elle vous trompait, mais vous ne pouviez pas lui en parler. Qu'avez-vous fait, alors ?

Wyatt regarda autour de lui, mal à l'aise, par-dessus l'épaule de Frieda, vers Karlsson, puis vers Joll. Il évitait son regard, elle le sentait.

Soudain, Karlsson prit la parole.

— Vous avez eu une confrontation avec elle, n'est-ce pas ?

Wyatt garda le silence.

— Eh bien ? le relança Karlsson, d'un ton plus sévère.

Wyatt baissa les yeux sur le sol.

— Je lui ai parlé, admit-il, à voix basse.

— On arrête là, coupa Joll. J'ai besoin de passer un instant seul avec mon client.

Karlsson ébaucha un sourire.

— Mais certainement.

Une fois dehors, le sourire de Karlsson s'épanouit.

— Excellent, dit-il. Si son avocat a la moindre jugeote, il lui conseillera d'avouer.

Il fronça les sourcils.

— Ça devrait vous amuser. C'est excitant d'être sur le point de coincer quelqu'un.

— Ce n'est pas l'impression que ça me fait, rétorqua-t-elle.

Quelques minutes plus tard, chacun avait regagné sa place. Aux yeux de Frieda, l'entretien semblait artificiel désormais, comme s'ils étaient tous des acteurs, reprenant une répétition après avoir fait une pause pour le thé.

— Mr Wyatt aimerait expliquer, commença Joll.

Wyatt toussa nerveusement.

— J'ai parlé à Poole, au sujet de l'argent.

— Ben tiens, le contraire m'aurait étonné, railla Karlsson.

— Quand je l'ai interrogé à ce sujet, les choses se sont avérées plus compliquées que je ne l'aurais cru.

Wyatt s'exprimait à voix basse, l'air penaud.

— Vous savez comment il était. Quand il s'est justifié pour l'argent, ça m'a paru convaincant, ou du moins, relativement convaincant. Il a évoqué ses projets commerciaux. À la fin, on s'est retrouvés en train de boire un verre ensemble. J'avais presque l'impression que c'était moi qui étais en tort.

— Et ça se passait où ? demanda Karlsson.

— Chez nous. Ma femme était sortie. Elle ne savait pas… ne savait pas que j'étais au courant.

— Pourquoi ne pas nous avoir parlé de cet entretien auparavant ?

— Je n'en sais rien. C'était difficile à expliquer.

— Tout juste, commenta Karlsson. Et vous n'y êtes pas parvenu, en effet. Frieda ? Y a-t-il quoi que ce soit que vous souhaitiez ajouter ?

— J'aimerais en revenir à la question que je vous

ai posée tout à l'heure, dit-elle. Que ressentez-vous à l'endroit de Robert Poole aujourd'hui ?

— Je ne saurais pas quoi vous dire au juste. Et, de toute façon, qu'est-ce que ça change ?

— Ça compte, répondit Frieda. D'aucuns diraient qu'on ne peut faire pire à un homme que ce qu'il vous a fait.

— C'est bien aimable à vous, ironisa Wyatt. Et on vous paie pour ça ?

— Ce qui m'intrigue, c'est que vous n'avez pas l'air de lui en vouloir tant que ça.

Voilà que Wyatt semblait méfiant, mal à l'aise, à l'affût d'un piège que la psychothérapeute lui tendrait.

— Je ne vois pas où vous voulez en venir.

— Qu'entendiez-vous par le fait que parler à Poole était compliqué ?

— Rien, seulement ce que j'ai dit.

Frieda laissa passer un instant de silence avant de reprendre la parole et de dévisager Wyatt intensément.

— Je n'ai jamais connu Poole, dit-elle. Je n'ai fait qu'entendre parler de lui. Mais les gens qu'il croisait avaient l'impression qu'il lisait en eux, qu'il les connaissait. Parfois, cela peut s'avérer désagréable.

— Je ne vois pas de quoi vous parlez.

— Je me demande si ce que vous ressentez, au fond, ne serait pas que, quelque part, vous aviez presque cherché ce qu'il avait fait à votre femme. J'allais dire : ce qu'il a fait, à *vous*, mais ce n'est pas ce que vous ressentez, n'est-ce pas ?

Elle laissa planer un nouveau silence.

— Ce que je me demande, c'est si vous n'aviez pas le sentiment que Robert Poole s'occupait de votre femme comme vous ne l'aviez pas fait vous-même depuis un moment.

Wyatt déglutit nerveusement. Il rougit.

— C'est un peu minable, non ?

— Je ne trouve pas, non, pas du tout, répliqua Frieda. Croyez-vous possible qu'en apprenant ce qu'avait fait Robert Poole, qu'il avait couché avec votre femme, vous n'ayez pas éprouvé tant de colère que ça ? Un homme est censé en vouloir à celui qui a couché avec sa femme, mais ça ne s'est pas tout à fait passé ainsi, n'est-ce pas ? Ou… pas seulement.

Wyatt la dévisageait à présent fixement, sans la voir.

— Ce que je crois, c'est que vous ne saviez plus où vous en étiez. Vous vous êtes senti humilié, évidemment. Peut-être même avez-vous rêvé de vous venger. Mais je vous crois de nature réfléchie, et vous avez avant tout pensé à votre mariage, à vos enfants. Peut-être vous êtes-vous demandé comment vous aviez pu laisser les choses dériver à ce point.

Quand Wyatt reprit la parole, ses mots n'étaient guère plus qu'un murmure.

— Où voulez-vous en venir ?

— Vous aviez négligé votre couple, dit Frieda. Robert Poole vous a appris quelque chose. Peut-être même a-t-il réveillé en vous quelque chose.

— Je ne pouvais pas le croire, admit Wyatt, lentement. Tout n'était qu'un mensonge, tout ce en quoi j'avais cru jusque-là.

— Avez-vous partagé ce sentiment avec votre femme ?

Wyatt haussa les épaules.

— Vaguement. Comme je n'analyse pas bien les

choses moi-même, il m'est difficile d'en parler à quelqu'un.

— Vous devriez essayer.

Joll toussa.

— Excusez-moi, coupa-t-il. Je ne comprends pas vraiment en quoi tout ceci se rapporte au sujet.

— Non, en effet, lui accorda Karlsson. Je crois que nous pourrons nous en tenir là pour aujourd'hui.

Alors qu'ils quittaient la salle d'interrogatoire, il fit signe à Frieda de le suivre.

— C'était quoi, ça ? On le tenait. On était sur le point de le faire plaider coupable. C'était quoi, ce cinéma ? Où était passée la Frieda que je croyais connaître ?

Elle l'étudia avec une expression curieuse.

— N'auriez-vous pas aimé le connaître ?

— Qui ça ?

— Robert Poole.

Karlsson eut l'air d'avoir du mal à sortir les mots de sa bouche.

— Non. Absolument pas. Et pas plus que vous ne devriez chercher à le faire, Frieda, parce qu'il est mort, loin de vos tentatives de le comprendre et de lui venir en aide, ou de revenir sur le passé.

Chloë patientait. Frieda remarqua qu'elle s'était lavé les cheveux et qu'elle avait mis une chemise blanche propre par-dessus sa minijupe noire stretch. Elle n'était pas maquillée et avait l'air aussi vulnérable que gamine. Aucune trace d'Olivia dans les parages.

— Ça te va, des tapas ? s'enquit Frieda.

— Je ne mange plus de viande.

— Pas de problème.

— Et que du poisson dont l'espèce n'est pas menacée.

— Très bien.

— Il n'y en a plus beaucoup.

Le restaurant n'était qu'à quelques minutes, dans le quartier d'Islington, et elles s'y rendirent en silence. Il avait plu et les phares des voitures vacillaient dans les longues flaques superficielles. Ce n'est qu'une fois installées devant une table en bois branlante, près de la fenêtre, que Frieda prit la parole.

— Es-tu allée en cours aujourd'hui ?

— Ouais. Je t'avais dit que j'irais.

— Bien. Ça s'est bien passé ?

Chloë haussa les épaules. Elle avait les traits légèrement bouffis, se dit Frieda, comme si elle avait pas mal pleuré. Ses bras étant couverts par la chemise, elle ne pouvait pas voir si elle s'était de nouveau mutilée.

Elles commandèrent du calamar, des poivrons grillés, une omelette à la piperade et une assiette de choux. Chloë coupa un minuscule anneau d'encornet en deux, puis de nouveau en deux, avant de le porter à sa bouche et de le mâcher très lentement.

— Prenons les choses dans l'ordre, commença Frieda. L'école.

— Ben quoi ?

— Tu as parfaitement réussi ton GCSE, ton certificat d'études secondaires. Tu es brillante. Tu dis que tu veux devenir médecin…

— Non. C'est *toi* qui dis ça.

— Ah oui ? Je ne pense pas.

— Enfin bref, les gens disent ça. Les adultes. Mon père. Les profs. Il faut suivre un chemin tout tracé. On est censés passer son certif, et ensuite son bac, et après aller à la fac, et ensuite se trouver un bon boulot. Je vois toute ma vie se dérouler devant moi comme une immense étendue d'asphalte. Et si je n'en veux pas ?

— Tu n'en veux pas ?

— Je n'en sais rien.

De sa fourchette, elle piqua rageusement le poivron vert vif, dans une giclée de jus.

— Rien de tout ça n'a de sens, pour moi.

— Tu viens de traverser des moments difficiles, Chloë. Ton père est parti…

— Tu peux l'appeler par son nom, tu sais. Il s'appelle David et c'est ton frère.

— Soit. David.

Le seul fait de prononcer son nom lui laissa un goût amer dans la bouche.

— Et Olivia a un nouveau petit copain.

— Devine où elle est en ce moment.

— Avec Kieran, j'imagine.

— Raté. Essaie encore.

— Aucune idée, répondit Frieda, gênée de subir l'interrogatoire de Chloë.

— Avec ce comptable ou je sais pas trop quoi. Celui que t'as ramené à la maison.

— Je ne l'ai pas ramené à la maison.

— Je sais ce qui se trame, dit Chloë.

— Que veux-tu dire ?

— J'ai beau n'être qu'une ado, je pige quand même qu'il s'agit de toi.

— Alors là, je ne sais pas quoi dire, répliqua Frieda.

— Je vois bien de quelle façon il te regarde. Il se sert de ma mère pour t'impressionner. T'en penses quoi, de lui ?

— Et toi, t'en penses quoi ?

— Tante Frieda, t'as vraiment la sale habitude de toujours répondre à une question par une question.

Frieda sourit.

— C'est la leçon numéro un en formation de psychothérapie. C'est une façon d'esquiver une situation embarrassante. De façon à ce que, quoi que te dise ton patient, tu lui répondes : « Qu'entendez-vous par là ? » Après ça, on te lâche la grappe.

— Mais je ne suis pas ta patiente. Et je ne te lâche pas la grappe.

— Nous parlions de ta mère.

— Soit, parlons de ma mère. Si tu veux mon avis, elle n'en a rien à faire de moi.

— Et moi je crois que si, Chloë. Elle se soucie beaucoup de toi. Mais, tu sais, ce n'est pas que ta mère, c'est une femme qui a le sentiment qu'on l'a humiliée, qui s'inquiète de la direction que va prendre sa vie, si tu préfères, et qui vient de rencontrer quelqu'un.

— Et alors ? Elle est quand même censée rester ma mère. Elle ne peut pas se comporter elle-même comme une ado. Ça, normalement, c'est moi. Ça fout les jetons, des fois. Comme s'il n'y avait plus de terre ferme pour moi, comme si tout se dérobait sous mes pieds.

Ces mots reflétaient si précisément l'opinion de Frieda au sujet d'Olivia qu'il lui fallut un moment pour répondre.

— Tu as raison. Et peut-être pourrions-nous aborder la question toutes les trois, et essayer de lui expliquer ce que tu ressens, établir des règles de base. Mais laisse-lui une chance de changer, elle aussi. Laisse les portes ouvertes. Elle sait reconnaître quand elle a tort, elle a au moins ce talent.

— Pourquoi je devrais lui laisser une chance quand elle ne me remarque même plus ?

— Tu le penses vraiment ?

— Je ne le pense pas, je le sais. Elle est tellement empêtrée dans sa merde qu'elle ne voit plus la mienne. Quand je rentre, je ne sais jamais sur quoi je vais tomber. Parfois, elle est saoule. Parfois, elle pleure. Parfois, elle est survoltée et elle veut foncer faire les boutiques avec moi pour m'acheter des vêtements ridiculement chers, ou n'importe quoi… Parfois, elle me hurle des trucs sur papa, en m'expliquant à quel point c'est un enfoiré. Parfois, elle est dans son bain et ne nettoie même pas la baignoire après s'en être servie – elle laisse des cheveux et des traces de savon partout. C'est dégoûtant. Je dois nettoyer derrière elle. Parfois, elle prépare les repas, et d'autres fois, elle oublie. Parfois, elle me réveille le matin pour aller en cours, d'autres fois, elle le fait pas. Parfois, elle n'arrête pas de me faire des déclarations d'amour, de me serrer dans ses bras et de me dire que je suis sa petite chérie ou autre, et d'autres fois, elle m'aboie dessus sans raison. Parfois, Kieran est là – d'ailleurs, c'est plutôt mieux quand il est là. Il est calme et gentil, et il me parle, lui. Elle ne pose aucune question sur mes cours, mes devoirs, elle n'ouvre pas les courriers de l'école, elle a oublié d'aller à la dernière soirée de parents d'élèves. Vraiment, elle n'en a rien à foutre.

Frieda écouta sa nièce se confier, les vannes s'étaient enfin ouvertes sur un torrent de peur et de détresse. Elle ne dit pas grand-chose, mais la colère monta en elle jusqu'à ce qu'elle peine à la contenir. En son for intérieur, elle décida de la conduite à tenir : elle parlerait à Olivia et l'amènerait à voir les conséquences que sa vie désordonnée avaient sur sa fille ; elle irait voir les professeurs de Chloë avec elle et établirait un programme pour ses études ; et elle-même – cette dernière résolution suscita en elle un léger vertige, comme si elle se penchait au-dessus du bord d'une falaise – s'expliquerait avec son frère David.

Dans Upper Street, à près d'un kilomètre de là, dans un nouveau bar à vin redécoré de meubles coûteux de sorte qu'on eût dit que rien n'avait bougé depuis le XIXe siècle, Harry remplissait à nouveau le verre de vin d'Olivia. Elle en but une gorgée.

— Il me paraît un peu froid, fit-elle remarquer. Pour du rouge.

— À mon avis, il est censé l'être, répondit Harry. Mais je peux leur demander de vous le réchauffer, si vous voulez.

Olivia en reprit une gorgée, qui tenait plus de la lampée.

— Ça va. Vous avez certainement raison.

— Vous savez bien ce qu'on raconte, que le vin blanc est toujours servi trop froid, et le rouge trop chaud.

— Non, je ne savais pas qu'on disait ça. Je me contente de le boire, je le crains.

— Ce qu'il convient de faire, vous avez raison, lui accorda Harry. Mais ce que j'aimerais réellement aborder avec vous, c'est ceci.

Il posa un dossier sur la table et le poussa vers elle.

— J'ai tout examiné. Vos comptes et vos relevés de cartes de crédit. J'ai établi un plan, fait des suggestions. La situation n'est pas aussi désespérée que vous me l'aviez dit. Et j'ai identifié des prélèvements automatiques correspondant à des services que vous ne recevez plus. J'ai écrit quelques lettres de votre part pour réclamer les trop-perçus, de sorte que vous devriez avoir une petite rentrée d'argent inattendue.

— Ah bon ? s'enthousiasma Olivia. C'est formidable. Mais je dois dire, je me sens un peu gênée de tout ça. Pendant des années, j'ai géré mes affaires en m'abstenant soigneusement d'ouvrir les enveloppes ou en jetant les papiers sans les regarder, en espérant que tout irait pour le mieux. Et aujourd'hui, vous connaissez mes secrets les plus honteux.

— C'est mon boulot. Parfois, j'ai l'impression qu'un conseiller financier devrait être comme un prêtre. Votre client, ou paroissien, ou peu importe, doit tout confesser, tous ses péchés, par intention ou par omission, et ses fraudes fiscales, après quoi…

— … vous pouvez m'accorder l'absolution ?

Harry sourit.

— Je peux démontrer qu'une fois tout exposé au grand jour, et qu'on a étudié tous les chiffres, la situation n'est pas si grave. Ce qui crée des difficultés, c'est quand on a des secrets, quand on ne fait pas face aux éléments.

— Mais c'est affreux, quand même, insista Olivia. Vous avez tellement fait pour moi et je n'ai pas… je ne peux pas…

Elle se mit à rougir et noya sa gêne dans une lampée de vin encore plus conséquente.

— Tout va bien, déclara Harry. Je me suis montré clair dès le départ. C'est Frieda qui paie et, entre vous et moi, je lui fais un prix.

— Je ne vois pas comment vous pouvez gagner

votre vie, si vous n'arrêtez pas de rendre des services, comme ça.

— C'est pour ma sœur. Elle rendait service à Frieda, et moi, je rends service à Tessa.

— Je ne savais pas Tessa et Frieda aussi proches.

— Elles viennent juste de faire connaissance, confia Harry. Mais Frieda est le genre de personne avec laquelle on s'entend bien, d'emblée.

Olivia laissa échapper un sourire entendu.

— N'est-ce pas ?…

Harry rit.

— Je n'ai aucun autre mobile caché, protesta-t-il. Je le jure.

— Ouais, ouais… Je vous crois. Et alors, que pensez-vous de ma belle-sœur ? Elle vous intrigue, hein ? Avouez-le.

Harry leva les mains.

— Certes, je l'admets. J'ai passé un peu de temps avec elle et j'ai appris à la connaître, mais je n'ai pas encore réussi à comprendre ce qui la fait avancer, dans la vie.

— Parce que vous croyez que moi, oui ?

— Je ne peux m'empêcher de remarquer que vous avez été mariée à son frère, et que vous vous êtes séparés dans des circonstances difficiles, à ce que je comprends.

— Ah ça, vous pouvez le dire.

— Et pourtant, Frieda a pris votre parti, plutôt que celui de son frère.

Olivia s'empara de son verre mais le reposa sans y toucher.

— Peut-être a-t-elle l'impression qu'elle doit veiller

sur sa nièce. Il m'est arrivé de ne pas être la mère la plus stable du monde.

— Et son frère, alors ?

Olivia fit courir son doigt sur le rebord du verre.

— Je n'ai jamais réussi à faire chanter les verres.

Elle s'abîma un instant dans ses pensées avinées puis reprit :

— Frieda a des rapports très compliqués avec les siens.

— Que voulez-vous dire ?

— Pourquoi ne lui posez-vous pas la question ?

— J'ai comme l'impression qu'elle n'aime pas qu'on la cuisine au sujet de sa vie intime.

— Elle m'a fait peur, la première fois que je l'ai vue, admit Olivia. Quand elle me regardait ou m'écoutait, il m'est arrivé d'avoir l'impression qu'elle me sondait au plus profond de moi, qu'elle savait tout de moi, toutes les choses que je voulais que personne ne sache. Comme vous, quand vous avez vu tous mes papiers et les chéquiers que j'avais soigneusement cachés. Je me suis même demandé si elle me méprisait. Mais quand David est parti, je n'ai plus eu de nouvelles d'un certain nombre de gens que je croyais mes amis, alors que Frieda a été là, sarcastique ou silencieuse comme elle l'est parfois, soit, mais elle a fait des choses qui se sont avérées nécessaires. Ou pour l'essentiel, nécessaires.

— Pourquoi s'être lancée dans cette collaboration avec la police ? demanda Harry. On l'a agressée, on a écrit des trucs sur elle dans la presse. Pourquoi s'inflige-t-elle ça ?

Olivia prit alors une nouvelle gorgée de vin, et Harry remplit son verre, une fois de plus.

— Merci. Est-ce ainsi que vous faites normalement connaissance avec vos clients ? J'espère que non. Enfin bref, le truc, c'est que quand je décide de faire quelque chose, c'est que je sais que je peux y arriver, et que ça ne me demandera pas trop d'efforts, et que cela ne me procurera aucun ennui. En gros, le meilleur moyen de comprendre Frieda, c'est de me regarder et d'imaginer le contraire. Je ne sais pas pourquoi Frieda agit comme ça. Je ne sais pas pourquoi elle me vient en aide. Je ne comprends absolument pas pourquoi elle se donne un mal de chien pour maintenir Chloë sur le droit chemin.

Nouvelle gorgée de vin. Sa voix devenait pâteuse à présent, comme si sa langue était un tout petit peu trop grande pour sa bouche.

— Par exemple. Euh… que disais-je ?

Elle s'arrêta un instant.

— Ah oui. L'article, dans le journal. Je l'ai lu, et s'il avait été question de moi, je me serais terrée dans un trou, en refermant le trou derrière moi. Alors que Frieda, eh bien… Frieda, elle me fait penser à l'un de ces animaux, genre blaireau, ou hermine. Pour peu qu'on touche à leur terrier, ils deviennent dangereux et… Enfin, j'exagère. J'en parle comme si c'était une sauvage. Mais elle est entêtée, une vraie tête de mule. Dans le bon sens. 99 % du temps. Ou 95…

Harry patienta un moment.

— Je pense que Frieda a des secrets, dit-il. On dirait quelqu'un qui aurait un chagrin secret. Vous voyez ce que je veux dire ?

Un silence s'éternisa. Harry avait l'impression qu'Olivia avait soudain du mal à croiser son regard.

— Apparemment, vous voyez de quoi je veux

parler, conclut-il. Et, comme vous le devinez, je suis tombé sous son charme. J'aimerais bien savoir.

Enfin, elle releva les yeux.

— Eh bien, vous savez ce qui est arrivé à son père ?

— Non, répondit-il. Non, je ne sais pas.

Une fois que Beth en eut terminé avec les photos, restaient les notes qu'il avait prises. Il y en avait des pages et des pages, et au début, il lui fut difficile de comprendre ce qu'elle lisait. Parfois, elles ressemblaient à des nouvelles, après quoi elles devenaient des listes – des listes de choses bizarres. Des exercices pour perdre du poids ; des plantes, et où se les procurer. Certains éléments étaient cochés d'un trait net sur le côté, ou barrés. Il y avait aussi des chiffres, mais ils demeuraient pour elle dénués de sens, aussi cessa-t-elle d'essayer de les déchiffrer au bout d'un moment. Elle remarqua simplement que certains de ces nombres étaient plutôt longs, et précédés du symbole de la livre. Peu à peu, elle se rendit compte qu'elle lisait des informations relatives à diverses personnes. Figuraient leurs noms, adresses, dates de naissance, les noms de leurs proches, leurs métiers.

Il avait écrit des choses au sujet de ses parents à elle et avait noté tout ce qu'ils aimaient ou n'aimaient pas, leurs passe-temps, les associations de bienfaisance qu'ils soutenaient, et les événements auxquels ils se rendaient. Il avait procédé à l'identique pour ses sœurs. Il avait dessiné un plan de la maison et du jardin, sans oublier, tout au fond, la cabane dans laquelle sa mère s'exerçait parfois au violoncelle et son père conservait ses toiles. Elle n'avait pas mesuré à quel point il avait prêté une oreille attentive à ses histoires, et des larmes lui montèrent aux yeux de savoir que même lorsqu'il semblait ailleurs, il pensait à elle et veillait sur elle. Il lui avait laissé ceci, songea Beth, en guise de cadeau, et s'était donné tant de mal… mais pourquoi ? Elle fixa les mots jusqu'à ce que des lueurs vacillent dans ses yeux et lui fassent tourner la tête. Elle savait qu'elle devait trouver quelque chose à manger, afin de reprendre des forces.

Elle s'extirpa hors de l'écoutille, en s'écorchant les joues sur le rebord métallique. Cela faisait un moment qu'elle n'était pas sortie et son corps était raide, recroquevillé et figé. Elle s'obligea à sautiller sur place un moment, consciente qu'une douleur aiguë lui frappait la poitrine et cognait en tous sens sous son crâne. À l'instar de ces balles de tennis qu'elle faisait autrefois rebondir sur sa raquette, en comptant à voix haute, tâchant de battre son précédent record. À quand cela remontait-il ? Elle pouvait presque voir ses genoux d'enfant potelés et, dans le ciel, le soleil jaune comme un œuf ; mais à présent tout était vague et sombre et délabré, et l'eau était huileuse, et quand elle marchait, son corps trébuchait sur le sentier boueux.

Elle parvint à un bateau qu'elle savait occupé. Elle n'était plus guère sur ses gardes, mais peut-être cela n'avait-il plus d'importance désormais, vu qu'il était parti et que tout était fini. Excepté ce qu'elle devait accomplir en son nom. En mémoire de lui. Comme une disciple.

Le bateau était plongé dans le noir et semblait désert. Il y avait des vélos enchaînés sur le pont, et quand elle grimpa à bord, les chaînes cliquetèrent. Elle resta parfaitement immobile un moment, à plat ventre contre le bois humide et glacé, mais nul ne vint. Elle tira sur l'écoutille qui s'entrouvrit dans un grincement et se coula à l'intérieur, au chaud. C'était nettement, nettement mieux ici. Il faisait bon, c'était confortable, l'endroit sentait bon, les corps propres et la nourriture fraîche. Un foyer digne de ce nom. Ce qui n'était pas le cas de chez elle. Un trou à rats. Une fosse froide et humide, horrible. Il faisait encore suffisamment jour dehors pour distinguer la forme des choses, et elle trouva le petit réfrigérateur dont elle ouvrit la porte en grand. Du lait. Elle le sortit. Du beurre à tartiner. Deux petits pains au blé complet. Et même un demi-poulet sous film plastique. Un demi-poulet. À la peau dorée. Aux cuisses bien dodues. Sa bouche s'emplit de salive et elle souleva l'emballage, arracha un bout de viande, l'enfourna et l'engloutit presque sans mâcher. Le sang afflua subitement dans sa tête dans un grondement et elle crut qu'elle allait être malade. Elle déchira un autre morceau et s'en goinfra. Sa lèvre entaillée lui faisait mal, tout comme sa gorge et son estomac, qui hurlaient de douleur.

Soudain, il y eut du bruit à l'avant du bateau, derrière la petite porte fermée, et elle se figea sur place, malgré la peur qui fusait et tempêtait dans son corps. Quelqu'un chantonnait. Il y avait quelqu'un. À quelques pas, à peine. Sans doute assis sur les toilettes, ou autre. Il allait sortir, la trouver la bouche remplie de poulet. Appeler la police. C'en serait fini. De tout. Terminé. Foutu.

Elle saisit le poulet et le lait, fourra la barquette de beurre dans sa poche, coinça le sachet plastique contenant les petits pains entre ses dents, et tenta de refranchir l'écoutille à l'aide d'une seule main. Son lacet se prit dans un coin et elle dégagea sa chaussure d'un coup de pied. Le fredonnement cessa. Elle s'extirpa tant bien que mal à l'air libre et traversa le pont en bois d'un pas titubant, avant de sauter sur le sentier, laissant tomber le poulet dans la boue. Elle le ramassa et courut, le souffle entrecoupé de sanglots, le sachet en plastique toujours entre les dents. *Je vous en prie je vous en prie je vous en prie je vous en prie.* Elle se fraya un chemin à travers une épaisse haie broussailleuse derrière le sentier, sentant les épines lui érafler les mains et, quand elle s'accroupit, le cou et la figure. Une silhouette se tenait debout sur le pont du bateau, examinait les alentours avec le faisceau d'une lampe torche. Elle le voyait danser à la surface de l'eau, sur les édifices écroulés de l'autre rive, sur le chemin de halage, la haie. Elle le sentit au fond de ses yeux, aussi les ferma-t-elle, sans plus respirer.

La lumière s'éteignit. La silhouette disparut. Elle patienta. Sa cheville la lançait. Elle ôta le sachet de pain de sa bouche et le posa devant elle. L'odeur du poulet lui parvenait aux narines, ça la remplissait d'impatience tout en lui donnant la nausée. Impossible de savoir combien de temps elle patienta ainsi, mais elle finit par regagner le sentier en rampant et boitilla en direction de son bateau, agrippant son butin.

Elle avait réussi. À présent, elle avait de quoi manger et pouvait reconstituer ses forces, en tout cas suffisamment pour tenir dans l'immédiat. Peu importait la suite. Elle aurait tenu la promesse qu'elle lui avait faite. Elle mâcha une autre bouchée de poulet boueux, sableux sous son palais. Son fidèle soldat, son serviteur, son bien-aimé.

Chapitre quarante-trois

Frieda prit le train rapide au départ de King's Cross. Il mit moins de cinquante minutes, l'emportant hors de Londres à toute vitesse pour la mener à Cambridge avant qu'elle ait eu le temps de changer d'avis. Le regard perdu par la fenêtre, elle vit la ville se fondre en une masse de champs, puis en canaux, en jardins à l'arrière de maisons donnant sur des routes invisibles. Il y avait des agneaux nouveau-nés dans certains champs, et des tapis de jonquilles. Elle s'efforça de se concentrer sur le paysage qui défilait à toute allure et non sur ce qui l'attendait. Elle avait la bouche sèche et son cœur battait plus vite qu'à l'accoutumée. Une fois parvenue à Cambridge, elle se rendit d'abord dans les toilettes des femmes pour vérifier de quoi elle avait l'air. La figure qui la dévisageait du fond du miroir piqué au-dessus du lavabo ébréché semblait relativement calme. Elle portait un tailleur gris foncé et s'était tiré les cheveux en arrière ; elle avait l'allure d'une femme professionnelle, compétente, inflexible.

Elle avait demandé à le rencontrer dans un lieu public, si possible à son bureau, au milieu des ordinateurs et des étrangers, mais il lui avait répondu qu'il travaillerait de chez lui ce jour-là : si elle voulait le voir, c'était là qu'elle devait se rendre. Sur son terrain, et à ses conditions. Elle n'y était jamais allée et il avait dû lui communiquer l'adresse. Elle ne savait pas du tout à quoi s'attendre – si sa maison serait en ville ou en dehors, si elle serait grande ou petite, ancienne ou récente. En fait, elle était à l'extérieur de la ville, à environ dix minutes en taxi de la gare, dans une semi-campagne verte, ou ce qu'on pourrait appeler banlieue rurale de bon goût. Relativement ancienne, elle avait un toit de tuiles rouges troué de chiens-assis, un porche abritant la porte d'entrée, un saule pleureur dans l'allée dont les branches retombaient presque jusqu'à terre. Plutôt jolie, reconnut Frieda en son for intérieur. Évidemment, comment aurait-il pu en être autrement ? Il avait toujours eu bon goût ou, en tout cas, toujours plus ou moins partagé ses goûts. *Quoi que l'on fasse pour fuir les siens et les rayer de sa vie, ils vous rattrapent.*

L'homme qui vint ouvrir quand Frieda sonna à la porte était, à n'en pas douter, son frère. Mince, brun, même si ses cheveux grisonnaient sur ses tempes, il avait les yeux marron, de hautes pommettes et une façon de tenir ses épaules en arrière similaire à la posture de Frieda. Mais il était, certes, plus âgé qu'il ne l'était lors de leur dernière entrevue, et ses traits s'étaient figés en une expression qui trahissait de la colère ainsi qu'un amusement ironique. Elle espérait ne pas faire la même tête. Il portait une chemise grise et un pantalon sombre, et elle eut l'épouvantable impression qu'il avait, lui aussi, soigneusement choisi sa tenue en prévision de cette visite et fini par s'habiller de manière quasi identique. On aurait dit des jumeaux, songea-t-elle, prise d'un frisson au souvenir de Dean et Alan.

— David, dit-elle.

Elle ne sourit pas, pas plus qu'elle ne fit un pas en avant pour l'étreindre, ou simplement lui serrer la main. Elle se contenta de l'observer.

— Eh bien…

Lui non plus ne fit pas un geste. Ils se dévisagèrent. Elle vit une minuscule petite veine tressauter sur sa joue. Il était donc nerveux.

— Très honoré, docteur Klein.

Il insista sur son titre, comme pour le railler.

— Puis-je entrer ?

Il recula et elle pénétra dans une entrée spacieuse, meublée d'un tapis sur le parquet et d'une commode sur un côté, décorée d'un vase rempli de fleurs de printemps et d'un portrait accroché au mur. Elle ne le regarderait pas, surtout pas – et elle détourna résolument le regard tout en suivant David dans le salon.

— Je viens de préparer du café, lança-t-il. Tu m'as annoncé ta visite pour 15 h 30 et je savais que je pouvais compter sur ton exactitude. Toujours aussi ponctuelle. Il y a des choses qui ne changent pas.

Frieda fut tout d'abord tentée de refuser le café mais se domina et s'assit pendant qu'il se rendait à la cuisine, pour en revenir quelques instants plus tard avec deux mugs.

— Noir, comme d'habitude ?

— Oui.

Elle fut fière de constater à quel point ses mains étaient fermes quand elle en but une petite gorgée. Une amertume lui restait dans la bouche, et le café lui sembla fort, avec un goût minéral.

— Tu soignes toujours les maux des nantis ?

— J'exerce toujours en tant que psychothérapeute, si c'est ce que tu veux dire.

— J'ai lu un article sur toi dans la presse.

David balaya lentement sa figure du regard pour guetter sa réaction. Frieda eut l'impression qu'on pressait dans ses chairs un instrument aiguisé.

— Très intéressant, ajouta-t-il.

— Je suis ici pour parler de Chloë.

Le sourire de David se réduisit à une mince ligne droite.

— S'agit-il de la pension alimentaire d'Olivia ?

— Non.

— J'en ai plus qu'assez de ses jérémiades, ainsi que des courriers de son notaire. Qui est cette Tessa Welles, à ce propos ? Elle a surgi de nulle part, comme ça. J'imagine que c'est toi qui es derrière tout ça.

— Olivia a besoin d'aide. Mais ce n'est pas…

— Ce dont Olivia a besoin, à l'évidence, c'est de se ressaisir. Je ne compte pas l'entretenir pour le restant de ses jours pendant qu'elle se la coule douce. Point final.

Frieda ne dit rien, et se contenta de le dévisager.

— Je sais ce que tu penses.

Il se pencha en avant. Elle distinguait les fines rides autour de ses yeux, l'éclat dans ses iris, l'inflexion légèrement cruelle de ses lèvres, le tressaillement sur sa joue. Elle percevait son odeur, également – lotion après rasage et café, autre chose aussi, une odeur qu'il avait déjà petit garçon, quand il lui fouettait l'arrière de la jambe avec une règle en plastique.

— Tu vis dans une ravissante maison juste à côté de Cambridge, répliqua-t-elle. Ce tapis est neuf. Tu portes une montre qui aurait pu financer la première année d'études universitaires de Chloë. Il y a un jardinier, là, dehors, en train de désherber ta plate-bande. Personne ne te demande d'être généreux. Seulement d'être juste.

— Olivia était une erreur. C'est une femme grossière, bordélique, égoïste. En fait, je crois qu'elle est complètement désaxée. Elle ne signifie plus rien pour moi.

— Vous avez une fille, elle et toi.

— Le portrait de sa mère, rétorqua David. Elle parle comme si elle me méprisait.

— Peut-être est-ce le cas.

— Tu as fait tout ce chemin pour m'insulter ? demanda-t-il, avant d'ajouter, doucement : Freddy ?

Ce vieux surnom aurait pu être utilisé de manière affectueuse, autrefois, mais plus aujourd'hui, pas depuis bien longtemps.

— C'est une adolescente, dit-elle en gardant la voix ferme et une expression impassible. La vie est difficile pour une adolescente, dans le meilleur des cas. Réfléchis : tu as quitté sa mère pour une femme plus jeune, et tu l'as abandonnée, elle aussi. Tu rechignes à leur verser quoi que ce soit et elle voit sa mère partir à vau-l'eau. Tu la vois rarement et tu prends parfois des dispositions sur lesquelles tu reviens par la suite. Tu passes des vacances de luxe avec ta nouvelle épouse et tu ne l'emmènes pas. Tu oublies son anniversaire. Tu n'assistes pas aux réunions de parents d'élèves. Pourquoi n'aurait-elle pas de mépris pour toi ?

Elle leva une main pour l'empêcher de l'interrompre.

— Pour quelqu'un comme Chloë, ressentir de la colère et du mépris est bien plus facile à gérer que de ressentir de l'égarement et de la peur, qui sont les véritables sentiments qu'elle nourrit. Ta fille a besoin d'un père.

— Terminé ?

— Non. Mais je veux bien entendre ce que tu as à dire.

David se leva et s'approcha de la fenêtre. Même son dos exprimait de la colère – et pourtant Frieda eut une soudaine réminiscence du temps où elle s'asseyait sur ces épaules, agrippant sa tête d'une main pour attraper de l'autre quelque fruit dans l'arbre au fond de leur jardin. Elle pouvait presque sentir la masse fraîche de la prune dans sa main, sa beauté nouvellement éclose contre ses doigts. Elle chassa le souvenir d'un clignement des yeux et patienta. David se retourna.

— Je ne comprends pas comment tu oses te tenir ici, dans cette pièce, et me parler de ce que ça fait que d'être adolescent, et de ce que ressentent les parents.

Il cherchait à la blesser.

— Tu n'avais pas d'enfants la dernière fois que je t'ai vue. Quel âge as-tu ? Tu approches à grands pas de la quarantaine, non ?

— Il est question de Chloë.

— Non, ce dont il est question, c'est que tu crois, après tout ce qui s'est passé, que tu as le droit de débarquer ici et de me dire ce que je dois faire de ma vie.

— Seulement avec ta fille. Et si je ne le fais pas, qui le fera, avant qu'il ne soit trop tard ?

— Parce qu'elle va faire quoi, à ton avis ? S'ouvrir les veines ?

Elle lui lança un regard si dur qu'il en fut ébranlé.

— Je ne sais pas de quoi elle serait capable. Je n'ai pas envie de le découvrir. Ce que je veux, c'est que tu l'aides.

Elle prit une profonde inspiration et ajouta :
— S'il te plaît.
— Voici ce que je vais faire, répondit-il. Parce que j'en avais déjà décidé ainsi, et non parce que tu me l'as demandé. Je la verrai un week-end sur deux, du samedi après-midi au dimanche après-midi. Vingt-quatre heures. Ça te va ?
Il s'empara de son agenda électronique et entreprit de presser des touches, façon homme d'affaires.
— Pas le week-end prochain, ni le suivant, en revanche. On peut commencer début avril. Peux-tu veiller à ce qu'elle soit mise au courant ?
— Non. Tu dois lui demander si cela lui convient. Elle a dix-sept ans. Parle-lui. Et ensuite, écoute.
Il reposa brusquement l'agenda sur la table, si fort que son mug en fit un bond.
— Et je t'en prie, ne lui dis pas que je suis venue te trouver. Elle se sentirait humiliée. Ce dont elle a besoin, c'est que tu aies envie de la voir.
Une porte claqua et quelqu'un le héla par son nom. Ensuite, une jolie jeune femme pénétra dans la pièce. Les cheveux blonds, de longues jambes. Elle devait approcher de la trentaine, même si son style était celui de quelqu'un de plus jeune – quelqu'un de la génération de Chloë, remarqua Frieda.
— Oh, s'exclama-t-elle, manifestement surprise, en portant une main sur son ventre. Désolée.
Elle lança un regard interrogateur à David.
— Je te présente Frieda, dit-il.
— Tu veux dire… *Frieda* ?
— Oui. Et voici ma femme, Trudy.
— J'allais partir, répliqua Frieda.
— Ne faites pas attention à moi.

Elle prit les deux mugs, tout en faisant une drôle de petite grimace de dégoût, et sortit de la pièce.

— Chloë est au courant ? demanda Frieda.

— De quoi ?

— Qu'elle va avoir un petit frère ou une petite sœur.

— Mais comment diable ?…

— Tu dois lui dire.

— Je ne dois rien du tout.

— Si, tu le dois.

Frieda retourna à pied à la gare. Elle avait tout le temps avant la soirée d'anniversaire de Sasha, et même si le ciel était gris et le temps brumeux, menaçant de virer à la pluie, elle avait besoin d'être dehors, dans le vent purificateur. Elle se sentait souillée, pire, traînée dans la boue. Au début, alors qu'elle remontait d'un pas vif l'allée bordée d'arbres dénudés et de champs boueux, elle crut bel et bien qu'elle allait vomir, mais peu à peu ses sentiments s'apaisèrent, comme se retrancherait une chose sournoise dans la pénombre.

Ouvrant la porte, Sasha découvrit sur son seuil un couple qu'elle ne connaissait pas. Elle ressentit un bref instant de panique. S'agissait-il de vieux amis qu'elle aurait oubliés ? Ces deux-là affichaient l'expression amène, joviale, de deux personnes complices d'une même blague. L'homme avança sa main.

— Harry Welles, un ami de Frieda.

Un sourire soulagé fendit les traits de Sasha.

— Frieda m'a annoncé votre venue. Je sais tout de vous.

— Je m'inquiète un peu de ce que Frieda peut bien

vouloir signifier par « tout » de moi, repartit Harry. J'ai amené ma sœur, Tessa. Ça ne pose pas de problème ?

— Super.

Sasha recula d'un pas.

— Entrez, il fait froid dehors. Débarrassez-vous de vos manteaux et venez vous joindre à nous.

Ils gravirent ensemble les marches qui menaient dans une petite chambre, où le lit disparaissait déjà sous les manteaux et les vestes. Harry s'empara d'une photo posée sur la table de nuit : Sasha et une autre jeune femme debout, bras dessus bras dessous, devant une tente, en shorts et chaussures de randonnée.

— Tu crois qu'elle est homo ? demanda-t-il.

Tessa lui ôta prestement la photo des mains et la reposa sur la table.

— T'en pinces aussi pour elle ?

— Je pensais à toi, répliqua-t-il, ce à quoi elle répondit par un simulacre de gifle.

Ils redescendirent en direction de la musique et du brouhaha de la fête. Tessa regarda Harry entrer dans le salon. Il semblait à l'aise, il était beau, et rempli d'une curiosité tout amicale. Pas étonnant qu'il plaise à Frieda.

En parlant de Frieda, elle était là, dans un coin de la pièce, tenant à la main ce qui ressemblait à un verre d'eau minérale, vêtue d'une robe vert tendre qui chatoyait légèrement au moindre mouvement. Tessa remarqua à quel point ses jambes étaient galbées, à quel point elle était mince, à quel point elle se tenait droite. Elle conversait avec un homme plus âgé, aux cheveux gris et au visage étroit, non rasé. Il portait un vieux jean usé, une sublime chemise à motifs, ainsi qu'un foulard en coton de couleur vive autour du cou. Quelque prétentieux artiste abstrait, à moins qu'il ne s'agisse d'un autre psychothérapeute, se dit-elle, tout en s'approchant des autres convives en compagnie de son frère. On aurait dit que la conversation était grave, frôlait la querelle.

— Je vous dérange ? s'enquit Harry.

— Frieda a du mal à accepter que ses amis lui viennent en aide, expliqua l'homme.

— Ce que Frieda a du mal à accepter, rétorqua cette dernière, c'est que ses amis risquent de se faire arrêter pour avoir tenté de l'aider.

— Arrêter ? s'étonna Harry.

— Laissez tomber.

Harry l'embrassa, d'abord sur une joue, puis s'attarda sur l'autre. Elle ne recula pas, mais posa une main sur son bras, le retenant à ses côtés. Elle sourit à Tessa, ne semblant nullement étonnée de la trouver là, puis les présenta.

— Reuben McGill, permettez que je vous présente Harry et Tessa Welles.

— Frère et sœur, précisa Harry.

— Ah ça, n'importe quel demeuré s'en apercevrait, dit Reuben.

— Ah oui ?

— Les pommettes. Et les oreilles, aussi. Elles vous trahissent, rien à faire.

— Reuben est un de mes collègues, expliqua Frieda.

Elle leva une main pour saluer quelqu'un et une femme au teint olivâtre, aux cheveux bruns retenus par un bandana noué de façon spectaculaire, maquillée d'ombre à paupières turquoise, s'approcha d'eux, en tanguant légèrement.

— Et voici une autre de mes collègues. Paz, Harry et Tessa.

— Je suis déjà pompette, s'excusa Paz d'un ton solennel, en articulant avec soin. J'aurais dû me retenir. Mais je ne suis pas très douée pour ça. Ma mère m'obligeait à boire un verre de lait pour me tapisser l'estomac avant de sortir. Je déteste le lait. Sasha dit que je dois danser.

Elle passa une main sous le bras de Reuben.

— Vous voulez bien danser avec moi, Reuben ? Deux cœurs brisés dansant ensemble ?

— Parce que j'ai le cœur brisé ?

— Évidemment.

— Vous avez sans doute raison. Un peu brisé çà et là, un peu partout. Petites fractures multiples. Et votre cœur, il est brisé, lui aussi ?

— Le mien ? s'étonna Tessa.

— Vous n'avez pas l'air d'avoir le cœur brisé. Normalement, je sens ces choses.

— Comment ?

— Un truc dans le regard.

— Ne faites pas attention à lui, coupa Frieda. C'est son baratin habituel.

— Vous êtes très en beauté, Frieda, dit Harry à voix basse, comme s'ils étaient seuls tous les deux dans la pièce.

Reuben haussa les sourcils et Paz pouffa de rire. Frieda choisit de les ignorer.

— Puis-je aller vous chercher un verre ?

— J'en ai déjà un.

Elle leva son verre d'eau.

— Un verre digne de ce nom.

— Ça va, je vous assure.

— Bon, ben… je vais m'en chercher un, dans ce cas. Tessa ?

— Un verre de vin, s'il vous plaît.

— Je reviens tout de suite.

Toutes deux le regardèrent se frayer un chemin dans la foule. Sasha s'approcha d'elles par-derrière et passa ses bras autour de Frieda, déposant un baiser au sommet de son crâne.

— Merci, dit-elle.

— De quoi ?

— Je n'en sais rien. C'est mon anniversaire, et je voulais te dire merci.

Tessa vit les deux femmes échanger un sourire fugace et sentit un frisson de… de quoi donc ? Était-ce de jalousie, relative à leur intimité ? Sasha s'éloigna ensuite et alla rejoindre un autre groupe d'invités. Frieda se tourna lorsqu'un jeune homme vêtu d'une chemise orange qui jurait avec la couleur de ses cheveux réclama son attention. Il semblait un peu défoncé et ses cheveux formaient des épis sur la tête. Il agitait les mains et se penchait vers elle, le regard ardent, mais elle l'écouta sans bouger d'un pouce. Il y a une qualité de réserve chez elle, songea Tessa. Elle était bien là, dans la pièce, et pourtant, quelque part, en retrait. Elle vous accordait son attention pleine et entière et, en même temps, on avait l'impression qu'elle restait, au plus profond d'elle-même, à l'écart, séparée d'autrui. Ce qui lui conférait une certaine force d'attraction.

La soirée se poursuivit. Arriva un groupe de musiciens débraillés qui s'installa dans un coin. La pluie cessa et un croissant de lune navigua entre les nuages qui se déchiraient. Dans le jardin à l'arrière de la maison, les fumeurs se rassemblèrent par petits groupes. À un moment donné, Tessa y vit Harry debout en compagnie de Frieda, en train de lui parler. Il était tellement plus grand qu'elle et la regardait avec une expression que Tessa – qui connaissait très bien son frère – eut du mal à déchiffrer.

— Vous épiez votre frère ?

Se retournant, elle se retrouva face à un colosse aux grands yeux marron, marqué d'une cicatrice sur la joue. Il sentait le tabac et autre chose, aussi, qu'elle eut du mal à identifier, bois ou résine.

— Pas précisément.

— Un peu vodka ? proposa-t-il en brandissant une bouteille dans sa main. (Il avait l'œil pétillant, la lèvre luisante.) Et après, on danse.

— Danser n'est pas mon fort.

— C'est pourquoi vodka d'abord.

— Vous êtes l'ami de Frieda.

— Bien sûr.

Il tendit le bras en quête d'un petit gobelet, y versa quelques généreux doigts de vodka et le lui tendit. Il ne la quitta pas des yeux tandis qu'elle le sirotait prudemment.

Et il l'attira au centre de la pièce. Le groupe jouait un genre de musique plaintive, absolument pas faite pour la danse, mais il semblait n'en avoir cure. Il s'abandonna à la danse sans la moindre gêne. Même si sa poitrine la brûlait encore sous l'effet de l'alcool, Tessa se sentait, elle, empruntée. La cadence accéléra, et l'homme fit de même. On eût dit un acrobate, agile sur un tout petit coin de tapis. C'était comme si la musique le traversait, par ondes, et les gens poussaient des exclamations pour l'encourager. Tessa s'arrêta bientôt afin de mieux le regarder, elle aussi.

— Qui est-ce ?

Harry se tenait derrière elle.

— Un ami de Frieda.

— Pour une recluse, elle connaît pas mal de monde, je trouve.

Une jeune fille avait rejoint l'homme sur la piste à présent, et ses lumineuses tresses blondes swinguaient follement.

— Où est-elle passée ?

— Elle parlait avec Sasha et un type qui porte des bottes à talons hauts et un diadème. Du coup, je suis venu voir comment tu allais. Elle revient dans un instant.

— Tout va bien ?

— Très bien, même.

— Harry..., dit-elle avec une pointe de mise en garde dans la voix.

— Je m'amuse, c'est tout.

Frieda tenta de s'éclipser de la fête sans se faire remarquer, comme elle le faisait toujours. Elle détestait le rituel des adieux s'éternisant sur les pas de porte. Une fois qu'elle eut récupéré son manteau, Josef l'aborda gauchement dans l'escalier.

— Frieda..., commença-t-il. J'oublie... euh, non, si, j'ai fini chez Mary Orton et elle a donné quelque chose à moi.

— Je compte avoir une conversation avec vous quand vous aurez dessaoulé. Et si on vous avait arrêté pour avoir cogné ce photographe ?

— Mais je pense que c'est peut-être important.

— Et s'il avait été accompagné d'un témoin ? Dans

ce cas, Karlsson n'aurait rien pu faire pour vous et on vous aurait renvoyé en Ukraine.

Josef sembla totalement déconfit.

— Frieda…

— Non, le coupa-t-elle. Je dois filer.

Il n'était que 21 h 30. Elle prit le métro à Clapham North jusqu'à Archway. Elle remonta Highgate Hill, passa devant la statue du chat de Dick Whittington, à l'abri derrière sa grille. Elle se réjouissait de n'avoir bu que de l'eau. Elle avait besoin d'avoir les idées claires. Parvenue à hauteur de Waterlow Park, elle s'arrêta un instant pour regarder au travers du portail clos. Les nuages s'étaient dissipés et la lune brillait dans l'herbe, qui luisait légèrement, encore humide de pluie. Soudain, elle se retourna. Avait-elle entendu quelque chose ? Un pas ? Une toux ? Ou bien avait-elle l'impression qu'on l'épiait ? Il y avait un groupe d'adolescents de l'autre côté de la rue. Un couple, bras dessus bras dessous, passa devant elle.

Il lui fallut à peine une minute pour arriver sur les lieux de la noce. Dans la salle principale, le dîner était achevé, les invités s'étaient rassemblés par petits groupes. L'air retentissait de leurs conversations, et on entendait de la musique. Quelques individus s'étaient aventurés sur la piste de danse – y compris une nuée d'enfants, qui se tenaient par la main en pouffant de rire, lançant haut la jambe et chahutant joyeusement. Il y avait une table à l'extrémité, sur laquelle reposaient des vases remplis de fleurs et les reliefs du festin. Frieda vit une grande femme, brune, dans une longue robe ivoire avec des fleurs rouges dans les cheveux, évoluer lentement au bras d'un homme roux. Ce devait être elle, se dit-elle.

Elle resta là sans bouger, sans qu'on la remarque, à observer la scène. On aurait dit un vieux film, dont l'image aurait du grain, serait légèrement brouillée. Un homme passa devant elle portant un plateau de verres de champagne et, à sa vue, s'arrêta pour lui en proposer, mais elle secoua la tête. Elle pouvait toujours s'en aller, et l'espace d'un instant, ce fut comme si sa vie était en suspens devant elle. Un geste, et tout basculerait.

Soudain, elle l'aperçut. Il était debout à l'autre bout de la salle, la tête inclinée vers une femme plus âgée que lui qui parlait avec animation. Il était vêtu d'un costume sombre, d'une chemise blanche, sans cravate. Il lui sembla plus mince, plus vieux aussi, peut-être, mais elle n'aurait su dire parce qu'il était trop éloigné d'elle et que la pièce s'étirait entre eux, comme l'année qui les avait séparés.

Frieda ôta son manteau et son écharpe rouge et les posa sur une chaise voisine. Elle fit ce qu'elle faisait toujours quand elle avait peur : elle redressa ses épaules, releva le menton et prit une profonde inspiration, pour se calmer. Elle commença à traverser la piste de danse et tout ralentit : les danseurs, la musique, son propre pas. Quelqu'un la frôla et s'excusa. La femme en robe ivoire, la petite sœur de Sandy, tournoyait doucement sur elle-même, avec les mêmes pommettes que lui, les mêmes yeux, la même gravité dans le bonheur.

Puis elle fut rendue, et elle patienta jusqu'à ce que quelque chose lui fasse tourner la tête et qu'il la regarde, enfin. Il ne fit pas un geste, se contenta de plonger son regard dans le sien, et un gouffre s'ouvrit en elle, qui la désarmait. Il ne la toucha pas, pas plus qu'il ne sourit.

— Tu es venue.

Frieda fit un petit geste des mains, paumes offertes.

— Il m'a semblé que je le devais.

— On fait quoi, maintenant ?

— On peut sortir ?

— On va au parc ?

— Il ferme à la tombée du jour, répliqua Frieda.

Il sourit.

— Ça te ressemble bien, tiens. De savoir quel parc ferme le soir, et quel autre, non.

— Mais il y a une terrasse à l'arrière.

Ils sortirent dans le jardin. Sa sœur les aperçut et commença à dire quelque chose, puis s'arrêta. Frieda ne prit pas son manteau, et l'air froid la cueillit avec brutalité, mais elle s'en réjouit. Elle se sentait vivante, à nouveau, et peu importait si c'était de la douleur ou de la joie qui courait dans ses veines.

De là où ils se trouvaient, ils voyaient quand même la City se déployer sous leurs yeux, tout en percevant, dans leur dos, la musique et les lumières de la fête.

— Il ne s'est pas passé un jour, murmura Sandy, sans que j'aie pensé à toi.

Frieda leva une main et passa un doigt sur ses lèvres. Il ferma les yeux et laissa échapper un petit soupir.

— C'est bien toi ? chuchota-t-il. Ça fait si longtemps.

— C'est bien moi.

Quand ils s'embrassèrent enfin, elle sentit la chaleur de sa main dans son dos au travers de la fine étoffe de sa robe. Ses lèvres avaient un goût de champagne. Elle avait les joues mouillées et crut tout d'abord qu'elle pleurait, avant de comprendre que les larmes étaient celles de Sandy. Elle les essuya.

— Où es-tu descendu ? demanda-t-elle.

— Chez moi. Je comptais vendre l'appartement, mais c'est tombé à l'eau.

— On peut y aller ?

— Oui.

Dans le taxi, ils n'échangèrent pas un mot jusqu'au Barbican. Ils ne dirent rien non plus dans l'ascenseur. Quand il ouvrit la porte de son appartement, ce fut à la fois familier et un peu triste. Il régnait une atmosphère un peu moisie, un léger air d'abandon.

— Tourne-toi, l'invita-t-il.

Elle obtempéra et il défit la fermeture Éclair de sa robe chatoyante, qui tomba au sol. Elle resta debout au milieu de ses replis verts, semblable à une sirène. Cela faisait quatorze mois. Quatorze mois qu'il était parti. La lune brillait à travers les rideaux, et dans sa lumière elle regarda l'expression ardente de Sandy et son corps musculeux. Ensuite, elle ferma les yeux et s'abandonna, se laissa aller.

Chapitre quarante-quatre

Quand Frieda s'éveilla, il était 4 heures du matin. Le corps de Sandy était chaud et lisse contre le sien. Elle se glissa hors du lit. Dans le noir, elle réussit à trouver ses vêtements et à les remettre. Elle prit son manteau et son écharpe, garda ses chaussures à la main afin qu'elles ne claquent pas sur le parquet. Elle entendit un murmure en provenance du lit. Elle se pencha et déposa un doux baiser sur les cheveux de Sandy, au creux de sa nuque.

En reprenant sa marche, elle eut tout d'abord l'impression d'être encore endormie. Il faisait nuit, l'air était immobile et froid. Elle remonta Golden Lane, qui bifurquait dans Clerkenwell Road et s'aperçut alors qu'elle longeait ce qui avait été autrefois les murs d'enceinte de la ville de Londres. Un temps, ses pas lui auraient fait traverser des jardins et des vergers, franchir des ruisseaux. Voilà ce que vous racontaient probablement les guides touristiques. Mais Frieda se figura ce qui avait dû leur succéder à mesure que la campagne capitulait et se mourait peu à peu : les cabanes, les tas d'ordures, les maisons construites à la va-vite, les squatters, les voyous à la petite semaine.

Elle bifurqua pour reprendre le chemin de sa maison, en décrivant un cercle. À présent, il y avait là des bureaux, des groupements de HLM et des petites galeries. La circulation ne cessait jamais et quelques individus, pour qui la journée s'achevait ou commençait, déambulaient sur les trottoirs. Quelqu'un s'approcha d'elle et lui demanda si elle avait besoin d'un taxi. Elle fit mine de n'avoir pas entendu.

Cette nuit, ou ce matin, la capitale lui semblait légèrement changée. Était-ce la netteté qu'engendraient ce froid et ce calme obscurs ? Ou de s'être à nouveau abandonnée dans les bras d'un autre ? Elle repensa à cette nuit et fut traversée d'un frisson. Elle regarda autour d'elle. Elle avait marché presque inconsciemment et avait besoin de se réorienter. À cette heure-ci du jour, trois, quatre cents ans auparavant, l'endroit aurait été animé, rempli de charrettes chargées de denrées alimentaires, de bétail qu'on amenait en ville. Elle sourit en lisant le nom de la rue, Lamb's Conduit Street, qui faisait écho à ses pensées. Le nom semblait inoffensif, mais à ce stade de leur périple, les agneaux devaient commencer à s'agiter en percevant l'odeur nauséabonde en provenance des abattoirs de Smithfield, charriée dans les airs depuis le fleuve.

Elle scruta les alentours. Cette impression, de nouveau. C'était toujours la nuit qu'elle se promenait dans Londres parce que alors, elle se sentait enfin seule et coupée du monde. Mais quelque chose avait changé, et qui ne tenait pas qu'au souvenir de Sandy, endormi dans son appartement. C'était autre chose. Elle se rappela avoir joué à Un, Deux, Trois, Soleil !, petite fille. On se retournait pour surprendre un mouvement chez ceux qui s'avançaient vers vous. Chaque fois qu'on faisait volte-face, les joueurs étaient immobiles, mais s'étaient rapprochés. Jusqu'à ce qu'ils vous rattrapent.

Quand elle arriva chez elle, il était 5 h 30. Elle se déshabilla. Elle sentait son odeur sur elle. Elle resta sous le jet de la douche pendant vingt minutes, s'efforçant de s'y abandonner, de ne pas réfléchir, mais ne put s'en empêcher. Elle se rendit compte qu'il fallait qu'elle appelle Karlsson. Il était encore bien trop tôt. Une fois habillée, elle s'installa dans son fauteuil au rez-de-chaussée, fatiguée mais parfaitement alerte, avec des picotements dans les yeux. Elle entendit les oiseaux chanter au-dehors. Au mépris des apparences, le printemps s'annonçait. À 7 heures tapantes, elle se leva et se prépara du café et des tartines. À 8 heures passées de une minute, elle appela Karlsson.

— Oh, c'est vous, dit-il en décrochant.

— Comment le saviez-vous ?

Il y eut un silence.

— Vous savez bien comment fonctionnent les portables, non ? Que votre nom apparaît lorsque vous m'appelez ?

— Sans doute ne tenez-vous pas à avoir de mes nouvelles.

— Je suis toujours ravi d'avoir de vos nouvelles.

— Vous étiez déçu par mon entretien avec Frank Wyatt, je le sais.

— On a tous des jours où l'on est moins bon.

— Je n'étais pas « moins bonne », contesta-t-elle.

— Vous n'avez pas réussi à lui faire avouer.

— C'est exact, reconnut Frieda. Vous allez l'inculper ?

— Comme j'ai dit, nous sommes en train de constituer le dossier. J'essaie juste de boucler quelques détails restés en suspens. Je retourne dans l'appartement de Michelle Doyce aujourd'hui. Nous allons devoir embarquer certaines affaires.

— Vous faites ça quand ?

— J'ai plusieurs réunions ce matin. Cet après-midi, je ne sais pas quand précisément.

— Je peux venir ? J'aimerais le voir.

— Vous y êtes déjà allée, non ?

— Je l'ai vu de l'extérieur, quand nous avons inspecté l'impasse, mais je ne suis jamais entrée.

— Très bien, concéda Karlsson. Venez si vous voulez.

— Pourrais-je le voir avant qu'ils ne commencent à emballer les affaires ?

— Je vous y retrouve à 10 h 30, dans ce cas.

Le téléphone retentit de nouveau.

— Tu t'es enfuie.

— Je ne me suis pas enfuie. J'avais besoin de prendre l'air. De réfléchir.

— Au fait que tu avais commis une erreur.

— Non, pas à ce sujet, non.

— Je te reverrai, alors.

— Oui, tu me reverras.

Frieda fit un détour. Elle prit le métro, puis le petit train qui traversait l'Île aux Chiens et passait sous le fleuve, jusqu'au *Cutty Sark*. Elle sortit et prit à l'ouest jusqu'à se retrouver devant la maison des Wyatt. Il y avait de la lumière à l'intérieur. Elle se tourna vers la Tamise. La marée était haute, l'eau montait à l'assaut des berges. Un bateau pour touristes passa en haletant. Deux enfants lui firent des signes de la main.

Elle continua de marcher le long de la rive, devant les autres appartements, tout d'abord ; puis devant un yacht-club, ceint d'une clôture ; devant l'accès à un embarcadère enfin, gardé par un homme en uniforme assis dans une guérite. Il gardait quoi ? se demanda Frieda. Il l'observa d'un air suspicieux. Il sortit de sa cabine et se dirigea vers elle.

— Puis-je vous aider ? offrit-il.

— Vous êtes toujours là ? demanda-t-elle.

— Pourquoi cette question ?

— Je me demandais, c'est tout.

— Pas toujours, non. Mais il y a toujours quelqu'un. Si vous tenez à le savoir.

— Merci.

Frieda continua vers l'ouest, au-delà des grilles d'une école élémentaire et du site d'un entrepôt en cours de démolition, intégralement condamné et inaccessible. Enfin, elle atteignit Howard Street et se retrouva devant la maison où tout avait commencé.

— Oui, se dit-elle. C'est bien ça.

Frieda regardait fixement le salon de Michelle Doyce, puis s'aperçut que Karlsson l'observait en souriant.

— Quoi ? dit-elle.

— C'est comme la mer. On a beau vous la décrire, il faut aller la voir par soi-même. Intéressante collection, vous ne trouvez pas ?

Frieda était quasi subjuguée par la pièce, d'où ressortaient curieusement une netteté obsessionnelle et un chaos effroyable. Il y avait là chaussures, cailloux, plumes et ossements d'oiseaux, journaux, bouteilles, emballages aluminium pliés en carrés, bocaux en verre, mégots de cigarettes, feuilles et fleurs séchées, petites pièces de métal qu'on aurait dites récupérées dans divers appareils. Et puis des perles, des vêtements, diverses tasses et autres verres. Mais par où commencer ?

— J'aurais bien aimé voir Jasmine Shreeve à l'œuvre ici, commenta Karlsson.

— De quoi parlez-vous ?

— De cette émission où un psychiatre vous juge en inspectant votre habitat ? Celui-ci leur ficherait carrément la trouille.

Son ton s'altéra.

— Désolé. Je sais que ce n'est pas drôle.

— En fait, je me dis parfois que j'en apprendrais plus sur mes patients en regardant où ils vivent qu'en écoutant ce qu'ils ont à dire.

Elle secoua la tête et ajouta, presque pour elle-même :

— J'aurais dû venir plus tôt. C'est comme de regarder à l'intérieur du crâne de Michelle Doyce.

— Ce qui n'est pas beau à voir ? interrogea Karlsson.

— Pauvre femme.

— Avez-vous déjà vu quelque chose de semblable auparavant ?

— Je ne m'occupe pas vraiment de troubles psychiatriques sévères, expliqua Frieda, mais l'accumulation compulsive en est un symptôme assez courant. Vous avez déjà dû entendre parler de gens incapables de jeter quoi que ce soit, jusqu'à leurs propres excréments.

— Ça va, ça va, répliqua Karlsson. Je n'en demandais pas tant. C'est déjà assez pénible de se retrouver ici sans avoir en plus à évoquer pire encore.

Frieda sentit le sang affluer brusquement en elle,

comme si elle était sur le point de perdre connaissance. Mais la sensation se situait au niveau du cerveau. Quand elle reprit la parole, ce fut dans un chuchotement :

— Cette affaire ne me plaît pas du tout.

Karlsson l'examina d'un regard curieux.

— Personne ne vous demande de l'apprécier. On n'est pas au théâtre.

— Non, se défendit Frieda, lentement. Ce n'est pas ce que je voulais dire. C'est juste que rien ne colle. Nous nous trouvons devant une scène de crime qui n'en est pas vraiment une. Apparemment, la victime était le principal coupable. Ajoutez à ça que les mobiles sont évidents, mais pas suffisants. Ensuite, il y a Janet Ferris. On a dû l'éliminer parce qu'elle a vu quelque chose. Mettons, juste pour partir d'une hypothèse, qu'il s'agisse de Frank Wyatt. Pourquoi se serait-il rendu chez elle ? On avait déjà établi le lien entre lui et Poole.

Elle secoua la tête.

— Je n'ai pas l'impression que nous détenons tous les tenants et les aboutissants de cette histoire. Je n'arrête pas de penser à Beth Kersey. Poole se servait des gens. Il a tenté de modifier le testament de Mary Orton, mais a échoué. Il a réussi à dépouiller partiellement les Wyatt. Sans doute s'apprêtait-il à spolier Jasmine Shreeve. Mais que comptait-il faire de Beth Kersey ? Avez-vous obtenu quoi que ce soit concernant son dossier médical ?

— C'est une impasse, répliqua Karlsson.

— Pas du tout. C'est crucial.

— Nous pouvons avoir accès à son dossier médical si nous la soupçonnons ou si elle est victime d'un délit.

Pour le moment, c'est une adulte dont personne n'a signalé la disparition. Mais pour l'heure, nous sommes ici parce que vous avez demandé à venir.

— OK, très bien, répondit Frieda en s'efforçant de raisonner avec clarté. Donc, l'idée, c'est que Michelle Doyce a trouvé le corps de Poole dans l'impasse qui longe la maison. Elle l'a amené ici, l'a déshabillé, a lavé ses vêtements et les a repliés, supprimant sans doute, dans le même temps, cheveux ou fibres.

— Tout juste.

— Elle a tenté de l'aider. Elle a considéré Robert Poole comme une personne en difficulté et essayé de se comporter en bon Samaritain, mais du coup, elle a salopé le terrain.

— Exactement. Si elle avait voulu se débarrasser des preuves, elle n'aurait pas fait mieux.

Frieda regarda autour d'elle, s'efforçant de tout enregistrer. L'ampleur même de cet amas lui donnait mal à la tête.

— Ceci est le reflet de son mental, commenta-t-elle. Quand nous sortons, la plupart d'entre nous rapportons le souvenir de ce que nous avons vu, éventuellement une photo. Mais elle rapportait les objets, directement.

— Une vraie pie voleuse, coupa Karlsson.

— Oui, concéda Frieda, en fronçant les sourcils. Oui, en effet.

— À vous entendre, il y aurait là quelque chose d'intéressant. Vous dites ça aussi au sujet des gens atteints de collectionnite aiguë.

Frieda porta son regard par la fenêtre. Il faisait désormais gris au-dehors.

— Il y a de la lumière ?

Karlsson retourna à la porte d'entrée pour actionner

l'interrupteur du plafonnier, et ensuite, du pied, un vieux lampadaire dans un coin. Frieda fit un pas en avant et inspecta celui-ci plus attentivement. Suspendus à de petits bouts de ficelle tout autour de l'abat-jour, pendaient des semblants de perles et de débris de verre. Frieda les examina un à un.

— Les pies ne collectionnent pas n'importe quoi, dit-elle. Elles collectionnent ce qui brille.

— Je ne m'y connais pas vraiment, en pies. Quand j'en vois, elles sont surtout en train de picorer des pigeons morts.

Frieda enfila une nouvelle paire de gants chirurgicaux sortie de sa poche.

— Vous continuez de les acheter vous-même ? s'étonna Karlsson. On peut vous en procurer.

— Vous vous rappelez ce qu'a dit Yvette au sujet de Michelle Doyce ? Que c'était la femme la plus triste qu'elle ait jamais croisée ? Cette pièce fait le même effet. Ces débris d'oiseaux, le journal, les vieux mégots fumés par d'autres. Ils évoquent une tristesse à laquelle je ne veux même pas penser. Mais ces petites choses brillantes sont différentes. Elles sont jolies.

— Pour peu qu'on aime ce genre de choses.

— Venez voir.

— Vraiment ?

— Oui.

Karlsson s'approcha.

— Que voyez-vous ? demanda-t-elle.

— Des bouts de verre.

Elle nicha une autre des petites pendeloques au creux de sa main gantée.

— Et ça ?

— C'est une perle.

— Décrivez-la-moi.

— Eh bien, ce n'est pas une perle à proprement parler. C'est une sorte de cube métallique brillant, avec un peu de bleu au milieu.

— Le bleu pourrait être du lapis-lazuli, à mon avis, dit Frieda. Et le métal brillant, de l'argent.

— Joli.

— Quoi d'autre ?

— Vous plaisantez ?

— Non.

Il plissa les yeux.

— Il y a un petit machin métallique sur deux faces.

— Qui correspond à ?

— Aucune idée.

— Pensez-vous que cela aurait pu servir pour l'attacher à quelque chose ?

— Peut-être. Ou peut-être pas.

— Et là, reprit Frieda. Il y en a deux autres ici, et une de l'autre côté. Rigoureusement identiques.

Elle recula. Elle s'était laissé éblouir par la proximité de l'ampoule.

— Il doit y en avoir d'autres.

— Vous voulez dire, des perles comme celles-ci ?

— Oui. Des perles comme celles-là.

Elle se mit à arpenter la pièce.

— Frieda…

— Chut ! Trouvez les autres.

Elle en trouva trois, rangées le long de l'appui de fenêtre. Karlsson en découvrit quatre dans un verre, disposées autour d'un reste de bougie dressée dans sa propre cire refroidie. Quatre autres encore reposaient sur l'encadrement de la porte.

— Un vrai goûter d'enfants, ironisa Karlsson.

Frieda s'était arrêtée. Elle se tenait au milieu de la pièce, les yeux clos. À ces mots, ils s'ouvrirent.

— Pardon ? s'exclama-t-elle.

— J'ai dit : on dirait une vraie fête pour enfants. Vous savez, genre chasse à l'œuf, ou autre.

Frieda ne tint pas compte de sa remarque. Elle prit les trois perles posées sur le rebord de la fenêtre, les plaça dans la paume de sa main et les contempla de plus près. Elle se tourna vers Karlsson.

— Auriez-vous une lampe de poche ?

— Non.

— Je croyais que les policiers étaient toujours équipés d'une lampe de poche.

— Dans les films des années 1950. Je crains de ne pas avoir de matraque non plus...

Elle s'approcha du lampadaire, en souleva l'abat-jour et leva sa main à proximité de l'ampoule. Elle examina ses trouvailles si intensément qu'elle en eut mal aux yeux...

— Oui ? s'amusa Karlsson.

— Regardez celle-ci.

Frieda indiquait l'une des perles.

— Elle est un peu crade, commenta Karlsson.

— Vous auriez quelque chose dans quoi les mettre ?

Karlsson sortit de sa poche un sachet en plastique transparent destiné aux indices et Frieda les laissa tomber dedans, une à une.

— À votre avis, c'est quoi ? demanda Frieda.

— Des perles.

— Et qu'obtient-on quand on attache des perles ensemble ?

— Un bracelet, un bijou quelconque ?

— Et si l'on a plus de perles ?

— Un collier, peut-être bien. Mais ne s'agit-il pas là que d'un truc dégoté par Michelle quelque part ?

— Précisément. Elle les a trouvées liées ensemble, et les a défaites pour décorer son studio. Elles sont belles. Et me paraissent faites à la main. Chères. Elle n'a pas trouvé ça sur un trottoir.

— Et donc…

— Donc, vous devez empêcher vos gars d'emballer ces affaires. Il faut plutôt qu'ils en retrouvent autant qu'ils peuvent. Il devrait y en avoir une quinzaine, voire une vingtaine, au minimum. Ensuite, montrez-en une photo à Aisling Wyatt. Et vous avez dit que l'une d'elles était sale. Trouvez de quelle crasse il s'agit.

— Reste toujours l'hypothèse qu'il ne s'agisse que de perles…, râla Karlsson.

Quand le téléphone retentit, Frieda sut que ce serait l'inspecteur divisionnaire. La sonnerie avait presque son accent.

— Vous voulez la bonne ou la mauvaise nouvelle ? dit-il.

— Que s'est-il passé ?

— Vous êtes pardonnée. Complètement pardonnée. Aisling Wyatt a identifié le collier. Elle a dit qu'il « avait disparu » voici quelques semaines. Curieuse coïncidence, n'est-ce pas ? L'œuvre de notre collectionneur de trophées, une fois de plus. Visiblement, Robert Poole se servait chez tous ceux qu'il embobinait et redistribuait autour de lui : une sorte de jeu de pouvoir. Et ce n'est même pas le meilleur : vous le saviez, n'est-ce pas ? Comment… ça, c'est une autre histoire. La crasse sur le collier, c'était du sang. Celui de Robert Poole.

Silence.

— Vous savez ce que cela signifie, non ? Cela signifie que nous pouvons inculper Frank Wyatt.

— Non, répliqua Frieda. Ce que ça signifie, c'est que vous ne pouvez plus inculper Frank Wyatt.

— Joanna, dit Frieda, où Dean aimait-il aller, à part à Margate ?

— C'est dans le livre. Je peux avoir une autre bière ?

— Mais certainement. J'irai en chercher une dans une minute. J'ai lu le livre.

— Vous l'avez aimé ?

— Je l'ai trouvé extrêmement intéressant.

— La pêche. Il aimait aller pêcher. N'importe où… canaux, carrières inondées, rivières… Il pouvait passer la journée entière assis avec son petit pot de vers. Ça me rendait dingue.

— Que sont devenues ses cannes à pêche ?

— Je les ai vendues sur eBay. Je n'ai pas dit à qui elles appartenaient.

— Allait-il n'importe où ailleurs ? Dans une autre ville ?

— On ne voyageait pas beaucoup. Quand il était gosse, il allait à Canvey Island avec sa mère, qu'il a dit.

— Parfait.

— Pourquoi ? Pourquoi vous avez b'soin de savoir ?

— J'ai encore quelques trucs à régler, répondit évasivement Frieda.

Joanna hocha la tête, apparemment satisfaite. Frieda alla lui chercher une autre bière et la regarda la boire, la lèvre supérieure couverte de mousse.

— Vous ne manquez pas de culot, ça m'épate, dit Joanna une fois qu'elle eut fini. Après tout ce qui s'est passé.

— Vous pensiez que nous ne nous reverrions plus jamais ?

— Oui. J'entame un nouveau chapitre de mon existence. C'est ce que m'a dit mon éditeur. Vous faites partie de l'ancien.

Chapitre quarante-cinq

C'est au milieu de la nuit que les voix firent leur réapparition. Elles commencèrent par un murmure que Beth distinguait à peine du clapotis de l'eau contre la coque, du bruissement des arbres sur la rive, du crépitement de la pluie sur le toit. Ces voix venaient pour elle, elle le savait, et elle tenta de se dérober à leur colère, de les faire taire en s'enveloppant la tête avec son oreiller, en se bouchant les oreilles, mais peu à peu, ces voix se firent plus nettes, puis s'unirent en une seule, rauque, forte, grave, surgie de l'obscurité environnante, la cernant de toutes parts.

La voix lui en voulait. Elle lui posait des questions dont elle ne détenait pas les réponses. Elle l'accusait. Elle connaissait ses secrets et ses peurs.

— Tu l'as laissé tomber.

— Non, je ne l'ai pas laissé tomber.

— Il est parti et tu l'as oublié.

— Non, je ne l'ai pas oublié.

La voix lui dit des choses terribles, lui dit qu'elle n'avait rien accompli, qu'elle n'était rien, qu'elle était nulle. Elle lui parla des photos et des documents mais la voix, indifférente, poursuivit ses dures accusations.

— Ça ne change pas. C'est toujours la même histoire. Je parle, et toi, tu n'écoutes pas.

— Mais j'écoute. J'écoute.

— Tu n'es rien. Tu ne fais rien.

Beth se mit à pleurer et à secouer la tête de droite à gauche, la cognant contre la cloison en bois au-dessus de sa couchette. Elle aurait fait n'importe quoi pour faire taire cette voix. Lentement, alors que le jour naissait peu à peu dans la pièce, la voix s'affaiblit et la laissa endolorie, à frotter son visage rougi par les larmes.

Elle se leva et fouilla dans les papiers d'Edward jusqu'à trouver les pages qu'il lui fallait. Elle n'était pas rien. Elle n'était pas nulle. Elle fixa les mots du regard, indéfiniment, les gravant dans sa mémoire, les répétant sans fin comme une ritournelle. Ensuite elle fouilla dans le tiroir à couverts jusqu'à ce qu'elle trouve ce qu'elle cherchait. Le couteau, et la pierre à aiguiser qui allait avec. Elle se rappela son père en train de dire à sa mère, quand elle était enfant : « Les femmes ne savent pas faire ça. » Et là, elle entendait ce bruit, celui de la lame grattant la pierre grise en provoquant presque une étincelle. « Voilà comment on aiguise un couteau. Voilà comment on aiguise un couteau. »

Frieda inspira profondément avant de passer l'appel.

— Frieda, répondit Harry.

— Vous avez l'air fâché.

— Vous pouvez en juger au bout d'un seul mot ?

— Mais vous l'êtes.

— Et pourquoi le serais-je, Frieda ?

— Où êtes-vous, là ?

— Où suis-je ? Près de Regent's Park, avec un client.

— Vous êtes libre ?

— Quand ça ?

— Maintenant. Pour déjeuner en vitesse. J'ai une heure.

— Sympa de me glisser dans votre emploi du temps.

— J'aimerais déjeuner avec vous, si vous en avez le temps.

— Je ne sais pas, répondit-il. Bon, d'accord. Où ?

— Il y a un petit bistro, pas loin de là où vous êtes… Le Numéro 9, dans Beech Street. Pas loin de chez moi. Je peux y être dans dix minutes.

— Je prendrai un taxi. Un truc, cependant : je n'aime pas beaucoup qu'on se moque de moi.

— Je comprends tout à fait.

— On a remis des vêtements sombres, je vois.

Frieda baissa fugacement les yeux pour voir comment elle était vêtue, en noir et bleu foncé, et sourit.

— Faut croire.

— J'aimais bien ce que vous portiez hier soir.

— Merci.

— Vous étiez très belle.

Elle ne répondit rien, préférant étudier les plats écrits à la craie sur l'ardoise. Marcus s'approcha pour prendre la commande. Ses yeux brillaient de curiosité.

— Salade de chèvre, s'il te plaît, déclara-t-elle brusquement.

— Même chose, répliqua Harry.

— Et de l'eau du robinet.

— Même chose.

Il posa son menton dans ses mains et l'étudia du regard, songeant qu'elle avait l'air fatiguée.

— Alors, que s'est-il passé ? s'enquit-il.

— Vous voulez dire, hier soir ?

— Oui.
— Je n'en sais rien.
— Allez, Frieda.
— Je ne joue pas au plus malin. Je tiens à être parfaitement honnête sur la question. Je ne savais pas à l'avance que j'allais partir comme ça. J'ai dû le faire, c'est tout. Je ne peux pas vraiment expliquer.
— Vous auriez pu me le dire, au moins. J'attendais que vous reveniez, heureux comme un benêt. Et puis je me suis aperçu que vous m'aviez abandonné. J'étais comme l'idiot qui n'a rien à faire là et qu'on a laissé tomber.
— Je ne pouvais plus rester.
— Je croyais…
Il s'interrompit et esquissa un sourire gauche.
— Je croyais que vous m'aimiez bien. Enfin, que vous commenciez à m'apprécier, au moins.
— C'est le cas. Je suis désolée de vous avoir planté comme ça hier soir. C'était mal de ma part.
Leurs salades arrivèrent. Marcus adressa un clin d'œil à Frieda, qui répliqua en haussant sévèrement les sourcils.
— Est-ce à cause de tout ce qui se passe en ce moment ? demanda Harry, titillant son fromage de chèvre du bout de la fourchette.
Il n'aimait pas particulièrement les salades. Ni le fromage de chèvre.
— Avec cette enquête et tout ce que vous avez traversé, je veux dire. Cette femme qui s'est tuée, son nom ne me revient pas, et les articles parus dans la presse. Toute cette affaire sordide. Ça doit être dur.
Frieda réfléchit un moment.
— Je pense parfois que j'ai fait une erreur en choi-

sissant de m'investir là-dedans, admit-elle enfin. Je ne sais pas pourquoi j'ai fait ça. J'ai toujours dit, toujours pensé, qu'on ne peut pas résoudre le chaos du monde, seulement celui qu'on a dans la tête. Et voilà que j'interroge des suspects et que je traîne sur des scènes de crime. Pourquoi ?

— Parce que vous savez que vous avez un don pour ça ? suggéra Harry.

— Je ne devrais sans doute pas parler de ça avec vous. Mais je ne connais pas les règles relatives à une enquête de police. Je ne sais pas où se situent les limites.

— Puis-je dire quelque chose ?

— Bien sûr.

— Vous êtes de celles à qui les gens confient leurs problèmes. Peut-être avez-vous du mal quand la situation est inversée. Vous pouvez me dire ce que vous voulez. Je ne vais pas courir le raconter à la presse.

— C'est gentil de votre part.

— Qu'est-ce qui vous chiffonne, dans cette enquête ?

— La police pense savoir qui est le coupable.

— C'est plutôt une bonne chose, non ?

— Ils ont trouvé un nouvel indice.

— Quoi donc ?

— Quelque chose qui se trouvait dans la poche de Robert Poole quand on a trouvé le corps. Je crois qu'ils vont inculper quelqu'un prochainement.

— Qui ça ?

Il but une petite gorgée d'eau.

— Ah, là… je crois que je violerais vraiment une règle, répliqua Frieda.

— Mais vous n'êtes pas soulagée ?

Frieda le regarda droit dans les yeux. Son expression concentrée fit presque peur à Harry.

— Il n'y a pas que l'enquête qui soit en jeu, dit-elle. En fait, je crois que j'ai ma dose avec tout ça. Au début, ça m'amusait d'être mêlée à une enquête de police. C'était une façon de m'évader de ma propre vie. Mais aujourd'hui, à force de me faire agresser par des gens qui me disent : « Mais que vient foutre une psychothérapeute dans tout ça ? », eh bien… je suis plutôt d'accord avec eux. Par conséquent, je vais boucler un dernier truc et après, je m'arrête.

Harry lui sourit.

— C'est quoi, ce dernier truc ?

— Oh, mieux vaut ne pas entrer dans des détails sans intérêt, se déroba Frieda.

— Mais si. Je suis curieux de ce que vous faites, de savoir ce qui rend votre vie si compliquée.

— D'accord. C'est au sujet de Michelle Doyce, la femme qui a trouvé le corps. Elle est dans un hôpital psychiatrique à Lewisham et n'en ressortira probablement jamais. C'est tout juste si la police s'est intéressée à son cas : elle délire, à l'évidence. Mais je suis restée en contact avec elle. Je la vois de temps à autre, et ces derniers temps, elle a recouvré un peu de lucidité. Elle était terrifiée par les bruits dans le pavillon, par tous ces gens, et ça a empiré son état. Mais ils l'ont installée dans une chambre à part, elle s'est calmée, et se met à évoquer des choses.

— Ce qui signifie ?

— Michelle a trouvé le corps et l'a ramené chez elle. Mais d'après ce qu'elle a commencé à raconter, je pense qu'elle a fait plus que ça. Je pense qu'elle a vu qui s'en est débarrassé.

Un long silence s'abattit. Avec grand soin, Harry

saisit un morceau de fromage de chèvre, le posa sur un toast, le mastiqua et l'avala.

— Qu'en dit la police ? demanda-t-il.

— Ça ne les intéresse pas. Ils ont leur propre suspect et s'en contentent.

— Alors l'histoire s'arrête là ?

— Non. J'ai fait la connaissance d'un neurologue expert dans ces cas extrêmes. J'y retourne lundi avec lui. Il va lui administrer un cocktail médicamenteux et je suis convaincue qu'elle sera en mesure de nous dire exactement ce qu'elle a vu. Ensuite, je transmettrai sa déposition à la police et ils pourront mener l'enquête comme ils auraient dû le faire depuis le début, c'est-à-dire convenablement. Mais ils devront continuer sans moi. Moi, j'arrête.

— Pourquoi faites-vous ça ? dit Harry. Vous ne pouvez pas faire le boulot de tout le monde à leur place. Vous n'avez pas juste envie de vous en laver les mains, maintenant ? De retourner à votre vie ?

— Et voir un innocent jeté en prison ? protesta-t-elle. Comment le pourrais-je ?

— Peut-être que la police parviendra à mettre la main sur le vrai coupable toute seule, dit-il. Autrement, ils ne seraient pas de la police.

Frieda secoua la tête.

— Sans cette déposition, ils boucleront l'affaire telle qu'elle se présente, et passeront à autre chose.

Elle lui jeta un regard suspicieux.

— Vous n'aimez pas la salade de chèvre ?

— Pas vraiment.

— Pourquoi en avoir commandé une, alors ?

— Peu importe. Je n'ai pas faim, de toute façon. Vous savez que je suis fou de vous, non ?

— Harry…

— Ne dites rien. Je vous en prie, ne dites rien. Vous le savez, de toute façon. C'est pour ça que je suis ici en train de commander du fromage de chèvre et de bavasser.

Il tendit le bras et lui effleura le visage. Elle resta sans bouger, son regard plongé dans le sien. Marcus, qui lavait des tasses à café derrière son comptoir, ne les quittait pas des yeux.

— Ai-je une chance ?

— Pas encore, répondit Frieda.

Elle s'éloigna subrepticement de sa main et il soupira.

— Pourquoi ?

— Pas le moment.

— Mais un jour… ?

— Il faut que j'y aille, à présent. J'ai un patient.

— Ne partez pas déjà. Je vous en prie. Que dois-je faire ?

— Ce n'est pas comme ça que ça marche.

— Non. Dites-moi. Donnez-moi un ordre.

— Très bien.

Sa voix ne fut plus qu'un murmure :

— Laissez-moi tranquille.

Frieda finit de travailler peu avant 18 heures. Le crépuscule était venu et un vent humide balayait les rues. Elle remonta le col de son manteau, enfonça profondément ses mains dans ses poches et prit le chemin de sa maison, qui lui semblait bien loin et infiniment désirable. C'est alors qu'on lui effleura l'épaule : faisant volte-face, elle découvrit Harry.

— Vous m'attendiez ?

Elle avait l'air en colère.

— Ça fait plus d'une heure que je suis là. Il fallait que je vous parle.

— Je rentrais chez moi.

— Je peux vous accompagner ?

— Pas ce soir.

— D'accord. Je peux vous dire quelque chose ?

— Quoi donc ?

— Pas ici, pas en pleine rue. Là… pouvons-nous parler ici ?

Harry fit un geste en direction de la friche que voyait quotidiennement Frieda. Dans l'obscurité, elle semblait plus vaste et plus abandonnée qu'en plein jour. Des herbes folles avaient surgi de toute part ; des gosses avaient construit d'étranges structures à l'aide des planches et des plaques de tôle laissées par les ouvriers quand ils avaient quitté les lieux. Les restes d'un feu de joie aux braises encore rougeoyantes s'étalaient près de la brèche dans la clôture, où se tenait Harry. Il retenait un pan détaché de la palissade.

— Je ne crois pas, non, répondit Frieda.

— Il y a un banc près d'ici, l'invita Harry d'une voix suppliante. Je l'ai vu en venant tout à l'heure. Rien qu'une minute, Frieda. Acceptez de m'écouter.

Frieda hésita, puis enjamba agilement l'ouverture. Harry passa derrière elle et referma.

— Dites-moi.

— Trouvons d'abord ce banc dont je vous ai parlé.

— Je n'ai pas besoin de m'asseoir.

— Par ici.

Ils s'aventurèrent plus loin dans l'espace clôturé. On apercevait de grandes cavités dans la terre ; une petite grue restait immobile devant eux.

— Frieda, commença Harry, dans un murmure.
— Oui ?
— Je suis désolé.
— De quoi ?
— Parce que voyez-vous, ma chère…

Il ne put achever sa phrase parce qu'une forme se découpa soudain du sol devant eux : un homme d'âge très avancé enroulé dans une couverture, une bouteille à la main, qui poussa un cri rauque et bizarre.

— Il dormait, expliqua Frieda.

Puis, s'adressant à l'homme :

— Je suis vraiment désolée de vous avoir dérangé.

Il porta sa bouteille à sa bouche et, la renversant presque à la verticale, il but.

— On s'en va, poursuivit Frieda. Tout va bien. Nous vous laissons tranquille.

— Madame…, répondit l'inconnu, qui leur emboîta le pas tandis qu'ils regagnaient la clôture et franchissaient la brèche.

— De quoi vouliez-vous vous excuser ? demanda Frieda.

Harry la dévisagea longuement. Il semblait avoir du mal à parler. Son regard s'égara sur les passants qui se hâtaient autour d'eux, s'en revenaient du bureau et rentraient chez eux, à moins qu'ils n'aillent boire un verre.

— Il fallait que je vous parle seul à seule. Je ne pourrais pas venir chez vous, par hasard ? Rien qu'un moment.

— Pas maintenant.

— Bon, très bien, dit-il enfin. Ça attendra.

Chapitre quarante-six

Michelle Doyce aimait bien la nourriture de l'hôpital. C'était mou et grisâtre. Ça ne ressemblait à rien. Il y avait un truc servi avec une épaisse sauce grise qui avait vaguement goût de poisson. Mais informe, et sans arêtes. Et un autre machin évoquant un peu le poulet, également nappé d'une épaisse sauce grise, également dépourvu d'os ou de forme. Il ne semblait pas prêt de bouger, ni de lui parler. Elle n'aimait pas le jour. Trop d'éléments autour d'elle lui donnaient l'impression de vouloir lui assaillir le crâne, des couleurs et des sons, des sensations de piqûre sur sa peau, qui s'entremêlaient et se mélangeaient de sorte qu'elle ne pouvait jamais distinguer de quelle couleur il s'agissait ni de quel son. Impossible de fuir ce tohu-bohu, pareil à un orage dans lequel elle errait, perdue.

Des gens allaient et venaient. Parfois, ils se déplaçaient et parlaient si vite que tout n'était que confusion et qu'elle n'arrivait pas à distinguer quoi que ce soit. C'était comme si elle se tenait sur un quai et qu'ils étaient à bord d'un train qui ne s'arrêterait pas, filant à plus de cent kilomètres à l'heure. Il arrivait qu'ils tentent de lui dire quelque chose qu'elle ne parvenait pas à comprendre. Il s'était passé la même chose avec les autres patients de sa salle. Elle les avait vus, les avait entendus, à la lueur d'un stroboscope : elle avait toujours l'impression qu'ils étaient en train de crier, de hurler de douleur ou de colère ou de désespoir, et elle ressentait elle-même cette douleur, cette colère, ce désespoir. C'était comme d'être jour après jour entouré de marteaux-piqueurs, de sirènes, de sonnettes électriques, d'éclairs lumineux, tandis que des lames tranchantes lui perceraient les yeux, les oreilles, la bouche. Ou comme si une nuée d'insectes lui était rentrée dans le corps et qu'ils essayaient d'en ressortir en la griffant ou en la dévorant de leurs mandibules et de leurs pattes acérées. Chaque jour, elle dénichait des objets et les cachait, pour les ranger ensuite bien soigneusement. Des résidus de pains de savon, dans la salle de bains, un petit débris de papier aluminium prélevé sur une plaquette de médicaments, un bout de sparadrap qui collait encore, une vis. Elle les disposait méthodiquement dans un pilulier oublié sur l'étagère à côté de son lit. Elle les regardait et, soudain, s'apercevait qu'ils n'étaient pas dans le bon ordre, les ressortait et les réordonnait.

Dans l'ensemble, ça n'allait pas du tout. Elle avait l'impression d'avoir été déposée sur un rocher au beau milieu de l'océan et de s'y retrouver totalement livrée à elle-même, qu'il faisait ou trop chaud ou trop froid, que l'air était trop sec ou bien trop humide, et elle ne pouvait jamais dormir parce que alors, elle serait emportée par les vagues, ballottée contre les rochers, puis entraînée au large et perdue à jamais.

Mais les choses s'étaient arrangées depuis qu'on l'avait installée dans une chambre seule, où elle pouvait se réfugier dans un petit trou tranquille, loin des marteaux-piqueurs et des éclats lumineux. Il y avait une télé. Elle s'installait et, au début, l'image mouchetée et le son déchiqueté lui étaient pénibles mais lui procuraient également un effet apaisant, une tiédeur l'enveloppant, et elle regardait les formes mouvantes pendant des heures. Il y avait des magazines, aussi, des visages lumineux et souriants qui la regardaient, qui lui demandaient si elle voulait bien être leur amie, si elle était d'accord. Elle les entendait parler dans sa tête, leur rendait leur sourire et, parfois, les surprenait en train de parler d'elle : alors, elle refermait le magazine, les enfermant dedans, tiens, ça leur apprendrait. Et puis, il y avait l'infirmière. Parfois elle était blanche, mais avec un accent ; d'autres fois, asiatique ; d'autres fois encore, africaine. Mais elle la conduisait le long d'un couloir brillamment éclairé, si fort que Michelle en était éblouie, et elle la faisait asseoir dans un fauteuil, l'inclinait en arrière et lui lavait les cheveux. Elle sentait la tiédeur de ses doigts sur sa tête. Cette sensation rappelait à Michelle Doyce un souvenir lointain, très lointain, enfoui au plus profond d'elle-même, datant d'une époque où elle était blottie dans des bras sécurisants. Venaient ensuite les deux animaux : l'ours en peluche et le chien. Ils étaient installés sur son lit ; ils dormaient avec elle. Le chien avait des yeux faits avec des boutons. Elle savait qu'il ne s'agissait que de jouets. Mais elle nourrissait à leur égard un sentiment affectueux. Qu'elle ne pouvait refréner. Comme un enfant couché dans un lit, à côté d'un parent profondément endormi. Un enfant qui ne bouge pas, mais qui est chaud et vivant. Ils savaient, ils observaient. Quand elle en avait assez, du bruit et de la lumière, elle pouvait les regarder, sentir contre elle leur présence.

Le meilleur moment, c'était quand on éteignait les lumières et que les bruits s'atténuaient comme se calme la tempête. On entendait un cri, puis un murmure, un cliquetis, et ensuite, extinction des feux. L'obscurité ne se faisait pas immédiatement. Une clarté s'attardait dans les yeux de Michelle Doyce, une douleur sourde, un résidu lumineux d'un vert acide tirant sur le jaune sale, pour repasser au vert, avant de virer au marron et de fondre au noir. Ces ténèbres étaient tièdes. À présent, même les points lumineux lui semblaient plus amicaux. Ils clignotaient dehors, par la fenêtre, au loin dans la nuit. Ils clignotaient dedans, sur les appareils, en rouge, vert, jaune. Même les sons étaient moins offensifs, de simples bips, plus ou moins longs, plus ou moins nets. Parfois, loin, hors de sa chambre, on entendait des grognements et des gémissements, des cris qui lui rappelaient toute cette douleur, mais la pénombre était une grande serpillière moelleuse qui épongeait ce vacarme pour l'essorer quelque part dans une rivière. Le jour n'était pas réservé à l'éveil, la nuit au sommeil. Tout n'était qu'une espèce de somnolence interminable et elle ne savait plus au juste si les images dans sa tête et les voix passaient à la télévision ou s'il s'agissait des gens allant et venant dans la salle, ou bien des histoires qu'elle se racontait. Quelle importance, de toute façon ?

Mais la nuit était douce. Les lumières s'estompaient, les sons s'atténuaient, eux aussi, et les choses perdaient de leur tranchant. Michelle Doyce aurait été heureuse que la vie ressemble toujours à ça, qu'il en aille toujours ainsi, entre veille et sommeil, au chaud, bien à l'abri.

Des voix surgirent de l'obscurité. Elles faisaient partie de son rêve. Elle marchait dans une rue et soudain s'était retrouvée chez quelqu'un quelque part, dans un lieu qui lui semblait familier. Elle préparait du thé. Elle remplit la bouilloire puis prépara tasses et soucoupes. Un ours et un chien aux yeux faits de boutons étaient attablés.

— Michelle, dit la voix basse dans le noir. Michelle Doyce.

Deux silhouettes se dessinaient dans la nuit noire. Deux formes sombres, plus noires que la nuit noire, évoluant autour du lit.

— Michelle, siffla une autre voix, tout contre son oreille.

Un sifflement, un chuchotement, mais plus aigu. La voix d'avant était celle d'un homme. Celle-ci, d'une femme.

— C'est elle ?

Michelle Doyce ne savait pas si ses yeux étaient ouverts ou fermés mais vit une minuscule lueur, une luciole, danser dans le noir, au pied de son lit. Elle éclairait un visage fantomatique, celui d'un homme. Elle ressentit quelque chose d'indistinct, là, dans le noir. Douleur, colère ou peur ?

— Oui, c'est elle, dit une voix.

Celle de la femme, à nouveau.

Michelle Doyce ouvrit la bouche. Elle avait envie de dire quelque chose mais n'émit qu'un gémissement qui cessa bientôt. Quelque chose l'empêchait de sortir. Les ténèbres s'étaient faites plus profondes. Elle ne faisait plus un bruit. Elle ne le pouvait pas. Il y avait un poids sur elle, lourd et noir, et elle avait l'impression de couler en dessous, de sombrer dans un rêve qui s'enfonçait lui-même dans la nuit.

Tout changea. Des lumières s'allumèrent, aussi vives

que des bruits stridents, de sorte qu'elle ne vit plus rien, n'entendit plus rien. Il y avait de la lumière, et des cris, et elle ne pouvait ni crier ni respirer. Elle avait sombré, sombré en eaux profondes, et voilà qu'on la sortait des eaux, et qu'elle gisait sur le rivage. Michelle Doyce respira, respira. Elle n'y arrivait pas. Elle n'arrivait pas à faire entrer l'air dans ses poumons. Sa respiration ne fonctionnait plus. Elle se mit à paniquer, à battre des bras et des jambes, à crier et à hurler. Elle se débattait furieusement comme un poisson hors de l'eau, se noyant en plein air.

Puis elle sentit une main, apaisante, sur sa joue, et une voix s'adressa à elle dans la lumière aveuglante. Un souffle sur son visage, une haleine suave et fraîche.

— Michelle, Michelle, répétait la voix, douce et proche. Michelle. Tout va bien. Tout va bien. Vous êtes saine et sauve.

La voix lui parlait comme si elle lui racontait une histoire, la calmant pour l'aider à trouver le sommeil. Elle sentait ce souffle exquis sur sa figure. Elle pouvait respirer, à nouveau, inhaler cette haleine fraîche qui s'engouffrait directement en elle.

— Michelle, Michelle, répéta la voix.

Michelle Doyce ouvrit les yeux. La lumière l'éblouissait tant qu'elle ne distinguait rien, si ce n'est les points bleus et jaunes qui clignotaient au fond de ses yeux. Lentement, une figure se découpa. Elle perçut les mots et sentit les doigts correspondant à cette voix, doux et lents, caresser sa joue. Elle connaissait ce visage. La femme aux yeux sombres et à la voix claire.

— Vous, dit Michelle Doyce.

— Oui, répondit la femme, toute proche. C'est moi.

Chapitre quarante-sept

Karlsson attrapa Frieda par le coude, en un geste de protection inhabituel.

— On leur a lu leurs droits et tous deux ont un représentant légal à leur côté. Comme vous l'imaginez bien, Tessa Welles a pleinement conscience de la situation dans laquelle elle se trouve, sur le plan juridique.

— Vous êtes déjà entré ?

— Je vous attendais.

— Je suis venue aussi vite que j'ai pu. Je ne voulais pas laisser Michelle toute seule.

— Elle va bien ?

— Pour une femme enfermée aux enfers, pas mal. J'ai appelé Jack. Elle le connaît, et elle l'aime bien. Il n'est pas menaçant. Elle trouve la couleur de ses cheveux apaisante. J'ai dit que j'y retournerais plus tard. Et je vais appeler Andrew Berryman, un médecin qui connaît Michelle. Nous devons l'aider. C'est un être humain en souffrance, pas une curiosité médicale. On ne peut pas la laisser simplement comme ça, dans un tel état de détresse, de confusion et de peur. Nous lui devons au moins ça.

Karlsson la regarda, l'air inquiet.

— Vous allez bien ?

— Je me suis servie d'elle comme appât, dit Frieda. Voilà ce que je fais des gens dont je suis censée prendre soin, on dirait. Un ver piqué au bout d'un hameçon. Voilà comment je l'ai utilisée.

— Mais vous avez attrapé le poisson, non ?

— Règle numéro un : tu ne feras pas de tort à autrui, répliqua Frieda.

— Pardon ?

— C'est le serment que les médecins sont censés prêter.

Tessa était assise dans la salle d'interrogatoire, mains croisées sur la table devant elle, l'air calme, même si Frieda remarqua qu'elle avait des cernes sous les yeux et qu'elle se léchait les lèvres de temps à autre. L'homme assis à ses côtés avait la cinquantaine bien avancée, un visage fin et intelligent, le regard brillant et vif.

Yvette et Karlsson prirent place face à Tessa ; Frieda s'installa sur une chaise sur le côté de la pièce. Tessa tourna vivement la tête pour la dévisager. Un sourire à peine esquissé se devinait sur ses lèvres, comme si elle était au courant d'une chose que Frieda ignorait.

— Miss Welles, commença Karlsson de façon courtoise. Vous comprenez quels sont vos droits et savez que tout ce que vous dites ici est enregistré.

— Oui.

— Vous avez été arrêtée sur la présomption d'une tentative de meurtre sur la personne de Michelle Doyce, la nuit dernière. Nous vous interrogerons également au sujet des meurtres de Robert Poole et de Janet Ferris. Est-ce bien clair ?

— Oui, répondit Tessa, d'un ton détaché.

— Votre frère est dans la pièce d'à côté. Nous nous entretiendrons également avec lui. Nous souhaitions entendre d'abord votre version des faits.

Tessa le regarda sans rien dire.

— Bien. Peut-être préférez-vous entendre la nôtre ?

Karlsson s'empara d'un dossier qu'il feuilleta, laissant le silence s'installer parmi eux. Le muscle de la mâchoire de Tessa se contracta, mais elle ne fit pas un geste.

— Robert Poole, dit enfin Karlsson. Vous l'avez rencontré en novembre 2009, quand il est venu dans votre bureau en compagnie de Mary Orton, qui voulait établir un nouveau testament en sa faveur. Vous avez choisi de ne pas donner suite. Ses mobiles ne vous semblaient pas nets.

Tessa avait le regard perdu devant elle, évitant celui de Karlsson.

— Il ne vous a pas fallu longtemps pour vous en apercevoir, commenta Frieda. Impressionnant.

— Mais vous l'avez revu par la suite, reprit Karlsson. Que s'est-il passé ?

— Je n'ai rien à dire, répliqua Tessa.

— Comme vous voudrez.

Karlsson se tourna vers Frieda.

— À votre avis, que s'est-il passé ?

— Nous ne sommes pas ici pour écouter de simples hypothèses, coupa l'avocat. Si vous avez des questions à poser à Miss Welles, faites-le.

— J'invite le Dr Klein à soumettre un scenario à votre cliente. C'est une forme de question. Elle peut le confirmer, ou le récuser.

Il regarda Frieda, qui avait longuement réfléchi.

Elle rapprocha une chaise rangée le long du mur

et s'assit à côté de Karlsson, en face de Tessa. Cette dernière ne quittait pas des yeux Frieda. L'espace d'un instant, lui revint en mémoire ce jeu d'enfants où l'on doit fixer son adversaire en se retenant de rire.

— Je n'ai jamais rencontré Robert Poole, commença Frieda. Je n'ai même pas vu de photo de lui. En tout cas, pas de lui vivant. Mais j'ai rencontré tant de personnes dont il avait investi les existences que j'ai l'impression de l'avoir connu. Quand vous avez refusé d'établir le testament, bien des gens se seraient sentis humiliés, ou démasqués, mais vous avez dû piquer sa curiosité. Il avait l'habitude d'avoir une emprise sur les gens, mais vous lui aviez échappé. Vous étiez pour lui un challenge. Aussi a-t-il repris contact. Qu'a-t-il dit ? Peut-être qu'il voulait vous expliquer la situation, vous démontrer que les choses n'étaient pas ce que vous croyiez. Vous étiez intriguée, vous aussi, et un peu amusée. Il y avait quelque chose de charmant dans le fait qu'il ne renonce pas, tout simplement. Aussi vous êtes-vous embarquée dans une liaison avec lui, mue par une certaine curiosité, juste pour comprendre comment il fonctionnait.

Un sourire méprisant s'ébaucha sur les traits de Tessa.

— Ce fantasme pornographique en dit plus long sur vous que sur moi, lâcha-t-elle.

— Et là, il s'est entiché de vous. Il voyait en vous une âme sœur. Vous l'avez encouragé, il vous a parlé de Mary Orton, de Jasmine Shreeve, d'Aisling et de Frank Wyatt.

— Et de Janet Ferris, coupa sèchement Yvette.

— Laissons ça de côté pour le moment, répliqua Frieda.

Elle reprit en se parlant presque à elle-même, tâchant d'élaborer un schéma.

— Il y avait un détail sur lequel je n'arrivais pas vraiment à mettre le doigt. Jasmine Shreeve, Mary Orton, les Wyatt, ses victimes. Manifestement, tous dissimulaient quelque chose, à leur façon, et s'en sentaient coupables et malheureux, honteux. Ils se faisaient du tort à eux-mêmes. C'est ce que font les gens. Ils ne sont pas cohérents. Certains trucs ne collent pas. Mais pas vous. Votre relation avec Robert Poole était totalement dénuée de complication. Vous étiez la seule personne qu'il n'ait jamais réussi à berner. Il n'était question que d'argent.

Elle lança un regard à Karlsson, qui hocha la tête.

— Une fois que vous avez découvert combien il avait, enchaîna-t-il, et comment il l'avait obtenu, l'idée était simple. La meilleure personne qu'on puisse plumer est celui qui a volé lui-même, parce qu'il ne peut pas aller trouver la police. Vous a-t-il parlé de l'argent pour tenter de vous impressionner ? Votre frère et vous avez décidé de vous servir. Harry s'y connaissait en transferts bancaires et savait comment ouvrir de faux comptes. Histoire d'escroquer l'escroc.

— Non, intervint Frieda.

— Comment ça ?

— Il n'était pas seulement question de voler de l'argent volé, corrigea-t-elle. C'était encore mieux que ça. Quand avez-vous découvert qu'il se servait d'une fausse identité ? S'en est-il vanté auprès de vous ? Ou bien Harry l'a-t-il découvert en se renseignant sur lui ?

Tessa se contenta de la dévisager, toujours sans rien dire.

— Parce que c'est encore mieux, continua Frieda. Il

ne s'agit pas seulement d'argent volé que personne ne signalera à la police, mais d'argent volé à un individu n'existant pas, privé d'histoire.

— Ce n'est pas moi qui…, commença Tessa, avant de s'interrompre.

— C'était l'idée de Harry ? compléta Frieda. Peu importe. Vous savez, j'ai fait de mon mieux pour ne pas penser aux dernières minutes de la vie de Robert Poole. Sans doute avez-vous imaginé qu'une menace suffirait, comme dans l'ancien temps, quand on pouvait obtenir un aveu rien qu'en montrant les instruments de torture.

Soudain, elle eut l'impression d'être seule en compagnie de Tessa et baissa la voix.

— De quoi pouvait-il bien s'agir ? D'un coupe-boulon ? D'un sécateur ? Mais il ne vous a pas crue, n'est-ce pas ? Il ne pouvait croire que vous, Tessa Welles, mettriez vraiment votre menace à exécution. Aussi avez-vous enfoncé un bout de chiffon quelconque dans sa bouche avant de passer à l'acte. Il est difficile de couper un doigt, avec l'os, le tendon et le cartilage, mais vous, ou Harry, l'avez fait, et il vous a avoué ce que vous vouliez savoir pour parvenir jusqu'à l'argent. Ensuite, vous l'avez étranglé. Mais c'était facile après le doigt.

« Cela n'avait pourtant rien d'une improvisation. Ce n'était pas un plan B. Vous étiez au courant, pour les Wyatt. Vous saviez que Poole leur avait dérobé un collier. Vous saviez que vous alliez vous débarrasser du corps de façon à faire porter les soupçons sur Frank Wyatt.

— Je suis désolé, coupa l'avocat. Y a-t-il une question dans tout ça ?

— Il ne s'agit que d'une seule et même question, rétorqua Karlsson. Tessa Welles consent-elle à avouer ?

L'avocat se tourna vers sa cliente, qui secoua la tête.

— L'appartement de Robert Poole ne manquait pas d'intérêt, reprit Frieda. Je ne parle pas de votre tableau, accroché au mur de la cuisine de Janet Ferris. Ça, nous le savons. Je veux dire que vous n'avez jamais été assez malins pour réfléchir à l'indice laissé dans l'appartement de Poole.

— Que voulez-vous dire ? s'exclama Karlsson en se dévissant la tête pour la regarder. Il n'y en avait aucun.

— Précisément. Ils ont laissé tous les indices relatifs à ses victimes, mais rien qui puisse permettre de remonter à Tessa. Des pages avaient été arrachées des carnets de Poole, mais on y avait laissé les noms des victimes. Ce qui suggérait que les pages avaient été arrachées par un tiers.

— Ce que cela vous a suggéré ne constitue pas une preuve, objecta l'avocat de Tessa.

— Vous avez tué Robert Poole, conclut Karlsson. Vous avez tué Janet Ferris.

— D'après le verdict du médecin légiste, il s'agit d'un suicide.

— Vous avez tué Janet Ferris, répéta Karlsson. Et vous avez tenté d'éliminer Michelle Doyce parce que vous vous êtes dit qu'elle savait quelque chose.

Tessa tressaillit, imperceptiblement.

— Elle ne savait rien.

Frieda se pencha et ajouta.

— Michelle Doyce ne constituait pas une menace pour vous. Elle n'avait rien à me dire : je l'ai juste fait croire à Harry, que Dieu me pardonne.

— Ça suffit, coupa l'avocat en se levant.

— Vous l'auriez tuée, juste au cas où, continua

tranquillement Frieda. Vous et votre frère. Ça fait quel effet ?

— Je ne vois pas de quoi vous voulez parler.

— Quel effet cela fait-il de découvrir ce dont on est capable ?

— Assez. Ma cliente n'a rien à ajouter.

— Vous aurez tout le temps d'y penser, Tessa. Vous aurez des années pour ça.

Harry Welles portait un épais pull-over gris et un jean noir. C'était la première fois que Frieda le voyait habillé de manière décontractée : jusque-là, il était toujours vêtu d'un costume ou d'une veste élégante, soignait son apparence. Elle le jaugea du regard : nombre de personnes le jugeraient séduisant. Il avait le charme assuré de l'individu certain de parvenir à ses fins. En parlant de lui, Olivia roucoulait littéralement.

Frieda reprit sa place dans son coin et croisa son regard. Son avocat était une jeune femme, svelte et jolie, qui accompagnait toutes ses phrases de gestes et pianotait parfois sur la table, de ses doigts aux ongles vernis de rose.

Il n'avait aucun commentaire à faire sur la torture de Robert Poole, pas plus que sur son meurtre, il n'avait rien à dire de l'indice laissé à dessein ni de la façon dont il s'était débarrassé du corps ; silence complet sur la mort de Janet Ferris.

— Je ne pige pas, avoua Karlsson. On vous a surpris en train de tenter d'assassiner Michelle Doyce. L'affaire est entendue. Vous allez au trou, vous et votre sœur. Vous n'avez rien à perdre. Pourquoi ne pas avouer ? C'est le seul choix qui vous reste.

— Comme vous dites, rétorqua Harry, vous ne « pigez pas ».

— Vous croyez être plus malin, coupa Frieda. C'est bien ça, n'est-ce pas ?

— Je me demandais à quel moment vous prendriez la parole.

— Tessa et vous-même vous croyez supérieurs aux autres et cela vous donne le sentiment d'être intouchables.

— Ça vous va bien de dire ça.

— Et vous rend également méprisants.

— Je ne me suis pas montré méprisant envers vous, si ? Durant nos petits rendez-vous ?

Il accompagna sa remarque d'un haussement de sourcils.

— Nos rendez-vous ?

Frieda posa sur lui un regard dubitatif.

— Vous voulez savoir ce que j'en ai pensé ? Je suis déjà sortie avec d'autres messieurs, et il y a eu des fois où c'était intéressant, d'autres où c'était gênant, d'autres enfin riches de potentiel. Durant nos entretiens, il n'y avait rien. On aurait dit du cinéma. Il n'y avait rien derrière vos paroles.

— Allez vous faire foutre. Vous ne serez plus aussi calme quand les choses se sauront. Vous tenez à votre vie privée, mais *je sais* des trucs, Frieda. Vous serez surprise de tout ce que je sais.

Il se pencha vers elle.

— Je sais des trucs sur votre famille, votre père, votre passé.

Karlsson se leva, avec une violence qui envoya sa chaise valser par terre.

— Comme votre avocate aurait dû vous le dire, cet entretien est terminé.

Il éteignit le magnétophone, puis gagna la porte qu'il retint pour Frieda.

— Merci, dit-elle, avant de regarder Harry pour la dernière fois.

— Vous l'appeliez Bob, ajouta-t-elle.

— Hein ?

— Vous avez demandé des nouvelles de Bob Poole quand nous avons dîné au bar. C'était idiot de votre part, vous ne croyez pas ? Après ça, il ne m'a plus été possible de douter. Un mot, Harry. Une syllabe.

Sur ces mots, elle quitta la pièce, le menton haut.

— Vous allez bien ? demanda Karlsson.

— Ça va.

— Ce qu'il a dit au sujet de…

— J'ai dit : ça va. Tout va bien. C'est du passé.

— Vous êtes sûre…

— Mais il y a autre chose.

— Allez-y.

— Dean Reeve. Écoutez-moi. Il est en vie, je le sais. Je crois sentir sa présence, parfois. Je n'arrive pas à me débarrasser du sentiment que je suis en danger.

Elle ne retourna pas directement à l'hôpital mais prit le bus en direction de Belsize Park et se dirigea vers le parc de Hampstead Heath. Après le froid incessant de cet hiver noir et interminable, le printemps arrivait… On le sentait à la tiédeur de l'air, aux jonquilles poussant de toute part. Les bourgeons poisseux commençaient tout juste à s'épanouir sur les marronniers d'Inde. À l'obscurité glacée succéderaient des journées douces, de longues soirées, des matins légers.

Elle pressa la sonnette, patienta, recommença.
— Quoi ? répondit une voix irritée dans l'interphone.
— Docteur Berryman ? C'est Frieda Klein.
— Nous sommes dimanche. Ça vous arrive de téléphoner pour prévenir ?
— Puis-je vous parler un instant ?
— Vous le faites déjà.
— Pas comme ça. Face à face.
Un soupir théâtral se fit entendre, puis il l'invita à monter. Elle gravit les marches jusqu'au dernier étage, où il patientait à la porte de son appartement.
— Je jouais du piano, déclara-t-il.
— Comment ça marche ?
— Peu de progrès.
— Je suis venue au sujet de Michelle Doyce.
— Elle est toujours de ce monde ?
— Oui.
— Du nouveau ?
— Oui. Nous allons lui trouver un environnement plus adapté, vous et moi, une clinique où l'on prendrait correctement soin d'elle et où elle pourrait être entourée des objets qu'elle chérit.
— Vous et moi ?
— Oui.
— Pourquoi ça ?
— Pas parce qu'elle souffre du syndrome de Capgras et qu'elle constitue une curiosité médicale mais parce qu'elle est dans un état de grande détresse et qu'il est de notre devoir de l'aider.
— Ah, vous croyez ?
— Je le crois, oui.
Frieda le relança d'un geste du menton.

— C'est bien vous qui lui avez offert cet ours en peluche, n'est-ce pas ?

— Je ne vois pas de quoi vous parlez.

— Rose, avec un cœur cousu sur la poitrine.

— La boutique n'offrait pas un choix très large.

— Ne vous en faites pas, je ne le dirai à personne. Vous n'imaginez même pas les ennuis qu'il a causés, ajouta Frieda. Mais c'était un joli geste de votre part. Et qui s'est avéré utile, en un sens.

En redescendant l'escalier, elle entendit jouer du Chopin dans son dos, avec maladresse.

Chapitre quarante-huit

— T'as vu les journaux, aujourd'hui ? demanda Yvette à Munster. Le budget de la police va être réduit de 25 %. Comment allons-nous mettre en place un truc pareil ? Je bosserai sans doute au McDo dans six mois. Si j'ai de la chance.

— Question d'efficacité, répondit Munster. Coupes dans la bureaucratie. Les services en première ligne ne seront pas touchés.

— Foutaises, rétorqua Yvette. La bureaucratie, c'est moi, assise dans ce bureau, en train de préparer un dossier pour le CPS. Comment comptent-ils procéder à une coupe là-dedans ? C'est bien pour ça que ce crétin de Jake Newton est venu, non ? Pour voir qui il pouvait virer. Où est-il, d'ailleurs ?

— En train de rédiger son rapport, j'imagine, tout comme nous rédigeons le nôtre. D'ailleurs, à ce propos, nous devons expliquer cette histoire de tableaux dans le rapport.

— Oh, merde, pesta Yvette. J'espérais que quelqu'un d'autre s'en chargerait. Ça me fait l'effet de… je ne sais pas, moi… d'un vieux pull. Un bout de laine se défait, et on croit avoir résolu le problème quand quelque chose déconne dans la manche. Ce que je ne peux pas comprendre, c'est qu'on ait tué quelqu'un, qu'on ait son corps pendouillant sous le nez, et qu'on se mette à réagencer des tableaux. Et à déménager le mobilier. C'est quoi, ça, encore une théorie foireuse de Frieda Klein ? Ils n'auraient pas pu se contenter de déplacer deux tableaux ? Prendre le grand pour couvrir la marque, déplacer le meuble. Remplacer le plus petit par celui qu'ils avaient apporté. Ça n'aurait pas été plus simple ?

— Il y a une raison pour laquelle ils ne l'ont pas fait. C'est juste qu'elle ne me vient pas à l'esprit, là.

Karlsson entra dans la pièce, suivi de Frieda.

— Tout va bien ? s'enquit Karlsson.

— On parlait des tableaux, répondit Yvette. Pour le rapport. On ne pige pas bien, là…

— Frieda ?

Karlsson se tourna vers elle et attendit.

Elle réfléchit un moment. Yvette lui trouva l'air fatigué, les yeux cerclés de cernes sombres.

— Bien, commença-t-elle. Six tableaux de tailles différentes. Poole a pris le troisième, en partant du plus petit, l'a caché sous son lit et l'a remplacé par le tableau pris chez Tessa Welles, celui qu'il a confié à Janet Ferris et qu'elle a rendu par la suite. (Elle laissa échapper un petit soupir.) Pauvre femme… Parfois, je me dis que c'est lorsque les gens tentent de bien faire que ce geste leur porte préjudice. Enfin bref, imaginez la scène. Tessa et Harry Welles l'ont tuée. Le tableau qu'ils ont apporté est trop petit pour la marque, mais il ira bien là où était accroché le deuxième plus petit tableau. Le second tableau trouvera sa place à l'emplacement de la plus petite toile. Reste un trou, qu'ils masquent avec le tableau de la taille suivante, de sorte qu'ils déplacent tous les tableaux pour couvrir une marque de taille inférieure. Ce qui les laisse avec un grand emplacement vide, qu'ils masquent en déplaçant le vaisselier, et un petit tableau, qu'ils emportent avec celui de Tessa.

— Il n'y avait pas moyen de faire plus simple ?

— Tout dépend sous quel angle on considère les choses, répliqua Frieda. Il faut se rappeler qu'ils étaient dans un état de stress aggravé. Un corps leur pendait sous le nez. Ils devaient improviser. Ils ont résolu les problèmes un à un, et pour ma part, je trouve qu'ils s'en sont plutôt bien tirés. Il y avait une autre raison, également. En déplaçant tous les tableaux, ils ont réussi à dissimuler lequel importait.

— Je crois qu'il faudra que j'attende d'avoir vu ça écrit, repartit Munster.

— Il existe une autre hypothèse, suggéra Yvette. Que Poole ait juste eu envie de modifier la disposition de ses tableaux.

— C'est ce que j'avais pensé, répliqua Karlsson. Raison pour laquelle nous sommes allés chez Tessa Welles ce matin. Nous avons trouvé le tableau, l'original, avec ce foutu pin sous la lune, et il est ici, en bas : nos équipes l'étudient. Ce n'est pas encore officiel, mais il y a plusieurs séries d'empreintes sur le cadre.

— Alors comme ça, ils s'en seraient tirés s'ils n'avaient pas commis d'erreur avec ces foutus tableaux ? s'ébahit Munster.

— Non. Il y avait plein de petits détails qui ne collaient pas. Mais c'était bien vague, au début, déclara Frieda. Chez toutes les personnes dont il faisait la connaissance, Poole trouvait leurs faiblesses, s'immisçait dans leur intimité. Mais Tessa a fait l'inverse : c'est elle qui a deviné les intentions de Poole. Ça, c'était intéressant. L'empressement qu'ils ont montré à se rapprocher de moi m'a paru un peu étrange. Ça peut paraître dingue, mais c'était comme s'ils cherchaient à se mêler de l'enquête.

— Ça ne paraît pas dingue du tout, corrigea Karlsson. On apprend ça lors de notre formation. Il n'est pas rare que les auteurs d'un crime traînent à la périphérie de l'enquête, et même qu'ils tentent de s'y trouver impliqués. Question d'emprise. En tout cas, c'est ce que racontent les manuels.

— Question contrôle, les Welles étaient assez doués, lui concéda Frieda. Tout ça me paraissait curieux mais c'est en trouvant le collier d'Aisling Wyatt que les choses se sont éclaircies.

— Collier qui incriminait les Wyatt, conclut Munster.

— Qui impliquait tout le monde, sauf les Wyatt, rétorqua-t-elle. Je sais qu'il arrive aux meurtriers de laisser des indices sur les scènes de crime, mais pas un collier de valeur. C'était en revanche exactement le genre d'objet qu'aurait pu dérober Poole, et qu'il aurait pu montrer à Tessa. Voire lui offrir.

— Alors comment se fait-il qu'il ait terminé dans l'appartement de Michelle Doyce ? interrogea Munster.

— J'ai fait à pied le trajet qui va de l'appartement des Wyatt, le long du fleuve, jusqu'à l'endroit où habitait Michelle. Tessa et Harry ont dû repérer ce même trajet en voiture. Ils voulaient abandonner le cadavre aussi près de la maison des Wyatt que possible, et Howard Street est l'endroit le plus proche où l'on peut garer sa voiture dans une impasse et déposer un corps sans être vu. Puis ils ont mis le collier d'Aisling dans sa poche. Ils ont l'air de penser que la police est vraiment débile et qu'il fallait la mettre sur une fausse piste.

— Comment avez-vous su que Tessa avait eu une liaison avec Poole ?

Frieda haussa les épaules.

— Je l'ai deviné, plus ou moins. Poole a cessé de coucher avec Aisling Wyatt vers l'époque où il a fait la connaissance de Tessa. Ça semblait plausible. Quand Tessa a qualifié mon idée de « pornographique », j'ai su que j'avais vu juste. Mais même quand j'ai commencé à avoir des doutes sur Tessa et Harry Welles, je savais que rien de tout ceci ne passerait pour de vraies preuves, probablement. Même quand Harry m'a parlé de lui en disant « Bob », une fois. Et quoi que vous puissiez penser de moi, je comprends parfaitement qu'on ne peut se contenter de suivre son intuition pour condamner quelqu'un. C'est ce que font les lyncheurs. J'étais sûre que les Wyatt étaient innocents, mais qu'il pouvait y avoir un autre coupable, en plus de Harry et Tessa. Quid de Beth Kersey, par exemple ? (Elle se frotta la figure.) C'est ainsi que je me suis servie de Michelle Doyce comme appât. Honte à moi.

— Vous étiez certaine qu'ils la tueraient pour se protéger ? demanda Munster.

— Je sentais qu'ils pouvaient y avoir pris goût. Et qu'ils en étaient certainement capables. J'imagine volontiers que commettre un meurtre devient plus facile après une première expérience, voire une deuxième.

— En conclusion, intervint Karlsson, l'affaire s'arrête là. On a trouvé les assassins de Robert Poole, et ceux de Janet Ferris. Celui qu'on n'a pas trouvé et qu'on n'identifiera jamais, c'est Robert Poole en personne. Ce n'est même pas son vrai nom. Il ne s'agit pas non plus d'Edward Green. Cet homme reste un mystère absolu.

— Peut-être est-ce la raison pour laquelle il était si bon dans ce qu'il faisait, remarqua Frieda. Il devenait celui que les gens voulaient qu'il soit, comme un miroir pour les victimes, leur renvoyant l'image qu'ils voulaient voir. Il était le fils que Mary Orton n'avait plus, l'amant qu'Aisling Wyatt ne trouvait plus en son mari, l'ami et le confesseur de Jasmine Shreeve. Il était tout le monde et personne, l'escroc idéal. Je me demande quelle personnalité il se réservait pour lui-même, ce qu'il voyait dans le miroir qu'il se tendait. Voyait-il quoi que ce soit ?

— L'heure est venue, normalement, d'aller au pub fêter ça.

— Et, reprit Frieda, qui était-il pour Beth Kersey ? Je n'arrête pas de me poser la question. Où est-elle ? Est-elle encore en vie ? Poole s'en prenait aux points faibles des gens, à leurs peines, à leurs petites faiblesses. Mais la vulnérabilité de Beth Kersey est d'un autre ordre.

— Je ne sais pas quoi répondre, Frieda. Si ce n'est : que diriez-vous d'un verre ?

— Non. Je vais voir Lorna Kersey.

En quittant le bureau, elle aperçut le préfet Crawford et Jake Newton à l'autre bout du couloir. Newton lui lança un regard furtif, avant de détourner les yeux.

Chapitre quarante-neuf

Une femme leur apporta du café dans la véranda. Dehors, un homme travaillait dans la roseraie, taillant, fixant des branches. Frieda avait du mal à croire qu'ils étaient en plein cœur de Londres.

— Je pensais que vous veniez m'apporter des nouvelles, dit Lorna.

— Je suis venue parce que j'ai besoin de votre aide, répondit Frieda.

— Ça devrait être si facile de retrouver des gens de nos jours, avec ces téléphones portables et Internet, tout ça.

— Là n'est pas la question. Aux yeux de la police, votre fille est adulte et a le droit de partir de chez elle et de disparaître, si c'est ce qu'elle veut.

— Mais ce n'est pas une adulte. Enfin, pas une adulte normale.

— Raison pour laquelle je suis ici. J'ai besoin d'en apprendre plus sur son état mental. Vous avez dit qu'elle avait traversé des épisodes schizophrènes, mais cela peut aller de l'hallucination modérée à une perte totale d'autonomie. Ce que je veux dire, c'est qu'on peut représenter un danger pour soi-même ou pour les autres. *Vous*, par exemple, vous êtes-vous jamais sentie menacée par votre fille ?

— Oh non, protesta Lorna. Elle n'était pas ouvertement hostile, ou en tout cas, pas d'habitude. Elle essayait toujours de se rendre utile. C'était bien le problème. Adolescente, elle a essayé de repeindre sa chambre.

— Ce qui me paraît plutôt une bonne chose.

— Oui, mais c'est la manière dont elle l'a fait. C'était un capharnaüm effroyable. Il y avait toujours quelque chose d'autre, quelque chose en plus, d'effrayant.

Lorna prit son café, puis le reposa sans y avoir touché.

— J'ai traversé des périodes difficiles, moi aussi, de temps à autre. On ne dirait pas, comme ça, à voir la maison, on penserait que tout va bien pour moi.

Non, songea Frieda. Elle ne le pensait pas une seule seconde.

— Je sais quel effet ça fait quand les choses vous semblent un peu dénuées de sens, par moments, poursuivit Lorna. Mais on a sa famille, ses amis, et son travail, qui vous aident à tenir la route. Avec Beth, cependant, dans ses mauvais moments, c'était comme de voir ce à quoi la vie pourrait ressembler si tous ces éléments avaient disparu.

— Je sais qu'elle pouvait être victime. Ce que je demande, c'est si elle pouvait également se montrer violente, insista Frieda.

— Je n'ai pas envie d'aborder ces sujets. Je veux juste la savoir en sécurité.

Frieda lança un regard par la fenêtre. Le jardinier

rabattait un rosier si sévèrement qu'il ne restait plus que quelques tiges. Survivrait-il à pareil traitement ?

— A-t-on jamais interné votre fille de force ?

Lorna protesta en secouant la tête.

— Nous ne voulions rien de tout ça, précisa-t-elle. Elle a reçu de l'aide quand elle en avait besoin.

— Voyait-elle un psychiatre au moment où elle a disparu ?

— Elle suivait un traitement, oui.

— Savez-vous en quoi il consistait, au juste ?

— Non. Mais je ne pense pas qu'il l'ait beaucoup aidée.

— Vous rappelez-vous le nom de son médecin ?

— Elle ne convenait pas à Beth, si vous voulez mon avis. Le moins que l'on puisse dire, c'est que son état a empiré.

— Mais quel était son nom ?

— Oh, je ne sais plus, s'agaça Lorna. Dr Higgins, je crois.

— Vous rappelez-vous son prénom ?

Lorna était visiblement de plus en plus irritée.

— Ça commence par E, quelque chose… Emma, peut-être ? Ou Eleanor. Ils n'ont rien pu pour elle, en tout cas. Aucun d'entre eux.

La nuit avait été mauvaise. Elles lui en voulaient, un chœur de voix fâchées, perçantes, criardes, aiguës, basses, stridentes, et elle ne savait pas comment les faire taire. C'étaient les mots d'Edward, les choses qu'il lui avait dites, mais elles avaient pris vie dans sa tête et ne voulaient plus s'arrêter… *lui* ne voulait plus se taire. Beth savait qu'elle devait partir. Pouvait-on fuir ce genre de manifestations ? Elle avait l'impression d'avoir l'un des pires maux de tête que l'on puisse avoir, celui qui donne la sensation d'avoir des insectes sous le crâne, en train de grignoter, de ramper, de grouiller, et elle voulait s'enfuir, histoire de semer la douleur. Elle envisagea de mettre le feu à sa personne, pour griller les insectes à mort, comme quand on met le feu à une fourmilière et que les fourmis se mettent à courir en rond frénétiquement dans le vain espoir que ça arrange leur situation. Ou alors, elle pouvait se mettre au congélateur, dans le coffre que ses parents avaient dans leur arrière-cuisine par exemple. Ce serait un tel soulagement que de se glisser dedans, dans le froid mordant, tranchant comme une lame, de rabattre le couvercle, de s'allonger dans le noir et de sentir les insectes sombrer dans le sommeil.

Mais non. Ce n'était pas permis. Voilà ce qu'avait dit Edward, ce qu'avaient répété les voix. Tout allait de travers quand elle prêtait attention aux désirs de Beth. Tout avait toujours mal tourné. Beth était une méchante fille. C'était Beth, la méchante, dans sa tête. Ce qui comptait, c'était de penser aux autres. À Edward. Tous les autres étaient des ennemis. Surtout Beth. Elle s'occuperait de Beth plus tard. Mais tout d'abord, elle sentit le distant besoin de manger, de remettre du fuel dans le réservoir d'une certaine façon. Il fallait juste qu'elle y aille, qu'elle fasse ce que voulait Edward, et ça suffirait. Elle dénicha des restes de poulet, secs et durs. Elle les mastiqua. Elle prit le dernier morceau de pain, dur comme la pierre à présent, étala dessus une épaisse couche de beurre et l'enfourna sans ménagement, mâchant le tout jusqu'à obtenir une pâte épaisse difficile à avaler. Elle dut faire descendre la pâte avec de l'eau. Verre d'eau après verre d'eau. Le lait sentait le fromage mais elle le but quand même. Cette sensation de pesanteur, de ventre plein, était un réconfort qui l'arrimait à terre, l'empêchait de partir à la dérive.

Elle sortit sur le pont puis sur le sentier. Il faisait beau et froid. La lumière du soleil l'éblouissait. Elle pouvait même l'entendre. Les voix refusaient de s'arrêter, même en plein jour. Elles n'arrêtaient pas de la narguer, sans fin.

— Laissez-moi tranquille, mais laissez-moi ! disait-elle. Je vous entends. Je vais le faire. Laissez-moi tranquille, c'est tout ce que je vous demande. On me l'a déjà dit, d'accord ?

Voilà qu'elle entendait une nouvelle voix à présent, et que celle-ci était stupide, pire que les autres. Cette voix émanait d'une vraie personne, debout sur le chemin de halage à côté d'elle. Il avait des cheveux longs et une sorte d'horrible barbe pleine de trous, comme s'il était malade, ou Dieu sait quoi. L'homme tendait le bras pour la toucher, et elle percevait même son odeur, il était si proche, mais elle n'arrivait pas à le voir correctement avec ce soleil aveuglant. Il n'était qu'une silhouette sombre, avec des lueurs tout autour, comme quand le soleil se réverbérait sur les vaguelettes du canal. Et là, elle se souvint. Elle l'avait emporté. Elle l'avait aiguisé toute la nuit, aussi bien que son père autrefois. Elle le sortit et le brandit devant elle, et le truc marrant, c'est que soudain elle distingua clairement l'homme devant elle, et qu'il avait l'air surpris.

Mais ça n'avait guère d'importance, franchement, parce que le principal, c'est qu'elle savait où aller. Elle se détourna de lui, de là où il gisait assis, comme un imbécile, et s'éloigna en courant le long du chemin, tournant le dos au soleil.

À l'instar de nombreuses coordonnées de médecins, celles de Emma Higgins ne figuraient pas dans l'annuaire, ce qui voulait dire que Frieda dut passer trois coups de fil, nourrir deux conversations relativement longues, s'engager à aller boire un verre, prendre le métro et marcher un peu avant de se retrouver devant une élégante maison mitoyenne du quartier d'Islington, juste à côté d'Upper Street. Elle n'avait pas osé téléphoner. Elle n'avait qu'une seule chance et ce serait mieux face à face.

La femme qui ouvrit la porte était vêtue d'une robe violette qui lui arrivait au genou et de grandes boucles d'oreilles. Elle avait appliqué le maquillage des grands soirs : yeux fortement soulignés et lèvres rouges, blush sur les joues. Frieda percevait un brouhaha derrière elle et une lumière douce s'échappait de ce qui devait être la cuisine à l'arrière de la maison. Elle interrompait un dîner, apparemment.

— Êtes-vous le docteur Higgins ?

— Oui, répondit-elle, perplexe et irritée.

— Je travaille en tant que consultante avec la police et j'aimerais vous parler un moment. Je n'en ai que pour deux minutes.

— Pardon ? rétorqua le Dr Higgins. À cette heure-ci ? Nous avons des invités.

— Un instant, ce sera tout. L'une de vos patientes, Beth – ou plutôt, Elizabeth – Kersey, a disparu voici un an. Elle n'a toujours pas été retrouvée mais elle avait une liaison avec un homme qui a été assassiné par la suite.

— Beth Kersey ? Disparue ?

— C'est bien ça. Je me demandais si vous pourriez me dire quoi que ce soit à son sujet.

Un silence s'installa. Le Dr Higgins semblait se remémorer quelque chose.

— Je ne peux pas, de toute évidence, répondit-elle enfin, avec une expression quasi dégoûtée. C'était l'une de mes patientes. Vous le savez. Vous vous croyez où pour débarquer comme ça chez moi tard le soir, et me poser des questions d'ordre privé ?

— Je n'ai pas besoin de connaître les détails d'ordre médical, expliqua Frieda. J'aimerais la retrouver et j'aimerais savoir, même en termes très généraux, quels risques étaient associés à son état.

— Je ne vous répondrai certainement pas, répliqua le Dr Higgins. Et, de fait, j'aimerais avoir votre nom, de façon à pouvoir porter plainte contre vous.

— Vous serez obligée de faire la queue.

— Mais de quoi parlez-vous ? Et si vous collaborez avec la police, où est-elle ? Comment avez-vous obtenu mon adresse ?

Un homme surgit à ses côtés, vêtu d'une chemise en coton bleue, portée par-dessus son jean.

— Que se passe-t-il, Emma ?

— Cette femme prétend être médecin…

— Psychothérapeute, corrigea Frieda.

— Pire encore, elle se prétend psychothérapeute et cherche à obtenir des informations sur Beth Kersey.

L'homme eut l'air surpris, puis en colère.

— Beth Kersey ? Vous la connaissez ?

— Non.

L'homme saisit la main gauche d'Emma et la brandit.

— Vous voyez ça ? À votre avis, c'est quoi ?

On distinguait un trait pâle, de sept à dix centimètres de long, sur l'avant-bras du Dr Higgins.

— On dirait une cicatrice, dit Frieda.

— Une blessure de défense, ça s'appelle, corrigea l'homme. Savez-vous de quoi il s'agit ?

— Oui, je le sais.

Son regard se porta sur le Dr Higgins.

— C'est Beth Kersey qui vous a fait ça ?

— À votre avis ? rétorqua l'homme.

— J'ai besoin de votre opinion, dit Frieda. Elle doit être privée de médicaments depuis un bon moment. Quels sont les risques ?

— La réponse est : « No comment », déclara le Dr Higgins. Comme vous le savez bien, si vous voulez accéder à son dossier médical, il vous faut une ordonnance du tribunal. Et j'entends bien également déposer plainte.

Elle ferma la porte sans plus ajouter un mot. Frieda resta un moment devant la grille et, tandis qu'elle composait le numéro de Karlsson, elle entendit des voix s'élever à l'intérieur, l'homme dire quelque chose et le Dr Higgins répondre avec véhémence.

Karlsson semblait fatigué. Quand elle lui parla du Dr Higgins, elle s'attendait à ce qu'il soit irrité de ce qu'elle ait agi sans lui en parler, mais intéressé par ce qu'elle avait trouvé. À son grand étonnement, il resta sans réaction, aucune.

— Vous ne voyez pas ? dit-elle. Elle est violente.

— J'ai les choses en main, assura-t-il.

— Comment ça ? Vous devez lancer des recherches et vous devez établir qui est susceptible d'être en danger.

— J'ai dit : j'ai les choses en main. Et il faut qu'on parle.

— Je vous retrouve au commissariat ? demanda Frieda. J'ai des patients toute la matinée, mais je peux venir après.

— C'est moi qui viendrai vous trouver. À quelle heure commencez-vous ?

— 8 heures.

— Je serai devant chez vous à 7 h 45.

— Il se passe quelque chose, Karlsson ?

— Je vous vois demain.

Chapitre cinquante

— Voulez-vous entrer prendre un café ? proposa Frieda.

— Non merci, répondit Karlsson. Vous aimez marcher, non ? Allons marcher.

Il prit en direction du nord, les mains plongées au fond des poches de son manteau sombre. Son visage paraissait boursouflé par le vent d'un froid mordant. Quand ils atteignirent Euston Road, la rue était déjà remplie dans les deux sens de la circulation banlieusarde, à l'arrêt, pour la plupart des véhicules.

— Faut aimer ça, hein ? dit-il en prenant brusquement à gauche, d'un pas si vif que Frieda dut presque courir pour ne pas se laisser distancer.

Elle l'attrapa par le bras, l'obligeant à s'arrêter.

— Karlsson, dit-elle. Je sais de quoi il s'agit.

— Quoi ?

— Hier, au poste, j'ai vu Jake Newton. Il ne voulait pas croiser mon regard. Il a rendu son rapport, c'est bien ça ?

Karlsson garda un instant le silence, exhalant des nuées de vapeur.

— Ce connard de mes deux, siffla-t-il. Je n'arrive

pas à croire qu'on ait trimballé partout avec nous ce petit dandy, ce dadais tout sourire, ce glandeur avec son putain de numéro de « mouche sur le mur » : « Faites comme si je n'étais pas là ! », qu'il disait...

— Et donc, il n'est pas très chaud pour le recours aux collaborateurs indépendants, devina Frieda.

— Oh, il n'a rien contre ce genre de contrats. Pour le travail de bureau, la bureaucratie, la gestion du personnel, on aura des contrats free-lance tout plein le cul.

— Karlsson, coupa Frieda. Vous n'êtes pas obligé de me sortir toute la batterie de jurons du policier. Ça va. En d'autres termes, je suis virée.

— Oui, Frieda. Vous êtes virée.

— Non pas que j'aie jamais réellement été des vôtres. Après tout ce qui s'est passé, vous ne m'avez jamais présenté de contrat à signer.

— Eh bien, c'est tout l'intérêt des mesures d'économie, répondit Karlsson. Vous n'espérez pas d'eux qu'ils réalisent des économies, si ? « Systèmes d'exploitation dysfonctionnels. » Voilà ses mots. « Organisation d'équipe impropre au but recherché. » En voilà d'autres. Vous savez ce qui rend les choses encore pires ? C'est que j'ai tenté de l'impressionner. Je me sens comme un ado qui a essayé d'épater une fille dont il n'était pas réellement amoureux, pour commencer, laquelle s'est foutue de lui en prime. Vous n'êtes pas la seule concernée. Il va y avoir des coupes dans beaucoup de services.

Frieda posa de nouveau sa main sur son bras, doucement cette fois-ci.

— Tout va bien, redit-elle.

— Et après tout ce que vous avez fait pour cette enquête, après avoir coincé les Welles, je n'en reviens pas.

— Tout baigne.

Il enfonça ses mains encore plus profondément dans ses poches, l'air gêné.

— Et même si je peux me montrer caustique envers vous, et grande gueule, c'était… enfin, vous voyez… vous avoir dans les parages… je veux dire, tout vaut mieux que quelqu'un comme Munster.

— Oui, répondit Frieda. Pour moi aussi.

— Comment se tire-t-on d'ici ?

— Par là, en prenant vers l'est. Mais que faites-vous pour Beth Kersey ?

— Je vous l'ai dit, répondit Karlsson. On s'en occupe.

Il ébaucha un sourire.

— Vous vous rappelez Sally Lea, ce nom dans le carnet de Poole ?

— Celle qu'on n'a jamais retrouvée.

— Ce n'est pas une femme, expliqua Karlsson. C'est une péniche sur la rivière Lea, près d'Enfield.

— Comment le savez-vous ?

— Il y a eu un incident hier. Un résident de la péniche d'à côté a appelé les urgences. Il venait de se faire poignarder par une jeune femme. Elle lui avait dérobé de la nourriture. Elle se comportait bizarrement, parlait toute seule, et quand il l'a abordée, elle a sorti un couteau.

— Beth Kersey, compléta Frieda. Ils l'ont retrouvée ?

— Non. Mais ils ont trouvé où elle vivait et aussi tout un tas d'affaires de Poole, des documents, des photos, la totale. Certains agents vont y aller aujourd'hui afin de passer l'endroit au peigne fin. Pour ce que ça vaut…

— Dans quel état était cette péniche ?

— Qu'est-ce que je peux vous dire ? Un bateau, c'est un bateau.

— Je veux dire : dedans, là où elle vivait.

— Je ne l'ai pas vue moi-même. Mais d'après les premiers éléments, c'était assez immonde. Il semble qu'elle s'y soit retrouvée coincée toute seule, à s'alimenter par elle-même, et ce depuis la mort de Poole.

— C'est tout ? insista Frieda. Assez immonde ?

— Je sais ce que vous cherchez à dire. Vous voulez vous rendre sur place et voir par vous-même. Je suis désolé, Frieda. Écoutez, je sais que ça fait désordre. Nous ne saurons sans doute jamais qui était vraiment Poole. Nous ne savons pas où il a été tué. Apparemment, l'argent que les Welles lui ont dérobé est au chaud quelque part, et hors de notre portée. C'était là l'un des talents de Harry.

Il s'arrêta et regarda autour de lui.

— Mais on les a eus. Et le reste, on gère. On a détaché une unité de protection auprès des Kersey jusqu'à ce qu'on retrouve leur fille, ce qui ne saurait tarder. D'après ce que j'ai entendu sur l'état de cette péniche, elle ne devrait pas être capable de s'en sortir seule longtemps, lâchée dans le grand bain…

Il s'interrompit soudain.

— Sur ce, je dois retourner au boulot. Mais où sommes-nous, bordel ?

Frieda indiqua, en l'air, la BT Tower. Ils se trouvaient pratiquement en dessous.

— Ah ça, je reconnais, s'exclama Karlsson. Est-ce qu'il n'y avait pas là un restau, autrefois ? Qui tournait sur lui-même ?

— Jusqu'à ce que quelqu'un y déclenche une bombe, oui, répondit Frieda. C'est désolant. Ça me dirait assez de monter là-haut. C'est le seul endroit de Londres d'où l'on ne voit pas la BT Tower.

Karlsson tendit le bras, et Frieda lui serra la main.

— Je ferais sans doute mieux d'émigrer en Espagne, dit-il.

— On a besoin de vous ici.

Alors qu'ils partaient chacun de leur côté, Karlsson ajouta :

— Au moins vous pouvez reprendre votre vie normale, maintenant, Frieda. Vous pouvez laisser tout ce bordel derrière vous. Et Dean Reeve, oubliez-le, d'accord ?

Frieda garda le silence. Quand il eut tourné au coin, prenant la direction d'Oxford Street, elle s'arrêta et s'appuya à un lampadaire. Elle sentait le métal froid contre son front, tandis qu'elle inspirait profondément, avec application.

— Tout va bien, dit-elle. Tout va bien.

Elle sortit le téléphone de sa poche et l'alluma. Il y avait un message, et elle rappela aussitôt.

— Désolée. Il s'est passé des trucs un peu bizarres, mais ça va, maintenant… Oui, ce serait bien… Non. Tu n'as qu'à venir chez moi.

Frieda s'éveilla dans le noir, une présence inhabituelle à ses côtés. Un affaissement dans le lit, une respiration, un contact contre sa cuisse. Elle remua, pour s'asseoir, sortir du lit, s'habiller, partir.

— Tout doux, dit la voix, et Frieda se rallongea. Elle sentit qu'on ramenait le drap sur elle, une main effleurant son corps, et son visage contre le sien, le contact de ses lèvres sur sa joue, son cou, ses épaules.

— Un de mes amis était à un dîner, commença

Sandy. C'était un garçon plutôt bagarreur, toujours prêt à chercher querelle. Il s'est pris de bec avec l'une des convives, l'a engueulée, lui a dit d'aller se faire foutre, a quitté la pièce en faisant tout un foin, a claqué la porte d'entrée, s'est retrouvé dans la rue et s'est rendu compte alors qu'il s'était foutu à la porte de chez lui.

— OK, répondit Frieda. Pigé.

— C'est comme si tu étais tout le temps sur le départ. Prête à te lever et à partir n'importe où.

— C'est ce que je fais, quand j'ai peur. Quand je n'arrive pas à dormir, c'est-à-dire la plupart du temps, quand les pensées se bousculent dans ma tête, quand je me sens perdue, quand j'ai l'impression de ne pas pouvoir tenir en place, je sors et je marche. Je marche.

— Et tu te perds ?

— Non. Je ne me perds pas. Je sais où je vais.

Deux mains se posaient sur elle, à présent, sa figure tout contre la sienne.

— Tu sens bon, dit-il.

Frieda ne savait pas ce qu'elle ressentait. Soudain, elle se revit toute petite, dans les bras de son père qui la lançait en l'air pour mieux la rattraper : elle criait, et n'aurait su dire si c'était de plaisir ou de peur. Elle passa ses doigts dans les cheveux humides de Sandy. Elle était moite, elle aussi.

— C'est sans doute ton odeur que tu perçois, répondit-elle.

Ils restèrent ainsi allongés un moment en silence, leurs corps entremêlés.

— C'est ce dont tu as envie ? demanda Sandy. Te lever et aller marcher quelque part ?

— La plupart du temps, oui.

— Tu marches toujours toute seule ?

— Pas toujours.

— Et alors, si tu devais m'emmener en promenade, où irions-nous ?

— Le long des rivières, répondit-elle. Parfois, je marche le long des anciens cours d'eau.

— Tu veux parler de la Tamise ?

— Non. Certes, la Tamise est un cours d'eau. Mais ce n'est pas à ça que je pense. Je pense aux anciennes rivières qui se déversent dans la Tamise. Elles sont souterraines, maintenant.

— Souterraines ? Mais pourquoi enterrer une rivière ?

— C'est bien la question que je me pose. Parfois, je me dis que les gens inventent des raisons en tous genres. Il y a un risque sanitaire, ou alors, elles gênent le passage, ou encore, elles sont dangereuses. Parfois, je me dis que les rivières et les cours d'eau mettent les gens mal à l'aise. Elles mouillent, elles sont mouvantes, elles surgissent du sol en bouillonnant, elles débordent, elles s'assèchent. Mieux vaut les mettre hors de vue.

— Alors, quelle rivière disparue allons-nous longer ?

— La Tyburn, répondit Frieda. Tu veux faire ça ce week-end ?

— Je veux que tu me la décrives maintenant, dit-il. Où commence-t-elle ?

— Elle doit démarrer à Hampstead, se lança Frieda. La source de cette rivière se trouve à Haverstock Hill, sur la colline. Il y a une plaque, là-bas. Même si la plaque n'indique l'endroit qu'approximativement. La vraie source est perdue. C'est la seule plaque que j'aie jamais vue qui me mette en colère. Peux-tu imaginer perdre la source d'une rivière ? On a cette source qui fait jaillir une eau pure du sol, pour rejoindre ensuite la Tamise. Et après, non seulement quelqu'un décide de construire par-dessus, mais il oublie en prime où se trouvait la source.

— Ce n'est pas un très bon début, pour une visite guidée.

— Je n'ai rien d'un guide touristique. Je ne voudrais pas que tu en déduises que j'adore Londres, sans réserves. En fait, je déteste cette ville la plupart du temps. Il y a des coins que je hais en permanence. Enfin bref, mettons que tu traverses Belsize Park en direction de Swiss Cottage. Tu sens la pente sur laquelle courait la rivière. Ensuite, tu continues vers Regent's Park, en longeant le côté du lac où l'on peut faire du canoë.

— Tout en marchant, tu peux me faire part de ce que tu ressens, suggéra Sandy. Tu dois te sentir un peu blessée, j'imagine, surtout avec toute cette vilaine couverture médiatique.

Frieda trouvait étrangement facile de parler à la voix surgie de l'obscurité, sans voir Sandy, juste en sentant sa présence.

— Depuis que je suis toute petite, dit-elle, j'ai nourri le fantasme d'être invisible. Pas seulement de temps en temps, mais tout le temps, et ce que je veux dire, c'est que je me croyais réellement invisible. Mais il s'avère que la vérité est autre. En gros, le sentiment que j'ai, c'est d'avoir été traînée sur la place publique, fustigée, puis étrillée à l'acide sulfurique.

— Mais tu t'en remettras.

— Je m'en suis déjà remise.

— Donc, où en étions-nous ?

— La rivière traverse sans doute le lac.

— Sans doute ?

— C'est difficile à savoir. Ensuite, on sort du parc et on descend Baker Street.

— En passant devant Madame Tussauds.

— Tout juste.

— Ça vaut le coup d'y aller ?

— Je ne l'ai jamais fait.

— Vraiment ? As-tu visité la Tour de Londres ?

— Non, avoua Frieda.

— J'y suis allé quand j'étais gosse.

— C'était bien ?

— Je ne me souviens pas trop, répondit-il. Bon, on en était où ?

— C'est là que la balade devient sympa. On traverse les jardins de Paddington Street, qui se trouvent à une minute de marche du musée de cire alors que personne n'en a entendu parler, puis on poursuit de l'autre côté de Marylebone High Street, en continuant par Marylebone Lane. L'espace d'un instant, tu as l'impression de longer la rive d'un courant qui traverserait un petit village à l'extérieur de Londres. Si ce n'est qu'il n'y a plus de courant. Enfin, pas que tu puisses voir. Il est là-dessous, quelque part.

— Tu les as eus, coupa Sandy.

— *Ils* les ont eus, corrigea-t-elle.

— Il faut quand même admettre que tes mérites n'ont guère été reconnus.

— Peut-être que j'aime bien agir dans l'ombre.

— Ah, ton goût pour l'invisibilité, encore. Et alors, ce frère et cette sœur, ils ont fait tout ça rien que pour l'argent ? Torturé ce type avant de le tuer ?

— Là, on arrive au passage de la promenade que je déteste, reprit Frieda. Soudain, on quitte le petit village et on se retrouve en plein milieu du quartier dc West End. La rivière est devenue la limite entre deux propriétés somptueuses et tout ce qu'il en reste, ce sont ces énormes immeubles, ces hôtels, ces bureaux, ces garages. Robert Poole comprenait tout le monde mais il n'a pas compris Tessa et Harry Welles. Il n'a pas réussi à s'en tirer, ce coup-ci. Ils n'en voulaient qu'à son fric. Il aura suffi d'un doigt pour qu'il leur confie tous les détails.

— Sympa.

— Mais ils ont pris goût à la chose. C'est marrant… (Frieda se tut un instant.) Tu es sûr que tu ne veux pas dormir ?

De nouveau, elle sentit son contact.

— Je ne voudrais pas dormir cette nuit, même si j'y arrivais.

— Eh bien, poursuivit-elle, il y a une différence entre faire quelque chose et être quelque chose, mais les deux se recoupent. Je veux dire, on joue un peu au piano, puis de plus en plus, et un beau jour, on se retrouve pianiste. Voilà ce que tu es devenu. C'est ton identité. Ils ont tué Robert Poole rien que pour l'argent. Ils se sont retrouvés acculés à tuer cette pauvre femme, Janet Ferris, et à un moment donné, ils se sont dit : « Finalement, on peut. » Dès lors, il n'a plus été seulement question d'argent, mais de puissance. Ils ont pris leur pied en faisant ça. C'est pour ça qu'ils se sont mêlés de l'enquête. Question d'emprise sur la situation, histoire de démontrer qu'ils étaient plus forts que nous. Harry a même poussé les choses plus loin. S'il avait pu m'avoir, s'il avait pu me sauter, là, il aurait vraiment fait montre de son pouvoir.

Un silence s'abattit, qui se prolongea.

— Il te plaisait ? demanda Sandy. Ça n'allait pas arriver, si ?

— Il n'a jamais été mon type. Celui qui m'intéressait vraiment, dans tout ça, c'était Robert Poole.

— C'est ton genre ?

— Non, non, protesta Frieda. Ce qui me hante, c'est qu'il était un peu comme moi. À moins que je ne sois un peu comme lui. Mais il était plus fort que moi. En tout cas, trop bon pour son propre bien. Ce n'était qu'un escroc. Voler leur argent aurait dû lui suffire, mais il avait trop d'empathie. Et suscitait trop d'intérêt. Ce qui a précipité sa chute.

— Tu n'aurais pas pu le sauver, répondit Sandy. Sa mort a été comme, je ne sais pas, moi… la condition, le point de départ de tout ça. Enfin bref, où sommes-nous, à présent ?

— Les choses s'améliorent, reprit Frieda. Nous traversons Piccadilly et nous nous retrouvons dans Green Park. Tu en admires l'étendue et tu peux presque deviner le lit de la rivière, là où il devrait être. Nous traversons le parc, si ce n'est qu'il est sans doute fermé à l'heure qu'il est, en raison des préparatifs du mariage.

— Du mariage ?

— Le mariage, hé ! Le mariage princier.

— Ah, celui-là.

— Mais nous arrivons à l'autre bout, puis contournons l'extrémité de Buckingham Palace. La rivière en question coule sous le palais. Quand je serai dictateur et que toutes les rivières cachées de Londres seront de nouveau à l'air libre, ce palais devra être démoli…

— Un faible prix à payer.

— Et ensuite, nous arrivons à Victoria, ce qui est encore pire que le coin autour de Grosvenor Square.

C'est comme un îlot fasciste de régulation du trafic au beau milieu d'une autoroute, suivi d'une rue horrible qui ressemble à l'arrière d'un hôtel, où ont lieu les livraisons et d'où l'on emporte les poubelles. Mais après ça, on redescend Aylesford Street jusqu'au fleuve, et c'est plutôt agréable.

— Est-ce qu'on finit par voir la Tyburn ?

— Normalement, non. Elle passe dans une conduite sous une maison de la rive. Mais j'en ai fait le tour, une fois : j'ai enjambé la grille, descendu une volée de marches métalliques, pour atterrir dans la boue le long du fleuve, à marée basse. Je me suis assise près de la sortie. Après tout ce chemin parcouru, il ne restait qu'un filet d'eau. Ça valait à peine le coup.

— Je n'en reviens pas. Tu te rappelles tout ça.

— Je refais le parcours dans ma tête parfois. Pour essayer de m'endormir. Ça ne marche pas.

— Tu devrais être chauffeur de taxi, suggéra Sandy.

— Merci.

— Non, je suis sérieux.

— Mais moi aussi.

— Mais est-ce qu'ils ne passent pas cet examen qui s'appelle… comment déjà ? The knowledge of London ? La connaissance des rues de la capitale. L'examinateur leur demande comment se rendre, je ne sais pas, moi, de Banbury Cross jusqu'à l'Emirates Stadium, et ils doivent décrire leur parcours rue par rue.

— Je ne crois pas que Banbury Cross existe vraiment.

— Mais tu en serais capable. Et ils ont un cerveau particulièrement développé, non, ces chauffeurs ?

— Ceux que je rencontre n'ont pas l'air d'avoir un cerveau particulier.

— Mais si, insista Sandy.

— Ils ont la partie postérieure de l'hippocampe surdéveloppée, expliqua Frieda, en raison du surcroît d'activité neuronale dans cette partie du cerveau. Là-dessus, nous avons terminé. Nous pouvons rentrer.

— Voilà le genre de balade qui me plaît. Le genre qui ne vous oblige pas à sortir du lit. Et tu n'es plus concernée par cette affaire.

— Si ce n'est que la pauvre Beth Kersey et Dean Reeve sont toujours dans la nature, quelque part. Nous, on est au chaud dans notre lit, et eux, quelque part, on ne sait où.

— Ce n'est pas notre problème, conclut Sandy. D'autres s'en occupent.

Chapitre cinquante et un

Durant la matinée suivante, Frieda fut parfaitement à même de jouer son rôle de thérapeute. Elle se pencha en avant, posa les questions appropriées, sortit un mouchoir en papier de sa boîte pour le tendre à une femme en pleurs. Elle modifia quelques rendez-vous. À la fin de chaque séance, elle consignait soigneusement ses notes, ainsi que, sommairement, les points à voir par la suite.

Mais tout ce temps, elle eut l'esprit ailleurs. Elle avait la sensation, qui la submergeait presque, que quelque chose n'allait pas. Sa première pensée fut que c'était dans sa tête. Travailler avec Karlsson et la police avait constitué pour elle une sorte de drogue, et maintenant que cela lui avait été brutalement ôté, elle souffrait des symptômes de privation. Simple question de vanité ? Étaient-ce l'excitation et l'attention qui lui manquaient ? Elle se rappela Thelma Scott, venue la trouver pour lui offrir son aide, et qui lui avait laissé sa carte. Frieda se dit que l'heure était peut-être venue de recommencer à voir un thérapeute.

Et elle pensait à Sandy. Il était à Londres pour son travail, mais pour quelques semaines, seulement. Dans un mois, il serait reparti dans le New Jersey.

Pour quelles raisons, au juste, s'était-elle convaincue qu'il lui était impossible de le suivre ? « On a tous peur de prendre la mesure de la liberté dont on dispose réellement. » Quelqu'un lui avait dit ça un jour. Était-ce Reuben ? Ou bien l'avait-elle lu quelque part ? Redoutait-elle de se confronter à sa propre liberté ?

Par-dessus tout, d'autres choses la travaillaient. Ou, plutôt, elle en avait conscience. Elles étaient semblables à des bruits étranges, dehors, la nuit venue. Elle ne savait pas s'ils l'appelaient, ou venaient la trouver. Elle ressentait une urgence qu'elle parvenait à peine à identifier mais qui l'enjoignait à ficher le camp, à fuir n'importe où. À midi, après la dernière séance de la journée, elle se rendit dans la petite salle d'eau adjacente à son cabinet de consultation, se versa un verre d'eau qu'elle descendit d'un trait, puis un autre. Ensuite, elle s'assit et finit de prendre ses notes sur la dernière séance.

Elle rentra chez elle d'un pas lent. Elle n'avait pas faim. Elle avait surtout envie de s'allonger, de dormir un peu. En poussant sa porte d'entrée, elle tomba sur la pile de courrier, qu'elle ramassa. De la publicité, pour l'essentiel ; ainsi qu'une facture de gaz, une invitation à une conférence et, enfin, une lettre non timbrée, vraisemblablement déposée en main propre. Il n'y avait rien d'écrit sur l'enveloppe si ce n'est son nom, d'une écriture qui lui était vaguement familière. Ah, Josef. Elle se demanda quelle raison il pouvait bien avoir de glisser une lettre dans la fente de sa porte plutôt que de lui parler face à face. Elle se souvint des mots échangés en vitesse à la fête de Sasha. Il voulait lui dire quelque chose et elle l'avait repoussé. Elle déchira l'enveloppe et prit connaissance de la lettre.

Chère Frieda,

Désolé. Vous êtes fâchée, je sais. Désolé pour ça. J'essaie de vous parler. Voici document de la part de Mrs Orton. Elle veut le brûler. Je lui dis de vous le montrer. Désolé. Je vous vois bientôt, peut-être.

Votre dévoué,

Josef

Frieda jeta un œil au testament de Mary Orton. L'espace de quelques secondes, elle resta plongée dans ses pensées, réfléchissant à toute vitesse, le regard fixé sur le mur.

— Oh, mon Dieu ! s'exclama-t-elle soudain.

Elle se précipita dans le salon pour dénicher son carnet et le feuilleter à toute allure. Elle trouva le numéro de Mary Orton et le composa. La sonnerie retentit dix fois, quinze fois. Elle raccrocha et resta debout dans la pièce pendant presque une minute, paralysée par l'indécision, avant de fourrer le carnet dans sa poche et de se ruer dehors. Elle héla un taxi dans Cavendish Street et communiqua l'adresse de Mary Orton au chauffeur. Il fit la grimace.

— Bon sang, pesta-t-il. On va par où, vous avez une idée ?

— Je ne suis pas chauffeur de taxi, rétorqua Frieda. Que diriez-vous de Park Lane, Victoria et ensuite par la rive droite ? De toute façon, on tombera sur des embouteillages, à cette heure-ci.

— Très bien, mon petit, répondit le chauffeur en démarrant.

Frieda composa un autre numéro. Elle voulait parler à Karlsson, mais ce fut Yvette qui décrocha.

— Je suis désolée pour ce qui est arrivé, dit cette dernière.

— Pas de problème. Est-ce que Karlsson est là ?

— Il n'est pas disponible.

— Il faut que je lui parle. C'est vraiment, vraiment important.

— Je peux lui transmettre un message.

Frieda regarda son appareil. Elle avait envie de le jeter de toutes ses forces à ses pieds.

— Peut-être pouvez-vous m'aider, reprit-elle, en s'efforçant de parler d'une voix calme. Je viens de trouver un message de Josef, mon ami le maçon qui a fait quelques travaux chez Mary Orton. Mary Orton avait rédigé un autre testament. Elle a légué un tiers de tout ce qu'elle possède à Robert Poole. (Silence.) Vous êtes là, Yvette ?

— Désolée, Frieda, vous n'avez pas reçu la note de service ? Vous ne travaillez plus avec nous.

— Peu importe. Vous ne comprenez pas ? Ce testament change tout. Je pense qu'il y avait toutes les chances que Poole s'apprête à éliminer Mary Orton, une fois qu'il a su qu'il hériterait de centaines de milliers de dollars à sa mort.

— Eh bien, c'est une chance qu'il soit mort, dans ce cas.

— Mais Beth Kersey ne l'est pas.

— Tout va bien, Frieda. Les parents sont sous notre garde.

— Les parents n'ont jamais été en danger. J'ai parlé à Lorna Kersey. Beth ne les a jamais menacés. Elle essaie de faire des choses pour les gens, ce qu'elle croit qu'ils désirent. C'est quand elle fait ça, ou quand les gens essaient de l'arrêter, qu'elle devient violente. Très violente. Vous devez prendre des dispositions pour protéger Mary Orton.

— Ce testament ne signifiait quelque chose que du vivant de Poole.

— Non. Vous ne voyez pas ? Elle va nécessairement tenter de combler ses vœux. Et s'il souhaitait la mort de Mary Orton… Yvette, transmettrez-vous à Karlsson ce que je vous ai dit ?

Un nouveau silence lui répondit.

— Je lui ferai part de votre inquiétude. Mais, Frieda, vous ne pouvez pas laisser tomber, là ? On vient de se faire baiser par ce connard de Newton et on essaie de recoller les morceaux. L'enquête est close. S'il vous plaît. Je suis désolée que les choses se soient passées ainsi, mais on a nos propres problèmes à gérer.

— Prévenez Karlsson, c'est tout.

Yvette avait raccroché. Elle tenta de joindre Mary Orton une nouvelle fois mais, comme auparavant, son téléphone sonna dans le vide. Qui d'autre pouvait-elle bien prévenir ? Était-il possible que Josef travaille toujours chez elle ? Ou non loin ? Elle l'appela et tomba directement sur son répondeur. Son regard glissa au-dehors. La circulation n'était pas aussi dense qu'elle aurait pu l'être. Alors qu'ils traversaient le fleuve, elle rappela Yvette.

— Avez-vous appelé Karlsson ? demanda-t-elle.

— Je vous l'ai dit. Je le joindrai quand je pourrai. Et maintenant, s'il vous plaît…

On lui raccrocha au nez de nouveau. Frieda contempla l'appareil. Tout d'abord, elle se sentit étourdie. Il n'y avait rien qu'elle puisse faire. Et ensuite, elle songea à une chose. Quelle importance désormais, de toute façon ? Elle composa le 999.

— Ici les urgences. Quel service dois-je vous passer, s'il vous plaît ?

— Police.

Un clic se fit entendre, suivi d'un bourdonnement, puis une autre voix de femme prit la parole.

— Ici la police. De quelle urgence s'agit-il ?

Frieda communiqua l'adresse de Mary Orton.

— J'ai vu quelqu'un s'introduire dans une maison.

— Quand ça ?

— Il y a quelques minutes.

— Pouvez-vous nous décrire cet individu ?

— Non… Ah si, j'ai vu un couteau. C'est tout.

— Nous allons envoyer une voiture immédiatement. Votre nom, s'il vous plaît.

Frieda imagina ce que Karlsson ou Yvette penseraient de ce procédé. Elle avait l'impression d'avoir sectionné le tout dernier filament du fil qui la reliait à eux. Mais c'était ce que l'on ne faisait pas qui importait plus que ce qu'on accomplissait.

Quand le taxi bifurqua dans la rue où habitait Mary Orton, Frieda s'attendait presque à tomber sur des véhicules aux couleurs voyantes, gyrophares allumés, mais il n'y avait rien. *Jake Newton avait raison,* songea-t-elle. *Foutus incapables*. Elle remit un billet de vingt livres au chauffeur.

— Je n'ai pas la monnaie, dit-il.

— Gardez-la.

Elle se dirigea vers la maison. Elle n'avait pas anticipé cet instant. Elle s'avança pour presser la sonnette, puis s'aperçut que la porte n'était pas complètement fermée. Elle poussa le battant, qui céda sous sa main. Un agent de proximité était-il arrivé ? Josef travaillait-il sur les lieux ? Elle entra.

— Mary ? cria-t-elle. Mrs Orton ?

Nulle réponse. Son cœur battait trop fort : elle le ressentait dans son cou et dans sa poitrine. Elle avait un goût amer dans la bouche : l'acide lactique, provoqué par le manque d'oxygène. Ça arrivait quand on courait très vite ou bien quand… Elle héla de nouveau. Que faire ? Elle ne pouvait pas rappeler la police. Elle l'avait déjà fait. Mais où diable étaient-ils passés ? Ailleurs, probablement, pour une fausse alerte. Sans doute s'agissait-il ici aussi d'une fausse alerte. Elle traversa la cuisine, d'un pas qu'elle trouva horriblement sonore, comme s'il la prévenait qu'elle aurait mieux fait de ne pas se trouver là.

La pièce était vide. Il y avait un mug sur la table, à moitié rempli de thé ou de café, un journal ouvert. Frieda se pencha pour toucher la chope. Elle était tiède. Pas brûlante comme quand le thé vient d'être versé, mais plus chaude que la température ambiante. Mary Orton avait pu sortir, oublier de fermer la porte. Elle fit demi-tour et sortit de la cuisine. Cela valait-il bien le coup d'inspecter la maison ? Elle ouvrit la porte donnant dans le grand salon et pénétra dans la pièce. Elle eut aussitôt un choc, qui lui souleva le cœur, lui coupa le souffle. Mary Orton gisait sur le tapis à côté de la bibliothèque. Frieda avait déjà entendu parler de cas semblables et sentit ses facultés cognitives se rétrécir, devenir paralysées. Elle voyait Mary Orton comme au travers d'un long tube. La première pensée de Frieda fut qu'elle était tombée, cela arrive si souvent aux personnes âgées. Elles tombent et se brisent la hanche, ne peuvent pas se relever parfois, et meurent, faute d'avoir été trouvées à temps. Puis, lentement, dans une sorte de brouillard, Frieda comprit que ce qu'elle avait pris pour une ombre en travers du corps de Mary Orton sur le tapis crème était en fait du sang. Le sang de Mary Orton. Elle s'élança vers elle, tâchant de se rappeler les points de compression. Ses cours d'anatomie remontaient à bien longtemps.

Mary Orton gisait étalée comme si elle avait cherché à se retourner sur le dos, sans succès.

— Mary, lui dit Frieda d'une voix suppliante. Mary, je suis là.

Frieda sonda ses yeux. Elle y lut comme une infime lueur, un éclat qui l'interloqua.

— Mary ?

Elle distingua de nouveau un minuscule mouvement dans ses prunelles. Et là, Frieda se rendit compte de ce qu'il signifiait. Tout juste vivante, Mary Orton ne regardait pas Frieda mais derrière elle, par-dessus son épaule, et elle songea : *Oh non, oh non*… Elle sentit un coup, dur et brûlant dans son dos, sur un côté, et tout ce qui se passa par la suite se déroula dans un formidable ralenti brumeux. Aussi eut-elle le temps de penser : *Que tout est donc lent*. Et on la frappa de nouveau, dans l'abdomen, cette fois-ci. Et elle eut le temps de penser : *Pourquoi me frappe-t-on ?* Après ça, elle eut le temps de se rappeler, très calmement, avoir lu qu'un coup de poignard ne faisait pas du tout l'impression d'être poignardé. Cela ne procurait pas la sensation de quelque chose d'acéré. Cela faisait plutôt l'effet d'un coup franc, administré par un objet contondant, par un poing dans un gant de boxe. Frieda leva les bras en un vague geste de défense mais le coup suivant s'abattit sur sa jambe et tout d'un coup, ce fut chaud, et mouillé. Frieda comprit qu'elle ne pouvait plus se tenir debout mais ne tomba pas. Elle resta sur place, et le tapis crème de Mary Orton vint à sa rencontre. Elle se retrouva couchée dessus, à plat ventre. Elle sentait la texture rêche des fibres sur ses lèvres et se sentait à présent très, très fatiguée. Elle ne désirait plus qu'une chose, dormir. Elle comprit que c'était ça que ça faisait de mourir et qu'elle ne devait pas mourir, aussi fit-elle un effort effroyable, inhumain, pour se relever.

Elle vit une figure, un visage de fille. Elle avait trouvé Beth ; et Beth en avait fait autant. Tout ceci semblait si lointain, comme dans un rêve. Et puis tout s'accéléra. Sensations, bruits, mouvements, tout se précipita. Elle sentit une secousse, qu'on la déplaçait, après quoi tout ralentit à nouveau et devint noir, puis très chaud, avant de devenir très froid, et sa tête tomba en arrière. Quand sa jambe commença de lui faire mal, puis très mal, elle cria et crut presque distinguer quelque chose ou quelqu'un, mais l'effort était trop grand et la douleur s'estompa. Elle sombra avec gratitude dans un profond sommeil.

Chapitre cinquante-deux

Ce n'était pas la même chose que se réveiller. C'était trop épars, trop douloureux, trop confus. Elle émergea par fragments et par éclairs de lucidité : un plafond blanc et sale, des visages penchés sur elle, des figures qui disaient des choses qu'elle ne comprenait pas, une odeur de savon, une sensation d'humidité sur son corps, qu'on retournait, des conversations assourdies. Certaines têtes lui étaient familières : Sandy, Sasha, Josef, Reuben, Jack, Karlsson, Olivia, Chloë, et même Yvette. Certains pleuraient, d'autres souriaient. Ils s'approchaient, tout près, et posaient leurs mains sur son épaule, sa joue, et elle ne pouvait leur dire qu'elle savait qu'ils étaient là. Ils lui parlaient. Ils parlaient d'elle en chuchotant. Josef lui chantait des petites berceuses ukrainiennes entre deux sanglots et Sasha lui lut de la poésie. Dehors, dans le couloir, elle entendit Chloë hurler quelque chose à quelqu'un, d'une voix rendue rauque par la fureur, et elle regretta de ne pouvoir dire à sa nièce fâchée, maladroite, que ça n'avait guère d'importance, que rien ne justifiait qu'on se mette dans un tel état, mais elle était incapable de bouger les lèvres. Une part d'elle-même trouvait la situation comique. Un rassemblement en l'honneur de Frieda Klein. Elle ne pouvait pas se retourner. Parfois, elle avait l'impression de s'étrangler. La plupart du temps, elle dormait.

Et puis un jour, une voix lui dit :

— Vous m'entendez, Frieda ? Clignez des yeux si c'est le cas.

Elle cilla.

— Je vais compter jusqu'à trois, et après on vous retire le tuyau et il faudra tousser, et respirer. On y va, un… deux… trois…

Frieda eut l'impression qu'on lui extirpait les entrailles par la bouche, qu'elle les vomissait, après quoi elle toussa comme une désespérée.

— Brave fille, dit la voix.

— Je ne suis pas une petite fille, rétorqua Frieda d'une voix rauque.

Elle s'apprêtait à ajouter qu'elle n'avait rien de gentil, mais l'effort lui parut disproportionné. Elle sombra de nouveau dans le sommeil, entrecoupé de quelques rares et vagues lueurs de conscience. Était-ce Sacha, là sur une chaise à côté de son lit, en train de lire un livre ?

Elle encore, une main posée sur les siennes, en train de la regarder. Cette fois-ci, elle prit la parole, de sa voix grave et douce :

— Tu m'entends, Frieda ?

Elle ne put entendre la réponse. Elle se pencha encore plus près jusqu'à ce que Frieda lui murmure à l'oreille :

— De l'eau.

Sasha lui releva la tête d'un geste infiniment délicat et porta le verre à ses lèvres. L'eau était tiède, et délicieuse.

— Frieda ? Le médecin passera te voir demain. Si tu te sens prête.

— Tu m'avais dit que je pouvais te parler.

— Quoi ?

Il lui était difficile d'articuler.

— Si j'avais besoin de parler.

Elle s'efforça de trouver les mots, sans lâcher la main fine et fraîche de son amie, tandis que bipait l'appareil derrière elle.

— Chut, tout va bien, dit Sasha en déposant un baiser sur sa joue. On pourra parler plus tard.

— Un jour, dit Frieda, avant de basculer à nouveau en eaux profondes.

Le lendemain fut différent. Frieda se sentit bien réveillée. Elle s'assit et vit la salle dans laquelle elle se trouvait : trois lits en face, deux entre elle et la fenêtre. Une femme de l'autre côté du passage se plaignait auprès d'une infirmière, et derrière un écran à côté d'elle retentissait la voix d'une vieille femme répétant sans fin le même mot : « professeur ». Le ciel était gris et elle ne se sentait pas bien du tout. Elle avait la gorge en feu, et mal à peu près partout. Un chariot arriva avec le petit déjeuner – une espèce de porridge, un thé noyé dans le lait, du jus d'orange – qui ne lui inspira que dégoût.

Une infirmière s'approcha d'un pas affairé et annonça à Frieda :

— Il est là.

Là, en effet, au pied du lit, se tenait un homme d'âge moyen et d'allure très distinguée, dans un costume rayé avec un nœud papillon. Même dans son état vaseux, Frieda réussit à se sentir irritée. Pourquoi les médecins chefs persistent-ils à porter des nœuds papillons, alors qu'ils savent très bien que c'est un cliché ?

Il lui sourit du haut de sa stature.

— Comment va notre phénomène ? s'enquit-il.

Bien que cela lui fût encore difficile, Frieda pouvait parler. Même à ses propres oreilles, sa voix parut rauque et hésitante, comme celle d'un enfant ayant tout juste appris à parler.

— Je ne comprends pas ce que vous voulez dire.

Il s'assit au bord du lit, sans se départir de son sourire.

— Je me présente : Mr Khan, dit-il. Le chirurgien qui vous a opérée. Je vous ai sauvé la vie. Mais vous vous étiez sauvée vous-même, dans un premier temps. Jamais vu quelque chose de semblable de ma vie. Vous avez reçu une formation médicale, c'est bien ça ?

Frieda hocha la tête.

— Quand bien même… Tout à fait remarquable.

— Excusez-moi. Qu'y a-t-il de remarquable ?

— Vous ne vous rappelez pas ? s'étonna Mr Khan.

Frieda secoua la tête.

— C'est compréhensible, compte tenu des circonstances. L'un des coups de couteau que vous avez reçus a infligé un trauma profond qui a tranché l'artère fémorale. Comme vous l'avez très bien saisi, vous vous seriez vidée de votre sang en une minute ou deux. Avant de vous évanouir, vous avez réussi à vous faire un garrot sur la jambe.

— Mais non, protesta Frieda.

— Vous étiez en état de choc, persista Mr Kahn. Je dois dire que les garrots ne sont plus guère recommandés. On risque des nécroses, mais pas dans ce cas précis. Vous étiez au bloc en moins d'une heure.

Il faillit lui tapoter la jambe mais se retint de justesse.

— Vous avez eu de la chance avec les plaies dans le dos et l'abdomen, si l'on peut dire. Aucun des coups n'a touché d'organe. Comme dit l'autre, il suffit d'un. On s'est inquiété pour votre jambe au début, mais vous vous en sortirez. Peut-être serez-vous obligée de reporter votre entraînement au triple saut aux prochains Jeux olympiques, mais à part ça…

— Mary Orton, coupa Frieda.

— Pardon ?

— Qu'est-il arrivé à Mary Orton ? demanda Frieda.

Le sourire de Mr Khan s'estompa. Il esquiva.

— L'un de vos amis est venu vous rendre visite. Il répondra à vos questions. Enfin… si vous vous sentez suffisamment forte.

— Oui, répondit Frieda. Je le suis.

Elle se rallongea sur son oreiller et vit la figure de Karlsson surgir au-dessus d'elle. L'image d'un nuage flottant au-dessus de la tête lui vint à l'esprit, à moins qu'il ne s'agisse d'un zeppelin. Peut-être était-ce dû aux analgésiques.

— Vous avez une sale tête, lui dit-elle.

— On peut peut-être parler de ça un autre jour, répondit-il. L'infirmière a dit que vous aviez besoin de vous reposer.

— Maintenant, répliqua Frieda. Mary Orton.

Karlsson détourna le regard, comme s'il attendait qu'une autre personne prenne la parole.

— On l'a déclarée morte sur les lieux du drame. À mon avis, cela faisait un moment qu'elle l'était.

— Non, corrigea Frieda. Elle était vivante. Je me souviens de ses yeux. Ils bougeaient.

— Ils ont dit qu'elle avait perdu beaucoup de sang. Je suis vraiment désolé…

Frieda sentit des larmes brûlantes rouler sur ses joues. Karlsson se pencha en avant pour se saisir d'un mouchoir en papier, et les sécha.

— On l'a trahie, reprit Frieda. On n'a pas su la protéger.

— Les secouristes avaient suffisamment à faire avec vous. On ne pouvait plus rien pour les deux autres.

— Les deux autres ?

— Mary Orton et Beth Kersey.

— Quoi ? s'emballa Frieda, qui tenta de se redresser sur son oreiller. Comment ça ?

— Tout doux, on se calme, murmura Karlsson, comme s'il apaisait un enfant agité. Ne vous en faites pas, il n'y aura pas de poursuites.

— Comment ça, de poursuites ?

— Il n'y a absolument aucun problème, insista Karlsson. Bien au contraire. Vous recevrez sans doute une médaille.

— Mais que voulez-vous dire ? insista Frieda. Je ne me rappelle rien.

— Vraiment ?

Frieda secoua la tête. Elle s'efforça de réfléchir. Tout semblait flou et distant.

— On m'a d'abord poignardée par-derrière, commença-t-elle. Je ne l'ai même pas vue. Ou en tout cas… je m'en souviens à peine. Mais il s'est passé quelque chose. Je perdais du sang, beaucoup de sang, et je me suis évanouie. Je me rappelle avoir entendu quelque chose. C'est tout.

— Je vois ça tout le temps, répondit Karlsson. Vous ne récupérerez sans doute jamais ce souvenir. Mais il a été facile de reconstituer la scène d'après ce que nous avons vu sur les lieux. Seigneur, il y avait du sang partout. Pardon, inutile de vous raconter ça.

— Mais que s'est-il passé ?

— On peut voir ça plus tard, Frieda.

— Non, maintenant. Dites-moi.

— D'accord, d'accord, concéda Karlsson. Les choses ont dû se passer ainsi : vous avez agi mue par l'instinct de conservation. Après avoir été poignardée, vous avez dû vous battre pour récupérer le couteau tout en saignant de votre côté. Vous avez réussi à vous en emparer et l'avez poignardée à votre tour pour vous défendre.

— Comment ?

— Pardon ?

— Comment l'ai-je poignardée ?

— Elle est morte des pertes de sang consécutives au coup porté en travers de sa gorge.

— Je lui ai coupé la gorge ?

— Oui, et ensuite, vous vous êtes servie de sa ceinture pour la serrer autour de votre jambe. Les médecins disent que sans ça, vous vous seriez vidée de votre sang en quelques minutes.

Frieda indiqua d'un geste qu'elle voulait boire. Karlsson lui approcha le verre des lèvres. Déglutir lui était douloureux.

— Dormez, à présent, dit-il. Tout ira bien.

— D'accord.

Parler lui demandait des efforts surhumains, dans l'immédiat.

— Une chose, toutefois.

Il se pencha vers elle.

— Quoi ?

— Je n'ai pas fait ça.

— Je vous l'ai dit, répliqua Karlsson. Vous n'aurez aucun ennui. Il ne s'agissait que de légitime défense.

— Non, plaida Frieda. Je ne l'ai pas fait. Je n'aurais pas pu. En plus…

Frieda s'obligea à repenser aux instants qui avaient précédé sa perte de connaissance. Elle tenta de les isoler de tout ce qui avait suivi, le néant, les cauchemars, l'attente décousue.

— J'ai entendu quelque chose. Mais je sais, de toute façon. C'était lui.

Karlsson eut l'air perplexe, puis inquiet.

— Comment ça, « lui » ?

— Vous savez très bien de qui je parle.

— Arrêtez avec ça. N'y pensez même pas.

Chapitre cinquante-trois

Sandy gara la voiture à côté de l'entrée ouest du Waterlow Park. Alors qu'ils remontaient la pente raide de Swains Lane, Frieda avait eu l'impression de décoller, et de laisser Londres derrière eux.

— Je pense que le parc est encore ouvert à cette heure-ci, déclara Sandy, avec un sourire attristé.

Frieda grimaça en sortant du véhicule. Elle se sentait encore endolorie, surtout quand elle venait de passer un moment assise.

— Ça va aller ? s'enquit Sandy.

Frieda avait haï la douleur, la rééducation, les traitements, les visites continuelles à l'hôpital, mais plus encore, la sympathie, l'attention qu'elle recevait, les expressions soucieuses, la lueur qui surgissait dans le regard des gens à sa vue, la façon qu'ils avaient de s'inquiéter de trouver la bonne chose à dire. Elle franchit le portail d'un pas lent et raide. Un tapis jaune de jonquilles oscillait dans le vent.

— Le printemps est vraiment là, maintenant, dit Sandy.

Frieda prit son bras pour se stabiliser.

— Si tu ne parles pas de printemps en expliquant

que cela symbolise le renouveau et la renaissance, je ne dirai pas comme le poète que ce mois-ci est le plus cruel de l'année.

— N'est-ce pas le mois d'avril ?

— Mars, ce n'est pas mal non plus.

— D'accord, concéda Sandy. Je passerai sous silence le fait que le temps est magnifique et que les jonquilles sont sorties, et que Waterlow Park offre une vue imprenable sur Londres. On peut aller au cimetière d'à côté, si ça cadre mieux avec ton humeur.

— Tu me connais : j'aime bien les cimetières. Mais ça ira pour aujourd'hui. J'adore ce parc. J'ignore comment Sir Thomas Waterlow a fait sa fortune. Sans doute a-t-il dépouillé quelqu'un, à moins qu'il ne s'agisse d'un héritage indu. Mais il a laissé ce parc à Londres, et pour cette raison, je lui suis reconnaissante. Tout comme je le suis envers toi.

— Eh bien, la gratitude n'est pas exactement ce qui…

— Chut. Je sais ce que tu as enduré, Sandy, et ce que tu ne peux me dire. Tu es trop gentleman, non ? Tu es revenu, nous nous sommes retrouvés, et c'était bon. Non, merveilleux. Ce moment aurait dû nous permettre de réfléchir à ce que nous souhaitons faire de nos vies, à prendre des décisions, à profiter l'un de l'autre. Au lieu de quoi… bref, tu t'es retrouvé assis au chevet d'un lit d'hôpital jour après jour, à me regarder boire du bouillon de poule à la paille ou pisser dans un bassin.

— En songeant que tu pouvais mourir.

— En plus.

— Quand j'ai cru que tu allais mourir…

— Je sais.

Ils se dirigèrent vers l'étang. Le parc était animé, et des familles se promenaient, çà et là, sur le sentier. Des enfants offraient des noix et du pain rassis aux canards, aux pigeons, et aux écureuils.

— Regarde-moi ça, s'écria Sandy.

Un petit garçon lançait des cacahuètes à un énorme rat surgi dans l'herbe de sous un rhododendron.

— On donne à manger aux pigeons, commenta Frieda, on peut bien donner à manger aux rats aussi.

— On monte un peu plus haut ? suggéra Sandy. La vue y sera meilleure.

— Dans une minute.

— Je voulais venir ici pour des raisons symboliques. Je ne m'attendais pas à te voir débarquer au mariage. Je pensais que tu m'avais rayé de ta vie. J'ai été très, très heureux de te voir.

— Oui. Oui, ça m'a rendue heureuse, moi aussi.

Ça semblait remonter à des années-lumière.

Une cane passa près d'eux, suivie d'une file de canetons minuscules.

— Normalement, je dirais que c'était un moment très doux, dit Sandy. Mais je m'abstiendrai.

Il se tourna vers elle et posa ses mains sur ses épaules.

— Frieda, je ne sais pas comment te dire ceci mais je sais que tu viens de traverser des temps indiciblement difficiles et si jamais tu as besoin de parler…

Frieda fronça le nez.

— Tu veux m'entendre dire que je suis traumatisée ?

— On le serait à moins.

— Je n'en sais rien. On verra. Pour l'instant, ce que je ressens surtout, c'est de la peine pour Mary

Orton. Quand je ferme les yeux, je la vois encore lever les siens vers moi. Elle levait les yeux vers moi dans les tout derniers instants de sa vie et j'imagine qu'elle devait se dire : « Mais vous aviez dit que vous veilleriez sur moi. Vous aviez dit que tout irait bien. » Je n'arrive pas à imaginer ce que j'aurais pu faire d'autre. J'ai prévenu la police. J'ai appelé les urgences. Je suis allée chez elle.

— Tu as fait tout ce que tu pouvais.

— Elle avait deux fils qui l'ont abandonnée. On a abusé d'elle, elle s'est tournée vers moi pour que je l'aide et alors, on l'a assassinée. Enfin, ses deux fils ont son argent maintenant, il y a au moins quelqu'un de content, comme ça.

— Ça ne te ressemble pas de dire ça, Frieda. Tu ne dirais pas ça à l'un de tes patients.

— Si je disais à mes patients ce que je me dis à moi-même, la plupart d'entre eux iraient se pendre.

— Tu ne tiens pas ce genre de propos à Josef, quand il se sent coupable de la mort de Mary Orton.

— Non, en effet.

Ses traits s'adoucirent.

— Je dis à Josef qu'il a fait ce qu'il a pu et que j'aurais dû l'écouter.

— Donc, il y a une règle pour les autres, et une autre pour toi.

— Oui.

— Pourquoi ça ?

— Que veux-tu dire ?

— N'importe qui serait secoué par ce que tu viens de traverser. Mais ce n'est pas le fait d'avoir été poignardée, ou d'avoir failli mourir, qui te tracasse, n'est-ce pas ? Quand tu parles de ce qui t'est arrivé, ce qui ne se produit pas souvent, c'est sur Mary Orton que tu t'attardes, et sur Janet Ferris, et même Beth Kersey, qui t'aurait tuée si elle l'avait pu – et qui d'ailleurs a bien failli le faire. Et quand ce n'est pas sur elles, c'est sur Alan Dekker et sur Kathy Ripon. Tous ces disparus. Et soudain je me dis que tu prends les choses… comment dire… trop à cœur, ou de façon trop personnelle.

Sandy s'arrêta et croisa le regard de Frieda, scintillant d'une lueur farouche.

— À quoi tu penses ?

— Une seconde, dit-elle.

Elle se détourna, regardant au loin, l'étendue du parc.

Quand elle se retourna, elle avait le visage plus pâle que jamais, et les yeux encore plus brillants.

— J'ai quelque chose à te dire.

— Vas-y.

— Je ne l'ai jamais raconté à personne.

Elle inspira profondément.

— Quand j'avais quinze ans, mon père a mis fin à ses jours.

Elle leva une main avant que Sandy ait pu dire quoi que ce soit, ou s'approcher d'elle.

— Il s'est pendu, dans le grenier de notre maison.

— Je suis vraiment désolé, Frieda.

— C'est moi qui l'ai trouvé. J'ai coupé la corde mais il était déjà mort, évidemment. Cela faisait un moment qu'il était très déprimé, mais je croyais pouvoir le sauver. Je croyais avoir les moyens de l'aider à aller mieux. Il m'arrive toujours de rêver que je le retrouve à temps. Ça n'a jamais cessé.

Ses grands yeux étaient posés sur lui.

— Mais je ne suis pas arrivée à temps. Pas plus que pour Mary Orton. Ou Janet Ferris. Ou Kathy Ripon. Ou ce pauvre Alan. Des gens qui me faisaient confiance et que je n'ai pas su aider.

— Non, ma chérie.

— J'ai l'impression d'être maudite. Tu ne devrais pas m'approcher de trop près.

— Tu ne m'en empêcheras pas.

— Ah.

L'espace d'un instant, Sandy crut qu'elle allait pleurer. Elle fit un pas en avant et posa une main sur sa joue, en le dévisageant intensément.

— Qu'est-ce qu'on va faire, Sandy ?

— On va laisser du temps au temps.

— Ah oui ?

— Oui.

— Donc tu retournes toujours aux États-Unis et moi je reste ici ?

— Oui. Mais ça ne sera plus pareil.

— Pourquoi ?

— À cause de Waterlow Park. À cause de notre promenade nocturne le long de la rivière. Parce que tu m'as démontré que l'eau peut couler sous terre sans s'assécher ni disparaître. Parce que je te connais.

— Oui, répondit Frieda, à voix très basse. Tu me connais.

— Salut !

Sandy et Frieda se retournèrent d'un même élan. Une petite fille se tenait à côté de Frieda, les mains serrées sur un petit bouquet de jonquilles. Elle les offrit à Frieda, en tendant les bras et en se hissant sur la pointe des pieds. Frieda prit les fleurs.

— Merci beaucoup, dit-elle.

Même si ce mouvement lui faisait mal, elle se pencha en avant jusqu'à se retrouver nez à nez avec l'enfant.

— Elles sont très belles.

— Votre heure n'était pas venue, dit la petite fille.

— Quoi ? Que veux-tu dire ?

— Votre heure n'était pas venue.

La petite fille fronça les sourcils d'un air concentré, comme si elle se tenait debout devant toute sa classe.

— Votre. Heure. N'était. Pas. Venue.

— Qu'est-ce que ça veut dire ?

Elle semblait affolée. *Prête à détaler*, songea Frieda. Sandy s'agenouilla à côté d'elle et lui parla d'une voix douce.

— Comment t'appelles-tu ?

— Ginny.

— C'est un joli nom. Pourquoi as-tu dit ça, Ginny ?

— Parce qu'il me l'a demandé.

— Qui ça ? demanda Sandy.

— L'homme.

Sandy leva les yeux vers Frieda, puis reporta son regard sur la petite fille.

— Tu peux me le montrer du doigt ?

Elle regarda autour d'elle.

— Non, répondit-elle.

— Qu'a-t-il dit ?

— Il a dit : « Va porter ces fleurs à la dame et dis-lui… »

Elle se tut une seconde.

— J'ai oublié.

— Ginny ! héla une voix. Ginny !

La petite fille s'élança dans l'allée pour rejoindre sa mère.

— Eh bien !… Mais qu'est-ce que c'était que ça ? s'exclama Sandy.

— Il m'épie, lâcha Frieda d'une voix à peine plus perceptible qu'un chuchotement.

— Qui ça ?

— Dean. Dean Reeve. Il est là. Depuis le début. Je l'ai senti. C'était lui. J'en suis sûre.

Elle se tourna vers Sandy avec une expression féroce.

— Jamais je n'aurais pu trancher la gorge de Beth. Ni lui arracher sa ceinture pour me l'enrouler autour de la cuisse. C'est lui qui m'a sauvée. Dean Reeve m'a sauvé la vie.

Elle s'attendait à ce qu'il lui réponde qu'elle était paranoïaque, folle, mais il n'en fit rien.

— Pourquoi ? demanda-t-il.

— Parce qu'il veut être celui qui a le pouvoir de me détruire.

— Qu'est-ce qu'on va faire ?

Elle haussa les épaules.

— Qu'est-ce que je peux faire, de toute façon ?

— J'ai dit : « on ».

— Je sais. Merci.

Sandy l'enveloppa de ses bras et elle se laissa aller contre lui. L'espace d'un instant, ils restèrent ainsi sans dire un mot.

— Bon, et si on montait cette colline, toi et moi ?

Frieda secoua la tête.

— On ferait mieux d'y aller, dit-elle. Il commence à faire nuit. On n'y voit presque plus

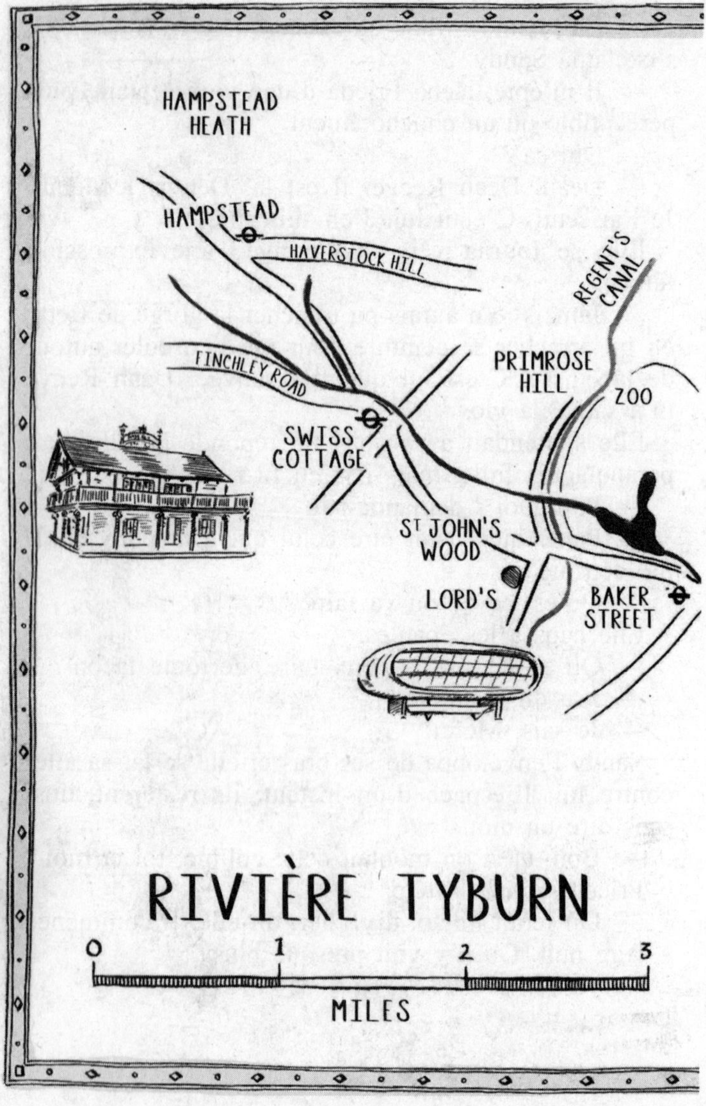
HAMPSTEAD HEATH
HAMPSTEAD
HAVERSTOCK HILL
REGENT'S CANAL
FINCHLEY ROAD
PRIMROSE HILL
ZOO
SWISS COTTAGE
St JOHN'S WOOD
LORD'S
BAKER STREET
RIVIÈRE TYBURN
0
1
2
3
MILES

Composition et mise en pages
Nord Compo à Villeneuve-d'Ascq

Imprimé en Espagne par
Liberduplex
à Barcelone
en avril 2014

POCKET – 12, avenue d'Italie – 75627 Paris cedex 13

Dépôt légal : mai 2014
S24625/01

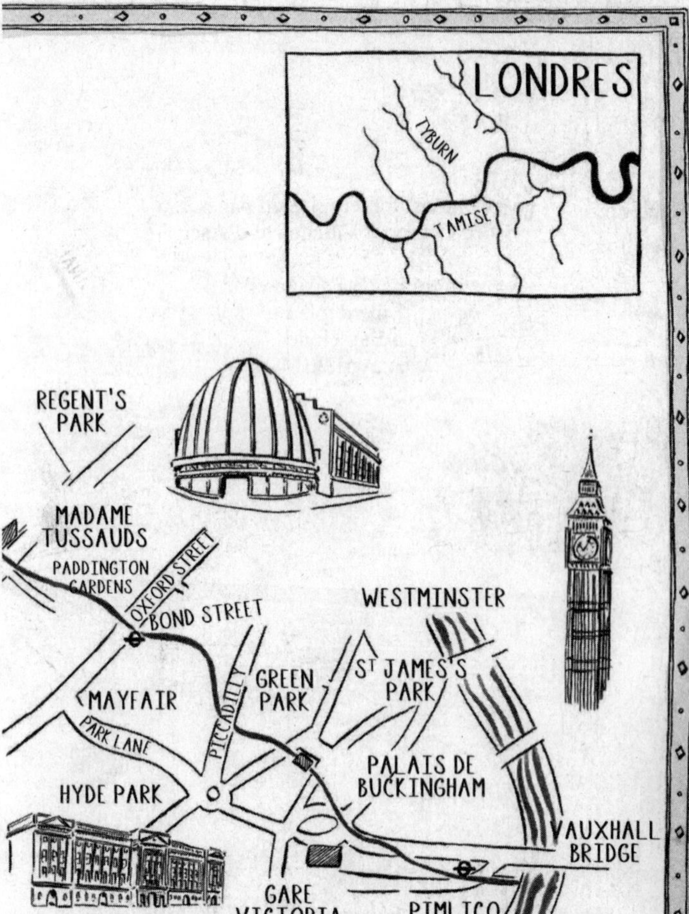
LONDRES
TYBURN
TAMISE
REGENT'S PARK
MADAME TUSSAUDS
PADDINGTON GARDENS
OXFORD STREET
BOND STREET
WESTMINSTER
GREEN PARK
ST JAMES'S PARK
MAYFAIR
PARK LANE
PICCADILLY
PALAIS DE BUCKINGHAM
HYDE PARK
VAUXHALL BRIDGE
GARE VICTORIA
PIMLICO
TAMISE